LAS SEÑORITAS DEL CIRCO SECRETO

SUMÉRGETE EN UN MUNDO DE FANTASÍA...

CONSTANCE SAYERS

LAS SEÑORITAS DEL CIRCO SECRETO

Traducción de Jaime Valero

🌙 UMBRIEL

Argentina · Chile · Colombia · España
Estados Unidos · México · Perú · Uruguay

Título original: *Ladies of the Secret Circus*
Editor original: Redhook Books / Orbit
Traducción: Jaime Valero

1.ª edición: agosto 2024

© 2021 *by* Constance Sayers
Translation rights arranged by Sandra Dijkstra Literary Agency and Sandra Bruna Agencia Literaria, SL
All Rights Reserved
© de la traducción 2024 *by* Jaime Valero
© 2024 *by* Urano World Spain, S.A.U.
   Plaza de los Reyes Magos, 8, piso 1.º C y D – 28007 Madrid
   www.umbrieleditores.com

ISBN: 978-84-10085-14-5
E-ISBN: 978-84-10159-69-3
Depósito legal: M-14.902-2024

Fotocomposición: Urano World Spain, S.A.U.
Impreso por: Romanyà Valls, S.A. – Verdaguer, 1 – 08786 Capellades (Barcelona)

Impreso en España — *Printed in Spain*

Para mis señoritas:
Barbara Guthrie Sayers
Goldie Sayers
Nessa Guthrie
y
Laura Beatty Fuller

El circo es una amante celosa. Aunque decir eso supone quedarse cortos. El circo es un súcubo voraz que te absorbe la vitalidad, igual que hace un vampiro con la sangre... Todo eso es cierto, pero, aun así, lo amo como a ninguna otra cosa sobre la faz de la Tierra.

HENRY RINGLING NORTH

PRÓLOGO

Kerrigan Falls, Virginia
9 de octubre de 1974

E l Buick circulaba por el arcén, su carrocería reluciente se fundía a la perfección con la negrura de la noche. El conductor pisó a fondo el freno, estuvo a punto de impactar con el panel trasero de otro coche. Jesús bendito. ¿A quién diablos se le pudo ocurrir aparcar un coche precisamente allí?

El vehículo le resultó familiar. Se estrujó la sesera intentando recordar dónde lo había visto.

Temiendo que pudiera haber algún herido, salió a la carretera con cuidado de dejar encendido el intermitente derecho de su coche para llamar la atención de cualquiera que circulara por ese desolado tramo. A pesar de la luna llena, el frondoso bosque creaba la impresión de que la carretera estuviera enclavada bajo una carpa incluso en otoño, cuando las hojas comenzaban a escasear; los cúmulos de abedules con sus troncos blancos y rectos semejaban barritas de tiza. La luna que brillaba a través de ellos lo reconfortó por un momento.

Se asomó por la ventanilla abierta del coche y vio que el asiento delantero estaba vacío. Había una lata de RC Cola volcada, el contenido se había derramado sobre el tapizado de piel, como si el conductor la hubiera llevado en la mano cuando detuvo el coche. La radio sonaba a todo volumen. Seguramente, el pobre diablo estaría haciendo sus necesidades en el bosque.

—¿Hola? —Su voz resonó más de lo que pensaba, enfatizando lo solitaria que era esa carretera.

Tanto mutismo lo desconcertó. A esas horas del comienzo de la noche, el bosque debería vibrar de actividad nocturna, pero el ambiente mostraba una serenidad siniestra. Se dio la vuelta para regresar a su coche. Llamaría al viejo jefe de policía Archer en cuanto llegara a casa para informarle del coche abandonado.

—¿Hola? ¿Hay alguien ahí?

Divisó algo que se movía por la linde de la arboleda.

Se le aceleró el pulso y regresó a paso ligero a la seguridad de su propio coche. Sintió alivio cuando apoyó el pie derecho en el suelo del vehículo con intención de montarse y largarse de allí. Sin embargo, se concentró en aquello que se movía lentamente, como un gato, entrando y saliendo de la arboleda. Sabía que había felinos en esa zona, pequeños, pero lo bastante molestos como para irritar a los granjeros. Siguió con la mirada el movimiento de lo que parecía ser una sombra…, hasta que se detuvo.

En el lugar donde se paró la criatura había ahora un bulto junto a la carretera. Con cuidado, dio un paso alrededor del maletero; el coche seguía parapetándolo frente a lo que hubiera allí. ¿Qué sería? ¿Una pila de hojas? Santo cielo, no sería un cuerpo, ¿verdad?

Se acercó más, poco a poco.

Se le cortó el aliento cuando comprendió, demasiado tarde, qué era lo que tenía delante. La criatura era veloz y, por un momento —el último—, le resultó extrañamente familiar.

Cuando terminó, pareció que el bosque se reagrupaba y no quedó nada, excepto el sonido de las radios de dos coches que reproducían *The Air That I Breathe* al unísono.

PARTE 1

LA BODA QUE NO SE CELEBRÓ

1

Kerrigan Falls, Virginia
8 de octubre de 2004

No era el vestido apropiado. Lara acababa de darse cuenta de ello.

El color recordaba a unos huesos viejos. La intrincada pedrería de platino se desplegaba por el ceñido corpiño siguiendo un patrón en espiral. A mitad del muslo emergía la larga falda de raso, que se deslizaba por el suelo con una dramática cola de un metro y medio de longitud. Mientras se ajustaba el tejido, se miró al espejo y frunció el ceño. Confirmado: estaba decepcionada con este vestido.

Era la primera vez que se quedaba a solas con el vestido. Sin una madre detrás, tirando del tejido con un tono de esperanza en la voz. Sin «asesoras nupciales» ni costureras colmándola con sus clichés alentadores sobre lo preciosa que estaría.

No estaba preciosa con ese vestido.

Mientras ladeaba la cabeza de un lado a otro, buscando un ángulo que le gustara, Lara recordó la pequeña pila de fotografías que recortaba de las revistas de novias cuando era pequeña. Sus amigas y ella se agenciaban ejemplares manoseados de *Novia moderna* del año anterior en las salas de espera de las peluquerías, mientras sus madres se hacían la permanente y se teñían el pelo. Cuando nadie miraba, introducían las revistas atrasadas en sus mochilas para luego leerlas con calma en sus dormitorios, donde cada una arrancaba las páginas llenas de creaciones con seda, tul y tafetán que más le gustaban. Lara conservó varias de esas páginas durante años y las destiló hasta llegar a este estilo concreto de vestido, que ahora se reflejaba en el espejo. Suspiró. Ningún vestido podría estar a la altura de tanta expectación. Pero este era demasiado maduro y clásico, parecía más un disfraz que un vestido de boda.

Lara se dio la vuelta y aguzó el oído para comprobar si su madre estaba regresando al piso de arriba. El pasillo estaba en silencio. Sonrió. Mientras examinaba su reflejo, deseó que el vestido tuviera una cola más abultada, que estuviera menos entallado en los muslos. Tiró de él, se concentró con fuerza y el tejido cedió y se desplegó, como un vídeo a cámara rápida de una flor al abrirse, entre una explosión de pliegues sedosos que se desplomaron y se distribuyeron ante ella.

—Allí —ordenó y el tejido obedeció—. Un poco menos. —La tela se rebullía como si estuviera viva, crujiendo y desplazándose para agradarla—. Perfecto. —Se giró para observar cómo se replegaba hasta que añadió—: Alto.

Lara giró delante del espejo, admirando el movimiento de la tela. Luego se concentró en el color.

—Un poco más claro, más marfil, menos platino.

Como si fura la pantalla de un televisor al ajustar el brillo, los tonos plateados del vestido se tornaron más cálidos hasta adoptar un tono de marfil puro.

—Mucho mejor. —Sopesó el corpiño sin mangas en pleno octubre—. ¿Qué tal unas mangas?

Notó que el vestido titubeaba, como si no tuviera claro cuáles eran sus intenciones.

—Mangas de encaje —aclaró.

De inmediato, el vestido obedeció como un botones cortés, creando unos patrones de encaje a lo largo de su brazo, como si las costuras fueran obra de los pájaros cantarines de los dibujos animados de Disney.

—Lara Barnes, ¿qué estás haciendo?

Su madre se plantó detrás de ella con una mano apoyada en la cadera, mientras que con la otra sostenía una elegante gargantilla de perlas. En el centro del abalorio resaltaba un enorme broche victoriano de diamantes.

—Es que no me gustaba.

Lara se puso a la defensiva. Acarició la falda nueva como si fuera una mascota obediente, para hacerle saber al vestido que había terminado con las modificaciones.

—Entonces vete a una tienda y cómprate otro. No puedes hechizar un vestido así por las buenas, Lara.

—Por lo visto, sí puedo. —Se giró para mirar a su madre con una ceja enarcada—. No hacía falta llevarlo a arreglar. Yo puedo hacerlo mejor.

—Las mangas están mal. —Audrey Barnes frunció el ceño y se pasó una mano por su pelo pajizo, cortado por encima de los hombros—. Date la vuelta —añadió, haciendo señas con una mano—. Te pondrás nerviosa durante la ceremonia y el hechizo se debilitará. Escucha bien lo que te digo. Esto no es cosa de broma.

—Si el hechizo se disipa, tú podrás mantener la ilusión del vestido en mi lugar.

—Como si no tuviera ya bastantes preocupaciones.

Su madre era la hechicera superior, por mucho que detestara utilizar su magia. Le dio la gargantilla a Lara y centró su atención sobre el vestido de novia hechizado. Deslizó las manos sobre las mangas de encaje, que se suavizaron hasta convertirse en una fluida extensión de raso bajo su roce. Al contrario que su hija, Audrey no tenía que decirle al vestido lo que debía hacer; el tejido le leía la mente. Le devolvió su color original a la pedrería de platino, pero luego cambió de idea y optó por un tono más claro.

—Listo —anunció—. Necesitas textura para que contraste con las mangas. —El resultado final fue un vestido con mangas de color marfil y detalles de platino en el corpiño, con una falda abullonada a juego—. Así resulta mucho más romántico.

Lara examinó los cambios en el espejo, satisfecha.

—Deberías hechizar vestidos más a menudo, madre.

Audrey frunció el ceño. Tomó la gargantilla de manos de su hija y se la sujetó al cuello. Lara acarició el abalorio, admirándolo.

—¿Dónde tenías guardada esta monada?

—Era de Cecile —dijo Audrey, refiriéndose a la bisabuela de Lara.

A Lara le resultaba familiar.

—¿Te lo has puesto alguna vez?

—No —replicó su madre mientras observaba sus modificaciones en el vestido, tirando de aquí y de allá, ajustando el tono y el talle con sus manos—. Pero lo has visto antes. Cecile lo llevaba puesto en el retrato.

Lara había pasado cientos de veces junto al retrato de su bisabuela Cecile Cabot que estaba colgado en el pasillo, pero nunca se había parado a observarlo. Intentó recordar la presencia de la gargantilla.

—Era de su madre.

—No lo sabía.

Lara tocó las delicadas hileras de perlas, preguntándose cómo era posible que no la hubiera encontrado nunca en su infancia, durante sus incursiones en el joyero de su madre.

—Dicen que era muy famosa. —Audrey sonrió mientras hacía girar a su hija—. Estás preciosa. Me gustan los cambios en el vestido, pero no puedes arriesgarte a que te descubran.

—Estoy en mi habitación. ¿Quién va a descubrirme, aparte de ti?

—No puedes correr riesgos con la magia, Lara. La gente no lo entiende. ¿Qué pasaría si ese vestido comenzara a desintegrarse en mitad de tus votos?

—Lo que quieres decir es que Todd no lo entendería. —Lara se cruzó de brazos.

—Escúchame —insistió Audrey—. Hay ciertos secretos que debes guardar, incluso ante Todd. Este es uno de ellos.

Lara sabía que su madre siempre había querido que fueran «normales». Pero formaban parte de los Cabot —la extraña y famosa familia circense—, antiguos propietarios de Le Cirque Margot. Las familias circenses no solían ser normales. De pequeña, Audrey entrenaba con los caballos durante los veranos, llegó a convertirse en una amazona acrobática experta, pero odiaba actuar delante del público y dejó claro que no quería participar del legado de su familia. En vez de eso, la jovencita retiró a los caballos de Lippitt Morgan del espectáculo y comenzó a criarlos, lo que convirtió a Granjas Cabot en uno de los criaderos de caballos de mayor éxito del sur del país. Incapaz de competir con la televisión, Le Cirque Margot pasó por una época de crisis y escasa asistencia, hasta su clausura a principios de la década de 1970.

Luego estaban los poderes extraños, esas pequeñas «correcciones» que tanto madre como hija podían llevar a cabo. Tal fue el enfado que se agarró Audrey cuando su precoz hija lanzó un sortilegio en el colegio, delante de otros niños, que hechizó las puertas y ventanas como castigo, lo que la dejó castigada en casa durante un fin de semana.

Lara volvió a girarse hacia su madre y dijo:

—¿Puedes abrirme la cremallera? Tengo que ir a casa de Todd.

—¿Ahora? —Audrey puso los brazos en jarras—. Son las diez. No te quedes demasiado. Da mala suerte.

Lara puso los ojos en blanco y recogió el vestido, que había recuperado su apariencia original, y lo colgó en una percha. Todd y ella habían claudicado ante otra de las supersticiones de Audrey cuando accedieron a pasar separados la noche previa a la boda. Lara regresaría a Granjas Cabot con su madre, mientras Todd pasaba la noche en el apartamento que compartían.

Audrey Barnes poseía la frialdad propia de una rubia de Hitchcock, aunque suscribía todos los mitos novelescos de una heroína victoriana. Le puso ese nombre a Lara por el personaje de Doctor Zhivago, una película que veían juntas cada año sin falta, con una caja de pañuelos de papel entre ambas. Al día siguiente, el primer baile de Lara con su padre sería al ritmo de la versión de *Somewhere My Love* de Al Martino, y ella sabía que su madre estaría llorando cerca de la tarta nupcial.

Mientras conducía su jeep por la sinuosa carretera que conectaba Granjas Cabot con la autopista, recordó el gesto de decepción que apareció en el rostro de su madre cuando Todd y ella anunciaron que estaban prometidos. A Audrey no le caía bien. Intentó disuadirlos de casarse, los animó a esperar hasta primavera. Lara sabía que su madre confiaba en que algo cambiaría si dejaban pasar el tiempo suficiente, pero Todd había sido su primer amor, había sido el primero en todo. Se conocían desde que tenían quince años.

Audrey los alentó a estudiar en universidades distintas, financió el semestre que Lara pasó en Europa e incluso toleró el año que se fue gira con el grupo de su padre. Lo que fuera con tal de que la relación se enfriase. Todd también se fue a la universidad, aguantó dos años y luego regresó a casa y montó un negocio de restauración de coches clásicos.

Cuando estaban separados para darse un tiempo, a Lara solo le interesaban otros chicos por su parecido con Todd. Y a juzgar por la ristra de dobles de Lara con las que salía Todd durante sus rupturas, comprendió que a él le pasaba igual. Ya fuera química o magia, siempre se producía una atracción inexplicable que volvía a juntarlos.

Si su madre hubiera sido más joven, Lara estaba segura de que Todd habría sido la figura romántica del chico malo por la que habría bebido los vientos. De hecho, Audrey eligió a su propia versión de Todd allá por 1974, cuando se casó con el padre de Lara, Jason Barnes.

Lara aparcó en el camino de acceso. La casa vibraba de actividad y expectación; una hilera de faroles iluminaba la acera hasta la puerta principal, que estaba entornada. Había parientes llegados de lugares como Odessa y Toledo asentados en los brazos del sofá y en sillas decorativas. Se oía el traqueteo de la vajilla y la gente estaba absorta en sus conversaciones, entre tazas de café descafeinado y platos sucios. Lara se preguntó por qué su casa no estaba abarrotada de parientes, como aquella.

Desde el vestíbulo, divisó a Todd saliendo por la puerta trasera, cargado con varios sacos de hielo. Por el camino, atisbó a Lara y sonrió. Su cabello oscuro y ondulado, que le llegaba hasta la barbilla, había empezado a rizarse.

—Lara, ¿por qué no le has dicho que se corte el pelo? —le preguntó su tía Tilda, una esteticista oriunda de algún rincón de Ohio.

Lara puso los ojos en blanco con un gesto mordaz. Como si alguien pudiera convencer a Todd para que hiciera algo que no quería. Cuando regresó de entregar el hielo, Todd le dio un beso a su tía en la mejilla.

—Vaya, ¿no te gusta mi pelo? —Mientras Todd la miraba fijamente, Lara pudo ver cómo la anciana se erguía.

La tía Tilda le agarró un mechón para inspeccionarlo. Todd tenía el pelo castaño y reluciente. Lara detectó unas pocas canas que centelleaban bajo la luz como si fuera oropel. Si Todd hubiera sido un hombre vanidoso, se lo habría teñido antes de la ceremonia. La mujer soltó un sonoro suspiro mientras le alisaba un mechón rebelde, admitiendo, a regañadientes, que ese pelo le favorecía.

—En fin...

Todd no solo era atractivo, era guapísimo. Poseía una sensualidad trágica, como un James Dean en plenitud, que volvía locas a las mujeres. A todas. Por lo visto, incluso a las que estaban emparentadas con él.

—No puedo quedarme mucho. —Lara le acarició el brazo al pasar. En esa época llevaba camisetas de manga larga porque, aunque ya tenía casi veintinueve años, no quería disgustar a su madre con los tatuajes enroscados de estilo rococó que ahora decoraban sus antebrazos.

—Espera. Te acompaño a la calle.

—Deja que se vaya, Todd —replicaron otras dos de sus tías—. Es casi medianoche. Da mala suerte ver a la novia el día de la boda.

Los ventiladores de techo del porche cubierto giraban rítmicamente por encima de sus cabezas, lo que proyectaba oleadas de aire frío que hicieron tiritar a Lara.

—En ese caso, me aseguraré de despacharla a las once y cincuenta y nueve. —Todd atravesó la puerta—. ¿Cuántas veces te ha llamado tu madre?

—Doce en los últimos diez minutos.

Lara caminó despacio por el jardín en dirección al jeep. Miró al cielo y pensó que debería acordarse de observarlo más a menudo. Las estrellas parecían más bajas que de costumbre, como si emitieran un brillo más radiante para ella.

—Antes de que te marches, tengo que enseñarte una cosa.

Lara se dio la vuelta y vio que Todd había comenzado a caminar hacia atrás, guiándola hacia el garaje de su padrastro. Le fascinaba que nunca mirase hacia abajo al caminar ni dudase de la seguridad de sus pasos. Ella habría tropezado con una raíz o con una baldosa desnivelada y se habría torcido un tobillo, pero Todd no. Era uno de los hombres más seguros de sí mismos que había conocido en su vida, se sentía muy a gusto en su pellejo, y eso lo hacía ser generoso con los demás. No tenía nada que demostrar.

—Pensaba que lo tendría terminado antes de la boda, pero no me ha dado tiempo.

Abrió la puerta y encendió la luz de una bombilla defectuosa que zumbaba. Delante de Lara había una camioneta subida en un elevador, inclinada como si fuera a remontar el vuelo. Estaba pintada con una capa lisa y gris de imprimación, como si estuviera esculpida en arcilla. Pegó un respingo al verla.

Lara sentía predilección por las camionetas antiguas, como las que servían como modelo para adornos de Navidad, o las que bordaban en los cojines de invierno, o como las que colocaban delante de las tiendas para darles un toque retro. Cuando era pequeña, tenían una camioneta igualita a esta entre el equipamiento viejo del circo. Un día acabó en el desguace durante una de las limpiezas de Audrey; el contorno de hierba muerta que dejó permaneció durante varios años, como una cicatriz.

—Es una Chevy de 1948.

—Una Chevy 3100 de 1948 con cinco ventanillas —añadió Todd—. Motor de seis cilindros y cambio manual. Sé lo mucho que te gusta.

Todd rodeó la camioneta y señaló por detrás del armazón. A unos tres metros del coche, Lara atisbó una pila de metal oxidado y herrumbroso que semejaba un puñado de tripas mecánicas.

—Espera a ver lo que tengo reservado para ella. Acompáñame.

Todd la guio alrededor de la camioneta hasta un banco de trabajo de madera, se remangó y se alisó el pelo hacia atrás, absorto en los planos y notas que había trazado y que estaban desperdigados por el lugar. Apoyó las manos en el banco y examinó las fotos y los bocetos.

Cuando dejó la universidad, tras un paso fallido por el programa de ingeniería de Virginia Tech, Todd regresó a Kerrigan Falls y, por impulso, fundó un negocio de restauración de coches clásicos con un tipo llamado Paul Sherman, que era el propietario de un garaje antiguo. Durante los últimos dos años, Sherman & Sutton Classic Cars se había convertido en uno de los centros especializados en restauración más solicitados de la Costa Este, gracias sobre todo a la reputación de Todd como experto en la renovación de bólidos deportivos: Corvette, Camaro, GTO, Chevelle y Mustang. Lara jamás pensó que esa obsesión por desguazar motores en su adolescencia se convertiría en una forma de ganarse la vida que lo entusiasmaba y que encima era muy lucrativa.

—Mira esto de aquí. —Todd señaló hacia una foto de la misma Chevy sin faros y con una pintura desigual que parecía haber sido aplicada en forma de parches—. Los guardabarros estaban cubiertos de óxido.

Lara comprobó por la foto que la camioneta estaba cubierta en su totalidad por una capa marrón descolorida cuando la encontró. Todd estaba tan concentrado en moldear ese puzle metálico hasta convertirlo en una obra de arte, y al parecer estaba descontento con algún detalle, que parecía sumido en su propio mundo, con los brazos cruzados y un ligero tembleque en el contorno cuadrado de su mandíbula.

Aunque Lara debería haber estado observando las instantáneas de la camioneta en diversas fases de abandono, se dedicó a contemplar su rostro. Todd tenía una nariz alargada que podría haber resultado un pelín más femenina de la cuenta, de no ser por la elegante protuberancia que tenía en la parte superior. Cuando entraba en una habitación, la gente interrumpía sus conversaciones y alzaba la cabeza, preguntándose si sería alguien famoso, tal vez una estrella del celuloide que regresa a su pueblo por vacaciones. Que a él le diera igual, que estuviera allí devanándose los sesos con un plano de una camioneta Chevy de 1948 que quería regalarle, era lo que de verdad hacía hermoso a Todd Sutton a ojos de Lara. No era consciente del efecto que causaba en la gente; o si lo era, nunca le dio importancia.

—¿Dónde la encontraste?

—Oh, eso es lo más especial. —Todd sonrió con picardía, con un brillo en sus ojos castaños, y sacó de una carpeta una foto de la camioneta con un logotipo descolorido pintado en un lateral—. ¿Lo reconoces?

Lara agarró la foto y se le entrecortó el aliento. Era una imagen antigua en blanco y negro. El logo estaba difuminado a causa de la luz del sol, pero aun así lo reconoció. Lara sintió una punzada de nostalgia. Era su vieja camioneta. LE CIRQUE MARGOT.

Decorada con el logotipo del circo, hubo un tiempo en que la vieja camioneta transportó a un equipo de dos personas a dieciocho pueblos con el objetivo de pegar carteles en cada poste telefónico, cada granero y cada negocio de la zona que se lo permitiera: los mercados y las farmacias eran los más prometedores. Esa Chevy estuvo asentada durante años entre utilería circense y remolques oxidados y abandonados en casa de Lara. La hierba y las enredaderas crecían a través del suelo del vehículo, como si la tierra lo estuviera reclamando.

—Pasé conduciendo junto a un antiguo proveedor de materiales para parques temáticos en Culpeper y la vi desde la carretera. Estaba escondida detrás de unos viejos vagones de montaña rusa. No supe que era la camioneta que estaba en tu jardín hasta que me puse a frotarla y vi el rótulo descolorido. Había algo en esas letras que me resultó familiar, así que acudí a la sociedad histórica para comprobar si había alguna foto suya entre los recuerdos de Le Cirque Margot. Y así fue, encontré un montón.

Salía una rubia posando, apoyada sobre el paragolpes delantero. Vestía con pantalones cortos y tenía unas piernas que ya las querría Betty Grable. Tras volver a girarse para contemplar la camioneta, Lara acarició el guardabarros redondeado. Esa camioneta había pertenecido al Margot.

—Quería dártela como regalo de boda, pero ha sido un infierno localizar las piezas, así que me temo que no estará lista a tiempo.

Todd soltó una risita un poco más estridente de la cuenta y Lara ladeó la cabeza para mirarlo. ¿Estaba como un flan? Todd nunca se ponía nervioso. Él la miró fijamente, intentando descifrar su expresión, confiando en que su propuesta hubiera significado algo para ella. Lara lo atrajo hacia sí y lo besó con pasión, después le susurró al oído:

—Esto es lo más bonito que ha hecho alguien por mí. Me encanta.

Todd miró hacia abajo y apoyó la frente sobre la suya.

—Lara, los dos sabemos que no siempre he sido tan considerado.

Era cierto. A lo largo de su historia en común, había habido muchas transgresiones, muchas chicas, luego —conformen se hicieron mayores— mujeres. Mientras ella lo achacaba a la juventud, Lara le cerraba la puerta en las narices, le arrojaba a la cara los ramos de rosas que pretendía regalarle, hacía pedazos las notas de disculpa y sus mediocres incursiones en la poesía. Se tomó la revancha con sus propias citas y se enamoró de forma inesperada de uno de esos chicos durante una breve temporada, pero siempre regresaba con Todd.

—No estarás pensando en echarte atrás, ¿verdad? —Lara ladeó la cabeza. No estaba bromeando del todo.

Todd no la tocó y, por alguna razón, fue un gesto honesto y significativo por su parte. No estaba intentando encandilarla.

—Lamento haber tenido que madurar, que no me conocieras ahora en lugar de entonces.

Lara se rio con ese comentario, pero él no. Se dio cuenta, mientras echaba un vistazo a la habitación —las fotos, el precioso regalo que estaba suspendido por encima de ella—, de que el cambio que había experimentado Todd en los últimos años había sido tan gradual que le había pasado desapercibido. Todd apoyó su largo cuerpo sobre el banco de trabajo y la miró, cruzándose de brazos.

—Soy una persona que tuvo que aprender a amar. No es que tuviera que madurar para quererte a ti. Siempre te he querido, pero no sabía cómo hacerlo, así que lo que recibiste fue el equivalente a un intento de obra de arte por parte de alguien que no sabe dibujar. Decía las palabras adecuadas, pero los dos sabíamos que a menudo estaban vacías. A veces, era tu ausencia lo que me moldeaba. Pero de eso se trata, ¿no? Tanto la presencia como la ausencia de una persona. La suma de todo. Como resultado, ahora lo siento más hondo. El amor. Mi amor por ti.

Se hizo un silencio denso entre ellos. Lara comprendió que Todd no esperaba una respuesta por su parte. Habían vivido muchas cosas juntos, tanto buenas como malas. Pero eran las cosas pendientes de decir las que recargaban el ambiente. Lara lo miró a los ojos. Reconoció ese regalo de boda por lo que era: una ofrenda, un pedazo de sí mismo mayor de lo que casarse con ella podría llegar a ser. Cada centímetro de esa camioneta había sido pulido y moldeado por esas manos. Todd lo había creado para ella.

Todd la tomó de la mano. Lara lo besó. Todd besaba de maravilla: despacio, tomándose su tiempo. Lara conocía el punto exacto donde presionar sus cuerpos para cubrir el espacio entre ellos. Todd le apoyó las manos en el rostro y los besos se volvieron más intensos y apasionados. Mientras se separaban, Todd le agarró un mechón de cabello, lo enroscó alrededor de un dedo y lo examinó.

—Ya es casi medianoche.

Lara no quería irse.

—Oh, mierda, medianoche no —bromeó él. Se giró hacia la camioneta perfectamente pulida que tenían ante ellos—. Este es el color que tendrá cuando esté terminada.

Tomándola de la mano, la guio para enseñarle una muestra: el color rojo oscuro original de Le Cirque Margot, que recordaba a una manzana madura.

Lara podía imaginar sin esfuerzo pasarse la vida así. Sonriendo, deseó que pudieran regresar juntos esa noche a su apartamento, a su cama. Cuando volvieran de la luna de miel en Grecia, incluso estaban pensando en comprarse una casa: una casona solariega victoriana con una torreta y un porche que rodeaba el edificio.

—Tengo que irme ya.

Lara volvió a mirar la camioneta antes de que Todd apagara la luz.

—¿Nos vemos mañana? —Era una broma y Lara empleó un tono jocoso mientras abría la puerta y salía a la acera.

—Nada podría impedírmelo.

2

Kerrigan Falls, Virginia
9 de octubre de 2004 (quince horas más tarde)

Las campanas de la iglesia comenzaron a repicar mientras la tormenta vaticinada producía su estruendo inicial y descargaba un torrente de lluvia sobre el valle. Durante semanas, el pronóstico había anunciado cielos radiantes y despejados para ese día, pero durante la última hora, un cielo púrpura e inflamado se había asentado de una forma antinatural sobre el pueblo de Kerrigan Falls.

¿Habría sido mala suerte? ¿Un mal de ojo, quizá? Eso era absurdo. Lara borró ese pensamiento de su mente. Desde su posición aventajada en un aula del piso de arriba, observó un Mercedes clásico descapotable y blanco aparcado junto a las escaleras. La lluvia estaba empapando los banderines de papel tisú de color lavanda que estaban pegados al maletero del coche, produciendo un chorro de tinta barata sobre el parachoques que desembocaba en el charco de barro que había debajo. Lara se mordió un padrastro en lo que por lo demás era una manicura perfecta y observó cómo los invitados merodeaban indecisos por el camino de gravilla, después saltaban sobre los charcos recién formados como si jugaran a la rayuela y subían por las escaleras con sus zapatos de los domingos, apretando el paso para escapar del aguacero.

El vestido —la versión hechizada— conjuntado con la gargantilla de perlas parecía perfecto. Su pelo rubio e indomable estaba recogido con un peinado esmerado. Se había quitado los zapatos nuevos, maldiciéndose por no haberlos ablandado con más uso; entonces decidió hechizarlos también y el revestimiento de piel cedió bajo sus órdenes.

Eran casi las cuatro y media. Su boda estaba a punto de empezar, aunque no había venido nadie a buscarla. Qué extraño. Oteó la habitación. ¿Dónde se habría metido todo el mundo? Alargó el cuello para ver mejor. ¿Su madre? ¿Y sus damas de honor, Caren y Betsy?

En las bodegas Chamberlain, situadas a ocho kilómetros de distancia, en el corazón de la región vinícola del Piedmont, había otro grupo de empleados preparando el convite. Mesas largas adornadas con manteles de damasco, portacirios de vidrio de mercurio y elaborados centros de mesa compuestos de hortensias aguardaban a los ciento cincuenta invitados que ahora ocupaban los bancos de la iglesia y canturreaban los himnos en el piso de abajo. En cuestión de horas, esos invitados bailarían al ritmo de una banda irlandesa completa, contemplando el viñedo mientras probaban surtidos de quesos procedentes de todo el mundo —manchegos, goudas ahumados y azules—, para después degustar las costillas asadas, las gambas con salsa de ajo y finalmente una combinación de un *filet mignon* con un salmón con costra de hierbas y patatas bravas. A eso de las ocho, cortarían la tarta nupcial, un dulce extraordinario de color turquesa y dorado consistente en tres capas de pastel de almendra blanca, coronadas con queso crema y glaseado de *buttercream* aderezado con una pizca de extracto de almendras. Sus amigos y familiares probarían los vinos que maduraban durante los húmedos veranos de Virginia: los expresivos Cabernet Francs, los tánicos Nebbiolos y los densos Viogniers, servidos en gruesas copas de cristal Sasaki con tallos esféricos.

Lara había diseñado cada detalle. En su mente, no paraba de darles vueltas a los detalles del convite. Necesitaba empezar ya, ponerse en marcha. Unos minutos antes, la actividad que bullía a su alrededor se disipó del todo para dejar paso a un silencio extraño; el estrépito de la tormenta proporcionaba un respiro agradable frente a tanta quietud.

Hacía una hora que estaba vestida y preparada, un proceso en el que el fotógrafo capturó cada detalle: el pelo, el maquillaje y, por último, el vestido.

Se levantó la falda abullonada y, como si fuera una figurante de *Lo que el viento se llevó*, corrió hacia el pasillo. Como no vio a nadie, regresó hacia la ventana, pero entonces escuchó unos cuchicheos y se giró de nuevo hacia el pasillo, donde vio que Fred Sutton, el sepulturero del pueblo y padrastro de Todd, estaba hablando con su madre en voz baja.

Por fin. La cosa estaba en marcha.

Sus voces subían y bajaban de volumen. Lara devolvió su atención hacia la ventana, convencida de que los detalles que estuvieran abordando no la concernían.

Fred estaba volviendo a bajar por las escaleras cuando, por el rabillo del ojo, Lara lo vio detenerse, después recorrió el pasillo en dirección a ella, el suelo palpitaba con cada una de sus contundentes pisadas. Fred le apoyó sus gruesas manos sobre los antebrazos con tanta fuerza que estuvo a punto de levantarla del suelo. Ese movimiento repentino la sobresaltó tanto que retrocedió, estuvo a punto de volcar una mesa de guardería con forma de medialuna que tenía detrás. Fred se inclinó hacia ella y le susurró algo al oído, rozando con los labios su pendiente de diamantes prestado.

—Tranquila. Lo encontraremos.

¿Lo habría entendido mal? Lara pronunció sus siguientes palabras con tiento:

—¿No está aquí?

Fred bajó la mirada hacia sus zapatos alquilados, negros y lustrosos.

—No exactamente.

¿Qué significaba «no exactamente»? Miró a su madre en busca de una aclaración. Se diría que Audrey estaba asimilando esa información como si se tratara de la noticia de un accidente de tráfico.

Fred adoptó un tono más parecido al de una súplica:

—Se fue a lavar el coche y no regresó cuando salimos hacia la iglesia. No pensábamos que ocurriera nada malo.

Fue la palabra «malo» lo que la impactó. Ahí estaba pasando algo terrible, ¿verdad? Podía percibirlo.

—¿Cuándo lo viste por última vez?

—A eso del mediodía. —Fred consultó el reloj, como si fuera a tener la respuesta.

Esas cosas no pasaban. Lara registró su mente, tratando de recordar la última desgracia que sucedió en Kerrigan Falls. La gente mayor moría, aunque solía ser en la placidez de sus camas. No se había producido ningún incendio ni accidente de tráfico desde que tenía recuerdos. Y, desde luego, la gente no se evaporaba sin más de las calles. Nunca faltaban a sus bodas.

—¿Dónde está su esmoquin? —Lara estaba sofocada y había empezado a sentir un nudo en la garganta. Podía imaginarse el esmoquin de alquiler extendido todavía sobre la cama donde Todd durmió durante su infancia.

—Seguía sobre la cama cuando me marché. —Fred la miró a los ojos—. Lo hemos traído…, por si acaso.

—¿Por si acaso…? —lo interrumpió Lara.

Esa era la única respuesta que necesitaba. De pronto, unas lágrimas calientes se agolparon en su interior. Mientras contemplaba el nutrido ramo de calas que tenía en la mano, se sintió como si estuviera sujetando un elemento de atrezo ridículo. Bajó el brazo y dejó caer el ramo al suelo sin decir nada. Si se había dejado el esmoquin sobre la cama, Todd Sutton no planeaba acudir a su boda, de eso estaba segura. Pero ¿por qué? Cuando lo vio la noche anterior, su actitud era otra. Lara nunca había estado tan segura de él. Sujetándose el estómago, se sintió revuelta. ¿Había sido una ingenua? Todd la había decepcionado otras veces, pero nunca de esa manera.

—¿Habéis revisado los bares? —resopló Audrey.

Ese comentario era injusto, pero Lara sabía que su madre la estaba protegiendo. En algún momento, si de verdad Todd se negaba a aparecer, Audrey tendría que proceder a un recuento detallado de sus defectos.

Pero aparecerá. Todd no me dejaría plantada de esta manera.

Fred agachó la cabeza.

—Sí —respondió con voz ronca—. Hemos mirado por todas partes. También le pedimos a Ben Archer que indagara sobre cualquier posible accidente, pero no se ha producido ninguno. Incluso llamó a los hospitales de los condados de Madison y Orange. Pero nada.

¿Ben Archer? Si Fred estaba tan desesperado como para recurrir al jefe de policía, significaba que la situación era más seria de lo que dejaba entrever. Fred parecía más pequeño, nervioso, compungido.

—Seguro que se ha retrasado y ya está. —Lara sonrió, esperanzada. Eso era todo: Todd venía con retraso. Pero ¿desde dónde? Todd tenía muchos defectos, pero la impuntualidad nunca fue uno de ellos. De hecho, se puso a pensar en los años que habían pasado juntos. No recordaba haber tenido que esperarlo ni una sola vez.

Hasta ahora.

—Será eso. —Fred esbozó una sonrisa forzada. El mechón de pelo con el que intentaba disimular su calvicie se estaba deslizando sobre su frente perlada de sudor. Sostuvo un dedo en alto—. Deja que revise el piso de abajo una vez más. —Se acercó a lo alto de las escaleras y se giró como un mayordomo diligente—. Pensé que debías saberlo, nada más.

Oh, no. Lara había visto esa expresión antes. Fred estaba adoptando el semblante ensayado que mostraba cuando organizaba funerales y canalizaba el dolor: el dolor ajeno. Era su oficio: reducir el caos de la pérdida hasta convertirlo en un ritual pulcro y bien ejecutado. Ahora le tocaba a ella. Con esas palabras cuidadosamente elegidas, Fred había empezado a prepararla para lo peor.

—¿Qué hora es? —preguntó Audrey.

—Las cinco menos veinte —respondió Fred sin mirar el reloj.

—Si no está aquí aún, tengo que avisarlos a todos de que la boda se pospone —zanjó Audrey—. Se pospone —enfatizó—. Hasta que averigüemos qué ha pasado.

Jason Barnes, el padre de Lara, había estado en el umbral, esperando la señal para acompañar a Lara hasta el altar. Ahora estaba asimilando la conversación mientras se aflojaba la pajarita, hasta que finalmente se la quitó. Como músico que era, Jason no estaba acostumbrado a usar corbata ni esmoquin.

—Vamos a esperarle un poco más. Aparecerá.

Miró a Lara a los ojos y sonrió. Así era Jason, el eterno optimista, el cándido de la Fender.

Tal y como era la norma, Audrey ignoró a su exmarido con un gesto de fastidio y devolvió su atención al padrastro de Todd.

—Tienes diez minutos, Fred. Eso es todo. No pienso permitir que mi hija lo espere aquí arriba más tiempo que ese.

Lara se acercó a su madre. Audrey tenía intuiciones sobre las cosas; sus capacidades no se limitaban a hechizar vestidos y encender luces. Su madre podía percibir el corazón de la gente, lo que había en ellos. Lo que había de verdad, no solo lo que aparentaban por fuera. Si alguien podía saber si Todd Sutton estaba camino de la iglesia o había salido del estado, esa era Audrey.

—¿Ves algo?

Su madre se limitó a negar con la cabeza.

—Nada.

Sin embargo, Lara supo que su madre estaba mintiendo. *¿Por qué?*

—¿Qué me estás ocultando?

—Nada —repitió su madre con más brusquedad de la cuenta—. No veo nada, Lara.

—¿Nada? —Lara contempló su vestido con un gesto dramático—. ¿En serio, madre?

—No veo a Todd. —Audrey parecía afligida—. Lo siento.

Eso era imposible. Su madre podía verlo todo. Cada transgresión que había cometido Todd, Audrey la olía en él, como un perro.

—¿Qué significa eso?

—No lo sé. —Su madre había bajado la voz.

Al oír esas palabras —no lo sé—, algo cambió dentro de Lara. El ambiente comenzó a enrarecerse. Intentó respirar, pero el corsé del maldito vestido impedía que sus pulmones se expandieran. Tiró del corpiño, pero no cedió. Se concentró y empezó a hechizar la cremallera, notando cómo se relajaban sus costillas a medida que se aflojaba la tela. Cuando miró arriba, divisó a Caren Jackson, su dama de honor, que se encontraba en el umbral con su vestido de tafetán de color lavanda, observando con la boca abierta cómo el vestido de novia de su amiga parecía desabrocharse por medio de unas manos invisibles.

A Lara le flaquearon las piernas y tropezó con el muñeco del Niño Jesús en su cuna que se encontraba pegado a la pared. Caren la sujetó y la acompañó hasta la silla del profesor, de tamaño normal. Lara comenzó a arrancar los tallitos de gipsófilas del recogido de Caren, empezando por el mechón que estaba más cerca de los ojos de color castaño oscuro de su amiga, para después pasar a otros brotes situados cerca de su oreja.

—A tomar por saco las gipsófilas —dijo Caren, que empezó a tirar de los demás ramitos para arrancarlos.

Por alguna razón, ese gesto absurdo hizo reír a Lara. Esta situación era ridícula, de verdad que sí. Tenía que recomponerse. Apoyó la cabeza casi entre sus rodillas para no desmayarse.

—¿Qué debería hacer?

Caren había sido su mejor amiga desde que iban juntas al parvulario. Se sentaron juntas en las diminutas sillas de esa aula. Caren se agachó y la miró a los ojos.

—No lo sé, la verdad, pero ya se nos ocurrirá algo.

—¿Cómo ha podido...?

Caren se limitó a negar con la cabeza.

Al cabo de un rato, Fred subió por las escaleras y le susurró algo a su madre, a suficiente volumen como para que ella lo escuchara:

—No creo que vaya a venir.

—Tenemos que sacarla de aquí. —Audrey la agarró de la mano—. Ya.

Lara y su madre bajaron las escaleras de una en una en dirección al vestíbulo, con su padre a dos pasos por detrás. Por primera vez en su vida, Lara usó el pasamanos. La puerta de la iglesia se abrió. Su corazón pegó un respingo, con la esperanza de que fuera Todd. En su lugar, Chet Ludlow, el padrino de Todd, irrumpió por la puerta con el rostro enrojecido. Lo primero que pensó Lara fue que se había hecho un corte de pelo horrible para la ceremonia y que las fotos quedarían fatal. Después recordó lo que había pasado y se le cerró el estómago. Las fotos de la boda. Habría muchos más momentos como ese en el futuro, recordatorios crueles de lo que no había pasado aquel día. Su mundo estaba a punto de dividirse entre un «antes» y un «después».

Chet pareció sorprendido al encontrar a un grupo de gente plantada en el vestíbulo. Se giró hacia Lara.

—Lo he estado buscando durante la última media hora. Te lo juro.

—¿Y? —inquirió Caren con firmeza.

Chet negó impetuosamente con la cabeza.

—No he podido encontrarlo por ninguna parte.

Convencida de que le estaba diciendo la verdad, Lara asintió y atravesó las dobles puertas de madera de estilo gótico con una fortaleza que no sabía que tuviera. Cuando llegó al exterior, por medio de un giro cruel del destino, el sol había empezado a asomar por detrás de una nube.

Al escuchar unas pisadas por la acera, Lara bajó la mirada y vio a Ben Archer, el jefe de policía de Kerrigan Falls. Estaba jadeando, su uniforme se alzaba y se comprimía como si acabara de pegarse una buena carrera.

En ese momento tan íntimo como humillante, Lara esperaba no ver a nadie, menos aún a un perfecto desconocido, pero sus miradas se cruzaron y comprendió que él tampoco tenía nada nuevo que contar.

Aquel día no iba a celebrarse ninguna boda.

3

Kerrigan Falls, Virginia
10 de octubre de 2004

on el teléfono en vibración, Ben Archer tardó un minuto en reconocer el sonido que estaba escuchando hasta que el dispositivo se desplazó por la mesilla de noche y cayó al suelo de madera, traqueteando como un juguete de cuerda infantil. Eso lo despertó.

Deslizando la mano por debajo de la cama, lo recogió justo cuando saltaba el buzón de voz. Mierda. Era Doyle Huggins, su ayudante. Ben detestaba esos móviles modernos. La idea de que ahora estaba conectado con Doyle las veinticuatro horas del día le resultaba insoportable. Pulsó un botón para devolver la llamada.

—Son las seis, Doyle. —Lo dijo en voz baja, pese a que estaba solo.

—Lo sé. Es que pensé que querrías saberlo cuanto antes. Han encontrado un coche hace una hora... El coche de Todd Sutton.

Ben sintió un nudo en la garganta.

—¿Estás seguro?

—Oh, sí —dijo Doyle—. No hay duda de que es su coche.

—¿Se sabe algo de Sutton? —El día anterior, Ben había estado buscando al novio fugado durante horas.

—Todavía no hay rastro de él, pero sigo buscando.

—¿Dónde estás?

—Eso es lo jodido. —Doyle titubeó antes de proseguir—. Estoy en mitad de Wickelow Bend.

A Ben se le cortó el aliento.

—Estaré allí enseguida.

Abandonó la calidez de la cama y se vistió a toda prisa. Tras comprar un café en el 7-Eleven, Ben circuló por el puente de Shumholdt con su espectacular panorámica de los treinta metros de caída de la cascada de Kerrigan.

A setenta minutos al sudoeste de Washington, Kerrigan Falls recibía su nombre del caudaloso y ondulante río Kerrigan, que fluía hacia el sur durante otros noventa y cinco kilómetros. Famoso por sus enormes rocas y árboles caídos que cruzaban el pequeño desfiladero como si fueran barritas de regaliz, el río Kerrigan discurría en paralelo a la cordillera Azul, que se alzaba sobre el diminuto contorno del pueblo.

Situado a la entrada de esta región famosa por sus vinos y sus caballos, Kerrigan Falls estaba rodeado por las húmedas y frondosas colinas de la campiña de Virginia, con sus viejos criaderos de caballos y sus viñedos jóvenes. En los últimos diez años, los turistas habían empezado a abarrotar la zona por su pintoresco centro histórico, comprando granjas viejas, abriendo tiendas de antigüedades y librerías de viejo. En su apogeo, después de la guerra, el pueblo había acogido la fábrica de mostaza de la marca Zoltan, y antes que eso, al famoso circo (o infame, dependiendo de la historia) Le Cirque Margot. Durante el último año, se había producido un cambio notable en la región. Un chef famoso de Washington había abierto un restaurante con el que consiguió una estrella Michelin. Gente que antes trabajaba por turnos en la vieja fábrica de mostaza ahora regentaba hostales en amplias mansiones victorianas, rematadas con cercas de madera y balancines en el porche.

El centro del pueblo estaba dispuesto como un decorado de una película de los años cuarenta: marquesinas, fachadas de ladrillo arenado, un teatro central, grandes iglesias de piedra en las esquinas y casas victorianas restauradas con meticulosa devoción. El cine Orpheum seguía proyectando *Qué bello es vivir* el sábado previo a Navidad, con todas las entradas vendidas. Había una perfección extraña y antinatural en Kerrigan Falls.

Ben seguía siendo el propietario de una casa victoriana, aunque no vivía en ella. Según el acuerdo de divorcio, Marla iba a comprarle su parte, pero había mostrado poco interés en vender. Así que Ben se dedicó a parar frente a las casas que tenían un cartel de SE VENDE delante de la fachada para determinar si los agentes inmobiliarios de las fotos parecían lo bastante codiciosos. Cualquier agente que contrataran tendría que saber transitar entre las prisas de Ben por vender y la reticencia de Marla. Miró de reojo hacia el asiento del copiloto, donde había anotado un puñado de números de agentes inmobiliarios junto con un dibujito caricaturesco de su propia casa, a la sombra del enrejado ornamental y el mirto que adornaba la fachada.

Sinceramente, el pueblo era demasiado perfecto. Nada —ni un tiroteo, ni un atraco, ni siquiera un hurto menor— se había producido allí. Ben Archer era casi el hazmerreír de cada encuentro o convención de la policía en la Commonwealth de Virginia. El *Washington Post* publicó el año anterior un artículo sobre «el fenómeno de Kerrigan Falls» en la sección de Estilo. (*¿La sección de Estilo?*) Si buscabas en los archivos, como tantas veces había hecho Ben, comprobarías que el último asesinato dentro del término municipal tuvo lugar en 1938. Los condados del entorno tenían su ración de homicidios, asesinatos con suicidio posterior y colisiones múltiples en la autopista, pero esos incidentes nunca cruzaban la frontera, como si no quisieran ofender al condado de Kerrigan. Aunque sí se produjo un caso en particular.

Y ese caso estuvo muy presente en los pensamientos de Ben Archer aquella mañana.

Tras cruzar el puente, su coche se aproximó a la curva cerrada que conformaba Wickelow Bend. Al otro lado comenzaba la arboleda que conducía hasta una extraña porción de terreno acertadamente denominada Wickelow Forest. Por la noche, sobre todo en verano, Ben sabía que resultaba difícil ver la luna, a causa de las frondosas copas de los árboles. Incluso ahora, las hojas de color rojizo y amarillento resultaban exuberantes.

Aparcó detrás del coche patrulla de Doyle. Cuando salió del coche, su pie se hundió a fondo en un charco de barro de color chocolate.

—¡Mierda!

Doyle Huggins señaló al suelo.

—Tendría que haberte dicho que no aparcaras ahí. —Su ayudante se estaba fumando un cigarro al lado de su vehículo. Con su metro ochenta y ocho de estatura, su constitución espigada y sus ojos saltones, Doyle Huggins era un hombre al que nadie describiría nunca como atractivo. Señaló hacia el coche—. El equipo de la compañía del gas lo encontró esta mañana.

Ahí estaba. El Mustang blanco de Todd Sutton con las franjas centrales de color azul marino se encontraba ladeado con la mitad del armazón fuera de la carretera. Ben estuvo buscando ese coche hasta las dos de la madrugada, cuando al fin se dio por vencido y se desplomó sobre la cama. Buf, no quería ni pensar en tener que llamar a Lara Barnes para contarle la noticia. Corrían rumores de que Todd se fugó de su boda en ese coche el día anterior; encontrarlo allí, abandonado, parecía cambiar las cosas.

—Los del gas estuvieron a punto de chocar con él. Los papeles de Sutton están en la guantera. —Doyle estaba escribiendo algo, como si de verdad estuviera tomándose la molestia de tomar notas.

—¿Y Sutton? —Ben se inclinó para ver lo que estaba garabateando, convencido de que tenía que ser una lista de la compra.

Doyle negó con la cabeza.

—Ni rastro de él.

—Llama a los hospitales —dijo Ben—. A ver si ha aparecido por allí. Yo llamaré a sus padres.

—Alguien tiene que avisar a Lara Barnes.

—Yo me ocuparé —atajó Ben.

—Me lo imaginaba. —Doyle escupió al suelo—. Es un coche bonito. —Estaba resollando ligeramente. Sus zapatos rechinaron mientras se acercaba hasta Ben—. El conductor de la compañía del gas dice que es un modelo de 1977. Sabe esa clase de cosas.

—Es del 76, Doyle —replicó Ben—. Un Ford Mustang Cobra II. El mismo coche que conducía Jill Munroe en *Los ángeles de Charlie*.

—¿Es un puto coche de tías? —Doyle inspeccionó la carrocería del vehículo con el ceño fruncido.

—Es un clásico, Doyle. —Daba la sensación de que su ayudante estaba intentando tocarle las narices esa mañana. Ben contempló el bosque blanco de Wickelow Bend. Estaba en silencio, resultaba incluso inquietante, como si el bosque estuviera conteniendo el aliento, esperando a que se marchara para poder encontrar de nuevo la paz—. ¿Has registrado el bosque en busca de un cuerpo?

—Un poco —respondió Doyle—. Pero tenemos que hacer una búsqueda más exhaustiva. Seguramente necesitaremos unos cuantos voluntarios.

—Está bien. Llamaré a la policía estatal a ver si conseguimos que envíen a alguien, pero intenta reunir un equipo para empezar a buscar cuanto antes.

Ben contempló el tramo del puente de Shumholdt que se desplegaba por detrás de ellos. Wickelow Bend era uno de esos lugares mágicos sobre la tierra. Solo con estar allí, en el tramo de doscientos metros que componía el trazado de la curva, Ben podía sentir la atracción que ejercía. Por esa razón, mucha gente no circulaba por allí y se decantaba por la interestatal que les obligaba a dar un rodeo de casi diez kilómetros para evitar ese pequeño tramo de carretera. Durante el final de la Segunda Guerra Mundial, Wickelow Bend había sido la entrada a la oficina de Le Cirque Margot, pero cuando el circo cerró a principios de la década de 1970, la vieja carretera quedó cubierta por la vegetación, el bosque borró cualquier traza. Ben sabía por su padre que muchos de los lugareños temerosos de Dios detestaban el circo en esa época, pregonaban en contra de él ante sus congregaciones.

Ahora, en el otoño, el bosque era el escenario de apuestas regadas con alcohol. Los chavales se retaban entre sí para comprobar si eran capaces de pasar una noche en Wickelow Forest. Se contaban historias descabelladas, como la del hombre que supuestamente ató a un árbol a dos de sus perros hasta que pudiera recuperar su camioneta, pero por la mañana no encontró más que un puñado de huesos. Ben pensaba que debió tratarse de un caso de hipotermia y que después unos animales hambrientos remataron a los perros, pero se preguntaba a qué clase de idiota se le podría ocurrir atar a sus mascotas a un árbol en mitad del bosque. A cada año que pasaba, las historias y los retos absurdos no hicieron más que aumentar por la zona.

—¿Por qué no intentas buscar huellas en el coche y compruebas si hay restos de pelo o sangre? —preguntó Ben mientras regresaba hacia el coche—. Llevas encima el kit, ¿verdad? Si no, creo que tengo algo en la parte trasera del coche.

—¿No se cabrearán los estatales? A ver, yo nunca he tomado una huella. Nosotros no hacemos esas cosas, Ben. Nunca nos ha hecho falta.

Doyle se metió una mano en el bolsillo trasero y sacó una lata de tabaco Copenhagen. A Ben le pareció que tardó una eternidad en desenroscar la tapa.

—Solo tienes que seguir las indicaciones del kit. —Ben no quería que metiera la pata—. Olvídalo. Ve a buscarlo y ya tomaré yo las huellas. Tenemos que trazar un círculo desde esta zona hasta ese árbol de allí, luego hasta ese otro, y buscar palmo a palmo. Cualquier cosa que se salga de lo normal.

Ben sacó un par de guantes de látex de la parte trasera de su coche y comenzó a buscar las llaves dentro del Cobra. No estaban puestas en el contacto. Miró debajo de las alfombrillas. Nada.

—¿Encontraste alguna llave, Doyle?

Su ayudante se asomó por la ventanilla del copiloto.

—No.

—¿Las buscaste siquiera? —Ben murmuró entre dientes y tomó aliento mientras se acercaba de nuevo al maletero del Cobra para comprobar si había algún botón de apertura manual, pero no encontró nada.

Luego se montó en el asiento trasero y se sintió aliviado al no percibir ningún olor a descomposición. No estaba de humor para encontrar un cadáver. Tiró del asiento trasero y echó un buen vistazo dentro del maletero. Alumbró el interior con su linterna y lo encontró vacío.

—Ya he mirado ahí —dijo su ayudante—. Aquí no hay nada, jefe.

—Podrías habérmelo dicho, Doyle.

—No me lo preguntaste —respondió el otro, encogiéndose de hombros.

En la parte delantera, en el lado del copiloto, el suelo estaba cubierto de cintas de AC/DC y Guns "N" Roses, y también había un envoltorio del Burger King estrujado sobre el asiento. Ben revisó la fecha en el ticket: 9 de octubre de 2004, 11:41 h. La mañana del día de la boda.

Ben cerró la puerta y trazó un círculo alrededor de la zona, en busca de algo que se le hubiera pasado por alto.

—¿Por qué ha tenido que ser aquí?

—Este no es un simple tramo de carretera y lo sabes, jefe.

Doyle tenía razón. El otro caso famoso, el de Peter Beaumont, correspondía a un músico que desapareció en 1974. Aunque la gente no recordase su nombre o no hubiera nacido cuando sucedió, Peter Beaumont fue el génesis de las leyendas relacionadas con Wickelow Bend. Desapareció en ese preciso lugar, su Nova apareció con un cuarto del depósito de gasolina, la emisora 99.7 K-ROCK sonando a toda pastilla en la radio y la puerta del conductor abierta.

Pero había algo aún más desconcertante que Doyle no sabía, porque se había omitido en los periódicos. Ben Archer recordaba el día que el Chevy marrón de Peter apareció allí. Para ser otoño, hizo una mañana inusualmente cálida. Ben acompañó a su padre, el jefe de policía, y aún podía visualizar el coche. El Cobra II de Todd Sutton no solo estaba aparcado más o menos en el mismo punto, sino que además estaba posicionado en el mismo ángulo exacto, como si se tratara de algo premeditado.

Hasta que regresó a la oficina y sacó el informe de Beaumont, Doyle tampoco conectaría otro detalle común entre ambos casos. El primer coche, el de Peter Beaumont, apareció abandonado allí el 10 de octubre de 1974.

Justo treinta años antes.

4

Kerrigan Falls, Virginia
20 de junio de 1981

Alguien la miraba desde arriba.

—Creo que tengo manchas de hierba. —El hombre levantó la rodilla—. ¿Te lo imaginas?

—¿No las habías tenido nunca? —La mujer examinó el tejido.

—¿Dónde iba a hacerme una mancha así? —El hombre empleaba un tono abrupto, como si estuviera hablando con una idiota.

—¿Cómo quieres que lo sepa? —La mujer sostenía una sombrilla sobre su cabeza. Después se agachó para acariciarle el rostro a Lara, que se vio reflejada en las gafas de sol espejadas de la mujer—. ¿Crees que se habrá desmayado?

—*Elle n'est pas morte* —dijo el hombre.

No sabía que Lara hablaba francés a la perfección.

—Puedo entender lo que dice. Y no, no estoy muerta.

—Vaya, además es lista. —El hombre sonrió.

Antes de la llegada de la pareja, Lara había estado sentada en el campo, dando de comer una zanahoria a su caballo favorito, al que su madre le permitió llamar Gomez Addams. Cambiaba los nombres de los equinos con frecuencia. Fuera cual fuese su apelativo aquel día, el caballo se dedicó a masticar sonoramente, enseñando mucho los dientes, provocando las risas de Lara. Fue entonces cuando los divisó: una pareja extraña que caminaba hacia ella en mitad del prado.

Estaban completamente fuera de lugar en la campiña. Al principio, Lara pensó que serían antiguos intérpretes de Le Cirque Margot. En verano, los intérpretes solían sentir nostalgia de los viejos tiempos y visitaban a su bisabuela. Escrutó a los dos individuos que tenía delante. Normalmente, los viejos trabajadores circenses no llegaban con el uniforme puesto, pero nunca se sabe; eran gente extraña. A medida que la pareja se acercó para inspeccionarla, Lara comprobó que eran demasiado jóvenes para haber actuado en Le Cirque Margot.

Él era un hombre alto y delgado, atractivo, ataviado con una camisa blanca y holgada, y unos pantalones de color marrón claro. A su lado, una mujer rubia portaba una sombrilla. Lara percibió un ligero acento sureño, e iba vestida con un traje rosa con lentejuelas. Tenía unas piernas largas, como una cabaretera de Las Vegas. Lara acababa de ver en la tele una reposición de *Starsky y Hutch*, donde estaban en Las Vegas, y esta mujer se parecía muchísimo a las que salían en el episodio. No había visto un traje más bonito en su vida. Al parecer estaban discutiendo, porque Lara pudo oír cómo la mujer alzaba la voz.

El siguiente pensamiento lógico que tuvo fue que debían ser unos amigos músicos de su padre. Los bateristas siempre iban y venían. El pelo de aquel hombre descendía en bucles hasta la parte superior de los hombros, como pasaba con los protagonistas de las portadas de la colección de discos de su padre, pero caminaba hacia ella con determinación. ¿Y por qué no iban por la carretera? Cuando se acercaron más, Lara no pudo verles los ojos, ocultos tras sendas gafas de sol redondas y espejadas. El hombre dejó de caminar y se inclinó hacia el desnivel de la colina. Parecía que le faltaba el aire.

—¿Están buscando a mi padre? —Lara hizo visera con una mano para poder verlos mejor.

—No, tonta —respondió él—. Te estoy buscando a ti, señorita Lara Barnes.

—Lara Margot Barnes —lo corrigió ella y cruzó los brazos para demostrar que hablaba en serio.

—Oh, ¡qué linda! —La mujer se giró hacia su acompañante—. ¿Has oído eso?

—Pues claro que lo he oído, Margot. No me he movido del sitio, ¿verdad?

La mujer soltó una risotada tan estridente que Gomez Addams levantó la cabeza.

El hombre tenía acento francés, igual que la bisabuela de Lara, Cecile. La mujer venía del sur, seguro, como su madre. Era una combinación peculiar. Formaban una extraña pareja.

Mientras los observaba a los dos, algo se curvó por el horizonte, como cuando el aire titila a causa de un calor extremo. Lara parpadeó con ahínco, asegurándose de que no estuviera teniendo visiones. El mundo comenzó a girar y le flaquearon las piernas; se deslizó hacia abajo, como cuando jugaba a hacerse la muerta al recibir un disparo de una pistola de juguete.

Cuando abrió los ojos, se encontró tendida sobre la hierba, contemplando a la curiosa pareja.

—¿Lo sabrá? —La mujer miró al hombre.

Él parecía irritado.

—Por supuesto que no.

—¿El qué? —Lara se apoyó sobre los codos. Había oído historias de secuestradores, pero esos dos no tenían pinta de raptar niños. Pensó que podría dejar atrás a la mujer corriendo, que llevaba zapatos de tacón alto en un prado. Al menos, no tenía la vista borrosa y ya no se sentía mareada.

—Que eres especial. —El hombre sonrió—. Pero eso ya lo sabes, ¿verdad? —Empleó un tono mordaz—. La magia de alguien acaba de manifestarse.

¿De qué estaba hablando? *¿Qué magia?*

—Recuerdo cuando se manifestó mi magia —dijo la mujer, que cerró los ojos para paladear un recuerdo—. Podía encender la radio sin tocarla. *Maman* acabó desquiciada. —Ladeó la cabeza, como si Lara fuera un animal exhibido en el zoo—. Además, es muy guapa. ¿No crees que se parece a mí?

El hombre cerró los ojos, enojado.

—No sé por qué te traigo.

—Porque soy tu favorita y lo sabes. —La mujer volvió a acariciarle la mejilla a Lara con un gesto maternal—. Es ella, no hay duda.

—Pues claro que lo es. —Finalmente, el hombre se inclinó sobre Lara—. Esta vez me he asegurado de ello. Recuerda esto, mi querida chiquilla. Tenemos grandes planes para ti, Lara Barnes. Ese muchacho de tu futuro no es tu destino.

—Oh, ella no se acordará. —La mujer soltó un ligero bufido. Con esos labios carnosos y esa nariz respingona parecía una estrella de cine—. Pensará que lo ama. A todas nos pasa lo mismo.

—Eso me temo, desgraciadamente —repuso el hombre, que se quitó las gafas para que Lara pudiera verle los ojos.

Eran de color ambarino y había algo en ellos que le resultó extrañamente familiar. Lara tardó unos instantes en procesarlo. Sus pupilas eran horizontales, como las de la cabra que tuvieron en la granja el verano anterior. Nunca le quedaba claro si la cabra la estaba mirando a ella, y ahora volvía a tener esa misma sensación, el impulso de mirar atrás para comprobar hacia dónde estaba mirando aquel tipo.

—El amor. Es la cruz de mi existencia. —El hombre meneó la cabeza con gesto lastimero—. Y, por desgracia, esta también lo lleva en los genes. —Miró de reojo a la mujer.

—No es culpa mía. —La mujer se puso en cuclillas. Sus zapatos seguían impolutos, sin una sola mancha de tierra encima.

Lara miró en derredor, preguntándose si alguien —aparte de los caballos— podía verlos, pero la hierba se meció en silencio. A lo lejos, oyó el ruido de una puerta mosquitera al cerrarse de golpe.

—Algún día —añadió el hombre—, volveré a encontrarte, Lara Barnes.

Le tocó la punta de la nariz, lo que provocó que volviera a desmayarse. Cuando se despertó al cabo de un rato, la pareja ya no estaba.

5

Kerrigan Falls, Virginia
10 de octubre de 2004

En algún momento de la noche, Lara se despertó y vio que la cortina ondeaba suavemente sobre su cama. Se tomó un somnífero cuando regresaron a casa desde la iglesia, así que había dormido plácidamente hasta ahora. Miró el reloj: eran las 5.52 h. Se había pasado inconsciente casi doce horas. Nada de lo sucedido en el día de su boda había salido según lo planeado. Se levantó de la cama y bajó por las escaleras sin hacer ruido.

Antes de quedarse dormida, recordaba haber oído teléfonos sonando y portazos. En el fondo, esperaba encontrar a Todd junto a su cama cuando se despertara, con alguna historia descabellada acerca de emborracharse en el bosque o caerse a un pozo. Echó un vistazo por su habitación. No había ninguna nota.

¿Nada? ¿De verdad no ha pasado por aquí?

Entró en el comedor y buscó algún indicio de que Todd hubiera llamado mientras ella dormía, aunque fuera una nota sucinta de su madre para informarla de que «el chico» había dejado un mensaje. Nada. La casa estaba en silencio. Era impensable, la verdad. Seguro que había habido un error, alguna explicación lógica. Ella no pensaba perdonárselo, esta vez no, pero al menos le debía una respuesta por haberla dejado plantada en su boda. Ese silencio evocaba una sensación de finalidad, como si Lara hubiera sido olvidada, abandonada.

Los regalos de boda envueltos con papel plateado estaban encima de la mesa del comedor, formando un revoltijo caótico. Se preguntó si su madre no habría derribado a propósito la meticulosa pila que formaban. Audrey, todavía ataviada con su albornoz azul, estaba dormida en el sillón orejero del salón con la luz encendida. Había estado leyendo y no se había molestado en quitarse la gruesa capa de maquillaje para la ceremonia.

Lara atravesó el vestíbulo sin hacer ruido, pasó junto a los retratos familiares en blanco y negro, así como las fotos de sus caballos premiados y el retrato de su bisabuela a lomos de un corcel. Cuando pasó junto al cuadro, un detalle llamó su atención: la gargantilla. Alzó una mano para tocarse el cuello. Allí no había nada. Todavía notaba el roce de la gargantilla sobre la clavícula, no recordaba habérsela quitado, aunque muchas cosas que pasaron en la hora posterior a la salida de la iglesia estaban borrosas. En cierto momento, debió de cooperar con su madre, porque también se había quitado el vestido de novia y ahora llevaba un camisón de algodón sin mangas que parecía sacado de otro siglo.

En cuanto puso un pie en el exterior, sintió el impacto de la brisa. Se le erizó la piel de los brazos y se los frotó para entrar en calor. Se dirigió al prado donde, de adolescente, pasó tantos ratos en compañía de Todd. Mientras se sentaba sobre una suave porción de hierba, pensó que había algo reconfortante en el hecho de volver a estar allí. Le recordaba a una época más sencilla.

Su madre solía levantarse a las cinco, así que los animales se rebullían inquietos, esperando a que Audrey los alimentara. Dirigieron su atención esperanzada hacia Lara. A ella le pareció oír un crujido entre la hierba alta que se extendía a su espalda. Se giró para ver mejor.

—¿Todd?

En lugar de encontrar allí su figura espigada, lo único que vio fue la hierba que se mecía con suavidad. De nuevo creyó percibir un movimiento y se giró, con la esperanza de que Todd emergiera de entre los árboles. No era la primera vez que aparecían por allí cosas misteriosas

—gente misteriosa—, solo que ahora las recibiría con los brazos abiertos. Incluso volvió a soñar con ellas la noche anterior.

Estaba finalizando la cosecha en el valle y Lara sabía que los temporeros de los viñedos cercanos habrían salido a trabajar esa mañana, en una carrera contrarreloj para recolectar cualquier uva tardía que estuviera madurando. Esperando oír el petardeo del motor de los tractores y los gritos y risas de los recolectores más madrugadores, acercó las piernas al cuerpo, sosteniendo la mirada del imponente caballo castaño que había comenzado a mirarla desde su cerca. Parecía como si se hubiera detenido el tiempo. Incluso la escena en la casa parecía salida de uno de esos episodios de *La dimensión desconocida*, donde todo el mundo se había sumido en un sueño profundo y Lara era la única persona consciente, que se dedicaba a deambular por la tierra.

No sabía cuánto tiempo llevaba sentada cuando oyó un traqueteo sobre la gravilla y después vio el fulgor de unos faros que se acercaban por el camino de acceso a la casa. Se le cortó el aliento. *¡Todd! Oh, gracias a Dios.*

Todo había sido una horrible pesadilla.

Pero el coche que emergió de entre los árboles no era el Mustang blanco de Todd. Era un Jeep Cherokee oscuro. Había visto antes ese coche. La puerta se abrió y apareció la silueta de un hombre. Por la manera que tuvo de apoyar la mano con pesadez sobre el techo antes de rodear el coche, Lara supo que, fuera quien fuese, traía malas noticias.

Se levantó de un brinco y corrió colina abajo, olvidando que solo iba vestida con un fino camisón de algodón. Verla emerger del prado, con el pelo convertido en una maraña rubia y el maquillaje corrido, debió de producir una imagen espeluznante.

—¿Lo han encontrado?

El rostro era familiar y Lara tardó un rato en ubicarlo. Era Ben Archer, el jefe de policía. De inmediato, el agente se quitó la chaqueta y se la puso sobre los hombros.

—¿Cuánto tiempo llevas aquí? Hace un frío que pela.

Lara contempló el prado con gesto inexpresivo. Había mucha más claridad que cuando salió de casa. Divisó el contorno de las montañas en la distancia.

—No lo sé. Media hora. Me pareció oír algo.

—Por el amor de Dios, Lara —dijo una voz.

Lara se dio la vuelta y vio a su madre junto a la puerta, envolviéndose con fuerza en su albornoz.

—La he encontrado aquí fuera.

Su madre la agarró del brazo y la condujo hasta el porche delantero y luego a través de la puerta. Una vez dentro, el jefe de policía no avanzó mucho más allá de las escaleras.

—Hemos encontrado el coche de Todd.

Lara sintió que la habitación daba vueltas y notó que le fallaban las piernas. La asaltó una oleada de pensamientos. ¿Qué preguntas debería hacer? ¿Debería sentarse o permanecer de pie? ¿Necesitaría pañuelos? Se diría que pasó una eternidad hasta que comprendió que se había referido al coche de Todd. No a Todd. Ben no había dicho que hubiera aparecido muerto.

—¿Qué pasa con Todd? —Audrey la había sujetado por los hombros.

—¿Está herido? —añadió Lara, con un tono agudo de esperanza, porque la alternativa era peor.

Ben negó con la cabeza.

—No hay ni rastro de él.

—¿Cómo que no hay ni rastro? —inquirió Audrey. Lara percibió un deje en su voz que la incitó a darse la vuelta para mirarla. Por mucho que lo negara, su madre sabía algo.

—Hemos llamado a la policía estatal. —Ben Archer se frotó la nuca—. Van a llevarse el coche para analizarlo.

Tenía una barba incipiente y una expresión de agotamiento. Entrelazó las manos por delante del cuerpo, como un sepulturero en un funeral inesperado.

Lara pensó que, al vivir en Kerrigan Falls, lo más probable era que nunca hubiera tenido que transmitirle malas noticias a nadie, así que no tenía práctica. Allí nunca pasaba nada. Hasta ahora.

—Por eso quería venir a hablar con vosotras —continuó—. Van a transportar el coche por el pueblo en una grúa. La gente se dará cuenta. Hablarán. —Titubeó—. Solo quería preveniros. Ahora tengo que ir a hablar con Fred y Betty.

—¿Todavía no lo saben? —Lara se llevó una mano a la boca, conmocionada. Se imaginó a Betty Sutton escuchando la noticia.

Ben negó con la cabeza.

—He venido aquí primero.

—¿Dónde encontraron el coche? —preguntó Audrey en voz baja, expectante incluso.

Lara escrutó los rasgos de su madre, buscando algo.

Ben titubeó antes de responder.

—En Wickelow Bend.

Audrey abrió mucho los ojos, pero no fue un gesto de sorpresa. Lara tomó nota mental de ese detalle. Se había producido algo entre su madre y Ben Archer que no se expresó con palabras. Ante la mención de Wickelow Bend, Audrey pareció quedarse sin aire.

—Entiendo.

—¡Un momento! ¿El tramo de carretera encantado por el que se les dice a los jóvenes que no deben circular? —Lara miró a Ben—. ¿Ese Wickelow Bend? ¿Qué diablos estaría haciendo Todd allí? —Lara miró a su madre con suspicacia. Audrey se había puesto muy pálida y parecía que temblaba—. ¿Qué me estás ocultando?

—Ocurrió un día como hoy, hace treinta años. —La respuesta de Audrey iba dirigida a Ben—. Lo recuerdas, ¿verdad?

—Estuve allí, Audrey —repuso él. Se metió las manos en los bolsillos y clavó la mirada sobre sus zapatos—. Era el cumpleaños de mi padre. Siempre me llevaba a dar una vuelta en el coche patrulla.

—Vaya, siempre me olvido de tu padre. —Audrey parecía agotada—. Pero solo eras un niño.

—¿De qué estáis hablando? —Lara se quedó mirándolos—. No han encontrado a Todd. Eso es bueno, ¿no?

Ben titubeó, como si estuviera buscando la manera de contarle una noticia trágica a un niño.

—En 1974…, el 10 de octubre, para ser más exacto…, encontramos un coche abandonado en la carretera. Pertenecía a un hombre llamado Peter Beaumont. Te voy a ser muy sincero: el coche de Todd ha aparecido hoy en el mismo lugar exacto.

—Todos hemos oído esa historia —repuso Lara—. ¿Me estás diciendo que es cierta?

—Sí —dijo Audrey en voz baja—. Peter Beaumont era el mejor amigo de tu padre.

—Pero Todd no tenía ninguna relación con Wickelow Bend ni con ese hombre desaparecido.

—Peter Beaumont no solo era un hombre desaparecido —dijo su madre, que adoptó un sorprendente tono de irritabilidad mientras aferraba el cuello de su albornoz, cerrándolo a la altura del cuello—. Tu padre y él se criaron juntos aquí. Montaron su primer grupo de música en el garaje de Jason.

Lara estaba confusa. Aunque sabía que no debía conducir de noche por Wickelow Bend —nadie lo hacía—, nunca había oído el nombre de Peter Beaumont hasta ahora. Los críos contaban historias descabelladas sobre Wickelow Bend, pero no incluían nombres. Era un hombre del saco anónimo…, un desaparecido. Nunca se les pasó por la cabeza, ni a sus amigos ni a ella, la idea de que una persona real hubiera podido desaparecer. Solo era una vieja leyenda. ¿Y Peter Beaumont? Lara estuvo de gira con el grupo de su padre durante un año. Nadie conocía su carrera musical mejor que ella.

—Y, aun así, ¿nunca se os ha ocurrido mencionar su nombre?

Fue un comentario incisivo y Lara percibió cómo hacía mella en su madre, pero no pudo determinar por qué esa revelación le estaba afectando tanto.

—Tengo que ir a avisar a los Sutton —se excusó Ben.

—Por supuesto —dijo Audrey.

Agarró el picaporte y luego volvió a darse la vuelta.

—Lo siento, Lara. Ojalá pudiera darte mejores noticias.

—¿Todavía lo seguís buscando?

—Por supuesto —respondió—. Doyle tiene un equipo registrando el bosque. Pero…

—Pero ¿qué?

—Peter Beaumont no apareció nunca. —Audrey terminó la frase por él.

—Correcto. Técnicamente, el caso Beaumont continúa abierto —dijo el policía. Ben tamborileó con el dedo sobre la puerta, con nerviosismo.

Lara sintió el impacto de lo que estaban insinuando. No se trataba de un simple malentendido relacionado con su boda. Estaban diciendo que tal vez no volvería a ver a Todd. Notó una presión por detrás de los ojos y se concentró en un punto fijo de la pared para no romper a llorar.

—Estamos en contacto. —Ben le dirigió un ademán con la cabeza a Audrey. Lara se fijó en las gruesas manchas de barro de su uniforme y en los círculos oscuros que tenía bajo los ojos. Iba a ser un día largo. Por eso, se sintió agradecida con él. Parecía tan hecho polvo como ella.

Cuando se dio la vuelta, Lara comprobó que su padre se encontraba en el umbral, escuchando toda la conversación. Tenía lógica que quisiera acompañarla después de lo ocurrido en la boda, pero Lara no sabía que estaba en casa.

—Supongo que lo has oído. —Audrey se deslizó las manos por el pelo, como si estuviera intentando recobrar el aplomo.

Lara experimentó una oleada de rabia, pero no supo por qué.

—¿Por qué nunca me habéis hablado de Peter Beaumont?

De repente, un nombre que no había escuchado hasta aquel día se había vuelto significativo. Ahora parecía que Peter y Todd estaban entrelazados por el mismo destino.

—No podía hablar de él. —Jason concentró su atención en Audrey.

Lara cayó en la cuenta de algo. Había sido una idiota. Se giró hacia su madre.

—Tú lo sabías. —La sangre compartida que corría por las venas de ambas se lo confirmó—. Ayer intentaste quitarme de la cabeza la idea de casarme. Era por la fecha, ¿verdad? Tú sabías que pasaría algo ese día.

—Pensaban que Peter desapareció en realidad el día nueve y que no encontraron su coche hasta el día siguiente. Siempre he odiado ese día. —Su madre inspiró hondo—. Esperaba estar equivocada.

Lara le lanzó una mirada incrédula y soltó una risotada.

—Tú nunca te equivocas.

—Así es —admitió Audrey—. Pero, por tu bien, ojalá me hubiera equivocado esta vez.

6

Kerrigan Falls, Virginia
20 de junio de 2005 (nueve meses después de la boda)

Después de que Todd no se presentara, se fugara, desapareciera, la dejara plantada, pusiera pies en polvorosa, hubiera sido abducido por alienígenas o cualquier otra teoría descabellada, Lara se planteó mudarse de Kerrigan Falls.

Nada la había preparado para lo que vendría después. Primero hubo gente que especuló sobre la conexión entre los casos de Todd Sutton y Peter Beaumont.

Los reporteros acamparon en Wickelow Bend, como si esperasen que fuera a emerger algo de entre los árboles. La acechaban, tratando de conseguir entrevistas sobre la última vez que vio a Todd y para saber si él creía en lo sobrenatural. Un programa de televisión, *Sucesos espectrales*, envió a un equipo de «cazadores» para un episodio titulado «La curva del Diablo», que fue el episodio más visto de la temporada y desembocó en llamadas de teléfono extrañas a todas horas, por parte de creyentes de lo oculto. Lara estaba tan afectada por esa atención excesiva que no rechistó cuando Audrey insistió para que se alojara en Granjas Cabot. Cuando empezaron a acercarse coches hasta la casa en mitad de la noche, Audrey instaló una verja al pie de la colina, después se cambiaron de número. Lara pasaba los días leyendo su horóscopo, viendo *Hospital general*, bebiendo Chardonnay y leyéndoles las cartas del tarot a Caren y Betsy, que acudían a visitarla como si fuera una estudiante de instituto enferma en casa con la mononucleosis. El apartamento que compartía con Todd estaba vacío. No podía soportar estar ahí sin él. En la emisora de radio le concedieron un mes de baja.

Luego estaba la gente que creía que Todd sencillamente la había dejado plantada. En cierto modo, esos eran los peores. Abundaban los rumores descabellados que aseguraban haberlo visto en el aeropuerto de Dulles el día de la boda, apuntando a que Todd podría haber buscado una nueva vida en otra parte a bordo de un 747. Si esta gente la veía comprando macarrones con queso precocinados en el supermercado, giraban sus carritos en mitad del pasillo para evitar hablar con ella, como si su desgracia fuera contagiosa. Para eludir las miradas de lástima, Lara empezó a hacer la compra en el supermercado de la autopista que abría toda la noche, a veinte kilómetros de distancia, empujando plácidamente su carro a las tres de la mañana con los borrachos y los universitarios fumados, cargados con bolsas de patatas fritas. Entonces el ejemplar diario del Kerrigan Falls Express empezó a desaparecer del buzón. Furiosa, Lara llamó al servicio de atención al cliente, solo para descubrir que Caren, por petición de Audrey, pasaba por allí en coche cada mañana y se llevaba la edición matutina para que Lara no tuviera que ver que la reportera Kim Landau había escrito otro artículo sobre la desaparición de Todd. Carteles de Desaparecido empezaron a extenderse por Kerrigan, por parte de personas bienintencionadas, como si Todd fuera un gato al que dejaron salir por la noche y nunca regresó. Se organizó una colecta de fondos. Aunque Lara nunca tuvo muy claro a qué iban destinados.

¿Y qué pensaba ella? Nadie tuvo nunca los arrestos de preguntárselo.

De haberlo hecho, dependiendo del día o incluso de la hora, Lara alternaba entre las dos teorías mayoritarias, lo que provocaba que se sumiera en una especie de limbo. Desde luego, la idea de que Todd estuviera muerto era una posibilidad real, aunque una parte de ella no podía estar segura. Darle la espalda le parecía una traición. Resultaba muy tentador sumirse en el misterio de Todd Sutton y Peter Beaumont, con su complejo argumento mágico relacionado con Wickelow Bend. En esa teoría, Todd era una víctima, no un granuja que la había abandonado. Lara conocía historias donde los seres queridos que se quedaban atrás alentaban esas ideas fantásticas solo para parecer ingenuos y desesperados cuando se demostraba que no eran ciertas. No podría soportar volver a quedar en evidencia. Con la boda había tenido bastante.

Lara creía más bien en la navaja de Ockham. En público, esta era la postura que adoptaba, que la ponía en desacuerdo con la familia de Todd, que seguía celebrando vigilias en Wickelow Bend. Todd la había dejado. Así de simple. Pero, incluso en ese caso, surgía una pregunta: ¿dónde estaba? La aparición de su coche vacío, a la mañana siguiente, ponía en cuestión esa teoría. Puede que Todd la hubiera abandonado, pero todo el mundo que lo conocía estaba de acuerdo en que jamás habría abandonado su coche.

Después de la boda, Lara cubrió con más frecuencia el turno de noche en la emisora, donde, durante años, solo lo hacía los fines de semana. Proporcionar la banda sonora para la gente que como ella vivía la noche —personal de urgencias, camareros, guardias de seguridad— tenía un gran atractivo especial. Un mes después de la boda, los empleados de 99.7 K-ROCK recibieron un aviso junto con el cheque de su salario: los propietarios habían puesto la emisora en venta. Algo se revolvió en su interior mientras leía el anuncio impreso en una cuartilla azul. Informaba a los trabajadores de que, aunque no se esperaban «cambios inmediatos, otro propietario tendrá el derecho a cambiar el formato de la emisora». Eso significaba que 99.7 K-ROCK podría convertirse en una emisora de *country* y que todos perderían su empleo. Parecía una señal.

Su abuelo, Simon Webster, fundador del *Kerrigan Falls Express*, le había legado la mitad de su patrimonio; no era una gran fortuna, como a él le gustaba aparentar, pero sí suficiente como para comprar las acciones de la emisora por los 200.000 dólares que pedían. Al ver una oportunidad, Lara acudió a su padre para comprobar si estaría interesado en dirigirla con ella.

Una semana más tarde, Lara vio que el cartel de Se Vende seguía colgado en la casa victoriana de ladrillo pintado y cuatro dormitorios que databa de 1902, la misma que estuvieron mirando antes de la boda. Habían soñado con arreglarla juntos. Con su gran porche, su majestuoso acabado en madera, su chimenea de mármol y sus puertas francesas, la casa costaba 40.000 dólares. También tenía suelos en ruinas, ventanas con corrientes de aire y una cocina inservible. Lara se instaló en la casa por 5000 dólares menos del precio inicial el día antes de comprar las acciones de la emisora de radio.

Sabía que las dos habían sido decisiones impulsivas, pero necesitaba poner distancia de por medio con su boda. Todas esas cosas, esos carritos de mudanza, turnos nocturnos y casas destartaladas la habían mantenido ocupada y exhausta, y le habían impedido pensar. Se trasladó a la casa en enero. Y tras cinco meses de pulir paredes, pintar, sacar clavos, reemplazar ventanas viejas con otras que respetaran la estética histórica y sustituir el antiguo sistema de calefacción, la simple mención de Todd ya no provocaba que su corazón latiera como una herida infectada.

Mientras contemplaba el desastre en que estaba sumido el suelo del comedor, Lara se planteó seriamente contratar a un profesional. Se había embarcado en la tarea de pulir los suelos de madera de pino de Georgia. Por supuesto, la casa no tenía aire acondicionado, y con la proximidad del verano estaba pensando en comprar unos cuantos dispositivos. La ola de calor de la semana anterior le había hecho dormir sobre un charco de sudor.

Su madre había estado rondándola últimamente, pasaba a diario por la emisora o por su casa con la excusa de darle algún consejo útil para la reforma, o para comentar con ella muestras de pintura y alfombras.

La puerta se abrió y Lara se arrepintió de haberle dado una llave a Audrey cuando los grandotes airedale terriers, Oddjob y Moneypenny, entraron brincando en el salón, corrieron en círculos alrededor de la lijadora y se pusieron a ladrar como si se tratara de una bestia amenazadora. Eran unos perros muy viejos, y, sin embargo, parecían cachorros. Lara habría jurado que ya vivían cuando ella era pequeña, pero Audrey insistía en que eran perros distintos con el mismo nombre. En fin, la gente hacía esas cosas. Rápidamente, Lara apagó la máquina, se quitó la mascarilla y las gafas protectoras y vio a su madre en el pasillo, sujetando un cuadro bajo un brazo y una funda de traje bajo el otro.

—¿Qué es eso? —Lara se cruzó de brazos. Cuando se movió, sus vaqueros, camiseta y zapatillas Converse dejaron un ligero rastro de serrín.

Audrey sostuvo ambas cosas en alto.

—Son tu vestido para la gala y el retrato de Cecile. —Oteó la estancia y no pudo disimular su espanto—. Deberías contratar a alguien para que haga esto.

Lara no quería admitir que había pensado lo mismo. Ondeó una mano enguantada para hacerle callar y luego se giró para acariciar a los perros.

—Estoy aprendiendo mucho haciéndolo por mi cuenta.

—¿Aprendiendo? Al menos, pídele a Caren que te ayude a aprender. —Su voz resonó por el pasillo y regresó en forma de eco.

—Caren tiene su propia pila de serrín en la cafetería.

—Ah, sí, he oído que también se ha embarcado en regentar un pequeño negocio.

Audrey se opuso a que Lara comprase tanto esa casa como la emisora, prefería que se mudara a la granja de forma permanente. Giró el marco para revelar el retrato de Cecile Cabot, sentada a lomos de un corcel blanco que trazaba un círculo alrededor de un circo parisino.

—He pensado que quedaría perfecto en el comedor.

—Pero a ti te encanta ese cuadro.

Lara se fijó inmediatamente en la gargantilla que lucía Cecile. Aunque era un regalo muy generoso por parte de su madre, en el fondo no le interesaba demasiado ese cuadro: temía que le recordase siempre a ese día.

—Sí, me encanta —dijo Audrey, sosteniéndolo en alto hacia la luz.

Lara pisó con cuidado para evitar el serrín y se apoyó en el umbral de la puerta que daba al comedor, haciendo señas a los perros para que se alejaran del polvo.

Audrey le entregó la funda con el vestido y comenzó a pasearse por la habitación con el cuadro, apoyándolo en cada pared, buscando el efecto deseado. Lara suspiró.

—Vas a regalarme ese cuadro por lástima.

—No seas ridícula. —Audrey era una mujer esbelta, más bajita y enjuta que Lara, con una media melena rubia que nunca variaba de longitud, como si se lo nivelara por la noche mientras dormía. Era obvio que acababa de venir del establo, porque estaba recorriendo la habitación con unos pantalones de montar beige y unas botas altas que se curvaban a la altura de la rodilla—. Estoy redecorando la granja. Me has contagiado el ánimo de cambiar un poco las cosas, así que pensé que estaría bien que te lo quedaras. —Se apoyó las manos en las caderas—. Estoy sufriendo el síndrome del nido vacío.

Lara arqueó una ceja con escepticismo.

—Este cuadro, esta mujer, conforman tu legado. Esto es lo que somos. Sea como sea, te lo estoy legando. Hay algunas reliquias familiares que te pertenecen. Su valor es sentimental, más que cualquier otra cosa, pero es preciso transmitirlas a la siguiente generación.

—Venga ya, madre —replicó Lara—. Esto no va de reliquias. Estás decorando. Te mueres por decorar esta casa desde que la compré.

—Un poco. —Audrey sonrió al ver que había descubierto sus intenciones.

—Aunque el marco es excesivo —protestó Lara.

—Tiene una mezcla estética entre Versalles y Las Vegas, ¿no te parece? Llévaselo a Gaston Boucher y cámbialo. Pero asegúrate de que te guarde el antiguo, seguro que vale más que el retrato —añadió Audrey mientras se apoyaba en la pared.

El nombre de Gaston Boucher, el dueño de la galería de arte y tienda de enmarcado más famosa de Kerrigan Falls, aparecía en todas las conversaciones recientes de Audrey. Lara sospechaba que habían empezado a salir juntos.

—Cecile era una mujer valiente. Y tú también lo eres. —Le giró la barbilla a Lara con la mano y la miró a los ojos—. Le debemos mucho —añadió—. Ahora necesita estar contigo. Ya ha pasado bastante tiempo en el pasillo de mi casa.

Agachada para ver mejor el cuadro, Lara levantó el marco del suelo. Los colores tenían un aspecto diferente en esa habitación que en el pasillo en penumbra de Granjas Cabot.

—Si soy valiente, madre, es porque lo aprendí de ti. Gracias. —Mientras deslizaba las manos sobre el marco, pensó en cómo su madre la había mantenido en pie durante todos esos meses. Aunque a menudo le fastidiaba la actitud agobiante de Audrey, su madre creó un mundo seguro para ella cuando todo se hizo pedazos—. No podría haber hecho nada de esto sin ti.

Audrey se ruborizó y tiró de su camiseta, inspirando bocanadas hondas, como si estuviera a punto de llorar.

—No será para tanto.

Cambiando de tema, Audrey comenzó a abrir la cremallera de la funda que contenía lo que Lara supuso que era un vestido de noche.

—Has dicho que era para la gala, ¿verdad?

Mientras su madre sujetaba la percha, Lara deslizó la funda hacia abajo, lo que reveló un tejido de raso de color azul oscuro. Con un corpiño sin tirantes, el vestido parecía sacado de una Barbie clásica. Desde la cintura ceñida se desplegaba una amplia falda con múltiples capas de tul, dispuestas como cascadas con diferentes longitudes y tonalidades de color azul eléctrico.

—Te habrá costado una fortuna.

—Pues sí —dijo Audrey—. No lo manches de polvo. Supongo que querrás alterarlo, ¿no?

Lara sonrió.

—No. Es perfecto. Gracias.

Audrey la ignoró y se dio la vuelta, lo que rompió el momento madre-hija.

—Y ese cuadro quedará genial con la alfombra que acabo de comprarte. Con tonos dorados y berenjena, ornamentada. Perfecta para esta habitación. También vas a necesitar unas balconeras. —Audrey oteó la estancia—. Y un juego de té de plata.

Oddjob se acercó y se sentó a los pies de Lara. Notó cómo el perro se acurrucaba lentamente junto a ella.

—También puedes quedártelo siempre que quieras. Te echa de menos.

Como si fuera una respuesta, Oddjob soltó un suspiro y se estiró en el suelo, delante de Lara, como la Esfinge. Oddjob era su perro, mientras que la señorita Moneypenny era la perra de su madre. Hugo, el cabecilla del grupo, un terrier galés diminuto, no había dado señales de vida aquel día.

Audrey recogió las gafas de sol que colgaban del cuello de su camiseta y se dirigió hacia la puerta. Oddjob y Moneypenny se levantaron a toda prisa, raspando el suelo con sus patas y sus pezuñas en una carrera desbocada por no perder de vista a la mujer que los alimentaba.

—Mañana vendré sobre las seis para recogerte antes del circo.

Lara frunció el ceño.

—No creo que vaya a ir este año.

—Tonterías —dijo Audrey—. Los Rivoli se ofenderán si no vas.

Su madre atravesó la puerta y bajó por las escaleras, después rodeó el coche hacia el lado del conductor. Cuando abrió la puerta de atrás, los perros saltaron sobre el asiento trasero. Oddjob apoyó las patas en el portavasos del asiento delantero para obtener una buena panorámica del parabrisas. Tras cerrar la puerta, Audrey se montó en el asiento del conductor y bajó la ventanilla del copiloto.

—Mañana a las seis para ir al circo. No acepto excusas.

Lara le dirigió un saludo militar.

Audrey se deslizó las gafas por la nariz.

—Por cierto, Lara.

Lara se agachó para ver el rostro de su madre.

—Como bien sabes, siempre ha existido la posibilidad de que no regrese. Me alegra ver que sigues adelante con tu vida.

Lara se quedó mirando sus zapatillas polvorientas. No podía quitarse de encima la sensación de que Audrey no le estaba contando toda la verdad. Madre e hija nunca se habían mentido, pero estaba claro que Audrey estaba ocultando algo.

—Y llama a alguien para que se ocupe del suelo, ¿vale?

Sin añadir una palabra más, el Sierra Grande negro con el logo de GRANJAS CABOT se puso en marcha.

Cuando volvió a entrar en la casa, Lara se quedó mirando el cuadro antes de recogerlo del suelo. El marco era pequeño, pero pesado. Calculó que serían unos cinco kilos de madera dorada. El cuadro representaba a una mujer rubia y menuda, vestida con un maillot de color turquesa con pedrería marrón, sentada a lomos de un caballo blanco. Tenía los brazos en alto y en perfecto equilibrio. El caballo estaba engalanado con un uniforme a juego de plumas turquesas y parecía estar en plena zancada. Mientras que las facciones de la joven Cecile eran nítidas, parecía como si el artista hubiera dejado el cuadro bajo la lluvia; había un perceptible efecto de goteo en el óleo. A primera vista, era la dupla de caballo y amazona lo que llamaba la atención; aunque el pintor también había puesto especial mimo en plasmar los rostros del público en la primera fila. Ataviados con sus mejores galas, varios asistentes sostenían copas de champán en las filas del fondo, con el rostro iluminado por los focos del escenario. En la zona media del público, había un hombre concreto cuyos rasgos estaban especialmente perfilados, con barba y una mata de cabello pelirrojo, que señalaba hacia el espectáculo que estaba teniendo lugar delante de sus ojos. La mujer que estaba a su lado tenía el rostro hundido entre sus manos, presumiblemente para evitar presenciar una posible caída.

Aunque no era un estilo pictórico realista, tampoco era modernista, exactamente. Lara se fijó en la textura, donde las gruesas pinceladas aún resultaban visibles. El cuadro carecía del acabado pulido y delicado de las obras de arte que había visto en los museos de Nueva York, Washington e incluso París y Roma, durante sus visitas allí cuando estaba en la universidad.

Lara conocía bien la historia. Cecile Cabot abandonó Francia en septiembre de 1926 con su hija recién nacida, Margot. No se sabía mucho sobre el padre de la niña. Según Cecile, murió a causa de la gripe y era un hombre sin mayor relevancia. Navegó por el océano, partiendo del puerto de Le Havre a bordo del *SS de Grasse*, y llegó al puerto de Nueva York cinco días más tarde. Corta de dinero, Cecile se enteró de que había vacantes en la fábrica de vidrio situada a las afueras de Kerrigan Falls, donde consiguió un empleo en la línea de montaje para fabricar tarros de mostaza Zoltan. Llevaba seis meses trabajando allí cuando se presentó a un puesto como costurera para Daphne Lund, la esposa del dueño de la fábrica, Bertrand Lund. Cecile dibujó varios bocetos de vestidos para la señora Lund y demostró ser una costurera imaginativa, que aportó un toque parisino al vestuario primaveral de Daphne. La Gran Depresión no pareció afectar tanto a la familia Lund como a otros emprendedores, así que Cecile continuó con su labor, diseñando sobre todo vestidos de noche para la señora Lund, viajando con ella a Nueva York en busca de muestras de seda y tafetán, y cosiendo pedrería en los corpiños. Al cabo de un año, se convirtió en alguien imprescindible.

Durante una de las pocas excursiones que hacían por la finca en compañía de los niños, Cecile salvó al hijo menor de los Lund de un caballo descarriado. Persiguió al animal a lomos de su propio corcel y agarró al niño por el cinturón, justo cuando el caballo se adentraba en una zona de árboles bajos que seguramente habrían decapitado al pequeño. El matrimonio ya había perdido dos hijos, así que la señora Lund se sintió tan agradecida que Bertrand Lund recompensó a Cecile por su heroicidad concediéndole un empleo al frente de sus establos. Bertrand Lund desconocía que su costurera tuviera tan buena mano con los caballos. Más tarde, Cecile le compró a Lund cincuenta acres de terreno y edificó una modesta granja, donde crio a su hija, Margot, junto con los hijos de los Lund.

En 1938, sirviéndose del dinero que había ahorrado, Cecile dejó de estar al servicio de la familia Lund y emprendió un espectáculo ecuestre ambulante con su camioneta Chevrolet y un remolque lleno de caballos viejos. Los equinos fueron un último regalo de su empleador y se trataba de ejemplares avejentados o difíciles de domar, que el señor Lund se estaba planteando jubilar o sacrificar. Cecile hizo correr la voz de que buscaba payasos y después trapecistas para sumarlos a su compañía, a la que llamó Le Cirque Margot, por su hija.

En aquella época, semanas antes de que un circo llegara a municipios como Charlottesville, Roanoke, Gainesville, Pensacola, Mobile y Gaffney, pegaban carteles utilizando a la joven Margot como gancho. El circo realizaba dos funciones en cada ciudad —la matiné a primera hora de la tarde y luego la actuación vespertina—, antes de desmontar las carpas y las gradas. Los remolques se duplicaron al tiempo que instalaban taquillas a la entrada de la gran carpa. Una entrada costaba 75 centavos; los asientos reservados se cotizaban a 1,25 dólares.

Margot Cabot, que tenía trece años cuando se fundó el circo, se estaba convirtiendo también en una amazona experta. Los primeros carteles de 1940 mostraban a una Margot Cabot adolescente colgando boca debajo de un semental blanco, cuya pierna derecha parecía ser el único punto de contacto con el lomo del animal. La segunda oleada de carteles, para la temporada de 1941, mostraba a Margot ataviada con maillot rojo y penacho, sentada a horcajadas sobre un caballo blanco con la tipografía en rojo que se convertiría en el logo de la compañía: Le Cirque Margot.

No obstante, la verdadera Margot hacía que el circo pareciera anodino en comparación. Además de ser una adolescente rebelde que fumaba y bebía ginebra, Margot Cabot también poseía una gran belleza. Pero nunca se sintió parte del circo al que le daba nombre. Margot dejó el circo a los diecisiete años, un giro en los acontecimientos que habría resultado gracioso, ya que la gente solía huir para enrolarse en un circo, no al revés. Se había enamorado de un conductor del circuito del derbi de demolición, y nada de lo que pudiera decirle Cecile la detuvo.

En el otoño de 1944, después de llevar un año en la carretera, las cosas debieron de torcerse con el hombre con el que se había fugado. Sin previo aviso, Margot regresó a Kerrigan Falls y al cabo de un año se había casado con Simon Webster, el fundador del periódico *Kerrigan Falls Express*.

Mientras sentaba la cabeza, Margot seguía sin estar «bien». A menudo se pasaba días encerrada en su habitación, sin salir siquiera para comer ni bañarse. La logística de estos episodios resultaba difícil para un hombre que intentaba dirigir un diario. Simon contrató enfermeras para que la convencieran de que comiera y para que la metieran en la bañera dos veces por semana. Luego, con la misma brusquedad, Margot aparecía un buen día sentada a la mesa para desayunar, con su bata de seda, tomando café y untando una tostada con mantequilla, tras haber regresado de dondequiera que hubiera estado su mente.

En aquella época, también entraba y salía del circo. Cecile temía su llegada porque era impredecible; exigía que incluyera su número, pero no lo practicaba lo suficiente como para que resultara seguro. A lomos de un caballo, Margot era una artista. Aunque Cecile sabía montar, no estaba al mismo nivel que su hija. Parecía como si el caballo no existiera, como si estuviera interactuando con una silla, no con una criatura viva y palpitante con voluntad propia.

Tras cinco años de matrimonio, Margot dio a luz a una hija, Audrey, en el otoño de 1950. El carácter excéntrico e impulsivo de Margot se acentuó y empezó a mostrar indicios extraños, asegurando que veía al Diablo en el prado. Un día, Simon la encontró entre los manzanos, contemplando la primera nevada del invierno, descalza y con un camisón fino. Sostenía a Audrey entre sus brazos, entonando un hechizo y asegurando que *él* había pedido ver al bebé. Aquella fue la gota que colmó el vaso para su marido. Una cosa era ponerse en peligro a sí misma, pero otra muy distinta era hacer daño a su hija recién nacida. Simon llamó a una institución para que se llevaran a Margot, pero ese mismo día desarrolló una fiebre y falleció tres días más tarde.

Cecile, que por entonces estaba de gira, regresó y se ocupó de buena parte de la crianza de Audrey, dejando que su representante dirigiera el circo en su ausencia. Le Cirque Margot continuó por la senda del éxito durante la década de 1960, cuando Audrey se sumó a la monta acrobática como Cecile y su madre, realizando funciones cada verano. En 1972, cuando Audrey dejó claro que no quería una vida en la carretera, Cecile, que por entonces tenía setenta y dos años, decidió que había llegado la hora de retirar el espectáculo. Durante años, la venta de entradas había disminuido, porque las familias tenían otras modalidades de entretenimiento. La era del circo, y la de Le Cirque Margot, había llegado a su fin.

Ahora, Le Cirque Margot habitaba tan solo en los recuerdos. Por todo Kerrigan Falls podían encontrarse carteles y letreros con la cara de Margot. La sociedad histórica poseía una colección entera de objetos circenses, así como tarros originales de mostaza Zoltan.

Lara agarró el marco del cuadro, experimentando una punzada de nostalgia por Cecile. Su madre tenía razón. Ese cuadro debía estar con ella. Le pediría a Gaston Boucher que se pusiera manos a la obra lo antes posible.

Mientras recorría la manzana que separaba su casa de la calle principal, Lara se detuvo ante la cafetería Feed & Supply, necesitada de una dosis de cafeína antes de un turno vespertino de tres horas. Poco después de que Lara adquiriese la emisora, Caren inauguró la única cafetería de Kerrigan Falls en el local que ocupaba la antigua ferretería, al lado de 99.7 K-ROCK. Feed & Supply era uno de los negocios nuevos que prosperaban gracias a los oriundos de Washington que se mudaban al campo y demandaban cosas como cafés con leche, tarta *red velvet* y panes artesanales.

Mientras sonaba la campanita de la entrada, Lara advirtió que el local estaba bastante tranquilo para ser un miércoles por la tarde. Caren sufría constantemente a los universitarios de la zona que solo pedían un café en vaso grande y se tiraban cuatro horas en un sofá para enchufarse al Wi-Fi. Esa noche contaba con cuatro estudiantes y un club de lectura. Los miembros del club parecían tener un surtido de tartas y bebidas con nata montada, lo cual era una buena señal.

La antigua ferretería era estrecha y alargada, con amplios tablones de roble en el suelo y un techo de estaño. Caren y Lara retiraron el viejo mostrador de la antigua farmacia en la que ahora se alojaba 99.7 K-ROCK y lo transportaron sobre dos plataformas rodantes prestadas hasta la cafetería. Fue el complemento perfecto, y Caren exponía en él bizcochos y magdalenas cubiertos por cúpulas de cristal. Después recorrieron tiendas de segunda mano y ventas de patrimonio de punta a punta de la Ruta 29, donde encontraron viejos sofás de terciopelo y butacas de piel de estilo retro. La estética remitía a un salón de fumadores con tonos cobrizos, madera oscura y cuero envejecido. Lara se quedó satisfecha al comprobar que todo ese batiburrillo de estilos en el mobiliario combinaba de maravilla.

Mientras pagaba su consumición, Lara divisó un tablero de ouija sobre la mesita auxiliar. No era un tablero de la marca Parker Brothers, sino uno antiguo que no reconoció.

—¿De dónde has sacado eso? —preguntó mientras lo señalaba.

—¿A que es genial? Estoy pensando en organizar una sesión de espiritismo una noche de estas, después de cerrar. —Caren le puso la tapa al moca con chocolate blanco de Lara—. Una clienta lo donó a la cafetería. Se pliega como una bandeja.

Lara se fijó en que los bordes del tablero estaban inclinados hacia arriba.

—¿Quién fue?

—Ni idea —respondió Caren, encogiéndose de hombros—. Una mujer rubia. Me sonaba de algo, aunque no sé de qué. —Enarcó las cejas—. Por favor, dime que no siguen dándote miedo los tableros de ouija.

—No —respondió Lara, sin convencer a nadie.

—No seas cría. Solo es un juego de mesa, como el Cluedo.

—¡No se parece en nada al Cluedo!

Lara miró de reojo el tablero. Su magia se «manifestó» durante una noche que se quedó a dormir en casa de Caren, cuando tenía seis años. A modo de broma pesada, la hermana mayor de Caren y sus amigas intentaron asustarlas con una sesión de espiritismo. Pero fue Lara la que movió el tablero con su mente, asustando a seis adolescentes que huyeron despavoridas por la casa, gritando. Fue la primera vez que Lara hacía una «corrección».

Como si le hubiera leído la mente, Caren añadió:

—Mi padre dijo que fue la electricidad estática lo que movió el tablero sin que nosotras lo tocáramos. Son cosas que pasan a menudo.

—No pasan a menudo, Caren.

Después de ver cómo se desabrochaba el vestido de novia con magia, Lara sabía que Caren estaba empezando a sospechar; seguramente estaría conectando todos los sucesos extraños que había presenciado con el paso de los años.

—¿Cuál era ese nombre que aparecía en el tablero? Ese que te asustaba tanto. —Caren miró hacia arriba—. Alta...

—Althacazur. —Lara recogió el vaso del mostrador. No había olvidado ese nombre. Lara le preguntó al tablero quién estaba allí y la respuesta fue «Althacazur».

—Betsy iba a llamar a su gato Althacazur, pero te pusiste tan nerviosa que acabaste llorando. Qué tiempos aquellos. —Caren observó el cuadro que estaba apoyado al lado del sofá—. ¿De dónde has sacado esa cosa?

—Me lo dio mi madre —respondió Lara—. Está haciendo limpieza y cree que quedaría perfecto en el comedor de mi casa.

—O aquí —dijo Caren—. Quedaría genial al lado de ese sofá Chesterfield de piel.

Caren señaló hacia los miembros del club de lectura, que tenían unos voluminosos ejemplares de *Jonathan Strange y el señor Norrell* sobre el regazo.

—Es una reliquia familiar —dijo Lara con un suspiro—. Lo colgaré durante una temporada y luego te lo regalaré. Gaston Boucher va a hacer que el marco resulte un poco menos..., en fin, un poquito menos...

—Sí, con un poquito menos quedará bien —asintió Caren, entendiendo lo que quería decir.

De camino hacia la puerta, Lara aceleró un poco al pasar junto al tablero de ouija. Oyó que Caren soltaba una risita.

—Qué mala eres —dijo Lara mientras la puerta se cerraba a su paso.

Cruzó la calle y abrió la puerta de la tienda de enmarcado de Gaston Boucher. Sonó otra campanita. ¿Por qué todo el mundo en Kerrigan Falls tenía la manía de anunciar cuándo se abría su puerta? Como si alguna vez se produjera algún delito allí. A pesar del toque clásico de la campana de bronce, el interior de la galería tenía una estética moderna. Había láminas impresas de todos los tamaños con marcos blancos distribuidas en meticulosas apoyadas en la pared, con mostradores laminados y luces fluorescentes. Había dos sillas Wassily cromadas de cuero marrón dispuestas alrededor de una mesita de cristal con unos libros de arte enormes en el centro.

Vestido de manera informal, con vaqueros y camisa blanca remangada por encima de los codos, Gaston Boucher estaba apoyado sobre su mesa de trabajo, examinando una hoja de papel con mucha atención. Era un hombre delgado, con el pelo rubio y ondulado que le caía por debajo de la barbilla mientras trabajaba y con unas gafas redondas de carey asentadas sobre la nariz. Tenía un rostro severo, como el de un profesor de filosofía evaluando un trabajo mediocre.

—He oído que ibas a traerme algo. —Gaston no alzó la mirada, tenía un ligero acento francés. Sostuvo en alto una pequeña imagen hacia la luz y la examinó con detenimiento.

—Bueno, eso depende. ¿Vas a intentar disuadirme de cambiarle el marco?

Lara se afanó por sostener en alto el aparatoso cuadro, que apenas tenía unos sesenta centímetros de ancho y de largo. Oyó una cuña promocional de 99.7 K-ROCK y le conmovió que Gaston tuviera puesta la emisora en la galería. Lo tomaba más por un aficionado al tecno o a la Velvet Underground.

—Siempre he pensado que este marco eclipsa lo que por lo demás resulta un retrato inusualmente intrigante. —Gaston miró por encima de sus gafas, olvidándose de la foto que estaba examinando—. Así que *non*. —Le hizo señas para que se lo entregara.

Lara tenía la sospecha de que había algo entre Audrey y aquel hombre. El hecho de que Gaston tuviera una opinión formada sobre ese cuadro significaba que lo había visto en casa de su madre.

—Yo diría que está compuesto de oro macizo.

Gaston alargó el brazo y le quitó sin esfuerzo el cuadro de las manos, después giró el marco y examinó cada esquina.

Mientras lo inspeccionaba, Lara recorrió el perímetro de la galería.

Por lo que le había contado Audrey, sabía que Gaston se licenció en la Sorbona, después se buscó la vida en Nueva York durante años, tratando de dejar huella como guitarrista de *punk rock*. Al ver que su carrera en la música no despegaba, empezó a trabajar como pintor, después como fotógrafo residente en Chelsea allá por finales de los años setenta. Las fotos de Gastón con gente famosa —Patti Smith, Lou Reed, Gary Numan, Debbie Harry y Chris Stein— parecían sustentar esa afirmación. Gaston aparecía en ellas con el pelo de punta y vestido de traje con una corbata negra y fina, como si fuera un miembro de Devo.

Gaston tenía otra sección de cuadros equinos. Lara también sabía por Audrey que así fue como conoció a su madre. Años antes, cuando aún vivía en Nueva York, Gaston le compró un caballo. Mientras lo transportaba desde Kerrigan Falls, Gaston vio que había una vieja galería de arte a la venta. Compró el local, se deshizo de la mayoría de los paisajes mediocres y bodegones con cuencos de frutas inspirados en vestíbulos de hoteles y los reemplazó con obras más modernas que traía regularmente de Nueva York. También fundó un próspero negocio de enmarcados para fotos de boda y graduaciones que Lara suponía que le permitía pagar las facturas más que de sobra.

Cuando terminó de trazar un círculo completo por la tienda, Lara se apoyó sobre el escritorio, una mesa de trabajo alta y alargada.

—¿Qué opinas?

—Es más antiguo de lo que pensaba. —Encendió una luz y deslizó el marco por debajo—. Audrey dijo que este retrato era de su abuela.

—Sí. Es su abuela, mi bisabuela, Cecile Cabot. Esa es ella, montando a caballo en París.

Gaston sacó una lupa para examinar una esquina.

—No me había fijado antes en esto. Qué raro.

—¿El qué?

De nuevo, ese antes implicaba que había estudiado este cuadro a fondo.

—El cuadro está firmado como EG. —Se apartó y le pasó la lupa a Lara—. Mira.

—¿Y bien? —Lara observó la firma. Efectivamente, ponía EG.

—Bueno. —Gaston se quitó las gafas y se las limpió con la camisa—. Es improbable, pero esta firma recuerda a la de Émile Giroux. Este cuadro es de los años veinte, ¿*non*?

—Sí, es más o menos de esa época.

—Eso coincidiría con el contexto temporal y la ubicación de Giroux. Lo que pasa es que... —Se interrumpió y giró la cabeza para mirar el cuadro desde otro ángulo—. De nuevo, lo dudo mucho. Lo más probable es que esto lo pintara algún artista callejero, pero hubo rumores sobre retratos circenses pintados por Giroux. Pinturas perdidas, tres en total: Les Dames du Cirque Secret. Es una extraña coincidencia.

—¿Estás diciendo que este cuadro podría ser famoso?

—Es posible —respondió Gaston—. Voy a contactar con Edward Binghampton Barrow para comprobar si esos cuadros están localizados. Lo perdido siempre suscita algunas exageraciones. Lo normal es que estén en alguna colección privada. Lo más probable es que esto solo sea una copia sin valor.

—¿Edward Binghampton? —Lara se rio a carcajadas mientras trataba de recordar la tercera parte del nombre.

—Barrow —le aclaró Gaston—. Binghampton Barrow.

—Qué nombre tan ridículo.

—*Troisième* —dijo, sonriendo—. O *quatrième*... «Cuarto», como decís vosotros. Nunca me acuerdo. El caso es que hay un montonazo de Edwards Binghampton Barrow, pero este en concreto ha dedicado la mayor parte de su trabajo a los pintores franceses de la era del *jazz*. Hace unos años, escribió la única biografía que existe sobre el pintor Émile Giroux. Así que, si alguien puede saber si este cuadro es suyo, ese es Teddy.

—¿De qué lo conoces?

—Estudiamos juntos en la Sorbona. Su madre era una famosa modelo nigeriana que entabló amistad con Warhol. En nuestra juventud, el prestigio de su madre nos permitió acceder a algunas fiestas tremendas en París. Su padre, el soporífero conde de Campshire, tenía que sacarnos a menudo de algún lío, pero fue una época maravillosa.

Gaston sonrió mientras le daba la vuelta al cuadro y se inclinaba por encima, examinando de nuevo el marco con detenimiento. Estaba tallado en oro con flores incrustadas que en el pasado debieron de ser rojas, pero ahora tenían un aspecto marrón y descolorido.

—Aunque no me gusta demasiado el marco para este cuadro, creo que podría ser bastante valioso. Un original, incluso.

—Avísame con lo que averigües —dijo Lara—. Creo que me gustaría más si estuviera enmarcado con algo como eso. —Señaló hacia un sencillo marco dorado.

Gaston asintió.

—Te llamaré cuando reciba noticias de Teddy o cuando tenga algo que mostrarte.

Al escuchar el tintineo destemplado de la campana, Lara se giró y vio a una mujer menuda de pelo castaño que se dirigió directamente hacia Gaston. Tras reconocerla como Marla Archer —la reciente exmujer del jefe de policía Ben Archer—, Lara se quitó de en medio mientras la mujer se acercaba a Gaston y le daba un beso en cada mejilla. Marla Archer se apresuró a mirar a Lara, como si fuera una maceta plantada en mitad del camino.

—Hola —dijo con voz jovial—. Lo siento mucho, no te había visto.

—Esta es Lara Barnes —dijo Gaston.

—Oh —dijo Marla con ese tonillo. Suavizó su mirada. Adoptó un gesto de compasión al que Lara ya estaba acostumbrada.

—En fin. —Le dirigió un último ademán con la cabeza a su anfitrión—. Llámame cuando descubras algo, Gaston.

—Qué cuadro tan bonito —dijo Marla, que se apartó la melena que le llegaba por el hombro para examinarlo mejor.

—Necesita un marco nuevo —dijo Gaston—. Pero vamos a ocuparnos de ello.

Mientras Lara giraba el picaporte, oyó que Marla exclamaba:

—Es preciosa.

Se dio la vuelta y vio que Gaston estaba sosteniendo en alto un marco con una de sus fotografías recientes. El cuadro había pasado ya a un segundo plano. Marla era una de los dos únicos fotógrafos de Kerrigan

Falls. Que Marla le hubiera hecho el retrato de su graduación en el instituto y siguiera sin acordarse de ella hasta la intervención de Gaston no hizo que Lara se sintiera precisamente memorable. Con el paso de los años, le habían presentado a Marla varias veces, pero pareció que la mujer no se acordaba de ella hasta que estableció la conexión con Todd. Resultaba duro que la gente solo te conociera por una boda fallida. Pero su madre tenía razón: Lara provenía de un largo linaje de mujeres fuertes. Capearía este temporal. Pensando en el cuadro, se dio cuenta de que le gustaría mucho verlo colgado en el comedor de su casa.

Mientras cerraba la puerta al salir, se preguntó qué haría si descubriera que el cuadro era valioso.

7

Solo en la quietud de la noche, cuando Lara trabajaba en soledad en la emisora de radio, tenía la sensación de haber aprendido los ritmos y crujidos del lugar, la melodía de los viejos tablones del suelo y la de los clavos oxidados al aflojarse. Era solo entonces cuando sentía que ese lugar le pertenecía. Después de la compra, y ante la insistencia de su padre, dejó de cubrir el turno de noche para concentrarse en la parte del negocio —que requería su atención inminente—, pero de vez en cuando le gustaba trabajar toda la noche. Sus jornadas diurnas se habían convertido en un torrente constante de hojas de cálculo y cifras publicitarias, así que le gustaba ponerse detrás de la cabina y recordar por qué adoraba esa emisora. Esta noche iba a realizar el turno de siete a diez.

Cuando entró por la puerta, le sorprendió encontrar a su padre todavía en el estudio. Estaba sentado en el suelo, con un abanico de discos desplegados a su alrededor.

—¿Buscas algo?

—Mañana por la noche voy a repasar el sonido de Laurel Canyon.

Parecía haber un orden en los elepés desperdigados, que no paraba de revolver. Parecía un adolescente sentado en el suelo de su cuarto.

—¿No hay suficiente David Crosby?

—Hay demasiado Crosby —repuso Jason con gesto severo—. No hay suficiente Joni Mitchell.

Lara puso una mueca con disimulo. No era tan fan de Joni Mitchell como su padre.

—¿Qué te parece Buffalo Springfield? Podrías poner *Expecting to Fly*. Hace tiempo que no escucho esa.

Por el rabillo del ojo, Lara lo vio sonreír. Su padre siempre se sentía orgulloso cuando mostraba sus conocimientos musicales.

Jason se levantó, con un crujido en las rodillas, y se dejó caer pesadamente sobre la silla de su escritorio, que estaba enfrente de la de Lara.

Alojada en la antigua botica de la calle Main, el foco de atención de la oficina de 99.7 K-ROCK era un gigantesco mortero de vidrio policromado que antaño estaba centrado sobre el mostrador. En un momento dado, el cristal que había en lo alto de la mano del mortero se desprendió y lo reemplazaron con un trozo de cinta adhesiva verde.

Sus escritorios se encontraban en lo que solía ser el pasillo de las golosinas. De pequeña, Lara y sus amigas corrían hasta ese mismo lugar para agarrar una bolsita de papel y llenarla hasta arriba con pececillos de gominola, pipas de calabaza saladas, caramelos de colores y sus dulces favoritos: los cigarrillos de chocolate Winston, ya caídos en desgracia.

En aquella época, estuvo bien tener un padre que gozaba de cierta fama. Su grupo, Dangerous Tendencies, había grabado dos discos de estudio a finales de los setenta. Jason aún tenía muchos fans que le escribían cartas, así que crearon un programa semanal de radio sindicado sobre música de los setenta, que se emitió en veintisiete emisoras de Estados Unidos, Europa y Japón. Fue un contrato lucrativo que le granjeó a su padre una nueva oleada de fans. Los anunciantes estaban aumentando y, entre los dos, la aventura empresarial de la emisora estaba empezando a funcionar. La emisora aún estaba lejos de generar beneficios, así que Lara cubría las nóminas con el dinero que le sobró de la herencia de su abuelo. Calculó cuánto tiempo tenía para darle un vuelco al negocio: unos quince meses.

Aunque algunas emisoras contaban con presupuestos abultados y sus locutores no tenían que cargar las bobinas de carrete abierto ni ocuparse de la producción de sus programas, 99.7 K-ROCK se sustentaba con un presupuesto muy ajustado. Desde el raído sofá morado de terciopelo que había en la sala de espera hasta los discos almacenados en la vieja vitrina —donados por la tienda G. C. Murphy, que cerró hace mucho tiempo, donde Lara acostumbraba a comprar discos de Donna Summer con el dinero de su paga—, parecía como si todo estuviera hecho con remiendos. Daba la sensación de que un interruptor defectuoso podía cortar la corriente de la emisora, sumiendo aquel lugar en una especie de mutismo histórico. Sin embargo, el edificio poseía una elegancia difusa que Lara admiraba. Todo cuanto había allí se había ganado su sitio. Incluida ella. Fue esta estación la que la salvó en sus peores momentos.

El día que cerró el contrato, Jason y ella acudieron juntos allí, sentados entre el polvo, con el tenue olor a antisépticos y fármacos viejos todavía aferrado al lugar. Jason sacó una foto y la deslizó por el suelo hacia ella. Era una foto antigua de su grupo, con tres miembros. Tenían una pose curiosa, como si estuvieran posando para la portada de un disco. Incluso antes de que le señalara a Peter Beaumont, ella ya supo quién era. El trío estaba reunido cerca del río Kerrigan, apoyados en las rocas. Pero el hombre que estaba agachado en el medio fue el que atrajo la mirada del fotógrafo. Jason y el tercer miembro del grupo estaban cuidadosamente dispuestos alrededor del sujeto —orbitándolo, incluso—, pero resultaba evidente que eran personajes secundarios. Lara fue consciente del poderío con el que una foto podía resumir cosas que la gente no era capaz de expresar. Su padre podría haber hablado durante horas sobre Peter Beaumont y no habría sido capaz de explicar esto. Peter era el foco de atención del grupo. A partir de la foto, Lara supo también que tenía talento. Uno de sus hombros sobresalía hacia el frente, apenas un poco, mostrando esa clase de chulería juvenil que surge cuando sabes que tienes algo especial. No era tan alto como Jason, que salía un poco encorvado en la foto, pero por su aspecto podría haberse dicho que eran hermanos.

—Te sentiste perdido sin él —dijo Lara.

—Sin él, dejó de tener importancia —le corrigió Jason—. Era su sueño, no el mío. Seguramente, si no lo hubiera conocido, habría acabado trabajando como mecánico.

—¿Y qué sientes ahora?

—A veces me siento como si fuera un impostor que está viviendo su sueño. El síndrome del superviviente, creo que lo llaman.

Lara conocía bien esa sensación.

—Es extraño, ¿verdad? Los espacios que dejan para que los llenes.

Jason se rio.

—Mi vida ha sido un pobre intento por intentar llevar la vida que él no pudo.

—Entonces, ¿crees que Peter Beaumont está muerto?

Nunca habían hablado de ello. Lara sabía que esta era la primera vez que podía abordar el tema de su antiguo compañero de grupo.

—Sí —respondió su padre. Lara oyó un chasquido y vio que había abierto una botella verde de Tanqueray. Jason sacó dos vasos y una botella diminuta de tónica Schweppes—. Todo lo que hice estaba diseñado para llenar ese vacío —añadió, como si le hubiera leído la mente.

—¿Y Todd?

Era la siguiente pregunta lógica. Ahora Peter y Todd estaban entrelazados para siempre en Wickelow Bend. Jason frunció los labios, pero no respondió. En lugar de eso, los dos brindaron por el futuro.

A cinco años vista, Lara se preguntó qué le depararía la vida. ¿Qué cambios haría para sentirse menos incompleta? Mientras oteaba la emisora, pensó que había empezado con buen pie a resolver esa cuestión. La antigua Lara Barnes, la que se habría casado con Todd, no habría necesitado comprar una emisora. Esta, sí.

Últimamente, también había empezado a pensar en el hombre del prado. Ese muchacho no es tu destino.

De pequeña, Lara tenía una imaginación desbocada. Nació con un solo riñón y se pasó la infancia enferma, así que una parte de ella nunca terminó de convencerse de que ese hombre fuera real; quizá solo fue un amigo imaginario creado por una mente hiperactiva. Aun así, lo que le dijo, real o no, llevaba un tiempo rondando por su mente. ¿Esa gente conocía su destino? Desde luego, pareció que hacían alusión a ello. Esas eran las cosas en las que pensaba en mitad de la noche, cuando estaba a solas en la emisora. No era una costumbre saludable, eso seguro.

Saludó con la mano a Bob Green, el locutor en horario central que estaba sentado en la cabina de sonido; el fulgor de su cigarrillo iluminaba el espacio en penumbra. Lara estaba segura de haberle dicho que ya no podía fumar allí, pero seguramente tendría que añadir un letrero cerca del reloj: todos los locutores lo consultaban. Revisó la hora en el suyo: faltaban quince minutos para entrar en el aire. Su padre empezó a recoger sus cosas, finalmente satisfecho con la selección de discos.

A las siete, Bob se levantó de la mesa y salió rápidamente. Lara le oyó cerrar la puerta al salir mientras se sentaba en la silla y se acercaba rodando hasta el panel de control. Pensó que probablemente era uno de los pocos DJ a los que no les gustaba el sonido de su propia voz. Sus cuerdas vocales sonaban como si les hubieran pasado una lija por encima. «Voz cazallera», lo llamaban. Se recogió el pelo en una coleta, tragó saliva con fuerza mientras pulsaba el botón del micrófono y subió el volumen, después pulsó otro botón para reproducir la sintonía de la emisora a la hora en punto.

En 99.7 K-ROCK pinchaban los temas olvidados o desconocidos de un álbum, no solo los grandes éxitos, excepto durante tres horas cada domingo por la noche, cuando Lara ponía canciones de *punk* y *new wave*: Bauhaus, Television, The Cure, The Slits, Concrete Blonde, House of Love. Los universitarios llamaban para pedirle que pusiera a los Ramones y a Violent Femmes. Siempre estaban con los Femmes. Lara traía preparada su primera hora de canciones, algo que le gustaba hacer, aunque muchos locutores elegían los temas sobre la marcha.

Empezó con un doblete de Led Zeppelin. Colocó *Achilles Last Stand* en el primer plato, activó la función CUE de la mesa de mezclas y puso la aguja sobre el surco en cuestión. Después pulsó el botón de reproducción. La cinta del tocadiscos hizo girar el vinilo lentamente hasta que Lara oyó los acordes iniciales de la canción. Cuando detectó las primeras notas, pulsó el botón de STOP, rotó el disco hacia atrás con los dedos hasta que el vinilo profirió un chirrido con los acordes iniciales. Repitió el ritual con *How Many More Times* en el segundo plato.

Lara activó el plato número uno. La canción se fusionó a la perfección con los últimos acordes de la sintonía de la emisora. Abrió la persiana y se asomó a la carretera. A esas horas aún seguían circulando suficientes coches colina abajo como para provocar un pequeño atasco, pero cada vez serían menos conforme pasaran las horas. Quizá se debiera a la soledad inherente a su trabajo, pero Todd siempre rondaba por sus pensamientos cuando estaba encerrada en el estudio.

No dejaba de mirar el teléfono, esperando verlo parpadear, casi instándolo a que lo hiciera. Supuso que podría hechizarlo para que sonara, pero no habría nadie al otro lado de la línea. Si Todd fuera a contactar con ella en alguna parte —si pudiera hacerlo—, sería allí. Cuando Lara cubría el turno desde la medianoche hasta las seis, Todd llamaba a menudo para ver qué tal estaba, se preocupaba por ella al imaginarla encerrada a solas, poniendo discos. Pero su padre tenía razón: al igual que pasó con Peter, nadie había visto a Todd. Habían pasado las Navidades, el día de San Valentín, el cumpleaños de su madre... Momentos en los que todo el mundo pensó que llamaría. A pesar de que su coche hubiera aparecido abandonado, no había utilizado sus tarjetas de crédito en ningún momento. Al igual que Peter Beaumont, se había desvanecido sin más.

Lara evocaba a menudo los últimos momentos que compartió con él. Habían adoptado un estatus mítico, como una colección de joyas desaparecidas. Había repasado cada minuto, cada palabra, cada gesto y cada movimiento en busca de algo que le proporcionara la clave. ¿Qué se le habría pasado por alto?

Al pensar en ello ahora, no podía evocar la última imagen de Todd. Si pensaba en los momentos decisivos de su vida, aquellos que de verdad importaban, ¿cuánto tiempo sumarían? En su caso, ¿unas diez horas dentro del total de su vida? ¿Eso era mucho o poco? No lo sabía. Pero ese momento. Ese era el más importante.

En aquel entonces, pareció de lo más ordinario, casi vulgar. Ojalá se hubiera detenido antes de montarse en el asiento del conductor para echarle un vistazo rápido a Todd, antes de salir marcha atrás a la carretera. Estaba tan concentrada en el camino que tenía por delante, en la vida que se extendía ante ella, que no se detuvo a absorber la imagen final de Todd, plantado en el camino de acceso a su casa. Eso era lo que más la reconcomía.

Haber visto a su padre aquella noche le despertó la nostalgia de un disco de Dangerous Tendencies. No solía poner discos de Jason —esa música quedaba reservada para su propio programa—, pero «The One I Left Behind» era su canción favorita del grupo. Después de sacar *Tending*, el álbum debut de la banda, de su maltrecha funda de papel, Lara lo colocó en el plato, activó el CUE y luego apoyó con cuidado la aguja sobre el surco del vinilo que marcaba la canción número tres. Mientras giraba el disco hacia atrás, ocurrió algo extraño. Captó unas notas. *¿Es una canción?* Sí, no hay duda de que lo era. Normalmente, el sonido resultante de rebobinar un disco era pura morralla, como el de una cinta distorsionada, pero esa noche Lara escuchó el comienzo inconfundible de una introducción de guitarra.

Lo cual era imposible.

—Me estoy imaginando cosas.

Inspiró con fuerza y volvió a reproducir el disco hasta que oyó el comienzo de la canción y apoyó las manos sobre el vinilo, deteniéndolo con los dedos. Tras localizar el comienzo, tragó saliva con fuerza y luego comenzó a girar la mano hacia atrás, en círculos. Una vez más, en lugar de un sonido distorsionado, reverberaron unos suaves acordes de guitarra a través del CUE en la cabina de sonido. Mantuvo una rotación constante, poniéndose de pie para poder ver por encima del tocadiscos. Finalmente, tras treinta segundos de rebobinado, oyó la voz de un hombre que empezaba a cantar.

Dijiste que no sabía lo que quería,
Que no sabía lo que era el amor.

—¿Qué coño es esto?

Dejó la mano inmóvil. Se apartó del tocadiscos.

Rápidamente, pulsó el interruptor para activar las bobinas de carrete abierto. La emisora podía sustentarse con los cuatro magnetófonos que reproducían canciones alternativamente como si estuvieran en piloto automático, así que Lara no tendría que preocuparse por el panel de control de sonido durante un rato.

Atravesó la cabina y salió a la oficina, donde se puso a registrar los cajones en busca de una grabadora. Encontró la que buscaba, pero cuando pulsó el botón del PLAY, el cacharro estaba estropeado. Finalmente, agarró la guitarra de Jason y volvió a entrar corriendo en la cabina. Volvió a rebobinar el disco y repitió el proceso. La canción seguía allí. Localizó las notas en la guitarra y tocó la melodía, repitiendo la rotación del disco hasta que la sacó al completo. La canción no le resultaba familiar. Se apresuró a hacer una tablatura con las notas en un trozo de papel para que no se le olvidaran.

Cuando oyó que se abría la puerta para dejar pasar a la persona que la revelaría durante el resto de la noche, probó a reproducir el disco una vez más. Esta vez, los acordes de guitarra fueron reemplazados por el ruido de estática habitual.

La canción había desaparecido.

Tras recoger su bolso, Lara atravesó la calle Main a la carrera hasta el restaurante situado a dos manzanas de distancia. La tienda de ropa de la esquina cerró el mes anterior, lo que dejó un escaparate libre con los cuerpos de unos maniquíes desnudos, con los brazos y las piernas torcidos, apilados en un rincón, como si fuera la escena de un crimen. Lara estaba nerviosa.

¿Qué acababa de ocurrir ahí dentro? Era un caso claro de enmascaramiento sonoro: mensajes grabados en un disco que solo podían escucharse al reproducir la canción del revés. Los músicos lo hacían de vez en cuando para causar efecto. Un caso famoso fue el de los Beatles con la canción *Revolution 9*; los oyentes pudieron escuchar «Turn Me On, Dead Man», que condujo a toda esa conspiración de «Paul está muerto». De pequeña, Lara fue a un campamento de la parroquia con Caren. El primer día por la mañana, después de entonar versiones conmovedoras de *Formo parte de la armada del Señor*, sirvieron galletas y ponche de frutas a los niños y les dijeron que los músicos de *rock* codificaban en sus discos mensajes secretos dirigidos al Diablo. Obedientes, los niños del grupo se comprometieron a arrojar sus álbumes de AC/DC y Led Zeppelin a la hoguera. Cuando Jason se enteró de que Lara necesitaba llevarse unos discos para destruirlos en una actividad del campamento, le prohibió volver a ir allí.

Pero la canción que acababa de escuchar en ese disco sí que contenía un mensaje grabado que solo podía escucharse al reproducir el vinilo del revés. Sin embargo, Lara había reproducido esa canción cientos de veces y sabía que ese sonido nunca había estado allí. Y aunque lo hubieran utilizado en *Tending*, el enmascaramiento sonoro quedaba prensado en el vinilo y no podía desaparecer sin más, como había hecho esa canción.

No, esa canción había sido un mensaje dirigido a ella.

8

Delilah's, uno de los dos restaurantes que servían cenas hasta las once, estaba concurrido. Lara se sentó en un taburete de piel sintética cerca de la puerta. Poco después tenía en la mano una copa de Chardonnay cuyo color recordaba al del pis concentrado. Era un brebaje añejo y ácido —«afrutado», lo llamaban—, salido seguramente de una caja en el congelador gigante de Delilah's y que le provocaría migraña dentro de unas horas. Mientras se frotaba el cuello, pensó que necesitaba cuanto antes una noche de sueño reparador.

—Pobrecilla. Nadie te ha avisado. El vino de aquí es horrible.

Lara sonrió al oír esa voz, con un atisbo de su marcado acento sureño de Virginia manifestándose en la palabra «vino». Se dio la vuelta y vio a Ben Archer.

—¿Y qué vas a tomar tú?

—Cualquier cosa menos vino.

Mientras se remangaba la camisa, blanca e impoluta, examinó la carta.

—¿Cómo te las apañas para remangarte? —Lara alargó una mano y tiró del tejido—. Tus camisas parecen bloques de yeso. ¿Puedo colgarlas en mi casa?

—Qué ocurrencias tienes —repuso él, sonriendo.

Se desabotonó el puño de la otra manga y el tejido crujió mientras lo plegaba.

—Es almidón del bueno, para que lo sepas. No puede faltar en el armario de un caballero sureño. —Se rio, satisfecho con la longitud de la manga.

—¿Dónde has dejado el uniforme?

—Esta semana me toca juzgado.

A continuación, comenzó a tirar de su corbata, retorciéndola en un intento por aflojarla.

Lara reconoció esa corbata azul de rayas como uno de sus recientes regalos de cumpleaños. Ben cumplió los cuarenta un par de semanas antes, motivo de gran celebración para todos, menos para él. Organizaron una fiesta, una velada incómoda con gente del juzgado y otros que lo conocían de pasada. Durante la fiesta, Ben se mostró afable, pero tenía cara de querer largarse de allí antes de que trajeran el carrito con la tarta. Su secretaria (sí, todavía la llamaban así) fue la que vio el permiso de conducir de Ben y se enteró de tan señalada fecha, lo que desembocó en una cadena telefónica (sí, también hacían esas cosas). Como además acababa de divorciarse, la fiesta se llenó de viudas y divorciadas que trajeron regalos —plantas domésticas, jarras de cerveza, pelotas de golf (pese a que Ben vestía con uniforme de policía casi todos los días y nunca jugaba al golf)—, así como corbatas de todas las tonalidades de azul.

Lara apartó su copa de vino y giró su taburete hacia él.

—Oye, no hace falta que te las pongas todas.

Mantuvo las manos apoyadas en la copa, pero sintió un fuerte deseo de tocar la corbata para comprobar la calidad de la seda.

—Eso te crees tú. —Ben se inclinó hacia Lara, que notó el roce de su aliento en el cuello—. Me observan.

Lara soltó una risotada y se le salió el vino por la nariz. Ben no se equivocaba. En ese preciso momento, Del —la dueña de Delilah's, que estaba atendiendo en la barra— se apoyó una mano en la cadera.

—Bonita corbata, Ben. ¿Quién te la ha regalado?

—Pepper Maguire, creo.

Habrían tenido más intimidad en una mesa, pero siempre se sentaban en la barra. Hasta fechas recientes, Lara nunca se había sentido cohibida por su amistad. Últimamente, se había dado cuenta de que la gente los miraba de reojo mientras comían o alargaban el cuello para verlos juntos. Se preguntó si llevarían haciéndolo desde hacía meses sin que ella se diera cuenta.

En una mesa cercana, Lara pudo ver que Kim Landau, la reportera del *Kerrigan Falls Express*, los estaba observando. Ben y ella se evitaban con el ímpetu propio de quienes se han acostado juntos por accidente y luego se arrepienten de ello.

—Hoy he visto a Marla.

—¿Y qué tal le va a mi ex media naranja? —Ben alzó la mirada mientras Del le servía su bebida habitual, un Jameson solo.

—Fue a recoger una foto a la tienda de Gaston Boucher.

—Bueno, Gaston se encarga de enmarcar todos sus trabajos. —Ben dio un sorbo—. Y sin descontarle ni un centavo, debo añadir. —Negó con la cabeza—. Marla tiene la costumbre de enmarcarlo todo.

—Para eso es fotógrafa, ¿no?

—Bueno, fotografiar de bodas no da tanto dinero.

—Yo contraté al otro fotógrafo del pueblo —dijo Lara, sopesando las palabras de Ben—. Ese día acabó temprano.

Por el rabillo del ojo, comprobó que Ben la observaba, sin saber cómo interpretar ese comentario. Lara se rio para hacerle saber que le estaba gastando una broma.

—El muy granuja me cobró la sesión completa a pesar de todo.

—Por lo menos podría haberte descontado el cincuenta por ciento.

Ben sonrió y fue como si todo cobrara más nitidez. Su pelo castaño y enmarañado tenía algunos mechones grises que se habían vuelto más pronunciados desde que lo conocía.

Lara dio un trago de vino más largo de la cuenta y observó a Ben mientras hablaba. Tenía un aspecto aniñado con esos ojos azules y afables; casi podías imaginarte su foto de sexto curso en el colegio. De hecho, había versiones juveniles de Ben en fotos repartidas por todo Delilah's. Las paredes estaban decoradas con fotos locales del pasado del pueblo, instantáneas granuladas de los años setenta, imágenes en blanco y negro protagonizadas por gente con ropa demasiado formal y poses de grupo forzadas. Cerca del atril de madera de la entrada había una foto de un joven Ben Archer, sacada de la alineación del equipo de béisbol del instituto en 1982, agachado y con el guante apoyado sobre su regazo.

Desde la desaparición de Todd, Ben Archer había sido su línea de contacto con cualquier relacionado con Wickelow Bend o con el caso. Durante las semanas posteriores a la boda, la simple visión de Ben Archer en el camino de acceso a su casa provocaba que se le acelerase el pulso, con la esperanza de que saliera a la luz algún indicio sobre el paradero de Todd. Trabajaron juntos para formular teorías nuevas y descabelladas sobre la desaparición, que a menudo se alargaban hasta bien entrada la noche.

Su apartamento se encontraba apenas a cinco portales de la residencia victoriana de Lara. A menudo, los dos trabajaban hasta tarde y luego iban a Delilah's a tomarse algo. Al ver que no coincidían o que llegaban justo cuando el otro se marchaba, hace varios meses empezaron a hacer planes para presentarse a la misma hora. Ahora esas cenas se habían convertido en una costumbre.

La dueña volvió a interrumpir y se embarcó en una descripción del plato especial: cazuela de macarrones con queso sureños con jamón y gambas.

Después de pedir, Lara se inclinó hacia él con complicidad..

—No me has contado nada sobre el funeral.

Durante el fin de semana, Ben fue a Charlottesville para asistir al funeral de su compañero de habitación en la universidad. Su amigo, Walker, se enteró de que tenía cáncer de páncreas en fase cuatro apenas dos semanas antes.

—Bueno, fue un recordatorio bastante incisivo de mi mortalidad. —Ben titubeó—. Su mujer se me insinuó durante el almuerzo.

—¡No! —Lara puso los ojos como platos.

—Lo hizo. —Ben asintió con timidez. Era inusual que le contara esa clase de cosas.

—¿Cómo?

—¿*Cómo*? —Ben pareció perplejo y arqueó una ceja.

—A ver, ¿desvió la mano a propósito mientras intentaba agarrar un sándwich de pepino?

Ben negó con la cabeza y dio un sorbo de Jameson, después puso una mueca mientras tragaba.

—No. Me tocó el culo.

Lara soltó una risotada.

—Jolín, pero si acababa de enterrar a su marido.

—Lo sé —repuso Ben con seriedad.

—¿Y? —inquirió Lara—. ¿Qué hiciste?

—Nada. —Se encogió de hombros tras dar esa respuesta demasiado imprecisa para el gusto de Lara.

A medida que avanzaba la conversación, Ben continuó repasando por encima los detalles de lo que sucedió después del velatorio. Cabía la posibilidad real de que se hubiera acostado con la viuda. Cuando llegaron los macarrones con queso, Lara había empezado a preocuparse por ese detalle —le molestaba—, y esa sensación de fastidio la sorprendió.

Durante la siguiente hora, comenzó a advertir detalles sobre Ben Archer a los que nunca había prestado atención durante esos nueve meses en los que había llegado a conocerlo mejor. Percibió una energía creciente, como la primera chispa en una yesca. Por primera vez, no le había preguntado por noticias de Todd. Para su sorpresa, estaba viviendo ese momento. Fue algo tan inesperado que provocó que la atracción que sentía se volviera más interesante.

Bueno, eso y el vino.

Comentaron sus películas de Hitchcock favoritas (la de Lara, *Con la muerte en los talones*; la de Ben, *Vértigo*), sus pelis favoritas de James Bond (*Agente 007 contra el Dr. No* para él, mientras que para ella había un empate entre *Diamantes para la eternidad* y *007 al servicio secreto de su Majestad*, a lo cual alegó Ben que no podía haber un empate entre las películas favoritas de James Bond, así que Lara se decantó a regañadientes por *Diamantes*). Ben la desafió a recitar los cincuenta estados del país en orden alfabético (un don inusual que Lara poseía gracias a la canción *Fifty Nifty United States*) y los anotó todos en una servilleta, insistiendo en que se había saltado uno. (Mentira.)

A medida que avanzaba la velada, Lara se dio cuenta de que le importaban las respuestas de Ben a esas preguntas tan mundanas. Con todos esos detalles, estaba conectando los puntos que daban a forma a Ben Archer. Las historias que Ben le contó de pasada —normalmente mientras ella lloraba y suspiraba por Todd— regresaron en tromba a su mente, en forma de recuerdos fragmentados. Intentó reconstruirlas en su cabeza, porque ahora tenían relevancia. ¿Qué fue lo que le contó sobre su primera novia? ¿Dónde le pidió matrimonio a Marla? Mientras lo veía hablar, se esforzó por recordar cada detalle de su encuentro con Marla aquel día y se preguntó hasta qué punto estaba ella al nivel de su deslumbrante exmujer. Se estrujó los sesos para recordar todas sus conversaciones. Al principio, no le importaban tanto las historias de Ben como la relación que guardaran con Todd. Pero esa noche, durante la cena, su relación empezó a cambiar. Y Lara era consciente de ese cambio.

Oteó el local, nerviosa de repente por lo que la gente pudiera pensar de ellos.

Horas más tarde, después de acabarse el plato especial de macarrones con queso, unas coles de Bruselas y otra copa de vino que definitivamente le estaba causando migraña, Lara comenzó a recoger su bolso.

Del trajo la cuenta y Ben Archer alargó la mano hacia el ticket.

—No hace falta que pagues tú. —Lara estiró el brazo hacia el platillo con la cuenta y un logo descolorido de Amex para quitárselo.

—Lo sé. Debería decirte que invitaras tú. —Ben enarcó una sola ceja, un gesto que a Lara le asombraba que pudiera hacer—. He caído en la cuenta de que, dentro de mi reciente botín, no había ningún regalo de cumpleaños de tu parte. Me siento un poco dolido. Me habría venido bien un mechero.

—Pero si no fumas.

—Para hacer barbacoas y encender velas —repuso él mientras examinaba la cuenta.

—Nunca te he visto cocinar nada a la barbacoa y estoy segura de que no tienes ni una sola vela decorativa, señor Archer.

—No creas que me conoces tan bien. Venga, te lo cambio por una manopla para el horno.

—Pero si tampoco cocinas. Vienes todas las noches aquí.

—Pues un brazalete para tomarme la tensión.

—Hum... —Lara sopesó lo del brazalete antes de despedirse de Del. Le aguardaba un paseo de dos manzanas hasta su casa.

Empezó a lloviznar mientras se encaminaban hacia sus respectivos hogares. Se detuvieron en la calle donde él debía girar a la izquierda y ella hacia la derecha, y continuaron charlando sin mayor trascendencia sobre el estado de conservación de la acera. Lara recordó que al día siguiente no tenía que ir temprano a la emisora y se alegró.

—Me parece que no lo estoy haciendo demasiado bien. —Ben se estaba ruborizando.

—¿El qué?

—Lo de tirarte los tejos —respondió él, metiéndose las manos en los bolsillos.

—Ah. —Lara se rio, apoyándose una mano en el rostro.

—Y encima me estoy mojando. Así que, si tienes intención de rechazarme, hazlo rápido para que pueda entrar en casa. El sábado se va a celebrar esa gala de carnaval. ¿Necesitas un acompañante?

—Me vendría bien tener uno, señor Archer. Como jefe de policía, seguro que usted sería un acompañante aceptable.

Lara no tenía claro si era demasiado pronto para empezar una nueva relación. No sabía si existía una línea temporal para mujeres como ella, pero sí sabía que con Ben Archer no se sentía sumida en la miseria. Sopesó ambas opciones en su mente: Todd y Ben; Ben y Todd. Pero tampoco es que tuviera elección. Uno había desaparecido y el otro lo tenía delante. Tal vez fuera hora de empezar a vivir otra vez.

—¿De qué color es tu vestido?

—¿Por qué? —Lara se echó a reír—. ¿Vamos a ir conjuntados?

—No —respondió él, sonriendo—. Pero es que llevarás puesta una máscara. Quiero saber a quién tengo que buscar.

—Azul —dijo ella—. Mi vestido es azul. Y yo te encontraré a ti.

9

Kerrigan Falls, Virginia
24 de julio de 1982

De pequeña, a Lara le encantaba correr por el prado que conectaba la antigua Granja Lund —ahora regentada por su
abuelo, Simon Webster—, con la otra que perteneció a su
bisabuela Cecile. Como si fueran los dos extremos de una misma
soga, dos generaciones de su familia estaban conectadas por un tre-
cho de campo en pendiente. Se precisaba una carrera de cuatro minutos a toda velocidad para llegar de porche a porche, una marca que
Lara ponía a prueba a menudo para llegar a tiempo a cenar en una
casa u otra.

En aquella época, Audrey y Jason aún seguían viviendo con Simon.
La casa de su abuelo era como un museo dedicado a la memoria de
Margot. A Simon no le gustaba que nadie tocara las cosas, mientras
que Lara parecía explorar el mundo con las yemas de sus dedos. Unas
yemas pegajosas con restos de dulces. Como Cecile era mucho más
permisiva con el mobiliario, Lara pasó la mayor parte de su infancia en
casa de su bisabuela. A Simon también le molestaba el ruido, así que
Jason transformó el garaje de Cecile en un estudio de música casero al
que acudían sus compañeros de grupo para tocar a todas horas. El sonido flotaba a través de las mosquiteras de las ventanas.

Los veranos eran una delicia, con los campos exuberantes y el hilo musical de las langostas. Como si fuera su parque de atracciones privado. Lara y sus amigos deambulaban alrededor del viejo equipamiento del circo —remolques y atracciones—, que se pudrían en el prado, hasta que acabaron encontrando una de las viejas carpas del circo en un remolque. La lona estaba rasgada, pero aún resultaba aprovechable. Jason les ayudó a extenderla sobre el prado y localizó los viejos postes para montarla.

Poco después de levantar la carpa, Lara se puso a hacer girar su bastón de *majorette*, imaginando que tenía público para sus malabarismos y piruetas. Había transcurrido un año desde que vio a aquella misteriosa pareja.

Estaba practicando sus giros con el bastón, contando las veces que podía voltearlo sobre el pulgar y agarrarlo con un veloz movimiento de muñeca, con el temporizador de cocina de Cecile programado para marcar un minuto. Lara se puso a contar en voz alta. Cuando sonó el temporizador, había realizado cincuenta y dos movimientos. Oyó unos aplausos y cuando levantó la cabeza vio a aquel hombre plantado junto a la entrada de la carpa. Esta vez, venía solo.

—¿Es usted de verdad?

Iba vestido con un traje dorado, se parecía un poco a Elvis. Para su sorpresa, Lara se dio cuenta de que llevaba todo ese último año esperando con ganas que apareciera.

—¿Temías que fuera un producto de tu imaginación?

El hombre se apoyó en un poste y Lara pensó en decirle que no lo hiciera. Todos los postes de la carpa eran inestables.

—Estaba empezando a pensarlo —respondió ella, asintiendo con la cabeza.

A través de unas gafas de sol espejadas, el hombre oteó la lona combada.

—Veo que has instalado la vieja carpa del circo. Dime, ¿te gusta?

—Me encanta.

Desde la abertura en la carpa, Lara observó a los caballos que se encontraban al fondo. A esos equinos se les daba bien calar a la gente.

Pero se limitaron a mirar al recién llegado mientras espantaban moscas con la cola.

—Me alegro. —El hombre entró en la carpa. Era una lona raída de color azul y beige con unos postes desnivelados y una zona hundida en el fondo que Jason intentó remediar calzándola con una rama vieja—. Llevas el circo en la sangre.

—Lo sé —respondió ella alegremente, con la confianza propia de una niña de siete años que se sabe protegida—. Mi familia era la dueña de este circo.

—Así es —dijo el hombre—. ¿Te acuerdas de la mujer que me acompañaba la otra vez? Era Margot, tu abuela. Este circo se llamó así por ella.

Lara puso una mueca al recordar a esa mujer joven y guapa, pensando en Simon Webster, que era un viejo cascarrabias. Decían que estuvo casado con Margot, la mujer de los carteles, pero eso parecía imposible.

—Esa señora no es tan mayor.

—Bueno, es que está muerta, *ma chérie*. Ya no envejece. —El hombre sonrió y apoyó las manos en la parte trasera de sus pantalones marrones—. Era un buen circo, pero no era el único que perteneció a tu familia. Hubo otro en otra época. —Alzó la voz como si estuviera a punto de contarle una historia—. Es un circo mágico, y ahora te pertenece.

—¿A mí? —Aquello era nuevo para Lara. Se puso muy tiesa. Aquel hombre había captado su atención.

—Es cierto.

El desconocido hizo algo con las manos y pareció como si la carpa del circo se enderezase un poco, como si hubieran añadido postes adicionales o una mano invisible la hubiera levantado. Se cubrió con una oleada de color que iluminó los tonos azules y beige. Una lámpara de araña relucía en lo alto. Los cacharros oxidados y deslucidos que Lara había metido a rastras bajo la carpa no tardaron en quedar reemplazados por payasos, y la mayor parte del espacio quedó ocupado por un carrusel que daba vueltas. El hombre se acercó hasta situarse a su lado.

Lara alzó la mirada con asombro. ¿Ese era el aspecto que tuvo el circo? Por alguna razón, nunca se lo había imaginado tan colorido. En su mente, se trataba de un viejo espectáculo deslucido con payasos avejentados y equipamiento herrumbroso. Pensaba que todos los circos eran así.

—¿Cómo has hecho eso? —preguntó mientras contemplaba el entorno, maravillada.

—Tú también puedes hacerlo —repuso el hombre—. Inténtalo. Haz que gire el carrusel.

En ese momento, el tiovivo dejó de girar, como si la estuviera esperando. Lara miró al desconocido como si hubiera dicho una tontería y se rio.

—Eso es absurdo. No puedo hacerlo.

—Eso no es cierto. —El hombre sonrió y se inclinó hacia ella—. Mueves cosas, ¿verdad? ¿Tableros de ouija, tal vez?

Lara puso los ojos como platos. Una cosa era que ese hombre supiera cómo se llamaba, pero otra muy distinta era que supiera lo del tablero de ouija en casa de Caren.

—¿Cómo lo…?

—No importa —replicó él, interrumpiéndola—. Pero no debes tener miedo de tu poder.

Sin embargo, sí que le asustaban las cosas que podía hacer. Allí, con ese hombre actuando para ella, resultaba divertido, como un truco de magia en una fiesta de cumpleaños. Lara era una especie de espectadora. A solas, sin embargo, ese poder la asustaba.

—Adelante. —El desconocido giró un dedo. Arrancó una flor diminuta, un trébol blanco, y comenzó a girar el tallo entre el pulgar y el índice—. Toma. —Le entregó la flor—. En lugar de pensar en el carrusel, concéntrate en girar esta flor. Cuando la magia es nueva, querida, la clave es valerse de la emoción de lo que más quieres, no la concentración. Eso llegará más tarde. La magia sabe lo que quieres. Solo tienes que quererlo con más ímpetu.

—Ha dicho que no pensara en ello. —Lara observó la flor que giraba torpemente entre sus dedos.

—Eres una niña muy lista. Pero pensar y querer no son la misma cosa. El deseo surge del corazón, no de la cabeza.

Lara, que siempre fue una alumna aplicada, imitó los movimientos de aquel hombre con sus deditos, y, para su sorpresa, oyó el chirrido del carrusel a medida que empezaba a moverse.

—Bravo —dijo el desconocido, aplaudiendo.

Lara negó con la cabeza.

—Ha sido usted, no yo.

—No. Te juro que no he hecho nada, querida. —Se agachó—. Tú eres la elegida. El circo, el de verdad, es tu destino. Algún día necesitará que obres tu magia. Yo acudiré a ti. ¿Lo has entendido?

Lara asintió, pero no entendió nada de lo que le decía. No había nadie —ni Cecile, ni su madre— que pudiera filtrar, traducir o contextualizar esas palabras para ella. Observó con asombro cómo giraba el carrusel, tan abstraída que había olvidado que aquel hombre estaba allí. Mientras perdía fuelle, como si las baterías que lo accionaban se hubieran agotado, Lara se giró hacia él para decirle algo, pero el hombre ya se había ido.

Cuando se dio la vuelta, comprobó que el carrusel se estaba desvaneciendo y la carpa volvía a estar sucia, vacía, descolorida y flácida. La centelleante lámpara de araña también había desaparecido, la parte superior de la carpa se combaba como si no pudiera soportar el peso de un adorno navideño de cristal.

—Vuelva —rogó.

Había algo en aquel hombre. Aunque no hubiera entendido del todo lo que quería decir, Lara sabía que le había contado la verdad. Su madre también podía hacer cosas…, cosas mágicas. Lara había observado a Audrey abriendo el pestillo de las puertas, haciendo sonar el teléfono e incluso frenando un trueno en el exterior cuando no sabía que la estaba mirando. En una ocasión, oyó a su madre comentando un hechizo con Cecile. Audrey había estado entonando algo siguiendo sus directrices. Lara se tendió para asomarse por la amplia abertura entre el suelo y la vieja puerta para poder verlas. Intentó memorizar lo que decían, pero el cántico era demasiado rápido. Se trataba de un ritual y de un lenguaje secretos y exóticos, que provocaban que las velas titilasen y que las luces de la casa se atenuasen para después brillar con fuerza, como si Audrey estuviera extrayendo energía de todo cuanto la rodeaba. Lara sintió la atracción del cántico, el tirón de las palabras de su madre.

Cuando la magia es nueva, querida, la clave es valerse de la emoción de lo que más quieres, no la concentración.

Después de que aquel hombre le enseñara cómo cambiar la carpa, Lara comenzó a probar con hechizos más sencillos. Empezó por la puerta del despacho de Simon. Era una prueba sencilla, solo requería mover ligeramente el pestillo que había en el picaporte. Con los ojos cerrados, Lara no pensó en el pestillo, sino en hacer girar una moneda entre sus dedos. Luego visualizó el tarro de caramelos de Simon. Aquella mañana lo había llenado con chocolatinas rellenas de menta. Eso era lo que más quería: los dulces. Concentrándose en ese intenso deseo por aquella chocolatina crujiente y azucarada, Lara oyó un chasquido procedente del pestillo.

Pero ahora todas sus correcciones estaban centradas en arreglar la carpa. Al cabo de una semana, regresó allí. Empezando por el color, se concentró en el azul descolorido de la lona y pensó en el color del océano. Logró persuadir al desgastado tejido y vio cómo se iluminaba. A continuación, imitando el gesto con una mano, levantó la parte superior como si estuviera abriendo la tapa de un tarro de caramelos. Cumpliendo su orden, la carpa se elevó y el color beige se volvió más radiante.

—Carrusel, vuelve.

Nada.

—Carrusel, vuelve. —Repitió la orden con tanta fuerza que Gomez Addams, al que ahora llamaba Squiggy, levantó la cabeza alarmado.

Percibió un destello y oyó el tenue eco de un órgano como si estuviera en otra parte, fuera de su alcance, con el volumen bajo. Cada vez más impaciente, dijo:

—Carrusel, vuelve.

De nuevo, pudo verlo relucir, pero luego se desvaneció. Con eso, la carpa se hundió y regresó a su estado deslucido. Lara estaba agotada. Aquello resultaba más duro que girar pestillos.

Ya sabía lo que dirían su padre y su abuelo: que era una niña con una «imaginación vívida». Como hija única que era, se bastaba ella sola para mantenerse entretenida. Pero cuando se acercó al lugar donde apareció aquel hombre, vio el trébol seco y muerto desde hacía mucho tirado en el suelo. El hombre lo arrancó, no ella. Lo recogió como prueba de que lo que vio era real y tomó los restos de la flor y los presionó dentro de su libro, *El enano saltarín*. Meses después, sacaría el libro y vería la flor seca en papel encerado.

Aquel hombre arrancó esa flor. Existía de verdad. Lara no estaba loca.

Regresó al prado a diario. Si tenía que practicar con la guitarra, también podría practicar eso. Durante semanas, iluminó y tensó la vieja carpa. En una ocasión, consiguió activar el carrusel, pero solo lo sustentó durante unos segundos hasta que desapareció. Una semana después, una tormenta tumbó la carpa y desgarró el viejo tejido.

A medida que avanzó el verano, varios hombres y mujeres mayores visitaron a Cecile para rememorar el viejo circo. Como si sintieran el impulso de una marea, los intérpretes circulaban con sus viejas camionetas abolladas por el largo camino de acceso para sentarse en el porche con Cecile a beber té helado o Tanqueray con tónica y recordar la vida en los viejos tiempos.

A Lara le encantaban esas visitas. Cuando veía una camioneta vieja aparcada en el camino de acceso a casa de Cecile, corría por el prado a toda pastilla para ver quién había venido. Sentados en el porche, charlaban mientras Lara jugaba con sus Barbies o Legos, fingiendo no prestar atención, pero nunca se perdía una historia. Los trabajadores del circo eran grandes narradores. Un hombre alto y espigado de los que tomaban gin-tonic se lamentó ante Cecile sobre la pérdida de su querido caballo de exhibición a causa de un cólico. Lara sabía, por su corta experiencia con los equinos, que se trataba de criaturas frágiles y misteriosas. El hombre estaba tan consternado que Lara le regaló su caballo palomino de plástico, Trueno.

—Puede quedarse con el mío.

Lara recordaba querer ese juguete con todas sus fuerzas y, sujetándolo por las patas, asegurarse de haber fijado bien la pequeña montura de vinilo marrón, como si fuera un gancho comercial.

El hombre rechazó el juguete con una sonrisa de gratitud, luego sacó un pañuelo de su bolsillo trasero y se enjugó el rostro.

Cuando se marchó, Cecile se agachó y se sentó al lado de Lara en el suelo. La niña percibió el aroma del perfume L'Air du Temps en el ambiente. Cecile —todavía bronceada como una pasa, con el pelo corto y plateado y un rostro en forma de corazón— era la única mujer que conocía que utilizara pintalabios rojo chillón, pero ahora estaba descolorido después de una tarde de asueto.

—Ha sido un gesto precioso, Lara. Muy conmovedor. —Cecile seguía teniendo un marcado acento francés, y Lara se descubría contando «un, deux, trois» sin darse cuenta o diciendo «n'este-ce pas».

Lara se encogió de hombros mientras ponía a Trueno a galopar.

—No ha sido nada. Solo necesitaba ocuparme de él.

—Es una forma curiosa de decirlo. —Con su acento, la voz de Cecile tenía cierta musicalidad.

—Él dijo que el circo es mi destino.

—¿Quién?

Lara alzó la mirada. No tenía intención de hablar de *él*.

—¿Lara? —insistió Cecile con un deje de alarma en la voz.

—El hombre del prado. —Lara miró al suelo.

—¿Qué hombre del prado? —exclamó Cecile.

La niña se encogió de hombros.

—Un hombre. A veces va con él una mujer. Margot.

Cecile pareció afligida.

—¿Dónde lo has visto?

Lara señaló hacia el prado.

—La última vez fue cuando teníamos montada la carpa.

—Cuéntame qué te dijo exactamente.

Giró a Lara hacia ella y la acercó hacia su rostro. El aliento de Cecile olía a árboles de Navidad.

Lara le explicó cada detalle y el rostro de su bisabuela se contrajo mientras le describió lo del carrusel giratorio. Su inquietud era palpable en su voz. Acribilló a Lara a preguntas, como si hubiera hecho algo malo.

—No debes contar nada de esto. Nunca se lo digas a nadie, ¿entendido? Olvídate de él.

Lara asintió, temiendo que Cecile estuviera enfadada con ella.

—¿He hecho algo malo?

Cecile tardó en reaccionar, pero cuando lo hizo, sonrió a la chiquilla.

—No, cariño. Tú eres un encanto.

Aunque le hizo caso a su bisabuela y nunca le contó a nadie lo de ese hombre tan extraño del prado, el desconocido había desbloqueado algo dentro de ella. Con un chasquido o un giro de los dedos, Lara podía mover cosas.

Pequeñas correcciones, comenzó a llamarlas.

—¿Quién es él? —le preguntó a su bisabuela en una ocasión, poco antes de que la anciana muriera. Lara no necesitó aclarar a quién se refería. Cecile lo entendió de sobra.

—Se llama Althacazur —respondió—. Y no trae nada bueno.

Extracto de LA NUEVA DEMONPEDIA.com

Althacazur (/ alza-ca-zhr/) También aparece deletreado como Althacazar (/ alza-caz-ahr/) y Althacazure (/ al-za-caz-iuur/). Es uno de los príncipes del Infierno, considerado uno de los demonios más poderosos. A menudo se lo denomina «rey del Infierno», debido sobre todo a que representa los placeres carnales, la vanidad y la lujuria, lo que le granjea el mayor número de legiones. Se dice que lidera el octavo estrato del Infierno, donde recalan sus súbditos después de su muerte. De acuerdo con diversos textos, la laguna Estigia fluye principalmente a través del octavo estrato del

Infierno, lo que lo vuelve muy poderoso, en el sentido de que otros demonios deben pagar un peaje para cruzar el principal río del inframundo.

En el acervo popular, a menudo aparece representado como apuesto y vanidoso, con el pelo sedoso y unos ojos ambarinos que suele cubrir con gafas de sol cuando camina entre los mortales, debido a sus pupilas horizontales, un rasgo del inframundo que no puede enmascararse. Un retrato de 1821 —*Althacazar*, obra del obispo Worth— está colgado en el Museo Británico y muestra al demonio con su característicos ropajes morados. En la pintura, Althacazur tiene cabeza de carnero y unas alas de dragón que brotan de su espalda. Algunos biógrafos de Worth (especialmente Constance van Hugh en su libro *Vida de Worth*) han afirmado que el demonio posó para el retrato, mientras que muchos estudiosos de Worth han desechado esa idea como patraña y habladuría. La afirmación de Van Hugh provenía principalmente del diario de la hija de Worth, donde decía que vio al demonio varias veces en el salón mientras su padre trabajaba en el retrato, y que «cuando tenía las alas recogidas, él [Althacazar] era perfectamente capaz de participar en una cena».

Althacazur tiene un papel destacado en el libro *La damisela y el demonio*, una novela de 1884 escrita por Andrew Wainwright Collier, donde, enamorado de una mujer mortal, Aerin, Althacazur conspira y asesina a todos los pretendientes de la doncella, lo que provoca su caída en desgracia como una dama imposible de desposar. Como resultado, Aerin ingiere veneno y se suicida. En el inframundo, Lucifer la entrega como esposa a Althacazur a modo de regalo. Entonces Althacazur se ve atormentado por Aerin, que está resentida con él y jamás podrá amarlo. Que la doncella conserve sus recuerdos humanos pretende ser un castigo por parte de los demás demonios, que desprecian a Althacazur por su creciente poder. Lucifer destierra a la doncella con los ángeles, pues tiene un corazón demasiado puro para el Infierno, en un intento por rescatar a su favorito. En la novela, Althacazur es una figura trágica, malograda por su propia lujuria y por la envidia de los demás demonios del Infierno.

Resulta interesante apuntar que la segunda esposa de Andrew Wainwright Collier fue la actriz Juno Wagner, que interpretó a la doncella Aerin en la adaptación teatral que se representó en Londres en 1902. El 9 de octubre de 1904, Wagner murió dando a luz a un hijo. Collier dedicó el resto de su vida a destruir cada ejemplar existente de *La damisela y el demonio*, asegurando que Althacazur era el responsable de la muerte de su esposa. Collier nunca reveló lo que pasó con el bebé que Wagner llevaba en el vientre, pero se da por hecho que murió también. Tras el fallecimiento de su mujer, Collier también empeoró, y muchos suponen que sus aseveraciones no eran sobre la responsabilidad de Althacazur, sino que en realidad fue la función teatral la responsable de la muerte de su esposa. Ello se debe a que, en contra del consejo de los médicos, la actriz embarazada viajó a París para ver una representación de la obra y cayó enferma. Collier falleció el 23 de diciembre de 1905. Un amigo suyo, Pearce Buckley, declaró que el escritor «no estaba en posesión de sus facultades mentales hacia el final de su vida y cualquier mención relativa a Juno se debía, por desgracia, a los desvaríos de un demente».

En el prólogo de *Obras selectas de Andrew Wainwright Collier*, Jacques Mourier, el periodista de *Le Figaro* que trabajó como su ayudante, aseguró que Collier se fue a la tumba asegurando que Wagner fue seducida por un demonio. «Acudió a verla una noche, después de una actuación. Era un hombre elegante con un chaleco negro y el cabello sedoso y castaño. Collier sospechaba que su mujer había iniciado una aventura con aquel hombre y lo comparó con un vampiro que le absorbió la vitalidad». Muchos estudiosos de la demonología sospechan que el rasgo del «cabello sedoso» es una referencia a Althacazur y que Collier acertaba al afirmar que su esposa había sido seducida por uno de los demonios más poderosos del inframundo.

En *La enciclopedia demoníaca* de 1888 se lee lo siguiente: *Aunque es habitual describirlo como un individuo apuesto e ingenioso, Althacazur acostumbra a caer presa de su propia lujuria y sus consecuencias. Su* carácter, considerado el más volátil de los príncipes del Infierno, es otra de sus debilidades. Debido a sus encantos, es habitual confundirlo con un demonio menor, lo cual es un grave error, puesto que se trata del más vanidoso y despiadado de los generales del Infierno. Se lo considera como el favorito de Lucifer y es rival frecuente del ángel Rafael.

En los mitos modernos

El comensal

Althacazur era un demonio con un protagonismo palpable en el espectáculo de ocultismo del ilusionista Philippe Angier. Esta función siempre suscitaba rumores de tendencias demoníacas, sobre todo desde que se rumoreó que el color del pelo del ocultista pasó del negro a un rojo llameante de la noche a la mañana. En 1898, Angier murió durante un célebre duelo en Bois de Boulogne. Durante una cena privada en París, se dice que Angier predijo el destino de los demás comensales, todos ellos afamados literatos parisinos. Esos destinos vaticinados eran funestos: encarcelamiento, veneno y suicidio. A lo largo de los siguientes años, se rumoreó que las predicciones se habían hecho realidad, con el resultado de que el último invitado a esa cena que seguía vivo, el periodista Gerard Caron, arremetió contra Angier en el periódico *Le Parisian*, donde lo tachó de satanista y lo desafió a un duelo. En las planicies de Bois de Boulogne, el revólver de Angier se encasquilló y el ilusionista recibió una herida mortal, aunque aguantó varios días antes de morir. Caron, atormentado por la culpa, se quitó la vida, pegándose un tiro con el revólver de Angier, que «disparó sin falla», según los testigos. Después de su muerte, múltiples informes aseguraron que Angier había dejado embarazadas a varias de sus ayudantes de escena y sacrificó a sus hijos recién nacidos para apaciguar al demonio Althacazur. Esta historia sirvió de inspiración para el musical *Los comensales*.

Asociación con Robert Johnson

Aunque se cita a menudo que fue Lucifer el que se cruzó con Robert Johnson, la leyenda del *blues*, en un «cruce de caminos» en Clarksdale, Misisipi, algunos autores han sugerido que en realidad fue el demonio Althacazur el que selló ese funesto trato descrito en la leyenda. El famoso guitarrista murió el 16 de agosto de 1938 en Greenwood, Misisipi.

Días demoníacos

Althacazur tuvo un papel destacado en la comedia televisiva *Días demoníacos* como enemigo de los ángeles Gabriel y Rafael, que comparten piso en la ciudad de San Francisco en el presente. Fue interpretado por el actor Jacob Broody en las dos primeras temporadas, para luego ser sustituido por Elijah Hunt de la tercera a la quinta.

10

Kerrigan Falls, Virginia
21 de junio de 2005

¿Por qué no se le había ocurrido antes buscarlo en internet? Caray, ya había buscado a un montón de músicos muertos; las muertes de Mama Cass y Keith Moon a los treinta y dos años en el mismo apartamento londinense era una búsqueda recurrente. Sin embargo, necesitó a Caren para recordarle su nombre. Althacazur.

Contempló el texto con incredulidad, después pulsó IMPRIMIR. ¿El hombre que fue a visitarla al prado era un demonio mayor? ¿O un «rey del Infierno», como también era conocido? Lara intentó recordar si aquel hombre se presentó en algún momento. Fue Cecile la que pronunció por primera vez ese nombre que sonaba como el de un villano de los dibujos animados, similar a Gargamel.

Su bisabuela tenía que estar equivocada. Simplemente era un nombre parecido. Lara era pequeña. Puede que lo entendiera mal. Pero luego estaban las letras que aparecieron en el tablero de la ouija. Coincidían. La magia que utilizaba su familia —vestidos, cerraduras— era una magia inocente. Pero ese tal Althacazur era una criatura completamente distinta.

Mientras recogía su bolso y buscaba el pintalabios, no paró de manosear la hoja impresa para leerla una y otra vez, en busca de alguna similitud entre la descripción y el hombre al que conoció. ¿Vanidoso? Sin ninguna duda. ¿Cabello sedoso? También. Pero fue una frase la que la dejó helada: «... ojos ambarinos que suele cubrir con gafas de sol cuando camina entre los mortales, debido a sus pupilas horizontales, un rasgo del inframundo que no puede enmascararse».

De todo lo que había leído, esa frase parecía un detalle concreto que lo describía. Eso suscitaba una pregunta: si un demonio mayor iba a visitarla, ¿qué quería? En algún momento, dijo, la convocaría. Lara tomó asiento y comprobó que le temblaban las piernas. ¿Era esta la fuente de su magia? ¿Era el motivo por el que Audrey insistía en que ocultaran sus habilidades?

Después de abrir pestillos y vaciar los tarros de caramelos de su abuelo, Lara evolucionó hasta copiar la firma de su madre y hechizar el teléfono para que sonara como cualquiera que ella quisiera. A medida que se hizo mayor, esas habilidades resultaron útiles cuando quería obtener permiso para acudir a una excursión. Cuando lo perfeccionó, pudo imitar las voces de las madres de sus amigas con facilidad, para así poder quedarse en la calle hasta tarde mientras Audrey pensaba que estaba a buen recaudo en casa con Caren.

Fue la madre de Caren la que la descubrió sin querer. Las dos chicas eran alérgicas y requerían inyecciones semanales. Una primavera, en la consulta del médico, la señora Jackson le dio las gracias a Audrey por permitir que Caren se quedara en su casa tan a menudo. En realidad, las dos muchachas se escabullían para acudir a una bolera que abría toda la noche. Lara siempre había tenido cuidado para que Caren no la oyera hacer esas llamadas, pues no quería que su amiga tuviera culpa de nada. Mientras la señora Jackson hacía un concienzudo recuento de la generosidad de Audrey al alojar a su hija, Lara cerró los ojos, consciente de lo que se le venía encima.

El fuerte tirón que pegó Audrey de su chequera sirvió como indicativo mientras arrancaba el cheque por valor de tres dólares para el doctor Mulligan.

—No tienes ni idea de lo que supone crecer sin tu madre porque se volvió loca a causa de la magia. —Audrey guardó silencio hasta que llegaron al sinuoso camino de acceso a su casa—. Te he ahorrado esos detalles. Sí, claro, es divertido tener esos trastos viejos en el jardín, pero a ti no te han fastidiado nunca tus amigos diciendo que eres un bicho raro por trabajar en el circo. A mí sí. Te crees que es adorable y divertido, pero llamar la atención sobre ti misma es peligroso.

Cuando Lara regresó a casa, el castigo fue raudo y silencioso. Como el teléfono había sido el origen del problema, Audrey lo hechizó para que Lara no pudiera llamar a nadie durante una semana. Curiosamente, su madre nunca le comentó a Jason lo que había hecho, ni tampoco le habló del castigo que le había impuesto. Solo entonces, Lara comprendió que Audrey le había ocultado las habilidades de ambas a su padre. La magia era un secreto vergonzoso.

Tras apagar el ordenador, Lara miró el reloj. Faltaba poco para que Audrey viniera a recogerla para ir al circo. Tras doblar el papel con el texto sobre Althacazur, lo guardó en el fondo de su bolso.

Cada mes de junio, durante dos semanas, el circo Rivoli de Montreal se asentaba en uno de los prados cercanos a la autopista, con el telón de fondo de la cordillera Azul asomando por encima de la carpa al anochecer. La parada en Kerrigan Falls era una muestra de respeto hacia Le Cirque Margot, ya que muchos de los intérpretes buscaron trabajo en la compañía canadiense cuando cerró el circo. La lealtad era un rasgo inherente a estas familias, e incluso los hijos de muchos miembros ya fallecidos seguían recordando las historias. La compañía de Montreal había adoptado muchas de las antiguas paradas de Le Cirque Margot, de modo que el bagaje de ambas compañías estaba íntimamente entrelazado.

Tras arrancar la temporada, el circo Rivoli actuaba en doce municipios de Tennessee, Georgia, Alabama y Misisipi antes de poner rumbo al sudoeste coincidiendo con el invierno y después remodelar el espectáculo en Canadá para las actuaciones del año siguiente.

Era difícil conseguir entradas, pero la familia Rivoli siempre le cedía a Audrey asientos en el palco. El legado entre ambas familias era algo que su madre toleraba más que celebraba, pero los caballos eran algunos de los animales más deslumbrantes en la pista. Por esa razón, Audrey siempre se aseguraba de que estuvieran centradas y en primera fila.

Las características carpas de rayas azules y verde musgo estaban unidas con un bazar que las conectaba. Mientras Lara y Audrey atravesaban la entrada principal, varios tenderetes de comida y otras atracciones de feria —como videntes, vendedores de camisetas y máquinas recreativas— flanqueaban la avenida hasta la entrada de la carpa principal.

En el interior, el aire nocturno resultaba fresco. Sobre sus cabezas había una aparatosa lámpara de araña azul y verde, que recordaba a una escultura de Chihuly, colgando de la parte central. Desde el atrezo hasta el sonido y las concesiones, Lara admiraba su atención por los detalles. La actuación siempre era elegante y sofisticada, al contrario que cierta feria chabacana que pasaba por allí cada otoño, ofreciendo a los niños viajes en norias oxidadas y sirviendo Coca-Colas aguadas.

Tras recibir la señal, la carpa se quedó a oscuras y se desplegó un espectáculo de luces azules y verdes, como algo salido de Las Vegas. Aquel era uno de los poquísimos circos que seguían viajando con una orquesta completa. Se produjo una pausa dramática, a oscuras. Un señor del público tosió, luego un niño soltó un gemido. Se encendió un pequeño foco en la parte alta de la carpa, donde apareció la silueta de una chica rubia vestida con un maillot verde amarillento con lentejuelas, que descendió con soltura por una soga de tela, enroscando y desenroscando su cuerpo a lo largo de ella. A medida que se movía, el tejido se retorcía a favor y en contra de su cuerpo, provocando la ilusión de que se anudaba y luego se soltaba de la soga antes de sujetarse en una dramática caída libre ensayada. En la orquesta situada más abajo, una cantante entonó una melodía en francés, acompañada por instrumentos eléctricos de cuerda.

Que un artista se cayera era algo que no quedaba fuera de consideración en el circo. Las sogas se desgarraban, las manos se escurrían, pero la precisión y la práctica, sumadas a la suerte y el talento, inclinaron la balanza en favor de la veterana intérprete de aquella noche, que ahora giraba desde una soga a la que se sujetaba con los dientes. Aunque existía la pequeña posibilidad de un desastre, con cada vuelta y cada giro de la espalda de la trapecista y cada tirón de sus bíceps, el público estaba embelesado y en vilo. Esa actuación ofrecía una combinación perfecta de espectáculo y tensión; la belleza entrelazada con el peligro.

Y entonces resultaron ser dos. Se sumó una segunda trapecista idéntica con un maillot de color azul ultramar. Giraron y se voltearon al unísono, alguna cuenta silenciosa dirigía la precisión con la que entrelazaban y cambiaban sus sogas en una compleja coreografía aérea. Después de establecer su ritmo, apareció una tercera acróbata.

Lara alargó el cuello y comprobó que no tenían red debajo, solo un suelo acolchado que recordaba a una tarima de lucha libre en un gimnasio, que no impediría que se partieran una pierna o se espachurrasen el cuerpo si fallaba algún cálculo. Y esa posibilidad creó un espectáculo tan maravilloso que a Lara se le aceleró el corazón. Era una persona que lloraba en las funciones de Broadway, cautivada por el arte y la emoción de una interpretación en directo, pero ni siquiera de niña recordaba haber visto un número circense con tanta fascinación como ahora. Los movimientos eran fluidos, como si estuviera presenciando una danza en el aire. Algo que harían los pájaros si les crecieran extremidades. Las tres acróbatas descendieron al suelo con un final dramático y el público aplaudió a rabiar.

Después hubo otra actuación, esta vez un número de trapecio más tradicional, al estilo que Lara estaba acostumbrada a ver. Los cuatro intérpretes parecían etéreos, giraban y propulsaban sus cuerpos, pasándose los unos a los otros como si en el fondo no fuera necesario conectar. Mientras hacían acrobacias muy por encima del público, agarrándose a la barra y girando sobre la plataforma, donde los recogían unas manos firmes hasta que el siguiente trapecista los reemplazaba, Lara percibió las cuentas que llevaban entre ellos, estirando las manos, retorciendo el cuerpo para después aterrizar con suavidad y luego dar la vuelta y repetir la actuación con la soltura de un mazo de naipes al barajarse. Parecía como si en lugar de personas fueran objetos arrojados para hacer malabares sobre la pista, así que cuando Lara percibió una cuenta fallida, se le cortó el aliento. Con un ligero traspié, pudo ver cómo la trapecista perdía el agarre de la mano de su compañero.

Por instinto, Lara recordó ese juego infantil en el que la perspectiva forzada hacía que una persona pareciera diminuta, permitiéndote «aplastarla» con los dedos. Usando la misma técnica, Lara dijo «no» en voz alta mientras deslizaba la mano por debajo de la acróbata caída, sosteniéndola en alto con la palma, como si fuera una marioneta diminuta. «Arriba, arriba», susurró Lara, elevando a la trapecista. Ante los ojos de cualquiera, habría parecido como si sujetase una taza de té imaginaria. En ese mismo momento, la acróbata habría sentido que se encontraba de pie con firmeza sobre una plataforma de cristal invisible. El instinto tomó el mando y la trapecista se meneó hacia la mano expectante de su compañero.

—¿Qué estás haciendo? —susurró Audrey entre dientes, abriendo mucho los ojos—. Déjalo ya.

Esas palabras interrumpieron la concentración de Lara, que sintió cómo el hechizo se rompía por un momento. La acróbata volvió a trastabillar.

—Arriba —dijo Lara, que ignoró a su madre y volvió a concentrarse en la trapecista—. Arriba, arriba.

Lara comenzó a sudar mientras recordaba lo que le dijo *él* en la carpa: *Solo tienes que rotar la flor.* Era como girar una cerradura. Puedo hacerlo, pensó.

Con los ojos cerrados, rotó a la acróbata con el dedo el cuarto de vuelta necesario para alcanzar las manos extendidas de su compañero. Lo que debió de parecer una eternidad, tanto para Lara como para la trapecista, se alargó durante apenas unos segundos. Seguramente, el agarre fallido debió de pasar inadvertido para todos los demás.

Segura de haber cumplido la tarea correctamente, Lara abrió los ojos y estiró el cuello para tener una perspectiva diferente. La acróbata estaba flotando, sus brazos y piernas aleteaban como si nadara mientras Lara giraba el dedo. La trapecista se estiró para que su compañero pudiera alcanzarla y hacer otro intento. Esta vez tuvo éxito y el otro trapecista la agarró con fuerza. Recuperando el ritmo, el equipo concluyó el número. Solo al final de la actuación, cuando descendieron de las sogas, Lara pudo ver con claridad cómo le temblaban las piernas a la chica. Luego miró de reojo y vio que Audrey las estaba mirando fijamente, con una ceja enarcada.

Lara había hecho una corrección a la vista de todos. Eso estaba prohibido. Aunque se sentía culpable por desafiar a Audrey, aquello no se trataba de remodelar un vestido de boda. En un segundo, con una orden mental, le había salvado la vida a una mujer. Seguro que valía la pena hacer un poco de magia en público si servía para evitar un desastre. Aunque solo habían sido unos segundos, Lara era consciente de la cantidad de destreza que se requería para mantener a la mujer en vilo, aunque fuera durante ese lapso tan corto sobre todo habiendo pánico de por medio. Sus habilidades se estaban incrementando. No le cabía duda de que podría regresar al prado y poner el carrusel en marcha —e incluso recrear la carpa— con poco esfuerzo.

La función continuó con payasos, otro número de trapecio, tres elefantes y finalmente la amazona acrobática, el número favorito de Audrey. El corcel blanco irrumpió ataviado con un complejo tocado en la cabeza; la crin larga y sedosa del caballo aleteaba con fuerza mientras recorría la pista en círculos. Aunque Audrey fue una amazona experimentada, nunca alentó a Lara a montar. Cuando se hizo mayor, se enteró de que se debía a que una caída podría dañar el único riñón que le quedaba.

De pie sobre el lomo del caballo, anticipando el ritmo del galope del animal, se encontraba la amazona, una pelirroja vestida con un maillot verde con flecos y lentejuelas. Cautivó al público con dos vueltas completas alrededor de la carpa, antes de contorsionarse hacia atrás con un pino puente mientras el caballo trazaba un círculo más pequeño. Después ejecutó una voltereta hacia delante y se lanzó desde el lomo del animal, aterrizando en perfecta sincronía mientras se desplazaban. Después, con un movimiento veloz, se deslizó hacia abajo y se colgó con una pierna mientras el poni adoptaba un galope firme y constante. Y entonces, cuando parecía que el número no podría volverse más audaz, un segundo caballo entró en pista y la amazona saltó de un corcel a otro, hasta terminar saliendo de la pista montada en ellos como si fuera una gladiadora que vuelve a casa tras cobrarse una victoria en el ruedo. Y eso es básicamente lo que era.

Aunque Audrey debería haberse quedado cautivada con la actuación, cuando se encendieron las luces parecía distraída.

—Lo que has hecho antes ha sido arriesgado.

—No podía dejar que muriera.

Audrey no respondió.

—¿Madre?

—Lo sé —repuso al fin, con voz tensa. Lara vio cómo apretaba la mandíbula—. Lo que hiciste requiere destreza. Reaccionaste sin pensar. No es como tirarse veinte minutos para abrir una cerradura.

Lara la miró con perplejidad.

—Por supuesto que sabía que tú eras la razón de que ninguno de los pestillos de la casa funcionase, Lara. ¿Crees que mi magia nunca se manifestó? Me dedicaba a juguetear con el fogón y a encender el gas. Estuve a punto de hacer volar la casa por los aires. Al menos, tú no has hecho nada de eso.

—Si no la hubiera ayudado, lo habrías hecho tú.

Audrey no respondió. Señaló hacia la carpa para dar mayor énfasis.

—Ese numerito de antes significa que te estás haciendo más fuerte.

—¿Más fuerte que qué?

—Más fuerte que yo.

Mientras caminaban en silencio, Lara sopesó las palabras de su madre. ¿Por qué se estaba fortaleciendo? Sabía que Audrey aseguraba no practicar su magia por principios, pero Lara no se lo creía. Sin embargo, su madre se había puesto nerviosa por lo que había visto.

Salieron a la zona comercial, donde vendían camisetas y tazas, y donde los intérpretes posaban para hacerse fotos. Lara vio el tenderete de una pitonisa. No había ni rastro de Madame Fonseca. En su lugar había un chico joven de pie delante de la única caseta vacía en la avenida del circo.

—Oh, míralo plantado allí. Me da pena el pobre.

—Entonces ve a que te cuente la buenaventura —dijo Audrey mientras rebuscaba en su bolso—. Tenemos tiempo hasta que se disperse la multitud... Salir de aquí va a ser una pesadilla. Si alguien necesita que le lean el futuro, eres tú.

Lara puso una mueca y se aproximó al muchacho, que no tendría más de dieciocho años.

—No te pareces a Madame Fonseca.

Lara señaló al cartel, que representaba a una anciana inclinada sobre una bola de cristal, con el pelo recogido en un turbante. Era un cliché tan grande que resultaba cómico.

—Murió hace dos días.

Lara percibió un deje sureño en el acento del muchacho, de Alabama o Misisipi, aunque no pudo ubicarlo.

—Oh. —Lara no era consciente de que Madame Fonseca fuera tan vieja—. Entonces, ¿tú eres el señor Fonseca?

—Rayos, no. —El muchacho inclinó la cabeza—. Shane Speer a su servicio, señorita.

Iba vestido con una túnica azul con unos ribetes verdes que le quedaba grande, como una toga del coro.

—Me gusta tu túnica —mintió Lara.

—También tengo una verde. —Shane mantuvo un gesto inexpresivo.

—Me lo creo.

Lo siguió al otro lado de la cortina hasta una pequeña zona delimitada por terciopelo de color azul oscuro. Parecía como si estuvieran en un armario, y la estancia olía a carmelos SweeTarts. Shane se sentó frente a ella y encendió una lámpara de mesa.

—¿Cartas o manos?

—No sé. ¿Cuál es mejor?

—¿Para mí? —El chico sopesó la pregunta—. Las manos.

Lara giró las manos. Shane le tocó las palmas y frunció el ceño.

—¿Y cómo es que te dedicas a esto? —preguntó Lara para romper el hielo.

El muchacho siguió examinándole las palmas. De algún lugar situado bajo la cortina apareció un monito marrón vestido con un pequeño esmoquin verde.

—Hola, señor Tisdale. —El chico se inclinó hacia delante—. Le juro que le encanta poner la oreja en todas mis sesiones. —Tomó al monito en brazos y lo colocó cuidadosamente sobre su rodilla—. Supongo que puede decirse que tengo un don. Cuando se trata de los muertos, veo cosas que el resto de la gente no.

Jugueteó con sus dedos sobre la mesa. Lara también advirtió que le temblaba la pierna con una energía contenida, lo que hacía que el monito botara.

—Era como si estuvieran escondidos detrás de la cortina roñosa de mi madre, que antaño estaba limpia e impoluta. Así que, durante un tiempo, la gente me pagaba para visitar los lugares donde había muerto gente. Seres queridos y esas cosas, para comprobar si podía percibir su energía y hablar con ellos.

Aquel chico era como un juguete de cuerda. No paraba de cotorrear. Lara pensó que estaría nervioso por ocupar el sitio de Madame Fonseca. Esa mujer era una puta leyenda. Y parecía que el chico no paraba ni para tomar aliento.

—Al principio, mi labor se limitaba a la gente de la zona que había oído hablar de mí. Madres que habían perdido a sus hijos. Siempre son progenitores que buscan respuestas.

Volvió a examinarle la mano, haciéndola girar, para luego concentrarse en sus dedos.

—Aquel primer verano pasé mucho tiempo en la ruta del condado 68, allá en Alabama, donde confeccionaban esas cruces artesanales en las zonas de curvas cerradas. O en la interestatal 10, recorriendo el arcén de la autopista mientras los camiones pasaban a toda pastilla por mi lado.

Alzó la mirada como si Lara debiera conocer esa carretera.

—Pero entonces Madame Fonseca me encontró cuando pasaron por Montgomery y me ayudó a pulir mi «arte», como ella lo llamaba. También me enseñó a echar las cartas.

Lara suspiró. La historia había concluido. Shane volvió a girarle la mano. El monito alargó un brazo y tocó las líneas de su palma. Con sus ojos castaños y expresivos y su rostro humano, parecía observarla con mucha seriedad.

—Ya lo sé, señor Tisdale —dijo Shane, asintiendo con la cabeza—. Yo también lo veo. Es una locura, pero este pequeñín es capaz de identificar la clave exacta de cada lectura.

—Mi prometido me dejó tirada en el altar hace nueve meses —le soltó Lara con un tono mordaz—. ¿Ha identificado eso?

Shane Speer escrutó su rostro, achicando los ojos, como si intentara abrirle sendos agujeros. Lara detectó una espinilla inmensa que se estaba formando sobre su nariz adolescente y se preguntó si el señor Tisdale también recalcaría eso.

Shane cerró los ojos. Lo hizo para crear efecto, más que otra cosa, Lara estaba segura de ello.

—Nada.

—¿Nada?

Fue lo mismo que dijo Audrey el día de su boda.

—Son cosas que pasan —dijo Shane, como si se disculpara por no haber podido tener una erección—. A veces, simplemente ya no están. Ese prometido tuyo… se ha ido.

—Bueno, claro, eso ya lo sé yo —replicó Lara—. ¿Adónde se ha ido?

—A ninguna parte. —Shane se encogió de hombros—. Ese chico no es tu destino.

—¿Qué acabas de decir? —Lara se inclinó hacia delante, alzando la voz. Era lo mismo que le dijo aquel hombre en el prado hace tantos años.

—*Él no es la clave.*

Lara pensó que precisamente lo era. Como también era el motivo por el que se estaba gastando el dinero para que ese puñetero crío le toqueteara la mano.

—¿Quién eres?

Con un movimiento veloz, Shane Speer agarró a Lara por la muñeca y la apoyó de golpe sobre la mesa. El mueble barato se estremeció y estuvo a punto de volcarse. El chico se inclinó tanto hacia ella que Lara percibió que había estado mascando un chicle de canela. Temió que estuviera intentando besarla y aquella idea le resultó repulsiva. Se diría que el señor Tisdale compartía el mismo sentimiento, porque el monito saltó al suelo desde la rodilla de Shane y se fue corriendo y gimoteando.

—Veo la magia negra... El Circo Oscuro que hay en ti, jovencita. Es tu destino. —Su voz ya no era la de un muchacho; era grave como la de un barítono de ópera. ¿Y había desarrollado un acento ruso?—. Formas parte del Circo del Diablo. Eres la clave, la elegida. Pero ten cuidado. Ella lo sabe y viene a por ti. Quiere verte muerta.

Shane meneó la cabeza y la miró a través de una mata de rizos grasos.

—¿Qué acabo de decir?

—¿No lo sabes? —Lara se acarició la mano dolorida, examinándola para comprobar si la tenía magullada.

—Estas cosas pasan. Por eso prefiero las manos.

—Bueno, estabas balbuceando algo sobre un Circo Oscuro. Y hablabas con acento ruso.

—¿El Circo Secreto? —El chico abrió mucho los ojos—. ¿He dicho eso? —Shane pareció indispuesto—. Seguro que Madame Fonseca se está canalizando otra vez a través de mí. Odio cuando hace eso. Puedo hacer esto sin que tenga que intervenir en todas mis putas sesiones.

—Lo llamaste Circo Oscuro, no Circo Secreto —dijo Lara, que miró al techo pensando que vería al fantasma de Madame Fonseca flotando allí.

—Es lo mismo. —Shane se encogió de hombros—. Algunos lo llaman el Circo Secreto, otros el Circo Oscuro.

—¿Y qué tiene que ver ese circo conmigo?

—No sé. Depende de lo que dijera. —El chico miró en derredor con gesto ausente, como si necesitara un cigarro—. Eh, ¿qué ha pasado con el señor Tisdale?

—Huyó cuando pusiste esa voz tan rara.

—Oh, mierda, ¿en serio? ¿Se fue corriendo? —Shane agachó la cabeza y luego la levantó para buscar al monito—. Oh, no, tengo que encontrarlo. Siempre se mete en líos cuando se escapa.

—Lo que faltaba. —Lara puso los ojos en blanco. Se dio cuenta de que el chico estaba sudando—. También dijiste que estaba en peligro y que ella quiere verme muerta. ¿A quién te referías?

El muchacho seguía abstraído, pero tragó saliva con fuerza. Lara pudo ver cómo subía y bajaba su nuez.

—Si he dicho eso, señorita, significa que corres un peligro muy serio. Siento decirte que nunca me equivoco en estas cuestiones. Madame Fonseca dijo que tenía un don y así es. —Metió una mano bajo la mesa y sacó una caja gris, que depositó entre ambos con un golpe seco—. Serán veinte dólares.

Lara salió del tenderete de Madame Fonseca sintiéndose un poco mareada. ¿Qué diablos había ocurrido? Por el rabillo del ojo, vio que la cortina se movía. Una manita, seguida por un pequeño rostro, se asomó para mirarla.

—¿Señor Tisdale?

El mono miró a su alrededor, como si algo lo hubiera asustado. Con tiento, como un perro cohibido, la criaturita se acercó a Lara. Llevaba un paquete en la mano. Lo sostuvo en alto frente a su cuerpo.

—¿Es para mí?

Lara se agachó. El circo se estaba volviendo más raro a cada minuto que pasaba.

Tomó el paquete de entre sus manos y el monito se marchó a toda prisa. Cuando lo examinó, Lara comprobó que era un sobre plano y adornado, compuesto por un papel dorado grueso y reluciente. El sobre iba dirigido a Mademoiselle Lara Barnes. Deslizó el dedo sobre la parte superior para abrirlo, pero el papel no cedió. Al intentarlo de nuevo, se hizo un corte con el papel.

—Mierda.

Una gota de sangre cayó sobre la solapa del sobre, que se desprendió al instante. Chupándose la sangre del dedo, Lara examinó el interior con la otra mano. Allí encontró una vieja libreta, cuya cubierta beige estaba tan desgastada que parecía marrón.

—¿Qué diablos es eso?

Audrey la encontró chupándose el corte del dedo y sujetando el sobre en un ángulo extraño. Su madre metió una mano en su bolso y le dio un pañuelo antes de quitarle el paquete de las manos. Lara se encogió de hombros.

—Me lo ha dado un mono.

—¿Un mono? —Su madre la miró con curiosidad.

—Créeme, eso no es lo más extraño que me ha pasado esta noche.

Mientras su madre sujetaba el sobre, Lara metió una mano dentro y sacó la libreta. Observando el paquete con suspicacia, Audrey lo giró y examinó la solapa.

—Qué raro. Estaba dirigido a ti. Tiene que ser de alguno de los antiguos integrantes del circo. No sabía que aún siguieran en activo.

Lara comenzó a examinar las páginas mientras su madre se asomaba por encima de su hombro. La escritura era de otra época, se trataba de una caligrafía bonita y repleta de bucles, al contrario que la cursiva de la generación de Lara, cuyo afán parecía ser la rapidez. Las letras marrones y descoloridas eran nítidas y precisas, con bucles muy marcados en las mayúsculas, pero el tiempo había hecho que la tinta adoptara un color muy parecido al del papel. Estaba redactado por completo en francés. Lara pudo identificar nombres como Sylvie y E. Tenía el francés oxidado, pero estaba deseando abrirlo y empezar a traducir. Su madre le quitó la libreta y examinó la cubierta con los ojos entornados.

—Necesito mis gafas de lectura.

—¿Qué crees que es?

—Yo diría que es un diario. —Audrey lo miró de un modo extraño. Examinó más de cerca lo que estaba escrito en la cubierta—. Es de 1925.

El diario decía: LE JOURNAL DE CECILE CABOT.

Lara tocó las páginas con tiento, como si pudieran desintegrarse bajo sus dedos.

—¿No te resulta extraño?

—Bueno. —Audrey sacó sus llaves del bolso—. Yo no le contaría a nadie que me lo ha dado un mono. Lo que pasa es que...

—¿Qué?

—No sabía que Cecile tuviera un diario.

—Según parece, lo escribió cuando era joven.

—No la tenía por esa clase de persona tan reflexiva. Viví con ella mucho tiempo y no le oí mencionar un diario ni una sola vez. —Audrey se encogió de hombros—. Pero ¿quién sabe? Puede que de joven fuera una persona diferente. Mira a ver si puedes traducirlo, así lo confirmarás. Sea como sea, es un gesto bonito; un pedazo de historia que alguien pensó que deberías tener.

Mientras salían de la carpa principal, Lara sostuvo el lomo de tela de la libreta sobre la palma de su mano. Tuvo un mal presentimiento. No estaba tan convencida de que hubiera sido un gesto agradable.

11

Estaba cayendo una llovizna y el aire venía frío. Lara estaba segura de que habría niebla en el resto del valle. La brisa matutina de junio traía un aroma ahumado y persistente de las plantas y árboles que se habían pasado varios días expuestos a un sol de justicia hasta recibir por fin el alivio de un fresco aguacero. Era una de esas mañanas en las que la gente se quedaba en casa, así que las calles estaban poco concurridas, permitiendo que la lluvia limpiara suavemente los adoquines. Al mediodía, el sol calentaría con fuerza y el lugar parecería un pantano.

En los últimos días, su padre había estado de viaje con la gira de reunión de Dangerous Tendencies. El primer concierto fue la semana anterior en Charlottesville, seguido por Durham y después Clemson, pero anoche celebraron un concierto de ensayo en Winchester. Lara dejó el diario sobre su mesa y se recostó en su asiento.

—¿Qué tal fue?

Se había preparado para repasar detenidamente durante una hora los cambios en el repertorio, los problemas con el nuevo batería y cuestiones como la energía y la afluencia de público. Estuvo de gira con él durante un año, tocando la guitarra rítmica, pero estuvo a punto de electrocutarse con un cable defectuoso en una guitarra y Jason ya no volvió a invitarla a la carretera. Desde hacía unos años, sus gustos habían virado hacia el *blues* y estaba buscando músicos que compartieran su visión. Para consternación de los viejos fans, en sus conciertos ya solo tocaban unas pocas versiones de canciones antiguas de Dangerous Tendencies, lo que les permitía concentrarse en el material nuevo. Todos sus discos de Son House, Bukka White y Hound Dog Taylor ocupaban un puesto destacado cerca del teléfono.

Jason se sentó en el borde de su escritorio. No podía parar quieto, tenía el rostro ruborizado, tamborileaba con los dedos.

—Me encantó.

Incluso se había cortado el pelo para el concierto, sus rizos cobrizos apenas asomaban de su cráneo.

—¿En serio? —Lara ladeó la cabeza—. Antes no te gustaba.

—Fue perfecto —dijo Jason, que sonrió con la mirada perdida, como si estuviera paladeando un recuerdo.

Jason era un animal de carretera. Lara detestaba enjaularlo en un trabajo de oficina, por más que consistiera en tenerlo poniendo discos como un adolescente.

—Tengo algo nuevo —dijo Jason—. Hemos estado improvisando un poco en la furgo. Ha habido muchas buenas vibras entre los chicos.

—¿Acabas de decir vibras? —Lara se llevó las manos al rostro.

Jason levantó un dedo y recogió su Gibson.

—Hemos estado trabajando en algo. Creo que esta banda se está consolidando.

—La palabra consolidar tampoco es mucho mejor. —Lara puso una mueca lastimera.

Jason llevaba tiempo queriendo formar una nueva banda y grabar otro álbum de estudio. Aunque lo negara, Lara sabía que parte de la razón por la que había accedido a lo del programa de radio sindicado fue para captar público nuevo y llamar la atención de un estudio de grabación. Después de su tercer álbum, no hubo demanda para un cuarto. Diez años después, Lara sabía que seguía siendo un tema sensible.

Su padre comenzó a tocar unos cuantos compases. Era una buena canción. Todas sus canciones estaban bien, pero tenían una melodía simple y sin florituras. No se enriquecían con nuevas capas hasta que pasaban por las manos de un buen productor. Lara había escuchado esas canciones «antes» y «después» del productor y resultaban casi irreconocibles. Aunque no fuera el mejor compositor del mundo, Jason era un magnífico intérprete de versiones, así que sus actuaciones en directo solían componerse de secuencias de cuatro a cinco canciones que se fundían unas con otras con naturalidad. Esas canciones no eran las reproducciones fieles de una banda de versiones con menos talento. Jason las llevaba a otro nivel, envolviéndolas con un revestimiento que les daba un aire de *blues*, desde *Effigy* y *Run Through the Jungle* de la Creedence Clearwater Revival, hasta el *Hey Jude* de los Beatles. Como en una buena mezcla, podías escuchar fragmentos de la canción en el momento justo, fusionándose con la canción que estaba cantando.

—Oye, ¿puedo preguntarte una cosa? —Lara hizo girar un boli entre los dedos, con las piernas apoyadas en su escritorio.

—Claro. —Jason siguió rasgueando, probando algo con el nuevo arreglo.

Lara se levantó de golpe y agarró la Fender acústica, su favorita.

—No metisteis ningún tema invertido en el *Tending*, ¿verdad?

—No, ¿por?

—Ya me parecía. —Lara apoyó la guitarra sobre una rodilla, comprobó qué tal afinada estaba y tensó las cuerdas rápidamente—. Es que la otra noche pasó algo raro con ese disco.

Jason dejó de tocar, la última nota reverberó hasta que la silenció con el dedo y miró a Lara con desconcierto.

—Decidí poner «The One I Left Behind». Mientras rebobinaba el vinilo, escuché una canción.

—Tienes que dejar de trabajar hasta tarde. —Jason se rio mientras se mesaba la barba—. Puedes oír montones de cosas cuando rebobinas un disco en un estudio. Ya lo sabes.

—Esto era diferente —repuso ella—. Era una canción, no un ruido.

Recogió el papel con las notas que había dejado en su escritorio, tocó unos cuantos acordes y luego empezó a cantar.

—¡Para! —Jason tenía la mandíbula apretada y agarró la guitarra acústica tan fuerte que pareció como si fuera a partirla en dos.

Lara alzó la cabeza y vio que estaba pálido y tembloroso.

—¿Dónde diablos has oído eso?

—Ya te lo he dicho —repuso ella con los ojos como platos. No esperaba ese tipo de reacción—. Estaba rebobinando tu disco…

—Esa canción no, Lara —la interrumpió. Tenía la voz trémula y chillona, como cuando Lara era pequeña y se alejaba demasiado nadando en la piscina—. Esa canción no existe, ya no.

Lara dejó de tocar.

—Pero…, pero… ya te lo he dicho. Rebobiné «The One I Left Behind» y, cuando lo hice, escuché esto varias veces. —Señaló hacia los tabulados escritos en el papel para enfatizarlo—. Intenté usar una grabadora, pero me olvidé de las putas pilas. Pensé que podría sacar las notas con la guitarra, así que metí la Fender en el estudio. Lo raro es que, cuando Melissa vino a relevarme a las diez, la canción había desaparecido.

Jason se deslizó las manos por el pelo.

—No puede ser.

—¿El qué? —Lara volvió a dejar la Fender en su soporte—. ¿Qué pasa?

—Peter. —Jason bajó la mirada—. Llevas persiguiéndome desde que Todd se largó, preguntándome todo el tiempo por Peter Beaumont. Pues bien, si escuchaste esa canción, escuchaste a Peter Beaumont. No grabamos esa canción, Lara. Esa canción solo vive en mis recuerdos. —Se señaló la sien—. Al menos, hasta ahora.

Jason se levantó a toda prisa y sacó una copia de *Tending* de la discoteca de la emisora.

—¿Era este álbum?

Había múltiples copias por el estudio, pero ella había utilizado concretamente esa.

Lara asintió.

—¿Estás segura?

—Siempre uso la copia de la discoteca, nunca la tuya personal.

Jason se dirigió al tocadiscos de repuesto que estaba en el despacho que compartían. Ese aparato tenía conectado un mezclador de canales más pequeño, nada que ver con el que había en el estudio. Lara observó cómo su padre activaba la opción CUE del tocadiscos y colocaba el vinilo en el plato. Dirigió la aguja hacia el corte tres, tiró de la manecilla para bajarla y luego pulsó el botón de reproducir, deteniendo el disco mientras se formaba el comienzo de una canción. Giró el vinilo lentamente y comenzó a rebobinarlo sobre el tocadiscos.

La estancia se quedó en silencio mientras los dos aguardaban a que sonara algo.

Lara no sabía qué esperar. No sabía si quería que la canción estuviera allí, como prueba de que no… No, ¿qué? ¿De que no se lo inventó? Pero una parte de ella tampoco quería que estuviera allí. Eso significaría que un muerto estaba hablando a través de un disco.

El sonido reconocible de unos acordes graves y melodiosos sonó a través de los altavoces. Jason se quedó mirando el tocadiscos, parpadeando.

Algo se revolvió dentro de Lara. Se levantó, colocó la Fender sobre la mesa y se acercó al tocadiscos. Jason se hizo a un lado para dejarle operar los controles. Lara apoyó una mano en el vinilo y comenzó a girarlo en sentido contrario a las agujas del reloj. Antes incluso de escuchar el primer acorde, supo que la canción estaba allí, bajo sus dedos. A medida que rebobinaba el disco, haciéndolo girar, adoptó un tempo que supo que era el correcto. La melodía fluyó a través de ella como si la estuviera tejiendo a partir del entramado de la memoria y la historia. Se detuvo, consciente de que lo que tenía no era una canción completa, sino un fragmento entrecortado, extraído del tiempo.

Se giró y comprobó que su padre la miraba como si hubiera visto un fantasma.

Jason se levantó y se acercó a su colección de guitarras, que estaban colgadas en las paredes y distribuidas por el local, expuestas en unos soportes. Se agachó y seleccionó cuidadosamente la Fender Sunburst más antigua y desgastada de su colección, la que tenía un mástil de madera de arce. Tomó un cable de otra guitarra y enchufó la Fender al pequeño amplificador. Rápidamente, afinó de oído la avejentada Sunburst, ajustando unas cuerdas viejas que, a juzgar por cómo sonaban, nadie había vuelto a tocar en treinta años.

—Lo suyo es tocarla con esto —dijo Jason.

Tocó el primer acorde, pero negó con la cabeza, se interrumpió y empezó de nuevo con los primeros acordes. Consciente de la confianza que tenía su padre a la hora de combinar notas y acordes para sus canciones y su repertorio, Lara se dio cuenta de que hacía mucho tiempo que no tocaba esa canción. Le costó ejecutar los cambios de acordes y se le quebró la voz. A Lara se le erizó la piel de los brazos y de la nuca cuando la reconoció como la canción oculta que había descubierto en el *Tending*.

—Lo siento —dijo cuando Jason terminó de tocar.

—Después de tantos años, esperaba una señal… Algo por parte de él.

—¿Por qué ahora?

—No tengo ni la menor idea. —Jason eludió su mirada—. ¿Y por qué tú?

Se levantó y volvió a colocar la Sunburst en la pared. Lara se sintió fatal. Jason estaba muy animado hace quince minutos, entusiasmado por la actuación. Y ahora tenía esa expresión, como si la estuviera viendo por primera vez. Esa mirada la ponía nerviosa. No debería haber dicho nada. Aquello revelaba algo mágico, y Audrey siempre le había advertido que lo escondiera. Ahora lo entendía. Su padre la miraba como si fuera una desconocida.

—Tengo que irme. —Jason señaló hacia la puerta y agarró sus llaves.

—Vale —dijo Lara—. Duerme un poco, has estado en la carretera.

Sonrió con la esperanza de aligerar el tono de la conversación.

Jason se encaminó hacia la puerta y no miró atrás, ni siquiera se molestó en cerrar al salir.

Aunque su padre había preguntado por qué había sido ella la receptora del mensaje, Lara no se cuestionó ese detalle. Jason no estaba al corriente de su magia. Como si fuera un extraño rito de paso, Lara sintió como si la desaparición de Todd hubiera puesto en marcha ciertos acontecimientos y ahora ella se hubiera convertido en un conducto para sucesos extraños. Las cosas formaban una maraña a su alrededor y Lara aún no podía conectarlas, pero tenía el presentimiento de que nada era fruto de una coincidencia: su magia, las desapariciones de Todd y Peter. Lo que ocurre es que no sabía cómo encajar todas esas piezas.

Nerviosa, se fue a casa y se dio un largo baño caliente, después se metió en la cama. Sobre el borde de la mesilla de noche se encontraba el diario de Cecile Cabot, que casi parecía llamarla. El instinto le dijo que ese diario no era un regalo fortuito. Puede que albergara algunas respuestas. Alargó la mano hacia la libreta y la abrió por la primera página.

12

El diario de Cecile Cabot: libro primero

3 de abril de 1925

De haber vivido nuestra madre, sé que las cosas habrían sido distintas.

Hay una foto suya en el camerino del circo. Es un retrato de perfil, una toma del escenario, pero puedo determinar a partir de esa imagen que tiene los ojos azules, como Esmé y como yo. Su cabello recogido de color platino se parece al mío: una mezcla de nieve y plata. No puedo expresar lo mucho que me aferro a este pequeño detalle de que me parezco a nuestra querida madre más que mi hermana. Aparte de nuestro padre, Madame Plutard, la antigua vestuarista de nuestra madre, es la única persona del circo que la conoció en vida. Pero, a pesar de ese detalle, Madame Plutard guarda silencio.

Nuestra madre murió cuando nos dio a luz. Todos los que estuvieron presentes se muestran reservados sobre las circunstancias, así que temo que fue un parto truculento. Cada vez que pregunto, Madame Plutard mira al suelo o cambia de tema y comienza a desgarrar con furia las costuras de los uniformes, meneando las muñecas mientras traza una línea tan firme con los labios que las palabras no osan escapar. Esmé nunca ha preguntado nada. La mayoría de la gente se sorprende de que seamos gemelas, ya que hay un enorme contraste entre nosotras. Yo soy la callada. La reflexiva. Madame Plutard me llama la gemela sombría.

Creo que se refiere a que siempre sigo a Esmé como una silueta.

Ayer, después de la función, Esmé y yo nos sentamos lado a lado ante nuestros tocadores de marfil a juego. Ella se estaba poniendo y quitando maquillaje.

—¿Quién es mayor? —pregunté—. ¿Tú o yo?

Siempre me lo he preguntado, pero nunca lo había dicho en voz alta. Estoy convencida de que ella sabe la respuesta.

Esmé se giró hacia mí con una sonrisa coqueta, después inspiró con brusquedad, como si estuviera perfilando su respuesta.

—Yo. ¿Cómo se te ocurre pensar que tú podrías ser la mayor?

Me fulminó con la mirada a través del espejo, con un gesto de incredulidad ante mi aparente majadería. De inmediato, se dispuso a hacer cosas, abriendo las tapas doradas de unos frascos de cristal ornamentados, aplicándose ungüentos en el cuello y el rostro con furia hasta que por fin emergió de ese frenesí para aplicarse el carmín con mano firme: un tono granate, casi negro, para sus labios pequeños y carnosos. Chasqueó los labios y los juntó, después ladeó la cabeza y se deslizó una uña por el labio superior para corregir un borde torcido.

—No sé por qué siempre eres tan antipática —repliqué, suspirando mientras me quitaba las horquillas, después desplegué la melena hacia delante antes de cepillar los mechones largos y plateados.

Esmé giró el cuerpo hacia mí, el maillot color carne con ribetes negros que llevaba puesto no dejaba gran cosa a la imaginación.

—Nadie quiere decírtelo, así que lo haré yo. Ni siquiera deberías existir. Eres como un brazo adicional. Innecesaria. —Alargó una mano hacia su tocador y me dio una barrita de pintalabios—. Toma —añadió, sosteniendo el elegante cilindro metálico en la mano—. Lo necesitas. —Volvió a girarse hacia el espejo y se frotó las cejas con un pañuelo de encaje—. Ni siquiera sé por qué tienes un tocador en mi camerino. Ni que tuvieras un número.

Dolida por ese comentario, no supe qué replicar, así que me incliné hacia mi espejo, manteniendo las manos ocupadas y examinando mi pálido rostro. Esmé no se equivocaba. Yo era la única persona del circo que no tenía una labor concreta, aparte de ser la «hija de él». Toda mi vida..., bueno, desde que tengo recuerdos..., mi hermana ha estado soltándome estos comentarios tan crueles, insinuando que sabe más cosas que yo. En el fondo, he llegado a creer lo que dice: no soy nada. No es de extrañar que merodee entre las sombras.

—Sigues sin recordarlo, ¿verdad? —Se cepilló su cabello sedoso, alineando las puntas oscuras con su barbilla.

No dije nada, lo cual fue respuesta suficiente. Mi mayor desgracia es que no conservo recuerdos de mi infancia. Nunca se me ocurrió pensar que no todo el mundo padecía esta clase de amnesia. Hace unos años, me enteré de que incluso los intérpretes que cumplen condena aquí recordaban sus infancias con cariño, aunque resultara obvio que esos recuerdos estaban falseados y retocados en sus mentes. Me encantaría tener esa clase de nostalgia, pero es como si hubiera emergido de un cascarón a los once años. El primer recuerdo que conservo es el de una tarta de cumpleaños, una monstruosidad rosa y escalonada con las palabras ONZE ANS escritas entre las capas. Aquel día me sentí desconcertada al no reconocer a los celebrantes repartidos por la mesa. Como si fuera un recuerdo atávico, supe que tenía que soplar las velas después de que terminaran de cantar *Joyeux Anniversaire*, pero no respondí de inmediato al nombre de Cecile, como si me resultara ajeno. Peor aún: no guardaba recuerdos de la niña con el pelo moreno hasta la barbilla que estaba sentada a mi lado.

Esa misma niña estaba sentada a mi lado ahora. Sus palabras tenían un don para enroscarse alrededor de mí y cortarme la circulación del cuello, lo que provocaba que me faltara el aire. En mi cabeza, he guardado un registro de cada insulto. Sin recuerdos que me sustenten, sus acusaciones han comenzado a definirme. Ella era hermosa, segura de sí misma, con talento, pero yo no era nada, una criatura sin pasado ni propósito. Tragué saliva con fuerza, sentí que no tenía nada que perder.

—Deja de hacer insinuaciones como una cobarde. Dímelo de una vez. ¿Por qué tú tienes recuerdos, pero yo no?

Me encaré con ella, lista para la confrontación. O, al menos, creía estarlo, pero su sonrisa mordaz me inspiró pavor.

La sonrisa no duró mucho hasta que su rostro se contorsionó. Se notaba que haberla llamado cobarde le había soltado la lengua, tal y como yo sabía que pasaría.

—Él pensaba que no eras lo bastante fuerte, por eso te borró los recuerdos.

Sentí que mi mundo pegaba un vuelco. Ese comentario era un disparate, pero al mismo tiempo tenía toda la lógica del mundo. Mi vacío no estaba causado por ninguna lesión ni enfermedad. Mis recuerdos —mi vida— me habían sido arrebatados. Que me los hubieran robado era la única respuesta que tenía sentido. Y ese «él» sin duda se refería a nuestro padre. Aferrada al tocador, procesé esa revelación durante un momento.

—¿Por qué?

Esmé estaba a punto de responder cuando nos interrumpió el sonido de un sonoro bostezo procedente del diván de terciopelo, donde un gato rechoncho y atigrado que se llamaba Hércules observaba los movimientos de mi hermana con atención. Como si acabara de advertir su presencia, Esmé se concentró en el gato y comenzó a acariciarlo. Nadie habría adivinado que Hércules estaba descansando después de su propia actuación. Junto con su compañero felino, Dante, un minino con el pelo corto, oscuro y lustroso, eran los protagonistas del número gatuno de Esmé. En lugar del majestuoso león y la hambrienta pantera que veían brincando por la pista central, el público jamás sospechó que lo que estaban viendo en realidad era a esos dos orondos y patéticos gatos domésticos. Siguiendo las órdenes de Esmé, los dos saltaban y rugían por el escenario, peligrosamente cerca de su domadora. Pero al igual que un mago que desliza una carta por la manga de una chaqueta, Esmé materializaba completamente esa ilusión. Cada noche, el público contenía el aliento mientras la veían desplazarse por la pista, sin darse cuenta de que en realidad los estaba manipulando a ellos.

Y ahora me estaba manipulando a mí.

—¿Esmé? Responde.

Ella frunció el ceño, como si le doliera hablar.

—Porque pensó que la verdad era tan horrible que no podrías soportarla.

—¿Qué verdad?

Alguien llamó a la puerta. Sylvie, la amazona acrobática e hija de Madame Plutard, estaba en el umbral, aferrando su bolso. Desde que era pequeña, Sylvie había orbitado a nuestro alrededor, ejerciendo como el pegamento que nos unía y como paragolpes ocasional. Experta en calarnos, Sylvie supo que había llegado en medio de otra discusión. Con ella presente, comprendí que Esmé ya no terminaría la historia. Aunque éramos todas amigas, consideraba a la hija de la vestuarista como «la auxiliar» y nunca comentaba los asuntos familiares delante de gente ajena.

—Vamos a llegar tarde. No quiero perderme Le Dôme esta noche —dijo Sylvie, tamborileando en el suelo con el pie. Normalmente, prefería el Ritz, pero esta semana el circo se había trasladado a Bois de Boulogne, así que Montparnasse quedaba más cerca.

Mientras las palabras de Esmé resonaban en mi cabeza, me levanté a duras penas de mi asiento y me dispuse a cambiarme con un vestido de seda de color turquesa con la cintura baja, ribetes de platino y adornos de pedrería en el dobladillo, que había dejado desplegado sobre la silla. Divisé mis zapatos de tacón con correa al tobillo debajo de Hércules.

—¿Y tú qué? —Sylvie se giró hacia Esmé, que no había hecho ningún amago de vestirse.

—¿Qué pasa conmigo?

Mi hermana había alzado la voz. Estaba irritada; le había dolido que la llamar cobarde. Sonreí al pensar que mis palabras también podían afectarle. ¿Desde cuándo una sombra podía hacerle daño a alguien?

Sylvie y yo cruzamos una mirada, pero sabíamos que, a pesar de su mal humor, Esmé no se perdería una noche en Montparnasse. Aquello era una pantomima. Nos haría esperar, pero estaría la primera cuando abrieran la puerta.

—¿Vienes o no? —Sylvie se cruzó de brazos.

Esmé se levantó, se calzó las medias y luego se puso un vestido negro de encaje con un lazo en el hombro. Frunció el ceño y se quitó el conjunto entero, lo dejó hecho un gurruño sobre la silla y agarró un vestido colorado con un lazo turquesa en la cadera. Se dio la vuelta, frunció el ceño y volvió a quitarse el vestido, que arremetió a puntapiés por debajo de la silla. Después echó mano de un vestido liso de encaje, de color negro y beige. Sylvie y yo contuvimos el aliento, confiando en que este pasara la criba, pero no tardó en reemplazarlo por un elegante vestido de tul con cuentas doradas y una pequeña cola que le rozaba las pantorrillas. Era una nueva creación que Madame Plutard había confeccionado especialmente para Esmé, su musa.

A Madame Plutard le chiflaban el contraste y la textura, así que a menudo nuestros intérpretes parecían postres. Anoche, Esmé llevaba puesto su uniforme nuevo: una cazadora militar dorada con flecos. Su armario albergaba osados tonos dorados y rojos. Mientras Esmé corría ahora por la estancia, pasó junto al maniquí de torso que lucía su uniforme más reciente: una chaqueta de brocado carmesí con hombreras de color negro y dorado compuesta de plumas de pavo real. Yo no tenía uniformes, porque, tal y como había dejado patente mi hermana, yo era la única persona del circo que no protagonizaba ninguna actuación.

Todos los miembros de nuestro circo fueron famosos en el pasado. Eligieron recalar aquí para cumplir su castigo. Aunque este circo es una prisión para ellos, a juzgar por la expresión de sus rostros se diría que se sienten agradecidos, de modo que algunas prisiones deben de ser mejores que otras.

Cuando nos aproximamos a la puerta, divisé a Doro, el payaso. Siempre me ha partido el corazón verlo cuando se sitúa tan cerca de la entrada, así que me quedé rezagada para saludarlo. No fue un encuentro fortuito: Doro siempre parecía saber cuándo estábamos a punto de salir de noche y se apostaba cerca de la puerta para atisbar el mundo que se extendía al otro lado de estos muros. Ninguno de los intérpretes podía salir. Aquello era una peculiaridad de nuestro circo. Como nosotras somos plena o parcialmente mortales, Esmé, Sylvie y yo podemos ir y venir libremente. En cambio, Madame Plutard, aunque esté viva, no muestra ningún interés en salir.

«No tengo necesidad del mundo exterior», dice a menudo, irritada cuando le insistimos para que acuda a los mercados o los parques.

Conscientes de que es inútil, hemos dejado de invitarla y la dejamos con sus labores de costura.

Cuando se abrió la entrada —cuya forma recuerda a las fauces del Diablo—, Sylvie y Esmé la atravesaron, pero yo me quedé en el umbral. Pese a que podía ver cómo Esmé apretaba los puños al otro lado, enojada, mantuve la puerta abierta un poco más.

—Vamos, Cecile. —Para mi hermana, el rato que nos hizo esperar mientras se ponía y se quitaba cuatro vestidos distintos ya solo era un recuerdo lejano.

Sylvie parecía tensa, siempre le preocupaba que alguien nos viera aparecer de la nada en el Bois de Boulogne. A causa de la niebla del exterior, su pelo rubio había empezado a rizarse.

—Cecile —exclamó, haciendo señas—. ¡Dépêche-toi!

Me di la vuelta para mirar a Doro, que se estiró para echar un último vistazo al mundo que había al otro lado de la puerta. Antes de emerger por el otro lado, vi la nubecilla que formó el aliento de Sylvie y supe que aquella noche de abril en París iba a ser fría antes incluso de poner un pie sobre la hierba. Siempre sentía el cierre de la entrada antes de oírlo. Y siempre me asombro cuando me doy la vuelta y compruebo que la puerta y el circo han desaparecido, reemplazados por la quietud de la noche.

6 de abril de 1925

Hoy ha habido revuelo entre los intérpretes porque mi padre ha regresado. El mejor lugar para encontrarlo es en los jardines. A los clientes del circo también les encantan. Cruzan nuestras puertas por la noche y se quedan pasmados al encontrar un escenario al aire libre dentro de los muros, preguntándose qué truco habrá conseguido que el sol siga brillando. Mi padre dice que pasear por el Gran Laberinto le reporta claridad, así que puede pasarse días atravesando los setos. Como resultado de su devoción, el jardín resultaba fragante por petición suya: ramitos frescos de lavanda y romero mezclados con tilos y magnolios que siempre están en flor. Mientras corría entre los arbustos meticulosamente podados, descubrí a Doro bebiendo té con las hermanas Carmesí, cuyos rizos pelirrojos adoptaban formas geométricas como la vegetación del entorno. Como si el instinto le hubiera dicho a quién estaba buscando, Doro señaló hacia la Gran Explanada, donde divisé a mi padre, que estaba examinando algo con atención.

Enfrascado en una conversación con Curio, el mortal que ejerce como Arquitecto de Atracciones, escrutó la creación más reciente: una noria que giraba por debajo del circo. Frunció el ceño y plegó los planos, para luego arrojárselos de vuelta a Curio. Hacia atrás y del revés eran dos conceptos que fascinaban a mi padre; esta atracción cumplía con ambos, según Curio, que se apresuró a explicar los detalles de la atracción que estaba construyéndose bajo nuestros pies. Ninguno de los dos advirtió mi presencia.

—No alcanza suficiente profundidad —bramó mi padre, mesándose la barbilla.

Curio torció el gesto como si se hubiera sentado sobre un alfiler.

—Pero no puedo hacer que llegue más abajo, mi señor.

—No alcanzo a ver Estigia. —Mi padre apretó los dientes al mencionar su adorada laguna—. Me prometiste que la vería. Ese era el objetivo de esta atracción, Curio.

—Lo he intentado, mi señor. —Curio se estaba ruborizando—. No hay magia suficiente para llegar tan lejos y mantener el circo en pie. Tiene que concederme más magia.

En ese momento, Curio hizo algo peculiar. Como si acabara de detectarme, deslizó la mirada hacia donde me encontraba, como si hubiera tenido una ocurrencia brillante.

—¡Pues claro! —exclamó—. Podemos usar también a Cecile. ¿Por qué no se me habrá ocurrido antes? Puede que haya una manera de...

El arquitecto no llegó a terminar la frase. Mi padre apretó el puño con la mano izquierda para silenciarlo. Curio hizo un mohín, como si estuviera masticando algo desagradable, con los ojos desorbitados. Su cuerpo orondo cayó al suelo, convulsionándose.

—Jamás. —Mi padre se cernió sobre él—. No cuentes con eso, Curio. Busca otra manera.

El arquitecto giró la cabeza y se retorció de dolor. Mi padre le dio un golpecito con el pie, después extendió una mano.

—Ahora, dámelo. Esto es lo que ocurre cuando dices cosas sin pensar.

—Curio. —Me puse de rodillas, sujetando su cabeza carnosa entre las manos, y miré a mi padre—. ¿Qué le has hecho? ¡Detenlo, padre!

Presa de un frenesí, tiré del traje de Curio, intentando encontrar un motivo para su malestar. La rolliza cabeza del arquitecto se zarandeó con violencia de un lado a otro, apartándose de mí como si mi roce le quemara.

—Esto no te incumbe, Cecile.

—¡Padre!

Me interpuse entre aquel hombre y la mirada de mi padre, confiando en que eso anulara la magia que estuviera fluyendo de su ser. Mi padre suspiró enojado y miró a la lámpara de araña que había en lo alto.

—Curio —dijo con voz hastiada—. ¿Te gustaría ser el entrante en la Cena de los Demonios de esta noche? —Mi padre se inclinó y extendió una mano—. Vamos.

A regañadientes, Curio escupió algo rojo y carnoso sobre la palma enguantada de mi padre. Para mi espanto, me di cuenta de que Curio se había arrancado su propia lengua. Un reguero de baba espumosa y sanguinolenta se deslizaba por el rostro febril de aquel hombre y se escurría por la pelusilla canosa de su barbilla.

—¡Oh, no! —Me acerqué a toda prisa, desprendiéndome del jersey para limpiar el rostro del hombrecillo. Con vehemencia, me giré hacia mi padre, presa de una oleada de ira—. ¿Cómo has podido hacer esto? ¿Cómo?

Había empezado a chillar y divisé varias cabezas que asomaban desde las sillas para comprobar a qué venía tanto alboroto. Ignorándome, mi padre acercó su rostro al de Curio.

—Debes encontrar un modo de excavar más a fondo, hacia la laguna Estigia, usando la magia que tienes. Que esto te sirva de lección. La próxima vez serán tus brazos.

Mi padre abrió la ventana y arrojó la lengua de Curio al jardín, donde un par de cuervos se lanzaron sobre ella de inmediato con un sonoro graznido.

—Cecile —añadió mi padre—. No me interrumpas cuando estoy tratando asuntos de negocios.

—¡Este hombre está sufriendo!

Mientras le espetaba esas palabras, pude ver cómo se formaba una sonrisa en el rostro de mi padre, un gesto que solo sirvió para enfurecerme más. Se parecía tanto a Esmé que empezaron a temblarme las manos. Le di unas palmaditas a Curio, cuyos ojos se estaban desorbitando mientras se ahogaba en su propia sangre. Intenté incorporarlo, pero me sorprendí cuando el hombre me apartó con violencia, haciéndome trastabillar. Para entonces, Doro y las hermanas Carmesí lo habían rodeado, el pasillo entero se había sumido en un bullicio caótico. Curio gruñó y balbuceó algo en un idioma extraño, dirigido a Doro. Algo que el payaso mudo pareció entender de inmediato.

—Cecile —dijo mi padre—. Ven.

Pasó por encima del torso convulsionado de Curio hacia la puerta que conducía al Gran Laberinto.

—No —repliqué con un tono tan tajante que mi padre me observó con curiosidad.

Doro me miró a los ojos. La gemela Carmesí del pelo cardado me apoyó una mano en el hombro.

—Lo llevaremos de vuelta a su habitación. No es seguro para él estar aquí contigo —susurró.

Alterné la mirada entre Doro, la gemela y después Curio; todos me observaban con pavor. No me querían allí. Tras recobrarme, me incorporé y seguí a mi padre a través de las puertas que conducían a los jardines.

—¿Qué era tan importante como para venir corriendo a buscarme?

El sol brillaba en lo alto, como pasaba siempre en el laberinto, pues nuestro jardines nunca requieren lluvia. Como si no hubiera pasado nada, mi padre se puso las gafas de sol con calma y dio unos golpecitos sobre su bastón, ataviado con un abrigo largo y negro, demasiado grueso para un paseo a esa temperatura. Se detuvo cuando advirtió algo en el cuello con volantes de su camisa y lo limpió con un gesto de fastidio. Era sangre.

—Curio —masculló antes de emprender la marcha hacia el Gran Laberinto.

Salí tras él con sonoras pisadas.

—¿Qué diablos hizo para merecer eso? Le has arrancado la lengua como un bárbaro.

Mi padre se giró en el estrecho pasadizo que discurría entre los setos para mirarme.

—Te lo aseguro: Curio se comió su propia lengua.

—Lo dudo —repliqué.

Desde mi posición en la entrada del laberinto, pude ver cómo los relucientes zapatos de charol de Curio seguían temblando.

—Cecile. —Mi padre tamborileó con su bastón—. Déjalo correr.

Tragué saliva con fuerza y me enfureció cada palabra que pronunció. Esa criatura me había robado mis recuerdos, mi infancia. Por su culpa, era un navío sin brújula. Mientras observaba a Doro, que ayudó a Curio a levantarse, sentí rabia. Los dos habían perdido la voz por obra de mi padre. Apreté los puños y no medí mis palabras:

—Tengo entendido que pensaste que no era lo bastante fuerte como para recordar mi propia infancia.

Por costumbre, mi padre tamborileó con el bastón con impaciencia, pero cuando paró con brusquedad, supe que había cometido un grave error de cálculo. Quise retirar mis palabras inmediatamente, pero era demasiado tarde. Se quedó tan callado que, desde algún lugar alejado, pude oír cómo una pelota de cróquet colisionaba con otra; luego se oyeron unas risas, seguidas por el sonido de una taza de porcelana al regresar sobre su platillo.

—¿Quién te ha dicho eso?

Pude ver cómo la expresión que intentaba disimular se deslizaba sobre sus facciones.

—Nadie —respondí, desafiante.

Pero, mientras lo decía, me pregunté qué sentiría si me obligara a arrancarme la lengua de un mordisco por hablarle de esa manera. ¿Le haría eso a su propia hija? Con su semblante atractivo y su humor mordaz, soy consciente de que a menudo lo subestiman, pero yo sé a qué atenerme.

—Es obvio que alguien te ha contado esas cosas, Cecile. —El deje sereno de su voz me dejó desarmada.

—¿Es cierto? —Inspiré hondo y toqueteé los ribetes de mi falda, intentando reconducir la conversación.

Me miró y sonrió de medio lado. Mi padre es una criatura vanidosa que ha perfeccionado su aspecto mortal —apuesto, atemporal—, pero aun así asoman pequeñas trazas de su verdadera esencia: el copete blanco de vello en la barbilla, el atisbo de unas orejas cóncavas. Sus rizos sedosos estaban a punto de rozar el cuello de su camisa y sus ojos ambarinos eran grandes y aniñados, pero en ellos se atisbaban sus pupilas horizontales. Cuando estaba cansado o, como en este caso, furioso, su «capa» mortal solía desprenderse.

—¿Ha sido Plutard? —masculló.

—No —respondí, temiendo por nuestra costurera.

—¿Sylvie?

—Cielos, no. —Pero la mención de su nombre me confirmó que, tal y como sospechaba, Sylvie sabía más de lo que dejaba entrever.

—Entonces ha sido tu hermana. —Su voz dejó de ser tan apremiante, ahora que estaba seguro de haber identificado al culpable. Ahora podría atajar la infección y reinstaurar el orden en su circo.

Aunque me había humillado y se había mofado de mí, de repente temí por Esmé. Aquello había sido un terrible, terrible error. Estaba furiosa con mi hermana después de años de burlas e insinuaciones. Como si fuera una niña, quería que mi padre interviniera, que le hiciera parar. En cierto modo, quería cobrarme una pequeña venganza con ella. La idea de que mi padre le impusiera un castigo apropiado —como prohibirle las excursiones al exterior durante unas semanas— me pareció justificada. Ya solo pensar en Esmé mirándonos a Sylvie y a mí salir por la puerta me resultaba extrañamente satisfactoria, pero a juzgar por la vena que palpitaba en la sien de mi padre, había actuado como una ingenua malcriada. Por más que fuera su hija, percibí que el castigo sería severo. No lo había tenido en cuenta.

—No importa. —Intenté imitar su serenidad, haciéndole pensar que la información que me había dado era trivial y no me afectaba en absoluto.

—Al contrario, querida. Claro que importa. Ella sabe lo que no tiene que hacer.

Me llamó la atención ese comentario. Aunque pensaba que mi hermana era cruel por hacer esas insinuaciones, nunca se me había ocurrido pensar que no tuviera permitido contarme nada sobre nuestra infancia compartida. *¿Qué me pasó para suscitar tanto secretismo?*

7 de abril de 1925

Esmé desapareció esta mañana.

La puerta de su dormitorio estaba entornada, sus preciados frascos de perfume estaban hechos trizas, las sábanas habían sido arrancadas con violencia del colchón y la butaca estaba volcada. En el marco de la puerta, detecté las marcas que dejaron sus uñas cuando las hincó sobre la madera en un intento por repeler a lo que quiera que la hubiera agarrado. Luego corrí de una habitación a otra, alertando a todo el mundo sobre lo que había descubierto. Presa de un frenesí, registré el camerino, los laberintos, los compartimentos de los caballos. Nada. Caí en la cuenta de que yo era la única persona que la estaba buscando. Los demás intérpretes agacharon la cabeza en señal de confirmación de que ya sabían que había desaparecido. Avancé en tromba por el pasillo y aporreé con furia la puerta de Madame Plutard, que para variar estaba cerrada, pero ella se negó a dejarme entrar.

Fue como si el circo entero se hubiera clausurado y me hubiera dejado fuera.

10 de abril de 1925

Al cabo de tres días sin noticias de Esmé, me sumí en un estado febril. Estaba tan preocupada que me rasqué los brazos hasta hacerme sangre. Mi padre había vuelto a marcharse y se negó a volver a pesar de mis súplicas. Finalmente, hice otra intentona en la habitación de Madame Plutard, aporreando la puerta con vehemencia hasta que por fin la abrió.

—¿Sí? —Su tono era frío, distante.

—¿Cuándo volverá Esmé? —Me di cuenta de que llevaba días sin bañarme y que tenía el pelo apelmazado.

—Puede que no vuelva nunca, pequeña necia. —El rostro de la anciana adoptó tal gesto de aversión que me costó reconocerla—. Tu madre se habría sentido muy decepcionada contigo.

Y dicho eso, me cerró la puerta en las narices.

En ese momento, supe que la anciana tenía razón. Con una mezcla de furia y estupidez, todo apuntaba a que había conducido a mi hermana hacia su muerte. Esmé tenía razón desde el principio. Yo no era nada.

Por la tarde, apenas unas horas antes de la función del sábado, percibí su olor antes de verlos. Minotauros. Una peste volátil a pelaje sucio y podredumbre se extendió por la Gran Explanada antes incluso de que se materializasen. Dos bestias que sostenían a Esmé, cada una con un brazo suyo apoyado en el cuello. Mi hermana estaba inconsciente, arrastraba los pies a su paso. Por detrás de los minotauros había dos enormes sabuesos infernales, unos chuchos negros y gigantescos, con el pelaje tan lustroso que parecían figuritas de cristal. Lanzando dentelladas a su alrededor, las bestias gruñeron al aire y luego comenzaron a encararse entre ellas, hasta que el líder de los minotauros agarró a uno por el cogote para apaciguar al animal.

Yo estaba en el pasillo, sin habla. Esa entrada estaba diseñada para ser puro espectáculo. Podrían haberla traído de vuelta sin tanto histrionismo, pero el espectáculo estaba dirigido al resto de nosotros y era típico de mi padre. Tampoco era fortuito que estuviera ausente. Mientras el dúo doblaba una esquina con el cuerpo inerte de Esmé, su pierna chocó con la pared, a punto estuvo de fracturársela mientras los sabuesos le mordisqueaban los pies descalzos. Esmé, que babeaba con la cabeza apoyada en la barbilla, ni se inmutó.

Me cubrí la boca con una mano, horrorizada. Jamás habría imaginado que este sería el destino de mi hermana.

Por detrás de ellos apareció Madame Plutard, como un sacerdote que sigue a un verdugo. Desde el exterior de su habitación, se oyó cómo el cuerpo de Esmé impactó sobre la cama con fuerza. Entonces la puerta se abrió y se cerró otra vez.

El eco de unas pezuñas se alejó por el pasillo mientras el grupo se dirigía a cumplir con su siguiente encargo. Nuestra costurera entró en la habitación de mi hermana y cerró la puerta.

Sin hacer ruido, avancé por el pasillo y pegué la oreja a la pared. Solo pude oír los sollozos de Madame Plutard.

15 de abril de 1925

Su puerta permaneció cerrada varios días.

Tuve cuatro días, de hecho, para sopesar mis actos.

No estaba sola en mi desprecio. Desde que desapareció Esmé, los intérpretes salían huyendo cuando me veían llegar o cuando intentaba sentarme a su lado: comprendí que era una muestra silenciosa de lealtad hacia ella. Fue ayer, el día 4, cuando Doro me permitió sentarme a su lado.

—Sé que hice algo horrible —admití.

Doro apoyó una mano sobre la mía. No sé qué camino lo condujo hasta aquí, pero siempre ha sido amable conmigo. Hubo rumores de que en el pasado fue un cantante de ópera que llevaba una vida de donjuán, dejando una ristra de corazones rotos a lo largo de París y Roma. Nuestro circo, esta versión del Infierno, lo había remodelado con la forma de un payaso mudo. Los castigos de mi padre eran crueles. En su pedacito de Infierno, aquel que poseyó una gran belleza en vida acababa reconvertido en una monstruosidad. Si su historia es cierta, Doro, antaño un tenor vanidoso y egocéntrico, jamás volverá a escuchar el sonido de su voz. La pintura blanca de su rostro y su sonrisa colorada son como una máscara permanente. A menudo me he preguntado qué aspecto tendría en vida, pero los intérpretes del circo siempre llevaban puesto su uniforme, como si fueran muñecos que pudieran ser retirados de un estante.

Doro, de hecho, tenía un muñeco. Era un Doro en miniatura que nunca se separaba de su lado. Los dos eran réplicas exactas, y no sabría decir cuál de ellos era el original. Así de desconcertante era nuestro circo. Posado sobre su regazo, el muñeco de Doro en miniatura pareció despertar de su sueño para hablar.

—Tú no lo sabías —dijo el muñeco de Doro. Pronunció esas palabras con tiento, como si me estuviera concediendo el beneficio de la duda.

Agaché la cabeza. Yo esperaba que Esmé fuera castigada. Pero no que fuera algo tan extremo.

—¿Qué le pasó?

El muñeco de Doro suspiró.

—La llevaron al Bosque Blanco.

—¿Y eso es malo? —Siempre se escuchaban amenazas de destierro al Bosque Blanco, pero nunca había visto llevar a cabo ninguna.

—Es el peor destino posible, Cecile. —Doro el payaso agachó la mirada. El muñeco prosiguió con voz suave y radiante, como si estuviera hablando desde algún lugar lejano—. Puede que no se recupere nunca. A mucha gente le pasa. —Al oír eso, el payaso Doro empezó a llorar—. Tu padre nos envió allí en una ocasión.

Comprendí que fue allí donde le cortaron la lengua.

—¿Mi padre os envió allí?

El muñeco asintió con la cabeza.

Mientras le estrechaba la mano al payaso grande, entendí que los demás intérpretes me odiaran.

Yo también lo hacía.

16 de abril de 1925

Ayer intenté verla, pero Madame Plutard se negó a franquearme la entrada.

—No tiene nada que decirte.

Por su actitud, comprendí que ella también prefería no hablar conmigo.

Percibir tanto desprecio en sus rostros resultó casi insoportable. Me fui a mi habitación, sin molestarme en encender la chimenea; quería sentir el malestar y el dolor que me merecía. El ambiente se tornó húmedo, lo que provocó que me dolieran los huesos, sobre todo la pierna. Al cabo de unas horas, apareció Sylvie y me trajo sopa. Yo sabía que tenía que traerla a escondidas, porque en ese momento nadie quería alimentarme. Mientras me entregaba el cuenco, giró la cabeza para mirar hacia atrás y comprendí que no quería que la vieran conmigo. Agarré el cuenco y me detesté por sentir esa necesidad de alimento. Me había planteado dejarme morir de hambre, pero no fui capaz de hacerlo. Cerré los ojos cuando la cuchara rozó mis labios y el caldo me hizo entrar en calor.

Aquella noche hubo función. A pesar de la ausencia de Esmé, el espectáculo continuó. Mi labor en el circo consistía en ayudar a los intérpretes a ponerse sus uniformes. Me planté en la puerta lateral, sujetando elementos de atrezo para los intérpretes mientras ellos me lanzaban miradas de desprecio o, como de costumbre, me ignoraban.

Después del número de la rueda de la muerte, me la llevé rodando para devolverla a su sitio original. Pensé que podría subirme a ella mientras Louis lanzaba cuchillos. En lo que rellenaba el agua para los equinos, me pregunté qué se sentiría al cabalgarlos, como hacía Sylvie.

En el pasado intenté aprender a montar, pero mi padre me lo prohibió por temor a que me hiciera daño. Ni siquiera le daba permiso a Esmé para montar, una negativa inusual por su parte.

Así que esta mañana me acerqué a la escalera del trapecio por primera vez. No sé qué me poseyó para hacer esto, pero creo que fue la sopa. La pequeña muestra de generosidad de Sylvie expuso mi deseo de vivir, pero no seguiré existiendo sin pasar por una metamorfosis. La vieja Cecile, la que se chivó de su hermana y vivía como una sombra, ha desaparecido. Ya no seré el blanco de ningún escarnio ni compasión. Puede que no sepa lo que ocurrió antes de esa tarta rosa, pero sí puedo controlar lo que pasará ahora. Debilitada por la falta de alimento, me obligué a continuar mientras comenzaba a subir por la escalera. Se hizo el silencio durante el ensayo. Se oyeron algunas risitas y un «¿Qué se cree que está haciendo?» resonó desde el suelo, por debajo de mí. Como se meneaba mucho, subir por la escalera resultó más difícil de lo que esperaba, pero no pensaba darle a nadie la satisfacción de decir que no podía hacerlo. Si me desplomaba al vacío, sería una muerte honorable, así que seguí subiendo. Era cierto que yo era la gemela débil, pero también era ligera como una bailarina, lo cual jugaría en mi favor sobre el trapecio. Cuando por fin llegué a lo alto, miré hacia abajo. Me flaquearon las rodillas a causa de la impresión, pero sostuve la barra del trapecio entre mis manos por primera vez, decidida a cambiar mi destino.

Era el ensayo matutino, ese al que nadie prestaba atención, y la mitad de los intérpretes ni siquiera se habían presentado, pero miré al suelo y comprobé que era el centro de todas las miradas: brazos en jarras, manos sobre la boca, y Doro haciéndome señas para que bajara. Nunca había sostenido esa barra, pero anhelaba sentirla entre mis manos. Era más pesada, gruesa y lisa de lo que imaginaba. Desde el otro lado del trapecio, Hugo, el acróbata, intentó disuadirme. Negué con la cabeza.

—Déjame intentarlo.

Hugo no parecía entusiasmado con la idea de tenerme en su trapecio. No lo culpo, pero no pensaba ceder. Agarré la barra y tiré de ella hacia mí con gesto desafiante. A regañadientes, gritó para advertirme que mantuviera los pulgares por debajo. Si iba a lanzarme, Hugo quería hacerlo sin que le costara la pérdida de una extremidad. Asentí con la cabeza hacia él. Con el dedo, Hugo trazó una red que apareció bajo nuestros pies. Mientras se materializaba, suspiré con alivio.

No hay palabras para describir la primera vez que me balanceé desde el trapecio. Ni siquiera es el balanceo en sí, sino la decisión de saltar y soltarse. Cuando lo hice, recordé el cuerpo inerte de mi hermana al ser arrastrado por el pasillo y dejé a mi viejo yo sobre la plataforma. Hugo se sentó en el otro extremo, sin moverse y sin intentar agarrarme.

Me caí la primera vez.

Pude oír murmullos a través del circo, unas cuantas risas y un «lo sabía» procedente de alguna parte. Hugo estaba corriendo un gran riesgo. Los efectos de la ira de mi padre sobre Curio aún se dejaban sentir. Gateé hasta el borde de la red y giré el cuerpo para bajar como había visto hacer a los demás. Maniobré con torpeza y me enredé en la malla, pero pasé de largo junto a los intérpretes y volví a subir por la escalera. La segunda vez en la cima, me giré hacia Hugo y asentí, lista para hacer otro intento. Él me lanzó el trapecio y no lo alcancé, lo que lo obligó a tener que lanzarlo de nuevo entre las carcajadas de los intérpretes a ras de suelo. Me temblaban las piernas por el numerito que estaba organizando, pero también a causa del miedo. Esta vez, estaba preparada para sentir el roce de la barra en mis manos y mi peso ya no supuso ninguna sorpresa. Sabía lo que sentiría al saltar y la fuerza adicional que necesitaba para hacer algo más que aferrarme a la barra.

Volví a caerme, pero ahora sabía qué se sentía al desplomarse sobre la red. Aterrizar sobre una red no resulta plácido. Está áspera y te produce arañazos mientras gateas hacia el borde. Tenía las rodillas peladas, pero me sentí bien por primera vez. Por mediocres que fueran mis intentos, había hecho algo útil: había actuado. Al fin comprendí que lo que movía cada noche a los intérpretes no eran solo los aplausos, sino una sensación de plenitud por el número en sí mismo. Esa era la esencia del circo. Mañana lo haría mejor. Prometí que, aunque nunca consiguiera actuar bajo esa gran carpa, me ganaría mi sitio.

Volví a subir por la soga.

Hugo no abandonó su puesto en ningún momento, optó por balancearse sobre el otro trapecio, observándome. Nuestras miradas se cruzaron y pude percibir algo en su rostro: se estaba preguntando si tenía la determinación necesaria para seguir intentándolo. A modo de respuesta, agarré la barra una vez más.

Tenía el rostro perlado de sudor y me lo enjugué. Era mi tercer intento y me estaba cansando. La falta de fuerzas provocó que me temblaran un poco los brazos. Al percibir eso, Hugo gritó:

—Intenta apoyar las rodillas en la barra esta vez. Tus piernas son más fuertes. Si puedes, deja que te transporten hasta aquí.

Había visto ese movimiento cientos de veces, así que sabía a qué se refería, pero me pareció casi imposible reunir la fortaleza necesaria para aferrarme a la barra con las piernas. Tardé demasiado en ejecutar el movimiento y me quedé colgando hasta que el trapecio perdió impulso y se detuvo en la parte baja.

—Esto tiene una cadencia —exclamó Hugo—. Tienes que realizar un movimiento rápido, luego girar el cuerpo para buscarme. Un movimiento. —Sostuvo en alto un dedo con firmeza—. Uno.

Hugo descendió y se reunió conmigo en la base después de que me cayera.

—Vuelve mañana. Ahora vete a descansar.

19 de abril de 1925

Me dolían los brazos, pero regresé al día siguiente. El segundo día fue muy parecido al primero. Ha sido hoy, al tercer día, cuando por fin me he sentido lo bastante cómoda con el balanceo como para poder concentrarme en mis piernas. Al cuarto intento, las encajé. Recuerdo el pavor que sentí cuando solté los brazos, con red o sin ella, pero también resultó embriagador. Lo había logrado. Y si lo había conseguido una vez, podría volver a hacerlo. Mientras me impulsaba al encuentro de Hugo, que me estaba esperando en el otro trapecio con las manos extendidas, me sentí más libre que nunca. Y el gesto que vi en su rostro —y en los de todos los demás— fue algo que jamás había visto en nadie más. Era un gesto de admiración.

Mientras Hugo me daba unas palmaditas de aliento en el brazo, la multitud se dispersó y escuché el tamborileo del bastón de mi padre antes de que se materializase. Había llegado a sus oídos lo que estaba pasando y estaba furioso. Siempre se producía un revuelo a su alrededor, la gente corría tras él, buscando su favor, como si fuera un rey. De inmediato se concentró en Hugo, amenazándolo con toda clase de cosas horribles, incluido el Bosque Blanco. El silencio se extendió por el circo y me di cuenta de que la compañía me miraba. No estaba segura de lo que le ocurrió con Curio, pero sentí que yo era la causa. No iba a permitir que Hugo corriera la misma suerte.

—Yo quería hacerlo. —Me planté delante de Hugo con actitud protectora—. No soy un títere.

—Eres demasiado débil. —Vi cómo su rostro cambiaba, dejando paso a su verdadero yo.

—Deja que lo intente, Althacazur —pidió Hugo mientras se secaba las manos con un trapo. Se mantuvo firme, llamando a mi padre por su verdadero nombre. Todo el mundo mantuvo la cabeza gacha, confiando en que la ira de mi progenitor no se extendiera hasta ellos cuando terminase con el trapecista—. Yo me haré responsable de ella. Así os la quitaréis de encima. Esmé y tú.

Ese comentario me dolió: la gente quería quitarme de en medio. Para mi consternación, aquello pareció ser justo lo que mi padre necesitaba oír. Suavizó su expresión y supe que estaba sopesando una respuesta apropiada. Escrutó a Hugo durante un rato.

—Déjame hacerlo. Por favor —le rogué.

Me dolía que me trataran como a un incordio que necesitaba una niñera, pero les demostraría a todos que se equivocaban.

Para mi alivio, el dulce Hugo permaneció de una pieza y mi padre regresó a su despacho mientras le gritaba al trapecista, sin darse la vuelta:

—Como le ocurra algo, no tendrás brazos ni piernas con los que balancearte desde ese trapecio. ¿Me has entendido?

—Sí, señor.

Se notaba que Hugo estaba visiblemente asustado.

9 de mayo de 1925

Con el paso de las semanas, me hice más fuerte. Mis brazos pasaron de ser hueso y pellejo, hasta desarrollar una delicada curvatura bajo el músculo.

Aparte de mi cuerpo, sentí que por fin tenía un sitio en el circo. Hugo y Michel, el otro trapecista, me tomaron bajo su protección y me permitieron jugar con ellos al cróquet en los jardines cuando no estábamos ensayando. Hasta este momento, no fui consciente de hasta qué punto había sido una forastera en mi propio hogar. Sin madre, con un padre ausente y una hermana que me detestaba, Hugo y Michel no tardaron en convertirse en mi familia. Dada la naturaleza de lo que hacíamos, descubrí que había empezado a confiar en ellos, y viceversa.

Tras pasar varias semanas encerrada en su habitación, Esmé emergió y se plantó con las manos en las caderas a contemplar mi ensayo entero. Parecía que el reposo la había restaurado. Se había cortado el pelo negro y lustroso a la altura de la barbilla, su piel brillaba otra vez, y esos ojos azules, redondos y radiantes tomaban nota de cada conexión que había establecido con Hugo. Pude ver, mientras el reducido público me aplaudía, que estaba estupefacta.

Más tarde, reuní la valentía necesaria para hacer varios intentos por llamar a su puerta. Después de limpiarme las manos sudadas en la falda, di unos golpes sobre la madera. Esmé la abrió por un resquicio, pero mantuvo un brazo cruzado sobre la puerta; las mangas de su kimono morado se desplegaron con dramatismo ante mí, como un escudo.

—¿Qué quieres?

—He oído que no quieres hablar conmigo. —Me ardía el rostro. Las palabras salieron en tromba por mi boca y me agarré la garganta, esperando su respuesta.

—Has oído bien. —Mi hermana ladeó la cabeza.

Ruborizada, no supe cómo responder. Me había preparado para que me gritara, incluso para que me pegara, pero Esmé tenía una actitud desafiante y no mostró emoción alguna.

—Lo siento mucho. Nunca pensé que te enviaría al Bosque Blanco. —Me deshice en lágrimas—. No lo sabía.

—Sabías que me castigaría. —Alzó la voz; había un tono acusador en ella—. Querías que lo hiciera.

Reculé. Tenía razón. Yo sabía, esperaba más bien, que mi padre la obligara a quedarse en casa un sábado por la noche. Algún castigo pueril. Agaché la cabeza, avergonzada.

Esmé se rio. Fue una carcajada hiriente.

—Claro que lo sabías. Eres una niñata malcriada.

—Estaba harta de las pullas, de las burlas constantes, pero... —No pude terminar mis palabras y empecé a temblar y a sorberme la nariz, hasta que acabé secándome las lágrimas en mi vestido—. Lo siento mucho, tienes que creerme.

Esmé suspiró y miró al pasillo, como hablar conmigo le supusiera un gran esfuerzo. El Bosque Blanco la había cambiado. A primera vista, pensé que había recuperado la normalidad, pero de cerca pude ver que estaba más delgada, más demacrada. La Esmé que tenía delante se había vuelto más dura y hueca, un cascarón con la apariencia de mi hermana. No era la verdadera.

—¿Qué te ha pasado? —exclamé, cubriéndome la boca con una mano.

Percibí un aroma floral que surgía del interior de su habitación, como a brotes de tilo. Era un olor intenso, como si estuviera pensado para enmascarar algo podrido que hubiera allí dentro.

—Me pasaste tú, Cecile. Con tu pataleta pueril, hiciste que nuestro padre eligiera entre nosotras.

—Doro dijo...

—Doro no debería hablar del Bosque Blanco con alguien que no ha estado allí. Seguro que ha aprendido la lección. Si no se anda con cuidado, su muñeco también perderá la lengua.

Lo decía en serio. Esmé había llenado sus espacios vacíos con inquina. Ataviada con su kimono morado, se parecía incluso a nuestro padre cuando se ponía su toga característica. Negué impetuosamente con la cabeza y dije:

—Lo siento mucho, Esmé. Tienes que creerme. De haber sabido que te enviaría allí, jamás habría hecho esa tontería. Fue horrible. Actué mal. No lo sabía, Esmé. Lo siento. —Comencé a balancearme hacia delante y hacia atrás, repitiendo esas palabras—. No lo sabía.

No sabía si llegaría a perdonarme por el papel que había jugado en esto. Esmé tenía razón. Había actuado como una cría y era evidente que mi hermana había sufrido.

—Sé que no lo sabías —repuso ella con frialdad después de dejarme balbucear durante una eternidad—. Así lo quiere nuestro padre. Lo ha dejado claro. —Comenzó a cerrar la puerta—. Por cierto, he solicitado mi propio camerino. Puedes compartir el viejo con Sylvie. Aunque el circo sea pequeño, no quiero verte, Cecile. Si de verdad lo sientes, haz el favor de no cruzarte en mi camino.

Me cerró la puerta en las narices.

Aquella tarde acudí a mi entrenamiento y fallé todas mis acrobacias mientras intentaba pegar una voltereta desde el trapecio hacia las manos expectantes de Hugo. Era mi mejor movimiento, pero no siempre podía ejecutarlo bien; si calculaba mal, me precipitaba hacia la red que se extendía por debajo.

—Estás haciendo mal las transiciones —dijo Hugo cuando se reunió abajo conmigo.

—Es por mi hermana... —Me interrumpí. Mis lloriqueos fueron precisamente lo que condujeron a Esmé hasta el Bosque Blanco. Tenía que madurar—. Olvídalo. —Levanté la cabeza—. Lo haré mejor.

Mientras volvía a subir por la escalera, Hugo exclamó:

—Me gustaría contar contigo en la función de esta noche.

—No... no puedo.

Tuve un mal presentimiento. Ensayar era una cosa, pero actuar estaba fuera de mis capacidades.

—Claro que puedes. Estás lista para llevar a cabo los ejercicios básicos. —Con la mano, Hugo trazó una red por debajo de mí—. Solo tienes que hacer lo que ensayamos. La red estará ahí para sujetarte. Nos limitaremos a hechizarla para que no puedan verla bajo tu cuerpo. Tranquila. Los dejarás deslumbrados. Michel y yo podemos encargarnos del resto de los pasajes complicados.

Rodeó la red por debajo y subió por el otro lado, mirándome, después dio una palmada y rotó sus musculosos hombros. Empleó una voz firme y segura para añadir:

—Vamos, Cecile. Esto es lo que necesitas hacer esta noche, y lo sabes.

Hugo tenía razón. Siempre la tenía en lo que se refiere a mí. De un modo casi innato, entendía mis miedos y motivaciones antes de que yo pudiera empezar siquiera a asimilarlos. Como receptor, supongo que necesitaba afinar esa percepción de su objetivo, del mismo modo que yo podía determinar cuándo Michel y él estaban decaídos. Desde el otro lado del trapecio, no sé cómo, Hugo sabía lo que había pasado entre Esmé y yo. Percibió que mi confianza estaba afectada y que no tenía una buena imagen de mí misma.

A menudo me he interrogado por Hugo. ¿Quién fue en vida? ¿Qué diablos hizo para acabar cumpliendo una pena vitalicia a bordo de un trapecio con la hija de Althacazur?

Más tarde, al ver al público ataviado con sus mejores galas, me puse nerviosa. Normalmente, me limitaba a observar las actuaciones. Y debí de pensar que hacerlo era fácil. Envidiaba los empleos de los demás, pero no era consciente de la responsabilidad que conlleva una actuación. Esta noche tenía que llevar a cabo un número impecable.

Esmé salió a la pista justo antes que nosotros.

Había un motivo de inspiración para el número de Esmé. Mientras paseaba por el Boulevard Saint-Germain, vio una postal donde aparecía una domadora de leones alemana llamada Claire Heliot. Ataviada con un vestido de seda, la señorita Heliot había representado una cena de gala, aderezada con porcelana china y ocho de sus leones, que permanecían sentados obedientes mientras ella tomaba el té y les daba de comer carne de caballo desde las yemas de sus dedos. Esmé estaba fascinada con ese número, pero nuestro padre se negó a que utilizara leones reales en el escenario. Mi hermana había demostrado interés en el ilusionismo, así que comenzó a juguetear con sus propias mascotas, cambiando su apariencia. La primera vez que vio su singular actuación, su magia fue tan convincente que incluso nuestro padre se creyó que estaba a punto de ser devorada por Hércules. Pero le encantó su actuación, así que no escatimó en gastos en lo que se refiere a uniformes y atrezo.

Esmé había tomado prestado un número de Claire Heliot, en el que caminaba por la cuerda floja enfrente de su león. En este caso, el felino es el ágil Dante. Es una ilusión difícil de conseguir, porque no hay cuerda floja ni pantera, simplemente ella y un gato caminando sobre la pista, acercándose, pero el público cree que está guardando el equilibrio sobre un fino trozo de cordel, enfrente de un animal de más de doscientos kilos. Mientras el público se levantaba de un brinco, quedó claro por qué Esmé era la estrella de nuestra compañía.

A continuación, llegó mi turno. Mientras subía por la escalera, el foco me siguió. Me sudaban las manos, lo cual no era un buen comienzo.

Aferrando la tiza, me sequé las manos en las piernas y miré a Hugo, que estaba encaramado al trapecio situado enfrente de mí. Sin que lo supiera el público, había materializado una red invisible bajo mi cuerpo.

A ojos de los espectadores, no había nada entre el suelo y yo. No obstante, si me caía, verían que algo me estaba sujetando y se darían cuenta de que habían sido engañados. Tanto si lo admitieran como si no, se sentirían decepcionados al ver que habíamos hecho trampas e inclinado la balanza a nuestro favor. Eso es lo que tiene el circo. La posibilidad de que muramos forma parte del entretenimiento, ya sea a causa del fuego, un cuchillo, un león o un trapecio. A partir del tiempo que pasé observando desde un lateral del escenario, pude discernir que cada truco ejecutado con éxito permitía a los espectadores creer, por un instante, que podían suceder cosas mágicas y que era posible mantener a raya a la muerte, aunque solo fuera durante una velada.

Me lancé y la primera acrobacia fue un poco precaria, pero Hugo me sujetó con firmeza. Incluso para él, se diría que tuvo dificultades para aferrarse a mis manos sudorosas. La tiza se había vuelto pastosa. Me deslicé un poco fuera de su agarre, pero me sujetó. El problema es que estábamos acompasándonos con Michel, que esperaba para agarrarme en el otro extremo. Michel no tenía unas manos tan firmes como las de Hugo. Me habría gustado contar con un par de segundos más, pero me giré y cambié de posición con Hugo, aferrando el trapecio. No me fiaba de la barra en este movimiento, porque no practicábamos los retornos con demasiada frecuencia. Mientras ejecutaba la voltereta, titubeé y perdí el impulso necesario para obtener el ángulo que me permitiría alcanzar las manos de Michel. Peor aún: el público lo sabía. Se oyeron unos gemidos ahogados, mezclados con el entusiasmo propio de la expectación por lo que ocurriría después. En una fracción de segundo, sentí que me hundía en el aire y me ardió el rostro —como si tuviera fiebre—, mientras esperaba el destino que me aguardaba: la humillación cuando la red que tenía debajo se revelase a ojos del público. Mi mente se puso a discurrir a toda velocidad.

—¡No! —exclamé tan fuerte que la orquesta de Niccolò dejó de tocar.

Y como si hubiera dado una orden a mi propio cuerpo, floté por los aires. No podía ver al público entre la penumbra, pero sí alcancé a oír sus resuellos. Mientras me hundía, evoqué la sensación de humillación y mi cuerpo se elevó con la intensidad de mi emoción. Consciente de la sincronización necesaria para ejecutar el número, comencé a rotar el torso en un giro vertical, como un sacacorchos, para poder estirarme lo suficiente como para alcanzar las manos extendidas de Michel. Para mi sorpresa, mientras me concentraba en sus manos, mi cuerpo se desplazó. Lo que ahora estaban viendo los asistentes a aquella función fue que giré el cuerpo sin la ayuda de ningún utensilio en mis manos: ni barra, ni pértiga, ni soga colgante. Estaba flotando. Entonces llegué hasta Michel y él tiró de mí hacia el trapecio.

Como la penumbra engullía al público, solo pude oír sus aplausos. Mientras hacía una reverencia, Hugo me agarró la mano con fuerza.

—Mañana tienes que volver a hacer ese movimiento del sacacorchos —susurró—. Ha sido la estrella de la función.

Al final del espectáculo, todo el equipo —los caballos, monos y elefantes, las mujeres barbudas, los lanzadores de cuchillos y domadores de leones— hicimos la reverencia final y desfilamos por la pista. Situada en el centro por primera vez, me sorprendió comprobar que no podía ver al público a causa del foco. Cada artista dio un paso al frente y el estrépito de la multitud subió y bajó de intensidad. Cuando Hugo me agarró de la mano y me sacó de la fila, fue como si se detuviera el tiempo. Mientras me inclinaba para saludar, noté el sudor que cubría mi frente y escuché los vítores y los aplausos procedentes de las gradas. Cuando regresé a la fila, vi a los demás intérpretes, aprisionados como rarezas de feria, pero a juzgar por el gesto de satisfacción en sus rostros, con los ojos brillantes a causa de las lágrimas mientras el público los aclamaba, comprendí que cuando has sido objeto de adoración durante tu vida, todavía ansías esa sensación. Aunque requiriese transformarse en una mujer barbuda, en un payaso o incluso en un corcel adornado con un penacho, les era concedida la capacidad de actuar otra vez. Mientras saludaba al público, por fin comprendí la esencia de Le Cirque Secret.

En el pasillo donde acostumbraba a plantarme con cubos de agua para los caballos —un puesto que ya no volvería a ocupar—, vi la silueta de mi padre. Aplaudiendo.

Y luego, para mi sorpresa, unas lágrimas empezaron a caer por su rostro.

Después de la actuación, Sylvie y yo nos fuimos a Montparnasse. Aquella noche tuvimos algunos invitados famosos en la función: Hadley y Ernest Hemingway, Ezra Pound y su mujer, a la que todos llamaban Shakespear, y Marc Chagall. Había oído que esos artistas causaban furor. Con furor o sin él, después de la función removieron cielo y tierra para conocernos.

Incluso a esas horas de la noche, los cafés estaban abarrotados. Durante una noche bulliciosa, Montparnasse era una sinfonía de sonidos: conversaciones en francés, inglés y alemán; el tintineo de las tazas sobre los platillos; la música callejera a base de *jazz* americano mezclado con acordeones del viejo mundo, interpretados en ambos casos con destreza. Según hacia dónde girases la cabeza, un Montparnasse diferente inundaba tus oídos.

Deambulamos toda la noche hasta que por fin nos asentamos en Le Dôme Café, conocido como el café americano. Dentro, detecté la forma de arrastrar las palabras de los estadounidenses, un acento muy diferente al habla parca y sobria de sus primos británicos. Cuando iba por la mitad de mi segunda copa de champán, Hadley Hemingway me pegó un tironcito del brazo.

—Ese es el pintor modernista francés Émile Giroux. —Señaló hacia un hombre situado en una esquina—. Quiere conocerte.

Parecía cohibido y ruborizado. Luego giró la cabeza y se enfrascó en una conversación con el pintor Chagall.

—No tengo muy claro qué es un pintor modernista.

Había estado en el Louvre varias veces, pero los pintores eran la especialidad de Esmé.

—Émile desafía las convenciones —repuso Hadley, radiante.

Al ver que mi expresión no cambiaba, se echó a reír.

—Pinta piernas largas y desproporcionadas —añadió—. Utiliza colores rudimentarios.

—Entonces, ¿no es muy bueno?

—Al contrario. —Me hizo señas para que me acercara—. Es muy bueno. De hecho, es el mejor de los que están aquí. Copiar algo no requiere mucho talento; él ve las cosas de un modo diferente.

—Los pintores son la debilidad de mi hermana.

Señalé con la cabeza hacia Esmé, que había acudido al café por su cuenta. Se había enfrascado en una conversación con un pintor cerca de la barra. Con cada bebida habían comenzado a inclinarse el uno hacia el otro como árboles que se pudren.

Mientras fluía el champán, circulaban las parejas procedentes del Ritz, el Dingo y el Poirier. Todo el mundo hablaba maravillas del circo.

—Entonces, ¿fue real? —Ernest Hemingway encendió un cigarrillo y apenas pude entender sus palabras. Me incliné hacia él, aguzando el oído.

—Así es. Yo me estaba preguntando…, ¿cómo hicisteis que ese edificio apareciera de la nada? ¿Fue un truco de iluminación? —Esta pregunta provino del barbudo Ezra Pound.

Sylvie y yo cruzamos una mirada. No podíamos revelar lo que pasaba en el interior del circo. Jamás. La gente no lo entendería. Además, mi padre nos lo había prohibido.

Esmé respondió desde su puesto junto a la barra:

—No podemos decirlo.

Sonrió con picardía, consciente de que ese comentario no hacía sino potenciar su atractivo.

—Ahh, te estás haciendo la interesante. —Hemingway apuntó hacia ella con el cigarro y pidió una cerveza—. Solo un secreto, venga.

Era un hombre grandote que aporreaba mucho la mesa cuando hablaba, convencido de que la gente quería escuchar lo que tenía que decir.

—Un mago francés nunca revela sus secretos. —Alcé la cabeza para mirar a Émile Giroux, que estaba de pie junto a mí—. Para los franceses, el circo es sagrado. Esa pregunta es como si te pidiera que nos revelases la historia que estás escribiendo ahora o si quitase el velo de un cuadro antes de que esté terminado. No es bueno hacer demasiadas preguntas sobre el proceso. Da mala suerte. ¿Me equivoco?

Émile miró hacia abajo y vi que tenía unos ojos verdes y grandes, como las lentejuelas de ese vestido de noche. Esos ojos formaban un contraste marcado con su pelo castaño oscuro y el atisbo de una barba castaña. Bebí un sorbo de licor de cereza y asentí, agradecida por su intervención. Hemingway se apresuró a cambiar de tema para hablar esta vez de poesía. Durante el breve tiempo que compartí con ellos, comprobé que al igual que les gustaba ir de bar en bar, rara vez abordaban un tema durante mucho rato seguido, pasando de la política al arte y finalmente a la tauromaquia, en previsión del inminente viaje de Hemingway a Pamplona. Ernest estaba hablando de España cuando dos mujeres se sumaron al grupo, a las que nos presentaron como «las Stein».

Junto a la barra, mi hermana era el centro de atención. Con su media melena de color azabache y el contraste de sus ojos claros, Esmé tenía un círculo de admiradores y había llamado la atención de un pintor español bajito que acababa de unirse al grupo.

—Picasso —exclamaron al verlo.

Me di cuenta de que todos lo reverenciaban, sobre todo Hemingway, que le gritaba cosas en español desde nuestra mesa. Con un vistazo, Picasso determinó que Esmé era el principal trofeo de la comitiva de aquella noche y comenzó a posicionarse para hablar con ella. Como si hubiera percibido su interés, Esmé, que había adoptado la costumbre de fumar cigarrillos largos, le dio la espalda y entabló conversación con un artista desconocido. Mientras ella se giraba, observé cómo el pintor español se reía, después vació su copa de un trago como si fuera a marcharse. En vista de su popularidad, yo sabía que Esmé no permitiría que se fuera. Cuando iba a pasar junto a ella, mi hermana fingió que se le caía el cigarro delante de él. Diligente, Picasso lo recogió y se lo devolvió a los labios, después lo encendió.

Yo sabía lo que pasaría después. Esmé se iría a casa con ese tal Picasso. Después de acostarse, y como ella es un bellezón, él insistiría en pintarla. Lo exigiría. El mundo no estaría completo hasta que su retrato quedara plasmado sobre el lienzo, y nadie —¡nadie!— podría retratarla ni entenderla mejor que él.

Esmé acabaría accediendo a ser interpretada en su lienzo y entonces se desnudaría para él. Para ella, eso suponía el culmen de la atención que ansiaba, aunque, en su caso, la necesidad de sentirse deseada no tenía fin. Después de que él se afanara con las tonalidades de la carne del interior de sus muslos y el centro de sus pezones, a modo de preliminares, se la follaría al fin. Y por la mañana, ella se marcharía. Una vez a solas, el artista se plantaría frente al lienzo con la intención de admirar su trabajo, solo para descubrir que estaba en blanco.

Al principio, pensaría que ella le había robado su obra maestra —ya que, en la mente del artista, la obra desaparecida siempre es la mejor—, pero cuando lo examinara mejor comprobaría que se trataba del mismo lienzo. Salvo que ahora estaba vacío.

A primera hora de la tarde, el desquiciado artista se habría desplazado hasta la última ubicación conocida del circo, asegurando que todo era obra de magia o hechicería.

Siempre pasaba lo mismo. Siempre. Solo cambiaba el nombre del pintor.

Resulta que ni Esmé ni yo podemos ser retratadas: ni en fotos, ni en cuadros. Por la mañana, el lienzo siempre se quedará de nuevo en blanco y el carrete se quedará velado. Pero los pintores son los que más se molestan. Ellos se afanan, conectando líneas para dar forma a la nariz respingona de Esmé, su boquita de querubín, para luego descubrir que al amanecer se ha desvanecido en el lienzo como si nunca hubiera estado allí.

A pesar de todo, al cabo de una hora, Esmé y el pintor español se habían ido. Émile Giroux agarró una silla y la encajó entre Hadley y yo. Ella respondió con ironía a su audacia y abrió mucho los ojos. Émile llevaba puestos unos pantalones de pana marrones con una chaqueta raída. Ese parecía ser el uniforme habitual entre todos los hombres de Montparnasse. Me dijo que nunca había conseguido una entrada para mi circo. Asentí. De modo que por eso estaba intentando conversar conmigo. Ahora todo tenía sentido. Suspiré, un poco decepcionada.

—Déjame adivinar. ¿Tú no has conseguido una entrada, pero todos tus amigos sí?

El brandy se me había subido un poco a la cabeza.

—He oído que es un espectáculo digno de ver —admitió mientras se recostaba en su asiento—. Aunque nunca me ha gustado demasiado el circo. —Escrutó mi rostro, obligándome a mirar para otro lado—. ¿Por qué haces eso?

—¿El qué?

—Girarte. —Alargó una mano y me giró la barbilla hacia él, inclinándola hacia arriba para ajustarla a la escasa iluminación—. Debería pintarte.

Sonrió. Podría hacerlo, pero mi retrato desaparecería antes de que se secara la pintura.

—¿Tienes hambre?

Fue una pregunta inesperada, y me di cuenta de que estaba hambrienta.

—Salgamos de aquí. —No se movió, pero sí dirigió los ojos hacia la entrada.

—Déjame adivinar. —Enarqué una ceja—. ¿Vamos a tu apartamento para retratarme?

Émile negó con la cabeza y al fin se levantó.

—No, a Les Halles.

Hadley oyó lo que decía.

—¿Al mercado? —Puso una mueca.

—Vente —dijo, tomándome de la mano.

Miré a Hadley para pedirle su opinión.

—Es cierto que es el mejor de todos ellos. —Me guiñó un ojo—. Y conoce París mejor que nadie. Yo iría.

Su sonrisa radiante estableció una complicidad entre las dos. Al contrario que las *flappers*, como Esmé, que se cortaban y teñían el pelo y se pintaban la cara con sombra de ojos de color negro y zafiro, y los labios de color carmesí, Hadley mantenía su rostro impoluto. Era una mujer sin pretensiones y me cayó bien desde el primer momento. Mi cabello plateado se desplegaba por mi espalda en forma de rizos, como el suyo. Como está de moda, sé que las dos hemos recibido presiones para cortárnoslo por encima de los hombros. Hadley y yo parecemos salidas de otra época, como dos Gibson Girls.

Sylvie, que se encontraba en un rincón acogedor conversando con una estadounidense cosmopolita, me miró con tiento mientras me dirigía hacia la puerta.

—¿Te importa volver sola a casa?

Percibí la impaciencia de Émile junto a la puerta. Nunca había estado a solas con un hombre y confié en que Sylvie no me espantara. Fue la otra mujer la que respondió con sorna, mientras enroscaba un mechón del cabello de Sylvie:

—Esta noche no va a volver a casa. Al menos, no contigo.

Desvió la mirada hacia Émile, que estaba saliendo del café, y esbozó una sonrisa mordaz. Me ardió el rostro. Abrí la puerta y salí al amparo de la noche.

Durante el trayecto en taxi a través del Pont Neuf, me di cuenta de que Émile estaba intentando impresionarme y que el precio de la carrera seguramente le dejaría sin comer durante un día, así que aquel gesto me resultó conmovedor. Llegamos al primer distrito y a la entrada de Les Halles, donde divisamos un atisbo de las piedras pálidas de la imponente iglesia gótica de Saint-Eustache, que relucía sobre los pabellones del mercado central. Aunque eran las dos de la madrugada, el mercado seguía bullendo de actividad.

Había hombres empujando carretas, camionetas y coches negros que zigzagueaban entre carruajes tirados por caballos. Todos estaban repletos de clientes y vendedores que cargaban o descargaban cajas llenas de manzanas, coliflores, carne y patatas. Unos niños sostenían unos cestos vacíos sobre sus cabezas, mientras mujeres con cara de cansancio deambulaban de un lado a otro, cargadas con cestas llenas. Y entre medias de la multitud, hombres vestidos con americana acompañaban por los pasillos a mujeres enfundadas en pieles y vestidos de fiesta, que fumaban cigarrillos largos.

Normalmente, cuando salía del circo, lo hacía con Esmé o con Sylvie. Nunca me había aventurado tan lejos yo sola. A juzgar por la soltura con la que Émile sorteaba los carros y se abría camino entre la multitud, deduje que acudía allí a menudo. Atajamos por la abertura de uno de los puestos.

—¿Habías estado aquí antes? —Atisbé las nubecillas que formaba su aliento.

Negué con la cabeza.

—Mi madre tenía un puesto de flores y frutas —dijo Émile. Mientras enumeraba con los dedos, caminó hacia atrás como si fuera un guía turístico—. Hay un pabellón de flores y frutas; otro de hortalizas, mantequilla y queso; pescado, aves de corral y después charcutería, por supuesto. —Señaló hacia la estructura más lejana—. Mi padre era carnicero. Trabajaba en ese pabellón de allí.

Mirando al techo, pude ver la luz de la luna que se proyectaba a través de las ventanas. No podía imaginar criarse con tanta libertad, corriendo alrededor de los diferentes mercados, bajo los pabellones de hierro y cristal, a lo largo de todo el día y la noche.

—Yo nunca... —Me quedé parada en el centro de todo, asombrada.

—Es mi lugar favorito de París —dijo Émile, sonriendo—. Para mí, esto es París. —Su pelo tenía una ligera apariencia rizada, como si llevara varias semanas demorando una visita al peluquero—. Aquí. —Señaló hacia un restaurante situado al fondo de la manzana. El letrero decía: L'ESCARGOT.

Encajado dentro del mercado, el restaurante era una joya. Su fachada de hierro forjado recordaba al periodo de la Belle Époque. Dentro, el local resultaba cálido y acogedor. Tomamos asiento en una esquina.

—Tienen la mejor sopa de cebolla de mundo. Utilizan cebollas rojas, no blancas.

Émile pidió dos copas de champán y una abundante ración individual de sopa.

El techo de madera con sus lámparas de araña bajas, así como la intimidad de compartir ese cuenco de sopa con aquel hombre, supuso un placer inesperado. Ese peculiar pedido me hizo preguntarme si no podría permitirse dos platos, pero cuando trajeron la sopa, lo comprendí. El camarero cargaba con un gigantesco cuenco de cerámica con pan y queso fundido que rebosaban. El queso era tozudo y se aferraba al pan, así que hinqué la cuchara hasta que conseguí extraer un buen pedazo. El pan de pueblo era más grueso que un pulgar. La sopa estaba muy caliente, pero el primer regusto de ese caldo dulce y salado en los labios fue como estar en el cielo.

El último cuenco de sopa, ese que Sylvie sacó furtivamente de la cocina y llevó a mi habitación, fue el génesis de mi metamorfosis. Mientras Émile tomaba su primera cucharada y cerraba los ojos extasiado, sopesé que ese caldo también podría cambiarme la vida.

¿Qué tendrá la sopa para producir ese efecto?

—*Magnifique* —dije, sonriendo.

Émile enrolló su propia tira de queso.

—No has visto gran cosa de París, ¿verdad?

Lo ignoré.

—He oído que pintas a las mujeres con brazos y piernas largos.

Émile se rio.

—Si dejas que te retrate, te prometo que te pondré piernas normales.

La sopa era espesa y nuestras manos y cucharas estaban entrelazadas. Que los dos hubiéramos comido lo mismo, paladeado el mismo caldo salado con cebollas rojas, era una muestra de intimidad. Émile se acercó un poco más a mí y comencé a advertir ciertos detalles: tenía el labio superior fino, pero el de abajo era carnoso. Resultaba incongruente, como si estuviera esbozando un mohín infantil. Detecté un atisbo de pelusilla dorada sobre su labio superior y comprendí que no estaba bien que viera esos brotes accidentales de vello. Eran detalles muy personales, pero nos encontrábamos en esas horas de la noche en las que tales intimidades eran reveladas. La velada se había prolongado demasiado.

—¿Por qué no hablas de tu circo?

Titubeé, pero había algo en él que parecía tan honesto que me pareció mal no contarle el verdadero motivo.

—No podemos. —Pensé un momento en mi respuesta y en lo ambigua que era. Probé con otro enfoque—. Hadley me dijo que podrías pintar una réplica exacta de un brazo o una pierna, pero que no lo haces. ¿Es correcto?

Émile sonrió.

—Tengo la capacidad de hacer una réplica exacta. Podría ofrecerte un cuadro de Auguste Marchant, si eso es lo que prefieres.

Aunque nunca había visto un cuadro de Auguste Marchant, me pareció entender adónde quería llegar.

—Al igual que tú, veo el mundo de un modo diferente, pero no puedo hablar de ello, porque no entenderías cómo lo veo.

—Así que eres una surrealista. ¿Tu mente es incognoscible?

Sopesé la pregunta.

—No por completo, pero sí. Lo que hago es misterioso e incognoscible, en eso me parezco un poco a ti.

Mientras decía eso, supe que era mentira. Nosotros no producíamos arte, aunque mucha gente nos ha acusado de ser artistas escénicos —como Kiki o Bricktop con sus cantos y bailes—, o ilusionistas que realizan trucos complejos, como hipnotistas o videntes de feria.

Los intérpretes de Le Cirque Secret éramos algo más que eso, por supuesto, pero yo no podía —ni quería— revelar más detalles.

Los dos alargamos la mano hacia el último trozo de pan y nuestros dedos colisionaron. Observé sus ojos verdes y enlodados, como las aguas del Sena cuando lleva varias semanas sin llover. Me quedé paralizada. Al cabo de un momento, Émile insistió y me quedé el último bocado de pan.

Al final de la noche, le dije a Émile que podía volver sola a casa. A pesar del grado de intimidad, la velada que había compartido con él me había hecho sentir como si nunca fuera a dejar de sentirme sola. Una vez en el taxi, el conductor me llevó de vuelta hasta aquel descampado.

—¿Está segura? —El taxista parecía desconcertado; a todos les pasa lo mismo cuando les pedimos que nos dejen en lugares abandonados—. Esta zona no es segura.

—No pasa nada —repuse.

Esperé a que el taxi se marchara y me situé en la linda del bosque en Bois de Boulogne. Sentí en la piel el roce agradable de la brisa que soplaba a través de los árboles, cerré los ojos y pensé en la puerta del circo. La puerta apareció primero, seguida por los majestuosos corceles de piedra que la custodiaban; finalmente, apareció el edificio redondeado. Esperé un momento a que se ensamblara todo, después atravesé las puertas, que se cerraron con firmeza a mi paso.

11 de mayo de 1925

Esta mañana, Sylvie y yo hemos ido a los mercados de la Rue Mouffetard. Allí vi a Émile Giroux, que estaba comprando tomates, y mi corazón pegó un respingo. Parecía diferente a la luz del día…, o quizá se debiera a que la imagen de él que me había formado en la cabeza era errónea. Pero mi corazón latió más deprisa y descubrí que me había quedado sin habla.

Émile sonrió cuando me vio, pero mantuvo la mirada fija sobre las hortalizas.

—Así que puedes aparecer a la luz del día.

—¿Drácula? —Esa afirmación me dolió. ¿Me estaba comparando con el conde inmortal de Bram Stoker? Pensé que eso estaba más cerca de la verdad de lo que él se imaginaba.

—Estaba pensando en Cenicienta.

Me ruboricé y agaché la mirada hacia mis zapatos.

—El otro día, por la mañana, Picasso estaba muy alterado por tu hermana.

—¿De veras?

Fingí sorpresa. Los pintores siempre se presentaban en la última ubicación conocida de Le Cirque Secret, esperando que siguiera allí, sujetando sus lienzos en blanco, asegurando que todo había sido obra de brujería. Pero para entonces nosotros ya nos hemos mudado a otra parte de la ciudad: hacia el norte, hasta Saint-Denis, o cobijados entre los árboles o en la Rue Réaumur.

Mientras me daba una manzana, pude ver que tenía las manos manchadas con pintura marrón y turquesa. Le pegué un bocado y sentí cómo un reguero de zumo se escurría por mi barbilla. Me limpié.

—Después de verte la cara, Cecile Cabot, creo que voy a dejar los paisajes para siempre.

Ahora tenía sentido ese aspecto desaliñado, fruto de pintar colinas, lavanda y girasoles. Estaba a punto de responder cuando vino Sylvie para enseñarme algo: la edición de aquel día de *Le Figaro*.

—Mira. —Señaló hacia un artículo—. El reportero Jacques Mourier ha escrito un artículo entero sobre ti.

—¿Sobre mí?

Émile echó un vistazo al texto.

—Conozco a Jacques —dijo—. Es muy influyente.

Sylvie leyó y resumió el contenido:

—Nunca había visto tal muestra de destreza como la soltura con la que te lanzas al aire y te deslizas por la soga como una serpiente de seda. —Sylvie enarcó una ceja.

—Menudo elogio —dijo Émile con un entusiasmo que aportó musicalidad a su voz.

—¿Alguna mención a los felinos? —No me atrevía ni a mirarlo.

—Una línea, al final. Dice que son encantadores, pero que todos los circos tienen felinos. —Sylvie terminó de leer y dobló el periódico por la mitad.

Puse una mueca. Eso enfurecería a Esmé.

No obstante, con la llegada de Sylvie, el hechizo que había entre Émile y yo se había roto. Agarró dos manzanas más y pagó por las tres.

—Monsieur Giroux —exclamé.

—Por favor, llámame Émile.

Hice una pausa antes de pronunciar su nombre. Su glorioso nombre.

—¿Dónde vives, Émile?

—¿Por qué? ¿Vas a venir a visitarme? —Su pelo relucía bajo el sol de la mañana. Nadie me había mirado nunca con tanto deseo.

Me ruboricé y escuché la risita que soltó Sylvie. Estaba viéndome coquetear, algo que no había hecho nunca.

—Para darte tu entrada.

—En la Rue Delambre. —Comenzó a enumerar números de portal y de piso, y yo ondeé una mano para interrumpirlo

No necesito conocer la dirección exacta. Las entradas para Le Cirque Secret no funcionan así. El acceso está hechizado. El circo se alimenta de la energía de la gente que anhela verlo. El modo más seguro de conseguir una entrada para Le Cirque Secret es desearla: soplar unas velas de cumpleaños, pedirle un deseo a una estrella o arrojar una moneda. Esas muestras de devoción funcionan bien.

Y los tickets tienen mente propia. Son unos papelitos maliciosos, que prefieren a los espectadores que entregan su alma a cambio de poder entrar. Pongamos, por ejemplo, alguien que diga o piense: «Vendería mi alma por una entrada». Es muy probable que encuentre una en la puerta de su casa, aunque no sea por otro motivo que para tentarlo.

Como una de las residentes mortales del circo, yo poseía cierta cantidad de influencia con las entradas, pero eran unos papelitos volátiles y había que pedirles los favores con respeto y no demasiado a menudo. Me bastaba con desear una entrada para él, como hice junto a la puerta del circo, y debería aparecer una para la siguiente función. Aun así, asentí con educación mientras Émile me pedía que repitiera el número de su calle y su dirección.

16 de mayo de 1925

Hoy hemos presentado nuestro nuevo espectáculo. El payaso Millet me entregó un ramo de hortensias, peonías sonrosadas y rosas de color crema antes de la función. Era un regalo de Émile Giroux, que estaría observándome desde la segunda fila, en la zona central.

Después de aquel artículo, el público esperaba ver el sacacorchos, así que tenía que satisfacerlos. Mientras veía a Esmé llevar a cabo sus ilusiones, pensé que yo no tenía ese talento. Mi don era la capacidad para levitar, así que me afané en perfeccionar mi movimiento característico. Mientras que el número de Hugo era una actuación de trapecio convencional, era preciso cambiarlo añadiéndole magia. A lo largo de la siguiente semana, Hugo y yo comenzamos a dirigir a varios payasos y mujeres en una actuación que comenzaba en el suelo y se desplazaba hacia el aire.

Madame Plutard protestó cuando le pedí unos maillots a juego con el mismo estampado a rayas en tonos turquesa, rosa claro y verde musgo, con unos ribetes de color crema y dorado. Todos los intérpretes llevaban pelucas blancas para parecerse a mí. El efecto barroco era algo similar a los colores que cabría imaginar en la corte de Versalles.

Los bailarines ocupaban el centro de la pista y sus movimientos recordaban a un vals en la corte de Luis XVI. El grupo se dispersó y aparecí yo con una versión de sus atuendos en tonos rosados y dorados, emergiendo de entre una comitiva de malabaristas y acróbatas sincronizados para ascender por la soga. Mientras me elevaba por encima de ellos, el público guardó tanto silencio que pude oír el tintineo de unas copas de champán cuando la orquesta se acalló. Entonces Niccolò acompasó su orquesta a mis movimientos, y la melodía reverberó por la carpa con un ritmo enérgico y juguetón.

Al terminar, cuando realicé mi reverencia final, pude ver la silueta de Émile mientras se ponía en pie.

Yo había dejado de ser una sombra.

13

Kerrigan Falls, Virginia
23 de junio de 2005

Lara recibió un mensaje de Audrey para recordarle que recogiera las entradas, acompañado de la severa advertencia de que la oficina solo estaba abierta dos horas al día, desde las diez de la mañana hasta mediodía.

Tras ponerse unos vaqueros que no estaban cubiertos de polvo, Lara giró los tobillos para encajarlos en sus Converse negras y salió corriendo por la puerta. Tenía quince minutos antes de que cerrasen las oficinas de la sociedad histórica.

Era sábado, así que solía levantarse un poco más tarde, pero aquello era inusual. Se había pasado la noche traduciendo el diario de Cecile, equipada con un diccionario de francés. Al principio, pensó descifrar tan solo unas pocas páginas, pero a las dos de la madrugada se dio cuenta de que había sido capaz de leer la mayor parte de la libreta sin la ayuda de su manoseado diccionario Bantam, al que le faltaban incluso las cubiertas. Parte del texto estaba medio borrado o se había manchado con lo que parecía ser una marca de agua, y le tocó consultar algunas frases, pero consiguió finalizar la mayor parte de la traducción.

Mientras leía, intentó equiparar a la mujer de la media melena plateada y el rostro con forma de corazón a la que conoció con esa jovencita que intentaba aprender a dominar el trapecio. Había algo en ello que no encajaba, lo que provocaba que Lara se preguntase si Cecile habría hecho sus pinitos con la escritura creativa. Puede que ese diario no fuera más que una historia inventada.

Cruzó la última manzana a la carrera y atravesó las puertas de la oficina de la sociedad histórica a las doce menos diez. Marla Archer estaba de espaldas a ella y Lara se preguntó si debería sentirse rara. Esa noche iba a asistir a la gala con el exmarido de esa mujer.

En la radio estaban poniendo música clásica, una pieza barroca, seguramente de Bach. Lara se había especializado en música en la universidad, así que solía pasar más tiempo poniendo música clásica que cualquier otro estilo moderno hasta que se licenció. La melodía pegaba con el lugar. Mientras miraba en derredor, Lara se dio cuenta de que era la primera vez que entraba allí. Por toda la oficina había fotos antiguas de las calles Main y Jefferson; imágenes con el «antes» y el «después» de edificios escolares convertidos en supermercados y fábricas transformadas en complejos de apartamentos. Por supuesto, también había carteles de la mostaza especiada Zoltan y de Le Cirque Margot.

Por encima del mostrador había un viejo cartel del circo donde aparecía la efigie rubia de su abuela Margot Cabot acomodada sobre un corcel blanco, aferrada con su famosa pierna al lomo del animal. Era una posición irreal —cualquier persona normal se habría caído desde ese ángulo—, pero no hay duda de que daba como resultado una ilustración estupenda.

—Era muy guapa, ¿verdad? —dijo Marla.

Lara alzó la mirada, sorprendida por haberse quedado tan absorta en la cartelería como para no haber advertido que Marla se daba la vuelta.

—Sí que lo era, pero nadie podría montarse encima de un caballo de ese modo.

Marla se rio.

—Bueno, creo que esa pose estaba pensada para atraer a los adolescentes al circo, más que para cualquier otra cosa.

Lara se acercó al mostrador, donde había libros como _Campos de batalla de Virginia_ y _Kerrigan Falls_ en imágenes amontonados en pilas. Lara advirtió que habían sido escritos por Marla.

—He venido a recoger unas entradas para mi madre. —Lara hizo una pausa—. Audrey Barnes.

Marla sonrió.

—Te recuerdo de la tienda de Gaston.

Comenzó a pasar con el pulgar unos sobres dentro de una cajita, hacia delante y hacia atrás, hasta que encontró el que buscaba.

—Barnes. —Lo abrió—. ¿Dos entradas?

Lara asintió.

—He oído que esta noche vas a salir con Ben —añadió Marla mientras le tendía el sobre.

Lara se quedó cortada, no supo qué responder.

—No pasa nada —dijo Marla—. Me lo contó él. Pero te advierto que no sabe bailar. Lo intenté durante años. Lo llevé a dar clases de salsa con Arthur Murray y me devolvieron el dinero después de una sola sesión. Me dijeron que era un caso perdido.

Lara agarró las entradas.

—También tiene un gusto pésimo para las películas de James Bond.

Marla se apoyó en el mostrador y cruzó los brazos.

—¿Puedo preguntarte una cosa?

—Claro —respondió Lara con tiento.

—Tengo algo para ti. —Hizo una pausa—. Es complicado. En realidad, era para Todd. ¿Lo quieres?

Marla levantó un dedo para indicarle que esperase, después abrió un cajón y sacó un sobre con fotos.

—La camioneta —dijo Lara, recordando que Todd había estado buscando ejemplos antiguos de los colores distintivos de Le Cirque Margot. Aquella noche le enseñó algunas fotos en el garaje. Aquella noche.

Marla las desplegó sobre el mostrador. Eran ocho fotos de la vieja camioneta en su época, la mayoría en blanco y negro, con gente posando a su alrededor. En una de ellas, Margot estaba al lado del vehículo con un penacho en la cabeza y un maillot de lentejuelas.

—Esta es la mejor. —Marla deslizó la foto más pequeña fuera de la pila. Lara se dio cuenta de que tenía las uñas perfectas, pintadas con un barniz lustroso y beige. Dio unos golpecitos sobre una foto en color—. Creo que esta es de 1969.

La recogió, la examinó y, luego, satisfecha, señaló hacia la fecha estampada en un lateral del papel fotográfico. A esas alturas, la camioneta estaba vieja, pero el logo aún resultaba visible. La foto era en color y parecía que las letras negras eran en realidad de color azul marino. Marla hizo una pausa, tenía un brillo en sus ojos azules.

—No sabía si debería dártelas, ni siquiera si conocías la existencia de la camioneta. Intenté encontrar otros ejemplos del logo para Todd.

Lara examinó las fotos y se le entrecortó el aliento.

—La conocía —dijo con un hilo de voz—. Me la enseñó Todd antes de…

Dejó la frase a medias. Se apresuró a recoger las fotos y las guardó en la funda del sobre.

—Gracias. ¿Te debo algo por ellas?

Lara no alzó la mirada, quería salir de allí cuanto antes.

—Por supuesto que no —respondió Marla, ondeando una mano.

Lara asintió y se giró hacia la puerta, aferrando los dos sobres con las manos sudorosas. Mientras se dirigía hacia la parte frontal de la oficina, la puerta se abrió y entró Kim Landau.

—¿Llego tarde? —exclamó, advirtiendo que Lara le entorpecía la vista del mostrador.

—Por los pelos —respondió Marla, que volvió a inclinar la cabeza hacia la cajita para buscar las entradas de Kim.

—Lara —dijo Kim con los ojos azules muy abiertos, sorprendida de encontrarla allí—. ¿Vas a ir esta noche a la gala?

—Sí —respondió Lara, que se giró hacia la puerta en un intento por pasar de largo.

No es que Kim le cayera mal, la verdad es que apenas la conocía. La cuestión era que los artículos que había escrito sobre Todd después de su desaparición siempre tenían un tono mordaz, como si hubiera algún motivo subyacente para que hubiera dejado a Lara, pero ella fuera demasiado educada como para expresarlo abiertamente.

—He pensado que... a lo mejor estás disponible para una entrevista.

—¿Una entrevista? —Lara se quedó mirándola. Frunció el ceño.

—Ya sabes —añadió Kim mientras se apartaba unos mechones cobrizos, casi pelirrojos, de la cara—. Para saber cómo te sientes desde que pasó lo de Todd...

Ladeó la cabeza a izquierda y derecha, como si estuviera vendiendo pantalones vaqueros en el centro comercial. Lara sintió un nudo en el estómago.

—¿Cómo me siento? —le espetó—. ¿Es una broma?

Kim se quedó lívida.

—No..., yo...

—Me siento fatal, Kim —la interrumpió Lara—. ¿Qué te esperabas? Todd ha desaparecido... Puede que esté muerto. Estoy hecha una mierda. Puedes citar eso si quieres.

—Aquí tienes —intervino Marla, sosteniendo las entradas de Kim. Le dirigió una mirada cómplice a Lara—. Me alegro de haberte visto. Sé que tienes prisa. Gracias por pasarte a recoger esas fotos.

Lara sonrió, agradecida por el rescate.

Kim quiso decirle algo más, pero Lara ya había salido por la puerta.

14

—Q ué horror. —Audrey puso los ojos como platos—. ¿Quería entrevistarte?

Lara se tendió sobre la cama y cerró los ojos.

—Dijo que quería saber cómo me sentía. —Alargó una mano y rozó con los dedos el borde del diario de Cecile, que seguía encima de su cama, justo donde lo dejó.

—Espero que le dijeras cuatro cosas —repuso Audrey, que se sentó en la silla de Lara con una postura perfecta—. Qué mujer tan descarada. Debería llamar a Avery Caldwell para quejarme personalmente. Eres la nieta de Simon Webster, por el amor del cielo. Todos los artículos que han publicado sobre ti... —Audrey miró hacia la ventana—. Tendría que haberle llamado antes, en lugar de pedirle a Caren que sacara los ejemplares del buzón. Ya sabes que Ben Archer es el primero en leer el periódico y que me llamaría si hubiera algo que pensara que no deberías ver en él.

Su madre se quitó las deportivas con un puntapié.

—Ben. —Lara no sabía que la gran conspiración periodística del Kerrigan Falls Express tuviera tantos participantes. Al percibir el tono de voz que empleó su madre, preguntó—: ¿Tú lo apruebas?

—No desapruebo que te acompañe esta noche. Solo espero que lo hagas por las razones adecuadas.

Audrey recogió la foto de Lara y Todd que estaba al lado de la lámpara, sobre la mesita auxiliar.

—Crees que es demasiado pronto —dijo Lara, mirando a su madre.

—No es eso. —Audrey volvió a colocar la foto sobre la mesa y tamborileó por encima con sus dedos largos y pálidos, sopesando sus palabras—. Como bien sabes, Todd nunca fue santo de mi devoción.

—Entonces crees que Ben es demasiado mayor para mí.

—Bueno —dijo Audrey—. ¿Qué tiene, diez años más que tú? Al menos no percibo más mujeres en su vida, como me pasaba con Todd. —Su madre cerró los ojos con fuerza al evocar lo que parecía ser un recuerdo doloroso, después se dio cuenta de que había dicho eso en voz alta—. Perdona...

Lara hundió el rostro entre sus manos, deseando que todo eso desapareciera.

—Está claro que Todd no era un ángel.

—No estaba a tu altura, pero soy tu madre, así que... Asegúrate de que Ben Archer te gusta de verdad, eso es todo. No lo hagas por despecho. Créeme, tengo experiencia en esas cosas. Tómate el tiempo que necesites parar recuperarte.

Lara levantó la cabeza de la cama y miró a su madre con suspicacia.

—¿Despecho? ¿Qué sabrás tú de eso?

—¿Has pensado ya que peinado vas a lucir? —Su madre cambió de tema, ondeando un dedo en dirección al pelo enmarañado de Lara.

Una hora después, sus rizos habían sido domados por una plancha eléctrica hasta convertirse en unos bucles lisos y largos. Dejó que su madre le cerrase la cremallera de ese vestido azul que hacía parecer que tenía una cintura diminuta. Es posible que hubiera perdido más peso de lo que pensaba. Una de las cosas que no tuvieron cabida en su casa nueva era una báscula. Una vez abrochado, se alisó el vestido, que le sentaba como un guante.

—Has perdido peso desde que te pusiste el vestido de novia —confirmó su madre.

Lara observó sus clavículas, que estaban mucho más marcadas que antes. Sintió náuseas. Puede que fuera demasiado pronto para hacer esto. La gala... Ben. Al principio fue su comodín para obtener información sobre Todd, pero habían estrechado lazos durante los últimos nueve meses. Complicar las cosas con él supondría arriesgarse a perder a su mejor aliado. A menudo, sabiendo que Ben estaba solo en su apartamento, hilaba un puñado de canciones para él: «Lovesong», de The Cure (la versión del disco *Mixed Up*); «Go Your Own Way» y «I'm So Afraid», de Fleetwood Mac; «When I Was Young», de los Animals; «Invisible Sun», de The Police; y «Rumble», de Link Wray. Le reconfortaba saber que Ben estaba al otro lado de las ondas, escuchándola hasta bien entrada la noche. A medida que pasaron los meses, Lara no podía concebir dejar de hablar con él. Valoraba —y necesitaba— su opinión en todo. Le sorprendió la sutileza de ese cambio. ¿Cómo había permitido que sucediera? Había jurado que no volvería a interesarse por nadie. Y aun así...

Lara se sintió sofocada y se sentó en el borde de la cama.

—¿Te encuentras bien?

Audrey se estaba metiendo su propio vestido por la cabeza, una prenda de platino sin tirantes y adornada con cuentas, con la espalda abierta y un ligero corte de sirena. Se dio la vuelta para que Lara se lo abrochase.

—No creo que pueda hacer esto. —Lara volvió a tenderse sobre la cama.

—Levántate. Vas a arrugar el vestido —dijo Audrey—. Necesito que me subas la cremallera.

—Creo que me está dando un sofoco, madre.

—Lo dudo —repuso Audrey—. Vamos, vamos.

Lara suspiró profundamente y se incorporó lo suficiente como para subir la cremallera del vestido. Su madre estaba deslumbrante.

—Sé algo que cambiará tu opinión sobre esta velada. —Audrey metió una mano en su bolso y sacó una caja. Lara la abrió, sabiendo lo que habría dentro: la gargantilla de perlas de Cecile—. Alguien necesita verte luciendo esto.

Sintió un aguijonazo de tristeza mientras la tocaba.

—Esa gargantilla es tuya —dijo Audrey—. No tiene ninguna conexión con él.

—Me temo que todo me remite a él —susurró Lara. Alzó la mirada. Era innegable que Audrey lo estaba intentando—. Eres la madre más maravillosa del mundo.

Alargó un brazo y la agarró de la mano. Audrey se agachó y le dio un beso en la frente.

—Daría cualquier cosa con tal de disipar tu dolor.

—Ya lo sé.

Lara se levantó y sacudió la cabeza. Sentía un conflicto interno muy intenso, debatiéndose entre el pasado y el presente. Aunque resulte extraño, ahora que iba a embarcarse en su primera cita, Todd parecía estar más presente esa noche que en cualquier otro momento de los últimos diez meses. Lara apartó esos pensamientos y se concentró en su madre. Tenía el pelo recogido con un moño francés y unos pendientes largos que le llegaban hasta la barbilla. Si tenía algo con Gaston, podía considerarse un hombre afortunado.

—¿Qué me dices de Gaston Boucher?

—Mira qué horas son —dijo Audrey mientras le entregaba una máscara a Lara—. Tengo que encontrar mis zapatos.

—Los llevas puestos. —Lara se rio antes de dar media vuelta y enfilar por el largo pasillo—. Me parece que alguien está enamorada.

Madre e hija recorrieron la calle en dirección al ayuntamiento y pasaron junto al viejo cementerio de Kerrigan Falls. Mientras se ponía el sol, las lápidas de alabastro, los obeliscos y las desgastadas estatuas de querubines centelleaban con un fulgor dorado. Cecile y Margot estaban enterradas en el extremo sur, el sector más moderno del cementerio. Lara se asomó a través de la imponente verja de hierro.

—¿Sabes si Peter Beaumont tiene una lápida? —Le sorprendió que le hubiera dado por pensar en él esa noche.

Audrey dejó de caminar y abrió su bolso, sacó una barrita de carmín y se repasó los labios una última vez.

—Sí, tiene una —respondió, señalando—. La tumba está vacía, por supuesto, pero su madre necesitaba un sitio al que poder acudir para honrar su memoria.

Hasta el momento, Fred y Betty se habían resistido a erigir cualquier monumento en memoria de Todd. Sumida en sus pensamientos, Lara se quedó mirando un banco de mármol situado debajo del sauce llorón, con sus largas y aparatosas ramas.

—La tumba de Peter está en el extremo sur, cerca de la entrada trasera de la iglesia. La lápida es pequeña, es fácil pasarla por alto si no vas buscándola —explicó Audrey, que cerró su bolso de fiesta y reanudó la marcha, como si no soportara la imagen del camposanto.

La capilla estaba rodeada por un puñado de losas pálidas de todas las formas y tamaños. Lara se preguntó por qué su madre conocería los detalles y la ubicación exacta de la tumba de Peter Beaumont.

—La otra noche ocurrió algo extraño. —Lara apretó el paso para alcanzarla—. Cuando se lo conté a papá, se quedó disgustado.

Audrey se detuvo otra vez.

—¿Qué hiciste?

Lara frunció el ceño ante ese tono acusador.

—Yo no hice nada. Estaba rebobinando uno de los discos de Dangerous Tendencies y apareció una canción oculta. Se lo comenté a papá, que dijo que no habían grabado nada así en el disco de *Tending*. Así que, para confirmarlo, rebobinó el vinilo y no se oyó nada. Pero luego probé yo y...

—Y la canción estaba allí —concluyó Audrey, que sabía adónde quería llegar con esa historia.

—Me dijo que era una canción de Peter Beaumont.

—¿De Peter? —Lara retrocedió al ver la cara de susto que puso su madre.

—Por lo visto, la canción que escuché nunca llegó a ser grabada.

Lara comenzó a tararear unos cuantos compases.

Audrey se puso pálida.

—¿Sabes qué canción es?

Su madre asintió y se dio la vuelta. Reanudó la marcha, sujetándose la barriga.

—Papá cree que Peter le estaba enviando un mensaje.

Audrey se detuvo otra vez.

—No veas la cara que puso —recordó Lara, analizando el cambio en el rostro de su madre—. Fue como si hubiera visto un fantasma. Como tú ahora.

Audrey respondió en voz baja, pese a que no había nadie cerca que pudiera escucharlo:

—Fue obra de la magia, Lara. Como el encantamiento de un vestido o el giro de un pestillo. —Retrocedió unos cuantos pasos con expresión de cansancio. De no haber sido por el carmín rosa, habría tenido un aspecto enfermizo—. Tienes que acordarte de ocultar tu magia, tesoro. Puede hacer daño a otras personas que no la entienden.

Audrey se recogió el vestido y caminó sobre los adoquines para dejar atrás la verja del cementerio. La discusión había terminado.

El camino que conducía al ayuntamiento estaba iluminado por lámparas de queroseno con unos cirios blancos encendidos. En la escalera, los malabaristas del Rivoli estaban escupiendo fuego y un pequeño grupo se detuvo a observarlos. Mientras subían por las escaleras, Lara vio una maraña de atuendos formales en blanco y negro frente a ella. El vestíbulo del edificio de dos pisos, con su escalinata curvada, había sido transformado para la gala. Aparte de la celebración de la Navidad victoriana, cuando colocaban allí el árbol de ocho metros, aquel era el evento más importante del pueblo. El circo Rivoli se había traído a su orquesta para la ocasión, así que el sonido de los instrumentos de cuerda al afinarse se escuchaba desde el otro lado de la manzana.

Aunque la mayoría de los pueblos no prestaban tanta atención a sus sociedades históricas, Kerrigan Falls le daba mucha importancia. Con Monticello y Montpelier cerca, el pueblo estaba asentado entre algunas de las localidades más históricas del país. Con el paso de los años, la gala de carnaval había crecido, gracias en gran medida a los esfuerzos de Marla Archer para recaudar fondos. Antes que ella, su madre, Vivian, fue la directora ejecutiva de la sociedad histórica de Kerrigan Falls. Bajo el liderazgo de Marla, la antaño anodina velada se había convertido en el evento social de la temporada. Era una tradición preciosa y a cada año que pasaba se volvía más concurrida. Junto con la visita guiada por las casas emblemáticas, también era uno de los principales eventos para recaudar fondos.

El esquema de color utilizaba los tonos azules y verdes del Rivoli. En el vestíbulo principal, unos paneles de tela de color verdoso y añil se desplegaban desde un poste a lo largo de los dos pisos para replicar la carpa principal del circo. En el centro había una lámpara de araña gigantesca, rodeada por cascadas de guirnaldas vegetales. Varias macetas con hortensias verdes, azules y blancas estaban intercaladas con las lámparas de queroseno. La estancia resplandecía.

Audrey se enfrascó de inmediato en una conversación con un grupo de enmascarados a los que Lara reconoció como viticultores y ganaderos de la zona. Junto a ella pasaban camareros cargados con bandejas de plata repletas de salmón ahumado y hojaldres con queso de cabra. A lo lejos, Lara oyó el tintineo de unas copas y le llegó el aroma de una carne a la parrilla.

Incluso con máscara, resultó fácil ubicar a Marla Archer. Llevaba puesto un vestido de corte sirena de color turquesa, con manga larga y un escote generoso con una gargantilla a juego con la prenda. Cuando se dio la vuelta, Lara comprobó que el vestido dejaba la espalda al aire hasta las caderas. Rodeada por miembros del consejo y por el alcalde, Marla acaparaba toda la atención, apoyando una mano sobre el brazo del alcalde para dar mayor énfasis a su conversación. En un lateral, bebiendo una copa de champán, estaba Ben Archer, que no llevaba máscara. Si había alguna tensión entre ambos, supieron disimularlo bien a ojos de los demás. Intercambió un abrazo rápido con su exmujer antes de que el resto del grupo comenzara a arrejuntarse para una foto conjunta. Mientras Ben se mantenía fuera del encuadre de la cámara, Lara observó cómo Marla lo convencía para que entrase en el plano, tirando de él para reemplazarla en el último minuto. Ben torció el gesto antes de esbozar una sonrisa radiante para esa pose improvisada.

Lara estaba a punto de acercarse a él cuando miró de reojo hacia las escaleras que conducían al segundo piso. Se quedó paralizada. Esperándola en el rellano que coronaba la escalinata se encontraba Todd Sutton.

Parpadeó, asegurándose de que no estaba alucinando, luego cerró los ojos con firmeza y los volvió a abrir. Todd seguía allí, sonriendo de medio lado, como si supiera lo que estaba haciendo Lara. La estancia se puso a dar vueltas y ella se mantuvo firme, mirando al suelo antes de levantar la cabeza para volver a mirar a Todd. Su corazón empezó a latir con fuerza y entonces, como la certeza matutina de que una noche agitada solo ha sido producto de una pesadilla, experimentó una oleada de alivio. No se había atrevido a confiar en su regreso, pero ahí estaba. Fuera cual fuese el motivo que tuvo para no presentarse aquel día, seguro que fue uno de peso. Ahora estaba allí.

Como si hubiera descorchado una botella, los sentimientos que no se había atrevido a dejar salir fluyeron desde su interior: la desesperación por haberlo perdido, la ira y, finalmente, ese miedo que no podía admitir siquiera ante sí misma, pero que sabía que acechaba en su interior, un resentimiento que acabaría calando en ella hasta dominarla por completo. Lara tenía miedo de la persona en la que se convertiría cuando la amargura se hubiera asentado y el dolor y la pérdida la cambiasen para siempre. Pero nada de eso tenía importancia ya.

Tras recoger la falda del vestido azul oscuro, con el tul apelmazado como si fuera espuma bajo las yemas de sus dedos, subió por las escaleras hacia él, despacio al principio, paladeando cada instante de ese nuevo contacto visual con él. A cada paso que daba, se dio cuenta de que todo había sido una farsa: lo de pasar página, lo de ser fuerte, lo de que podía seguir adelante sin él. Les había dicho a todos lo que querían oír. El aire crepitó. La verdad era que lo echaba de menos: su cuerpo, su voz, el roce firme de su mano entre las suyas. En esas manos había dos copas de champán. Antes de remontar los últimos dos escalones, Lara estuvo a punto de echar a correr cuando vio algo.

El anillo de compromiso que llevaba en el dedo.

Se detuvo sobre el escalón y miró al suelo, sujetándose al pasamanos. Ese anillo seguía metido en el joyero donde lo guardó aquel día. Aquel día.

Cuando volvió a mirar a Todd, se dio cuenta de que el esmoquin que llevaba puesto era el mismo que habría utilizado en su boda, el mismo que apareció sobre su cama. Se apoyó una mano en la barriga e intentó recobrar la compostura.

Aquello solo era una ilusión. Una manifestación cruel de su propia mente, como las lámparas de araña en la vieja carpa del circo o el giro de una cerradura. Era algo que ella quería ver. Era lo *único* que quería ver.

Cuando Todd le sonrió, Lara se permitió identificar ese momento por lo que era. Si hubiera aparecido por la iglesia, esa es la mirada que le habría lanzado desde el otro lado del pasillo, donde habría estado aguardando su llegada antes de que pronunciaran sus votos. Lara tomó la copa de champán que tenía en la mano. El tallo era fino y notó su roce frío en el índice mientras la sujetaba. Agarró a Todd de la mano. La tenía cálida, como si fuera de verdad. Se aferró a ella por un momento, impulsando a ese Todd ilusorio hacia ella.

—Estás preciosa.

Era su voz, más grave de lo que cabría esperar por su aspecto, lo que siempre la sorprendía. Su sonoridad. No había borrado sus mensajes de voz, los tenía reservados para el día en que pudiera volver a escucharlos.

—No me dejes —susurró.

Todd le lanzó una sonrisa cómplice que resultó desgarradora.

—Estarás bien, Lara.

—No quiero estar bien.

Unas lágrimas empezaron a correr por su rostro, notó el impacto de la tristeza en oleadas. Mientras parpadeaba, las lágrimas desdibujaron su figura, como una acuarela bajo la lluvia.

Y entonces desapareció.

Mientras se enjugaba el rostro, Lara sintió un revuelo, una brisa, que le puso la piel de gallina. Pese a que se encontraba en lo alto de las escaleras en una estancia abarrotada, todo y todos los que la rodeaban desaparecieron como por arte de magia. Frente a ella, en el otro extremo de la escalera, ataviado con un esmoquin negro y una máscara dorada, se encontraba el hombre de rizos castaños que fue a verla al prado hace tantos años. Incluso con la máscara, resultaba inconfundible, deslumbrante. Como si fuera un villano de los cuentos de hadas de su infancia, esbozó una sonrisa diabólica. A su lado estaba la mujer de la sombrilla, solo que ahora llevaba puesto un vestido dorado a juego con la máscara de su acompañante. Era Margot, su abuela.

Era una escena imposible, pero ahí estaban, ante ella, igual que Todd hasta hace un instante.

—Estás mejorando mucho con tus ilusiones, querida. Casi he llegado a creer que estaba aquí con nosotros.

—¿Tú no eres otra ilusión? —Lara no tenía tiempo para juegos. Quería bajar corriendo por las escaleras y salir por la puerta como una princesa en un cuento de los hermanos Grimm.

—Me da que no.

El hombre la rodeó con un brazo, como si el instinto le dijera que Lara no podía tenerse sola en pie. La condujo escaleras abajo como si fuera una dama victoriana hasta llegar al vestíbulo. Su brazo tenía un tacto real y parecía que la gente se apartaba para dejarles paso, como si ellos también lo vieran.

—Te aseguro que soy tan real como tú.

—¿Qué acabo de hacer?

El hombre la condujo a través de las dobles puertas de la entrada hasta salir a la calle.

—Has creado la ilusión que más anhelabas. —Todo en él resultaba tan normal, tan humano—. Pero tienes que ser cuidadosa, chiquilla. A veces, una ilusión tiene el poder de destruirnos. Es mejor apagarla como una llama antes de que se extienda.

El hombre se separó un poco y la miró a los ojos, observándola con esas extrañas pupilas horizontales.

—Estás preciosa con esa gargantilla.

—Es una reliquia familiar.

Lara quiso tocarla, pero el hombre la sujetaba con fuerza, le impedía mover los hombros.

—Lo sé —repuso—. La creé para mi Juno hace muchos años. —Deslizó un dedo sobre la gargantilla, lo que provocó que un escalofrío le recorriera el espinazo—. Fue un regalo para ella. Esas son las mejores perlas que pueden encontrarse en Estigia.

—¿La laguna?

—Bueno, no pensarás que me refiero al grupo Styx, querida —replicó con ironía.

Desde el punto elevado que ofrecían las escaleras de acceso al ayuntamiento, oteó la calle Main como un gato en una ventana.

—Tú y yo nos parecemos. Hay días en los que el deseo de volver a ver a Juno, aunque solo sea un cascarón vacío, sigue siendo tan intenso que sería capaz de arriesgarlo todo para materializarla. Pero sé que solo sería una manifestación de su ser. Estaría hueca, como un muñeco de cera.

Lara lo miró a los ojos.

—¿Por qué estás aquí?

—Excelente pregunta.

Comenzó a bajar por las escaleras con una gracilidad sorprendente, como si fuera un bailarín de Bob Fosse, tamborileando con los zapatos sobre el hormigón. Lara salió tras él. El hombre se situó al pie de las escaleras, con las manos en los bolsillos, olfateando el aire nocturno como lo haría un animal.

—Tengo que hacerte una proposición, querida. Relacionada con ese prometido tuyo.

—¿Con Todd?

Se diría que a aquel hombre le aburrían los detalles, como los nombres.

—Acabas de materializar a ese macizorro como tu cita para la velada de esta noche, así que querrás saber qué le pasó.

—¿Sabes qué fue de él? —Había desesperación en su voz. Notó cómo se le quebraba.

—Por supuesto que sí.

—¿Y bien?

Lara se frotó las manos sudorosas en el vestido. No llevaba ni quince minutos en esa gala y ya había visto a tres invitados sorprendentes. ¿Por qué siempre se sentía desfallecer cuando veía a Althacazur? Su respiración se estaba volviendo trabajosa e intentó recordar todo lo que pudo de la investigación que llevó a cabo sobre él. Si era, efectivamente, el demonio Althacazur, entonces se trataba del favorito de Lucifer…, gobernaba el estrato más importante del Infierno…, era vanidoso y a menudo lo subestimaban…, tenía pupilas horizontales. Mientras hacía las comprobaciones en su cabeza, pensó que tal vez debería sentarse antes de que le diera un vahído. Divisó un banco cerca de la parada del bus y lo condujo hacia allí. En la entrada del edificio, Lara divisó a Margot, que estaba coqueteando con dos jóvenes. Aunque parecía estar enfrascada en la conversación, no quitó ojo a los movimientos de Lara y Althacazur. El hombre tomó asiento a su lado, como si aquello supusiera una novedad para él.

—¿Esto es lo que se siente al esperar el autobús? No lo había hecho nunca.

—¿Sabes qué le pasó a Todd? —Lara sintió la necesidad de repetirlo ahora que estaban sentados.

—Tsk. Tsk. —El hombre meneó un dedo hacia ella—. Requiero algo a cambio de esa información. Si quieres saber lo que le pasó a Tom.

—Todd.

—Como sea. —Se encogió de hombros y le pegó un puntapié a una colilla.

—¿Qué es lo que quieres?

Lara se apoyó una mano en la frente, que estaba cubierta de sudor. Estaban sentados lado a lado, como los espías de las películas de suspense, hablando en tono conspiratorio.

—Bah, no pongas esa cara de susto. No voy a pedirte tu alma, si es eso a lo que te refieres. Al menos, aún no. —Soltó una risita—. Solo necesito que vayas a París. Te necesitan allí. —Pareció incómodo—. Yo te necesito allí.

—¿Por qué? —Lara se quedó mirándolo—. ¿Es por lo del Circo del Diablo?

—Una nomenclatura imprecisa, te lo aseguro. —Se encorvó—. Pero sí. Le Cirque Secret te requiere. A cambio, te contaré todo lo que quieras saber: el prometido, la bisabuela Cecile… Todo. Si, y solo si… vienes a París. Pero tiene que ser nuestro secretillo. ¿Lo entiendes? Tu madre no puede saberlo.

—¿Por qué me están pasando cosas extrañas?

No pretendía decirlo en voz alta, pero puede que él le diera alguna respuesta o que al menos admitiera cuáles de esos sucesos extraños eran obra suya.

—Si no vas a París, la situación se tornará aún más extraña, querida. El tejido de esta comunidad pequeña y pintoresca que tu familia ha construido para ti está empezando a desgarrarse. Sin mi ayuda, me temo que podría suponer vuestro fin.

Al oír la confirmación de la amenaza contra ella, Lara se quedó sin habla. Recordó lo que dijo Shane Speer: *Ella viene a por ti*. El hombre esbozó una sonrisa taimada, como si le hubiera leído la mente.

—Así es, ella viene a por ti. Y no te confundas: es peligrosa.

Había un levísimo deje de orgullo en su voz.

—¿Quién es ella? —inquirió Lara, casi a gritos.

—Una criatura muy poderosa.

—¿Qué diablos podría querer de mí una criatura tan poderosa?

—Estaba empezando a cansarse de que le hablara con tantos rodeos.

—Es una historia bastante complicada. Digamos que supones una amenaza para ella.

—¿Cómo es posible que suponga una amenaza para alguien?

—Me temo que es culpa mía.

El hombre no la estaba mirando. En vez de eso, se concentró en cada detalle de cuanto los rodeaba con una expresión de asombro —el buzón, la farola, el quiosco con el cartel del *Kerrigan Falls Express*—, como si lo estuviera viendo por primera vez.

—¿Culpa tuya?

—Cuando eras pequeña, Margot y yo fuimos a visitarte al prado. ¿Te acuerdas de eso?

—Sí.

—Entonces recordarás que te dije que eras la elegida.

—Sigo sin saber a qué te referías. —Lara se cruzó de brazos.

—Me refería a que te he hecho poderosa. Seguro que habrás advertido que tus habilidades se están incrementando.

—¿Eso ha sido cosa tuya?

—Bueno, tuya no ha sido, eso seguro. —Se rio y se sentó con la espalda más erguida—. Pero a medida que te volvías más poderosa, te convertiste en una amenaza para ella. —Alzó la mirada hacia las estrellas y ladeó la cabeza—. Este pequeño mundo no es tan horrible como lo recordaba.

Lara no supo qué más decir. De repente, sintió frío a causa de la brisa nocturna, así que empezó a frotarse los brazos desnudos. Aquello era demasiado. Las desapariciones, las amenazas veladas y las visiones extrañas.

—Si voy a París, ¿prometes que me ayudarás?

El hombre se giró hacia ella y asintió despacio y con firmeza.

—Lo haré.

Fue como si estuvieran forjando un contrato.

—¿Me das una dirección donde encontrarte? ¿Te llamo cuando aterrice?

El hombre soltó una carcajada.

—Eres un encanto. Te aseguro que no será necesario. Ya tendrás noticias mías.

Se levantó y le dirigió una reverencia rimbombante, como un cortesano de Versalles.

—No sé cómo te llamas.

El hombre guiñó un ojo antes de enfilar por la calle en dirección a la verja del cementerio.

—Esa, querida, es la primera mentira que me has contado. Sabes perfectamente quién soy. —Se dio la vuelta—. Ah, una cosa más. ¿Recibiste mi regalito el otro día, en el circo Rivoli?

—¿El diario?

—Espero que haya sido una lectura intrigante. —Abrió mucho los ojos con un gesto dramático, como si fuera un actor de teatro—. Habrá más detalles de ese tipo… Considéralo una pequeña búsqueda del tesoro.

Mientras caminaba hacia la noche, Lara advirtió que sus pasos se habían vuelto silenciosos, como si sus pies no llegaran a tocar los adoquines. Primero levitó, después se desvaneció como si se adentrase en una densa niebla. De inmediato, Lara alzó la cabeza y vio a los dos hombres que estaban charlando con Margot, ahora solos y perplejos.

Notó el roce de una mano en el hombro y cuando se giró vio a Ben.

—¿Es Lara Barnes la que está debajo de esa máscara?

Ben Archer se inclinó y le dio un beso en la mejilla. Era uno de los pocos hombres que podían pasar de un uniforme a un esmoquin con naturalidad. Su pelo de color caramelo parecía un poco rígido por la capa de gomina que llevaba y que relucía bajo la luz de la lámpara.

—¿Has visto a ese hombre?

—No —repuso Ben, mirándola con suspicacia—. Estabas sentada aquí sola. —Miró el letrero—. ¿Vas a tomar un bus?

—¿Estaba sola?

—Sí. —Ben se rio, mirándola con curiosidad—. ¿Estás bien? ¿Qué hacías aquí sentada?

—Estoy bien. Supongo que me he puesto nerviosa con la fiesta —mintió—. ¿Por qué no llevas puesta tu máscara?

—Marla también me ha echado la bronca por eso. Seguro que me caigo al suelo con este condenado chisme puesto. Es horrible. —La sostuvo en alto—. Mírala, está sudada como la máscara de un niño en Halloween y me está produciendo dolor de cabeza.

Lara agarró la máscara y dio un poco de sí la goma elástica antes de deslizársela por la cabeza.

—Listo.

Lo siguió de regreso por las puertas de la entrada y lo esperó mientras se acercaba a la barra. Mientras los camareros iban de un lado a otro, Lara se zampó un kebab mini de pollo y un rollito de queso de cabra que le renovaron las fuerzas. Mientras observaba a los invitados, que reían y conversaban, ajenos a todo, sintió el fuerte impulso de huir. No tenía cabida entre esa gente tan despreocupada. Cuando reunió la valentía necesaria para volver a mirar hacia lo alto de las escaleras, comprobó que el espacio estaba vacío. Fue como reabrir una herida. Se había precipitado demasiado al venir aquí.

Vio a Kim Landau abrirse camino hacia Ben. Mientras que Lara no quería volver a hablar con ella acerca de cómo se sentía por la desaparición de Todd, Ben también pareció incómodo con su conversación y puso cara de querer agarrar sus bebidas y largarse, pero el camarero se lo estaba tomando con calma. Kim le estaba diciendo algo que hizo que Ben tirase del cuello de su esmoquin. Finalmente, agarró dos vasos y la rehuyó rápidamente, lo que la dejó con la frase a medias. Kim lo observó durante todo el trayecto por la estancia hasta que su mirada se posó sobre Lara. Ella sintió un escalofrío cuando Kim frunció el ceño, como si Lara hubiera ganado un asalto, después sonrió con sorna y se dio la vuelta para dirigirse hacia la maraña de invitados.

Lara estaba temblando por el descaro de la reportera, como si hubiera alguna competición entre ellas.

—Toma.

Ben le entregó la segunda copa de champán que Lara tuvo en la mano aquella noche, solo que esa no era una ilusión. Probó un sorbo y apuntó con la copa hacia la barra.

—He visto cómo te arrinconaba Kim Landau.

—Por desgracia.

Ben entrechocó sus copas. Lara bebió un largo trago de champán y se preguntó cómo era posible que hubiera creído que el Todd al que había visto esa noche era real. Bebía los vientos por él como si nunca se hubiera marchado, pero eso no le impedía sentir curiosidad por la naturaleza de la relación entre Kim y Ben. Sus pensamientos estaban empezando a enmarañarse. Ya no se fiaba de ellos.

Entonces sonó un timbre a través de la estancia: los camareros habían tocado el xilófono para anunciar que estaban a punto de servir la cena.

La maraña de gente comenzó a desplazarse hacia el patio trasero para ir a cenar. En lo alto había otra carpa, esta vez compuesta por una lona blanca.

—Es increíble —dijo Ben cuando atisbaron por primera vez el color y la textura de la seda, las flores y las velas.

En lugar de las típicas mesas redondas, Marla Archer había dispuesto la velada con varias mesas alargadas, como en una cena toscana.

Encima de cada una colgaban guirnaldas vegetales y lámparas de araña. Los manteles de color verde lima estaban cubiertos por ramos de hortensias azules y verdes, y rosas de color crema. Otras mesas estaban engalanadas con candelabros dorados o jarrones altos con butacas doradas y bajoplatos. Cada pocos centímetros había un cirio encendido que ayudaba a que el lugar centelleara. Durante el último año, Marla se había convertido en la fotógrafa de referencia para las bodegas de Virginia, así que cada plato servido durante la cena estaba maridado con un vino de la zona que había sido donado para la causa.

—Hoy ha sido amable conmigo —dijo Lara, recordando cómo intervino Marla para que pudiera huir de Kim Landau.

—Yo no puedo decir siempre lo mismo. —Ben se terminó el champán de un solo trago.

Lara localizó las tarjetas que señalaban sus asientos: Audrey y Ben estaban sentados enfrente, con Lara a la derecha de Ben, e Inez Favre, la mujer del director del circo Rivoli, Louie Favre, a la izquierda. En el otro extremo de la mesa, Audrey estaba sentada entre Gaston y Louie.

Observar los evidentes coqueteos de Audrey y Gaston resultó encantador. Lara no tenía ni idea de cuándo floreció esa relación entre ellos, pero ahora, al verlos juntos, estaba claro que formaban una pareja. Cuando sirvieron la ensalada, Gaston se inclinó frecuentemente hacia su madre, susurrándole cosas al oído, y Lara vio cómo a Audrey se le iluminaba el rostro. Nunca la había visto tan alegre. Sintió una punzada de tristeza por su padre, que siempre había parecido mantener el cariño por su exmujer. Jason se había asignado el turno de noche en la emisora. Llevaba todo el día evitándola después de la canción del día anterior y Lara se sentía culpable. Aunque su padre no era muy aficionado a los eventos como ese, Lara se preguntó si sabría lo de Audrey y Gaston y por eso decidió mantenerse alejado. ¿O solo la estaría evitando a ella? Recordó cómo la miró la noche anterior, como si hubiera visto un fantasma.

¿Y qué ocurre si el hombre del prado no era más que una aparición? ¿Y si Lara los había evocado a Margot y a él, tal y como hizo con Todd? Aunque ese hombre le había asegurado que era «tan real como ella», eso sería justo lo que te diría un producto de tu imaginación. Mientras recordaba la cara de espanto que puso Cecile cuando le habló por primera vez de la visita de ese hombre, se preguntó si lo que pasó fue que su bisabuela temía que Lara estuviera enloqueciendo como Margot. ¿Su madre se refería a eso cuando le advertía que ocultara su magia? ¿Utilizarla provocaba locura? ¿Alucinaciones? Estaba absorta en sus pensamientos cuando notó que su madre le daba un puntapié por debajo de la mesa para llamar su atención. Lara no se había dado cuenta, pero se había quedado con la mirada perdida mientras se frotaba el cuello.

—Dicen que, en lo que va de mes, cuatro personas de Washington se han comprado una segunda residencia en el pueblo —dijo Audrey, juguetando con uno de sus pendientes—. Es una moda.

Cruzó una mirada con Lara para advertirle de que no se distrajera.

—¿Una moda buena? —preguntó Ben, que se rebulló en su asiento y tocó uno de los centros de mesa florales—. No estoy tan seguro.

—Será por el bajo índice de criminalidad —dijo Lara en voz baja, viendo la oportunidad de chinchar a Ben.

—Listilla —repuso él sin mirarla, pero sonriendo.

Mientras el camarero servía más vino, Audrey se inclinó hacia delante, su rostro quedó iluminado por los cirios.

—Además, Gaston tiene noticias sobre el cuadro, ¿no es así?

—*Oui* —respondió él—. Le envié un email a Teddy Barrow.

Se notaba que el esmoquin de Gaston no era alquilado. Solía llevar el pelo desgreñado, pero ahora se lo había recogido en una pulcra coleta. Ese cambio del día a la noche parecía natural en alguien como él, como si se hubiera puesto toneladas de esmóquines en su vida.

—¿Barrow IV? —Lara arqueó una ceja. Intentaba demostrarle a Audrey que estaba centrada en la conversación.

Gaston soltó una risita.

—Sí. Barrow *le quatrième*. Le envié una foto del cuadro. Me llamó desde París esta mañana, despertándome de un sueño maravilloso. Está muy emocionado.

—El amigo de Gaston cree que un cuadro que tenemos podría ser un Giroux auténtico. —Lara se giró para explicárselo a Ben. Estaba disfrutando del vino. Era un tinto con mucho cuerpo y probó otro sorbo para asegurarse de que estuviera tan bueno como pensaba.

—Así es —coincidió Gaston, que bajó la voz para que no lo oyera nadie fuera de ese grupo—. Barrow cree que podría tratarse de uno de los cuadros de Giroux que se consideraban perdidos desde hace mucho tiempo. De la serie Las señoritas del circo secreto.

—¿Las señoritas del circo secreto? —Lara se inclinó para escuchar mejor, ahora con un interés genuino en la conversación—. Qué misterioso suena eso.

Gaston asintió antes de dar un sorbo de vino.

—Así es. Esta serie de cuadros lleva desaparecida desde hace más de setenta años.

—¿Qué es un circo secreto, exactamente? —preguntó Ben con un tono risueño—. ¿Debo suponer que el circo Rivoli no lo es?

—Desde luego que no —repuso Audrey mientras se limpiaba las comisuras de los labios con su servilleta de tela.

Aquello captó la atención de Louie Favre, el director del Rivoli.

—¿Habéis mencionado el Circo Secreto?

—¿Has oído hablar de él? —Audrey se giró hacia él.

—Por supuesto. Todos en el mundo del circo han oído hablar de él. Me sorprende que tú no, Audrey. —Louie Favre era un hombre fornido con un bigote grande y poblado, espeso como un pincel—. Es legendario. —Ondeó una copa de algo que parecía *bourbon*.

—No —repuso Audrey—. No había oído hablar de él hasta esta noche.

—Mi amigo Barrow ha escrito bastante al respecto y se considera un experto —dijo Gaston, que se inclinó hacia Audrey para poder oír a Favre—. Es una de sus obsesiones. Es impresionante oírle hablar del tema. Disertó sobre un circo misterioso que no tenía sede física.

—*Oui* —dijo Favre—. Se rumoreaba que existió en París en la década de 1920. Los invitados recibían una entrada, les decían adónde ir y ¡*voilà*! Aparecía un edificio de la nada. —Hace tiempo, Favre fue el jefe de pista del circo Rivoli, así que sabía cómo contar una buena historia—. Pero... —extendió un dedo—, solo para los poseedores de una entrada. Si la persona que estaba a tu lado no tenía una, no vería ningún circo.

—Me recuerda un poco a Willie Wonka y el ticket dorado —dijo Ben, que estaba jugueteando con el tallo de su copa de vino.

Aunque Lara estaba entusiasmada de estar allí con Ben, la ilusión de Todd pesaba con fuerza sobre la velada, empañando la que habría sido su primera cita. ¿Se habría manifestado por eso? ¿En el fondo le daba miedo pasar página?

—Los franceses estamos un poco locos —repuso Gaston con un guiño.

Lara divisó a uno de los hombres que estuvieron hablando con Margot. Cuando pasó junto a su mesa, alargó un brazo hacia él.

—¿Puedo hacerte una pregunta?

Lara se había levantado del asiento, el impulso de aquel movimiento le hizo avanzar varios pasos. El hombre se giró hacia ella. A juzgar por el olor que desprendía, se había tomado unas cuentas copas.

—Claro, guapa... Tú dirás.

—Esta noche te he visto con una mujer. La del vestido dorado.

Su interlocutor sonrió y Lara pudo ver que tenía los dos dientes delanteros superpuestos.

—Margo. Sí, no sé dónde se habrá metido. Me encantan las mujeres que tienen ese estilo retro, en plan Bettie Page. —Le guiñó un ojo y Lara estuvo a punto de tambalearse por el pestazo a *whisky* de su aliento—. ¿Es amiga tuya?

—Más o menos —repuso Lara.

—Me encantaría tener su número.

Sonriendo, Lara retrocedió hacia su mesa y giró la cabeza para decir:

—No creo que tenga teléfono.

Cuando se giró de nuevo hacia su mesa, tanto Audrey como Ben la estaban mirando. Gaston seguía hablando y no parecía que Lara se hubiera perdido gran cosa, pero se sintió aliviada. Alguien más, por muy borracho que estuviera, había visto a Margot esa noche. Lara no estaba alucinando.

—Era el destino favorito para los ricos y famosos de la época, sobre todo para tu «generación perdida» —dijo Gaston, que seguía enfrascado en el tema del cuadro—. Según Barrow, Josephine Baker, Gertrude Stein, Ernest Hemingway, Man Ray y F. Scott Fitzgerald fueron invitados de Le Cirque Secret. Aunque Giroux fue el único artista que tuvo permiso para pintarlo, lo cual es significativo.

Mientras servían los platos de la cena y todo el mundo se concentraba en su mar y montaña de salmón con bistec, Lara sopesó su siguiente pregunta con mucho tiento:

—¿Alguna vez lo llamaron el Circo del Diablo, señor Favre?

El director del Rivoli la miró a los ojos.

—Así es... Y por lo que tengo entendido, era una descripción bastante acertada. Ocurrieron cosas muy malas en ese circo.

—¿Por ejemplo? —Ben estaba cortando su filete.

—Asesinatos —respondió Favre entre un bocado y otro.

—Vaya, eso entra en tu radio de acción —le dijo Audrey a Ben—. ¿Y tú te crees esa leyenda, Louie?

—Sí —respondió el director del circo, muy serio—. Hace tiempo conocí varias personas que asistieron a ese circo. Dijeron que era un espectáculo asombroso. Números macabros, como buena parte del arte de aquella época. Pero quienes lo presenciaron decían que era el circo más hermoso que jamás haya existido. Ah, lo que daría por haberlo visto.

Por lo que había leído en el diario de Cecile, Lara pensó que Louie habría sido un candidato ideal para recibir una entrada, sobre todo si estaba dispuesto a dar cualquier cosa por conseguir una.

—¿Crees que Cecile formaba parte de ese circo tan extraño? —Audrey se rio—. Eso es un disparate, Louie. Tú la conociste. Vestía con pantalones caquis, por amor del cielo.

—Puede que no. —Gaston se giró hacia ella, levantando un dedo—. Perdona, Audrey, no he tenido ocasión de decírtelo. Cuando quité el marco y giré el cuadro, el título estaba escrito en el reverso. En realidad, no mencionaba a Cecile. Lo que ponía era esto: SYLVIE A LOMOS DEL CORCEL. ¿Puede que tu abuela también se llamara Sylvie?

—No —repuso Audrey—. Nada de Sylvie. Siempre fue Cecile.

—Entonces puede que no sea un retrato de Cecile Cabot.

Audrey y Lara se miraron. Las dos estaban pensando lo mismo. El cuadro recordaba a Cecile. Tenía que ser ella, ¿no?

Pero, entonces, Lara recordó que aparecía una Sylvie en el diario de Cecile. Era la amazona acrobática y la hija de Madame Plutard. ¿Se habrían equivocado?

Gaston se encogió de hombros antes de proseguir:

—A Barrow le encantaría ver el cuadro en persona. Me ha sugerido que vayamos a visitarlo. —Se inclinó más para que ni siquiera Louie Favre pudiera oírlo—. Este cuadro podría ser muy valioso. Podría llegar a valer ocho o diez millones de dólares.

—¿En serio? —Lara miró a su madre a los ojos.

Al igual que mucha gente que tenía granjas en Virginia, el negocio era irregular y a menudo se sustentaba con unos ahorros que ya empezaban a agotarse. Diez millones de dólares podrían cambiarlo todo. Sopesó rápidamente lo que podrían hacer con esa suma. Dejar de dirigir la emisora con un presupuesto ínfimo. Comprar caballos nuevos para su madre.

—¿Barrow quiere que vayamos a París?

Audrey titubeó.

—Pero ella no puede…

—¿París?

Era la segunda vez aquel día que la convocaban para ir allí. No era una coincidencia.

—Un cambio de aires…, París…, un pequeño misterio artístico por resolver. Podría ser divertido, ¿non? —Gaston enarcó una ceja.

—Vino…, cruasanes de almendra…, diez millones de dólares. —Lara asintió—. Me apunto. —Advirtió que su madre se había puesto muy nerviosa de repente, se rebullía en su asiento y se toqueteaba el pelo—. ¿Estás bien, madre?

—Sí, estoy bien —respondió Audrey, pero parecía todo lo contrario.

—*Bon*. Esta noche le enviaré un correo a Barrow —dijo Gaston.

Después de cenar, la orquesta del circo Rivoli tocó en el vestíbulo del ayuntamiento. La escalinata y la balconada estaban abarrotadas de gente bailando y bebiendo cócteles. Ben y Lara estaban sentados en las escaleras, observando a los invitados.

—¿Te apetece una copa de champán?

—Me encantaría —dijo Lara. Lo siguió escaleras abajo.

Ben levantó un dedo para indicarle que esperase un momento al pie de las escaleras y Lara lo observó mientras se dirigía a la barra.

Ben regresó con dos copas y, en lugar de darle una a ella, las apoyó en un sifonier y la tomó de la mano para conducirla a la pista de baile. Lara le rodeó el cuello con un brazo y notó el roce de sus cuerpos al estrecharse. Oh, cómo le habría gustado que esa noche fuera diferente. Ben era su confidente más cercano. ¿Se habría confundido con lo que sentía por él? ¿Estaría actuando por despecho, tal y como sugirió su madre? No. Incluso ahora, mientras bailaban, había un sitio para él. Lo que no sabía era si sería lo bastante grande. Por su parte, Ben la miraba expectante.

—Esta noche te noto ausente —dijo.

Lara sonrió. No había manera de ocultarle nada.

—He oído que bailas fatal.

—No —replicó—. Se me da fatal el vals y no sé bailar el tango. Veo que has estado hablando con Marla. Le encanta decirle a la gente que no sé bailar. Pero no eludas la pregunta.

—Estoy bien —respondió—. Deja de interrogarme.

—Estás preciosa.

Lara cerró los ojos. Era lo mismo que le dijo Todd un rato antes, en las escaleras.

Ben se inclinó hacia ella y Lara percibió el olor de su loción para después del afeitado.

—¿Puedo contarte una cosa que nunca te he dicho? Verás, he querido decírtelo muchas veces, pero no sabía cómo abordarlo.

—Adelante —le susurró Lara al oído. Sus mejillas estaban a punto de rozarse.

—Es una pena que nadie te viera —dijo Ben—. Aquel día. —Giró sus labios y Lara pudo sentir el roce cálido de su aliento en el pelo. No hizo falta que especificara a qué día se refería. Era obvio que hablaba del día de su boda—. Estabas deslumbrante.

Lara evocó la escena mientras atravesaba las puertas de la iglesia gótica. Se pegó a él y no lo soltó. Era toda una confesión por su parte. Y el día de su boda seguía siendo una herida para ella que lo convertía en un pegamento entre ambos.

—Gracias —susurró. Nunca había dicho nada más sincero. Bailaron de esa guisa durante dos canciones, estrechándose con fuerza, sintiendo el ritmo del corazón del otro.

Finalmente, Ben la tomó de la mano y la guio por la puerta, escaleras abajo y manzana arriba hasta su casa. Aunque Lara se alegró de salir de allí, notó un peso que tiraba de ella. Tendría que decirle a Ben Archer que no estaba preparada para eso. Caminaron en silencio, él mantuvo una mano apoyada sobre la parte baja de su espalda. Cuando llegaron hasta la verja de la casa de Lara, aún podía oír los ecos de la orquesta procedentes de la gala que estaba teniendo lugar calle abajo.

—*Moonlight Serenade*.

—¿Conoces a Glenn Miller? —Hubo algo más que un atisbo de admiración en esa pregunta.

—Soy un verdadero hombre del Renacimiento, Lara Barnes. No eres la única que sabe de música.

La agarró de la mano y la condujo a través de la verja, luego subieron por las escaleras hasta el balancín del porche.

—No hay duda de que lo eres —repuso ella mientras se sentaba.

Mientras se balanceaban, el sonido añejo de un clarinete competía con el murmullo de las hojas agitadas por la brisa, las polillas que impactaban contra la luz y el tintineo desafinado de un carillón en la distancia.

—Me encantan los sonidos del verano —dijo Lara.

—Los cortacéspedes —añadió Ben.

—Los cubitos de hielo en un vaso.

Bajo la luz de la luna, Lara vio cómo se le iluminaban los ojos. Examinó su rostro, embelesada con el ángulo y con las sombras que proyectaba la luna sobre él.

—¿Puedo contarte una cosa? —Lara apoyó los dedos bajo el asiento del balancín para estabilizarse.

Ben le lanzó una mirada de desaprobación. Después de varios meses en los que le había contado todo, por minúsculo que fuera, sobre Todd y sus sentimientos, Lara ya conocía la respuesta.

—Esta noche me ha parecido verlo. —Bajó la mirada hacia su vestido, que rozaba el suelo con cada balanceo—. Entre la multitud.

Ben se quedó callado, luego suspiró.

—¿A él?

—A él —confirmó Lara.

—¿Lo viste de tal manera que debería llamar a Doyle e investigarlo?

—No —repuso Lara con tristeza—. No era real. Me equivoqué.

—Pero querías verlo. —Su voz perdió fuelle y se recostó en el balancín con un quejido—. Sabía que era demasiado pronto.

—Estoy hecha un lío —dijo Lara—. No debería habértelo contado.

—Bueno, preferiría que no hubieras estado pensando esta noche en él, pero no, me alegro de que hayas sido honesta conmigo.

—Creía que había pasado página… y que estaba lista para esto. De verdad.

Ninguno mencionó su nombre, Todd, como si ostentara un poder sobre ambos que se intensificaría al pronunciarlo.

—Ay, Lara. —Ben la atrajo hacia sí. Ella le apoyó la cabeza en el hombro—. No creo que esto se pase tan fácilmente como una gripe.

Lara hundió el rostro entre sus manos.

—Lo siento mucho. Quería que esta noche fuera diferente.

Tras un rato de silencio, Ben se levantó el balancín; la repentina ausencia de su peso provocó que se torciera hasta que Lara extendió las piernas para estabilizarlo.

—Debería irme —dijo Ben.

Lara se levantó y lo siguió hasta el borde del porche, los dos querían que se fuera para que ella pudiera quedarse a solas y procesar cada detalle de aquella noche, pero al mismo tiempo no quería que se marchara, porque le encantaba su compañía.

—Esta noche lo he pasado genial contigo —dijo Lara—. De verdad. Solo hay que darle tiempo.

Ben la tomó de la mano y la acercó hacia sí.

—No tires la toalla conmigo —susurró Lara. Hacía mucho tiempo que no tocaba a nadie de esa manera—. Noto mariposas en la barriga cada vez que te veo.

—Y yo igual. —Ben la besó con suavidad en un lateral de la cabeza, cerca de la sien.

Mientras descendía por las escaleras, Lara se tocó el cuello, notándolo ruborizado, después se apoyó la mano cerca de la base del pelo.

Era la primera vez que alguien le daba un beso en la sien.

Lo observó caminar hasta que pasó junto al seto de la casa de los Milton. Unas horas antes, podría haberse cruzado con Althacazur en esa misma calle. Ben remoloneó cerca del seto como si fuera a dar media vuelta, pero luego cambió de idea y se marchó.

15

ALara no le sorprendió encontrar a Audrey ante su puerta a la mañana siguiente. Había visto la cara que puso su madre durante la cena mientras Gaston hablaba del cuadro y de llevarlo a París para que lo evaluara ese historiador. Al final de la cena, la vio distraída y tensa, jugueteando con su pelo y mitigando un calambre fingido en el cuello.

Atravesó la puerta sosteniendo una bolsa de papel de la que asomaba una *baguette*. Las viandas eran un ardid, por supuesto, era la manera que tenía su madre de entablar conversación con café y cruasanes de almendra de por medio. Hugo, Oddjob y Moneypenny irrumpieron por detrás de ella, sin correa, traqueteando y patinando con sus uñas sobre los suelos de madera. A Lara le pareció oír que uno de ellos —seguramente Hugo, porque siempre tenía que ser el primero en todo— trastabillaba sobre la madera recién encerada y se deslizaba hacia la pared.

Lara siguió a la comitiva a través del vestíbulo y hasta la cocina. La suya era una cocina antigua que seguramente albergaba un montón de recuerdos de fiestas fastuosas en los años veinte y cuarenta. En la entrada había una puerta con una ventana con dintel, que Lara mantenía abierta, un remanente de aquella época en que la casa contaba con personal de cocina y no había aire acondicionado. Bueno, seguía sin tenerlo, pero el personal de cocina desapareció hace mucho tiempo. Las alacenas de madera eran imponentes y se extendían hasta el techo, con recovecos secretos como cajones para el pan y recipientes para la harina. Repintarlas con un color llamado «caliza» fue uno de sus pocos caprichos, además de reemplazar las viejas encimeras con granito y de actualizar los utensilios de cocina y la iluminación. Era una de las estancias terminadas que le reportaban la esperanza de que el resto de la casa podría volver a tener un aspecto glorioso. Después de rellenar los cuencos del agua, los colocó delante de los perros, pero ellos se quedaron mirándola como si esperasen algo más.

—¿No les has dado de comer?

Los tres formaban un grupo perfecto de pedigüeños.

—Pues claro que sí —repuso Audrey, rebuscando entre sus bolsas—. Pero saben que tienes galletitas escondidas.

Lara abrió el recipiente de la harina y sacó las galletas para perros. Las mordisquearon sonoramente antes de tenderse bajo la radiante luz de la mañana que entraba por las ventanas abiertas.

—Hoy han probado unas cerezas riquísimas en el mercado de productores. —Su madre depositó varios contenedores de papel sobre la isla de cocina que Lara construyó ella misma—. Creo que prepararé una tarta.

—¿Qué te pareció la gala de anoche?

Audrey echó un vistazo en derredor.

—Bueno, me preguntaba si me encontraría aquí a Ben Archer esta mañana.

—No. —Lara se ruborizó. Se acercó a la nevera y abrió la puerta para sacar la leche cremosa.

—Oye, la propuesta de Gaston es un disparate. No estarás pensando en ir a París, ¿verdad? —Audrey se apoyó sobre la isla con un gesto dramático—. Ese cuadro no vale nada, Lara. Pensaba decírselo yo misma, pero...

Se hizo un largo silencio mientras Lara servía dos tazas de café y deslizaba uno por la encimera hacia su madre, como si fuera la última ofrenda de paz antes de una batalla.

—Pero has decidido empezar por mí. —Lara dio un sorbo de café. Estaba un poco más caliente de la cuenta y lo dejó sobre la encimera para que se templara—. Sí estoy planeando ir a París. Si ese cuadro es valioso, debería estar presente un representante de la familia. ¿No te parece? Además, todavía tengo un billete de la aerolínea de mi luna de miel que tengo que utilizar antes de octubre. Los astros se están alineando.

—Francamente, me preocupa que vayas a París.

—¿Y por qué te preocupa? —Lara se rio—. Ya tengo treinta años.

—No es seguro.

En los meses transcurridos desde que desapareció Todd, Lara continuó albergando sospechas de que su madre sabía más de lo que dejaba entrever. Ahora esas sospechas estaban empezando a confirmarse.

—Ese cuadro podría valer millones.

—O no valer nada. —Audrey ondeó una mano para desestimar ese argumento.

—Gaston no opina lo mismo y es un experto en arte.

—Entonces iré yo a París con él, no tú.

Lara tomó aliento, se apoyó una mano en la cadera y enderezó el cuerpo. Decidió que la mejor opción era no decir nada. Tras un buen rato de silencio, su madre añadió al fin:

—Di algo.

Lara se encogió de hombros.

—No tengo nada que añadir. Aunque me duela decírtelo, madre, me has estado ocultando cosas. —Audrey hizo amago de protestar, pero Lara levantó una mano para interrumpirla—. Lo vas a negar, por supuesto, pero las dos lo sabemos. Voy a ir a París. Fin de la discusión. Si esto es por Gaston, no necesito que me acompañe. Puedo quedar yo solita con Edward Binghampton Barrow IV. Ese cuadro es de nuestra familia.

Audrey resopló, enervada.

—¿Qué diablos te he ocultado? Ya… ya te dije que no sé qué…

—Nada —la interrumpió Lara con brusquedad—. No me has contado nada.

—Porque no hay nada que contar, Lara. —Su madre dio un sorbo de café, después dejó la taza en la encimera con un golpe seco—. Estás empezando a decir locuras.

Audrey no era una mujer manipuladora. Que su madre llevara tanto tiempo ocultándole algo, y que encima protestara tanto, significaba que estaba asustada. Y para que Audrey estuviera asustada, tenía que ser algo gordo. Combinando esa corazonada con lo que le dijo Shane Speer en el circo, sumado a lo que aquel hombre confirmó la noche anterior, Lara decidió probar a marcarse un farol.

—Sé que ella está intentando matarme.

Miró fijamente a su madre a los ojos, con confianza, sin parpadear. Audrey soltó un grito ahogado, lo que provocó que los perros levantaran la cabeza de inmediato.

—¿Quién te lo ha contado?

A Lara le flaquearon las piernas. Aunque creía que estaba haciendo una jugada maestra, en el fondo no tenía previsto estar en lo cierto.

—El hombre del circo.

—¿Qué hombre del circo? —Audrey puso los ojos como platos.

—El adivino.

A cambio de información, Lara le prometió a Althacazur que no le hablaría de él a su madre. Le pareció sensato mantener esa promesa. Audrey se relajó visiblemente.

—Ay, tesoro, no creerás que ese pobre adolescente ha acertado con nada. Pero si ni siquiera ha superado aún la pubertad.

El farol de Lara había funcionado. Alguien estaba intentando matarla. Y cuando mencionó a ese «hombre», su madre se puso muy nerviosa. Simplemente había omitido su nombre: Althacazur.

—Por supuesto que acertó. Por eso has venido a decirme que no vaya a París. Déjate de tonterías, madre, y empieza a hablar. No me has contado nunca la verdad sobre Todd. Las dos lo sabemos. —Lara se encogió de hombros.

—¿Por ejemplo?

Lara repitió el gesto, a modo de evasiva, y no respondió.

Audrey se sentó en el taburete de la encimera y apoyó las manos frente a su cuerpo, como si se estuviera preparando para lo que estaba a punto de decir:

—Hay un hechizo que debemos sustentar para mantenernos a salvo.

—¿Un hechizo? —Lara ladeó la cabeza. Y entonces lo comprendió: toda la perfección antinatural del pueblo es un hechizo. Eso tenía sentido. Era lo único, sinceramente, que tenía lógica, y le costó creer que no se hubiera dado cuenta de ello antes.

—Las mujeres de nuestra familia llevan lanzando un hechizo protector desde 1935. Cuando tenía nueve años, mi madre, Margot, fue la primera en hacerlo.

—¿Margot? ¿No fue Cecile?

Audrey negó con la cabeza.

—Por lo visto, no, aunque no sé por qué. Cuando mi madre murió, me tocó a mí mantenerlo activo. Cecile me enseñó cómo hacerlo. Le había visto entonarlo a Margot muchas veces.

—No lo entiendo. ¿Por qué el pueblo necesita un hechizo?

—El pueblo no necesita ningún hechizo. Somos nosotras. Sencillamente, Kerrigan Falls se beneficia del manto protector que desplegamos por encima. Cecile decía que, de no ser por este sortilegio, aquello de lo que huía en París nos perseguiría siempre. Tengo que reforzarlo cada año.

Lara recordó lo que le dijo Althacazur la noche anterior: *El tejido de esta comunidad pequeña y pintoresca que tu familia ha construido para ti está empezando a desgarrarse. Sin mi ayuda, me temo que podría suponer vuestro fin.* Ese era el tejido al que se refería.

—Déjame adivinar. ¿Lanzas el hechizo el nueve de octubre?

Audrey asintió, muy seria.

—Y se despliega sin sobresaltos, salvo una vez cada treinta años, cuando parece que el hechizo se desactiva por una noche. Cecile hacía mucho hincapié en que había que lanzarlo a las once y cincuenta y nueve del nueve de octubre... las palabras deben extenderse hasta el día diez y tienes que terminar a las doce y un minuto.

—Por eso no querías que nos casáramos ese día.

Audrey cerró los ojos, como si estuviera pensando en algo doloroso.

—Yo solo quería que trasladarais la boda a la primavera, nada más. Era una fecha espantosa y no me podía creer que la hubieras elegido, pero te juro que no sé qué le pasó a Todd, tesoro. Tienes que creerme. Sé que, lo que quiera que le ocurrió, se produjo en esa fecha, así que puede que tenga algo que ver con nosotras, pero no estoy segura. Cecile no fue concreta. Nunca. —Audrey pareció molesta al pensar en ello—. Siempre pensé que estaba ocultando algo, así que puedo entender tu frustración conmigo.

Lara recordó lo tozuda y reservada que podía ser Cecile, pero sabía que Audrey le estaba ocultando algo más. Y que ese algo estaba relacionado con Althacazur.

—¿Puedo preguntar qué fue lo que hizo enloquecer a la abuela Margot?

Audrey dio un sorbo de café.

—Fue más o menos cuando se manifestó su magia. Cecile dijo que se dedicaba a activar radios, encender los fogones. Mi madre siempre demandaba atención, así que a menudo se desvivía por causar estropicios para asustar a la gente. Después aseguró que había visto a un hombre en el prado. Que habló con ella. Ya no volvió a ser la misma después de eso.

Lara se reclinó sobre la encimera.

—¿Tú también lo has visto?

—¿Y tú? —Su madre empleó un tono incisivo. Le sostuvo la mirada.

Lara no quería ser la primera en confesar, así que se inclinó sobre la encimera hacia Audrey, esperando a que respondiera. Llevaba toda la vida soportando los secretos de su madre. Cuando Audrey comprendió que Lara estaba esperando a que diera ella el primer paso, comenzó a hablar:

—La primera vez que lo vi, tenía siete años. Mi magia acababa de manifestarse y a Cecile le aterró que hubiera venido a buscarme. Así fue, pero yo le dije que se marchara —explicó con la sonrisa triste y distante que le suscitó ese recuerdo lejano—. Cecile decía que la magia mató a mi madre, la volvió loca. Yo percibía la angustia en su cara y en la de mi padre cuando hablaban de ella, así que cuando empezó a pasarme a mí, no quise saber nada de ese legado de locura, de magia.

Althacazur me visitó dos veces. En ambas ocasiones, me negué a hablar con él. En la segunda visita, incluso apareció acompañado de mi madre.

—¿Margot? —Lara comprendió lo cruel que tuvo que ser eso.

—Ya entonces, ella no se encontraba bien. Decía disparates. —Audrey se secó las lágrimas con las manos e intentó limpiarse el rímel—. Yo era una niña, Lara. Vi a mi madre, la mujer a la que más ganas tenía de ver, y la ignoré. ¿Sabes lo que supone eso para una niña de siete años que se ha criado sin su madre?

Lara le acarició la mano, pensando en Audrey de pequeña y en esa pareja: Althacazur con sus gafas de sol y Margot con su sombrilla.

—Lo siento mucho.

—No llegué a conocerla, pero, aun así, la dejé marchar —dijo Audrey—, porque me daba mucho miedo lo que era. Lo que pensaba en que me convertiría yo también.

—Lo que somos. —Lara terminó su frase.

—Sí. —Audrey le estrechó las manos—. Lo que somos.

—¿Y qué somos? —Lara recordó el tablero de ouija que se movió en la fiesta de pijamas, en las cerraduras que abrió en casa de su abuelo, en el hechizo sobre su vestido de novia.

—No lo sé —respondió su madre—. Supongo que las respuestas estaban ahí, pero no quise verlas en su momento. Cuando Cecile murió, ya era demasiado tarde, pero ella nunca quería hablar de París. Es posible que tengas más información en ese diario de la que yo pude llegar a sonsacarle.

Lara se acercó a su maletín y sacó la libreta.

—Puede que tengas razón en eso. —Le entregó la traducción a su madre—. Hay un par de pasajes aquí en los que mi francés no ha dado para más, pero podría ser indicativo de una jerga de la época que no entiendo.

Audrey apoyó un dedo sobre la entrada del diario mientras metía la otra mano en el bolso y sacaba sus gafas de leer para examinar las notas de Lara.

—Es increíble.

—Sé que pensabas que no tenía ningún diario, pero creo que esto es de cuando Cecile vivía en París —dijo Lara—. Se percibe una rivalidad entre ella y su hermana gemela. También hay una tercera chica, Sylvie. La amazona acrobática.

—¿*Sylvie a lomos del corcel*? —Audrey lo sopesó, después abandonó la idea—. Cecile nunca mencionó que tuviera una hermana, y menos una gemela.

—Me parece que Cecile obvió muchas cosas. —Lara pasó las páginas—. ¿No te resulta extraño que, de todas las profesiones que podría haber elegido, se decantara por fundar un circo?

—Desde luego, no era habitual que una mujer regentara un negocio así en aquella época, pero los circos eran lugares donde las mujeres pudieron prosperar, sobre todo después de la guerra. Aunque entiendo lo que dices: no es un negocio convencional.

—A no ser que te hayas criado en uno —repuso Lara, entregándole el libro a su madre—. La mujer de este diario vivía y trabajaba en un circo muy muy extraño.

—Le Cirque Secret —dijo Audrey. Alargó el brazo y le acarició la mejilla a Lara—. Detestaba tener que ocultarte cosas.

—Ya lo sé. —Era cierto que lo entendía, porque ella detestaba no contarle a su madre que también había visto a Althacazur, pero el riesgo era demasiado alto—. Hay algo que no encaja en este diario. La Cecile de esta historia no es una amazona acrobática, es una trapecista. Bastante mágica, por cierto. Un poco como nosotras. Las respuestas que necesitamos están en París.

—Si vas a salir de Kerrigan Falls, necesitas aprender unos cuantos hechizos protectores.

—He viajado mucho sin necesidad de hechizos —repuso Lara, riendo—. Fui a Europa, estuve de gira con papá.

Audrey adoptó un gesto culpable.

—No, tesoro, no fue así. —Hizo girar su taza de café—. Sé que todo el mundo piensa que yo no quería Le Cirque Margot y que por eso cerró. Pero esa no es la verdad. Sí que quería el circo, pero Cecile había sufrido mucho con la locura de mi madre, que aseguraba que se veía atormentada durante las giras por una pareja de demonios: un hombre y una mujer. La mujer amenazaba con matarla y el hombre intentaba ayudarla. La cosa se puso seria, muy seria, en Gaffney, donde Margot aseguró que un ángel con el pelo blanco le había concedido un hechizo protector. Por supuesto, Cecile pensó que se trataba de otro de los desvaríos de mi madre, hasta que Margot pronunció el encantamiento. Cecile dijo que los pájaros dejaron de cantar inmediatamente y el viento comenzó a arreciar, las hojas se cayeron de los árboles, las flores se marchitaron... Ya te haces una idea. Entonces, en un intento disparatado por ponerlo a prueba, se adentró entre el tráfico.

Lara puso los ojos como platos.

—¿Y?

—Y los coches se apartaron a su paso. —Audrey se estremeció. Soplaba una suave brisa a través de la cocina y los airedale terriers levantaron la cabeza para olisquearla—. Margot aseguraba que le habían dicho que recitara el hechizo cada año, el nueve de octubre, para su protección, pero que funcionaba mejor si se quedaba en un mismo sitio. Hubo algo en las historias de mi madre sobre una señorita de pelo blanco que puso nerviosa a Cecile, hasta el punto de que se lo creyó. Cuando alcancé la mayoría de edad, me hizo recitarlo para seguir a salvo. Pero Margot tenía razón. No funcionaba tan bien fuera de Kerrigan Falls. Ofrece cierta protección, pero es preciso administrarlo a diario si no estamos aquí. A medida que Cecile se fue haciendo mayor, empezó a pensar que ese «ángel» no quería que saliéramos de gira con el circo, sobre todo después del accidente que tuve con mi caballo.

—¿Qué accidente?

Lara había escuchado todas las historias de los viejos intérpretes de Le Cirque Margot. No había mención alguna a un accidente relacionado con su madre.

—Mi yegua, Belle, tropezó con un extraño bache que apareció de la nada durante una de mis actuaciones. Salí propulsada y estuve a punto de romperme el cuello. Belle se fracturó la pata y tuvimos que sacrificarla.

—Así que ella clausuró el circo.

—Yo no quería que lo hiciera, pero Cecile insistió. Creo que los veteranos del circo interpretaron mi negocio con los caballos como una señal de que le había dado la espalda a mi legado, pero eso no es cierto. Le prometí a Cecile que no reavivaría ningún debate acerca de formar una compañía, y menos después de que tú nacieras. Cuando te fuiste de gira con tu padre, me presenté en todas las ciudades por las que pasasteis. Pero tú no sabías que estaba allí. Pronuncié el hechizo cada noche, sin excepción. Aun así, tuviste ese accidente con el cable de la guitarra que estuvo a punto de electrocutarte.

—Bah, eso solo fue un hecho aislado, madre.

Lara aún podía ver el cable pelado y el charco de agua, que no tenía ningún origen real. No podía achacarse a la lluvia ni a ninguna gotera en el techo del anfiteatro. Aun así, la descarga pasó a través de su mano. Cuando giró la palma, aún seguía allí, como la cicatriz de un estigma.

—No. —Audrey negó con la cabeza—. Estuviste a punto de morir en el escenario, delante de cinco mil personas. Incluso Jason se llevó un susto tremendo, por eso nunca ha vuelto a invitarte a salir de gira con él.

—¿Y el verano que pasé en Francia e Italia?

—Puedo obrar milagros con mi peinado y unas gafas de sol. Incluso entonces, estuvo a punto de atropellarte una motocicleta en Roma.

Lara apoyó todo su peso sobre la encimera.

—Eso fue...

—¿Otro accidente? —interrumpió Audrey—. Aquí estamos a salvo. Mi madre aseguraba que era una especie de demonio que intentaba matarnos. Una mujer.

—¿Sabes quién es?

Audrey negó con la cabeza.

—Pero no dejas de recordarme que tienes treinta años y puedes cuidarte sola, así que es hora de que te enseñe lo que sabemos hacer.

Se fueron al salón y Audrey se sentó en el suelo, acomodándose enfrente de la chimenea, sobre la zona de la alfombra.

—Solo hace falta una vela, pero tienes que asegurarte de llevar una encima en todo momento. Cada noche, tienes que hacer esto.

Lara encontró una vela y se la dio a su madre.

—Perfecto —dijo Audrey—. No hace falta que seas meticulosa. El fuego afianza el hechizo.

Al ver cómo su madre deslizaba la mano sobre la llama una y otra vez, Lara pensó que se quemaría, pero solo la cubrió con una pátina luminosa.

—Tu mano hará lo mismo —dijo Audrey.

Bracatus losieus tegretatto.
Eh na drataut bei ragonne beate.

La puerta se abrió de golpe y una ráfaga de viento impactó sobre ellas. Su madre sonrió.

—Listo —dijo Audrey—. Ahora, siéntate. Tengo que enseñarte unos cánticos.

PARTE 2

EL VIAJE A PARÍS

16

Mientras esperaban en la puerta de embarque del vuelo a París, Gaston mantuvo una mano apoyada sobre el equipaje de mano de Lara, que contenía el cuadro enrollado de *Sylvie a lomos del corcel*. Había decidido no utilizar un servicio de transporte de obras de arte, optando por llevar el cuadro encima durante el vuelo. Liberado de su aparatoso marco, ahora tenía el tamaño justo como para caber en una maleta de mano estándar. Gaston utilizó un papel de embalaje sin ácidos y luego rellenó el maletín rígido con una generosa mezcla de papel tisú y plástico de burbujas.

Lara no había vuelto a París desde el verano posterior a su segundo curso en la universidad. Ahora sabía que no estuvo sola: su madre viajó con ella ese verano. Había dejado por escrito el encantamiento para mantenerla a salvo y comprado dos velas pequeñas, que iban guardadas en su equipaje. Aunque detestaba admitirlo, estaba nerviosa —y un poco asustada— por saber que podría estar en peligro. Al final, Audrey se planteó acompañarlos, y Lara confió en que su madre pudiera hacer el viaje, pero tenía una yegua a punto de dar a luz y decidió quedarse en casa. Iba a ser un viaje corto: apenas cuarenta y ocho horas. Irían a ver a Edward Binghampton Barrow poco después de aterrizar y le darían al estudioso un día para decidir si era un Giroux auténtico o no.

Mientras embarcaban, Lara tomó el maletín de manos de Gaston y empujó su equipaje de mano hacia él. Ese cuadro potencialmente valioso era suyo, de su familia. Gaston hizo amago de quitarle el asa, pero ella lo fulminó con la mirada.

—Ya me ocupo yo.

Aterrizaron en el aeropuerto Charles de Gaulle a la mañana siguiente. Como sabían que sus habitaciones de hotel no estarían listas, tomaron un taxi directo al Institut National d'Histoire de l'Art de la Sorbona en la Rue Vivienne, en la Margen Derecha, dentro del segundo distrito.

Fue extraño viajar con Gaston, un hombre al que apenas conocía. Era un bebedor de café empedernido y solía pasearse mientras hablaba por teléfono, hablando de obras de arte con la vehemencia de un corredor de bolsa.

Mientras circulaban por París, Kerrigan Falls le pareció muy lejano y se puso a pensar de nuevo en Althacazur. Le dijo que no necesitaría contactarlo, que él la encontraría. Hasta el momento, había sido más que capaz de hacerlo. Lara se dio cuenta de lo mucho que necesitaba esta distracción. Althacazur había comparado a Todd con su amor perdido, Juno, y los describió como simples ilusiones. Aunque indicó que tenía las respuestas que ella buscaba, Lara tenía la sensación de que la respuesta llevaba en su interior desde hacía nueve meses. Solo necesitaba estar en otra parte para cambiar de aires y así poder admitir que Todd no iba a volver, porque no podía.

Estaba absorta en sus pensamientos cuando el taxi se detuvo enfrente de un edificio alto de ladrillo y Gaston sacó su cartera y pagó al conductor.

En la sección de arte francés localizaron la sala 313, que pertenecía a Edward Binghampton Barrow IV. El tipo que acudió a abrir la puerta no era el individuo desgarbado, rechoncho y vestido de *tweed* que esperaba Lara, sino un hombre con la piel morena y el pelo muy corto que empezaba a ponerse gris por las sienes. Era esbelto e iba vestido con pantalones negros y una camisa blanca e impoluta, gafas con montura de carey y mocasines de Gucci. Allí terminaban los detalles elegantes. Como si fueran fósiles, todas sus plantas estaban muertas y se diría que habían intentado huir por la ventana en busca de sol o lluvia antes de acabar petrificadas en sus macetas de terracota. Su despacho albergaba cientos de libros organizados en pilas caóticas que llegaban hasta el muslo, varias de ellos tan torcidas que amenazaban con desplomarse, como fichas de dominó. Todo visitante que quisiera evitar el desastre debía caminar de costado hacia la única silla.

—Teddy —lo saludó Gaston, haciendo referencia al embarazoso apelativo que utilizaba la madre de Barrow, como si fuera un osito de peluche.

—¡Boucher! No has cambiado nada. —Barrow envolvió a Gaston en un abrazo fuerte, casi violento, que pareció estremecer al delgaducho francés.

—Tú tampoco, amigo mío. —Gaston se giró hacia Lara—. Esta es *mademoiselle* Lara Barnes. Lara sin «u».

—Mi madre era fan de *Doctor Zhivago* —dijo Lara, que sintió la necesidad de explicar el motivo de su nombre.

—Lara. —Barrow hizo énfasis en la «a» de su nombre con su florido acento inglés. Era un hombre de sonrisa fácil y tenía unas manos grandes y cálidas—. Es un placer conocerte. Déjame adivinar: ¿no soy como te esperabas?

Barrow giró la cabeza expectante, esperando su respuesta. Lara no supo muy bien qué decir.

—Cierto, me esperaba más *tweed*.

—Dijo que tu nombre era ridículo —bromeó Gaston, frotándose la barbilla mientras examinaba su teléfono.

—Entonces, ¿cuándo os visteis por última vez?

Barrow miró a Gaston y los dos se quedaron en blanco.

—¿Cuánto ha pasado? ¿Veinte años?

—Desde 1985, creo —coincidió Gaston.

—¿Y decís que ninguno de los dos habéis cambiado? —Lara enarcó una ceja—. Mentirosos.

Los dos hombres se miraron y se rieron.

—*Un peu* —dijo Barrow, juntando los dedos.

—Somos unos grandes mentirosos —coincidió Gaston.

Dejándose de cháchara, Barrow se frotó las manos. Su mesa de trabajo estaba desordenada y empezó a despejarla.

—Llevo toda la semana deseando ver el cuadro. —Los miró, decepcionado al ver que solo iban cargados con su equipaje—. ¿Lo habéis traído?

Gaston depositó el maletín sobre la mesa y lo abrió. Tras extraer el envoltorio, sacó el lienzo y se lo enseñó a Barrow como si fuera un recién nacido envuelto en una manta.

Lara se inclinó por encima del retrato mientras Barrow se ponía los guantes y empezaban a desenrollar cada capa con cuidado. Si Lara cerraba los ojos, casi podía oír al público susurrando y cuchicheando mientras el caballo galopaba por la pista. El sofisticado atuendo del público de las gradas era un recordatorio de que el circo en París durante esa época no era lo mismo que sus contrapartidas ambulantes en Norteamérica, como el Margot o incluso el Rivoli. Aquí las mujeres llevaban perlas y pieles. En Francia, el circo era considerado un arte y era tratado como tal. Aunque no era tan prestigioso como una visita a la ópera, una noche en el circo seguía considerándose una velada glamurosa.

—Hiciste un gran trabajo al retirar el marco, Gaston —dijo Barrow, que tomó la pintura entre sus manos enguantadas.

—Era un marco posterior —repuso el otro—. Calculo que de los años cuarenta. Monstruoso a más no poder.

—Y feo también —añadió Lara.

Barrow se giró hacia otra mesa con una lámpara, esquivando por los pelos una pila de libros de arte que estaban apoyados en el suelo. Sacó una lupa y comenzó a estudiar el cuadro con detenimiento, examinando cada borde y ajustando la luz en determinados puntos. Lara contuvo el aliento. Si ese hombre consideraba que no era un Giroux auténtico, su aventura parisina habría terminado apenas a treinta minutos de empezar. Lara parpadeó, intentando mantener los ojos abiertos después del vuelo. La estancia se quedó en silencio mientras Barrow seguía girando el foco de luz. Lara se preguntó si deberían haberse ocupado del cuadro al día siguiente, permitiéndose un día de descanso mientras se aferraban a la idea mágica de que pudieran estar en posesión de una obra maestra desaparecida.

En una esquina había una caja con libros en tapa dura. Lara recogió el que estaba en lo alto. *Émile Giroux: una perspectiva*, de Edward Binghampton Barrow. Aunque Lara se había licenciado en Música en la universidad, obtuvo un título adicional en Historia del Arte. Aunque, hasta que oyó a Gaston hablar de Giroux, no recordaba haber visto ninguna de sus obras. Entonces atisbó *La vampira*. No había un solo estudiante de arte en el mundo que no reconociera esa obra.

Mientras hojeaba el libro, las fotos de las obras de Giroux mostraban un abanico de estilos. Sus primeros cuadros, nada más terminar la escuela, eran clásicos y tradicionales. Luego evolucionó hacia un estilo menos refinado, con piernas más largas y cabezas estiradas. Era una obra rica y vibrante, los colores saltaban de la página, pero a Lara no le interesaron tanto como la obra previa de Giroux. Siguió pasando páginas mientras el pintor transitaba hacia un intento de cubismo. Allí, Lara pensó que alcanzaba la excelencia. Sus retratos adoptaban ángulos insólitos, exagerados, pero hacían gala de una perspectiva perfecta. Los modelos quedaban plasmados de cerca. Los pronunciados ángulos estaban sombreados con objetos. Dentro de un pómulo o de la arruga de un ojo había símbolos diminutos que representaban el momento, el tiempo o al sujeto. Eran unos cuadros intrincados, cargados de texturas, pero aun así resultaban hermosos. Lara comprobó que sus elecciones de color se basaban en la armonía más absoluta o en un elegante contraste. Giroux aparecía en las fotos de la última página, era un hombre imponente con el pelo castaño y largo, seguramente fruto del desinterés por cortárselo. Tenía unos ojos claros y redondeados y una boquita de piñón. Su piel era pálida. La foto del pintor, donde se lo veía recostado en una silla incómoda, con la cabeza ladeada y apoyada sobre una mano, fue tomada por Man Ray. La fecha: 8 de abril de 1925.

El artista iba vestido con prendas marrones y raídas. Lara pensó en lo frío que podría resultar un mes de abril en París para un pintor pobre. Esbozó una sonrisa al recordar esa entrada de diario donde

Cecile describía a todos los hombres de Montparnasse ataviados con chaquetas marrones. Su descripción del hombre que salía en esa foto era tan precisa que podría haber salido directamente de su libreta.

Al verlo, Lara quiso que *Sylvie a lomos del corcel* fuera una creación suya. Tenía un aspecto romántico y soñador, digno de retratar a Cecile. Llevaba el diario encima, pues no fue capaz de separarse de él. Ahora que estaba en París, sintió como si la guiara, como si la voz de Cecile le diera indicaciones para seguir adelante. Con su tiempo libre, planeaba reconstruir los pasos de su bisabuela, visitando los cafés de Montparnasse, los mercados de la Rue Mouffetard y el Bois de Boulogne, lugares donde Cecile había estado y vivido.

El traqueteo de un reloj era el único sonido en la habitación. Barrow dedicó un buen rato a examinar la firma EG antes de voltear el cuadro para observar el reverso, deslizando una mano sobre el marco de madera que daba forma al lienzo. Ladeó *Sylvie a lomos del corcel* bajo la luz, escrutando cada centímetro del borde del cuadro.

Gaston había empezado a silbar, y tanto Lara como Barrow se quedaron mirándolo, molestos.

—¿Y bien? —Gaston se inclinó sobre la mesa, acercándose a Barrow.

—Tenías razón. La firma parece correcta, aunque no es perfecta, pero el lienzo y el estilo pictórico son puro Giroux. He visto este tipo de lienzo y de pintura exactos en cada una de sus demás obras.

—¿Pero? —Lara temió lo que vendría a continuación. Había percibido algo en su voz.

—Bueno, aunque hubo rumores de que en el año previo a su muerte Giroux fue un invitado frecuente en Le Cirque Secret y que le encargaron tres cuadros, el problema es que todos ellos están desaparecidos, así que por desgracia no tengo nada con lo que comparar esta pintura. Se ha generado mucha leyenda alrededor de estos cuadros, así que se enfrentaría a un escrutinio tremendo. Sin otro cuadro de la serie verificado como referencia, solo puedo basarme en la datación y en los materiales utilizados. Pero, a primera vista, esos detalles encajan. Si resultara ser uno de los cuadros desaparecidos, no puedo expresaros la importancia que tendría este hallazgo para el mundo del arte. Lo que pasa es que llevará tiempo confirmarlo.

—¿Todos los cuadros están desaparecidos? —Lara volvió a dejar la biografía en la caja donde la encontró.

—¿No se lo has contado? —Barrow miró a Gaston, perplejo.

El francés le dio una palmada en la espalda a su amigo.

—Tú eres el experto en Giroux y en lo oculto, amigo mío. Nadie mejor que tú para explicárselo.

—Empezaré por el principio —dijo Barrow con entusiasmo—. Le Cirque Secret es una leyenda con solera en París. A partir de la historia oral, creemos que estuvo en activo durante dos años, de 1924 a 1926, aunque no quedan pruebas físicas de su existencia.

Lara recordó los elaborados carteles, las entradas y los recuerdos de Le Cirque Margot que seguían expuestos en la oficina de la sociedad histórica de Kerrigan Falls.

—Algo tendrá que quedar.

Barrow negó con la cabeza, muy serio.

—Ha sido la ausencia material en mi investigación sobre Giroux. Cuenta la leyenda que los invitados recibían una entrada especial para la función de cada noche. La gente acudía a la ubicación impresa en el ticket, pero allí no había nada, solo un prado vacío o un patio abandonado. —Hizo una pausa dramática—. Hasta que aparecía algo. El circo surgía de la nada. Si tenías una entrada en tu poder, lo veías ante ti. Sin embargo, la leyenda también dice que, si estabas al lado de alguien que carecía de entrada, esa persona no veía nada y te tomaba por loco.

La otra noche, durante la cena, Louie Favre relató más o menos la misma historia. Al haber leído el diario de Cecile, Lara supuso que esos papelitos maliciosos que describió eran los culpables. Varios aspectos de lo que Cecile dejó por escrito concordaban con esta historia.

Gaston se encogió de hombros.

—Bueno, se trataba de la era del *jazz*, Teddy.

—Se refiere a que todos estaban borrachos —dijo Barrow, poniendo los ojos en blanco—. Tenemos ante nosotros a un incrédulo.

—También intentaban superarse unos a otros, así que bien pudo tratarse de alguna feria vulgar en Bois de Boulogne —dijo Gaston—. Tienes que admitir que pudo tratarse simplemente de magia escénica.

—¿Crees que exageraban? —Barrow se quedó mirándolo, indignado.

—Las cosas no aparecen de la nada —repuso Gaston.

Por experiencia, Lara sabía que se equivocaba. De repente, la embargó una oleada de cansancio. Mientras que Gaston había dormido como un tronco en el avión con un antifaz y tapones para los oídos, ella intentó leer, después vio la película que echaban y luego desayunó un cruasán con un café en un vaso de papel, sin pegar ojo en ningún momento debido a la emoción por esa aventura.

—Normalmente, estaría de acuerdo contigo, Gaston. —Barrow se quitó las gafas—. Pero hubo bastante gente que contó que había asistido al circo. Allí había algo. Todos describieron lo mismo, aunque no haya pruebas físicas de su existencia. Ni carteles promocionales, ni entradas, ni fotos. No contaban con permisos para instalarse en la ciudad. Se creía que el circo se desplazaba para no llamar la atención de la policía. No quedan registros, aparte del boca a boca y pequeños fragmentos recogidos de pasada en biografías… Y yo he recopilado todos y cada uno de ellos.

—¿De verdad que no hay fotos? —Lara había visto incontables fotos de Ernest Hemingway y F. Scott Fitzgerald en París. Si ese circo fue tan famoso, alguien tendría que haberlo plasmado en alguna foto.

Barrow señaló con sus gafas hacia *Sylvie a lomos del corcel*.

—Cuando estaba escribiendo la biografía de Giroux, muchos estudiosos me contaron que esos cuadros nunca existieron. Puede que tu pintura sea la mayor prueba hasta la fecha de la existencia de Le Cirque Secret.

Pero no solo estaba el cuadro. Lara metió una mano en su bandolera y sacó el sobre que contenía la vieja libreta.

—No creo que el cuadro sea la única prueba de su existencia.

Gaston se quedó perplejo. Lara no le había hablado del diario.

Barrow tocó el sobre con tiento y luego sacó el ejemplar.

—Toma. —Lara le entregó sus notas manuscritas—. Es lo que he podido traducir, aunque algunas páginas están mal conservadas. Es un diario. Creo que perteneció a mi bisabuela. Cuenta la historia de un circo extraño, parecido al que acabas de describir. —Señaló hacia el papel deformado y descolorido—. O puede que no sea nada.

—Parecen desperfectos causados por el agua —dijo Barrow—. Tengo un programa informático que puede ayudar a restaurarlo. —Lo acarició con mimo—. ¿De dónde lo has sacado?

—Mi familia era la propietaria de un circo en Estados Unidos llamado Le Cirque Margot. Después de su clausura, muchos de los intérpretes se fueron a trabajar al circo Rivoli, en Montreal. La otra noche, estuve en una de las funciones del Rivoli y alguien me entregó esto. —Lara decidió omitir que ese «alguien» fue un mono llamado Sr. Tisdale—. Por lo visto, data de 1925. Concuerda con la historia que acabas de contarme.

—¿El circo Rivoli de Montreal? —A Barrow se le iluminaron los ojos.

—¿Has oído hablar de él? —Lara se inclinó hacia delante.

—Así es —repuso el otro—. Lo conozco bien. He asistido a sus funciones durante años.

—Quédatelo —dijo Lara—. A lo mejor puedes confirmar su antigüedad. Tengo mi copia de las notas. Y puede que también consigas traducir los pasajes que a mí se me escaparon.

Lara abrió el diario y le mostró varias notas sobre las páginas.

—¿Por qué no terminamos la conversación durante la comida? —Gaston miró a Lara y pareció leerle la mente. Estaba hambrienta—. Con suerte, nuestras habitaciones estarán listas después de comer.

Barrow hizo una copia de la traducción de Lara antes de volver a guardar el original en el sobre y depositarlo en la caja fuerte junto con el cuadro enrollado.

—Conozco un sitio estupendo para comer —dijo—. Podemos seguir hablando allí.

Mientras el trío caminaba por la Rue de Richelieu en dirección al pequeño restaurante ubicado detrás de L'Opéra-Comique, Lara se sintió tan cansada que le costó tenerse en pie. Con sus acogedoras banquetas de terciopelo rojo y sus lámparas bajas, el restaurante parecía haberse quedado anclado en el periodo de la Belle Époque. En cualquier momento, Lara esperaba que llegaran hombres con chaleco y mujeres ataviadas con vestidos de terciopelo y el pelo cardado. Las paredes estaban decoradas con fotos de estrellas de la ópera y vestuario vintage. Con esa atmósfera, supuso que ese local sería una delicia en invierno.

La camarera se acercó con una pizarra donde venían recogidos los platos especiales para el almuerzo. Barrow pidió el carpaccio de Saint-Jacques seguido por un *côtee de bœuf*, mientras que Gaston optó por los caracoles y el rodaballo. Lara pidió un «tiramisú» de tomates con parmesano y raviolis de pollo, que consistían en dos láminas grandes de pasta que formaban un único ravioli gigante relleno con pollo picado, bañado en una salsa de cebolla y nata, aderezado con el sabor floral del tomillo. Los tres tomaron vino, algo que Lara no solía beber durante las comidas. Barrow eligió un vino de Burdeos, Gaston un Sancerre y Lara un Meursault, ese caldo exclusivo y con sabor a roble que producía una comuna en Côte de Beaune.

Mientras esperaban a que les trajeran la bebida, Barrow ojeó la copia de la traducción de Lara. Luego dejó el documento a un lado, se quitó las gafas y se frotó la cara.

—Bueno, ¿qué te parece? —Lara percibió que Barrow no podía esperar a que se marcharan para devorar el diario y sus notas. No dejaba de volver sobre el documento, recogiéndolo para referirse a él y luego empujándolo hacia el salero y el pimentero.

—No tengo palabras, señorita Barnes —dijo Barrow—. No sabes cuánto tiempo he buscado respuestas para estos cuadros desaparecidos. Creo que no es exagerado decir que soy el mayor experto en la obra de Giroux.

—Tú siempre tan modesto —dijo Gaston, riendo mientras arrancaba un trozo de pan y apuntaba a Barrow con él—. Pero es cierto.

—En mi libro, me vi obligado a escribir que, aunque era posible que existieran esos cuadros, también podría ser que se tratara de un rumor, de una leyenda que ha corrido de boca en boca. Este podría ser el capítulo final y desconocido sobre la vida y obra de Giroux. Su vida..., y mis estudios, francamente..., no estarán completos sin Las señoritas del circo secreto. Jacques Mourier, el reportero de Le Figaro, fue el único periodista que intentó investigar la existencia de Le Cirque Secret. Recibió una entrada para una función y escribió para el periódico el único artículo existente sobre el circo.

Lara recordó el artículo mencionado en el diario de Cecile. Sylvie se lo leyó mientras estaban en el mercado de la Rue Mouffetard. Tomó las notas del lado de Barrow en la mesa y las examinó para buscar el pasaje.

—Aquí está. —Empujó las notas hacia él—. Hacen referencia a ese artículo en el diario.

Barrow leyó las páginas, frotándose el cuello con incredulidad.

—El pobre Mourier se volvió loco intentando conseguir otra entrada para poder verlo otra vez. La actuación lo dejó con más preguntas que antes. ¿Quién lo dirigía? ¿Cómo funcionaba? La policía no lo sabía. La ciudad de París tampoco. Mourier dijo que vio a menudo a las señoritas del circo en Montparnasse, pero nunca hablaban del circo con él ni con nadie más. Y luego, por supuesto, estaban las desapariciones.

—¿Desapariciones? —Lara sintió un nudo en la garganta y bebió un poco de agua. Primero desapareció Peter Beaumont y después Todd. ¿Habría alguna conexión?

—Cada vez que el circo aparecía en alguna parte, desaparecían docenas de hombres. Mourier pensaba que por eso se trasladaba sin parar, eludiendo a las autoridades. Se planteó incluso que hubiera un asesino en serie trabajando en el circo. O eso, o que se tratara de un asesinato ritual. Pero sin pruebas sobre la existencia del circo, no pudieron relacionarlo con las desapariciones. Al final, es posible que Mourier diera con alguna clave, porque las desapariciones cesaron cuando cerró el circo. —Barrow levantó su copa y miró hacia la calle—. Tengo que deciros una cosa. Me causa cierta aprensión volver a prender mis esperanzas. La búsqueda de este circo puede volverte loco.

El vino llegó poco después, seguido por los entrantes.

—¿Recuerdas lo que dijo Zelda Fitzgerald sobre el circo secreto? —Gaston dio un sorbo de vino—. Que después de la función salió a través de la boca del Diablo. Se dio la vuelta para echar un último vistazo y allí no encontró nada más que el frío aire de la noche. —Alzó una ceja—. Me suena haberlo leído en alguna parte.

—En mi libro, zopenco —rio Barrow—. Lo leíste en mi libro. El público accedía a través de una boca gigante del Diablo. Era un espectáculo deslumbrante. Corrían rumores de animales convertidos en humanos y viceversa, hechizos, demonios. Pero no olvides que la magia y el ocultismo causaban furor en la década de 1920. Harry Houdini murió más o menos por esa época, tras haber dedicado sus últimos años a desacreditar a ocultitas famosos, desde médiums hasta pintores espiritistas.

—Pero tienes que admitir una cosa, amigo mío —repuso Gaston—. Todo eso parece una locura.

—Oye, no digo que piense que esto sea algo más que una invención —admitió Barrow—. El alcohol corría libremente en esa época. La Gran Guerra había dejado una ciudad llena de mujeres y ancianos. Muchos jóvenes murieron en el campo de batalla. París había cambiado. Montparnasse estaba cerca de la Sorbona, así que allí los alquileres eran baratos y los apartamentos destartalados a pie de calle resultaban cómodos para que los escultores instalaran sus talleres, pero Picasso fue el primer artista de peso que salió de Montmartre y se mudó a un estudio en el Boulevard Raspail. Luego los americanos acudieron en manada aquí: músicos de *jazz*, escritores y artistas, acompañados de más alcohol aún. La prohibición estaba vigente en Estados Unidos, pero no aquí, y era relativamente barato vivir en París. Los acontecimientos que originaron la Segunda Guerra Mundial aún ocupaban un segundo plano. ¿Un circo diabólico? Sí, no se me escapa que podría ser una noción novelesca para una ciudad como esta en la que se había convertido París.

—Tienes que admitirlo, Teddy —dijo Gaston—. Pudo tratarse simplemente de un espectáculo circense surrealista. Utilizaban espejos o los hipnotizaban a todos. Puede que el público fuera el blanco de una broma. A ver, no sé cómo lo llevaron a cabo, pero tienes que admitir que es posible. Incluso el diario podría ser un relato ficticio.

Gaston señaló hacia las notas. Barrow negó impetuosamente con la cabeza.

—He tenido eso en cuenta. Mourier no creía que fuera una *performance,* como las que hacían muchos artistas en esa época. De hecho, él fue quien acuñó el término «Circo del Diablo» en su artículo. —Barrow apuntó a Gaston con un tenedor—. Cuando Giroux murió en circunstancias misteriosas después de terminar el cuadro final del circo, Mourier estaba convencido de que fue su asociación con ese circo, y con las señoritas, lo que le costó la vida.

Gaston sonrió a Barrow, dándose por vendido.

—Joder, es un Giroux auténtico, ¿a que sí? ¡Por fin has encontrado uno de los cuadros desaparecidos, amigo mío!

—Según mis estimaciones, sí —dijo Barrow, inclinándose sobre la mesa—. El lienzo de vuestro cuadro es el mismo, los materiales coinciden con los demás cuadros de ese periodo. Podría colocar ese retrato al lado de otro y podríais ver el azul que utilizó. A Giroux le encantaba el turquesa claro y no era un color fácil de aplicar, pero él lo utilizaba en todas sus obras. Que no esté terminado también es un detalle intrigante que aporta credibilidad a que se trate de una de sus últimas obras.

—Y pensar que llevaba todos estos años colgado en el pasillo, al lado del baño —dijo Lara.

Barrow se rio.

—Muchos cuadros valiosos acabaron en graneros o en desvanes, sobre todo después de la Segunda Guerra Mundial. —Se inclinó hacia ellos—. Si dejáis el cuadro en el instituto, os daré una respuesta definitiva. No sé qué planes tendrás para el futuro del cuadro, señorita Barnes, pero sí sé que el Musée d'Orsay sería un hogar estupendo para él, en caso de que todos concluyamos que es auténtico.

Aunque Lara había pensado en separarse del cuadro, no estaba preparada para tomar una decisión tan rápido. Además, tendría que consultarlo con Audrey. Gaston, al percibir su nerviosismo, tamborileó con los dedos sobre la mesa.

—No creo que Lara haya pensado aún en el futuro del cuadro. Todo esto ha sido muy precipitado.

—Pero no creo que acarrearlo de un lado a otro sea la mejor opción para lo que podría ser un tesoro nacional de Francia —replicó Barrow.

Lara sintió de repente el peso de esa revelación.

—¿Qué valor puede llegar a alcanzar?

Barrow se encogió de hombros.

—En una casa de subastas, diez millones, sobre todo si se demuestra que es uno de sus últimos cuadros. —Le guiñó un ojo a Gaston antes de añadir—: Podrías plantearte dejarlo a buen recaudo en la caja fuerte del instituto, aunque con esto no quiero decir que ese maletín que lleváis de un lado para otro no esté cumpliendo una labor magnífica para protegerlo.

17

Durante un desayuno a base de cruasanes y café con leche, Barrow llamó para decirles que otro especialista en Giroux estaba entusiasmado con la perspectiva de ver el cuadro y que se acercaría en coche desde Niza esa mañana. Barrow también había dedicado buena parte de la noche a perfilar la traducción que hizo Lara del diario, añadiendo y corrigiendo los pasajes que faltaban.

—Me pregunto si habrá más diarios. —Gaston se dispuso a leer las notas de Lara.

—Lo desconozco —mintió ella. Aunque Althacazur le había prometido una búsqueda del tesoro donde encontraría más cosas, hasta el momento no había habido nada.

Cuando terminó de leer, Gaston le hizo señas al camarero para pedir otro expreso.

—Voy a ir a ver a unos cuantos contactos del mundo del arte en Saint-Denis. Allí tienen obras de arte a buen precio. ¿Te apetece acompañarme?

—No, prefiero ir a dar una vuelta por el Père Lachaise.

La última vez que estuvo en París, Lara no pudo ver la tumba de Jim Morrison. Su padre no se lo perdonaría si no hacía el peregrinaje en este viaje. Después de eso, pensó en ir a la Rue Mouffetard y a los cafés que Cecile mencionó en su diario.

—Jim Morrison es lo típico de los turistas. —Gaston frunció el ceño—. ¿Y si vas a ver la tumba de Sartre?

—Está en otro cementerio —repuso ella—. Pero a lo mejor lo hago cuando pase por Montparnasse. Lo sé, soy muy americana. —Lo miró con seriedad.

—Aún hay esperanza para ti. Al menos, ve a ver a Proust mientras estés en el Lachaise.

—Cuenta con ello —dijo Lara mientras agarraba un *pain au chocolat* de camino a la salida.

Mientras recorría los bulevares a bordo de un taxi, pudo oler los tilos que florecían por encima de su cabeza, un aroma dulce que recordaba a la madreselva. El conductor la dejó en la verja de entrada al Père Lachaise que daba al Boulevard de Ménilmontant. Tras consultar el mapa, Lara remontó la colina por el sendero de adoquines a través del frondoso manto de los árboles, zigzagueando ente lápidas viejas con capas de musgo y tumbas abandonadas cubiertas de malas hierbas. Tras deambular un poco, hizo un giro brusco a la derecha y siguió a un grupo de personas que eran claramente estadounidenses y de una edad parecida a la de su padre, lo que la llevó a apostar por la tumba que iban a visitar. Al cabo de un rato, encontró a un grupo congregado frente a la modesta lápida de James Douglas Morrison, el vocalista de los Doors. La zona estaba abarrotada con una serie de cachivaches, flores y fotos del músico enfrente de su tumba, lo que provocaba que el cementerio requiriese una barricada.

El Rey Lagarto era uno de los mayores ídolos musicales de su padre, que le había transmitido ese legado a Lara. Jason era uno de los anclajes de su vida. Mientras que su madre era un recordatorio de quién era —la descendiente de una famosa familia circense—, su padre era el catalizador que le mostraba en quién podría convertirse. Sin él, nunca habría tenido el arrojo necesario para comprar una emisora de radio. Para ambos, la música siempre era la puerta hacia su siguiente destino. Aún le dolía pensar cómo la miró la otra noche mientras tocaba la canción de Peter Beaumont.

De pequeña, Lara recordaba haber salido con él en su vieja camioneta para ir a ver a una viuda y hablar sobre una guitarra antigua. Jason siempre iba a la caza de algo, normalmente relacionado con la música.

En esa época, Lara lo seguía a todas partes como si fuera una sombra. Esa viuda en concreto los saludó desde la puerta en bata y rulos, después los condujo a través de un laberinto de cajas y muebles enormes. Mientras se desplazaban por esa casa destartalada que olía a pis y a periódicos viejos, Lara se mantuvo pegada a su padre, aferrándole la mano hasta que se le entumecieron los dedos. En un claro entra tanto estropicio, la mujer le enseñó a Jason una funda de guitarra negra y desgastada.

Aunque todo lo demás que había en la casa estaba destartalado, su padre abrió la funda y dentro, acurrucada sobre un forro raído de terciopelo rojo, estaba la guitarra más hermosa y mejor cuidada que Lara había visto en su vida. Negra, laqueada y con un gran escudo plateado en la parte frontal. Ese instrumento, tal y como Lara aprendería más tarde, era conocido como guitarra con resonador. La que tenía ante sus ojos era, de hecho, una Dobro de 1937. Su padre se estremeció un poco al ver el instrumento, luego se frotó las manos y la extrajo de su armazón de terciopelo. La apoyó sobre su regazo, la ajustó brevemente y sacó una vieja púa de dedo y pulgar del interior de la funda, con la que la guitarra estaba familiarizada de sobra. Jason ni siquiera intentó afinarla primero, solo quería escuchar cómo sonaba el instrumento. Cuando su padre tocó las primeras notas, Lara se quedó embelesada. Era un sonido grave y metálico; sobrio, pero rico en matices. Pudo escuchar las transiciones físicas desde las cuerdas y el sonido melancólico de los acordes menores. La sonrisa de su padre le confirmó que esa guitarra se iría a casa con ellos.

Mientras circulaban por el camino de tierra que salía de la casa, su padre giró la cabeza para mirar la funda de la guitarra.

—¿Has oído hablar de Robert Johnson?

Lara negó con la cabeza.

—Robert Johnson era un guitarrista del montón en Misisipi, conseguía bolos en bares y cantinas, pero no tenía ninguna genialidad hasta que se fue a Chicago y regresó un año después con un talento que no poseía antes.

—A lo mejor estuvo practicando. —Lara estaba segura de las cosas en esa época, y su madre y Cecile le habían inculcado el valor de practicar. Desde montar a caballo hasta tocar el piano, creían en el poder del hábito.

—Es posible —repuso Jason—. Pero la leyenda decía que acudió a un cruce de caminos en Clarksdale, Misisipi, y le vendió su alma al Diablo para tocar así de bien. Las guitarras son entes misteriosos, Lara. Las cuerdas albergan cosas, al igual que el instrumento. El hombre que poseía esa guitarra…, bueno, su energía todavía reside en ese instrumento. Y yo quiero intentar honrarla.

—Entonces, ¿está encantada? —Lara puso los ojos como platos. Se mordisqueó la punta de la coleta, una costumbre ocasional para templar los nervios.

—Puede decir que sí, en cierto modo —respondió Jason, que se quitó las gafas de aviador y ajustó el parasol de la camioneta.

Como si fuera un artefacto en un museo, esa guitarra estaba todavía en la emisora, junto con otras diez que incluían Rickenbackers, Gibsons y Fenders.

El propio padre de Morrison compró una lápida para su hijo. Lara leyó la inscripción en griego —Kata Ton Daimona Eaytoy—, que significa «de acuerdo con su propio demonio» o «fiel a su propio espíritu», dependiendo de la cantidad de acervo popular que quisieras insuflarle. Como pasó con el legendario Robert Johnson, otra idea que circuló durante años fue que, tras haber fingido su muerte, Jim Morrison seguía vivo en alguna parte. Como historias de ficción eran geniales, pero Lara no creía que hubiera mucha verdad en ellas. En el fondo, tenía gracia; si alguien debería creer en esas cosas después de todo lo que había visto, tendría que ser ella. Sacó una foto de la tumba para su padre.

Desde allí, subió por la cuesta hacia la sección 85 para ver la tumba de Marcel Proust, fijándose en las columnas rotas de la gente que sufrió una muerte violenta, normalmente jóvenes. Cuando giró a la izquierda en la Avenue Transversale, uno de los principales bulevares arbolados del cementerio, vio que algo se movía por el rabillo del ojo.

Girándose lentamente, fingió que estaba consultando un papel que tenía en la mano. Allí, situada a quince metros por detrás de ella, había una mujer con el pelo rubio recogido en una coleta, un flequillo que parecía corresponderse con una peluca y unas gafas de sol con montura de ojo de gato. Cuando Lara se dio la vuelta, la mujer se afanó por simular que estaba distraída. Lara miró de reojo hacia su derecha, pero no había nada detrás de ella. Percibió algo en la pose de esa mujer que denotaba intencionalidad, no un paseo por placer. Lara pensó que se estaba volviendo paranoica, así que continuó su camino colina arriba hacia el crematorio a paso ligero, rodeando las tumbas anónimas, después la del escritor Molière, antes de agacharse entre una hilera de lápidas y trazar un giro rápido hacia la derecha que la condujo en un círculo colina abajo y la llevó de vuelta hasta la tumba de Jim Morrison.

Escondida detrás de un alto obelisco de piedra, Lara descubrió que la mujer había realizado el mismo giro brusco a la derecha. Daba la impresión de que la buscaba. La placidez del cementerio quedó rota cuando Lara empezó a descender por la colina, avanzando entre las lápidas, manteniéndose agachada para que la mujer no la divisara. Lamentó no haberla visto mejor, pero no tenía claro que valiera la pena correr el riesgo de intentarlo. Al final del sendero, volvió a salir al bulevar principal. De inmediato giró a la izquierda, de regreso hacia la entrada principal, utilizando las hileras de tumbas a modo de laberinto. Cuando llegó a la puerta, se dio la vuelta y comprobó que la mujer se encontraba a unos doscientos metros de distancia, caminando a paso ligero, casi corriendo. No se estaba volviendo loca. Esa mujer la estaba persiguiendo y ahora sabía que Lara había advertido su presencia. Esa certeza solo sirvió para envalentonarla.

Ella viene a por ti. ¿Sería esa la mujer sobre la que la alertaron Shane Speer y Althacazur?

En cuanto atravesó la verja, Lara sintió un subidón repentino de adrenalina y echó a correr por el Boulevard de Ménilmontant. Cuando se detuvo a recobrar el aliento, comprobó que la mujer estaba intentando seguirle el paso, pero le había sacado una ventaja considerable.

Ignorando sus maltrechos pulmones, Lara reanudó la marcha y echó a correr por la Avenue de la République, esquivando y rodeando marañas de gente. Hizo una parada para comprarse una gorra y una camiseta y se cambió mientras corría, luego intentó entremezclarse con un grupo de turistas. Alargando el cuello, Lara pudo ver que la mujer aún le seguía la pista, pero el disfraz improvisado había funcionado. Al menos, por ahora.

Se cobijó en la cocina de una cafetería. Mientras recuperaba el aliento, Lara comprendió que todo lo que había dicho Audrey era cierto. El cable de guitarra defectuoso, la motocicleta en Roma... Todo aquello estuvo diseñado para matarla. Se le formó un nudo en la garganta y, evocando las palabras que su madre le había hecho memorizar, comenzó a entonarlas con la voz entrecortada:

Bracatus losieus tegretatto.
Eh na drataut bei ragonne beate.

Fue tal y como Audrey lo describió. A pesar de que hacía un día sofocante, una fuerte brisa sopló por el bulevar. Los árboles comenzaron a despojarse de sus hojas, los tilos proyectaron un perfume dulce junto a ella. En lugar de depender solamente de la magia, Lara buscó una vía de escape.

Corrió hacia la glorieta. Vio a la mujer bajando por la colina, que la divisó a su vez y apretó el paso para alcanzarla. Recordando lo que hizo Margot, Lara observó los coches que circulaban por la rotonda y luego inspiró hondo antes de adentrarse entre el tráfico. Cuando su pie se separó del bordillo, se dio cuenta de lo arriesgado que era, pero confió en la magia. Los coches tenían que parar. Echó a correr, los conductores giraron y pisaron el freno a fondo para esquivarla, y Lara pudo atajar a través de ocho carriles. Cuando giró la cabeza, comprobó que la mujer se había quedado atrapada entre la maraña de coches. Lara giró por otra calle y pasó corriendo junto a una verja alta de hierro, entonando el hechizo en voz baja mientras oteaba el entorno en busca de esa mujer. Se detuvo con tanta brusquedad que sus zapatos rechinaron. Le ardían los pulmones y no sabía si podría seguir corriendo mucho más sin que le diera un patatús.

Un anciano con gafas de culo de vaso levantó la cabeza para mirarla mientras barría un patio vacío. Advirtió que Lara estaba resollando y tenía cara de pánico. Rápidamente, le hizo señas para que se acercara a la verja mientras abría la puerta por un resquicio. Lara miró hacia atrás, pero no vio ningún taxi; tampoco había señales de metro en esa zona. La propuesta de aquel hombre le pareció tan válida como la que más. Cuando oyó el golpetazo metálico de la verja a su espalda, se preguntó si se trataría de otra ilusión que acababa de conjurar, pero la verja parecía real, así que la cerró con firmeza a su paso.

Sin decir nada, el hombre señaló hacia un vagón reconvertido que estaba aparcado en aquel patio que por lo demás estaba vacío. ¿Un vagón? Lara se montó rápidamente en el vehículo y cerró la puerta. Se agachó al lado de una ventanilla abierta, donde una brisa fresca hacía ondear una cortina blanca. La mujer pasó corriendo junto a la verja mientras el hombre continuaba barriendo. Desde su posición, Lara pudo ver cómo la rubia de la coleta daba media vuelta para preguntarle algo en francés. Se le encogió el corazón. ¿Se trataría de una trampa?

El anciano asintió y respondió con un «oui». A Lara se le cortó el aliento. Oteó el estrecho interior del vagón, preguntándose adónde podría ir si necesitara escapar. Puede que las ventanillas tuvieran suficiente apertura para poder salir por detrás, puesto que las dos puertas se abrían hacia el frente. Agachada junto a la mesa, comenzó a entonar de nuevo el cántico entre susurros. Observó cómo el anciano señalaba hacia el otro extremo de la calle, indicando que Lara había atajado por el parque. Satisfecha, la mujer corrió en esa dirección.

Hundiéndose en el asiento, Lara cerró los ojos y suspiró. De modo que era cierto: no estaba a salvo fuera de Kerrigan Falls.

Dentro del vagón, Lara advirtió que era una especie de museo. Las paredes estaban cubiertas de fotos en blanco y negro, todas ellas de circos antiguos. Giró sobre sí misma, dándose cuenta de que todo el vehículo era un santuario para el circo parisino con fotos antiguas del famoso payaso Boum Boum, del Cirque Medrano; su peculiar peluca culminaba en dos puntas, dándole el aspecto de un conejo. En otra foto salía Jumbo, el famoso elefante que Lara sabía que terminó su carrera en Estados Unidos. En una vitrina cerca de la puerta estaba colgado un maillot con rayas verticales de color rojo y dorado. La inscripción decía: MAILLOT DE MISS LA LA. Era el uniforme blanco del famoso cuadro de Edgar Degas. Lara examinó cada foto: en conjunto, debía tratarse de la colección de recuerdos circenses más grande del mundo.

—*Vous êtes un fan?* —preguntó el anciano, que había entrado por la puerta.

Era un hombre mayor, Lara calculó que tendría unos setenta y tantos años. Tenía la tez bronceada y se secó el sudor de la frente con un pañuelo que llevaba guardado en el bolsillo trasero. Sus gafas eran tan gruesas que Lara se preguntó cómo podría ver algo.

—*Oui* —respondió—. ¿Qué lugar es este? —Hizo un gesto para abarcar la estancia.

—Ah, el Musée du Cirque Parisian. —El hombre señaló hacia el letrero que tenía detrás—. Usted es americana, *¿oui?*

—*Oui.*

—Mi inglés no es muy bueno. —Dejó caer el peso de su cuerpo sobre uno de los asientos de madera que formaban parte de un palco—. Esta es la entrada trasera de Le Cirque de Fragonard.

Lara se asomó por la ventanilla para ver la ubicación del famoso edificio hexagonal de Le Cirque de Fragonard en París. Estaba tan ocupada corriendo que no se había dado cuenta antes.

—¿La mujer? —El hombre señaló hacia el exterior.

Lara negó con la cabeza.

—*Je ne la connais pas. Elle m'a suivi de Père Lachaise. Merci.*

—¿Una carterista, tal vez? —preguntó el hombre con un dominio del inglés mayor de lo que dejaba entrever.

—*Oui* —respondió Lara, aunque en el fondo no creía que las intenciones de esa mujer fueran tan mundanas. Se giró hacia la foto—. ¿Es de los años veinte?

—Más antigua. —El hombre se levantó y se acercó a la imagen—. Este era el famoso payaso Boum Boum. El *musée* posee fotos y cuadros de todos los circos de París, no solo de Fragonard. Los circos eran muy competitivos, pero en *le musée* hay cabida para todos.

Ondeó las manos para abarcar la sala. Había orgullo en su expresión, como si se tratara de una colección personal.

Lara examinó algunas de las fotos, buscando cualquier detalle que pudiera recordar a un circo secreto.

—Mi bisabuela actuó aquí en París en la década de 1920. Lo llamaban Le Cirque Secret. ¿Ha oído hablar de él?

El hombre mudó su expresión.

—¿Le Cirque Secret? ¿Estás segura? —Señaló hacia la puerta—. Acompáñame.

Pasó de largo junto a ella y volvió a bajar las escaleras. Antes de salir del vagón, Lara se asomó para confirmar que la mujer de la coleta no estuviera apostada junto a la verja, pero la calle estaba vacía. El hombre se mostró insistente, haciéndole señas para que lo siguiera, sus llaves y cadenas tintinearon mientras caminaba. Iba tan deprisa que Lara casi tuvo que echar a correr a través de la puerta que daba al edificio principal del circo, junto a los baños y por el pasillo señalizado como Employés Seulement. Cuando cruzó la puerta, apareció en un pasillo flanqueado por cubículos para animales vacíos. El hombre se había adelantado por el largo pasillo y ya estaba abriendo con llave la puerta cuando Lara lo alcanzó. Supuso que sería un encargado de mantenimiento, aunque no estaba segura de que él —ni ella, ya puestos— debiera estar en esa habitación.

Cuando se abrió la puerta, el hombre le hizo señas para que entrase y encendió la luz. Dentro de aquel diminuto despacho sin ventanas, Lara vio que las paredes estaban cubiertas con más recuerdos del circo, pero al contrario que el vagón, aquello sí que era una colección privada. Mujeres que giraban sujetas por los dientes o montadas a caballo, payasos tristes, payasos alegres, payasos con paraguas, caballos saltando, mujeres caminando por la cuerda floja con una sombrilla. También había fotos de desnudos, con una inquietante estética fetichista. Lara se sintió incómoda al contemplar algunas de esas imágenes mientras el anciano la miraba, pero hubo una en concreto —un pequeño cuadro— que le llamó la atención y pareció ejercer atracción sobre ella. Era el tamaño del cuadro lo que destacaba, así como la reconocible paleta de color, esas suaves tonalidades celestes, turquesas y marrones. Ese cuadro mostraba a una mujer con el pelo largo y rubio pálido, casi platino, recogido a la altura de la nuca. Estaba a punto de subirse a una escalera. El artista había elegido pintar a la modelo con el trapecio en lo alto, ladeando la cabeza hacia la escalera antes de ascender. Era el momento previo al inicio de la actuación, con el miedo y el entusiasmo visibles en su rostro, a través de la mandíbula apretada y las firmes líneas de la boca. Era un retrato más íntimo que el otro, ahora llamado *Sylvie a lomos del corcel*. Se había dedicado más tiempo al rostro de esta modelo. Aunque el acabado de este pequeño retrato era liso, lucía las iniciales EG. Émile Giroux. A Lara se le cortó el aliento.

—¿Puedo? —Se giró hacia su acompañante para comprobar si podía separar el cuadro de la pared.

El anciano asintió.

Lara extrajo el cuadro del clavo de la pared y lo volteó. Había una frase redactada en carboncillo con una caligrafía rudimentaria: Cecile Cabot Alza El Vuelo.

Cecile Cabot.

Siguió girando el marco y lo examinó detenidamente, intentando asimilar cada detalle para poder describírselo a Barrow y Gaston. Mientras lo sostenía entre las manos, se dio cuenta de que le temblaban. Ese retrato parecía más pequeño que *Sylvie a lomos del corcel*, pero podría ser una ilusión óptica, puesto que el marco era mucho más pequeño. Gracias a Barrow, supo que debía fijarse en el lienzo, el cual, después de voltearlo, parecía idéntico al que estaba estudiando el investigador inglés.

—¿Por qué me ha traído aquí? —Lara se quedó mirando al anciano.

—Este cuadro era de Le Cirque Secret. El dueño lo guarda aquí. Es su favorito.

—Es una pintura muy valiosa.

El hombre se encogió de hombros.

—A él no le importa. —Señaló hacia un escritorio que debía de pertenecer al director del circo Fragonard—. La llama su musa trágica.

—¿Trágica?

El hombre asintió.

—La mujer de ese cuadro murió poco después de posar para el retrato.

—Pero eso no es posible...

Lara se inclinó para examinar el rostro de la modelo. Si Cecile Cabot murió, ¿quién era entonces la mujer que aseguraba ser Cecile en Kerrigan Falls? Mientras observaba el cuadro, Lara sintió una conexión con esa mujer. Con esa Cecile Cabot. El pelo platino. Esa era la mujer que había escrito el diario.

—Gracias. —Lara volvió a colgar el marco en la pared—. ¿Hay algo más? ¿Archivos o algo así?

—*Oui.* —El hombre asintió y la llevó de vuelta al vagón. Cuando Lara volvió a montar en el vehículo, atenta por si aparecía la mujer de la coleta, vio cómo el anciano se agachaba para sacar unas cajas llenas de papeles—. Son todos recuerdos del circo.

Lara se agachó también.

—¿Le parece bien si echo un vistazo?

El hombre asintió.

—Tengo que seguir limpiando. —Señaló hacia el patio.

Lo único que quería hacer Lara era volver a entrar corriendo en ese despacho, descolgar el cuadro de la pared y llevarlo al instituto.

Mientras rebuscaba con ahínco, Lara descubrió unas diez cajas más que contenían fotos, trajes, programas... Todo relativo a circos franceses, británicos, españoles y alemanes previos a la Segunda Guerra Mundial. Dos cajas con la etiqueta Français parecían las más apropiadas para encontrar algo sobre Le Cirque Secret. La primera caja contenía un puñado de entradas para otros circos, además de fotos, muchas de ellas de rarezas inquietantes, como payasos que adoptaban la apariencia de criaturas sobrenaturales por medio de pelucas y maquillaje.

La segunda caja contenía programaciones de circos. Iba por la mitad del registro de esa segunda caja cuando encontró algo: dos libretas antiguas que le resultaron familiares, con cubiertas raídas de color beige, que casi parecían de piel, donde aparecía el nombre CECILE. Los hojeó y reconoció la caligrafía. Sonrió.

—Así que una caza del tesoro, ¿eh?

Echó un vistazo al interior del vagón. Toda esa jornada había sido una gran búsqueda del tesoro.

El anciano regresó media hora más tarde y se la encontró sentada en el suelo, rodeada de recuerdos del circo.

—¿Ha habido suerte? —Se secó la frente con el pañuelo.

—*Oui* —dijo Lara, sosteniendo en alto las dos libretas.

—¿Quieres llevártelas prestadas?

—Sí —respondió Lara—. *C'est possible?*

—*Oui.* —El hombre frunció el ceño—. Están hechas polvo. Las iban a... —Ondeó una mano mientras buscaba la palabra apropiada, señalando hacia la calle—. Desechar.

Lara se quedó mirando las libretas, se le encogió el corazón al pensar que alguien podría haberlas tirado. ¿Y si no hubiera venido a París? Su contenido habría caído en el olvido. ¿Y si su madre no le hubiera regalado nunca el cuadro? ¿Y si Gaston no se hubiera fijado en las iniciales EG? Hubo muchas cosas que estuvieron a punto de desviarla de esa búsqueda.

—¿Le ha servido?

—*Merci.* —Lara asintió con la cabeza—. Creo que debería regresar.

El hombre se encaminó hacia la puerta.

—¿Taxi?

Lara lo siguió de regreso al despacho. Se le aceleró el pulso cuando le echó un último vistazo a Cecile Cabot mientras el anciano marcaba un número en el teléfono del escritorio.

Barrow dijo que había tres cuadros en la serie: Las señoritas del circo secreto. Ahora conocía la ubicación de dos de ellos. Estaba empezando a desentrañar el misterio. Faltaba por encontrar uno más, y Lara tenía el presentimiento de que sería una retrato de Esmé.

Un taxi la esperaba junto a la entrada principal.

—*Merci*. —Le estrechó la mano al anciano—. Por ayudarme. —Sostuvo en alto las libretas—. Y por darme esto.

El hombre inclinó la cabeza.

—Ha sido un placer, *mademoiselle*.

Cuando llegó al hotel, Lara mantuvo calada la gorra de béisbol y el pelo recogido en un moño. No había ni rastro de la mujer de la coleta, pero se montó rápidamente en el ascensor y pulsó el botón del cuarto piso. El ascensor era antiguo y se detuvo chirriando en la segunda planta. Contuvo el aliento mientras se abría la puerta, pero allí no había nadie. Esa escena le recordó al ascensor siniestro con voluntad propia en *Un grito en la niebla*, una película de Doris Day. En el cuarto piso, Lara corrió a su habitación y cerró de un portazo. Tras encender las luces, revisó el baño y los armarios, incluso revolvió las cortinas.

El teléfono estaba parpadeando con un mensaje de Audrey. Estaba muy nerviosa.

Lara, soy tu madre. Has usado el hechizo de protección. Lo he notado. ¿Estás bien? Llámame en cuanto recibas este mensaje. Ya sabía que tendría que haber ido contigo. Lo sabía. ¡Llámame!

Lara levantó el auricular y sacó una tarjeta prepago. Audrey respondió al primer tono.

—¿Estás bien?

—¿Cómo lo has sabido?

—Sé cuándo usas la magia.

—Eso explica muchas cosas —bromeó Lara.

Audrey no estaba de humor para guasas.

—¿Qué ha pasado? Cuéntamelo.

—Una mujer me persiguió en el cementerio del Père Lachaise. Creo que podría ser la misma a la que se refería Shane Speer en su predicción sobre que ella quiere verme muerta.

Oyó cómo su madre resollaba.

—¿Pudiste verla bien?

—No. Era más o menos de mi altura, pero llevaba peluca. Ah, y estaba en muy buena forma. Me pisó los talones por todo París. Utilicé el hechizo y encontré un lugar donde esconderme. Un circo, nada menos.

—¿Dónde estás ahora? —Audrey estaba decidida a acribillarla a preguntas—. ¿Estás a salvo? —Estaba casi gritando—. No consigo contactar con Gaston, pero tienes que llamar a la policía. Ya sabía que tendría que haberte acompañado.

—Estoy bien. He vuelto a mi habitación.

—No salgas. Avisa a Gaston si quieres ir a alguna parte. —Audrey estaba atropellando las palabras—. Tienes que volver a casa. Barrow ya tiene el cuadro...

—Mamá. —Lara interrumpió a su madre, intentando parecer serena, aunque el corazón le latía con fuerza. La verdad es que allí no estaba a salvo, pero no podía volver a casa aún. Mientras sujetaba el teléfono, Lara miró debajo de la cama y detrás del armario, después abrió la cortinilla de la ducha e incluso apartó las pesadas cortinas que daban al balcón. No encontró nada—. Barrow cree que es un cuadro valioso. Además, hoy he visto otro igual. Un retrato titulado *Cecile Cabot alza el vuelo*. Nuestra Cecile... Creo que no era la verdadera, mamá.

—¿Qué quieres decir? —Audrey tardó un rato en articular su siguiente frase—. Entonces, ¿quién era?

—No lo sé —respondió Lara, retorciendo el cable del teléfono—. Pero no puedo volver a casa hasta que lo descubra. El hechizo me ha protegido hoy. Seguirá haciéndolo.

No se trataba solo del hechizo. Aunque no podía admitirlo delante de su madre, Althacazur sabía que estaba en París. Estaba segura de que él había orquestado toda esa jornada. Le había prometido respuestas, una «búsqueda del tesoro», pero también la había protegido. Esa era una de las razones por las que no estaba aporreando la puerta de Gaston en ese momento.

—¿Tienes velas suficientes? —dijo su madre, que suspiró con fuerza.

—Sí. Siento una conexión intensa con esta mujer y este misterio. Necesito hacer esto.

Colgó y sopesó su siguiente llamada. Finalmente, levantó el teléfono del hotel y marcó varios números. La voz respondió al segundo tono.

—Archer.

Oh, esa voz. Lara sintió que podía respirar otra vez y cerró los ojos, hundiéndose en la almohada. Cómo lo había echado de menos.

—Soy yo.

—¿Qué tal en París?

Había adoptado un tono íntimo. Lara pudo imaginárselo alejándose de la puerta para que Doyle no pudiera oírlo. La última vez que lo vio —en su primera cita—, le dijo que se había imaginado a Todd en la gala. Sintiéndose un poco cohibida al recordarlo, Lara pensó que había sido una idiota por contarle eso.

—Están pasando cosas raras. —Se quitó los zapatos y agarró el mando a distancia para bajar el volumen del hilo musical, que llevaba sonando desde que entró en la habitación y le reportaba un consuelo extraño. Lara no se podía creer que acabara de soltarle eso a Ben.

—¿Por ejemplo? —Su voz adoptó un deje de preocupación.

—Una mujer me ha perseguido hoy por el cementerio del Père Lachaise.

—¿En serio? —La inquietud se acentuó.

—¿Crees que me inventaría algo así? —Lara se hundió en la almohada y cruzó las piernas.

—¿Has llamado a la policía?

Lara suspiró. Estaba claro que Ben le diría eso. Quizá debería hacerlo.

—No. Me rescató un hombre del circo.

—Vas a tener que contármelo todo desde el principio. —Ben estaba jugueteando con un boli; Lara pudo oír los chasquidos.

—Corrí durante tres kilómetros.

—¿Tanto aguante tienes?

Le encantaba que Ben pudiera tranquilizarla con sus chascarrillos.

—Sí, Ben. Puedo correr tres kilómetros. El caso es que había un hombre barriendo un patio. Cuando pasé corriendo, vio que estaba asustada. Me hizo señas para que entrase en el patio y me escondiera en un vagón que albergaba un museo dedicado al circo. Aquí es donde la cosa se vuelve descabellada. Ese hombre me enseñó un cuadro de la verdadera Cecile Cabot, que no era la mujer del cuadro que tengo yo. Esta Cecile Cabot falleció aquí en París en la década de 1920. Ahora no sé quién fue la persona que ayudó a criarme. Después me dejó rebuscar entre varios objetos antiguos del circo y encontré algo.

—¿El qué?

—Dos diarios más de Cecile. Con suerte, encontraré más respuestas en ellos.

Estaba hojeándolos mientras hablaba con él, leyendo frases sueltas. Era el mismo tono, la misma caligrafía. Tras revisar la fecha, comprobó que retomaba la historia donde la dejó la otra libreta. Tenía el siguiente volumen. Esas libretas estaban peor conservadas que la primera, así que necesitaría la ayuda de Barrow para reconstruir algunas de las páginas dañadas. Estaba deseando enseñárselas.

—¿Has echado el cerrojo en la puerta?

—Sí.

—¿Has revisado los armarios? Hazlo mientras hablamos.

—Los revisé mientras hablaba con mi madre.

—¿Y estás bien?

—Sí, solo un poco nerviosa.

Ben inspiró como si fuera a decir algo más, pero luego titubeó.

—¿Qué? —inquirió ella. Cuando le había visto hacer eso en el pasado, siempre estaba a punto de ofrecerle algún comentario lúcido.

—¿No te parece raro encontrarte por casualidad con el sitio donde estaban los diarios?

—¿Crees que alguien me condujo hasta allí?

Obviamente, Lara sabía que las posibilidades de toparse fortuitamente con el Cirque du Fragonard eran escasas.

—Eso es justo lo que pienso. ¿Dónde estaba Gaston? ¿Por qué no estaba contigo?

Ben empleó el mismo tono de voz que Lara percibió en Audrey.

—Se ha ido a comprar unos cuadros. No soy una niña pequeña, Ben.

—Ya, pero es posible que tengas un cuadro valioso en tu poder. Puede que esa mujer fuera tras su pista.

No se le había ocurrido pensar que el cuadro pudiera ser lo que incitó la persecución. Es posible que Barrow hubiera hablado con alguien de él y de su valor. Tanto como para justificar el secuestro de Lara. Aunque lo más probable era que se tratara de esa mujer poderosa sobre la que la habían alertado. No tenía sentido darle esa información a Ben. Pensaría que estaba loca, puesto que la advertencia provenía de un vidente del circo. O eso o insistiría en que se subiera al siguiente vuelo a casa. Y Lara no pensaba regresar aún.

—Prométeme que mañana no te dedicarás a deambular a solas por las calles de París. —Ben se quedó callado como si estuviera sopesando algo.

—Te prometo que se acabaron los paseos por París sin compañía. —Lara retorció el cable del viejo teléfono—. ¿Alguna novedad por ahí?

—El *Washington Post* va a enviar mañana a una reportera para escribir un artículo sobre las desapariciones de Todd y Peter. Al parecer, tras el éxito del episodio de *Sucesos espectrales*, hay un interés renovado en el caso de Todd.

—Ah. —Lara volvió a sentir de repente la atracción que ejercía Todd. Por mucho miedo que hubiera pasado corriendo por París, había vuelto a sentirse viva. Fue un subidón de adrenalina. Todo ese misterio le daba un propósito, algo que no había vuelto a sentir desde su boda—. Eso es bueno, ¿no?

—Puede que abra alguna vía, nunca se sabe. —Se le notaba cansado—. ¿Cuándo vas a volver a casa?

—Pasado mañana. Hemos retrasado el vuelo de vuelta, porque parece que el cuadro es auténtico. Lo está revisando otro experto.

Por desgracia, no tenía claro que un artículo fuera a conducir a ninguna información relevante sobre Peter o Todd. Si hubiera pistas, procederían de Althacazur, no de un teléfono de atención instalado por la policía.

—Te echo de menos. —Ben dejó ese comentario en el aire. Lara comprendió que la estaba poniendo a prueba para ver qué decía.

—Yo también a ti —respondió con un susurro apenas audible. A causa del tiempo y la distancia, se dio cuenta de que lo extrañaba muchísimo.

Hubo una pausa al otro lado de la línea.

—Ten cuidado, Lara.

—Lo tendré. —No quería colgar—. Me alegro mucho de haber oído tu voz.

En ese momento, la distancia y la añoranza cobraron peso.

El momento quedó interrumpido por un crujido que provocó que Lara se incorporase como una centella. Oyó algo que se deslizaba por debajo de su puerta. Al principio pensó que sería una factura, pero después de todo lo que había ocurrido aquel día, no quería correr ningún riesgo. Se levantó de la cama y vio que había un espacio de poco más de un centímetro por debajo de la vieja puerta. Se tendió en el suelo, enfrente de un sobre blanco que alguien había introducido por la abertura. Lo recogió del suelo y se apresuró a arrojarlo sobre la cama. Era demasiado pesado y abultado como para contener la factura del hotel.

Cuando lo recogió de la colcha, sintió el peso de su contenido. Era rectangular, como una…

Como una entrada.

Abrió el sobre desenredando un cordel de un botón, como se hacía a la antigua usanza. Metió la mano dentro y sacó un ticket de color crema con letras doradas en relieve. Era la misma invitación que Mourier se afanó por intentar conseguir una segunda vez. Y ahí estaba, sobre su cama, ejerciendo una atracción sobre ella. El papelito malicioso.

Admission pour une
(Mademoiselle Lara Barnes)

Le Cirque Secret

Trois Juillet
Vingt-trois heures

Palais Brongniart
(Rue Vivienne et Rue Réaumur)

Lara se agachó y miró por debajo de la puerta para comprobar si había alguien allí. Al no ver ninguna sombra, se acercó a la puerta para otear por la mirilla y vio que el pasillo estaba vacío. El ticket se quedó tendido en el centro de la cama.

—He oído hablar de ti —murmuró Lara.

Al cabo de unos minutos, lo recogió. Notó su peso en la mano, no se parecía a ningún otro papel que hubiera tocado. Tiró de un extremo, pero comprobó que el papel no se rasgaba. Lo intentó de nuevo y pareció que brotaba un líquido de la punta. Se miró los dedos. ¿Era sangre? Lara olió la mancha de color granate que tenía en el dedo y volvió a dejar caer la entrada sobre la cama, horrorizada. El ticket estaba sangrando.

—¿Puedes sangrar?

No quedaba ninguna entrada de Le Cirque Secret. Excepto esta.

Althacazur dijo que la encontraría. Y al parecer había cumplido su palabra.

18

El diario de Cecile Cabot: libro segundo

25 de mayo de 1925

H ace unos días, mi padre hizo algo completamente inusual. Con mucha grandilocuencia y delante de todos los intérpretes, anunció que ha permitido que Émile Giroux plasme el circo sobre el lienzo para realizar tres retratos a elección del artista. Como es imposible que nos pinten, le pregunté cómo iba a conseguirlo, pero mi padre replicó que no era asunto mío. Eso me llevó a interrogarle acerca de por qué no podían retratarnos como la gente normal. Él me dijo que cabía la posibilidad de que me cortaran la lengua si hacía más preguntas. Tenemos suficientes mudos en el circo como para tomarme sus palabras al pie de la letra. Horas después, escuché cómo le contaba a Esmé que iba a hechizar los tres cuadros. Aunque me había ganado el respeto de los demás intérpretes, mi padre sigue tratando a mi hermana como a una igual y a mí como si fuera una niña.

No termino de fiarme de este asunto con Émile. Mi padre no suele hacer nada sin pedir algo a cambio. Dice que todo es un toma y daca. Hace falta un equilibrio.

Después de permitirle asistir a nuestros ensayos, Émile me nombró su primera modelo.

Para el primer posado, me puse el traje de color turquesa con los adornos de cuentas marrones. Yo prefiero el colorado, que es mi uniforme característico, pero Émile ha optado por el turquesa porque dice que resalta el color de mis ojos. Posar para él fue una labor extenuante, pero la idea de que me examinara tan a fondo removió algo dentro de mí. Ahora creo que por fin entiendo la pasión de Esmé por los pintores. Sentir la mirada de Émile sobre mí fue algo muy íntimo. La honestidad en la representación que hizo de mí; la manera en que ha elegido analizarme y transformarme al mismo tiempo con sus pigmentos. Cada noche, cuando desvelaba el progreso de su obra, me daba cuenta de lo vulnerables que éramos los dos: Émile por el riesgo artístico que ha asumido y yo por abrirme a la visión que él tiene de mí. Aunque no soy tan hermosa como mi hermana, Émile ha tenido una manera de plasmar mi momento de mayor intensidad —ese instante previo al ascenso por la escalera, cuando pienso en el público y en la actuación que me aguarda—, que no solo ha capturado mi semblante, sino también mi verdadera esencia.

Mientras trabajaba, a menudo centraba la mirada en fragmentos de mi ser —una mano, un pie—, pero yo lo percibía todo sobre él: la camisa blanca con manchas de pintura en las mangas, que se recogía para que yo no las viera; las horas que podía pasar en silencio mientras trabajaba, sin hablar; y su robusta mandíbula, que era el indicativo más revelador de su frustración cuando no estaba satisfecho con algún detalle. Y esos ojos tristes y verdosos con los que me miraba con avidez. Hacia el final de mi posado, cruzamos una mirada hasta el final, cuando acabamos sentados en silencio contemplándonos el uno al otro, observando el ritmo de nuestras respiraciones.

30 de mayo de 1925

Esta noche, Emile me ha pedido que lo acompañe a Le Select. Hacía una noche cálida, así que en el exterior de la cafetería había hordas de personas sentadas en sillas de mimbre. En el interior, los clientes estaban apiñados en el local. Esa imagen no concordaba con la noción romántica de Montparnasse. Escuché acentos alemanes y estadounidenses y comprobé que lo que decían era cierto: ahora hay más turistas que artistas en esta zona.

Habíamos quedado para cenar con Man Ray y su novia, Kiki, pero el fotógrafo hablaba un francés tan precario como mi inglés, así que nos comunicamos por señas y con la ayuda de Émile para traducir, hasta que los dos estuvimos a punto de caernos de la silla por el ataque de risa que nos produjeron nuestros aspavientos. Man Ray tenía una curvatura curiosa en la nariz y la mirada más intensa que he visto jamás en un hombre, aunque me pareció atractivo. Cuando hablaba con él, se concentraba profundamente en mi voz, aunque no pudiera entender una sola palabra de mis chapurreos en francés. Era una sensación embriagadora y sensual, como si yo fuera la única persona en el restaurante. Creo que la mirada de Émile ha abierto algo en mi alma, como la brisa que fluye por la ventana después de una sofocante noche de verano. Aunque Man se gana la vida como fotógrafo de retratos, anhela ser pintor. Había algo en la obra de Émile que lo inspiraba. Al principio, me sentí intimidada tanto por Man como por Kiki, pero, para mi sorpresa, recibieron hace poco una entrada para Le Cirque Secret y estaban asombrados conmigo.

Aunque ellos no lo saben y lo rebatirían rotundamente durante horas, Émile y sus amigos no eran tan diferentes a los intérpretes del circo. Cada noche mostraban sus trabajos y leían sus poemas ante un grupo creciente de admiradores junto a la puerta de locales como Le Dôme Café o Café de la Rotonde, sin darse cuenta de que ellos también estaban confinados bajo su propia carpa. Están demasiado metidos en esta realidad como para detectar que se avecina un cambio en Montparnasse, sutil por el momento, aunque me temo que no tardará en acentuarse. Los artistas e intelectuales se han convertido en las atracciones turísticas. Los visitantes regresan a sus hoteles en la Margen Derecha, después vuelven a Estados Unidos, a Alemania o a Inglaterra para deleitar a sus amigos con su proximidad con el escritor

Hemingway o el fotógrafo Man Ray, como si hubieran comprado entradas para verlos. Como persona ajena a este mundillo, me he dado cuenta de que la maraña de turistas con dinero en el bolsillo no siente interés por la confrontación entre el dadaísmo y el cubismo. Tampoco entienden el arte del subconsciente, como el querido Salvador Dalí. Los amigos de Émile, tan enfrascados en sus conversaciones, no han percibido el cambio que se ha producido a su alrededor, pero me temo que este lugar especial está llegando a su fin. Casi puedo olerlo a mi alrededor, como cuando un fruto maduro despide su aroma más fragante justo antes de que empiece a pudrirse.

Émile me miró desde el otro lado de la mesa. Estaba entusiasmado por que le hubieran permitido hacer lo que ningún otro artista había podido: pintar Le Cirque Secret. Quedaban dos cuadros más para completar la serie y Man estaba diciéndole cómo encuadrar el siguiente. Había una parte de mí que tenía un mal presentimiento por Émile, como si hubiera accedido a algo sin ser plenamente consciente de las consecuencias. Como siempre, con mi padre siempre existe el temor de que haya cerrado un trato terrible y mortal. Émile no sabe cómo funciona mi mundo. Siempre hay consecuencias.

Mientras nuestros acompañantes optaban por cenar ostras, yo pedí *bœuf.* Por encima de mi cabeza, escuché el traqueteo del ventilador y sentí el roce de sus oleadas de aire fresco en los antebrazos.

—Tienes que dar lo mejor de ti mismo. —Man encendió un cigarrillo y lo despachó con un movimiento de la mano—. Eres un viejo idealista.

Como si fuera un partido de tenis, lanzaron ideas de un lado a otro, valorándolas. ¿Qué es el surrealismo? ¿Quién es un verdadero surrealista? ¿Qué papel desempeña el arte en un mundo trastornado?

Me di cuenta de que la idea era causar impacto o subversión por medio del arte. Para mi espanto, caí en la cuenta de que eso es lo que creen que hacemos con Le Cirque Secret. Lo que hacemos no es una *performance,* lo que ven cada noche no es una especie de ensoñación del Infierno. Es el Infierno. Que yo entre y salga libremente hace parecer que soy una actriz que interpreta un papel y se desprende de él cada noche. Pero para Doro y los demás, su Infierno no es una metáfora y no resulta tan fácil despojarse de sus uniformes.

Cuando íbamos por la mitad de nuestras bebidas, Man comenzó a reprender a Émile por parecerse demasiado a un pintor llamado Modigliani, alegando que no había roto lo suficiente las convenciones. Al oír esa mención a Modigliani, Émile se quedó callado, casi desolado. Mientras seguían hablando, Émile se inclinó hacia mí para susurrarme algo al oído:

—Amedeo murió hace cinco años, pero me parece como si hubiera sido ayer.

Mi confusión debió de quedar patente en mi rostro, porque Kiki se inclinó y susurró a su vez:

—Amedeo Modigliani fue el mentor de Émile. Fue una tragedia. Murió de tuberculosis. Su mujer, Jeanne, que estaba embarazada, se quitó la vida dos días más tarde. Su familia ni siquiera permitió que la enterrasen a su lado.

Kiki me tocó el brazo para enfatizar sus palabras, tamborileando ligeramente sobre mi piel con sus uñas rojas como la sangre.

En el otro extremo de la mesa, Émile recogió el salero y lo giró con tanta vehemencia que el pequeño recipiente de cristal golpeó la mesa, lo que provocó que vibrase.

2 de junio de 1925

Hoy me he encontrado a Émile pintando a Sylvie. Me situé detrás de él para admirar los muchos bocetos que había pintado de ella al lado del corcel, un caballo viejo que bien pudo ser un rey en su vida anterior. Naturalmente, el caballo no podía contarnos nada, pero nuestro padre hizo alusión a su verdadera identidad en varias ocasiones.

Esta no era la pose que quería Émile, así que le dije a Sylvie que probara una postura sencilla sobre el lomo del caballo, puesto que necesitaría replicarla varias veces para poder plasmar el boceto.

Émile pareció desconcertado por la pompa requerida para montar sobre Su Alteza Real. Para que el caballo colaborase, Sylvie tenía que dirigirse a él haciéndole una reverencia antes de comenzar su ejercicio. A ojos del espectador (y de cualquiera que no fuera Su Alteza Real), era un gesto cómico. Después de la reverencia, Sylvie daba una vuelta con él alrededor de la pista y le acariciaba el cuello y la crin mientras le daba unas zanahorias. Si las insinuaciones de mi padre tenían alguna credibilidad, ese caballo fue un monarca particularmente libidinoso que sedujo a su corte entera, de modo que la idea de que alguien lo monte para un espectáculo es un castigo bastante irónico.

Sylvie montó encima de Su Alteza Real y comenzaron su número. Se aferró al lomo del caballo con una pierna, colgando hacia un lado y con los brazos extendidos, sujetándose al animal tan solo con la fuerza de sus piernas. Luego, mientras el caballo galopaba, Sylvie, con un movimiento veloz, se puso de pie sobre el lomo del corcel, pegó una voltereta y aterrizó con un equilibrio perfecto. En este sencillo ejercicio, caballo y amazona eran un solo ser, el cuerpo de Sylvie se movía al ritmo de Su Alteza Real. Aunque Émile podría haber elegido una maniobra más complicada, eran el rostro del caballo y la amazona en esa sincronía perfecta lo que hacían que ese bosquejo resultara tan cautivador.

—Prueba tú. —Émile me dio un carboncillo. Lo miré sin comprender. Yo no era una artista, pero mientras Émile se hacía a un lado para observar la actuación de Sylvie, yo aboceté las curvas del caballo para él, la melenita corta que se meneaba al ritmo de su dueña.

A raíz de mi vida entre las sombras, conocía cada rincón del circo. Ese conocimiento tan íntimo me había proporcionado la vista de un centinela, la mirada de un artista.

—Esta es la mejor pose —le dije a Émile, señalando hacia Sylvie nada más concluir una voltereta, cuando se ruborizaba como si estuviera exultante y cansada. Si la mirabas con atención, detectabas unas perlas de sudor en su frente y su labio superior.

Émile se sentó de inmediato y comenzó a bosquejar los contornos de Sylvie y el caballo, probando varias versiones para ocupar la cantidad de espacio adecuada en el lienzo.

—El cuadro es muy pequeño. —Me había imaginado los tres retratos en unos lienzos inmensos y grandilocuentes.

—Odio esos cuadros gigantes. Mi última obra fue un mamotreto titulado *La vampira*. Quiero probar algo diferente. Sinceramente, nunca sé dónde estará el circo de una semana para otra y necesito poder cargar con todo. —Señaló hacia su maletín de pinturas.

El suelo estaba cubierto de bocetos. Mientras los desechaba, Émile le pidió a Sylvie que intentara la pirueta dos veces más. Mientras maniobraba sobre el caballo, Émile modificó el boceto hasta que consiguió la pose final. El ángulo de visión provenía de arriba, desde las gradas. Era una composición excelente y recordé que Man Ray sugirió un ángulo picado para uno de los cuadros. Sonriendo, comprobé que Émile había seguido su consejo. Siento que estoy en el epicentro de la creación de algo brillante.

9 de junio de 1925

Émile casi ha terminado el retrato de Sylvie. Me deja juguetear con el pigmento de color bronce, enseñándome cómo aplicar una capa y luego limpiarla. Me quedé asombrada por la destreza que poseía. No fui capaz de imitar la técnica que él era capaz de realizar con una mano.

—Tienes cierto talento. —Por encima de mi hombro, Émile acercó los labios a mi cuello, tanto que pude sentir la calidez de su aliento.

—No —repliqué, negando con la cabeza.

—Úsalo para firmar. —Señaló hacia el pincel embadurnado con la pintura marrón.

—No podría. —Apunté el pincel hacia él, pero luego lo giré, disponiéndolo sobre la esquina inferior derecha del lienzo. Émile me sujetó la mano, se agachó a mi lado y me guio para trazar la E y la G. Nerviosa, vi cómo mis líneas temblaban. Puse una mueca—. Es terrible.

—Es una maravilla —repuso él, pero no estaba fijándose en el lienzo. Me estaba mirando a mí.

Anoche quedé con él en Montparnasse. El ambiente en París era sofocante y cenamos tarde, lo cual fue una bendición, porque a esas horas se había disipado buena parte del calor. El aire inundaba la ciudad como una bañera con agua estancada y demasiado caliente. Nos costaba respirar, pero con el calor llegó la libertad. Las mujeres lo utilizaban como excusa para no llevar medias y se remangaban las faldas por encima de las rodillas. Sedientos y sudorosos, los hombres pedían más bebidas de las que normalmente podrían tolerar. Todos los restaurantes con ventiladores en el techo estaban abarrotados, así que nos dirigimos a Le Dôme Café, que se encontraba asentado en un cruce entre la Rue Montparnasse y el Boulevard Raspail. Nos apostamos en la barra, envidiosos de todos aquellos que llegaron más pronto y habían conseguido asiento. Pedí agua y coñac. El local estaba muy concurrido, así que Émile propuso que fuéramos a su apartamento. Me puse a sudar a causa de los nervios. Tanto Esmé como Sylvie tenían la costumbre de marcharse con otra gente, dejándome sola para regresar al circo en taxi, y admito que no sabía a qué atenerme.

El estudio de Émile se encontraba a una manzana de Le Dôme Café, en la Rue Delambre. Mientras subíamos, la vieja escalera crujió como si fuera a desprenderse de la pared. Cuando cerramos la puerta, fui consciente de que estábamos a solas por primera vez. Émile abrió las únicas dos ventanas del pequeño y sofocante apartamento y colocó enfrente la silla más grande que tenía. Me fijé en que los dos platos que había colocado delante de mí eran del Café de la Rotonde. Por lo visto, había robado dos piezas de cada para nuestra cena de esta noche. Kiki me contó que todos los artistas robaban platos y cubertería en el Café de la Rotonde, pero a mí me resulta encantador. Nos sentamos juntos en la silla y escuchamos los sonidos de París mientras comíamos queso gouda con un poco de pan fresco y manzanas.

Estábamos rodeados de cuadros en diversas fases del proceso. Las luces estaban apagadas, así que dependíamos de la iluminación de las farolas de Montparnasse. Émile era un maestro en el uso de la luz, así que supuse que había dispuesto esa escena y me pregunté cómo me vería ahora. La luna estaba llena y radiante, me proporcionaba una buena panorámica de una pila formada por sus dibujos. Examiné los lienzos detenidamente, con curiosidad.

Algunos de esos cuadros eran interesantes experimentos con el cubismo, las sombras del rostro de un hombre dibujadas a la perfección, pero angulosas. Allí donde las sombras se proyectaban sobre los pómulos, Émile había creado unos paisajes utilizando una compleja técnica de entramado. La escena no resultaba visible del todo hasta que te acercabas. También había varios desnudos de una mujer —una mujer de cabellos dorados—, y me embargó una punzada de celos, convencida de que mientras el óleo se secaba sobre el lienzo Émile estaba haciendo el amor con ella entre las sábanas deshilachadas de su diminuta cama. Rocé la colcha con las pantorrillas y me imaginé enredada entre esas sábanas, con nuestros cuerpos entrelazados y sudorosos.

—Es muy guapa —dije. Émile se había acercado a mí por detrás.

—*Oui*.

Me sorprendió su sinceridad, aunque no añadió nada más, ninguna pista acerca de que fuera alguna amante presente o pasada. Me entraron ganas de irme corriendo, temiendo no estar preparada para sentirme tan vulnerable.

—Ojalá todos estos cuadros fueran retratos tuyos. —Sentí su presencia por detrás, después me apoyó una mano con suavidad en el centro de la espalda—. A lo mejor así no te echaría tanto de menos.

Me giré para ver su rostro a la luz de la luna. Su mirada no podría ser más sincera.

—Quiero vivir rodeado de ti, Cecile.

Negué con la cabeza.

—Podrías pintarme cada noche. Pero a la mañana siguiente tu lienzo estaría en blanco.

—Tengo el retrato que te hice.

Cierto. Y ese cuadro sería el único retrato mío jamás creado. Por alguna razón, pensar eso me produjo una oleada enorme de melancolía.

—Para el retrato final, volveré a pintarte.

—*Non* —repliqué—. Tienes que pintar a Esmé. Es lógico que ella sea la tercera.

—Pero es que yo no quiero pintarla a ella. Todo el mundo en Montparnasse la retratado.

—Esmé es un espectro, igual que yo. Solo sobrevivirá el cuadro que pintes de ella —repuse—. Te hará famoso, rico incluso.

Paseé la mirada por su apartamento, consciente de que seguramente pasaría apuros para comprar pinturas y pagar el alquiler cada mes.

—¿Por qué soy el único que puede pintaros?

—Porque pertenecemos al circo —respondí, frotándome los brazos—. Es magia, Émile. Magia verdadera y no una especie de truco con luces.

—Mi misteriosa Cecile. —Me agarró de la mano y me condujo hacia la cama.

—¿A qué te dedicabas antes de pintar? —pregunté, cambiando de tema.

Se sentó a plomo sobre la cama.

—Estuve en la guerra y cuando volví estuve trabajando en un edificio, el Sacrè-Cœur. Cuando se terminó, trabajé en una fábrica pintando coches.

Nuestras piernas se rozaron y sentí el calor que manaba de él. Cuando me besó, su aliento me supo a coñac.

—¿Desaparecerás por la mañana?

—*Non.* —Le acaricié la mano con suavidad.

—¿Me lo prometes?

Se deslizó encima de mí y sus besos fueron erráticos, frenéticos, tanto breves como largos, como si fuera a devorarme si pudiera. Le desabroché la camisa y noté las perlas de sudor en su pecho a causa del ambiente sofocante del apartamento. Émile me incorporó y me desabrochó el vestido. Formó un charco sedoso alrededor de mis pies. Le desabroché los pantalones y deslicé las manos entre el tejido y los hombros, luego dejé que la camisa cayera hasta formar una pila junto a mi vestido; después volví a centrarme en sus pantalones, que él ya había comenzado a bajarse. Giramos hasta topar con la pared situada junto a la ventana abierta y sentí el impacto de la brisa. Mientras entraba en mí, no le dije que nunca había hecho esto con nadie, pero su rostro cambió cuando se dio cuenta de que no había habido nadie antes que él. Mientras se movía, comprobé también que esa revelación lo cambió. Acunó mi rostro entre sus manos y me besó hasta que se corrió entre temblores y espasmos. Cuando terminamos, el sudor de nuestros cuerpos empapados se mezcló.

—No eres como las demás chicas que conozco. —Tenía el aliento tan entrecortado que lo dijo entre pequeños resuellos, hasta el punto de que me costó entenderlo.

No tenía claro qué significaba eso, pero tampoco estaba segura de que quisiera que mencionara a las demás chicas que había conocido.

Las campanas de la iglesia repicaron y nos recordaron que, en el exterior, la vida reanudaría pronto su marcha.

—Podríamos ir hoy al Jardin du Luxembourg. Podría pintarte.

Fruncí el ceño.

—Lo sé. —Agachó la mirada—. Pero podría cambiar un detalle para que no fueras tú exactamente. Eso permanecería, estoy seguro.

—Tengo que regresar al circo.

Lo miré a los ojos y vi que tenía anhelo de más. Me apresuré a recoger mi ropa. Su camisa estaba abierta, tal y como la dejé, y volví a mirar a Émile con un enorme deseo. Me di cuenta de lo liviana que había sido mi vida antes de conocerlo, de la soltura con la que me desplazaba por cada distrito de París con Esmé y Sylvie cada fin de semana, bebiendo champán con gente de mundo, músicos y escritores hasta que cruzábamos la puerta de Le Cirque Secret. Pero ahora me siento como si hubiera contraído una enfermedad que me nublará la mente y me dejará un peso en el corazón hasta que reviente.

Resulta triste que en este momento que debería ser de alegría carnal sea consciente de que ya estamos condenados.

19

París

3 de julio de 2005

—Tendrías que haberme llamado —dijo Gaston, ajustando primero sus gafas de sol y después su silla de mimbre, con el pelo todavía húmedo por la ducha—. No tienes ni idea de quién podría estar acechando por los pasillos. Audrey me mataría si te pasara algo.

Lara sonrió; esa era sin duda la razón de que estuviera tan alterado. Dio un primer sorbo de su *cappuccino*.

—Seguro que te dio un montón de instrucciones de seguridad para mí antes de que te marcharas.

Gaston puso los ojos en blanco y bebió un sorbo de su expreso, pero no lo rebatió.

—Ja. —Lara lo encañonó con un dedo—. Lo sabía.

Gaston puso una mueca mientras veía cómo los parisinos pasaban a toda prisa de camino al trabajo, ataviados con prendas formales y zapatillas deportivas.

—Digamos que, si te ocurriera algo, no podría regresar a Kerrigan Falls. Así que, por favor, ayúdame a volver a casa otra vez. Pasa el día conmigo y con Barrow para que sepamos que estás a salvo.

—Estoy de acuerdo. —Barrow hizo tintinear su cucharilla sobre la taza de porcelana del *cappuccino*.

Los tres estaban sentados en la terraza de la cafetería de la estación de metro Quatre Septembre, llamada así por el día en que se proclamó la 3ª República tras la muerte de Napoleón III. Enfrente estaba la Rue Réaumur. Aunque solo era mediodía, Gaston estaba alternando entre una copa de champán y su segunda taza de expreso. Mientras Lara relataba la historia del día anterior, los dos hombres se quedaron sin habla.

Lara sacó las dos libretas de su bandolera y se dispuso a hablarles de Émile y Cecile. Se había pasado toda la noche traduciendo el segundo diario y había hecho una copia de su texto en inglés para Barrow, indicando los pasajes en los que no pudo descifrar el manuscrito. También llevaba guardada en su bolso una entrada auténtica para Le Cirque Secret. Aunque el ticket pareció sangrar la noche anterior, cuando Lara lo desgarró, por la mañana el papel estaba intacto, como si fuera un ser vivo que se hubiera curado durante la noche.

Lara no había decidido aún si debía contarles lo de la invitación, pero se estaba inclinando hacia el no. Desde un punto de vista puramente académico, tenía sentido enseñárselo, para que pudieran tener entre las manos un ticket auténtico de Le Cirque Secret. Pero si se lo contaba, no le permitirían acudir esa noche. No podía arriesgarse a que intentaran detenerla. Esta era la mayor oportunidad de su vida. Mientras los miraba a ambos, comprendió que, si ellos tuvieran esas entradas en el bolsillo, asistirían.

—No puedo creer que otro cuadro de Giroux haya estado colgado en la oficina de Le Cirque de Fragonard durante años. —Barrow se llevó las manos a la cara con incredulidad, abriendo mucho los ojos—. Necesito verlo. Hoy mismo, si fuera posible.

—Ay, Teddy, es tan hermoso. Más aún que el que tengo yo. —Lara cortó un trozo de su confit de pato mientras Barrow hojeaba la libreta—. Está en la colección privada del propietario. Y cuando digo privada, me refiero a que guarda algunas cosas bastante siniestras ahí dentro.

—Llamaré a alguien del instituto para ver si puedo conseguir que Fragonard nos permita verlo. —Barrow estaba abstraído, revisando a toda prisa sus contactos telefónicos. Después de dejar dos mensajes de voz, se recostó en su asiento y se concentró en el diario, alisando las páginas—. El texto está medio borrado. Deberíamos ponernos guantes.

—Solo he podido traducir el segundo diario. —Lara lo miró a los ojos—. Cuenta la historia de dos de los retratos: el de Cecile y el de Sylvie. Estoy convencida de que mi abuela, la mujer que ayudó a criarme, no era Cecile, sino Sylvie. Creo que la respuesta está en el tercer diario.

Le entregó la segunda libreta a Barrow. Aunque habría sido más rápido que él leyera la tercera, Lara se la quedó, pues prefería ser la primera en verlo. Al fin y al cabo, se trataba de su familia, de su legado. Tenía que ser ella la que leyera las palabras de Cecile. Mientras Barrow estaba concentrado en Giroux, ella se estaba adentrando en el mundo de Cecile.

—¿Alguna noticia sobre el cuadro?

—Iré a ver a Micheau en cuanto acabemos aquí —dijo Barrow, refiriéndose a Alain Micheau, el especialista en Giroux que había venido en coche desde Niza. Barrow había explicado que hacía falta que dos expertos se pusieran de acuerdo en que era un Giroux auténtico antes de presentar el descubrimiento ante la comunidad artística—. Anoche, Alain estuvo en el instituto hasta que tuve que obligarlo a marcharse. Las pinturas utilizadas en *Sylvie a lomos del corcel* coinciden con un pedido que hizo Giroux en la tienda Lefebvre-Foinet de la Rue Vavin en Montparnasse poco antes de su muerte. Allí preparaban una mezcla personalizada de tonos rosas y turquesas para él. Giroux también compraba sus lienzos allí. Encargó tres más pequeños para la serie Las señoritas del circo secreto un mes antes de su fallecimiento. El tamaño del primer cuadro coincide. Si consigo que Fragonard abra, iré allí con Micheau. Los diarios también proporcionan un relato maravilloso en primera persona sobre la creación de estas obras. —Barrow contempló las notas y la segunda libreta con incredulidad. Alargó un brazo para tocarle la mano a Lara—. Quiero darte las gracias por este regalo.

Lara sonrió.

—Menuda historia, ¿eh?

—Hay que reunir esos cuadros —dijo Barrow—. No me puedo creer que Fragonard haya mantenido guardada esa obra durante todos estos años. Eran una leyenda urbana en París. Fragonard tenía que estar al corriente, sobre todo al formar parte de la comunidad del circo. Fue una actitud egoísta…, irresponsable.

—Entonces, ¿qué te pareció el primer cuadro? —preguntó Gaston, cambiando de tema—. Seguro que te lo habías imaginado de otra forma.

Barrow no levantó la mirada y al principio pareció que no había escuchado la pregunta.

—*Sylvie a lomos del corcel* era más pequeño de lo que me esperaba. Un poco como la *Mona Lisa*: en tu mente ocupa un espacio más grande, pero se te hace pequeña al verla en la pared. También era más expresivo que sus obras anteriores, los colores resultaban más vívidos, y empleó una técnica que hacía parecer como si chorrearan, aunque no se tratara de una obra impresionista. Así que se puede decir que me decepcionó un poco el tamaño del cuadro, pero me impresionó el efecto que causó en mí. Después de haber visto un cuadro de la serie, creo que son las joyas de la corona en la obra de Giroux.

—¿Por qué Giroux? —preguntó Lara.

—¿Qué es esto? ¿Un interrogatorio matutino? —Barrow se rio, arrancó un pedazo de pan de pueblo y lo examinó con atención—. Yo tenía diez años cuando mi madre me llevó al Louvre por primera vez. A menudo pasaba tiempo fuera para sus sesiones de fotos, y en esa época mis padres ya se habían divorciado, así que me crio la niñera. El tiempo que pasaba con mi madre…, bueno…, era muy valioso para mí, y cualquier cosa asociada con ella tenía un valor especial. En el Louvre me topé con un lienzo inmenso con un halo de color amarillo anaranjado y unas tonalidades verdosas para la piel. Era el retrato que pintó Giroux del Diablo, pero la imagen que tenía de él no casaba con la representación habitual con cuernos, tridentes y pezuñas. En cambio, se trataba de una mujer majestuosa vestida de rojo, con sangre chorreando de la barbilla y las yemas de los dedos. Tenía un aspecto deslumbrante y voraz. Era un cuadro violento, aunque con tintes sexuales. Los pintores españoles creaban obras parecidas, pero los franceses no. Giroux empleó una especie de técnica pictórica para ese cuadro que se convirtió en su sello personal; parecía como si la pintura estuviera chorreando. Retomó esa técnica para tu cuadro. Yo no había visto nunca nada parecido. Por lo visto, a mi madre le perturbó que me atrajera esa obra tan oscura, así que me alejó del cuadro. Y yo me olvidé de él hasta años después, cuando estuve en Milán y resultó que lo tenían cedido en préstamo allí. Al volver a verlo, percibí que el destino me había reunido con ese cuadro y con su autor. Removió algo en mi interior y me hizo querer saber más sobre el arte, sobre Giroux. Por supuesto, acabé descubriendo que no se trataba de un retrato del Diablo.

—*La vampira* —dijo Lara.

—Efectivamente. —Barrow sonrió—. El cuadro más hermoso que he visto en mi vida.

Gaston aprovechó para intervenir:

—Tienes que entender, Lara, que en 1925 los pintores habían rechazado en su mayoría el arte bonito y pictórico. El arte era una cuestión política: creían que los gustos burgueses y coloniales habían conducido a los sucesos relativos a la Gran Guerra, así que la premisa fundamental del arte era el desafío. El París de la época estaba plagado de dadaístas, surrealistas y futuristas que intentaban marcar el rumbo que debía tomar el arte —explicó—. Pero ahí estaba Giroux, compartiendo sitio con ellos en los cafés, mientras seguía pintando cuadros que en su mayoría resultaban hermosos.

—Y saliéndose con la suya —atajó Barrow, que no quería que Gaston copase la conversación—. De haber vivido más años, habría sido tan famoso como Salvador Dalí o Picasso. Estoy seguro.

—Y no utilizaba materiales cotidianos como bolígrafos y puertas para crear arte, como hacía Man Ray —añadió Gaston, que dejó caer con estrépito su taza de café sobre el platillo.

—Cierto —coincidió Barrow—, el muy bribón se limitó a crear cuadros hermosos que no seguían las modas de la época. Desafió los ideales del arte, pero incluso en esos casos el resultado fue exquisito. En una ocasión comentó que, al haber estado en la guerra, había visto muchos tipos de infiernos en su vida, y si algo le había enseñado era a valorar la belleza.

»Cuando me enteré de lo que le pasó, que su muerte estaba envuelta en un halo de misterio, eso renovó mi interés —prosiguió Barrow—. Nadie ha averiguado qué fue lo que lo mató, ni dónde acabaron esos cuadros. Hubo diversas teorías, pero nadie se tomó el tiempo necesario para investigarlo. Eso y que mi madre me llevó a todos los circos cuando participaba en las sesiones de fotos: París, Roma, Barcelona, Madrid y Montreal... El Rivoli.

Lara no sabía que Barrow fuera un aficionado del circo, pero tenía lógica.

—Así que de ahí surgió tu interés —dijo Lara—. Siento curiosidad. ¿Has dicho que hubo un misterio relacionado con su muerte? ¿Qué lo mató?

—La enfermedad de Bright —respondió Barrow, abstraído.

Lara pareció desconcertada.

—Es una manera antigua de referirse a un fallo renal —aclaró Gaston.

—Eso no tiene nada de misterioso —repuso Lara.

Barrow se encogió de hombros.

—La enfermedad apareció de un modo muy repentino. Sus amigos decían que se hizo un corte en la mano en Le Cirque Secret y que nunca se recuperó. Lo atribuyeron a la enfermedad de Bright, pero la impresión generalizada fue que pudo tratarse de una extraña dolencia en la sangre. Se fue quedando más y más chupado a cada semana que pasaba. El circo siguió activo durante unos ocho meses después de la muerte de Giroux. Y de buenas a primeras... —Barrow chasqueó los dedos—, no volvió a saberse nada de él. La última función tuvo lugar en algún momento de 1926. Mourier buscó noticias suyas por todas partes: Barcelona, Roma, Londres... Pero nunca volvió a aparecer.

A Lara le costaba imaginarse dedicar una vida entera a investigar la obra de una sola persona. Comprendía que a esos hombres les gustaba impartir sus pequeñas conferencias sobre arte, les gustaba escuchar su propia voz. Pero mientras hablaban, el ticket le quemaba dentro de su bolso. Se regocijó un poco al saber que poseía un secreto que no formaba parte del debate entre esos dos estudiosos. Si supieran que tenía esa entrada, Lara no tendría voz ni voto en cualquier conversación al respecto.

—¿Y los dos creéis que Le Cirque Secret es responsable de su muerte?

Si iba a acudir allí, debía saber dónde se estaba metiendo. Aún no había terminado el tercer diario. De momento, no había ningún indicativo de que Giroux estuviera a punto de toparse con un final misterioso. Al contrario, parecía ser un hombre muy enamorado.

—Yo creo a Mourier —dijo Barrow—. Era un periodista muy respetado y estaba convencido de que había algo muy extraño en la muerte de Giroux. De hecho, sigue siendo uno de los grandes misterios del mundo del arte. Después de su muerte, su casera tiró los lienzos a la basura. Man Ray y Duchamp, que estaban en París en ese momento, rescataron algunos. Curiosamente, Duchamp, que nunca comulgó con el estilo de Giroux, acabó seleccionando y vendiendo la mayor parte de su obra.

Barrow se interrumpió un momento mientras le servían el entrante.

—Lo emocionante de estos diarios es que se corresponden con las últimas semanas de vida de Giroux.

—Hace años, hubo mucho debate acerca de ir al Père Lachaise y exhumar el cuerpo para averiguar qué fue realmente lo que lo mató —dijo Gaston.

—Yo esperaba que lo hicieran —añadió Barrow.

—¡Un momento! ¿Émile Giroux está enterrado en el Père Lachaise? ¿Por qué no me lo dijiste ayer? —Lara no podía creerse que el día anterior hubiera estado tan cerca de la tumba del artista.

—Se me olvidó —dijo Gaston, ruborizándose y encogiéndose de hombros.

Barrow negó con la cabeza.

—A Gaston nunca le han gustado demasiado los cementerios.

—¿No pudo ser algo tan sencillo como una intoxicación etílica o un envenenamiento por los pigmentos que utilizaba? ¿O una neumonía derivada de un resfriado?

Los dos hombres refunfuñaron. Lara estaba siendo un poco incisiva. Todos eran fanáticos de Giroux y parecía como si ella los estuviera desafiando.

—Basándome en el diario de Cecile, ahora estoy seguro de que también tuvo algo que ver con lo oculto —dijo Barrow—. Hubo incluso rumores de que el circo era un portal al mismísimo Infierno. Pero nosotros lo encontramos... Tú lo has encontrado. ¡Joder! Después de todos estos años de búsqueda, ¡lo hemos encontrado, Lara! ¿Sabes lo que supone eso? Siento como si hubiera vendido mi alma por este condenado circo, creyendo, en el fondo de mi corazón, que había algo más en esta historia. He leído atentamente todas las biografías de cualquiera que hubiera conocido a Émile Giroux o que hubiera hablado con él. Y las de cualquiera que hubiera ido alguna vez al circo. Incluso he conocido gente que aseguraba haber recibido una entrada, aunque resultaron ser unos farsantes. Pero no tenía nada hasta que Gaston me llamó y me explicó lo que tenías en tu poder. Siempre estaré en deuda contigo.

Lara levantó la cabeza y vio lágrimas en los ojos de Teddy Barrow.

20

Kerrigan Falls, Virginia
3 de julio de 2005

Michelle Hixson, la reportera del *Washington Post*, estaba plantada delante de la desgastada pizarra con un gesto de perplejidad.

—Me sorprende que trabaje en domingo —dijo Ben.

La reportera lo miró con desconcierto.

—Tengo que entregarle el artículo a mi editor el martes por la mañana. Es difícil llegar hasta aquí entre semana.

—Ya, el tráfico.

Ben se fijó en que Michelle estaba observando otra vez el tablón. Ben lo había sacado del sótano en un intento por establecer los detalles sobre las desapariciones de Peter Beaumont y Todd Sutton. Le avergonzaba que pareciera una de esas cronologías que había visto que utilizaban los policías de la tele y sintió como si estuviera jugando a ser un oficial de policía real, como hacía cuando era pequeño y su padre instalaba un pequeño escritorio para él al lado del suyo, adornado con un teléfono sin línea. Pudo imaginarse que, como reportera del post, Michelle habría visto trabajo policial de verdad en la comisaría central de Washington. En vista de que tenía poca experiencia con delitos graves, le daba vergüenza la imagen que daba cuando la gente entraba en su despacho y encontraba unas notas pegadas con celo al tablero. ¿Parecía demasiado entusiasta por tener al fin un caso de verdad?

Aunque la reportera parecía absorta en absorber la información. Era muy bajita, como un duendecillo, con el pelo corto y castaño. Aun con tacones, le llegaba a Ben por los hombros.

—Esto es muy útil —dijo Michelle, siguiendo con la cabeza las anotaciones de Ben.

Como temía que Doyle se fuera de la lengua con algunas pistas clave sobre el caso, Ben no pensaba incluir en el tablón ningún detalle que fuera necesario mantener en secreto. Contempló la línea temporal trazada con tiza rosa; fue el único color que pudo encontrar en el supermercado. Hacía que el tablón pareciera una versión del juego de la rayuela.

—Es una historia extraña, desde luego.

Michelle se dio la vuelta, subiéndose las gafas. Todo en ella denotaba pulcritud, incluso la pequeña caligrafía que Ben había avistado en su libreta.

—Su padre también fue el jefe de policía en el pueblo, ¿correcto?

—Sí, se jubiló en 1993 —respondió Ben—. Murió hace dos años.

—Lo lamento.

Hablar con ella resultaba incomodísimo y exasperante. Michelle hacía pausas entre las frases y no hacía ningún intento por romper esos silencios.

—Ya, bueno… —Ben le hizo señas para que se sentara. Estaba nervioso. Se secó las manos en las perneras.

A juzgar por los detalles contenidos en los archivos de su padre sobre Peter Beaumont, el antiguo jefe de policía se tomó en serio su desaparición. Quienquiera que colocó el coche de Todd en la misma ubicación exacta, tuvo que ver ese archivo o tener información de primera mano sobre el caso de Peter Beaumont. En vista de la gruesa capa de polvo que cubría los cajones cerrados del archivo, Ben no pensaba que nadie excepto él lo hubiera examinado en años.

—¿Qué teoría maneja actualmente con respecto al caso? —La voz de Michelle carecía de inflexión. Ben pensó que era una de esas reporteras que no se andan con chiquitas: calladita, pero letal.

Los polis experimentados, los polis de verdad, no revelaban detalles. Se guardaban pistas y «se negaban a comentar el caso». Ben inspiró hondo, no quería quedar como un idiota en las páginas del *Washington Post*.

—Bueno. —Intentó pensar en lo que haría Steve McQueen si estuviera interpretando a Ben en esta escena. McQueen se mostraría pensativo y con la sartén por el mango. Rebulléndose en su asiento, se inclinó hacia atrás y entrelazó las manos sobre su regazo, como hacía el actor en la película *Bullitt*—. Es posible que la misma persona cometiera ambos crímenes. La otra posibilidad es que Todd Sutton conociera la desaparición de Peter Beaumont y orquestara una escena parecida. Esta segunda opción no me parece probable, pero no podemos descartarla.

—¿Sutton tenía problemas de dinero? —La reportera pasó sus notas con los dedos. Se mordía mucho las uñas.

—No que sepamos.

—Desapareció el día de su boda. ¿Puede que se arrepintiera?

—Es posible, pero, entonces, ¿por qué habría abandonado su coche?

La reportera sopesó esa explicación, pero su expresión no dejó entrever nada.

—El lugar de los hechos, Wickelow Bend. —Michelle se enderezó en su asiento—. La gente lo llama «la curva del Diablo».

—Por desgracia, sí. El programa Sucesos espectrales lo ha convertido en una atracción turística.

En los nueve meses transcurridos desde la desaparición de Todd Sutton, Ben sabía lo que todo el mundo iba diciendo sobre Wickelow Bend, pero no estaba dispuesto a creer en una explicación sobrenatural, aún no. Puede que algo maligno hubiera recaído sobre Todd Sutton y Peter Beaumont, pero Ben tenía que pensar que lo más probable era que se tratase de alguna persona mortal, no de una bruja del bosque. Por desgracia, los reporteros, turistas y cazadores de fantasmas seguían abarrotando el puente de Shumholdt, lo que provocaba algo que Kerrigan Falls no había conocido nunca: atascos monumentales.

—Pero ¿no cree que hay algo… raro en todo esto?

—¿Quiere decir sobrenatural?

La reportera se encogió de hombros, pero anotó algo.

—Eso lo ha dicho usted.

—No —replicó Ben, que dejó que esa respuesta tajante resonara un rato en el ambiente. Michelle arqueó una ceja como si quisiera que se explicase mejor—. Creo que alguien ahí fuera sabe qué les pasó a esos hombres. Artículos como el suyo ayudarán a sacar a la luz nuevas pistas.

—Este pueblo es una leyenda en la zona por su ausencia de crímenes. Eso significa también que no tiene usted mucha experiencia en casos de personas desaparecidas, jefe Archer. Sin ofender.

Ben sonrió al oír eso.

—No se preocupe. —Le devolvió la sonrisa con frialdad, imitando de nuevo a Steve McQueen. Se esperaba alguna triquiñuela por su parte, pero no que intentara pintarlos como si vivieran en la Aldea del Arce. La experiencia estaba siendo muy diferente de la que tuvo con los reporteros del *Kerrigan Falls Express*, sobre todo con Kim Landau—. En su periódico hablaron de nuestro fenómeno hace unos años. Apareció en la sección de Estilo.

—Oh, sí, recuerdo que lo leí. Un artículo muy bonito —repuso Michelle—. Pero los casos que tiene entre manos implican a dos hombres que desaparecieron en la misma fecha exacta.

Su tono era dulce, curioso incluso, pero sus preguntas eran precisas…, incisivas. Ben sabía lo que estaba insinuando.

—No dude que estamos investigando cualquier posible aspecto ritual en el caso.

—Cuando habla en plural, ¿se refiere a usted y a su único ayudante? —Michelle imitó el gesto de consultar sus notas antes de lanzarle un dardo envenenado desde el otro lado de la mesa.

Sí, pensó Ben, eran un cuerpo policial pequeño. Solo estaban los dos.

—Y con la ayuda de la policía estatal de Virginia. —Jugueteó con un hilo suelto de su uniforme para así tener las manos ocupadas. Por dentro, echaba chispas. Eran un equipo pequeño, pero no eran unos ineptos. Ya podía imaginarse cómo sería el titular del artículo—. ¿Le apetece un café, señorita Hixson?

—No, gracias —respondió la reportera—. Así que la policía estatal de Virginia. —Volvió a hojear sus notas—. Sí, aquí está. El coche de Todd Sutton, el Ford Mustang de 1976. Según ellos, fue limpiado por un profesional. ¿No le resulta extraño?

La mujer le sostuvo la mirada. Ben se inclinó hacia delante, sonriendo de nuevo y odiándose por tener que hacerlo.

—¿Puedo preguntarle de dónde ha sacado esa información?

Por detrás de su fachada serena, Ben estaba que trinaba. No se encontraron huellas de ningún tipo dentro ni fuera del coche. Lo habían limpiado a conciencia. Es más, la policía estatal admitió que el laboratorio no había visto nada parecido. Ni fibras, ni cabellos, ni ADN de ningún tipo. Se suponía que esa información era confidencial. ¿Cómo se habría enterado esa mujer?

—Puede. —Michelle sonrió—. Tengo mis fuentes.

Por supuesto.

—Entonces sabrá también que la policía estatal consideraba que era una labor profesional. —Llegados a ese punto, como ella ya sabía lo que se encontró en el coche, daba igual—. Por profesional, querían decir que pudo tratarse de algún tipo de asalto, pero no pudieron descartar que el propio Sutton limpiara el vehículo y desapareciera. Al fin y al cabo, se ganaba la vida restaurando coches. Al final, el informe de la policía estatal no era concluyente, pero como acabo de decir, usted ya sabe todo eso.

—¿No está de acuerdo?

Ben ignoró la pregunta.

—La conclusión a la que llegaron es que a veces la gente desaparece sin más. A menudo están atravesando problemas que los demás desconocen.

—¿Drogas? —De modo que había leído las notas de la policía estatal.

—Sí. Si se metió en problemas con la gente equivocada, si les debía dinero, quizá, esa gente enviaría profesionales... Eso podría explicar lo del coche.

—Pero ¿usted no se cree esa posibilidad?

—No —respondió—. No me creo que Todd Sutton tuviera algún chanchullo en su taller.

En el fondo, Ben estaba de acuerdo con la policía estatal en que había una explicación lógica para esas desapariciones. Solo hacía falta una buena labor policial a la antigua usanza para resolverlas.

—Pero eso no explica el otro caso. ¿Ese coche también fue limpiado a conciencia?

Efectivamente, el coche de Peter Beaumont también apareció limpio, pero parecía que Michelle Hixson no poseía esa información, así que Ben no pensaba darle más pistas.

—Creo que esos casos están conectados, señorita Hixson, pero no creo que se trate de algo sobrenatural. Aparte de eso, no puedo añadir nada más. ¿Hay algo más que necesite?

—Necesito una buena foto tanto de Todd Sutton como de Peter Beaumont.

—Eso se lo puedo conseguir.

—También vamos a solicitar que un dibujante haga un retrato aproximado de Peter Beaumont de mayor. Puede que alguien lleve siendo su vecino desde hace treinta años.

—Será un placer colaborar en todo lo que pueda. —Ben asintió con la cabeza.

Michelle se levantó y recogió sus cosas. Ben estaba seguro de que ya habría ido a ver a Kim Landau. Mientras cerraba la puerta al salir, Ben se quedó mirando la cronología en el tablón. Se sintió como un idiota. Como jefe de policía de un pueblo pequeño, esta clase de casos le quedaban grandes. Lo sabía tan bien como esa reportera, lo que pasa es que no quería verlo plasmado en un artículo.

Como hacía siempre que se plantaba delante del tablón, examinó los detalles para comprobar si había pasado algo por alto. Aquella mañana, Todd Sutton se levantó sobre las ocho y luego jugó nueve hoyos de golf con Chet. Después de la partida, se compró una hamburguesa de pollo en el Burger King a las 11:41 h; el ticket apareció en el suelo del coche. Aunque había comido y bebido en el vehículo, no se encontró ningún rastro de ADN. Algo casi imposible. Sutton regresó a su casa a eso de las 11:50 h y dejó sus palos de golf en el garaje. Antes de prepararse para la boda, hizo algo extraño: le dijo a su padrastro, Fred Sutton, que pensaba ir al Zippy Wash para lavar su preciado Mustang. Lara Barnes había alquilado un coche clásico para la boda, así que la pareja no iba a utilizar el coche de Sutton para la ceremonia, por lo que el trayecto hasta Zippy Wash solo parecía una excusa para ausentarse durante unas horas. ¿Fueron los nervios? ¿Sutton iba a reunirse con alguien? Cuando Fred y Betty Sutton salieron para la iglesia a eso de las 15:30 h, el esmoquin de Todd seguía colocado encima de la cama. Dando por hecho que iba a llegar tarde, se lo llevaron a la iglesia. A las 16:30 h, cuando la ceremonia estaba a punto de empezar y no había ni rastro de Todd, empezaron a buscarlo. Su coche apareció a la mañana siguiente, a las cinco, en Wickelow Bend.

Si Sutton efectivamente fue a Zippy Wash, no había indicios de ello. Suponiendo que fuera allí, pagó en efectivo y el empleado de turno no lo vio. Aunque el coche estuviera limpio de huellas, estaba hecho un desastre, con envoltorios desperdigados por los asientos. Lo más probable era que Sutton no llegara hasta el lavado de coches o que nunca tuviera intención de ir allí. Las últimas personas que declararon haberlo visto fueron su madre y su padrastro alrededor del mediodía. Durante los siguientes dos días, hubo varios «avistamientos» de Todd: el más famoso fue el del aeropuerto de Dulles, pero no resultó creíble. Ben revisó personalmente las grabaciones de seguridad y aquel hombre no era Todd Sutton.

Al lado de la cronología de Todd, estaba la de Peter Beaumont. La noche anterior estuvo ensayando con su grupo, pero luego no se presentó en un concierto en el club nocturno Skyline. Jason Barnes declaró que retrasaron el inicio de la actuación durante una hora hasta que finalmente tuvieron que salir al escenario sin él. Jason y el bajista tuvieron que turnarse como voz solista para esa velada. Al contrario que Todd Sutton, el paradero de Peter Beaumont durante el día de su desaparición era un misterio. Nadie declaró haberlo visto durante veinticuatro horas. Vivía con su madre, que en aquel momento estaba de vacaciones en Finger Lakes con su pareja.

Pero había un vínculo específico entre esos casos que llevaba reconcomiendo a Ben desde hacía meses. Jason Barnes era el compañero de grupo y el mejor amigo de una víctima, y el futuro suegro del otro. Físicamente, podría haber cometido un crimen en cualquiera de ambos casos. Era un hombre joven cuando desapareció Peter, y mayor, pero todavía capaz de deshacerse de un cuerpo en el momento de la reciente desaparición de Todd Sutton. Ben detestaba pensar así del padre de Lara, pero era la única conexión que pudo encontrar entre esos dos hombres. Suspiró. No era una teoría satisfactoria. ¿Por qué querría Jason Barnes hacerle daño al hombre que fue su posible billete hacia el estrellato?

—Ay, Lara. —Suspiró y se deslizó las manos por el rostro, confiando, por el bien de ella, en que estuviera equivocado.

Sonó el teléfono. Era Doyle, desde la habitación contigua.

—Kim Landau te está buscando. Quería que la avisaras cuando se marchara la señorita del *Post*.

—¿Te ha dicho por qué?

—No, solo dijo que la llamaras. —Hizo una pausa—. Dijo que tendrías su número. ¿Es así?

—¿El qué?

—¿Tienes su número?

Ben suspiró.

—Sí.

Estaba seguro de que, si pudiera verle la cara a Doyle, se toparía con una sonrisita mordaz como la de un adolescente.

Levantó el teléfono y marcó el número de Kim.

—Doyle me dijo que Michelle Hixson ha pasado por allí —dijo Kim, sin molestarse en saludar.

—Así es.

—Es una mujer un poco tenaz, ¿no te parece?

—Un poco es quedarse cortos.

Kim se rio.

—Mientras me preparaba para su entrevista, creo que encontré una pista que podría venirte bien. No se lo mencioné a Michelle Hixson. ¿Quedamos en la cafetería a las cinco?

—Vale.

Ben no sabía si acabaría arrepintiéndose. Después de separarse de Marla, cometió el error de acostarse con Kim Landau en una ocasión. Fue un desastre colosal. Recientemente, Kim le había lanzado señales de que estaba interesada en ser algo más que una aventura de una noche. En la gala de la semana anterior, lo arrinconó junto a la barra y le afeó el tiempo que pasaba con Lara. Ben había intentado volver a encauzar su relación por la vía profesional, pero soltaba un quejido cada vez que veía aparecer su número en el móvil.

Recorrió las dos manzanas que lo separaban de la cafetería y encontró a Kim examinando la carta con el menú del mediodía en una mesa situada cerca de la ventana. Convertido en una institución desde 1941, el histórico café-restaurante de Kerrigan Falls era conocido por su tarta *red velvet* y su amplio surtido de tortitas, que servían a cualquier hora del día. Para Ben, uno de los grandes placeres de la vida era comerse unas tortitas con suero de mantequilla a las ocho de la tarde. Aunque la comida no siempre era para tirar cohetes, la ubicación enfrente del ayuntamiento aseguraba que siempre estuviera lleno.

—No pidas el *croque monsieur* —dijo Ben mientras se sentaba a la mesa.

—Eso es justo lo que iba a pedir.

Kim Landau alzó la mirada, perpleja. Era una mujer hermosa con el pelo cobrizo oscuro, ojos azules y una nariz respingona. Ben la comparaba con Ginger, de *La isla de Gilligan*. Aunque irradiaba una intensidad que siempre le había puesto nervioso. El día después de acostarse juntos, Kim lo llamó seis veces. Ben se sintió atrapado, perseguido, y como acababa de salir de una relación, no tenía prisa por meterse en otra. Al menos, no en aquel momento.

Ben giró la carta hacia ella y señaló algo con el dedo.

—Aléjate también del atún.

—¿Qué vas a pedir tú, entonces? —Kim se cruzó de brazos.

—Una ensalada Cobb y a lo mejor la sopa de cebolla, dependiendo de cómo esté hoy.

Kim le echó un vistazo a la carta.

—¿Sándwich de pollo a la parrilla?

Ben se encogió de hombros.

—Bueno, no está mal. En fin, ¿a qué venía tanta urgencia?

No pretendía parecer brusco, pero tampoco quería darle cancha. Ir al grano era la mejor estrategia. Kim le dirigió una sonrisa pícara.

—He oído que Lara está en París con Gaston Boucher.

Ben apoyó un brazo sobre el asiento.

—Sí, han ido a ver a alguien en la Sorbona para hablar de un cuadro que lleva en poder de su familia desde hace años.

Kim enarcó una ceja y le lanzó una mirada lastimera.

—¿Eso es lo que te contó ella?

¿Qué estaba pasando aquel día? Ben soltó una sonora carcajada y entrelazó las manos encima de la mesa.

—Lara no me contó nada, Kim. Hablé con ella anoche. Y Gaston está saliendo con Audrey.

Kim ladeó la cabeza y lo miró como si fuera patético.

—Ay, Ben.

Aquel iba a ser un almuerzo corto. Le hizo señas a la camarera y pidió la bebida y la comida juntas, apremiándola para que se dieran prisa, porque tenía una reunión dentro de media hora. La camarera le guiñó un ojo. En cuestión de minutos, les trajo un bote de kétchup Heinz, una Coca-Cola Light para Ben y un té helado para Kim, junto con una cuchara para la sopa y panecillos crujientes. Ben aplastó el paquete de los panecillos antes de que sirvieran la sopa.

—Dime, Kim, ¿qué era tan urgente?

Se alegró cuando la camarera le sirvió sin demora el plato de sopa de cebolla.

—Verás… —Kim se inclinó hacia delante—. En previsión de la visita de la señorita Hixson, me puse a revisar algunos archivos antiguos sobre la desaparición de Peter Beaumont.

—Cree que somos unos paletos, por cierto. —Ben abrió el paquete con los panecillos troceados y los echó a la sopa. La probó. Tal y como esperaba, estaba templada—. No paró de mencionar a mi *único* ayudante. Vamos a volver a quedar en ridículo en las páginas del *Washington Post*, estoy seguro.

Kim apoyó una mano encima de la suya. Ben se quedó mirándola antes de apartarla.

—¿Te acuerdas de Paul Oglethorpe?

—¿Ese tipo mayor? ¿El que cubría las juntas municipales?

Kim alisó su jersey negro, acicalándose.

—El mismo. Allá por 1974, era el reportero principal. En el archivo de Peter Beaumont encontré una nota suya dirigida a tu padre.

—¿De veras?

Kim se metió una mano en el bolsillo, sacó un trozo de papel amarilleado y lo deslizó por encima de la mesa. Era la clase de papel que procedía de una libreta que repartían a los niños en el colegio, que había adoptado un color caramelo a causa del paso del tiempo. Había algo escrito a lápiz: DECIRLE A BEN ARCHER QUE INDAGUE EN EL OTRO CASO. ESTÁ CONECTADO.

—Estaba en el archivo de Peter Beaumont. En la parte de arriba. —Kim dio unos golpecitos en la mesa con una uña que lucía una manicura perfecta—. Nadie había vuelto a examinar ese archivo desde los años setenta.

—Gracias. —Ben deslizó el papel sobre la mesa—. Volveré a revisar los archivos de mi padre.

—Oye... —Kim se inclinó hacia él, susurrando—. Como estás solo esta semana, podrías invitarme a cenar como agradecimiento. ¿Qué tal mañana, con los fuegos artificiales?

—Mañana estoy de servicio. —No era una excusa. Doyle y Ben estarían trabajando en la calle Main durante el desfile del 4 de julio.

—Vale —dijo Kim—. No le conté lo de la pista a Michelle Hixson... por lealtad hacia ti.

—Kim...

Ella lo interrumpió:

—¿Vas a soltarme eso de «no eres tú, soy yo»?

Kim era una mujer hermosa, de eso no había ninguna duda, pero había algo en ella que siempre le había puesto nervioso. Hacía gala de una dependencia emocional desmedida de la que Ben no quería formar parte. Probó cuadro bocados de la ensalada y se afanó por pedir la cuenta, intentando llamar la atención de la camarera.

—Escucha —dijo—. Nos conocemos desde hace mucho tiempo. Lo que pasó entre nosotros estuvo bien, pero...

No supo qué decir a continuación. Kim se inclinó hacia delante, como si estuviera esperando a que terminara la frase.

—Ahora estoy con Lara.

Eso no era del todo cierto —de hecho, era una mentira flagrante—, pero Ben deseaba que fuera verdad, y eso tenía que contar. La otra noche, en el porche de su casa, cuando Lara le dijo que le pareció haber visto a Todd Sutton, Ben se sintió como un idiota por haber deseado algo más. No sabía concretar cuándo cambiaron las cosas para que Lara dejara de ser un caso más —un número de teléfono al que llamaba porque formaba parte del trabajo—, a convertirse en alguien cuya voz estaba deseando escuchar. Esa voz maravillosamente áspera y cazallera. Y su manera de reír, a carcajada limpia.

—Te pido disculpas si te he hecho creer otra cosa. Lo siento de veras.

Kim se quedó un poco chafada, pero intentó disimularlo.

—Es un poco pronto después de lo de Todd, ¿no te parece?

Ben sopesó esa pregunta y la insinuación que contenía lo enfureció.

—Ha pasado casi un año, Kim.

—¿Tanto? —repuso ella, que se quedó con la mirada perdida, como si estuviera sumando los meses—. Y yo que esperaba que me salvases de otra noche de sábado en compañía de mis gatos.

—Lo siento.

Kim se encogió de hombros.

—¿Seguro que no puedo hacerte cambiar de idea?

—No lo creo.

—Lara Barnes es una chica afortunada. —Su tono había cambiado de repente. Recogió su bolso—. Ya te ocupas tú de la cuenta, ¿verdad?

—Sí —dijo Ben con una sonrisa endeble—. Ya invito yo.

Kim Landau se levantó de la mesa con presteza, solo quedó el rastro de su perfume.

Ben sopesó lo que había dicho sobre Lara. En su mente, Lara Barnes estaba lejos de ser una chica con suerte. Lo que le ocurrió fue algo cruel y devastador.

—Creo que el afortunado soy yo —dijo en dirección a la mesa vacía.

Cuando Lara lo llamó la noche anterior, parecía nerviosa. De inmediato, Ben se arrepintió de no haberla acompañado…, aunque ella tampoco le había invitado. Cuando se enteró de que alguien la había perseguido por el Père Lachaise, sintió el impulso de tomar un vuelo a París, pero ella le aseguró que Gaston Boucher y ese tal Barrow le cubrían las espaldas. Aun así, había comprobado que Lara solía creer que podía sobrellevar las cosas y a veces se metía en camisa de once varas sin darse cuenta. Pensó en su casa y en cómo se embarcó en la oportunidad de comprarla sin tener ni idea de cómo repararla, así como la emisora, en la que había invertido una fortuna. Era una mujer impulsiva. Y si pensaba que había visto a Todd Sutton, sin duda estaría nerviosa. ¿La habría impulsado Ben a ver cosas al haber dado el paso tan pronto e invitarla a la gala como su acompañante?

Cuando regresó a la oficina, volvió a sacar los archivos del caso de Peter Beaumont. Había cuatro gruesas carpetas que parecían estar dispuestas en orden cronológico. Tomó asiento con una taza de café y comenzó a examinar lentamente cada folio, en busca de una nota o un trozo de papel que hiciera referencia a otro caso. Al observar la caligrafía de su padre después de tantos años sintió una punzada de nostalgia.

Había más antecedentes en los archivos de su padre. Venía adjunta una foto de Peter Beaumont. La mala exposición del carrete de los años setenta daba a sus facciones un aspecto amarillento, aunque se notaba que tenía la piel bronceada. Era una foto veraniega. Peter se estaba riendo, con el pelo largo y aclarado por el sol en contraste con sus pobladas patillas, de un tono rubio más oscuro. Examinó la foto: había algo en ese hombre que le resultaba familiar, aunque no pudo determinar el qué.

En otro momento y con otro boli, habían anotado rápidamente un número de teléfono. Ben lo buscó en el archivo y comprobó que pertenecía a Fiona Beaumont; su padre había añadido Kinsey al nombre, junto con «volvió a casarse». Ben buscó «Fiona Kinsey» en el viejo listín telefónico de Kerrigan Falls y encontró a una F. Kinsey inscrita en el número 777 de la calle Noles. Llamó al número mientras intentaba calcular la edad que tendría ahora Fiona Kinsey. Debería tener unos setenta y cuatro o setenta y cinco años. Era poco probable que siguiera viva, aunque según el listín de 1997, así era.

Al sexto tono, Ben estuvo a punto de colgar cuando una mujer respondió al teléfono:

—¿Diga?

—¿Es usted Fiona Kinsey?

Ben se puso a ojear la pequeña pila de fotos de Peter Beaumont. Vio una instantánea de la ceremonia de graduación de Peter en el instituto. En ella salía una mujer con el pelo largo y rubio, y una minifalda cortísima que estaba de moda en aquella época. La mujer era mayor que Peter, pero parecía más bien una hermana mayor que una madre. Un cigarro pendía de su mano derecha mientras imitaba el gesto de mover la borla del birrete de Peter con la izquierda. Le dio la vuelta a la foto y vio la inscripción FEE Y PETER en el reverso.

—Sí —dijo la mujer. Tenía una voz nasal y suspicaz.

—Me llamo Ben Archer —dijo él—. Soy...

—Ya sé quién es —repuso la mujer, tajante—. Conocí a su padre.

—Ya —repuso él, sorprendido por su brusquedad. Pudo oír de fondo lo que parecía ser el traqueteo de un reloj de pie—. Me preguntaba si podía ir a verla para hablar de su hijo.

Se produjo una larga pausa.

—Preferiría que no viniera.

Ben carraspeó, intentando ganar tiempo para determinar qué decir a continuación.

—¿Puedo preguntarle por qué?

—Señor Archer —dijo la mujer, como si resultara demasiado doloroso gastar la energía necesaria para hablar—. ¿Sabe cuánta gente se ha presentado en mi puerta para pedirme hablar conmigo sobre mi hijo? ¿Y sabe qué me ha reportado toda esa cháchara? Nada. Soy una mujer mayor. Soy ciega y tengo cáncer de hígado. Terminal. Peter está muerto y lo veré dentro de poco. Llegados a este punto, no hay nada que pueda contarme, ni yo a usted. Peter desapareció. El dónde o el porqué ya no tienen importancia, al menos para mí, así que hágame el favor de mantenerse alejado. Apreciaba a su padre. Hizo lo que pudo, pero le falló a mi hijo. Le fallamos todos. Algunas cosas, señor Archer, llegan demasiado tarde.

El peso de sus palabras cayó sobre él como una losa. Ben tamborileó con el dedo sobre la foto. A partir de las notas de su padre, pudo ver que había abordado todos los ángulos en el caso, pero esa mujer tenía razón. Su padre, y el departamento de policía, habían fracasado.

Hasta ahora, Peter Beaumont no había sido más que un nombre para él, una conexión con Todd Sutton, pero el dolor de esa mujer era contagioso. Se extendió a través de la línea telefónica y lo envolvió como una enredadera kudzu.

—¿Puede contarme al menos cómo era? Yo no lo conocí.

La mujer suspiró. Ben oyó el chirrido de una vieja silla al deslizarse por el suelo —supuso que sería el de la cocina—, después el sonido aparatoso de alguien al sentarse encima, entre resuellos y un crujir de huesos.

—Sinceramente, señor Archer, hay cosas que recuerdo con tanta claridad como si hubieran ocurrido ayer. Peter cargando con esa vieja guitarra Fender a todas partes, chocando con los umbrales y con las puertas de los coches. Tenía una correa raída, nunca utilizaba funda y se la colgaba directamente del hombro. Se la regaló un antiguo novio que tuve; el instrumento ya estaba hecho polvo cuando se lo dio y no había mejorado nada desde entonces. Era una guitarra preciosa, así que es una pena. Peter odiaba cortarse el pelo, de pequeño odiaba usar zapatos, y hasta que nos dejó... —Esa última palabra quedó flotando en el ambiente—, bueno, siempre iba descalzo. Tenía unos pies preciosos. Sé que resulta curioso, pero es una de las cosas que recuerdo sobre él de aquel último verano. Estaba bronceado y corría por ahí descalzo, recibiendo los picotazos de las abejas con esa preciosa maraña de pelo trigueño y desgreñado, igual que su padre. Cada semana, recuerdo decirle que se cortase el pelo, incluso le daba dinero para ello. Un dinero que, por supuesto, se guardaba, para después gastárselo en discos con Jason Barnes. También recuerdo que intentaba parecer lo bastante joven como para ser su hermana y que nunca fui una madre lo bastante buena para él. Esas son las cosas que guardo en la memoria, señor Archer.

—¿Tenía alguna novia?

—Tenía un harén. —La mujer se rio hasta que empezó a toser, con la carraspera sonora y húmeda de unos pulmones enfermos—. Les gustaba incluso a mis amigas. Creo que incluso una de ellas llegó a salir con él, pero lo hicieron a mis espaldas.

Se le quebró la voz al final y prorrumpió en una nueva ronda de toses.

—¿Alguien especial?

—No que yo recuerde, señor Archer —respondió, aclarándose la garganta—. Es posible. Desde luego, después de que desapareciera, nadie vino a mi casa asegurando ser el amor de su vida ni nada parecido. En cierto momento, deseé incluso que alguien lo hiciera. Era triste que hubiera muerto sin nadie a su lado. Solo Jason Barnes. —Se rio—. Esos muchachos se querían como hermanos. Me parece que en la vida de Peter no había sitio para nada que no fuera su sueño. Y sabe Dios que mi hijo tocaba esa guitarra como los ángeles.

—La banda.

—La banda. Siempre la banda. Y lo habrían conseguido. —Hizo una pausa—. Si hubiera vivido lo suficiente.

Una vez dicho eso, se oyó un chasquido en la línea y se cortó la comunicación.

21

París
3 de julio de 2005

A los pies del gran Palais Brongniart, en la esquina de la Rue Vivienne con la Rue Réaumur, Lara consultó su reloj. Eran las once menos cinco. El imponente edificio que tenía delante era demasiado grande como para estar tan tranquilo. La luz de la luna iluminaba la parte frontal de las columnas. El bistró situado enfrente de la calle tenía las sillas apiladas en un intento por cerrar sus puertas. Durante el día, esa zona de París se sumía en el bullicio de las oficinas y los comercios, pero por la noche estaba casi abandonada. Aparte de los camareros y de alguna pareja ocasional que iba de camino a casa, allí no había nada. Lara revisó el ticket y confirmó las calles. El patio que tenía delante estaba vacío y oscuro.

Se puso en marcha, sus tacones traquetearon sobre el cemento. Se dio la vuelta, creyendo que había oído algo a su espalda. Pisadas. Siguió caminando. Si alguien la estaba observando, fingiría que estaba esperando a alguien. De hecho, así era. Lamentaba no haberle contado a Gaston lo que iba a hacer esa noche, pero no quería que Barrow ni él se preocuparan. Después de que esa mujer la persiguiera, debería haber sido más precavida, aunque volvió a lanzar el hechizo protector esa noche, antes de salir del hotel. Volvió a consultar el reloj. Faltaban tres minutos para las once. Lo único que tenía que hacer era dar esquinazo a esa mujer durante tres minutos más. Althacazur la encontraría.

La brisa nocturna era cálida y pegajosa, concedía poco alivio. Sintiendo la necesidad de vestirse para la ocasión, se había puesto un vestido negro con sandalias con tiras, como si fuera a asistir a una cena o un concierto. También llevaba una chaqueta vaquera colgando del brazo.

Entonces volvió a escuchar el traqueteo de unos tacones. Unos zapatos de mujer.

Se dio la vuelta. El ruido provenía de la esquina próxima a la Rue Vivienne, donde la farola estaba apagada. Un escalofrío le recorrió el cuello.

—Vamos, vamos…

Miró a su alrededor en busca de algún cambio. Mentalmente, empezó a entonar el cántico.

A lo lejos, oyó el repiqueteo de la campana de una iglesia. Eran las once. Como si su visión se estuviera nublando, vio cómo las columnas que tenía delante se deformaban. Al principio fue algo pequeño, como una onda cuando arrojas una piedrecita al agua. En cuestión de segundos, las oleadas se volvieron más pronunciadas, como si algo estuviera intentando atravesar la escena. Las luces de las farolas se atenuaron, lo que provocó un ruido de estática mientras la deformación se volvía más acusada y la escena que tenía delante —el inmenso edificio con sus columnas— se desvanecía. En su lugar apareció un gigantesco anfiteatro redondeado con una entrada dorada y opulenta, rematada con la boca abierta del Diablo.

Lara ahogó un grito. La boca del Diablo. Era tal y como la describieron Cecile y Barrow. Cuando miró hacia la Rue Vivienne, le pareció ver la silueta de una mujer plantada debajo de la farola apagada, esperando. Miró fijamente en esa dirección, haciéndole saber a esa mujer que no pensaba echarse atrás. Aguzando la vista entre la oscuridad, no pudo determinar si se trataba de la misma mujer del Père Lachaise.

Le alivió ver cómo los cimientos del circo se materializaban ante sus ojos. Se oyó un zumbido prolongado, como si acabaran de encender una luz fluorescente después de un largo receso. Cuatro pares de columnas indicaban el camino hasta una puerta, con el sendero iluminado por luces de gas. Como si fuera una imagen que va cobrando nitidez, el circo se hizo visible con su cartel de MATINÉ. Lara revisó su entrada. Si tirase el ticket al suelo y echase a correr, ¿esa escena desaparecería? Aunque resultaba tentador huir, se quedó mirando la silueta de la mujer inmersa entre las sombras. Si no atravesaba las puertas de Le Cirque Secret, tendría que enfrentarse a quienquiera que estuviera allí, consciente de que era esa mujer. No, era más seguro estar dentro de ese circo.

Parpadeando, contempló la escena que tenía delante. Un circo entero acababa de materializarse delante de sus narices, sustituyendo al paisaje parisino. Lara miró en derredor. El camarero del café cercano continuaba apilando sillas, como si la plaza no se hubiera transformado enfrente de él. Y puede que así fuera.

—Por el amor del cielo, entra o sal.

Lara se fijó en las columnas y se topó con un payaso que sostenía una versión en miniatura de sí mismo: un muñeco de ventriloquía. Doro. Gracias al diario de Cecile, se sintió como si ya lo conociera.

—Sí, tú. —Los payasos iban vestidos de un modo idéntico: todo de blanco, desde la pintura de la cara hasta el fez que coronaba su uniforme.

Por encima de ella, un caballo relinchó. ¿La estatua también estaría viva?

Asombrada, giró sobre sí misma, de un modo muy parecido a cuando Dorothy recaló en Oz.

—Señorita Barnes. —El muñeco apuntó con la mano hacia la puerta—. Por aquí, *s'il vous plaît*. —Mientras el payaso caminaba, el muñeco oteaba a su alrededor—. Soy Doro. Bueno, es él.

El pequeño muñeco de madera señaló al payaso, que extendió la mano para pedirle su entrada. Lara se mostró reticente a dársela.

—Esa entrada no te pertenece —le espetó el muñeco.

Experimentó el mismo nerviosismo que cuando entraba en una casa encantada de mentira en Halloween. Contaba con divertirse, pero en el fondo tenía un mal presentimiento. Lara asintió, le entregó el ticket al payaso grande y observó cómo se desintegraba en su mano. A medida que pisaba sobre la alfombra, se fue enrollando detrás de ella, lo que le produjo la impresión aciaga de que quizá se tratara de un pasaje solo de ida. Tragó saliva, arrepintiéndose por haber sido tan impulsiva. Tendría que haber avisado a Gaston. Pero ¿qué habrían hecho Barrow y él? Ese edificio no existía. Al menos, no existía en esta dimensión. Y ellos no habían sido invitados.

Tras entrar a través de la boca gigantesca, cruzó una serie de puertas arqueadas de tres metros de altura que se cerraron con firmeza a su paso. Ante ella se desplegaba un pasillo, pero no uno corriente, sino un corredor flaqueado por ventanas que dejaban pasar una luz radiante. Lo cual era imposible, porque ahora era de noche en París. Por un momento, Lara no supo si se trataba de un circo o de Versalles, ya que las paredes estaban adornadas con bajorrelieves dorados. Mientras continuaba recorriendo las galerías, se topó con una serie de habitaciones adyacentes con puertas situadas en el centro de cada estancia. Enfrente de ella había nueve pares más de puertas arqueadas y laqueadas, de color blanco, todas abiertas, con complejos adornos florales y dorados que parecían salidos de un sueño rococó. Los colores recordaban al escaparate de una tienda de macarons. Bajo sus pies, el suelo tenía el estampado blanquinegro propio de un arlequín, seguido por un mareante suelo beige en espiral tras cruzar el siguiente umbral. Las paredes de la galería estaban pintadas de blanco, dorado y turquesa. Estaban adornadas con bajorrelieves blancos y dorados, y unas aparatosas lámparas de cristales colgaban del techo. Intentó contarlos y concluyó que debía haber un centenar de cristalitos que reflejaban la luz y hacían que el lugar centellease.

Fue entonces cuando reparó en un detalle. Los colores parecían sacados de una película de los años sesenta en tecnicolor: los azules y dorados eran más pronunciados y todo estaba sumido en una especie de fulgor, casi difuminado. Ese mundo no parecía real, como si se hubiera adentrado en el escenario de una película de *stop-motion*. Es posible que Giroux hubiera intentado imitarlo con su técnica de goteo. En cada estancia vio una atracción diferente: un vidente, juegos de tiro al blanco, bandejas con dulces y comida, incluso percibió un olor a palomitas. Aunque elegantes, los instrumentos y la maquinaria eran antiguos, como si los hubieran instalado durante el periodo de la Belle Époque, lo que provocaba que se sintiera como si estuviera caminando a través de una cápsula del tiempo. El lugar también olía como una casa vieja que se hubiera pasado todo el invierno cerrada, antes de proceder a una limpieza a fondo en un intento por airearla.

Cada sala era más hermosa que la anterior, pintadas con colores pastel.

—¿A qué huele? —Miró al pequeño muñeco en busca de una respuesta.

—A chocolate fundido, creo yo, aunque no tengo olfato.

Lara inspiró bruscamente.

—Ha sido increíble.

—A continuación, tenemos la sala de las almendras. —El payaso señaló—. Por aquí —dijo el muñeco, guiándola a través de las puertas mientras la envolvía el dulce aroma de las almendras y el azúcar—. A este pasillo lo llamamos la Gran Explanada.

Aunque había entrado al edificio de noche, el sol brillaba al otro lado de las ventanas, sobre los setos decorativos y los laberintos de los jardines exteriores.

En la cuarta sala, se detuvieron junto a un viejo carrusel. Con su plataforma de dos alturas, era el más grande que Lara había visto en su vida.

El payaso le hizo señas para que se montara.

—¿Es una broma?

Lara ladeó la cabeza. Ese carrusel le resultaba familiar. Al ver que el muñeco no respondía, se agarró al poste con reticencia. Tenía delante un caballo del tiovivo, que empezó a manera la cola. Pero eso era imposible, ¿verdad? Como en respuesta a esa pregunta, volvió a batirla.

—Monta —insistió el muñeco.

Lara se tomó un momento para pensar. Se encontraba en lo que parecía ser otra dimensión, hablando con el muñeco de un payaso, que estaba intentando que se montara en un carrusel que podría estar conformado por animales vivos.

—Al cuerno. Esto ya no puede volverse más extraño.

Se encogió de hombros y apoyó un pie en el estribo para luego deslizarse sobre el lomo del caballo. Lara notó que se movía por debajo de ella, como si estuviera respirando. El animal comenzó a mover el cuello arriba y abajo por voluntad propia, como si estuviera despertando de un largo sueño. Entonces empezó a sonar una música de órgano y Lara comenzó a sentirse mareada mientras perdía de vista al payaso con el muñeco a juego.

Se sintió un poco aturdida, como si se hubiera tomado dos copas de champán. Entonces ocurrió algo inesperado. El carrusel comenzó a moverse hacia atrás. La primera imagen la impactó con fuerza. Las luces del carrusel se volvieron más brillantes hasta que solo pudo ver instantáneas del rostro de Ben Archer. Lara estaba sentada en un taburete en la barra de Delilah's, escuchándole hablar sobre la viuda que le había tirado los tejos. Aferrada a los bordes del asiento, Lara notó que el acolchado se estrujaba bajo sus dedos, al tiempo que comprendía que esa imagen no podía ser real. Aun así, volvieron a embargarla los celos mientras Ben exponía vagamente los detalles de lo ocurrido con esa mujer.

La siguiente imagen fue como una bofetada: su almuerzo con Ben Archer unos meses antes. La ilusión fue tan real que deslizó los brazos alrededor del cuello del caballo del carrusel para estabilizarse y comprobó que estaba aferrando un pelo liso y sedoso. Con un traqueteo rítmico, el caballo estaba trotando marcha atrás sobre la plataforma, con la cabeza gacha. Esa sensación extraña le revolvió el estómago, como cuando montaba en un tren em el sentido contrario al de la marcha. Miró en derredor y comprobó que todos los animales —el león, el tigre y la cebra— también estaban moviéndose al unísono y del revés, como una escena de una estampida rebobinada en una película.

Las luces del carrusel emitieron otro destello y el rostro de Ben se transformó. Ahora lo vio sobre las escaleras de la vieja iglesia metodista, negando con la cabeza. Lara llevaba puesto el vestido de encaje de color marfil.

Se le escapó un grito ahogado al ver la siguiente escena. Todd se encontraba delante de ella, borroso, como si estuviera a contraluz. Tuvo que achicar los ojos para verlo bien. Todd. Resolló al volver a ver su rostro. Era como la ilusión que había visto en la gala, aunque ese Todd formaba parte de un recuerdo, la escena le resultaba familiar. De cerca, después de tantos meses, Lara había olvidado muchos detalles sobre sus facciones: las líneas de expresión cerca de la boca y las motitas azules en sus ojos color avellana. Puede que su dolor fuera tan intenso que hubiera tenido que borrarlo. Y ahora parecía como si una costura floja hubiera empezado a desgarrarse de nuevo en sus entrañas. Las luces del carrusel centellearon y la música se volvió estridente, pero dentro de la imagen solo estaban ellos. Estaban montados en su Jeep, con la capota quitada; Todd la estaba mirando y sonreía. El viento soplaba en el rostro de Lara, unos mechones sueltos se le engancharon en los labios, a los que acababa de aplicar brillo. Miró a Todd a la cara, agradecida de volver a verlo y avergonzada por haber olvidado cómo se alisaba el pelo castaño con la mano. Qué guapo era.

—No te vayas.

Extendió una mano para tocarlo. Él se la quedó mirando y se echó a reír.

—¿De qué estás hablando?

Lara recordaba ese trayecto en coche. Dos semanas antes de la boda se fueron a Charlottesville. Ella observó su perfil mientras conducía, pero en ese momento exacto no cruzaron esas palabras. Todd se levantó las gafas de sol y paró el Jeep, luego se inclinó hacia ella y la besó. Esas imágenes estaban ensambladas de un modo hermoso, como los versos de un poema. Volver a acariciar el rostro de Todd, sabiendo en el fondo que lo había perdido, fue un momento de tal pureza y hermosura que se le cortó el aliento. Ese había sido su deseo: volver a verlo siendo consciente de la importancia del momento y de la pérdida que se avecinaba. Acunó su rostro entre sus manos, examinando cada línea de expresión y cada cabello suelto.

El carrusel comenzó a aflojar la marcha. Lara divisó unos destellos luminosos a través del cuerpo de Todd. Se estaba desvaneciendo.

—Te quiero —masculló esas palabras rápidamente, sujetándole todavía el rostro, un poco más fuerte de la cuenta, así que su rostro se estremeció mientras hablaba.

—Yo también te quiero. —Todd se desintegró delante de ella, su voz sonaba con eco.

Lara empezó a llorar, abrazada con fuerza al cuello del caballo. El animal también había cambiado, su cuerpo volvía a estar compuesto de madera lisa y pulida. Batió la cola una última vez y le rozó el muslo.

Cuando se detuvo, ya no era la pareja de payasos quien la esperaba. Lara reconoció el uniforme azul y verde de Shane Speer, el vidente del circo Rivoli.

¿Se había transportado de regreso a Kerrigan Falls? Llegados a ese punto, cualquier cosa era posible. Se bajó del caballo, mareada y un poco indispuesta. Su cabeza y su estómago no iban acompasados. Siempre se mareaba un poco cuando montaba en las atracciones.

—Hola, señorita Barnes. —En ese descabellado circo francés, su acento del sur de Estados Unidos resultaba totalmente fuera de lugar.

Madre mía. Era como uno de esos sueños en los que se mezclaban cosas extrañas de su vida: su profesora del parvulario sustituyendo a su padre en el escenario durante un concierto de Dangerous Tendencies, sin saberse las letras del repertorio que estaban a punto de tocar.

—Lo sé. —Shane estaba apoyado en la cabina de control, fumándose un cigarro. Dio una última calada antes de apagarlo en el suelo con una deportiva Puma negra—. Estás pensando: *¿qué está haciendo él aquí?*

—¿Tú? —Lara se puso nerviosa y señaló al chico mientras bajaba al suelo. Bueno, sería más preciso decir que intentó señalarlo, pero trastabilló.

—Trabajo aquí —dijo el vidente, sujetándola—, pero tenía que asegurarme de que tuvieras el deseo de unirte a nosotros dentro de nuestro pequeño circo, por eso me vi obligado a salir a buscarte.

—Entonces, todas esas cosas que me dijiste, ¿eran una trola?

—No. —El chico la ayudó a incorporarse y luego caminó de espaldas por la Gran Explanada, señalando con la cabeza hacia el tiovivo—. ¿Qué te ha parecido?

Lara salió tras él, tambaleándose un poco mientras miraba de reojo hacia el carrusel, analizando la atracción. Era de color turquesa con un paisaje marino pintado en la marquesina superior, engalanado con adornos dorados y unas luces redondeadas. Lara se acordó de su viejo carrusel, que se pudría detrás del granero, y de todos sus intentos por ponerlo en marcha con magia. Este era el tiovivo que Althacazur había intentado enseñarle a transportar hasta su mundo; lo entrevió muchas veces cuando estuvo a punto de materializarlo.

—Viaja atrás en el tiempo. Qué psicodélico, ¿verdad? La mayoría de la gente no aguanta mucho montada en él. Si lo hacen, se remontan a un momento anterior a su nacimiento y entonces... —Chasqueó los dedos—, hacen puf.

—¿Puf? —preguntó Lara con voz chillona.

El vidente se encogió de hombros.

—Supongo que debería contener algún tipo de advertencia... Como uno de esos letreros que dicen: TIENES QUE SER ASÍ DE ALTO PARA MONTAR. —Sostuvo una mano a la altura de su ombligo.

—¿O para avisar de que te puede matar?

—Bueno, creo que esa expresión es un poco fuerte, señorita Barnes. Solo provoca que te evapores, lo cual es muy diferente a matarte, te lo aseguro. Pero no podemos quedarnos aquí de cháchara todo el día. —Siguió caminando—. En marcha. —Pasaron junto a la sala del vidente—. Aquí sí que puedo ofrecerte una predicción muy precisa. Incluso puedo cambiarla si alguien me lo pide. ¿Ese marido infiel que veo en la palma de tu mano? Será tan fiel como una monja en domingo..., pero te costará algo.

—Déjame adivinar. —Lara se alisó la falda—. ¿Puf?

—Nah, solo tu alma. Te sorprendería saber cuántos lo aceptan. —Se detuvo un momento, luego se dio la vuelta como si fuera un agente inmobiliario enseñándole una casa—. Esta es la Sala de la Verdad. Nadie quiere entrar aquí.

—¿Por qué no?

—La estancia está repleta de espejos que eliminan cualquier ilusión, así que lo único que tienes delante es la verdad. Como podrás imaginar, nadie quiere ver las cosas tal y como son en realidad. Más de uno ha enloquecido en esta habitación. —Meneó la cabeza con gesto serio—. Ya sé que la gente dice que quiere saber la verdad. Pero ¿lo dice en serio? —Como si fuera un ilusionista, hizo aparecer de la nada un palito con algodón de azúcar de color rosa, blanco y turquesa. Se lo ofreció—. ¿Quieres probarlo?

—No, gracias —dijo Lara, cuyo estómago aún no se había asentado después del carrusel.

Shane se encogió de hombros y arrancó un trocito de algodón.

Al fondo del pasillo había un juego de puertas de color turquesa todavía más grandes, que se abrieron conforme se aproximaron. Al otro lado de las puertas estaba la carpa principal, etiquetada como LE HIPPODROME. Mientras que el sol brillaba en la Gran Explanada, cuando Lara entró en la carpa, el cielo nocturno y las estrellas asomaron a través de un techo de cristal y oro. Las paredes interiores estaban flanqueadas con bancos tallados de estilo barroco con bajorrelieves dorados y enormes lámparas de araña que colgaban del techo. La más grande estaba situada en la cúpula central, con varias agrupaciones más por encima de las gradas más próximas a la pista. Parecía el interior de un joyero. Para sorpresa de Lara, todos los asientos eran elegantes sillas de terciopelo. En la pista central, el suelo de madera tenía un diseño ornamentado y de chebrón pulido. Lara había visto antes este circo, en el cuadro Sylvie a lomos del corcel.

—El palco de honor. —Shane señaló hacia un asiento de terciopelo de color verde azulado que parecía un trono, ubicado en la primera fila, que estaba vacía.

El vidente se dirigió al centro de la pista y se situó allí. La estancia se quedó a oscuras y entonces un foco apareció sobre él.

—Damas... y, bueno, dama..., les presento al maestro de ceremonias de esta noche. El creador de este circo...

Se oyó un redoble de tambores, seguido por el estrépito de unos platillos. El foco se puso a buscar, girando en círculo hasta que acabó proyectándose sobre unas puertas dobles que se abrieron. No emergió nadie.

—Oh, mierda —dijo Shane—. Enseguida vuelvo. Es la hora de un cambio de disfraz.

El foco se apagó y las puertas se cerraron de golpe. Entonces el foco se encendió de nuevo y esta vez emergió un hombre de las puertas. Iba vestido como el jefe de pista, con levita y un sombrero de copa dorado. Sus botas negras y sus pantalones de montar centelleaban. Saludó a Lara como un cómico en el plató de un programa de televisión nocturno. *¡Es él! Althacazur.*

—Bienvenida, querida. —Su voz reverberó por la carpa vacía—. Lo sé. —Se miró el cuerpo; sus rizos castaños rozaron sus hombros—. A mí también me gusta mucho más esta apariencia. No solo me has visto con la forma de Shane Speer, sino también como el conserje de Le Cirque de Fragonard. Verás, puedo saltar de un circo a otro con mucha soltura. —Apoyó una de sus botas pulidas sobre la barandilla de madera que separaba la primera fila de la pista—. Dime, ¿qué versión de mí te gusta más?

¿El hombre que la rescató de la mujer del Père Lachaise y le mostró el retrato de Cecile Cabot? ¿Había sido *él*?

—Dijiste que me encontrarías —dijo Lara, asombrada con el espectáculo que se había desplegado ante sus ojos. Ese mundo era hermoso. Contempló el interior de la carpa. ¡Era majestuoso!

—Y así ha sido —repuso él con un guiño.

—¿Por qué? —En la gala, Althacazur dijo que había fortalecido su magia, pero nada de eso tenía sentido.

—Ah, sí… Enseguida llegaremos a eso. —Hizo una reverencia muy aparatosa, como si tuviera delante a la reina Isabel. Sus rizos castaños se desplomaron en cascadas antes de que se recolocara la chistera—. Me alegro mucho de que hayas podido acompañarnos esta noche, Lara Margot Barnes. Permite que me presente como es debido. Soy tu anfitrión, Althacazur. Estamos un poco desentrenados en Le Cirque Secret, así que te pido que seas indulgente con nosotros. Es nuestra primera función con público desde hace setenta y tantos años. También tenemos algunos miembros nuevos en la compañía, que están deseando actuar solo para ti.

Mientras transitaba —o, mejor dicho, brincaba— por la pista, Lara vio a un monito que echó a correr hacia él. *¿El señor Tisdale?* Como si pudiera leerle la mente, Althacazur sonrió.

—Oh, sí, ya conoces al señor Tisdale. Tis, parece que la señorita Barnes se acuerda de ti. Le causaste una gran impresión.

El señor Tisdale la saludó con la manita.

Sin pensar, Lara le devolvió el gesto a la criaturita.

—El señor Tisdale dice que sería una grosería por mi parte no explicarte primero lo que somos. En fin, bienvenida a Le Cirque Secret. Es posible que hayas oído hablar de nosotros.

Se interrumpió como si formara parte del guion, esperando la respuesta de Lara. Ella asintió.

—Bien. Intenta interactuar un poco con nosotros, señorita Barnes. Así quedará mejor.

Althacazur pisó las cuatro esquinas de la pista, como si fuera un escenario y él una estrella del *rock* contemporánea.

El monito siguió con la cabeza todos sus movimientos, parecía tan fascinado como Lara.

—Aparte de las quejas que expresaste antes, cuando dijiste que era necesario incluir advertencias en él… —Althacazur puso los ojos en blanco—, ¿te gustó mi carrusel, señorita Barnes? Si lo recuerdas, hace tiempo intentaste trasladarlo hasta tu mundo.

—Así es —asintió Lara.

—Es una de mis mejores creaciones. Gira del revés. —Se interrumpió, como un cómico que hace una pausa para crear efecto, después se rio como un adolescente contando un chiste verde—. Se desplaza hacia atrás en el tiempo.

El señor Tisdale aplaudió, como si aquello formara parte del número. Fue entonces cuando Lara se dio cuenta de que los dos vestían con uniformes a juego.

—Discúlpame. Debería explicarme mejor, porque internet no me hace justicia. Soy el daimón principal de… las cosas chulas. Te seré claro. Para empezar, asegúrate de decir daimón. Detestamos que la gente nos llame «demonios», nos hace parecer como si fuéramos una panda de bárbaros. Daimón es un nombre muy elegante, ¿no te parece? —Aguardó su respuesta—. También soy conocido como Althacazar —enfatizó la «a»— y Althacazure. —Acentuó la pronunciación francesa de esta última versión.

—Muy elegante —coincidió Lara al fin.

—Intenta seguir el hilo. —Althacazur se apoyó una mano en la barbilla, como si estuviera sopesando algo—. A ver, ¿por dónde iba? Ah, sí, soy el daimón de la lujuria, el vino, la música, el sexo... Todo lo que hace girar el mundo está dentro de mi jurisdicción.

Althacazur miró al adorable mono.

—Lo sé. El señor Tisdale, aquí presente, también fue muy famoso en su época.

El mono agachó la mirada hacia sus pies con modestia. Como si fuera una acotación de Shakespeare, Althacazur se inclinó hacia delante, apoyando una bota en la barandilla una vez más, enfrente de Lara, y susurró de viva voz:

—Es posible que gobernara un país en su vida anterior. —Se giró hacia el mono, que volvió a dirigir la mirada al suelo—. ¿Es apropiado decir eso? En fin, parece que no le apetece demasiado hablar de ello, pero digamos que hace unos años gobernó un país que es famoso por su *gelato*. ¿Estoy en lo cierto, Tis?

El mono pareció avergonzado al ver revelada su identidad de esa manera.

—Oh, no te preocupes por él. Ha sido un gerente magnífico del circo. A veces echa un poco de menos su antiguo yo, pero, bueno... Eso ya quedó atrás, ¿verdad, Tis?

El abatido mono asintió con la cabeza. Lara se sobresaltó al pensar que, si las pistas eran correctas, el mono que tenía delante en el pasado fue... ¿Benito Mussolini?

Como si pudiera leerle la mente, el pobre animalillo alzó la cabeza para mirarla, soltó un gritito y se marchó enfurruñado, con la cabeza gacha.

—Por cierto, señorita Barnes. Una pequeña norma. Por favor, no digas ni pienses los verdaderos nombres de mis criaturas en su vida anterior. Les recuerda quiénes fueron en el pasado. Puedes insinuarlo, pero nunca decirlo. Tisdale, Tisdale, vuelve... No lo ha hecho con mala intención.

Althacazur se giró hacia ella.

—Debes entender que, antaño, todos los miembros de mi colección fueron intérpretes famosos de algún tipo: cantantes de ópera, estrellas del *rock*, políticos... Ah, los políticos son los mejores con diferencia. Qué ególatras. ¡Los adoro! —Giró la cabeza con garbo en dirección a Tisdale—. Todos terminaron ... —Señaló hacia el suelo—. Ahí abajo, como os gusta a todos llamarlo. Pero yo dije: «Joder, no, vamos a montar una compañía para que estas pobres almas condenadas puedan volver a actuar». Y aquí estamos para una sola velada: Le Cirque Secret. —Señaló a Lara. Sus ademanes eran muy teatrales, como los de un artista de vodevil.

Las puertas se abrieron y emergieron hordas de intérpretes: payasos, trapecistas, mujeres barbudas cargadas con jaulas con gatos domésticos, todos ellos seguidos por caballos y elefantes.

Althacazur tomó a los gatos domésticos de manos de la mujer barbuda. Abrió la puerta de la jaula y los gatos saltaron al exterior.

—Asegúrate de que Tisdale esté a buen recaudo. —Se giró hacia Lara—. Intentan comérselo cuando se transforman.

Lara se sintió confusa hasta que Althacazur chasqueó los dedos y el gato negro y el atigrado se convirtieron, respectivamente, en una pantera y en un león con melena y todo. Lara recordó un pasaje del diario de Cecile.

—Hércules y Dante.

—Vaya, señorita Barnes, a los gatos les alegrará saber que los conoces. Venga, acércate...

Le hizo señas para que se reuniera con él en la pista. ¿De verdad estaba sugiriendo que entrase en el círculo con un león y una pantera?

—Sí —dijo Althacazur, en respuesta a ese pensamiento—. Lo estoy sugiriendo. Mueve el culo, señorita Barnes.

Lara se levantó del trono de terciopelo y entró con cautela en la pista. El león fue el primero que reparó en ella y se acercó, como si la estuviera evaluando. Embargada por el miedo, Lara se quedó quieta hasta que el animal la rodeó y finalmente se detuvo frente a ella. Lara se repitió que con toda probabilidad ese gato no le llegaba por encima de la espinilla, pero, maldita sea, ese león parecía muy real.

—Te lo aseguro —dijo Althacazur mientras se examinaba las uñas—. Es un gato doméstico. Una criaturita diminuta.

Como si cumpliera una orden, el león rugió con fuerza, lo que provocó que Lara gritase.

—Hércules —le ordenó Althacazur—. Arriba. —El león saltó sobre un pedestal y se sentó, observando al jefe de pista a la espera de nuevas órdenes—. Dante. —Se giró y levantó los brazos; el felino negro se incorporó sobre las patas traseras. Althacazur le dio unas palmaditas en la cabeza cuando pasó a su lado—. Ve con la señorita Barnes —ordenó.

Lara oyó el eco de sus patas delanteras cuando aterrizó con fuerza sobre el suelo de madera. Al igual que hizo Hércules, el felino rodeó a Lara en círculo antes de sentarse frente a ella como un perro. Era tan grande que, aun estando sentado, su cabeza le llegaba casi hasta el gaznate.

—No le des ideas. Limítate a darle un premio.

Lara pareció confusa.

Althacazur suspiró, impaciente.

Lara pudo ver que sus ojos ambarinos con pupilas rasgadas resaltaban de un modo vívido. ¿Era lápiz de ojos? Sí, una gruesa capa de lápiz de ojos negro.

—En tu bolsillo, señorita Barnes.

Lara se metió una mano en el bolsillo y sacó una chuchería para gatos.

—Dásela, señorita Barnes. Antes de que se cabree. Dile que es un buen chico.

Lara extendió una mano temblorosa hacia el felino. El animal giró la cabeza para recoger la golosina suavemente con la lengua.

Desde el pedestal situado por encima de Lara, el león rugió con fuerza.

—Lo sé, lo sé —dijo Althacazur—. Pero no has hecho nada por la señorita Barnes para ganarte una chuchería, ¿no crees, Hércules? Eres un perezoso.

El león saltó al suelo y se tumbó delante de Lara como si fuera la Esfinge. Como si estuviera esperando a que se produjera un punto dramático en el número, ejecutó una voltereta perfecta. Lara se metió una mano en el bolsillo y encontró otra golosina. Extendió la mano y el león, que se cernió sobre ella, la tomó con suavidad.

—Chasquea los dedos, señorita Barnes.

Lara miró a Althacazur, que imitó el gesto de chasquear como si ella fuera tonta. Lara chasqueó los dedos y, como si se tratara de un episodio de *Hechizada*, la pantera y el león se quedaron sentados frente a ella como si fueran dos gatitos, meneando la cola a un lado y a otro. Lara volvió a meter la mano en el bolsillo y encontró dos chucherías más. Se agachó y le dio una a cada felino.

—Eso te ha gustado, ¿a que sí?

Lara sonrió y acarició a los animales.

La mujer barbuda se acercó y les dio unos golpecitos para que se pusieran en marcha, percibiendo su reticencia a entrar en sus jaulas.

El espectáculo continuó con la entrada de dos payasos que empezaron a desenroscarse los brazos.

Lara observó con espanto cómo se intercambiaban brazos izquierdos y piernas derechas, después uno agarró al otro por la cabeza y la hizo girar hasta que se desprendió. A su vez, el cuerpo descabezado se aferró mientras el otro payaso rotaba a su alrededor hasta que se le cayó la cabeza. Se las lanzaron de un lado a otro mientras las cabezas continuaban charlando entre ellas. Después cada uno tomó la cabeza contraria, se la colocaron encima del cuello y las volvieron a enroscar. Althacazur aplaudió mientras los payasos hacían una reverencia y se marchaban.

—Me encanta ese número. No adivinarías quiénes eran ni en un millón de años. La ironía del desprendimiento de las cabezas... Es imposible diseñarlo mejor. —Althacazur trazó un círculo delante de Lara, sin dejar de aplaudir—. Ahora, esto es solo para ti.

La puerta se abrió y salió una figura, una silueta grande e inmensa con ocho patas. Joder. Lara les tenía fobia a las arañas. Desde que a Peter Brady se le posó una tarántula en el pecho en ese episodio de *La tribu de los Brady* en el que la familia se iba de vacaciones a Hawái, Lara las odiaba. ¿Qué era lo peor de comprarse una casa vieja? Las arañas. Y ahora se cernía sobre ella un ejemplar que medía por los menos dos metros y medio.

—Dos diez —la corrigió Althacazur, alzando una ceja—. Mide dos metros diez. Tu voz interior exagera.

Lara sintió cómo se le acumulaba el sudor sobre el labio.

—¿Supongo que este bichito tiene en realidad el tamaño de un sello de correos?

Althacazur se apoyó sobre la barandilla y encendió un cigarro.

—No. Es la hostia de grande. ¿Me equivoco?

La araña se aproximó lentamente y levantó las patas delanteras, mostrando unos colmillos peludos y gigantescos. A raíz de los innumerables libros que había leído sobre las arañas —desde la araña tela de embudo de Sídney, que te perseguía a todas partes, hasta la viuda negra que acechaba entre las pilas de leña—, Lara sabía que aquello pintaba muy muy mal. Pero por debajo del arácnido había... una mujer. *¿Una mujer estaba unida al tórax?*

Lara notó un regusto a bilis en la garganta. Estaba a punto de vomitar.

Cuando se fijó mejor, comprobó que la mujer no estaba unida a la araña, sino que más bien conformaba el tórax. Sus brazos y piernas se transformaban en las patas de la araña. Cuando la criatura se acercó, se dio cuenta de que esa mujer era idéntica a ella. A Lara se le heló la sangre, después empezó a pesarle mucho el cuerpo.

Lo siguiente que notó fue el roce apergaminado de los dedos de Tisdale. Lara había perdido el conocimiento en la pista.

—¿Me he desmayado?

El mono asintió. Ahora la pista estaba vacía y Althacazur se estaba riendo.

—Esa es mi peor pesadilla —dijo Lara, tragando saliva.

—Tendrías que haberte visto la cara. —Althacazur estaba tan eufórico que tenía los ojos desorbitados—. ¿A que ha estado bien exponerte a tu mayor miedo? —La observó desde arriba—. En el sentido más literal de la palabra.

Lara giró la cabeza hacia la izquierda para mirar al monito, que parecía compadecerse de ella.

—Levántala, Tisdale, y menéala un poco.

El mono le dio unas palmaditas y Lara se puso en pie y miró hacia atrás para confirmar que esa araña gigante no estuviera acechando en la entrada.

—Ya dejo de jugar contigo, Lara —dijo Althacazur—. Puedes ocupar tu asiento.

Lara regresó al trono gigante de la primera fila. Consultó su reloj para comprobar qué hora era, pero la esfera seguía marcando un minuto después de las once, el momento exacto en el que había atravesado las puertas. Llegados a ese punto, podrían haber transcurrido minutos o días.

Los focos se encendieron y la orquesta comenzó a tocar. Althacazur emergió del foso contoneándose.

—*Mesdames et messieurs*, bienvenidos a Le Cirque Secret, donde nada es lo que parece.

Ladeó su chistera y las luces subieron de intensidad, revelando unas gradas repletas de gente, público de verdad. Hombres y mujeres ataviados con sus mejores galas: vestidos, chaquetas y sombreros de otra época. Lara vio chisteras apoyadas en los regazos. Frente a ella, donde hasta hace unos momentos no había nada, ahora se encontraba una bandeja de plata con una copa de champán.

—¿Palomitas?

Lara se giró y vio a un pequeño oso negro, que llevaba puesta una gorguera con adornos de pedrería de color bronce y turquesa. Iba cargado con una bandeja.

—Lo sé —dijo el oso, moviendo el cuello. Parecía incómodo con su atuendo—. La gorguera es un poco excesiva. Y encima pica.

—Gracias. —Lara recogió el paquete de palomitas que le ofrecía. El oso oteó las demás filas, como si fuera un asistente de vuelo con un carrito de las bebidas.

Lara miró al hombre que tenía al lado. ¿Era real? Parecía serlo, aunque llevaba una chaqueta de lana en pleno julio. Las mujeres llevaban el pelo recogido o muy corto. Si tuviera que adivinar, su forma de vestir las ubicaba a principios de la década de 1920. Lara cruzó una mirada con aquel hombre, que le guiñó un ojo. De inmediato, Lara se giró y se quedó mirando al frente, hundiéndose en su asiento. Ese hombre le resultaba muy familiar y tardó un rato en darse cuenta de que era el mismo miembro del público que salía en el cuadro *Sylvie a lomos del corcel*, el que estaba señalando. Echó un vistazo rápido para confirmarlo. Sí, sin duda se trataba de él.

El bombo adoptó un ritmo constante, seguido por unos instrumentos de cuerda. Era una abertura familiar: *La canción del vampiro*, de Gustav Mahler. Todos los que estaban en la pista se agolparon.

En el centro, varias mujeres con falda blanca y sombrero de copa hacían malabares. Lucían una melena pelirroja como la de la muñeca Raggedy Ann. Las malabaristas se separaron y dos mujeres se pusieron a girar en sendas ruedas mientras unos bufones con uniformes a juego de color azul, rojo y dorado les lanzaban cuchillos.

Aquel número resultaría reconocible para cualquiera que hubiera asistido a un pasacalles normal y corriente. De repente, una docena de mujeres hicieron rodar una rueda gigante hasta situarla en el centro de la pista. Conformaban una imagen insólita, sus melenas de un color carmesí antinatural estaban recortadas para semejar los setos de un jardín: el peinado de una de ellas parecía un cono de helado invertido; otra tenía dos picos en punta que sobresalían por encima de sus orejas. Sus rostros eran pálidos como los de un fantasma, con los labios pintados a juego con su cabello.

Tras un revuelo de cambios de escenario, el foco ejecutó un barrido y un hombre y una mujer aparecieron agarrados de la mano antes de ocupar sus puestos.

Mientras comenzaba a sonar *En la gruta del rey de la montaña*, de Edvard Grieg, un hombre se puso una venda en los ojos mientras una mujer se subía a la rueda. Sin demasiada fanfarria, el hombre reunió su arsenal en un morral de cuero que colgaba de su hombro izquierdo y con un movimiento se giró y vació su colección de cuchillos y hachas sobre esa rubia alta y sonriente. Se oyeron unos chirridos metálicos mientras los cuchillos salían del bolso de cuero y se clavaban en el blanco indicado. En lugar de paladear cada lanzamiento, el lanzador despachó sus cuchillos como si fueran las balas de una pistola. Lara observó la escena mientras el público, convencido de saber lo que iba a pasar a continuación, se recostaba en los asientos de terciopelo. Cualquiera que se encontrase allí pudo oír el tintineo de las copas mientras los hastiados visitantes daban sorbos de champán en la oscuridad de la galería. Entre la penumbra de las gradas, Lara pudo distinguir los rostros del público: estaban aburridos, como si ese número no tuviera nada de espectacular. Como si prefiriesen la ópera.

El lanzador se quitó la venda y admiró su labor, dejando que el momento dramático se alargara un poco más de la cuenta. En algún lugar cerca de la parte superior de las gradas, un hombre tosió como para incitar al lanzador a que pasara a la siguiente revelación. La cual, por supuesto, tenía que ser la aparición de la mujer, que bajaría de la rueda sin un solo rasguño.

Pero no fue así.

Como cuando un ojo se ajusta al pasar de la luz a la oscuridad, Lara vio cómo la mujer de la rueda cobraba una nitidez repentina. Los ocupantes de la primera fila, que estaban más cerca del espectáculo, se inclinaron hacia delante desde sus asientos, convencidos de que sus ojos les estaban jugando una mala pasada. Después se oyeron unos gritos ahogados, uno de ellos de labios de Lara. La escena se esclareció, extendiéndose hacia las filas del fondo y entrecortando el aliento del público, hasta que el horror alcanzó la parte superior de las gradas. Lara se estremeció con los demás y volvió a notar un regusto a bilis en la garganta.

La mujer había terminado hecha trizas, como el tronco talado de un árbol. Todas sus extremidades, así como el cuello, estaban cercenadas con una precisión maníaca. Un muslo exangüe rodó desde la plataforma y se detuvo ante los pies del público de la primera fila, lo que provocó que una mujer delicada pegase un grito y luego se desmayara. En lo alto de la rueda, la mujer no sangraba, sino que más bien parecía separarse. Su cabeza cercenada estaba apoyada en un ángulo extraño, con los ojos abiertos.

Lara sintió que la estancia daba vueltas. Mierda, iba a desmayarse otra vez.

El lanzador de cuchillos, tras volver a colocarle el muslo en su sitio, hizo girar la rueda, dejando que se detuviera a su libre albedrío. Después le dio la espalda a la mujer y se apoyó una mano en la barbilla, como si estuviera esperando a que ocurriera algo. Solo entonces la mujer se bajó de la plataforma de una pieza para hacer una reverencia.

El director del circo entró en la pista, ondeando una mano con orgullo hacia los intérpretes.

—Louis et Marie.

El público vitoreó con entusiasmo y se puso en pie, el sonido de sus zapatos al impactar con las gradas fue como un trueno que reverberó por el interior de la carpa.

Lara echó un vistazo por el anfiteatro, horrorizada. Los invitados estaban fascinados, contemplando el espectáculo, riendo y señalando.

A continuación, salió un grupo de acróbatas sincronizados vestidos con maillots de color turquesa y dorado, por una parte, y de color rosa y dorado por la otra, todos ellos decorados con el mismo estampado de pedrería.

Entre los saltimbanquis apareció un caballo blanco. Era un ejemplar majestuoso con una crin blanca y sedosa. Sobre la cabeza llevaba un penacho de plumas turquesas. A partir de la descripción del diario, Lara supo que solo podía tratarse de Su Alteza Real.

Contorsionada hacia atrás sobre el caballo, con las espinillas apoyadas en el cuello de Su Alteza Real y las manos sobre la montura, se encontraba Margot Cabot, de Le Cirque Margot. El suelo del circo se prendió fuego y Su Alteza Real continuó galopando a un ritmo constante mientras Margot levantaba las piernas para hacer el pino con gracilidad. Luego se lanzó por debajo del caballo, hacia las ardientes llamas. Amazona y caballo se mostraron impávidos, pero Lara pudo sentir el calor que emergía del suelo. Como una grácil bailarina, Margot se quedó colgando del animal con una pierna mientras balanceaba la otra, luego se encaramó al lomo de Su Alteza Real con una pierna mientras el animal brincaba simultáneamente en el aire. Finalmente, las llamas envolvieron a la pareja hasta que atravesaron un muro de fuego, completamente ilesos. El caballo ejecutó una especie de reverencia y Margot saltó al suelo desde su lomo para saludar al público.

De repente, las llamas desaparecieron y Althacazur regresó para anunciar el siguiente número: la danza de la muerte. Doce payasos andróginos comenzaron a bailar un vals, con el pelo blanco y unos elegantes uniformes colorados adornados con cuentas. Tenían un aspecto fantasmal, pero la danza era hermosa. Tres elefantes salieron a escena y levantaron a los payasos sobre sus lomos en perfecta sincronía. Del techo emergieron tres sogas.

Mientras se desarrollaba este espectáculo, los demás payasos empujaron unas guillotinas con ruedas. Lara empezó a ponerse nerviosa con ese número, que llevaba el funesto nombre de danza de la muerte. En perfecta sincronía, las hojas de las guillotinas cayeron, al tiempo que los payasos saltaban desde los lomos de los elefantes… Y entonces se reveló que lo que colgaba del techo no eran simples sogas, sino horcas. Mientras la orquesta seguía tocando, rodaron cabezas y se partieron cuellos. Lara se cubrió la boca con una mano. Una mujer suspiró e hizo amago de desmayarse. El circo había resultado ser un espectáculo macabro y mortal, llevado a cabo dentro un círculo. No era de extrañar que algunos de los artistas de Montparnasse lo considerasen una especie de arte escénico. Aun así, Lara sabía que se trataba de una danza de los condenados.

Mientras los payasos colgaban de las sogas, comenzaron a despertar y a encaramarse por ellas, balanceando las piernas al compás. De igual modo, los payasos descabezados retomaron el vals y continuaron con la danza, girando sin parar. El ritmo de la música aumentó hasta alcanzar un crescendo frenético.

La pista se quedó a oscuras. Mientras regresaban las luces y los payasos retomaban sus puestos originales, el vals volvió a serenarse hasta que trazaron un círculo para salir de la zona.

Comenzó a sonar un tambor, seguido por un canto gregoriano.

Del grupo emergió una mujer con el pelo de color platino. Lara había visto su efigie colgada en la pared del Cirque de Fragonard.

Era Cecile Cabot, la mujer del retrato.

Para ese número iba a utilizar una soga con una campana en el extremo inferior. Mientras esperaba, la soga descendió desde el centro de la pista. Cecile saltó sobre la campana y empezó a contorsionarse rápidamente alrededor del objeto, a medida que se elevaba cada vez más por encima del público. Cuando llegó al punto más alto, el público se dio cuenta de que debajo no había ninguna red. Cecile comenzó a girar sobre la soga dorada más y más rápido, para luego reducir la velocidad y volver a descender hasta el extremo con forma de campana. Colgando de ella, giró las piernas como si fuera una hélice, rotando su cuerpo a toda velocidad como si fuera un plato. Y luego se soltó de la campana.

La música tenía una sonoridad sobrenatural. Lara pensó en los compositores de Europa del este; la melodía era tan trágica y cautivadora como una marcha fúnebre rusa.

El público, consciente de que Cecile estaba suspendida únicamente por sus propios medios, se inclinó hacia delante, previendo que se caería en cualquier momento, pero no fue así. En vez de eso, ralentizó sus rotaciones para que el público pudiera comprobar que, efectivamente, estaba flotando en el aire. Se recompuso y giró horizontalmente, ganando velocidad como una patinadora artística, desplazándose por el aire como si fuera una broca humana. Cecile poseía la gracilidad de una gimnasta rítmica o una bailarina de ballet, sus movimientos eran fluidos. Cuando terminaron las rotaciones, rodó lentamente hacia el suelo y aterrizó con suavidad antes de inclinarse para hacer una reverencia.

Era difícil describir el sacacorchos. Desde luego, los diarios no hacían justicia a ese movimiento. Ver a una mujer volar con tanta gracilidad sobre el escenario, como si fuera un ave girando en espiral, fue una de las actuaciones más asombrosas que Lara había presenciado en su vida.

El público se puso en pie para dedicarle una ovación.

Con un movimiento del brazo, Cecile Cabot hizo que todo desapareciera, incluido el público y el espectáculo. Después se giró hacia Lara y le dirigió una reverencia.

—Esto, querida, es Le Cirque Secret, donde nada es lo que parece.

Esa mujer que tenía delante era muy diferente a la muchacha tímida e introvertida de los diarios. Mientras caminaba hacia ella, tenía pleno control del entorno, confiada y segura de sí misma. Pero ¿no estaba muerta? Lara no podía comprender cómo una mujer que llevaba tanto tiempo muerta podía presentarse frente a ella. Cecile sonrió, como si supiera lo que estaba pensando.

—No soy esa muchacha ingenua de antaño. Cierto, llevo muerta mucho tiempo, pero los intérpretes de este circo son en su mayoría difuntos.

Lara no paraba de olvidar que allí era como si todos sus pensamientos se proyectaran en una maldita pantalla gigante.

—Lo siento. No pretendía…

Pero Cecile negó con la cabeza.

—Lara Barnes. Te he estado esperando desde hace mucho, mucho tiempo.

22

Kerrigan Falls, Virginia
5 de julio de 2005

Ben había repasado casi todas las notas del historial de Peter Beaumont y no había encontrado nada que no hubiera visto antes. Sacó una imagen de una pila de fotos sujetas entre sí por un clip y la examinó. La persona que sacó esa foto había hecho que el rostro de Peter se iluminara, así que Ben supuso que fue tomada por alguien a quien él quería, aunque su madre dijo que no había nadie especial.

La única persona a la que mencionó la madre de Peter fue Jason Barnes, que fue interrogado dos veces y aseguró que era inconcebible que Peter se hubiera marchado sin más. Los dos estaban planeando mudarse a Los Ángeles en ese mes de noviembre para probar suerte. Sin embargo, Jason Barnes no fue a la gran ciudad después de que su mejor amigo desapareciera. Ben reflexionó sobre ese detalle. ¿Por qué? Seguro que Jason podría haberlo logrado por su cuenta; de hecho, acabó teniendo éxito como músico. Fijándose en la fecha, echó cuentas y comprendió que parte de la razón por la que Jason probablemente no fue nunca a Los Ángeles se debió al hecho de que Audrey estaba embarazada de Lara en esa época. Jason y Audrey se casaron dos meses después de la muerte de Peter. Por mucho que detestara hacerlo, tendría que hablar con el padre de Lara.

Giró la foto de Peter y encontró una vieja nota adherida en el reverso. Bueno, «adherida» no era la palabra exacta; el celo casi se había fusionado con el papel fotográfico. Ben supuso que se debía a la humedad. Allí no se preservaba nada en depósito y daba la impresión de que las fotos estaban empezando a deformarse. Era la caligrafía de su padre, redactada con tinta negra. Aunque había pasado horas estudiando las notas de su progenitor, no había examinado las fotos. Ahí estaba. El pequeño detalle que había pasado por alto.

¿Otro caso conectado? 1944.

Nadie había mencionado nunca otro caso. Registró el cajón de su padre, donde guardaba el archivo de Peter Beaumont. No había ningún otro caso. Ben inspeccionó el texto con más detenimiento. Aquella no era la caligrafía de su padre. Teniendo en cuenta que la nota estaba pegada en el reverso de una foto, se preguntó si su padre habría recibido siquiera ese mensaje. Los documentos policiales de los años cuarenta estaban archivados en el sótano del juzgado y Ben no tenía claro qué debería buscar. Ninguno de los archivos estaba digitalizado. No se habían producido asesinatos desde la década de 1930, así que era sensato limitar su búsqueda a casos de personas desaparecidas. Podría llamar a Kim para ver si a ella le resultaba más fácil revisar los archivos del periódico en microfilms correspondientes a ese año, en busca de cualquier caso de ese tipo. Levantó el auricular para llamar al periódico, pero entonces, al acordarse del almuerzo del día anterior, se lo pensó mejor. Agarró sus llaves y recorrió la manzana que lo separaba del juzgado. Por el camino, se detuvo a tomarse un café solo en Feed & Supply. Llevaba varios días durmiendo mal, así que le costaba mantenerse despierto a primera hora de la tarde. Puede que un café fuera justo lo que necesitaba. Caren Jackson estaba reponiendo los dulces después de la hora punta de la mañana.

—Vaya, ya veo que has pasado de los cruasanes a los cupcakes.

Mientras contemplaba la cafetería, Ben se sintió impresionado con lo que había hecho Caren con el antiguo local de la ferretería. Todos los negocios de Kerrigan Falls estaban ubicados en un edificio que «solía ser» otra cosa. El viejo suelo seguía teniendo esa resonancia tan marcada cuando pisabas sobre los sólidos tablones. En el pasado, Ben estuvo allí con su padre, rebuscando entre los cajones repletos de clavos y tornillos. Ahora contenían bolsitas de té y granos de café. Los vistosos tonos enjoyados de las sillas y los sofás de terciopelo combinaban bien con los desgastados asientos y sofás de piel Chesterfield que encontraron Caren y Lara.

Caren se echó a reír al oír su comentario.

—¿Te apetecería probar un cruasán de almendra? Si no, acabará quedándose duro. Suelo encargarlos para nuestra amiga en común, que seguramente estará disfrutando del sabor original en París.

—Vale —dijo Ben—. Normalmente solo la veo para cenar, así que no estaba al corriente de su afición a los cruasanes.

—¿Has hablado con ella? —Caren empleó un tono que denotó que tenía información de primera mano sobre su relación incipiente con Lara. Si es que podía llamarse así.

—Hablé con ella hace dos días —respondió Ben—. Hoy debería volver a casa, ¿verdad?

Caren sonrió como si eso no hubiera hecho más que reafirmar sus sospechas.

—¿Y tú has hablado con ella?

—Recibí un email hace dos días —dijo Caren—. Han ampliado el viaje unos días más. Mencionó algo sobre un experto en arte.

—¿Te contó que la persiguió una mujer por las calles de París?

—¿Qué? —exclamó Caren—. No me ha dicho nada.

Ben quería un café para llevar, pero Caren se lo sirvió en una taza de porcelana y colocó el cruasán calentado en un plato a juego. Después de deslizar ambas cosas sobre el mostrador, se inclinó sobre la vitrina de cristal.

—¿Audrey está al tanto de esto?

—No lo sé —respondió Ben—. Le dije a Lara que llamara a la policía. Tiene un cuadro valioso en su poder. Alguien podría estar intentando robarlo o secuestrarla para conseguirlo. Si hablas con ella antes que yo, asegúrate de que llame a la policía.

Ben probó un sorbo y le alegró comprobar que el café estaba recién hecho, algo que no solía suceder a esas horas de la tarde. Se llevó la taza a la mesa más cercana. Caren se acercó con el cruasán templado en un plato.

—Estoy preocupada por ella. —Se apoyó en el respaldo de una butaca de piel—. Llevo toda la vida viendo ese cuadro colgado en el pasillo, enfrente del baño de invitados. ¿Quién habría imaginado que sería valioso?

—Entonces, ¿era uno de esos cuadros que se ponen enfrente del baño?

—Exacto —dijo Caren, riendo—. Normalmente, suele ser un cartel de un anuncio de champán parisino o una imagen de unos perros jugando al póquer. Es el tramo de pared con menos glamur de cualquier casa.

Ben se rio.

—¿Y Audrey le regaló el cuadro a Lara?

—Sí —dijo Caren, cruzándose de brazos—. A Lara no le entusiasmaba demasiado. Se quedó estupefacta cuando se enteró de que podría resultar valioso.

Caren hizo una pausa.

—Tienes cara de querer preguntarme algo. —Ben dio un bocado del cruasán de almendra, dándose cuenta de que no había probado nunca uno de esos. Le sorprendió el sabor floral y avainillado del centro.

—¿Tanto se me nota? —Caren titubeó.

Ben se preguntó si quería conocer cuáles eran intenciones hacia su mejor amiga.

—¿Qué crees que le pasó realmente a Todd? —Caren miró al suelo, sus largos rizos en espiral se meneaban cada vez que movía la cabeza.

Ben se sintió incómodo con esa pregunta. Michelle Hixson le preguntó lo mismo y él no supo qué responder. Por el bien del caso, no podía entrar en detalles con Caren, como tampoco pudo hacerlo con la reportera. Y menos aún con Caren, quien, a raíz de la amistad que las unía, se sentiría obligada a contárselo a Lara, ya fuera de manera consciente o inconsciente. Sopesó su respuesta con cautela.

—Lo que puedo decir es que no creo que Todd abandonase a Lara.

Caren pareció aliviada al escuchar esa respuesta.

—Hay tantas teorías... Algunas de ellas disparatadas.

—He escuchado la mayoría —repuso Ben, mordaz, mientras bebía otro sorbo de café—. Lo del aeropuerto de Dulles no tenía ni pies ni cabeza. Vi a aquel tipo en la grabación de seguridad y te puedo asegurar que no era Todd Sutton.

—En serio —dijo Caren, que pareció un poco sorprendida—. Tienes que activar una línea telefónica para recabar pistas.

En ese momento sonó la campana y un cliente entró por la puerta. Caren se excusó y regresó al otro lado de la barra.

Ben dejó su taza sobre la mesa y se fijó en que había un tablero de ouija, que además era antiguo. Tocó los bordes curvados. Se plegaba como una bandeja. Tenía sus años, pero la madera que lo componía era bonita y estaba bien conservada. Empujó el tablero con el dedo, provocando que se moviera un poco. Le pareció que se desplazó demasiado para la fuerza que le aplicó, así que Ben pegó un ligero respingo.

—Pero ¿qué...?

Con tanta soltura como si estuviera patinando, el puntero comenzó a deslizarse sobre la superficie de madera. Por acto reflejo, Ben alzó la mirada para comprobar si estaba enganchado a un alambre. Miró debajo de la mesa para ver si había algún control remoto. Eso sería una broma graciosa, pensó. El puntero se detuvo, como si estuviera en reposo, esperando a que Ben se concentrara en él. Después reanudó la marcha lentamente hasta detenerse sobre la letra «D».

—¿Qué pasa aquí? —dijo Ben, nervioso, mientras seguía mirando en derredor para comprobar si alguien lo estaba observando, haciéndole una jugarreta. Era la clase de broma pesada que le gastaría su mejor amigo de la universidad... Entonces se acordó de que Walker estaba muerto.

El puntero volvió a desplazarse por el tablero hasta recalar en la «E».

Ben agarró la taza y la olisqueó. Olía a café y no parecía que llevara alcohol.

—¿Qué pasa?

Como si estuviera esperando una confirmación por su parte, el puntero se desplazó otra vez hasta posarse sobre la letra «Z».

¿Z? Ben pareció confuso y esperó a que marcara otra palabra. Transcurrió un minuto sin que ocurriera nada.

—¿Dez?

Nada.

Caren apareció por detrás de él y Ben se sobresaltó.

—Madre mía, qué susto me has dado —dijo, apoyándose una mano en el pecho.

—¿Estás bien?

Caren lo miraba con sus ojos castaños abiertos de par en par. Ben se dio cuenta de que tenía unas pestañas larguísimas y de que uno de sus ojos en realidad era verde. Heterocromía, lo llamaban.

—¿Este tablero está trucado? —Señaló hacia la ouija con el puntero apoyado todavía sobre la «Z».

—No —respondió Caren—. ¿Por?

—Te juro que se ha movido.

—Ay, madre —exclamó Caren—. No empieces tú también.

—¿Eh? —Ben pareció confuso.

—Lara odia los tableros de ouija. Para ser justos, hace años, uno de estos tableros se volvió loco delante de nuestras narices durante una fiesta de pijamas que organizó mi hermana. Imagínate a doce niñas gritando a la vez. Lara pensaba que fue su mente la que lo provocó. Hasta el día de hoy, sigue creyendo que fue cosa suya. Mi padre dijo que seguramente se debió a la electricidad estática.

—¿Electricidad estática?

Ben era un gran escéptico, pero ni siquiera él se tragaba esa respuesta. Pero entonces, ¿cuál era la alternativa? Recogió la taza de café y el plato vacío.

—Déjalo ahí —dijo Caren—. Ya me ocupo yo.

Ben se levantó, le sorprendió sentirse un poco mareado. Él no veía cosas. Desde su punto de vista, el mundo tenía un orden establecido.

—Gracias, Caren.

Una vez fuera, se dio cuenta de lo nervioso que estaba. Tenía que ser por la falta de sueño.

En el juzgado, Ben se ofreció a ir él solo a la sala de archivos, pero Esther Hurston le aseguró que era su deber abrirle la puerta. Lo guio por el pasillo… Bueno, guiar era una palabra un poco exagerada, porque Esther caminaba muy despacio a causa de sus problemas de cadera. Una vez lo llevara hasta la puerta, Ben podría hacer lo que quisiera.

Esther abrió la vetusta puerta, que tenía un enorme panel de cristal esmerilado adornando la mitad superior. Ben pensó en la típica puerta de las novelas de Philip Marlowe. Alguien podría haber grabado las palabras DETECTIVE PRIVADO sobre el cristal. Aquel día, Ben se sintió como si fuera uno de esos. Resultaba duro ser el jefe de policía en un pueblo donde no pasaba nada. Ese misterio resultaba más emocionante que cualquier otra cosa que hubiera experimentado en mucho tiempo.

Al ver la pila interminable de casos de 1944, Ben se sintió un poco desalentado. La sala no tenía aire acondicionado, así que abrió varias ventanas y entró una brisa agradable. Unas partículas de polvo se arremolinaban en los haces de luz. Los archivos estaban distribuidos por orden cronológico, en función de la fecha en la que se abrió cada caso, empezando por diciembre de 1944 y remontándose hacia atrás. Tras abrir el primer archivo, tuvo una corazonada y localizó la tanda correspondiente a octubre. Después de revisar unas diez carpetas, encontró lo que estaba buscando. Ni siquiera tuvo que seguir registrando la pila. Lo tenía delante.

—Oh, mierda.

Desmond «Dez» Bennett, 19 años. Desaparecido en Duvall Road el 10 de octubre de 1944.

El coche de Bennett apareció abandonado con el motor en marcha y la puerta del conductor abierta el 10 de octubre por la mañana. No había fotos del lugar de los hechos en el archivo, pero Ben no necesitó ninguna, pues había presenciado la misma escena del crimen dos veces y estaba seguro de que el coche había aparecido en diagonal. Aun así, nunca había oído hablar de Duvall Road. ¿Qué tenía esa fecha que resultaba tan importante? ¿Se trataría de una especie de asesinato ritual repetido cada treinta años? Tenía que ser eso. Tuvo que admitir incluso que la teoría de Caren sobre un aquelarre estaba empezando a cobrar verosimilitud.

Y el tablero de ouija. Por más que quisiera achacarlo a la falta de sueño, había deletreado Dez por voluntad propia.

Buf, ojalá su padre siguiera vivo. Esos tres casos le venían grandes. Esas desapariciones se remontaban sesenta años hacia el pasado. Suponiendo que la misma persona fuera responsable de los tres incidentes, ahora tendría unos ochenta años. No es que fuera imposible, pero sí improbable. Entonces, ¿qué significaba eso? Siempre quedaba la teoría sobrenatural, pero seguía sin poder aceptarla. Así pues, ¿se trataba de asesinatos rituales o asesinatos en serie cometidos por múltiples personas? Esas ideas le ponían la piel de gallina.

Cerró la carpeta, se la guardó bajo el brazo y cerró la puerta del archivo al salir. Mientras recorría el mismo pasillo por el que estuvo bailando con Lara la otra noche, Ben comprendió que si se producía algún milagro y Todd Sutton regresaba a Kerrigan Falls, jugaría sus bazas y pelearía por ella. Miró la carpeta que llevaba en la mano; el caso de Desmond Bennett continuaba abierto, lo que significaba que Bennett no había regresado en 1965, cuando se envió la carpeta a los archivos. En vista del historial, era improbable que Todd regresara alguna vez.

Le devolvió las llaves a Esther. Algo le reconcomía. Creía saberlo todo sobre ese pueblo, pero era evidente que no.

—¿Sabes dónde está Duvall Road? No he oído hablar nunca de esa carretera.

Esther resopló.

—Querrás decir dónde estaba.

Tenía las manos nudosas, atareadas en grapar unos documentos con tanto ímpetu que Ben se alegró de no ser el papel ni la grapadora.

—¿Estaba?

—Era la carretera que discurría por encima del viejo puente de Shumholdt. Era un tramo horrible de un solo carril. Antes de que la ensancharan, tenías que tocar el claxon y aguzar el oído para comprobar si venía alguien por el puente en dirección contraria, sobre todo en la curva. Te tocaba rezar para no cruzarte con otro coche. Si eso pasaba, uno de los dos tenía que dar marcha atrás por aquel puente tan estrecho.

—¡Un momento! —Ben se inclinó sobre el mostrador—. ¿Me estás diciendo que a Duvall Road le cambiaron el nombre?

—Sí, cuando construyeron el puente nuevo la renombraron como Wickelow Bend Road. Pensaba que todo el mundo sabía eso. —Mientras hablaba, la grapadora metálica vibró como un instrumento de percusión cada vez que descargaba la mano—. Los jóvenes de hoy no conocéis la historia.

—Gracias. —Ben se dio la vuelta y se apoyó en el marco de la puerta—. Oye, no te acordarás de un chico llamado Desmond Bennett, ¿verdad? Desapareció en 1944.

Esther lo miró y se le iluminó el rostro.

—¿El piloto de carreras? Claro que me acuerdo de él. Era muy guapo. Todas las chicas hacíamos cola para comprar entradas cuando el derbi llegaba al pueblo. Desmond volvió de la guerra…, herido, me parece…, y luego se metió en el mundo de las carreras. Era famoso en esta región, así como en Carolina del Norte, Georgia y Tennessee. Un rompecorazones en toda regla. Lo vi en una ocasión. —Esther arqueó las cejas al recordarlo.

—Gracias, Esther. —Ben giró el picaporte de la puerta.

—Por cierto —añadió la mujer, que alcanzó a Ben antes de que se marchara—. Un detalle curioso sobre Dez Bennett. Era el novio de Margot Cabot … Bueno, se rumoreaba que había algo entre ellos. Ya sabes, la rubia que sale en todos los carteles del circo que hay por la zona. La que tenía unas piernas como Betty Grable.

—No. —Ben se quedó paralizado de repente en el umbral—. No sabía eso.

Ben salió de la oficina de registro y llegó al pasillo. No solo tenía tres hombres desaparecidos, sino que todos parecían conectados con la familia de Lara.

Cuando regresó a la comisaría, Doyle estaba jugando a un video-juego. Ben depositó una carpeta sobre su escritorio.

—Cuando termines.

—Estoy a punto de perder un troll. —Doyle se levantó de la silla, derrotado—. Acaban de matarme.

—¿De verdad crees que deberías estar jugando a eso delante de mí, Doyle?

—Ni idea. —Se encogió de hombros—. ¿Qué más tenemos que hacer?

—Ya que lo mencionas...

Ben señaló hacia la carpeta que acababa de dejar sobre el escritorio. Doyle la recogió y empezó a hojearla.

—Joder. ¿De cuándo es esto?

—Es de 1944. Sobre un hombre llamado Desmond Bennett. Tenía diecinueve años. Desapareció el 9 de octubre de 1944. Encontraron su coche en Duvall Road al día siguiente.

—Eso es raro de cojones.

—Lo más extraño es que, según Esther Hurston, Duvall Road era el antiguo nombre de...

Ben dejó la frase a medias para comprobar si Doyle estaba prestando atención.

—Deja que lo adivine: ¿Wickelow Bend? —Su ayudante sonrió.

—Has dado en el blanco.

—¿Así que tenemos tres hombres desaparecidos el mismo día, de la misma manera y en la misma ubicación cada treinta años?

—Sí, estoy empezando a pensar que se trata de una especie de asesinato ritual. ¿Hay constancia de alguna comunidad esotérica en la zona?

Un detalle que alivió a Ben fue que el descubrimiento de otro asesinato treinta años antes parecía descartar a Jason Barnes como potencial sospechoso.

—No lo creo. —Doyle miró hacia su ordenador.

—¿Puedes averiguar más cosas sobre Desmond Bennett? ¿Y si preguntas en el periódico?

—¿No puedes llamar a Kim Landau tú mismo? —repuso Doyle, riendo.

—Preferiría no hacerlo.

—Entiendo. —Su ayudante le guiñó un ojo.

—No, no lo entiendes, Doyle. No entiendes nada.

—Ya, ya. —El ayudante se encogió de hombros para dejarlo correr—. Por cierto, te ha llamado una agente inmobiliaria o no sé qué.

—Mierda —exclamó Ben mientras contemplaba la nota que estaba sobre su mesa. Abigail Atwater le había devuelto la llamada y estaba de camino a la casa.

Cinco edificaciones victorianas separaban su casa de aquella en la que se crio, y en todas ellas ondeaba una bandera estadounidense de gran tamaño coincidiendo con el festivo del cuatro de julio. Ben pasó corriendo junto a ellas, mientras divisaba el letrero magnético de AT-WATER & ASOCIADOS en un Cadillac SUV negro. Estaba demasiado lejos para ver si Abigail Atwater estaba en el coche o no.

Daba la impresión de que todas la casas de la calle Washington habían pasado por las manos de un niño con una caja de ceras para pintarlas. Al lado de la casa de Ben se alzaba la majestuosa mansión victoriana de Victor Benson, un edificio de dos plantas de color amarillo limón con remates en tonos violeta y un porche que rodeaba la fachada. Los fines de semana, Vic y su mujer se sentaban en el balancín del porche a tomarse un vino. La casa de Ben era de ladrillo visto, pero Marla encargó que la pintaran hace dos años, así que ahora tanto el ladrillo como la lechada exhibían un color rojo tan vibrante como el de un camión de bomberos.

—Es una casa de revista, ¿verdad? —exclamó Victor Benson desde su porche—. Tu mujer... —Hizo una pausa al darse cuenta de su error—, bueno, Marla tiene buena mano con las plantas.

—Supongo —respondió Ben.

Ahora la casa se había convertido en el territorio de Marla. Cada esquina del porche tenía una maceta repleta de flores que se desparramaban desde su interior.

Victor Benson tenía el pelo canoso y cortado al estilo de un presentador de un concurso de la tele. Lucía un bronceado perpetuo y mencionaba campos de golf como Torrey Pines en los que jugaba habitualmente, como si Ben supiera de qué estaba hablando.

—Gracias a ella, el valor de tu propiedad se ha disparado —dijo Victor—. He visto que Abigail Atwater acaba de entrar.

Victor dejó ese comentario en el aire. Era el agente inmobiliario de Century 21 en el condado de Kerrigan y parecía bastante molesto por comprobar que su principal competencia acababa de entrar en la casa de su vecino. Ben no había pensado en utilizar los servicios de Vic, pues consideraba que mantenían una relación demasiado estrecha con su vecino.

—Necesito que vengas a hacer una tasación —dijo Ben—. Te llamaré.

—Ya sabes mi número. —Victor le dijo adiós con la mano, mientras miraba a Ben como si no se creyera lo que le acababa de decir.

Desde que estuvo en la casa por última vez, Marla había centrado sus esfuerzos en el jardín. El año anterior, Ben se ofreció a contratar un paisajista, pero ella pareció irritada con esa sugerencia. Cuando se dirigió a abrir la puerta mosquitera vio diez arbustos tropicales y una pequeña pila de baldosas esperando en el porche delantero a que Marla se ocupara de ellas.

Ben nunca había dedicado demasiado tiempo al jardín, pero desde el porche pudo ver que la pequeña porción de terreno entre su casa y la mansión victoriana de los Benson estaba ahora repleta de flores, hileras y marañas de bojes, geranios, rudbeckias bicolores, salvias azules y azaleas, flores y bulbos que formaban aglutinaciones de tonos verdes, rojos, amarillos y morados. Las flores estaban en plenitud y Ben estaba seguro de que las abejas no tardarían en hacer acto de presencia.

Cuando llegó hasta la puerta, divisó a Abigail Atwater en el vestíbulo, enfatizando sus palabras con sus uñas rosas.

—Ya tiene mi tarjeta —recalcó.

—Así es —dijo Marla desde el interior de la casa. Ben vio cómo examinaba aquel trozo de papel—. Hablaré con Ben y la llamaremos cuando estemos listos para vender.

—Esta casa es una maravilla —exclamó Abigail—. Se venderá en un periquete.

Ben oyó reír a Marla. Esa risa le confirmó que se había metido en un buen lío.

—Vaya, mire quién ha llegado —dijo Abigail mientras abría la puerta.

—Sí —coincidió Marla—. Vaya, vaya.

—Lo siento —dijo Ben—. Tendría que haberte avisado.

Marla alzó las cejas para confirmar que opinaba lo mismo.

—Le he dicho a su mujer que me encantaría poner esta monada en el mercado. —Se inclinó hacia él—. No me sorprende que no cuente con Victor Benson. —Señaló con la cabeza en dirección a la casa del vecino—. He oído que le pega un poco a... —Imitó con la mano el gesto de echar un trago a una botella.

—Oh —dijo Marla—. ¿En serio? —Ondeó los dedos en un intento por conseguir que Abigail se marchara de una vez.

Como unos padres que esperan a que los niños salgan de la habitación antes de discutir, Ben y Marla se quedaron callados hasta que Abigail se alejó lo suficiente.

—¿Cómo has podido? —le espetó Marla, todavía sin alzar la voz—. Eres un cobarde, Benjamin Archer. ¿A quién se le ocurre enviar a un agente inmobiliario? Y ni siquiera a nuestro vecino, por el amor de Dios.

—No pensé que vendría hasta aquí —dijo Ben—. Estaba fuera de la oficina. Lo siento, Marla. Victor Benson ha dicho que el valor de la casa se ha puesto por las nubes gracias a tu buena mano con las plantas.

—¿En serio? —Marla metió las manos en los bolsillos de sus vaqueros blancos—. Lo hice por la visita guiada por las casas de la localidad.

¿Cómo podía haberlo olvidado Ben? Cientos de personas pasaron por allí durante el Festival de Verano que terminó casi dos semanas antes. Gracias a Marla, su casa —y ahora su jardín— siempre formaba parte de la visita guiada. Marla también era la fotógrafa oficial del festival, aunque muchos de esos compromisos seguían sin ser remunerados.

—Entonces puede que sea un buen momento para vender.

—Ya hemos hablado de esto. No pienso vender la casa.

Marla se apoyó las manos en el rostro con un gesto de exasperación y avanzó por el pasillo. Aunque Ben pensó que ya no debería fijarse en esas cosas, lo cierto era que Marla tenía un aspecto estupendo, renovado incluso. Se afligió un poco al comprender que seguramente era porque se había librado de él. Vestía con pantalones vaqueros y una camiseta rosa y holgada. Mientras se encaminaba a la cocina, sus pies descalzos resonaron sobre los tablones del suelo y su larga coleta castaña se balanceaba a su paso.

—Si solo has venido a hablar de vender, ya puedes irte. Esta casa me pertenece.

Técnicamente, la casa les pertenecía a los dos —tanto a Ben como a Marla—, pero él no tenía ganas de discutir. Antes de ellos, perteneció a la madre de Marla y estuvo en manos de su familia durante años. Marla estaba trabajando como fotógrafa en Los Ángeles cuando su madre enfermó. Se mudó con ella para cuidarla hasta que murió, después se encontró viviendo en una casa destartalada de ocho habitaciones.

El edificio necesitaba reparaciones urgentes, así que Ben refinanció la casa antes de que se casaran y la arregló con el dinero que había ahorrado durante años. Solo llevaban saliendo cuatro meses antes de que le pidiera matrimonio, pero Ben pudo advertir cómo se agotaba el tiempo de permanencia de Marla en un lugar como Kerrigan Falls, así que realizó gestos grandilocuentes como pedirle matrimonio y asumir la responsabilidad financiera de la casa para que se quedara allí. Recordó cuando entró en la casa por primera vez y pensó que parecía una sucesión de salas de tanatorio anticuadas con las cortinas echadas.

Pero ahora parecía una casa salida de un reportaje de la revista Southern Living. En las paredes color lavanda del comedor había ejemplos de la obra de Marla, fotografías en blanco y negro con composiciones complejas y usos sorprendentes de la luz. Estaban agrupadas de un modo meticuloso, con fotos más pequeñas en la parte externa y una foto grande de una montaña rusa antigua como pieza central.

Marla era conocida por sacar fotos de lugares abandonados: centros comerciales, parques temáticos, aeropuertos. La colección entera estaba engalanada con finos marcos de platino y paspartú blanco para dar énfasis. Los revestimientos blancos de madera y la repisa de la chimenea a juego tenían un ligero lustre. Era una estancia tranquila con la que Marla se había devanado mucho la sesera.

En los diez años que estuvieron casados, la casa se había convertido en una de las más conocidas del pueblo. A su vez, ellos se convirtieron en una pareja bastante influyente, aunque Ben disimulaba el hecho de que el negocio de Marla nunca había ido especialmente bien, y el salario de la sociedad histórica era más simbólico que lucrativo. Se sentía culpable por hacer que se quedara allí cuando podría haber regresado —debería haberlo hecho— a Los Ángeles a sacar fotos de estrellas de cine para las revistas, como era su sueño, así que al principio no la presionó para vender.

—A lo mejor podrías convertirla en un hostal.

—Ya me he hartado de la gente —replicó ella.

—¿Y eso?

—Acogí a un grupo de chavales de doce años que iban a hacer *rafting*.

—¿Y por qué diablos hiciste eso?

—Alguien tenía que hacerlo.

Marla se encogió de hombros y se sirvió una taza de café, pero no le ofreció otra a Ben. En vez de eso, se apoyó en la encimera, sujetando aquella taza descomunal con las dos manos. Ben ni siquiera había cruzado la puerta principal y ya se estaban tirando los platos a la cabeza. Típico de ellos.

—Oye, agradezco lo que hiciste por mí con esta casa. —Marla dio un trago largo de café—. Ya lo sabes.

—No hay de qué. Ahora me gustaría librarme de ella.

—¿De ella? ¿O de mí?

Ben no quería entrar en ese juego. Marla estaba convirtiendo ese asunto en una disputa personal. Pero no lo era.

—Fuiste tú la que me dejó.

—Te eché de casa. —Se encogió de hombros, como queriendo quitarle hierro.

—Me fui por mi propio pie, Marla —replicó Ben.

—Lloraste a moco tendido. —Marla sacó algo que había en su taza, eludiendo su mirada.

—Vale, sí, me puse un poco emotivo. —Percibió una abertura, aunque toda esa conversación le parecía una trampa—. Oye, ¿no quieres empezar de nuevo?

—¿Contigo? —Marla pareció horrorizada con esa pregunta.

—No —se apresuró a responder Ben.

Marla apoyó la taza en la encimera y cruzó los brazos. Era una pose firme.

—Quiero empezar de nuevo en esta casa. Dime una cosa. ¿De verdad serías capaz de arrebatármela?

—No seas melodramática, Marla.

Ben se sentó en un taburete junto a la encimera y advirtió cómo Marla arqueaba un poco una ceja, como si no debiera acomodarse en esa casa que todavía estaba pagando.

—¿Y bien? ¿Serías capaz?

—No, pero me encantaría que me comprases mi parte, tal y como venía recogido en nuestro acuerdo de divorcio.

—Aún no puedo hacerlo. El negocio está pasando por una mala racha. Solo necesito un poco más de tiempo.

—No haces más que repetir eso. ¿Cuánto tiempo más?

Marla puso la misma cara que si la hubiera abofeteado. Ben suspiró.

—Ya hablaremos de ello más tarde.

Pero siempre era lo mismo. Marla quería la casa. En exclusiva. Tenían que dividirla, pero ella no hacía más que demorar las reparaciones para que no pudiera ponerse a la venta y ahora decía que andaba corta de dinero, pero a juzgar por el aspecto de las plantas que compraba, no parecía que ese fuera el caso. Ben supuso que podría tensar la cuerda, pero, dada la naturaleza pública de su trabajo, no quería hacer eso. Y Marla contaba con ello.

—Tengo que irme.

—Acabas de llegar.

La expresión de Marla era indescifrable. Con el paso de los años, Ben comprobó que nunca podía predecir lo que iba a hacer. Marla siempre se mostraba fría, distante, como una extraña. Lo cierto era que se embarcaron en una matrimonio acelerado y los dos se sintieron obligados a intentar que funcionara cuando quedó claro que eran personas muy diferentes. A Ben le asombraba que hubieran aguantado diez años.

—Buf, Marla. —Bajó la voz, aunque no supo por qué—. Estoy listo para pasar página.

—Ya lo veo... Y el pueblo entero también. —Su voz era fría—. Lara Barnes. Interesante elección, un poco joven para ti. Aunque te encantan las damiselas en apuros.

Ben se dio la vuelta y le dijo adiós con la mano, consciente de que Marla seguía apoyada en la encimera con un sentimiento victorioso por haberlo echado..., otra vez.

Mientras caminaba de regreso a la comisaría, pensó que su ruptura no se había producido por un único motivo. Simplemente se distanciaron y comenzaron a moverse como extraños por la casa, sin nada que decirse el uno al otro. La última vez que se acostaron, se dio cuenta de que Marla mantuvo los ojos cerrados: no estaba presente, o, al menos, no quería estarlo. Y Ben comprendió que no quería seguir con esa relación forzada.

Ben empezó durmiendo en el sofá, luego se trasladó al cuarto de invitados para no despertarla cuando se pasaba la noche investigando. Marla debió de pensar lo mismo, porque le pidió que se fuera al mes siguiente. Ben se sintió conmocionado cuando sus enseres comenzaron a salir primero en maletas y después en bolsas de basura negras. Durante la primera noche en su nuevo apartamento, Ben ni siquiera tenía un sofá o un colchón, y pidió una pizza gratis gracias a un cupón que consiguió cuando le instalaron la línea telefónico.

Pero entonces desapareció Todd Sutton y Ben se volcó por completo en el caso. Ver a alguien como Lara sufriendo por Todd le hizo darse cuenta de que él también podría experimentar esa clase de amor.

Lara. ¿Marla tendría razón al decir que le gustaban las damiselas en apuros? Desechó esa idea, pero se acordó de Marla en los meses posteriores a la muerte de su madre y en como él le recompuso la vida. Luego volvió a hacer lo mismo con Lara.

Acababa de entrar en la oficina cuando sonó el teléfono. Lo descolgó.

—Archer al habla.

Se produjo una pausa y un crujido.

—¿Ben? —La voz sonaba muy lejana—. Soy Gaston Boucher. Estoy con Lara Barnes en París.

—Hola, Gaston. —Ben comenzó a abrir el correo matutino, separando el grano de la paja mientras sujetaba el auricular con la cabeza, pero se detuvo. Algo iba mal. De lo contrario, Gaston no le habría llamado—. ¿Qué ocurre?

—Bueno… —tartamudeó su interlocutor.

—¿Y bien? —A Ben le pegó un vuelco en el estómago y su presión sanguínea cayó en picado. En el fondo, no quería escuchar lo siguiente que fuera a salir por los labios de Gaston.

—Lara ha desaparecido.

—¿Desaparecido? —El jefe de policía que había en él conocía la importancia de la siguiente pregunta, aunque Gaston no lo supiera—. ¿Desde hace cuánto?

—Ya van veinticuatro horas.

23

Ben reservó el primer vuelo que salía de Dulles en dirección al Charles de Gaulle y no pegó ojo en ningún momento. Lo peor había sido la espera. Solo llevaba una bolsa de viaje con las cuatro cosas que había reunido: unos vaqueros de repuesto, una camisa, un polo y ropa interior, pero luego el tiempo se ralentizó mientras esperaba en la puerta de embarque, en el avión y en la cola del taxi. Ahora que estaba allí, necesitaba hacer algo. Contando con que se pondría furioso con Gaston y Barrow, se encontró con que los dos hombres parecían llevar varios días sin dormir ni ducharse.

—¿Un expreso? —sugirió Gaston.

Ben lo rehusó con un encogimiento de hombros.

—No. Tenemos que salir a buscarla.

—No resistirás mucho sin un café. —Gaston empujó una taza diminuta hacia él—. Y necesitas aguantar.

—Hemos intentado encontrarla. —El otro hombre, Edward Binghampton Barrow, se quitó las gafas de leer y empujó las libretas hacia él—. Creemos que Le Cirque Secret ha podido contactar con ella. Si ese es el caso, significa que ya no está en París, en un sentido literal.

—¿Qué significa eso? —Ben dio un sorbo de la tacita después de remover el azúcar que contenía con una cucharilla diminuta.

—El circo está en otra dimensión —respondió Barrow.

Ben se echó a reír.

—¿En serio?

—En serio —confirmó Gaston—. Hemos registrado su habitación. Había un sobre con su nombre inscrito, pero estaba vacío. Creemos que recibió una entrada.

Ben tuvo la impresión de que aquella era una discusión recurrente entre esos dos hombres. Barrow negó con la cabeza.

—Lara sabía que jamás le permitiríamos ir sola. No tenía ninguna intención de contárnoslo. Si la historia se repite, solo había un único ticket. Y era para ella en exclusiva.

—Yo jamás habría permitido que fuera sola. —Gaston se frotó el rostro, del que asomaba una pelusilla canosa.

—Con Lara no hay «permiso» posible. Nadie la controla. Tenía que ir —dijo Barrow, que ahora parecía un experto en Lara después de setenta y dos horas—. Después de todos estos años, no puedes recibir una entrada para Le Cirque Secret y no acudir.

Ben se dio cuenta de que los ánimos estaban tensos entre esos dos hombres, pero no pensaba que discutir fuera a servirle de algo a Lara.

—De haberlo sabido, ¿la habrías dejado marchar? —Gaston había vuelto a hundirse en su asiento, pero ahora se inclinó hacia delante, como si se estuviera preparando para otro asalto.

—Sí —respondió Barrow—. La investigación lo requería.

—Joder, Teddy, aquí no hay ninguna investigación —exclamó Gaston—. Hemos dejado sola a una chiquilla en un circo demoníaco.

—¿Demoníaco?

Ben no había oído nunca a nadie usar ese término.

—Sí —respondieron los dos al unísono.

Barrow alzó la voz; su acento británico se volvió más marcado.

—Puedes engañarte a ti mismo y pensar que podrías haberla disuadido de ir, pero habría sido imposible. No lo habrías hecho.

—Te puedo asegurar que ese puto cuadro no es mi única preocupación, como tampoco lo es ese circo. —Gaston cruzó los brazos, se le abultaron las venas del cuello—. Ese era tu sueño, el que has perseguido durante todos estos años.

Barrow hizo amago de replicar, pero Ben lo interrumpió:

—Puede que fuera un asesino trastornado, una persona real y no una especie de circo sobrenatural dirigido por un demonio. ¿Os habéis planteado esa posibilidad? —Estaba intentando apaciguar los ánimos. En su experiencia, solo es posible atar cabos cuando tienes la mente fría. Debía actuar así por el bien de Lara—. También hay gente así en París, ¿verdad? Tenemos que llamar a la policía. Alguien persiguió a Lara el otro día. A juzgar por su testimonio, era una persona física. No podéis dar por hecho que ha ido a enrolarse a un circo demoníaco.

Barrow achicó los ojos.

—Aquí en París también tenemos psicópatas, *monsieur*. Pero el conserje la vio salir a eso de las once menos cuarto.

—¿Y?

—Y —prosiguió Barrow lentamente, como si estuviera intentando ser paciente con un niño—, por lo que sabemos sobre Le Cirque Secret, la funciones comenzaban a las once en punto. Sin excepción. —Barrow le había cedido su silla a Ben, que estaba dando un sorbo de su expreso—. El sobre vacío y la hora tan próxima a las once son un indicativo de que recibió una entrada.

—Esto no es obra de un demente ni de un ladrón de arte, Ben —replicó Gaston—. Si acudiéramos a la policía, nos tomarían por locos. En cualquier caso, ya hemos avisado a las fuerzas del orden. Te llamamos a ti.

—¿Qué dijo Lara la última vez que habló contigo? —le preguntó Barrow.

—Me aseguró que no deambularía por París sin vosotros. Que no quería correr ningún riesgo…

Mientras recordaba esa conversación, Ben sintió un peso encima; no pudo hablar durante un rato. ¿Y si Lara desaparecía también? Estaba furioso con ella por haber corrido ese riesgo. Señaló con la cabeza hacia las libretas y no pudo creer lo que estaba a punto de preguntar:

—Entonces, si ese circo es real, ¿no tiene una ubicación física?

—Así es. —Barrow tamborileó sobre el escritorio—. El circo no tenía una entidad física. Ese era el problema. Cuando Gaston me llamó para hablar del cuadro que tenía Lara, fue la primera pista de que los retratos eran reales y de que el circo, en sí mismo, llegó a existir. Pero estas libretas… —Apoyó una mano encima, como si fuera el cuerpo de una amante—. Estas libretas son el primer testimonio real sobre lo que pasaba entre bambalinas. Los diarios de Cecile Cabot lo explican todo. La leyenda dice que el circo solo se aparecía ante los poseedores de una entrada, a los que se les facilitaba una dirección. Sabemos que parece disparatado, pero eso fue lo que le pasó a Lara. Estoy seguro. El circo ha estado intentando llegar hasta ella.

Barrow se quitó las gafas y se frotó los ojos. Parecía que ninguno de los dos había pegado ojo en varios días. Barrow iba sin afeitar y tenía la camisa mal arremetida y con manchas de café.

—¿Por qué? —Ben comprendió que tenía que estar abierto a todas las posibilidades.

Gaston asintió con la cabeza.

—Somos conscientes de que parece una locura. Si su bisabuela era, de hecho, Cecile Cabot, entonces posee una conexión directa con Le Cirque Secret.

—Pero también la tendría Audrey —repuso Ben.

—Creo que Audrey está al margen de Le Cirque Secret o quizá en un proceso de negación —dijo Gaston—. Lara debe tener algo especial, aunque no sé de qué se trata.

Ben estuvo a punto de soltar una risotada.

—¿De verdad os creéis esta fantasía?

Gaston se irguió en su asiento.

—Dime, Ben —replicó con una dosis nada desdeñable de sarcasmo—. ¿Últimamente tienes entre manos algún caso que desafíe cualquier explicación?

Ben suspiró, recordando el tablero de ouija y los tres hombres que habían desaparecido cada treinta años.

—Sí.

—Así que se trata de esto o de un lunático perturbado. —Gaston se recostó en su asiento—. Yo espero que sea esto.

—No tengo claro que esas opciones sean excluyentes —repuso Ben mientras ojeaba las notas del libreta—. Por lo que habéis traducido, los hechos parecen muy extraños. ¿Estáis seguros de que alguien no se excedió con la absenta?

Había un cuadro apoyado sobre la mesa de trabajo.

—¿Te refieres al cuadro de Giroux? *Oui* —dijo Gaston.

Ben se acercó y recogió el lienzo de la mesa. Barrow se puso tenso, como si fuera a reprenderle por no usar guantes, pero ambos sabían que Ben estaba furioso con ellos por no haber mantenido a Lara a salvo. Se dio la vuelta y dijo:

—Entonces, ¿esto es el causante de todo este revuelo?

—Sí —repuso Barrow, que parecía nervioso—. Se ha pasado toda la noche en la caja fuerte. A lo mejor deberías usar guantes.

Señaló hacia una pila de guantes situada al lado de la lupa

—Estuvo colgado en la pared de enfrente del baño de Audrey durante décadas —replicó Ben, irritado—. Creo que sobrevivirá a mis manos.

—Lara dijo que encontró un segundo cuadro en Le Cirque de Fragonard. —Barrow se mostró entusiasmado con esa información, algo que Ben consideró inoportuno, dada la desaparición de Lara—. Estoy deseando verlo.

—¿Fue entonces cuando la persiguieron? —Ben volvió a colocar el cuadro sobre la mesa y se apoyó encima, cansado—. ¿Y no os pareció extraño que Lara se topase por casualidad con un cuadro que no ha visto nadie más y luego desapareciera? ¿Dónde está Le Cirque de Fragonard?

—Cerca de Marais.

Ben agarró su chaqueta.

—En marcha.

El café le había espabilado, pero le escocían los ojos y estaba deseando echarse un rato. Pero eso tendría que esperar.

—Toma. —Gaston le entregó una gruesa pila de notas manuscritas—. Encontramos esto sobre la cama de la habitación de Lara.

—¿Qué es?

—Lara ha traducido el tercer diario. Tal vez quieras leer la transcripción de las tres libretas antes de seguir afirmando que todo esto son fantasías. Ella sí se lo creía.

24

El diario de Cecile Cabot: libro tercero

9 de junio de 1925

Aunque la sugerencia fue mía, me quedé pasmada cuando los vi juntos. Émile estaba sonriendo y lo consideré una pequeña traición. Pero ¿qué me esperaba? ¿Que no le gustaría pasar tiempo con mi hermana? No podía ser tan ingenua.

Mientras me dirigía al trapecio, una sonrisa pícara cruzó los labios de Esmé. Estaba posando para el retrato ataviada con una levita de rayas negras y doradas, pantalones cortos a juego y unas medias con redecilla. Para plasmar el diseño de sus medias, Émile bosquejó un entramado sobre sus muslos. Aunque intentaba no observarlos, me pareció que había alargado más de la cuenta su atención sobre las medias de mi hermana.

Me aferré a la soga y comencé a trepar, pero luego me lo pensé mejor y volví a descender. Había perfeccionado el movimiento del sacacorchos hasta el punto de que podía flotar en el aire durante varios minutos. Todo empezó de un modo inocente. Fatigada después de ensayar, no quería volver a trepar por la escalera. Plantada al pie de la cuerda, cerré los ojos y me pregunté qué se sentiría al desplazarse por el aire y aterrizar en la cúspide. El ascenso no requirió ningún esfuerzo, la verdad. Mi cuerpo pareció etéreo, como si anhelara alzar el vuelo.

Ahora puedo elevarme por los aires a voluntad, no necesito escaleras ni sogas. Aunque son un atrezo obligatorio para el público. Si me limitara a planear hasta lo alto, daría la impresión de que estaba ejecutando algún truco de magia barato con espejos. Así que los cautivaba con un número reconocible para ellos y luego preparaba poco a poco el golpe de efecto, desafiando todo lo que creían saber sobre el circo. Me encantaba escuchar los resuellos del público cuando me deshacía de las sogas y las barras y me quedaba flotando en el aire. Esos movimientos me habían proporcionado una sensación de paz como nunca la había experimentado antes, como una sirena que regresa al agua.

No obstante, hasta que entro en calor resulta peligroso distraerme. La falta de concentración es la *única* parte peligrosa de mi magia. Si estoy desprevenida, es posible que mis poderes voladores no estén activos cuando los necesito. Aunque soy buena, esos poderes aún no son perfectos.

Saber que soy una criatura mágica como Esmé me ha dado un objetivo en la vida. Los demás intérpretes, como Doro, han empezado a tratarme como a una igual. Aunque sigue habiendo tensión cuando Esmé está presente, ya que exige lealtad por parte de nuestra compañía. Cualquier acto de amabilidad hacia mí se considera como una afrenta hacia ella. Aun así, soy consciente de que esta situación de elegir entre las dos ha minado a todo el equipo y ha generado un resentimiento silencioso hacia ella. Ya habitamos en el Infierno; ¿por qué empeorarlo?

De vuelta hacia mi habitación, Doro pasó junto a mí y señaló a Esmé con la cabeza.

—Parece que ha capturado una mosca en su telaraña —dijo el muñeco del payaso. Arqueó las cejas como si lo considerase una broma privada entre nosotros, aunque él no podía saber cómo me afectaría ese comentario.

Irrumpí en mi camerino presa de unos celos desmesurados, dejando solos a Esmé y Émile. No me sentí así mientras pintaba a Sylvie, pero también es cierto que aún no había estado en su apartamento cuando la retraté. Una parte de mí temía que Émile me pusiera en evidencia.

De vuelta en mi habitación, me quité el maillot y el vestido, con intención de dirigirme a Montparnasse. Si me quedaba, temía que me diera por irrumpir allí y partir el lienzo en dos. ¿De dónde surgía esa ira? Me apoyé el reverso de la mano en la frente y me pareció que no tenía fiebre, pero llevaba un tiempo sumida en un estado de agitación constante.

Por petición de Esmé, ahora tenemos camerinos separados y la mayoría del espacio está vacío, pero he conservado el viejo sofá cama de terciopelo, mi tocador y la alfombra. Recibí un espejo nuevo hace varias semanas. Aunque supuse que era de algún admirador, no venía acompañado de ninguna nota. Era un espejo bastante bonito y aparatoso, de cuerpo entero, dorado y de estilo barroco, pero he empezado a temer que esté encantado. Cuando me miro en él, me cuesta reconocer a la criatura vengativa que me devuelve la mirada. No es solo mi reflejo en el cristal lo que me perturba, sino el espejo en sí. Hay ángulos en los que he captado un reflejo de mí misma que no es posible. Le pregunté a Doro si ha desaparecido algún espejo de la casa de la risa, con algún pobre espíritu atrapado dentro, pero me hizo señas para indicar que no. A veces, la imagen que me otea desde el cristal es la de una joven que solo tiene un brazo y una pierna: sus extremidades del lado izquierdo han desaparecido por completo. Consciente de que debe tratarse de una mala pasada de mi cabeza, he probado a cubrirlo con mi túnica y he pedido que se lo lleven, pero nadie se ha prestado a hacerlo, pues afirman que es demasiado pesado y voluminoso.

Mi padre ha vuelto hoy. Su presencia resulta necesaria para mover el circo, así que supongo que vamos a abandonar el Bois de Boulogne. Saqué el tema del espejo y de que nadie lo había movido, pero él desestimó mis palabras como si yo fuera una niña tonta.

—Dale la vuelta y se acabó la historia —replicó con desdén.

Así lo hice. Aun así, ese espejo me ha hecho odiar mi camerino, así que he empezado a frecuentar el de Sylvie.

10 *de junio de 1925*

Émile ha bosquejado hoy más detalles del rostro de Esmé, así que ella tuvo que sentarse cerca de él. Émile intentó hablar conmigo hace un rato, pero yo me retiré al camerino de Sylvie. Verlos juntos ha despertado mi furia.

—No puedes renunciar a él sin más —dijo Sylvie con gesto compasivo—. Sal ahí y lucha por él. Es a ti a quien quiere, Cecile.

Aunque he tirado cosas al suelo en mi habitación y hecho jirones con mis trajes, no sé cómo enfrentarme a Esmé. Le tengo miedo. Sylvie se equivocaba. Todo el mundo quiere a Esmé, así que no tenía sentido pelear por Émile cuando estaba claro que iba a perder.

Cuando entré en la carpa principal, mi padre estaba observando a Esmé, que a su vez estaba contándole un chiste a Émile que los hizo prorrumpir en carcajadas.

—¿Estás distraída?

—*Non.*

No quería que mi padre supiera que me gustaba Émile o que me molestaba la camaradería que había surgido entre ellos.

—Dime una cosa: ¿Esmé te ha robado tu caramelo? —Señaló hacia el pintor y su modelo, situados tan cerca que estaban a punto de tocarse.

Mi padre siempre ha sabido elegir el cuchillo idóneo para apuñalarte en tu punto más débil. Lo fulminé con la mirada.

—No sé a qué te refieres.

Una sonrisita apareció en sus labios y dedujo que había acertado.

—¿O se lo has entregado tú, como hiciste cuando eras pequeña?

—Estás disfrutando con esto —repliqué mientras me embadurnaba las manos con tiza y me las limpiaba en los muslos.

—No tengo ninguna opinión formada sobre este asunto, aunque ya sabes cómo me divierte el caos. —Cambió de tono por uno grave y serio, como una advertencia—. Que esto te sirva de lección, Cecile. En lo que se refiere a tu hermana, algún día tendrás que pelear por lo que es tuyo.

Su comentario siguió reverberando mucho después de que se marchara.

Después del ensayo, Doro vino a verme.

—El pintor te estaba buscando —dijo el muñeco—. Se han ido.

—¿Quiénes?

—Esmé y su mosca.

Se me encogió el corazón.

—¿Juntos?

—Él dijo que sabrías dónde encontrarlos.

Alentada por las palabras de mi padre, decidí que iba a reclamar aquello que consideraba mío. Me puse mi mejor vestido, una prenda azul de raso con la cintura baja, y dejé que mi pelo formara una cascada de rizos sobre mi espalda. Cuando iba a salir, me encontré de nuevo a Doro plantado junto a la puerta. En una ocasión, a raíz de una apuesta con Esmé, intenté llevarlo conmigo, absorbiendo su esencia. Estuvo a punto de costarme la vida, me pasé varias semanas en cama con una fiebre altísima.

Cuando salí a la calle, comprobé que el circo, efectivamente, se había trasladado. Tardé un rato en orientarme. Ya no estábamos en la Margen Izquierda, sino en Montmartre. Tomé el ómnibus hacia el Boulevard Saint-Germain y luego fui caminando hasta Montparnasse. Fue un paseo agradable, pero me llevó casi dos horas.

Cuando llegué a Le Dôme Café, no los vi sentados en la barra ni dentro del local. Empecé a ponerme nerviosa. Recorrí las dos manzanas hasta el apartamento de Émile. Cuando abrí la puerta del portal, escuché la voz de Esmé procedente de las habitaciones del piso de arriba. Luego sonó el comienzo de una canción, procedente del fonógrafo de Émile: *Oh, How I Miss You Tonight*. Mi instinto me dijo que diera media vuelta y regresara al circo, pero fui yo la que la condujo hasta él, la que insistió para que la pintara.

Subí por las escaleras y llamé a la puerta. Dentro, escuché revuelo y unas risitas frenéticas. Estaban borrachos. Con la oreja apoyada en la puerta, escuché el frufrú de la ropa al volver a desplegarse sobre sus cuerpos. Se me encogió el corazón. Era demasiado tarde.

No hace mucho tiempo, era yo la que estaba en esa habitación; era mi ropa la que estaba tirada en ese suelo. Había sido una necia por pensar que le gustaba. Las lágrimas empezaron a fluir por mis mejillas mientras me daba la vuelta y comenzaba a bajar por las escaleras, con las piernas doloridas por la caminata previa.

Finalmente, Émile abrió la puerta por un resquicio, apenas un ápice. A juzgar por la cara de espanto que puso, quedó claro que no esperaba verme allí. Su expresión denotaba sentimientos encontrados, como si hubiera interrumpido algo que hubiera querido en su momento pero que ahora le avergonzaba.

Al menos, parecía lamentarlo. Algo es algo. Un verdadero granuja no habría mostrado la menor afectación.

—*Qu'est-ce?* —preguntó Esmé desde la cama.

No podía verla, pero desde mi posición en las escaleras sí alcancé a ver las sábanas enmarañadas a través de la abertura en la puerta.

Miré a Émile a los ojos. Seguro que tenía un aspecto horroroso, con la cara hinchada y enrojecida, pero me dio igual.

—Cecile. —Avanzó hacia mí, pero yo negué con la cabeza y me llevé un dedo a los labios.

No pensaba darle a Esmé la satisfacción de saber que los había sorprendido juntos. Di media vuelta y continué bajando por la escalera.

24 de junio de 1925

Émile no regresó nunca al circo.

No sé si llegó a terminar el retrato de Esmé o si siguieron trabajando en ello en su apartamento, lejos de mí.

Tras la función de anoche, Sylvie y yo pasamos por el Closerie des Lilas. Habíamos dejado de ir a Le Dóme para no cruzarnos con Émile. Cuando salíamos del café, oí que me llamaba desde el otro lado de la calle.

—Ignóralo.

Sylvie me tocó la mano con un gesto protector. Se había producido un cambio reciente en ella. Siempre era la tercera persona en nuestro trío mortal, pero se había interesado mucho más por mis sentimientos que por los de mi hermana. No siempre había sido así. Cuando éramos más jóvenes, Sylvie dudaba entre mi hermana y yo, eligiendo bando e inclinando la balanza según le conviniera. Como cualquier niño, Sylvie podía llegar a ser muy voluble. A menudo, yo me quedaba fuera del laberinto mientras ellas jugaban, con el pretexto de que no podía acompañarlas por motivos absurdos. Pero al igual que su madre, Sylvie tiene olfato para la política. Aunque siempre me ha tratado como a una amiga, no se le escapa mi creciente importancia dentro de la compañía, y eso ha determinado un poco sus lealtades.

—Cecile. —Émile empleó un tono suplicante. Escuché los pitidos de los coches mientras cruzaba la calle hacia mí. Cuando por fin nos alcanzó, estaba jadeando tras haber corrido calle abajo.

Me quedé perpleja al verlo. En las dos semanas transcurridas desde que descubrí a Esmé en su habitación, se había producido un cambio sorprendente en él. Tenía unas ojeras muy marcadas. Tenía una complexión delgada, pero ahora estaba en los huesos y la ropa le quedaba holgada.

—¿Émile? ¿Qué te ha pasado?

—Te he estado buscando —resolló—. No eres fácil de encontrar.

—Podrías haberla encontrado en el circo —replicó Sylvie, incisiva. Oteó la calle por detrás de él, hacia el café, confiando en que se tratara de una distracción momentánea.

—¿Puedo dar un paseo contigo a solas? —me rogó con ojillos de corderito degollado.

Sylvie se puso tensa. Le hice señas para que siguiera caminando.

—Te estaré esperando en el Closerie des Lilas.

Sylvie le lanzó una última mirada de desaprobación antes de volver a meterse las manos en los bolsillos, girar sobre sí misma y poner rumbo hacia el Boulevard du Montparnasse a un ritmo que me confirmó que no estaba de acuerdo con mi decisión.

Émile y yo avanzamos despacio por la calle en dirección contraria, en silencio.

—¿Por qué querías verme? —Me quedé mirando a la multitud que tenía enfrente, rehuyendo su mirada.

—Detesté que me vieras con ella. —Su tono era desesperado—. Necesitaba explicarme.

—No me debes ninguna explicación, Émile.

Aferrando mi bolso con fuerza, tuve un recuerdo vívido de aquella noche. Me resultó humillante que me viera en ese estado, con los ojos inyectados en sangre, los carrillos surcados de lágrimas y la cara hinchada.

—Sí que te la debo. —Se plantó delante de mí. La suave brisa le alborotaba el pelo y los faros de los coches lo iluminaban al pasar—. No la quiero. No sé cómo pudo pasar eso.

—Ya, seguro que no lo sabes. —Arqueé una ceja.

Émile me apoyó las manos en los hombros para impedir que me marchara.

—Intenté localizarte, pero no conseguí regresar al circo.

Ese detalle era relevante. Mi padre le había bloqueado el acceso a nosotras.

—Y tú tampoco regresaste por aquí. Al ver que no podía encontrarte, te pinté una y otra vez. Cada noche. Te retrataba y me quedaba mirándote, te decía todas las cosas que te estoy diciendo ahora, y cuando me despertaba por la mañana…

—Yo ya no estaba —dije.

¿Soy mala persona por admitir que en ese momento le sonreí? Apenas fue una ligera inclinación de los labios, pero la idea de que hubiera sufrido por mí me pareció justa. Ahora estábamos en paz.

—En cada ocasión, intenté modificar algo…, tu nariz o tus labios…, cualquier cosa con tal de que no fueras exactamente tú.

—No funciona así, Émile. No puedes pintar mi esencia, ni siquiera de memoria. No tiene nada que ver con cambiar la forma de mis labios o mi nariz. —Émile se tambaleó y mientras hablaba percibí el olor del alcohol en su aliento—. ¿Has comido?

Émile negó con la cabeza.

—Oh, Cecile. Estoy muy enamorado de ti. Cuando te marchaste, le dije a Esmé que se fuera. ¡No pasó nada entre nosotros, te lo juro! La cara que pusiste... No me podía creer lo que había hecho, la estupidez que había cometido. —Se sujetó la cabeza como si tuviera migraña—. Bebimos más de la cuenta y luego nos pusimos a bailar, eso es todo. Hacía calor en mi apartamento. Tienes que creerme.

—¿Puedo preguntarte algo? —Me situé cerca de él, alzando la mirada.

—Por supuesto, lo que sea —respondió. Comenzó a prepararse para una nueva ronda de alegatos sobre su inocencia, pero levanté una mano para silenciarlo.

—Pongamos que lo que dices es cierto. Pero, si no me hubiera presentado en tu puerta en ese momento, ¿qué habría pasado entre mi hermana y tú? —La pregunta quedó flotando en el aire. Percibí un gesto de culpabilidad en su rostro—. Entiendo.

Obtenida mi respuesta, me di la vuelta y me alejé por la calle. A dos manzanas de distancia, aún podía divisar la silueta de Sylvie por delante de mí.

—Lo siento. Por favor, perdóname —exclamó. Echó a correr hacia mí y me agarró del brazo—. Haré lo que me pidas para enmendarlo. Dejaré de pintar. Podemos mudarnos juntos.

Me zafé de él. ¿Cómo se atrevía a tocarme, cuando acababa de admitir que deseaba a mi hermana? Había una faceta cruel en mí que deseaba decirle que no había nada que hacer, que ya tomó su decisión cuando la invitó a su apartamento. Sentí un deseo intenso de verlo sufrir por lo que me había hecho. Antes de conocerlo, había llevado una vida solitaria, pero sencilla. Seguro que esta faceta rencorosa la he heredado de mi padre. Inspiré hondo varias veces a través de la nariz, intentando calmarme. Me quedé mirándolo y me ablandé, pues el hombre que tenía delante parecía encontrarse a las puertas de la muerte. Al parecer, no había comido ni dormido en varios días.

—Por favor —me rogó. Comenzó a pasearse por la calle como un demente, tirándose del pelo.

Me sobresalté al ver mi propia tormenta interna de emociones manifestada físicamente en él. Su aspecto mostraba lo que yo sentía. Experimenté una mezcla de alivio y preocupación al ver que sus sentimientos hacia mí habían sido muy reales, pero luego me di cuenta de que estaba montando una escena en plena calle. Las mujeres que pasaron a nuestro lado se alejaban de él.

—Vamos a buscarte algo de comer.

Lo agarré de la mano y lo conduje al Closerie des Lilas. Cuando nos aproximamos, Sylvie, que había encontrado una mesa con dos sillas, frunció el ceño.

—¿Por qué sigue *él* aquí?

—Cállate, Sylvie —murmuré entre dientes mientras intentaba localizar otra silla en el abarrotado local.

Los tres nos sentamos en la mesa de la esquina y Émile pidió una ración de pato. Bajo esa luz, vi la profunda cavidad que se había formado bajo sus ojos y pómulos. La piel que rodeaba sus labios había adoptado una tonalidad cenicienta. Su cara me recordó al retrato que hizo Man Ray de Marcel Proust en su lecho de muerte.

La cena transcurrió en un silencio funesto. Sylvie lo fulminó con la mirada mientras comía, con las manos junto a los costados y una pose tan rígida y erguida como la de un maniquí. Cuando Émile tragó el último bocado de pato, Sylvie dio una palmada y anunció:

—Hala, se acabó. Ya has comido. ¿Podemos irnos ya, Cecile?

Me quedé atónita por su grosería.

—¡Sylvie!

Frunciendo el ceño, Sylvie sacó un cigarrillo y me miró a los ojos con gesto desafiante. Cuando salimos del restaurante, Émile me agarró de la mano.

—Por favor, vuelve conmigo.

La idea de regresar a ese apartamento donde los escuché junto a la puerta era impensable. Como si Sylvie me hubiera leído la mente, dijo:

—Podemos ir todos.

Esa no era la respuesta que queríamos ni Émile ni yo. Desde la cena, estaba deseando hablar con él a solas, pero Sylvie se pegó a nosotros y dejó bien claro que no pensaba marcharse sin mí. Mientras subíamos por las escaleras, los recuerdos de aquella noche regresaron en tromba a mi mente y me detuve. Émile, que estaba abriendo la puerta, pareció afligido. Era el mismo ángulo: él junto a la puerta y yo en las escaleras. Me embargó una horrible sensación de déjà vu.

Si los recuerdos eran tan desagradables que no era capaz ni siquiera de subir los escalones hasta su aparamento, entonces tampoco podría cruzar esa puerta, no podría volver a reírme con ese hombre, besarlo, ni, desde luego, volver a hacer el amor con él. Por desgracia, me resultaba imposible perdonarle.

Sin embargo, su semblante afligido me instó a remontar las escaleras, seguida de Sylvie. Aunque su rostro había recuperado su color, era evidente que seguía indispuesto. Abrió la puerta con tiento y la atravesé, después entró Sylvie. La habitación estaba hecha un desastre: había lienzos desgarrados, con los marcos de madera astillados alrededor de la cama; botellas de licor rotas y vacías, desperdigadas por el suelo; discos de vinilo partidos en trozos afilados.

—¿Qué diablos…? —Sylvie se quedó tan conmocionada por el estado de aquel lugar que me agarró de la mano.

—Márchate si no puedes soportarlo. —Émile empleó un tono incisivo—. Lo entenderé, Cecile. Me lo merezco.

—Y que lo digas —coincidió Sylvie, que lo miraba con los labios fruncidos.

—Sylvie. —La fulminé con la mirada. Nunca la había visto tan hostil con nadie.

Percibiendo mi indignación hacia ella, se dio la vuelta y salió por la puerta, cerrándola con violencia. A continuación, pude oír sus sonoras pisadas y después cómo se abría la puerta situada al pie de las escaleras.

Estábamos solos.

A pesar de su aspecto, Émile recobró el aplomo y la compostura. Se enderezó, pero fue incapaz de mirarme.

—¿Podrás perdonarme?

—No lo sé. —Me encogí de hombros.

—¿Lo intentarás?

Quise decir que no, para luego dar media vuelta, salir por la puerta como había hecho Sylvie y regresar a mi vida y a mi trapecio. Ya habría otros admiradores, ahora lo sabía. Émile Giroux era una fuente de problemas para una chica sencilla como yo. Tenía esas palabras en la punta de la lengua. Pero entonces recordé las últimas dos semanas que pasé sin él, el vacío que experimenté. A veces, cuando me lo imaginaba deambulando por el mundo, sin mí, me entraban ganas de vomitar. Hasta que conocí a Émile, no había sido consciente del vacío que había en mi interior. Con qué rapidez se había abierto camino hasta mi insignificante vida y mi corazón.

—Supongo que podría intentarlo.

Resultó muy fácil decirlo.

—Es lo único que te pido.

No percibí satisfacción en su rostro. Tuve la impresión de que no me creía.

—¿Qué has hecho con su retrato?

—Lo tiré a la basura.

Se deslizó las manos por el pelo, contemplando el caos reinante en la habitación.

Era mentira.

—No deberías haber hecho eso. Puede que algún día sea valioso.

—No quiero saber nada de ella.

Se notaba que quería castigar a Esmé por ese momento de debilidad, pero no era más culpable que él.

—Vendré cuando pueda, Émile.

Pasé por encima de los cristales rotos y giré el picaporte, dejándolo solo en mitad del estropicio.

27 de junio de 1925

Una enfermedad extraña me ha asolado durante días. Esta mañana decidí salir del circo para determinar si es eso lo que me está haciendo enfermar. Cuanto más tiempo paso en el otro lado, más me pregunto si no estaría mejor allí. Para mi consternación, también me encontré mal en ese lado y acabé vomitando sobre la acera en Montmartre.

Cuando regresé, era tarde y me encontré a Esmé junto a la puerta. Me sorprendió su aparición. Llevaba puesto un vestido tan sugerente como para revelar que no llevaba sujetador. Tenía los ojos vidriosos por haber llorado y cubiertos por una gruesa capa de lápiz de ojos. Si no la conociera, habría pensado que era una prostituta.

—Fuera de mi camino. —Estuvo a punto de derribarme. Su voz la delató: estaba sorprendida de verme.

—¿Estás bien? —Alargué una mano para tocarla.

Esmé se detuvo y me separó los dedos de su brazo.

—Nunca volveré a estar bien. —Masculló esas palabras mientras su cuerpo emitía unos pequeños resuellos.

—No lo entiendo…

—Émile —dijo, interrumpiéndome—. Lo tienes todo. —Cuando se giró hacia mí, no tenía su apariencia habitual. Su rostro estaba demacrado; sus ojos, vidriosos e inertes—. ¿Por qué él también?

Se diría que esas pocas palabras consumieron las fuerzas que le quedaban. Exhausta, se dio la vuelta y atravesó la puerta principal del circo para salir al amparo de la noche.

Después de que mi padre la enviase al Bosque Blanco, juré que nunca volvería a hacerle daño a mi hermana. Tanto si ella lo aceptaba como si no, estábamos conectadas en cuerpo y alma. Ver a mi gemela tan hecha polvo facilitó mi decisión. No pienso seguir siendo la causa de su sufrimiento.

28 de junio de 1925

Fui al apartamento de Émile. Por suerte, estaba más ordenado. Émile me miró plantada junto a la puerta y tiró de mí para que entrara.

—¿Qué ocurre?

A juzgar por su rostro, comprendí que Émile confiaba en que nos reconciliásemos para volver a concentrarse en cosas como sus lienzos. En la esquina había un cuadro nuevo, un desnudo de una mujer. Aunque no era una mujer hermosa, Émile había descubierto la chispa dentro de ella y la había plasmado con su pincel. Solo pude preguntarme cómo habría conseguido eso. Al fin y al cabo, era un artista. Si seducía a sus modelos, solo era parte de su oficio, que perfeccionaba del mismo modo que hacía con sus pinceladas. Aunque había acudido allí con la única intención de despedirme de él, fue en ese preciso momento cuando tuve la certeza de que mi decisión era la correcta. Aunque había anhelado serlo, jamás sería la mujer ideal para él. Pude ver con claridad que, a medida que pasaran los años, me convertiría en un cascarón vacío, comparándome con cada modelo. Sin malicia, su talento y su pasión —junto con las consecuencias que acarreaban— me acabarían consumiendo.

Estaba limpiando los pinceles, con la ropa cubierta de manchas de pintura, pero los dejó sobre la mesa y me sujetó la cabeza entre las manos para besarme con fruición. Me aparté.

—Es por Esmé.

Me di cuenta de que no podía apartar la mirada del cuadro, los ojos de la mujer me miraban con lástima.

—¿Qué pasa con ella? —Émile creía que me había recuperado, lo que la hacía irrelevante.

—Ella te quiere. —Tenía el aliento entrecortado. Mientras decía esas palabras, supe que estaba haciendo lo correcto, aunque, en el fondo de mi corazón, nunca había deseado a nadie tanto como a ese hombre.

—Eso es ridículo —dijo, riendo, aunque percibí algo en su rostro, puede que una parte de él se sintiera halagado. Ser venerado por una mujer tan hermosa como Esmé era una conquista, tanto si la correspondía como si no.

—No podemos estar juntos, Émile.

Empezando por sus ojos, que se atenuaron como las lámparas en el circo justo antes del inicio de una función, vi cómo perdía su brillo. A continuación, se apagó su sonrisa, normalmente tan radiante, cuando asimiló por completo mis palabras.

—Pero es que yo solo te quiero a ti, Cecile. No la quiero a ella.

—No pienso destruir a mi hermana, Émile. Te quiero, pero la quiero más a ella.

Un rubor se extendió por mi cuerpo, lo que me provocó una nueva oleada de náuseas. En busca de algo, corrí hacia la ventana, eché mano de la tinaja y vomité en ella.

Émile me condujo a la cama, donde me aferré a las sábanas en previsión de la siguiente oleada que noté que se formaba. Él me acarició la mejilla con suavidad.

—No estás enferma.

Se sentó a mi lado y me estrechó entre sus brazos.

—Cecile.

—¿Sí? —respondí, permitiéndome una última oportunidad para sentir plenamente el calor y el peso de su cuerpo.

—¿Estás embarazada?

1 de julio de 1925

He ido al médico. Todo me resultó extraño, desde la pequeña salita donde esperamos Sylvie y yo hasta el proceso completo para descubrir que, efectivamente, estaba embarazada. Para mí no había cambiado nada. Había decidido criar a ese niño en el mundo del circo. Sería el pedacito de Émile que podría conservar.

Encontré a Esmé en su camerino. Estuvo a punto de volver a bloquear la puerta con el brazo, pero yo ya estaba harta de suplicarle que hablara conmigo.

—¿Qué quieres?

—Émile es tuyo —le espeté—. Le he dicho que no volveré a verlo.

Después de alisarme el cuello del jersey, me di la vuelta para marcharme. Mientras caminaba por el pasillo, supe que se había quedado plantada en el umbral, enmudecida y... exultante.

Fiel a mi palabra, me negué a ver a Émile, a pesar de sus súplicas. Si mi hermana lo quería, yo me echaría a un lado. Estaba segura de que solo haría falta un poco de persuasión por su parte para desviar la devoción de Émile hacia ella.

8 de agosto de 1925

Antes de la función de esta noche, volví a encontrarme mal y me fui a los cubículos de los animales, donde nadie me descubriría vomitando. Estaba cerca del establo de Su Alteza Real —un corral majestuoso con una cortina de terciopelo digna de un rey— cuando vi a Esmé, cubierta de sangre, frotándose el cuerpo cerca de un cubículo vacío.

Siempre sospeché que había un patrón en nuestro circo. Mi padre tenía previsto regresar mañana, y seguramente volveremos a cambiar de ubicación, de vuelta al Bois de Boulogne para pasar el mes. Mientras se secaba con una toalla, vi que dejaba en ella unas manchas de sangre. Esmé se quedó tiritando en el pasillo, su enagua de seda iluminaba el contorno de sus pezones y la parte superior de sus muslos.

Más tarde, Sylvie y yo fuimos a Le Select, donde nadie nos dejó sitio en la barra. Había oído rumores sobre dos hombres que desaparecieron cerca de la última ubicación conocida de nuestro circo. Hemingway levantó la mirada desde la mesa y me preguntó si sabía algo al respecto. Todas las miradas se dirigieron hacia nosotras, entre caladas hondas a los cigarros.

—Ella no sabe nada —dijo Émile desde un asiento situado en una esquina de la barra. Incluso a Sylvie le conmovió que nos defendiera. Al verlo, se extendió una punzada de dolor por mi cuerpo, como si fuera una descarga eléctrica.

Cuando regresé al circo, mi padre me pidió que lo acompañara en un trayecto en la noria que Curio había terminado. Me mostré reticente, porque sabía que ese trayecto conducía al Bosque Blanco. Me monté en la cabina y, cuando ondeó una mano, comenzamos a descender.

—Cuentan que nuestro circo es responsable de la desaparición de varias personas.

Mi padre parecía distante esta noche. Yo sabía lo que era —un gran general del ejército del Inframundo—, pero también era el único progenitor que había conocido. Aunque había sido testigo de su crueldad, sentí una punzada de tristeza y cariño hacia él.

—¿Quién ha dicho eso? —Estaba absorto, contemplando la laguna Estigia situada a la derecha—. ¿Giroux?

—No —respondí—. Es la comidilla de Montparnasse. También ha salido en el periódico.

—Eso no es asunto tuyo, Cecile. —La respuesta de mi padre fue tajante.

—¿Por qué? —Me incliné hacia delante y le toqué la pierna—. Esta noche, antes de la función, he visto a Esmé en el redil de los animales, limpiándose unos restos de sangre. Luego me enteré de que han desaparecido varios hombres. Y ahora llegas tú, y ya sé lo que eso significa. El circo se va a trasladar. Hay un patrón en todo esto.

Se quedó mirándome como si fuera una muñeca a la que le tenía mucho cariño.

—Cómo te pareces a ella... A Juno. —Cerró los ojos ante el recuerdo de mi madre; todavía le afectaba pensar en ella. Qué duro es ser un individuo tan poderoso y que aun así se te niegue tu mayor deseo. Fue la primera vez que percibí en él la huella de su propia prisión—. Pero tu hermana y tú me habéis costado un precio muy alto. —Habló de un modo pausado y conciso, para que asimilara cada palabra—. Cuando nacisteis, tendría que haberos arrojado a la laguna Estigia para que se os llevara.

Alcé lentamente los ojos para sostenerle la mirada. Él me escrutó con esas pupilas planas, sin amilanarse.

Sentí una oleada de terror. Me aferré al asa de la atracción.

—De hecho, podría hacerlo ahora —añadió sin inmutarse, como si estuviera hablando del tiempo—. Empezar contigo, aquí mismo, y luego ir a por la siguiente.

Tamborileó con su bastón, después golpeó el brazo del asiento. Me puse tensa, replegándome en mi sitio, lo más lejos posible de él. Mi padre tenía un sentido del humor extraño, pero aquello no tenía ninguna gracia. Mi corazón se puso a latir desbocado. ¿De verdad sería capaz de arrojarme desde la cabina? ¿Por eso me había llevado hasta allí?

Mi padre se recostó y apoyó el brazo sobre el asiento.

—Calma, Cecile. Hoy no dispongo de un ánimo vengativo, aunque lo que me habéis hecho pasar no lo soportaría ningún otro daimón, te lo aseguro. Sin embargo, como eres una parte de mí, sé lo que vas a hacer antes de que lo pienses siquiera. Por eso sé que no puedes sobrellevar lo que somos…, lo que eres. Crees que puedes con todo… Vaya, ahora eres una estrella del trapecio, la sensación de París —añadió con sorna—. Aciertas al decir que tu hermana mató a esos hombres. Ahora sé lo que vas a preguntar a continuación.

Iba a decir algo, pero me interrumpió.

—Quieres saber por qué.

Era exactamente la pregunta que iba a formular.

—Porque es el precio del circo en el que ambas vivís. Esmé lo asume ella sola. Y lo siguiente en lo que vas a insistir…, con gran aplomo…, es en lo injusto que resulta que deba soportar esa carga. Escúchame bien. ¿De verdad eres tan ingenua como para pensar que me importa la justicia, Cecile? ¿Te he dado pie para que me juzgues tan mal?

Me miró a los ojos. Los suyos eran fríos. No encontré en ellos ningún rastro de cariño o ni siquiera afecto hacia mí. Nunca me había sentido tan asustada.

Sabía adónde quería llegar. Mi padre era el más temido de los generales, pero ahí estaba, consolando a su aprensiva hija.

—Esmé me odia por ello —dije mientras contemplaba los árboles pelados del Bosque Blanco. Mi hermana había ido allí y soportado cosas indecibles por mi culpa. Ahora todo cobraba sentido.

—Por desgracia, te odiará aún más cuando se entere de tu noticia. —Sus ojos se posaron sobre el diminuto abultamiento en mi cintura.

—¿Cómo lo has sabido? —Me toqué la barriga con un gesto protector. Bajo mis dedos, sentí la cálida esfera bajo mi ombligo, firme y redondeada, como una naranja.

—Cómo no saberlo. Esto no es bueno, Cecile —continuó—. Tu hermana y tú sois cambiones: los vástagos de un humano y un daimón. Llevas en el vientre un bebé que es en parte un cambión. Aunque el efecto puede debilitarse con cada generación, este parto, el de un niño con la esencia de un daimón, te resultará un suplicio. Deberías saber que eso fue lo que mató a tu madre.

—¿Moriré?

· —Por desgracia, querida, la Parca es la única cosa que no puedo controlar.

—Pero poseo tu sangre de daimón. ¿Eso no me ayudará?

Mi padre se encogió de hombros.

—También posees un frágil cascarón mortal, como un huevo. Dentro de ti tienes magia, eso es cierto, pero por desgracia no eres inmortal.

Sopesé sus palabras.

—Émile no sabe lo del bebé.

—Mejor así.

—Si lo supiera, insistiría en que estuviéramos juntos.

—Me temo que eso no es posible —dijo, extenuado.

Siguió contemplando la laguna Estigia que discurría por debajo. El río y sus aguas negras como el carbón eran la fuente de su poder. Ese era mi mundo. Aunque podía entrar y salir del circo, en el fondo era como Doro. Una criatura del Infierno. Que no podía estar con Émile era la respuesta que me esperaba, la misma que ya sabía en mi interior.

—Yo tuve la culpa de traer a ese pintor al circo. Lamento que tú fueras el peón desafortunado.

—¿Qué quieres decir? —Contemplé la arena blanca de las orillas que conducían al Bosque Blanco.

—Hechicé los cuadros.

—Eso ya lo sabía.

—Aunque los hechicé para que cualquiera que observe los tres cuadros vea lo que yo quiera que vea, eso no fue lo único que hice.

—¿Qué más hiciste?

Me sentí enardecida y alcé la voz, que resonó por la caverna. Mi padre tenía la costumbre de gastar bromas crueles. De inmediato, pensé en el trato que Émile hizo con él para confirmar el encargo. ¿Habría incluido su alma?

—Este verano ha resultado bastante aburrido, así que lancé un pequeño hechizo. —Ondeó una mano para quitarle hierro—. No fue para tanto. Simplemente dejé que Émile eligiera a tres modelos para sus cuadros. Cada modelo se enamoraría de él. Cuando te pintó, te enamoraste... Esmé, Sylvie...

—Eso es cruel —resollé—. ¿Cómo pudiste?

De nuevo, apoyé una mano sobre mi bebé. Las fechas eran importantes. ¿Mis sentimientos hacia Émile habían sido fruto de un sortilegio? ¿Todo lo relacionado con él fue una ilusión, excepto el niño que ahora portaba en el vientre?

—¿Cuándo...? ¿Cuándo hiciste eso?

Sentí náuseas. Él se encogió de hombros.

—Cuando lo contraté, por supuesto.

Me hundí en mi asiento mientras recordaba aquel día en el mercado de la Rue Mouffetard, cuando Émile me compró una manzana. Ese fue el preciso momento en el que me enamoré de él, semanas antes de que mi padre lo contratara. Mis sentimientos hacia Émile —y los suyos hacia mí— eran auténticos.

9 de agosto de 1925

Doro me ha informado de que Esmé le dio a Émile una entrada para el circo. Para su sorpresa, los tickets le han permitido realizar una tercera visita, algo sin precedentes. Me había preparado para verlo, pero no pude prever el grito que se oiría desde el camerino de Esmé. Por insistencia de mi padre, Madame Plutard le contó a mi hermana lo de mi embarazo. El sonido procedente de su habitación fue como el alarido de un animal enfermo.

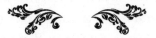

15 de agosto de 1925

Émile se sentó en primera fila durante la función del sábado, con semblante afligido.

Después de la función, lo rehuí. Mientras regresaba para cambiarme de ropa, pude oír la voz de Esmé que provenía de su camerino. Su tono era incisivo.

—¡Fuera!

Émile abrió la puerta y le vi la cara.

—¿Qué ha pasado?

—Está enfadada —respondió—. Insiste en que me quiere. Es como un ataque de locura. Finalmente, le escribí una carta para decirle que no podía estar con ella y que se marchara. Me envió una entrada de todos modos, después envió a los dos payasos para traerme hasta aquí. Acabo de decirle que me deje en paz. Está furiosa, como habrás oído. —Señaló hacia el camerino—. Dice que lamentaré lo que hemos hecho.

—¿Lo que hemos hecho? —Ladeé la cabeza y me recoloqué el cuello del traje.

Émile suavizó su expresión y supe que Esmé le había contado lo de nuestro bebé. Se me cortó el aliento. Aunque debería haberlo sabido por mí, el hecho de que mi hermana se hubiera considerado con el derecho de contarle a Émile la noticia me pareció una traición. Su puerta estaba cerrada, seguramente con llave. De no haber sido así, no sé lo que habría hecho.

—No pretendía que te enterases de este modo.

—Me parece que no pretendías contármelo en absoluto. —Puso una mueca de aflicción y levantó una mano.

—¿Estás bien?

Me fijé en el reguero de sangre que caía al suelo desde su manga.

—Oh, me he hecho un corte, nada más. —Señaló hacia el vestidor de Esmé—. Había una esquirla de cristal cerca de su puerta. La recogí.

Lo conduje hasta mi camerino, que estaba a dos puertas de distancia, para poder curarle la mano. Tenía un pequeño tajo en la palma. Le limpié la herida y se la vendé, pero temí que fuera mucho más profunda en el centro.

—Deberías ir a que te lo mire un médico.

—No te preocupes por mí. —Me acarició brevemente la mejilla—. Tendría que ser al contrario.

—Estoy bien —repliqué mientras le apartaba la mano.

—Si lo recuerdas, sospeché esto mismo cuando te pusiste mala.

Solté un bufido.

—Podemos vivir en mi apartamento. No es grande, pero bastará durante unos años.

—Ya te lo he dicho. —Me hundí en mi asiento—. No podemos estar juntos.

—Tienes que dejar de pensar en Esmé y empezar a pensar en nuestro hijo —replicó—. ¿Cuál es tu plan: criar a ese niño aquí? —Recorrió las paredes con la mirada—. Este lugar está plagado de horrores. Me habían advertido de la oscuridad que reina en este circo, pero te cala hasta los huesos.

—Este es mi hogar —repliqué.

—Pero no será el de nuestro hijo.

—Ay, Émile.

He tenido un mal presentimiento creciente sobre este embarazo. Sé que no puedo vivir con Émile fuera del circo. No sé si eso incluye también a mi bebé, pero, aunque pudiera existir ahí fuera, con él, sé que la vida del artista es solitaria. He visto cómo Hadley y Ernest Hemingway discuten por su hijo, Bumby. Ernest se pasa el día escribiendo en soledad en los cafés, mientras Hadley pasea sola con Bumby por el Jardin du Luxembourg, con el niño pegado a sus piernas. Mi vida en el circo ha sido vibrante y me he pasado la vida rodeada de intérpretes. No puedo imaginarme otra vida, ni siquiera al lado de Émile.

Pero él me miró tan expectante, tan enamorado.

—¿Cecile?

—Suena maravilloso —mentí.

23 de agosto de 1925

Es duro escribir esto, pero necesito plasmar cada detalle.

Después de mi actuación de hace una semana, pasé por Montparnasse y me alarmó comprobar que Émile tenía un aspecto muy parecido al de cuando lo vi en la calle aquella noche. Volvía a estar pálido, con esas manchas oscuras bajo los ojos, pero esta vez resultaban incluso más acentuadas.

Insistí para que viniera a cenar conmigo y con Sylvie. Comió muy poco, asegurándome que solo estaba distraído. Preocupada por él, pasé la noche en su apartamento. Se despertó, febril. Temiendo que hubiera contraído algo, me envió de vuelta al circo para que no pudiera contagiarnos al bebé ni a mí; los horrores de la gripe española seguían muy presentes en la mente de soldados como él. Aunque no se lo dije, me alegré de estar de vuelta en el otro lado. Me dolían el brazo y la pierna. Sentía como si me estuviera descomponiendo, este embarazo ya estaba pasándole factura a mi cuerpo.

Al ver que no tenía noticias de Émile después de tres días, le insistí a Sylvie para que me acompañara a su apartamento. Al principio dudó, pero luego accedió a regañadientes. Que Esmé esté destrozada por él solo ha servido para que Sylvie lo odie todavía más.

El taxi nos dejó a unas dos manzanas de su apartamento. El aire estival era sofocante. En los cafés, varias mujeres se abanicaban mientras iban en busca de sillas a la sombra. Los ecos del jazz se extendían por las calles.

—Émile no te cae bien.

Sylvie hundió las manos a fondo en su vestido.

—No entiendo que a ti te guste, menos aún que lo ames. Se acostó con Esmé.

—Émile no se acostó con ella.

Eso fue lo que me dijo él y yo lo creí. Sylvie soltó un bufido y giró delante de mí, en la calle.

—¿De verdad crees que Esmé se mostraría tan enfadada y posesiva con él si no se hubieran acostado?

Suspirando con aversión, recorrió la manzana en silencio. La verosimilitud de esa afirmación provocó que me pusiera a la defensiva.

—No te has privado en absoluto de transmitir tu opinión sobre él.

Giramos hacia una calle secundaria, cerca del apartamento de Émile. Sylvie se detuvo y volvió a encararse conmigo.

—¿Qué quieres de mí?

—Eres mi amiga. No quiero nada de ti.

—¿Es que estás ciega? —Meneó la cabeza y vi lágrimas en sus ojos. Se agarró los rizos, que le llegaban por la barbilla, antes de sujetarme el rostro entre sus manos y besarme con fuerza en los labios. Cuando se apartó, las lágrimas fluían por su rostro—. Estoy enamorada de ti, Cecile. ¿Es que no lo ves? Ese hombre no te conviene.

Me quedé tan impresionada por sus palabras —y por su beso— que me sentí desfallecer.

—¿Desde cuándo llevas enamorada de mí, Sylvie?

Ella ondeó una mano y reanudó la marcha.

—Hace ya varios meses. Me quedé tan sorprendida como tú. Me he puesto enferma al ver cómo bebías los vientos por él durante estos últimos meses, sobre todo después de lo que te hizo.

—¿Varios meses? —Me paré en seco—. ¿Desde el retrato?

Sylvie lo sopesó y se encogió de hombros, sus rizos rubios rebotaron al compás de ese movimiento.

—Supongo.

—Piensa. —La apunté con el dedo—. ¿Cuándo?

Sylvie bajó la mirada al suelo.

—Supongo que fue entonces. Recuerdo advertir cosas en ti, cosas que había visto durante años, pero que ahora resultaban más marcadas. Cada vez que entrabas en la habitación para ver cómo iba el retrato, contenía el aliento sin darme cuenta. Al principio, pensé que era una locura; somos amigas desde que éramos pequeñas. Pero cuando le ayudaste a bosquejar mi rostro en el lienzo... —Hizo una pausa y miró hacia la calle—. No sé, algo se agitó dentro de mí.

Yo sabía que Sylvie tuvo un breve idilio con una mujer a la que conoció en el Ritz. Dejamos de ir allí cuando su marido se reubicó en París, aunque a ella le habría gustado mucho continuar viendo a Sylvie. En ese momento, tomé conciencia de todo cuanto me rodeaba. Los coches que circulaban por el Boulevard du Montparnasse, el tintineo de las copas, el olor del sudor de los hombres cuando pasaban demasiado cerca, y Sylvie, el contorno de su vestido con el sol de fondo y las pecas que se formaban sobre sus carrillos rollizos cuando salía a la calle. Tenía un rostro perfecto con forma de corazón, como el de un querubín. Entonces recordé que firmé el cuadro de Sylvie con las iniciales EG. La maldición de mi padre hacía que el modelo se enamorase del pintor. En lo que se refiere al encantamiento, ese cuadro fue obra mía. Cerré los ojos.

—Esto no es real, Sylvie. Es una maldición que mi padre lanzó sobre los cuadros.

Sylvie frunció su hermoso rostro y abrió sus ojos grises de par en par.

—¿Cómo te atreves, Cecile? —replicó—. Qué cosa más horrible me has dicho. ¿Acaso eres la única que puede tener sentimientos?

Enseguida me arrepentí de haber hecho ese comentario tan desconsiderado, pero no por ello era menos cierto. El sortilegio que lanzó mi padre provocaba que el modelo se enamorase del «pintor». No fue más específico.

Mientras subíamos por las escaleras nos cruzamos con la dueña del apartamento, que bajaba con semblante serio.

—No sabía dónde encontrarte —dijo—. El médico está con él ahora.

Subí corriendo hacia su habitación. Estaba oscura y un olor pútrido, como a una mezcla de sudor y vómito, inundó mis fosas nasales. El médico estaba abriendo las dos ventanas, pero el sofocante aire estival no ayudaba.

—Dice que la brisa es demasiado fría para él.

Atisbé la silueta del cuerpo de Émile. Parecía diminuto, a pesar de estar cubierto por unas gruesas mantas.

—¿Qué le ocurre?

El médico negó con la cabeza.

—Francamente, no lo sé. Se parece a la malaria por los sudores, pero es como si estuviera sangrando por alguna parte. Aunque no logro encontrar el origen. Se está debilitando. Puede que sean los riñones. —El médico recogió su maletín—. No puedo hacer nada. Lo dejo en sus manos. Quédese con él y repórtele consuelo, si puede.

Sylvie me apoyó una mano en la espalda.

—Lo siento mucho, Cecile.

Apenas podía respirar.

—¿Puedes ir a contárselo a mi padre?

Se produjo un largo silencio. Sylvie entendió lo que quería decir con esa petición. Quería un favor de mi padre.

—¿Estás segura?

Aunque se tratara de sus hijas, mi padre no concedía favores gratuitamente. A cambio pediría algo valioso.

Al ver que no respondía, Sylvie se dio la vuelta y salió de la habitación. Cerró la puerta con cuidado para no molestar a Émile.

Me acerqué a la cama. Émile estaba durmiendo. Cuando me senté a su lado, comenzó a temblar y a resollar. Tenía el rostro ceniciento.

—Estoy aquí, amor mío.

Le acaricié la mejilla. Tenía barba de al menos una semana. Émile me miró, pero no sé si me reconoció. Su expresión permaneció impávida. Pude ver cómo se consumía.

Mi padre llegó al cabo de una hora. Bueno, llegó es una forma extraña de describirlo, porque no tuvo necesidad de usar la puerta. Apareció sin más en la habitación.

—Se está muriendo.

Noté su presencia; ni siquiera tuve que alzar la mirada.

—Es obra de tu hermana. —Su voz era seria—. Lo lamento.

Desgraciadamente, yo sabía lo que significaba esa respuesta. Mi padre no iba a deshacer el hechizo. Incluso cuando éramos pequeñas, se negaba a revertir la magia que usábamos la una contra la otra y nos obligaba a hacer las paces.

—Por favor. —Me giré para encararme con él—. Todo esto es culpa tuya. Por esa maldición que lanzaste sobre los cuadros. Has hecho que Sylvie se enamore de mí y que Esmé se enamore de él.

Mientras las palabras salían por mi boca, supe que esa no era la forma apropiada de abordar a mi padre. Su rostro cambió delante de mí para adoptar su verdadera forma. De no haber estado embarazada, sé que me habría pasado tres días en el Bosque Blanco.

—No pienso anular la maldición de tu hermana —gruñó. Su voz reverberó en la silenciosa estancia como una tormenta.

—¿Puedo revertirla?

Mi padre contempló la silueta de Émile en la cama.

—Está demasiado consumido y tu hermana es demasiado poderosa. —Cruzó la habitación y se situó al lado de Émile, escrutándolo detenidamente—. ¿Lo quieres?

—Sí.

Empecé a sollozar.

—¿Lo aceptarás bajo cualquier condición? —Yo sabía lo que estaba haciendo ahora: atarme a algo—. No puedo devolvértelo de la manera que quieres. No está en mi poder hacer eso.

Estaba dispuesta a recuperar a Émile bajo cualquier condición.

—Lo haré.

La habitación estaba en silencio, excepto por el roce de la cortina sobre la pared. Cuando me giré para mirar a mi padre, había desaparecido.

Me senté junto a la cabecera de la cama de Émile, esperando alguna mejora. Cuando cayó la tarde, empezó a escupir sangre, después a defecarla; sangraba por la nariz, por los ojos y por el pene. Limpié las sábanas ensangrentadas. Tomé sus camisas, consciente de que ya no las necesitaría, y las usé para limpiar más manchas. Mientras frotaba cada centímetro de su cuerpo, me di cuenta de que el tajo que tenía en la mano permanecía impoluto, no se había curado a pesar de haber transcurrido una semana. Fue entonces cuando supe lo que había hecho Esmé. Le sostuve la mano en alto y examiné el corte.

Cuando la sangre dejó de brotar, tuve un mal presentimiento. Su respiración empezó a ralentizarse, pero resolló. Yo no entendía nada. Había negociado con mi padre, pero por lo visto él no había mantenido su promesa. Antes del amanecer, Émile murió en mis brazos.

Se llevaron su cuerpo y quemaron las sábanas; la casera ni siquiera esperó a que retirasen el cadáver para empezar a vaciar la habitación como preparativo para otro artista que necesitara un alojamiento barato. En mi estupor, había olvidado llevarme los cuadros. Volví a subir corriendo por las escaleras, pero descubrí que ya se los habían llevado. Cuando volví a bajar, encontré los lienzos en el callejón, los vecinos estaban rebuscando entre ellos. Divisé el retrato de Sylvie y lo saqué de la pila, arrancándolo de las manos de otro hombre con una fuerza que lo dejó sorprendido. Revisé los demás cuadros, en busca de mi retrato y el de Esmé, pero habían desaparecido.

Cuando regresé al circo, Doro se encontraba junto a la entrada.

—Hay una nueva atracción —dijo el muñeco. Doro el payaso pareció entusiasmado hasta que me vio la cara. El muñeco alzó la cabeza para mirarme—. ¿Qué ocurre, cielo?

—Émile ha muerto.

Doro el payaso me agarró de la mano.

—En ese caso, querrás ver esta atracción.

Exhausta y cubierta de sangre, hice amago de protestar, pero él me tomó de la mano y me condujo por la Gran Explanada del circo hasta un carrusel.

—Tu padre lo creó esta misma mañana, cerca del alba —explicó el muñeco.

Me paré en seco.

—Doro, ¿qué hace este carrusel?

—No puedo explicarlo —respondió—. Tienes que montarte. Es glorioso. Puede que sea su mejor creación.

Me ayudó a subirme a un caballo. Doro accionó la palanca y el equino dio un paso hacia atrás. Como si se estuviera despertando, el caballito de colores radiantes comenzó a moverse delante de mí y una crin auténtica brotó a lo largo de su cuello. El caballo agachó la cabeza y emprendió un extraño trote invertido, que desembocó en un galope. El león que estaba a mi lado también se estaba despertando y corriendo hacia atrás. A lo largo del carrusel, todos los animales —la jirafa, el elefante y los demás caballos— corrieron al mismo tiempo en sentido contrario a la marcha normal.

Aquello me pareció una locura. Y entonces me entró sueño. Me pesaba la cabeza y me acurruqué sobre la crin del caballo. Parecía que él había previsto esto.

Se materializó la primera imagen. Émile estaba sentado conmigo en Le Dôme Café. El ambiente estaba recargado con el olor de los cigarrillos. Le toqué la mano. Esta versión era cálida y saludable. Entonces la imagen cambió a su cama, la misma en la que acababa de morir. Salvo que estaba muy vivo y encima de mí. Acaricié su espalda sudorosa mientras entraba en mí. Permanecí quieta, con la noción de que esa imagen persistiría todo el tiempo que yo quisiera, pero entonces se reveló otro momento y pensé que se me iba a partir el corazón por separarme de mi Émile. En la nueva escena aparecía él, retratándome en el circo. Mirándome de esa forma tan particular. Después volvió a salir Émile, rompiendo la costra de queso en un cuenco humeante de sopa de cebolla. Después yo, caminando por Les Halles. Pude ver las ganas que tenía de agarrarme de la mano, aunque en ese momento no me di cuenta. Pasó de largo una mujer con una tiara y un vestido plateado, perseguida por un hombre con una levita negra. Envidié su felicidad y mis ojos evocaron el esplendor del mercado a altas horas de la madrugada. A continuación, me encontraba en el mercado de la Rue Mouffetard, donde Émile me dio una manzana. Con esta escena, sentí que la energía del mundo cambiaba. Mi padre se equivocaba. Émile podría haberme pintado o no; el resultado habría sido el mismo. Yo amaba a Émile Giroux. El caballo se ralentizó y la luz comenzó a filtrarse a través de su efigie, como si fuera una cortina roída por las polillas. Y entonces desapareció.

Cuando por fin alcé la mirada, saciada de imágenes de Émile, mi padre estaba sentado en la cabina de control.

—¿Y bien?

—No es lo mismo —repuse—. No es él.

—Dijiste que lo aceptarías con cualquier forma.

Me apeé del caballo y bajé del carrusel. Pasé de largo junto a él mientras recorría la Gran Explanada.

—No preguntaste por el precio —dijo mientras me alejaba.

—Porque me daba igual —respondí.

30 de noviembre de 1925

Durante los últimos meses, a medida que mi estado se ha vuelto más avanzado, no he podido actuar. Así que ahora me dedico a montar en el carrusel. En una ocasión, me encontré a Esmé descendiendo de la plataforma. Parecía triste y sumida en lo que parecía un estupor ebrio; entonces me vio. Me puse lívida al pensar que hubiera estado en el carrusel, sumida en sus propias imágenes de él. Émile y mi carrusel no le pertenecían.

Si no hubiera estado embarazada de nuestro hijo —de su hijo—, creo que habría matado a Esmé con mis propias manos y asumido el castigo de mi padre. Nunca había sentido tanta ira. Llevaba meses sin dirigirle la palabra. Cuando pasó a mi lado, le dije:

—Ahora las dos nos hemos quedado sin él.

—Y yo lo prefiero así —respondió, aunque el dolor era evidente en su rostro.

Émile suponía tanto un vínculo entre las dos como el dique que nos separaba.

—Porque sabías que ibas a perder tú. —Yo no la había odiado nunca como ella me odiaba a mí, pero, por una vez, comprendí e igualé su desprecio. Hasta entonces, jamás había experimentado esa emoción—. Émile nunca fue tuyo, Esmé.

Ella se mostró impasible y se dio la vuelta con rigidez antes de dirigirse de vuelta a su cuarto.

—Y nunca volverá a ser tuyo, querida hermana.

24 de julio de 1926

No he escrito apenas. Supongo que ya no me apetece contar mi historia. Mi historia —mi vida— no significa gran cosa sin él. Esta noche será la primera en la que volveré a actuar. Sé que no tengo buen aspecto, pero todo el mundo insiste en que lo haga.

La última semana de febrero, me puse de parto. Languidecí durante dos días. Por la cara que puso Madame Plutard, que hizo todo lo que pudo por mí, y por la que puso incluso mi padre, deduje que esto no iba bien. Los vi cuchicheando por los rincones. Llegados a ese punto, me daba igual morir. De hecho, creo que lo prefería. Sentía un dolor incomparable a cualquier otro, como si me estuviera partiendo en dos. Y todo estaba relacionado con en el hecho de alumbrar a ese niño. A medida que crecía dentro de mí, pude sentir cómo mi propia esencia se drenaba. Este bebé es poderoso, pero me ha debilitado. En medio de mi estupor, pedí que viniera Sylvie. Tenía un aspecto vigoroso y lozano, con su uniforme blanco. En cambio, yo estaba empapada en sudor y sentada sobre mi propia orina.

—Prométeme que, si me muero, te llevarás a mi hijo lejos de aquí.

—No te vas a...

Pero pude descifrar su expresión. Percibí una tensión alrededor de sus ojos y supe que estaba mintiendo. Yo le conté las mismas mentiras a Émile hace unos meses. Las conocía de sobra. No temo a la muerte. No sé adónde vamos los cambiones, pero espero que sea cerca de él. Me gustaría volver a verlo.

—Si muero y mi bebé sobrevive, prométeme que no permitirás que lo críe ella. Prométemelo, Sylvie. ¡Mi hermana no criará al bebé de Émile!

—Te lo prometo.

Pero sobreviví. Y mi hija también. La llamé Margot, que era el nombre de la madre de Émile. Era un bebé perfecto, rosado, sano y gritón.

Todo eso me remite a esta noche. Sylvie acaba de salir de mi camerino, inquieta otra vez. Le he asegurado que volar es tan natural para mí como respirar, pero no le he contado que se ha vuelto más difícil últimamente, desde que di a luz. A veces tengo que sentarme de camino al carrusel. Doro ha instalado allí un banco. No ha dicho que sea para mí, pero apareció justo en el lugar donde me vio apoyada en la pared.

La semana pasada, antes de que Sylvie saliera de mi dormitorio, se dio la vuelta desde la puerta.

—Te mentí.

—¿Sobre qué?

—Me preguntaste cuándo me enamoré de ti. Te dije que fue cuando me estuviste retratando, pero no es cierto. Fue el primer día que te encaramaste por la escalera hasta el trapecio. No parabas de caerte, pero tenías mucha determinación. Nunca había percibido eso en ti y algo cambió. No sé… Supongo que ya no importa.

Pero sí que importaba. Su amor por mí era auténtico, aunque yo no la amaba de esa manera, y eso me partió el corazón.

Esta noche me siento agotada y un poco distraída. Llevo así desde que nació Margot, pero preveo ese cosquilleo de antaño ante la perspectiva de volver a volar. Mi uniforme está colgado, esperándome, colocado sobre el espejo tapado. Quiero retirar la funda, pero la criatura lastimera que mi padre ha atrapado ahí dentro estará asomada, obser-vándome. Titubeando, retiro el cobertor. Para mi perplejidad, no veo una criatura, sino dos, y ambas resultan familiares.

Mientras me dirijo hacia la pista central, me pregunto a quién ha-brá invitado mi padre esta noche entre el público. Ha comenzado a repartir entradas otra vez, creyendo que las cosas volverán a ser como antes.

Pero eso, me temo, nunca será posible.

25

París / Séptimo estrato del Infierno
3 de julio de 2005

Después de leer los diarios finales, Lara estaba tardando un rato en asimilar el hecho de que Althacazur —el daimón de las cosas chulas— era su... ¿qué? ¿Su tatarabuelo? Ay, madre. Lara se sintió hundida.

Ajeno a todos, Althacazur había pasado la pierna sobre el reposabrazos del asiento y estaba sentado como un adolescente engreído, balanceando la pierna.

—En fin —dijo—. Deja que te cuente una historia. Había una vez un gent muy distinguido.

—¿Un gent? —Lara no pudo evitar burlarse de la elección de esa palabra.

—Es el diminutivo de *gentleman* —dijo Althacazur, abriendo mucho los ojos, como si fuera tonta.

Lara puso los ojos en blanco.

—Ya lo sé.

—Sea como sea —continuó, molesto por la interrupción—, este caballero que quizá tuviera unos poderes asombrosos conoció a una actriz mortal, Juno Wagner. Qué nombre tan bonito. El caso es que se enamoró de ella hasta la médula, lo cual, para un daimón supremo, no es algo que ocurra todos los días.

—Padre —dijo Cecile con un tono incisivo. Se encontraba en el centro de la pista con los brazos en jarras—. ¿De verdad tenemos que hablar de esto?

—Lara es de la familia, Cecile. Le prometí que, si venía a París, tendría todas las respuestas a sus absurdas e insignificantes preguntas humanas.

Cecile puso los ojos en blanco.

—Volvamos a mi historia. —Althacazur adoptó un tono diferente para contentar a Cecile—. ¿Por dónde iba?

—Decías que soy de la familia —respondió Lara, intentando disimular la aversión que le producía esa idea.

—Ah, sí. —Althacazur levantó un dedo—. Nueve meses después... Creo que ya sabes adónde conduce esta historia. Mi querida Juno dio a luz a... —Se interrumpió y pareció sopesar algo—, una criatura encantadora.

—¿Una criatura?

Lara no sabía si debía formular preguntas. Conocía una parte de esa historia tras haber leído la entrada dedicada a Althacazur en La Nueva Demoniopedia.com. Juno Wagner y su bebé murieron en el parto.

—Es posible que olvidara explicarle plenamente las reglas a Juno, de tan embelesado como estaba con ella. Verás, mi amada era humana, y yo, un daimón. Existen leyes en contra de este tipo de emparejamientos. Está estrictamente prohibido. A ver, yo no creé las leyes, pero tampoco me he molestado nunca en cumplirlas. El caso es que Juno murió en el parto. Como les ocurre a todas las mujeres que gestan a mis vástagos. Ninguna humana puede soportar llevar en su vientre al bebé de un daimón, por mucho que Mia Farrow lo haga en el cine. De hecho, el vástago también muere. Aunque en este caso no fue así. Antes de morir, mi querida Juno dio a luz a una criatura perfecta en su imperfección: un inusual cambión. Era la amalgama perfecta entre el bien..., Juno..., y el mal..., es decir, yo.

»Los cambiones no suelen sobrevivir por una razón. Puesto que yo no soy un simple daimón, sino un daimón superior, este cambión en concreto no mezcló la herencia de ambos tan bien como cabría esperar. El resultado fue un poco aparatoso. Es difícil explicárselo a un mortal, pero Esmé y Cecile estaban fusionadas.

Como si fuera un ilusionista, hizo aparecer una imagen, después saltó desde su trono y se la enseñó a Lara. Era una foto antigua y granulada.

Lara examinó la vieja fotografía plasmada en un papel grueso, como solían ser las imágenes en sepia de la época victoriana. En esta, una niña sobrenatural, mitad daimón, tenía dos pequeñas cabezas e iba vestida con un único vestido de encaje negro. Las niñas, que aparentaban tener unos cuatro años, estaban posando primorosamente sobre una silla, como si fueran muñecas. Siguiendo con el estilo victoriano, lucían un enorme lazo de satén sobre cada una de sus cabezas, asentados cuidadosamente sobre unas cabelleras rizadas y pulcras: una rubia y la otra oscura.

Quienquiera que hubiera encargado esa foto —seguramente Madame Plutard—, adoraba a esas niñas y quería plasmarlas tal y como las veía. Al observar los rostros radiantes de las pequeñas, Lara también las vio con esos ojos.

—Son preciosas —dijo.

Tenían sendas boquitas de piñón, ligeramente entreabiertas, como si algo las estuviera distrayendo desde el otro lado de la cámara. Aquella foto era lo más desgarrador que Lara había visto en su vida… No, sentir era una palabra mejor, porque sentía que esa foto ejercía una atracción sobre ella desde otra época. A partir de sus rostros, pudo sentir el sufrimiento de esas pobres niñas. Lara contó los diminutos zapatitos de satén que colgaban del asiento: tres. Con los ojos cerrados, se las imaginó esforzándose por caminar. Entonces lo comprendió. La embargó un sentimiento de protección. Esta niña le pertenecía: estaba grabada en su ser como el origen de su familia. Miró a Cecile, que tenía las manos entrelazadas y el rostro carente de emoción, como si se hubiera insensibilizado ante esa historia.

—No sabía qué hacer con mi criaturita… Me pregunté quién cuidaría de ella por mí. Observé a mis almas condenadas y pensé: Vaya,

Althacazur, esa es una idea genial. Así que reuní a un grupo de intérpretes con la idea de que se ocuparan de ello, junto con Madame Plutard, que había demostrado ser muy leal a Juno. —Giró sobre sí mismo—. Funcionó hasta que empezaron a crecer. —Se miró las uñas—. Detesto las cosas cuando dejan de ser divertidas, Lara, de verdad que sí. Así que las corté por la mitad, lo que resultó en dos seres y las liberó de la otra. Claro está, surgieron algunas complicaciones. No fue un proceso limpio, pero dentro del circo creé un lugar plagado de ilusiones.

Cecile agachó la mirada, como si le resultara doloroso escuchar esa parte del relato. Lara no podía imaginarse tener que padecer esa historia. Y como si lo hiciera en reacción a todo aquello, Althacazur dijo:

—Cecile, querida, tal vez prefieras no escuchar esto.

—No —respondió ella, tajante—. Continúa. Durante años, anhelé esas respuestas y me las negaste.

Contrito, le hizo señas a Lara para que se acercara. Cecile la siguió.

—Tisdale, Tisdale. Ahora resulta seguro —dijo Althacazur mientras salía de la pista central—. Todos los monstruos están en sus jaulas.

Mientras caminaban, Lara no pudo evitar mirar de reojo a Cecile. Era hermosa, etérea.

—He leído tus diarios.

No tenía claro si eso era bueno o malo, y sonó como si fuera una fan o una grupi.

—Ya lo sé —dijo Cecile, sonriendo—. Le dije que te los hiciera llegar. Desde el principio, los escribí para ti. Lo que pasa es que en ese momento no lo sabía.

En persona, Cecile era más bajita y delgada que Lara, pero sus rostros guardaban similitudes: la mandíbula fuerte, la nariz respingona, los ojos verdes.

Cecile le agarró las manos. El cabello largo y plateado de la mujer se desplegaba sobre su espalda en forma de rizos.

—Deja que te mire.

—Me parezco a ti.

La mujer se llevó una mano a la boca.

—Es verdad.

—Señoritas, por muy conmovedora que sea esta pequeña reunión...

Althacazur estaba de pie al lado de Tisdale, parecían Mr. Roarke y Tattoo. Señaló hacia una puerta con un letrero que decía: NORIA.

Lara se detuvo y se giró hacia Cecile, recordando la entrada de su diario en la que Althacazur construía la noria.

—Esta atracción salía en tu diario.

Cecile agachó la mirada.

—No me gusta ninguna de las atracciones de mi padre.

—Oh, venga ya —replicó Althacazur—. Si vas a estar de morros durante la visita, jovencita, deberías quedarte fuera.

Cecile entrelazó las manos y sonrió con un afecto que no resultó creíble.

—Mejor así —dijo él.

Mientras Lara se planteaba subir a la atracción, no se podía imaginar dónde iba a montar exactamente. Podía llamarse noria, excepto que no se movía hacia arriba. El techo era bastante bajo, casi como un sótano, y cuando te montabas en la cabina descendía por debajo del inframundo. Parecía como si el mundo se hubiera invertido.

El monito accionó una palanca y saltó sobre el vagón. Althacazur miró a Lara.

—Tiene un retardo, pero yo no me quedaría ahí plantada, chiquilla. Monta. No te hagas la remolona.

Lara pensó que en alguna parte tenía que haber un frasco con una etiqueta que dijera BÉBEME. Oyó el traqueteo del motor y saltó dentro del vagón. Althacazur colocó la barra de seguridad sobre sus regazos, un movimiento de lo más curioso a ojos de Lara, en vista de que se encontraban en una especie de dimensión paralela. El coche descendió hacia lo que parecía ser el centro de la tierra. Por debajo de ellos se extendía un río de aguas negras y relucientes.

—La laguna Estigia —dijo Althacazur, señalando—. Desde aquí se obtiene una vista preciosa, ¿no te parece?

La laguna discurría junto a un denso bosque de árboles blancos y pelados que parecían abedules. Recordaban a los árboles que había cerca de Wickelow Bend. Con la tierra blanca, los árboles blancos y el río negro, Lara tuvo que admitir que, sí, era una vista preciosa.

—Ese es el Bosque Blanco —dijo Althacazur.

Cecile contempló el bosque con gesto inexpresivo y la mandíbula en tensión.

—Este lugar tiene una reputación horrible como destino turístico, pero a mí me encanta…, sobre todo en *l'hiver*. No me encontrarás ahí arriba trabajando en enero. —Señaló hacia lo alto—. ¿Por dónde iba…? Ah, sí. La situación estaba enmarañada, y eso sin entrar siquiera en la cuestión del bien y el mal. Cecile tiene el útero, pero solo tiene un brazo y una pierna. Y un solo riñón.

Lara pegó un respingo. Ella solo tenía un riñón. Se sintió horrorizada con la perorata que Althacazur estaba recitando del tirón, pero Cecile parecía ajena a él, seguía contemplando el Bosque Blanco.

—A la otra gemela, Esmé, le falta un brazo y no tiene útero, pero sí dos piernas y todos sus riñones. Físicamente, Esmé era la gemela más fuerte con diferencia. Pero, verás, los cambiones solo son humanos en parte. Había una pizca de sangre de daimón fluyendo por las venas de mi criatura, así que pude llevar a cabo algunas cosas que jamás podría haberle hecho a una criatura no mágica. Llené los huecos, por decirlo así, con magia. Cada niña parecía… perfecta.

—¿Llenaste los huecos?

—Hechicé mi puto circo, para que mis niñas parecieran hermosas dentro de él. Eran como muñecas. Fuera del circo también, si no permanecían mucho tiempo. Oh, mis tesoritos eran la comidilla de París. Plutard las vistió como si fueran princesas, pero cometí un error. —Se giró hacia Cecile y levantó la mano—. No me cuesta admitir cuándo me equivoco.

Cecile le lanzó una mirada cargada de odio.

—Te equivocaste en muchas cosas, padre. Es difícil llevar la cuenta.

—Bueno, sí, cometí el error de colocar la carga de mantener la ilusión sobre los hombros de Esmé, pero ella era una ilusionista brillante. Cecile no se desenvolvió tan bien cuando las separé, así que decidí borrarle la memoria para que no tuviera recuerdos de haber sido escindida de su hermana. Sin embargo, Esmé necesitaba ese conocimiento para mantener la ilusión.

Lara pensó que era absolutamente injusto imponerle esa carga a una niña.

—Lo que mi padre está insinuando, pero sin llegar a decirlo —añadió Cecile, interrumpiendo su monólogo—, es que para mantener su ilusión de que estábamos intactas dentro de este circo, Esmé se vio obligada a perpetrar asesinatos como sacrificio, como vasallaje, para sustentarla.

—Sí, sí —repuso Althacazur, quitándole hierro—. Te has vuelto muy criticona desde que estás muerta. A lo mejor me sentía culpable de que Cecile se pareciera tanto a su madre. En su lecho de muerte —continuó Althacazur, ajeno al malestar que la historia le estaba produciendo a su hija—, le prometí a mi Juno que cuidaría del bebé. Ella no llegó a conocer la historia completa del parto: que nacieron dos. Como pensaba que no sobrevivirían, accedí a hacerlo, pero entonces Juno se murió y yo me quedé atado por mi palabra. —Pareció avergonzado—. Fue un grave error, como acabaría descubriendo.

—No tendrías que habernos separado. Éramos felices así. —Cecile lo fulminó con la mirada.

—Entonces ese pintor llamado Émile Giroux lo jodió todo —prosiguió Althacazur, ignorándola—. Aunque a Tisdale le gusta recordarme que no sé medir mis fuerzas y que fue culpa mía. Verás, como yo también soy un artista…, le lancé un pequeño hechizo a Giroux para que cualquier persona a la que pintara se enamorase de él.

—Lo que hiciste fue imperdonable —le espetó Cecile, cruzándose de brazos.

Lara sabía todo eso por los diarios.

—Ya, bueno. Puede que yo os separase a las dos físicamente, pero el cuchillo de Giroux era más afilado.

—Gracias a ti. —Cecile se hundió en su asiento y apoyó la barbilla sobre una mano.

Lara se quedó fascinada con esa extraña discusión familiar que estaba presenciando. Intentó reprimir un pensamiento que tuvo, como cuando intentas sofocar una de esas toses secas que te entran al final de un resfriado agudo, pero el pensamiento se negaba a remitir. Este hombre es un lunático. Estamos aplacando a un lunático.

Mientras el pensamiento se arremolinaba en su interior, miró al señor Tisdale, que parecía capaz de leerle la mente. Ahora tenía los ojos muy abiertos con un gesto de alarma. Mientras, la cabina de la noria siguió descendiendo por debajo de un túnel.

—Y como podrás adivinar, mis dos chicas se enamoraron de Giroux. Así que cuando él eligió a Cecile, bueno, Esmé se volvió un poco loca.

—Ella lo mató —dijo Cecile.

—Pero no antes de que la encantadora Cecile concibiera a tu... Bueno, supongo que se trató de tu abuela, Margot. Creo que la viste hace un rato a lomos de Su Alteza Real. Es una amazona maravillosa, mucho mejor de lo que llegó a ser Sylvie.

—Mi padre se equivoca —dijo Cecile entre dientes—. Me enamoré de Émile antes de que lanzara el hechizo. Esmé fue la única que se vio afectada por el sortilegio. Su amor por Giroux nunca fue auténtico.

Althacazur puso una mueca para indicar que estaba en desacuerdo con esa afirmación.

Lara no podía hablar. Ese hombre —ese daimón— estaba como una puta cabra. ¿Cómo diablos podría encontrarle sentido a todo eso? ¿Se trataría de una alucinación?

—Como resultado, Esmé se ha pasado varias décadas de un humor de perros por culpa de Émile Giroux. Viajó por el mundo durante los primeros diez años, metiéndose en toda clase de problemas. Los demás daimones se pusieron furiosos. Luego decidió asentarse en ese poblacho horrendo en el que vives. Creo que disfruta matando a todos los amantes de las descendientes de Cecile como reprimenda por Émile Giroux, quien, francamente, era más soso que un pan sin sal. Jamás se habría enamorado de él por voluntad propia.

Cecile hizo amago de protestar, pero Althacazur levantó una mano.

—Lo sé, lo sé. —Puso los ojos en blanco—. Era tu gran amor y bla, bla, bla.

El señor Tisdale soltó un quejido.

—Sé que lo que le hice a Esmé no fue justo, pero este berrinche que dura ya décadas resulta agotador. Me está provocando muchos quebraderos de cabeza. Lucifer me ha dicho que tengo que meterla en cintura. Así que ahora acudimos a ti, señorita Barnes. Procedes de un largo linaje de mis descendientes. No eres mortal del todo, también tienes una parte de cambión. Quizá hayas advertido que vives en un pueblo perfecto. Sin crímenes. Ni uno solo. Bueno, eso es obra de Cecile. Le concedió un hechizo a Margot, pero he oído que tu madre lo sustenta bastante bien, como alguien que cuida el césped de su jardín. Audrey es una mujer bastante aburrida, pero sabía cómo protegerte de Esmé. Por desgracia, ese hechizo no funciona fuera de Kerrigan Falls, así que mi querida hija estuvo a punto de matarte el otro día en el Père Lachaise.

—¿La mujer que me persiguió? ¿Era Esmé?

—Fue mi hermana la que intentó matarte —dijo Cecile—. Audrey te enseñó un hechizo, pero no funcionó o no lo ejecutaste correctamente. Hice que mi padre interviniera. No suele hacerlo, pero por alguna razón se ha encariñado contigo.

—¿Por qué intenta matarme?

Lara alternó la mirada entre ambos, molesta, porque ninguno parecía dispuesto a responder a lo que para ella era una pregunta acuciante. Cecile parecía irritada, así que comenzó la historia:

—Después de mi muerte, y tal y como prometió, Sylvie se llevó a Margot a Estados Unidos. Tú la conociste como Cecile Cabot, tu bisabuela. Mi hermana también se escapó del circo, pero no fue tan fácil. Conmigo muerta y ella desaparecida, ya no se requería ningún encantamiento en el circo. Esmé es una gran ilusionista, así que aprovechó lo que aprendió de nuestro padre y dedujo que, si quería mantener la ilusión de ser joven, hermosa e inmortal, necesitaba seguir matando. Mantener el hechizo sobre sí misma ha sido mucho más fácil que hacerlo sobre un circo completo, así que en lugar de matar cada vez que nos trasladábamos, ya solo tiene que hacerlo cada treinta años, el 9 de octubre, coincidiendo con nuestro cumpleaños. Ese día sale a buscar a un hombre y lo sacrifica. Al igual que Émile, ese hombre tiene que sangrar. Esmé ya tiene cien años, pero seguro que sigue teniendo un aspecto despampanante. —Cecile miró a su padre—. ¿Qué te ha parecido?

—Bastante preciso —dijo Althacazur—. Ese resquemor aporta mucho al relato.

Tisdale asintió para mostrarse de acuerdo.

Como si fuera un guía turístico aburrido, Althacazur señaló hacia la siguiente atracción.

—Ahora nos encontramos bajo la laguna Estigia, más o menos como si fuera la línea infernal del Eurostar.

Llegaron hasta una playa de arena blanca con árboles negros y hojas rojas. Lara vio a varios animales —mejor dicho, animales esqueléticos— pastando en la arena.

Los tres se sacudieron cuando pasaron a su lado y les lanzaron encima una lluvia de hojas. Althacazur le quitó a Lara las hojas que se le engancharon al pelo.

—Oh, no —dijo Cecile, que agarró a Lara y comenzó a quitárselas a toda prisa.

Lara se sintió mareada de repente.

—Son venenosas. —Althacazur pareció molesto—. El árbol está alardeando delante de ti. No te preocupes. Si dejas de respirar, Tisdale lleva el antídoto en el bolsillo.

El mono pareció más alarmado aún y se palmeó el bolsillo, negando con la cabeza.

—Tenemos que regresar ya —dijo Cecile, poniéndose en pie.

—¿Y Todd? Dijiste que ibas a contarme lo que le pasó.

De repente, sintió como si tuviera canicas en la boca. Cecile asintió y le dio unas palmaditas en la mano.

—Esmé podía matar a cualquier hombre que quisiera. Ya no tiene importancia, pero matar a Émile produjo un efecto en ella: le gustó y creo que le hizo más fuerte. Mientras que yo me debilité al dar a luz a mi hija, ella ganó en fortaleza. En su mente, si yo no hubiera estado embarazada de Margot, Émile la habría elegido a ella, así que se vengó de Margot matando a Desmond Bennett. La pobre se quedó hecha polvo. Siempre tuvo una faceta salvaje, como les ocurre a algunos cambiones. Pero la magia combinada con la desaparición de Dez supuso su perdición. Esmé mató a Émile, a Dez, a Peter y a Todd. Ha elegido a todos los hombres que hemos amado para llevar a cabo su venganza.

—La culpa es mía. Yo envié a Esmé al Bosque Blanco. Por desgracia, cuando regresó ya no era la misma —dijo Althacazur con una tristeza genuina en su voz—. Yo pensaba que era como yo y que podría soportarlo, pero me equivocaba. Por eso le he concedido ciertas libertades, pero está empezando a convertirse en un problema diplomático. Es preciso que regrese al circo.

Lara se preguntó si alguien se había dado cuenta de que se estaba desvaneciendo, pero los demás siguieron hablando entre ellos.

—No me encuentro bien.

Le pesaba la cabeza y le costó articular esas palabras. Los tres se quedaron mirándola, intentando entender lo que estaba diciendo.

—Ya casi hemos llegado a la cima —dijo Althacazur.

Pero Lara había dejado de escuchar su discusión, la desconectó como si fuera una frecuencia de radio. Todd está muerto.

Fue consciente de un silencio. Durante todo ese tiempo, se dio cuenta de que se estaba engañando cuando decía que estaba preparada para recibir esa noticia. Había pronunciado palabras grandilocuentes sobre lo mucho que quería conocer la verdad y había investigado el misterio de la desaparición de Todd con Ben Archer, como si fuera una versión moderna de Nancy Drew, pero Lara no se había planteado nunca, jamás, lo que le haría sentir ese momento. Ya no quedaba esperanza y la fría realidad de su muerte la impactó. Vale, sí, pensaba que unos cazadores encontrarían su cuerpo en una zona de Wickelow Forest, o al menos descubrirían un fragmento de su camisa o una zapatilla, alguna evidencia funesta que la preparase para este momento. A veces, pensaba que percibiría su muerte y se prepararía para la noticia que se produciría algún día. Y Lara comprobó que no podía llorar. Aunque estuviera envenenada y fuera de sí, se negó a llorar delante de esa gente. Audrey, Ben, Caren, sí. Pero delante de esos desconocidos..., no.

—Lara. —Fue Cecile la que habló.

Vio una lámpara de araña, un modelo precioso. De haber estado en mejores circunstancias, se habría quedado maravillada. ¿Estaban en una cueva? Lo había olvidado. La lámpara giraba por encima de su cabeza…, ¿o era ella la que giraba? Creía que estaba a bordo de una atracción, pero todo estaba del revés en ese puto sitio. ¿Y si la muerte de Todd significaba que en realidad estaba vivo? Ese lugar era así, una incongruencia.

Para estar muerta, Cecile la estaba agarrando con mucha fuerza. La sostuvo mientras se hundía en el asiento del vagón de la noria.

—Lo siento. —Lara cerró los ojos y juró que, si Althacazur empezaba a disertar otra vez, diría algo que la acabaría enviando al Bosque Blanco. Pero le daba igual—. ¿Has dicho que Todd está muerto?

—Así es. —Cecile le acarició la mano—. Lo siento mucho.

—¿Estás segura?

Lara la miró a los ojos fijamente. Tal vez se debiera al veneno, pero tenía todo el cuerpo entumecido. Tenía los labios resecos y notó que se hinchaban. Habían empezado a mecerse de un lado a otro.

—Por desgracia, sí.

—Creo que voy a vomitar.

Lara se asomó desde el vagón y devolvió sobre la laguna Estigia. Se sintió aturdida, como si estuviera experimentando los efectos secundarios de un analgésico. Mientras, a lo lejos, oyó que Althacazur continuaba con su monólogo:

—Esmé sabe que esto está llegando a su fin. Sabe que Lara es la criatura más poderosa que ha surgido del linaje. Te he convertido en la criatura mágica más fuerte posible con el único objetivo de detener a mi hija. Esa es la razón por la que quiere matarte, Lara.

El vagón comenzó a ascender. Lara seguía mareada y no entendió esa parte de la conversación. Rayos, no entendía nada de nada.

—Aguanta hasta que lleguemos a lo alto. No te mueras ahora. Rompería el clímax. —Althacazur soltó una risotada.

Morirse. Lara pensó que seguramente estaba cerca de hacerlo, en vista del efecto de la toxina. Llegó a la conclusión de que sería un final aceptable para su historia. Cuando regresaron al vestíbulo, Althacazur levantó la barra y salió de la cabina, extendiendo una mano enguantada hacia Lara, que recibió la ayuda de Cecile. Tisdale corrió a apagar la máquina.

Lara seguía tambaleándose a pesar de la ayuda de Cecile cuando el monito se acercó y le ofreció una piruleta.

—Oh, no puedo. —Lara puso una mueca. La idea de comer algo en ese momento era inconcebible.

—Es el antídoto —dijo Althacazur, que agarró la piruleta y se la entregó—. Aunque te advierto que sabe a...

Lara se la metió en la boca y empezó a toser.

—¡Mierda! Esto sabe fatal.

—Efectivamente. Está hecha de boñiga petrificada de burro del Hades, pero te salvará la vida.

Lara se estremeció, se encogió sobre sí misma y volvió a vomitar. Cuando se recobró, Tisdale le hizo señas para que siguiera lamiendo la piruleta.

Volví a sentir la cabeza despejada, pero necesitaba salir de ese circo y regresar con Audrey y Jason... Con Ben. Tardaría tiempo en procesar lo que había descubierto sobre Todd, pero ellos la ayudarían.

Cuando los siguió de vuelta a la pista central, Lara vio que ahora estaba repleta de intérpretes, dispuestos en posición de firmes. Althacazur se acercó a Cecile y le levantó la cabeza por la barbilla.

—Estoy de acuerdo, el grave error que cometí fue separaros en un primer momento. Erais perfectas tal y como estabais. Pero no supe verlo. Cuando todo esto termine, volveréis a uniros. Te lo prometo. —Le acarició el rostro—. En el pasado, me negué a intervenir entre vosotras, pero pienso hacerlo ahora. Sin embargo, es preciso que lleves tú la iniciativa, Cecile. Ya te lo advertí una vez: esta batalla es entre vosotras dos. Ya te he ayudado bastante trayendo aquí a Lara y asegurando que su magia sea fuerte. Ella es el arma perfecta.

Althacazur rodeó la pista, ondeando una mano como si fuera Vanna White.

—Aquí lo tienes. ¡Te he construido un circo, Lara Barnes! Recuerda que, cuando fui a visitarte de pequeña, te dije que este circo era tu destino. —Desplegó los brazos—. El cuidado de estas criaturas recae ahora sobre ti, querida. Verás, el circo requiere un gerente humano. Tú eres lo bastante humana, aunque por tus venas corre una poderosa sangre de cambión: la mía. Este majestuoso legado necesita a alguien que cuide de él y mantenga su conexión con el mundo exterior, quizá alguien que logre convencer a los tickets para que vuelvan a salir. —Se encogió de hombros—. Esperaba que Sylvie siguiera el ejemplo de su madre y se convirtiera en la directora, pero eso no pudo ser. Después deposité mis esperanzas sobre la querida Margot, después en Audrey. Pero ahora, Lara, contigo al mando, por fin me libraré de este lugar, me iré y podré ser el daimón artista que siempre he querido ser.

Todos estaban mirándola: los intérpretes, Althacazur, Margot, Cecile, Doro y Tisdale. Lara miró a su alrededor, confusa, sin darse cuenta de que estaban esperando una respuesta. Trastabilló un poco, todavía mareada.

—Pero es que yo no quiero tener un circo.

Lo que necesitaba era pensar… y pasar el duelo. Aquello era absurdo. De principio a fin. Sin embargo, mientras hablaba, todas las criaturas se inclinaron ante ella. El elefante, el león alado y Tisdale agacharon la cabeza. La música que estaba sonando se interrumpió de golpe.

Althacazur se enderezó y Cecile empezó a hablar, pero él la interrumpió. Se acercó a Lara, que se encogió ante su presencia. De pronto, aquello fue como una visita guiada por una multipropiedad y ahora le tocaba soportar el discurso de venta.

—Ya sabes lo que les pasará. —Althacazur empleó una voz serena. Señaló hacia los intérpretes; ya no quedaba rastro del vivaracho jefe de pista—. Los enviaré a todos de vuelta al Infierno. Ya han cumplido su objetivo como niñeras de Cecile y Esmé.

Lara comprobó que sus ojos no eran ambarinos; aquello fue una ilusión. Eran negros. Y también lo vio con su verdadera forma —con una toga morada y la cabeza de un carnero—, antes de volver a convertirse en ese hombre apuesto con rizos castaños y los ojos del color de la hierba seca. Recordó la entrada dedicada a él en la enciclopedia digital: *Debido a sus encantos, es habitual confundirlo con un demonio menor, lo cual es un grave error, puesto que se trata del más vanidoso y despiadado de los generales del Infierno.*

Lara suspiró con fuerza y echó un vistazo por la pista. Los intérpretes le devolvieron la mirada como animales en un refugio.

—Bah, al infierno. —Althacazur se echó a reír—. Que ardan todos. A mí no me importa. Clausuraré el circo y los enviaré a todos de vuelta con Lucifer. Incluida tú, Cecile. —Se giró hacia Lara, las suelas de sus zapatos rechinaron—. Después dejaré que Esmé y tú resolváis vuestros asuntos. Estarás muerta en el plazo de un día. —Se dio la vuelta con un gesto dramático—. Más carnaza para Lucifer.

—¡No, padre! —le espetó Cecile—. No puedes enviarlos de vuelta. Eso sería cruel. —Se giró hacia Lara—. Conmutaste sus sentencias, les prometiste que podrían quedarse aquí por toda la eternidad. Hicieron lo que les pediste. —Soltó un bufido—. Y ahora parece que no quieres responsabilizarte de nosotros. —Agachó la cabeza—. Lo siento, Lara. No sabía que te había traído aquí para engañarte e intentar que tomes las riendas del circo.

—Tú me ayudaste a traerla —replicó Althacazur—. Seguro que lo sabías.

—Nunca lo mencionaste. —Cecile frunció el ceño.

—Y tú, querida, tampoco me lo preguntaste.

—¿Puedo decir algo un momento? —Lara cruzó los brazos, intentando recomponerse. Además de sentirse furiosa, ya estaba harta de ese mundo ridículo, de esa historia absurda y de ese hombre trastornado—. He escuchado vuestra historia. Y he asistido al circo, que es precioso, por cierto. He montado en una de esas atracciones y me he comido una piruleta de mierda, un sabor que no olvidaré nunca. Pero para que quede claro, la *única* razón por la que he venido aquí es porque me prometiste que descubriría lo que le pasó a mi prometido. Y ahora sé la verdad. —Se le quebró la voz y empezó a pasearse—. Está muerto.

Esa palabra fue como una cuchilla, le costó pronunciarla.

Todos la observaban con atención. Limpiándose el rímel con las manos, hizo acopio de fortaleza y miró a Althacazur.

—Ahora que sé lo que le pasó, me gustaría irme a casa.

Althacazur frunció el ceño y puso los brazos en jarras. Giró en círculo alrededor de Lara con una furia palpable.

—Te he mostrado la que quizá sea mi mayor obra maestra. Te ofrezco el universo, este jodido circo perfecto…, ¿y no lo quieres? —Usó un tono burlón y alzó la voz hasta que la pista entera tembló—. Llevo toda la vida diciéndote que ese chico no era la clave. Era el circo. Siempre lo ha sido. Te di la información sobre ese muchacho para atraerte hasta aquí y que contemplaras tu destino.

Lara pensó que se equivocaba. Ese chico mortal era la clave. Todd era importante, igual que lo fue Juno Wagner para él en el pasado. Lara oteó el entorno y comprobó que todos la estaban mirando. Había olvidado que podían leerle la mente.

—Mierda —dijo en voz alta.

Althacazur contrajo el rostro con un gesto de furia. Tisdale levantó una mano para disuadirle de hacer algo, pero el daimón apartó al monito de un manotazo y retrocedió para sentarse en un asiento de terciopelo.

—¿Qué he hecho yo para que esta chica sea tan estúpida? Lo he intentado todo, vaya si me he esforzado. La convertí en el arma perfecta para traer a Esmé a casa y tomar el mando. —Sentado en el trono, varios esputos salieron despedidos de sus labios mientras señalaba a Lara. Ella temió que fuera a darle un patatús—. ¿Por qué mis vástagos son tan fallidos? Fui a ese lugar inmundo donde vive y pasé tiempo con ella. La pobre Margot estaba loca. —Señaló a Margot, que agachó la mirada—. Audrey es un muermo. Esperaba que esta fuese digna del circo y capaz de contener a Esmé.

Se enfurruñó como un chiquillo, aunque Lara percibió un gesto de terror en el rostro de Tisdale. Althacazur la señaló.

—¿Sabes qué? Esmé debería vencer. Ha heredado mi ambición. Dentro de treinta años, Lara, cuando tengas una hija, el amor de su vida será la próxima víctima de Esmé. Y no podrás echarle la culpa a nadie más que a ti. —Se giró en su asiento después de lanzarle una última mirada de aversión—. Vuelve a tu deprimente hogar. Cecile, Tis…, apartadla de mi vista antes de que la mate.

—Padre. —Cecile se agachó a su lado, apoyando los dedos sobre el reposabrazos del asiento—. Tienes que entender que esta noticia ha sido terrible para ella. No puedes enfadarte tanto con una pobre humana. Por favor.

Lara vio cómo se ablandaba, su rostro se relajó. Cecile le recordaba mucho a Juno. Lara fue consciente del sentimiento de pérdida que se reflejaba en su rostro cada vez que miraba a su hija. Esa era la verdadera fuente del poder que Cecile tenía sobre él.

—En realidad no le hemos enseñado el circo. No puedes culparla. Lara no ha actuado en él, no lo ha sentido en su sangre. No sabe lo que es capaz de hacer.

Althacazur estaba recostado sobre su asiento, pero una sonrisa se formó lentamente en sus labios.

—Es cierto, no se lo hemos enseñado. —Dio una palmada y se levantó de un brinco—. Empecemos por arriba.

Se relajó y le hizo señas a Lara para que se reuniera con él en el centro de la pista. Lara estaba intentando conciliar la visión maligna de él que acababa de presenciar con el hombre que ahora se paseaba como una estrella del *rock* de los años setenta mezclada con una pizca de Lord Byron, así que se aproximó a él con cautela.

—Solo quiero irme a…

Pero Cecile le lanzó una mirada de advertencia.

La orquesta empezó a tocar otra vez la pieza de Grieg *En la gruta del rey de la montaña*. Dos mujeres barbudas llegaron corriendo con uniformes y sábanas. Cubrieron a Lara con la sábana, después la despojaron rápidamente de su vestido. Una de ellas sostenía un maillot rosa con flecos dorados y pedrería a juego. Era el mismo que describió Cecile: su uniforme característico. Mientras hacían girar a Lara, el corpiño se moldeó alrededor de su cuerpo y se cosió sin ayuda de nadie, mientras la orquesta aumentaba el ritmo de la melodía hacia la frenética conclusión de la pieza.

—Vaya, te queda bien. —Althacazur pareció satisfecho.

Dos hombres vestidos con sendos maillots a rayas rosas y doradas se reunieron con ella y señalaron hacia la escalera que emergió del techo.

—¿Quieres que suba ahí arriba?

Althacazur asintió, aplaudiendo con entusiasmo. Miró a Tisdale, que empezó a imitar los aplausos de su maestro.

—Arriba, arriba —la instó.

—Pero no hay red.

Lara alargó el cuello para comprobar a qué distancia del suelo pretendían que estuviera, calculando unos doce metros en el punto más alto.

—Pues fabrica una —repuso Althacazur, que puso los ojos en blanco.

Lara pensó que hablaba igual que un adolescente en el centro comercial. Althacazur examinó el anillo grabado que llevaba en el dedo, eludiendo su mirada. Lara pellizcó su vestido para comprobar que lo cubriera todo.

—¿Puedo hacer eso?

El daimón inclinó la cabeza hacia atrás y cerró los ojos.

—Vaya, vaya, Tisdale, ¿no te parece que es idiota?

—¡Padre! —bramó Cecile.

—Está bien, está bien —repuso Althacazur, resignado.

Tisdale le dio unas palmaditas en la mano y Lara juraría que le vio trazar una línea con la otra mano. Una red dorada apareció debajo del trapecio.

—¿Mejor ahora? —El daimón ladeó la cabeza.

Lara suspiró y subió por la escalera de tela. Mientras ascendía por los peldaños, pensó que lo único que quería era estar de regreso en Kerrigan Falls, tomándose un tiempo para pensar qué hacer a continuación. Cuando llegó a lo alto y miró abajo, se acordó de esa escena de *Vértigo* en la que la cámara producía un efecto de vaivén en el hueco de una escalera. Esto podría ser más difícil de lo que pensaba. Sopesando sus opciones, pensó en balancearse hacia el otro lado y ya está. Era como una tirolina desde la que se lanzó en la universidad. No era para tanto.

—Estamos esperando.

Althacazur estaba sentado otra vez en el trono morado, comiendo palomitas. El olor a aceite quemado y sucedáneo de mantequilla se elevó hacia el techo. Lara recordó la entrada en el diario de Cecile sobre la primera vez que saltó. Sin saber muy bien lo que iba a hacer después, tiró de la barra que tenía encima y saltó desde la plataforma. Al cabo de unos diez segundos, el peso de su cuerpo y la gravedad surtieron efecto y sus brazos se resintieron. Se parecía un poco a balancearse en los pasamanos del parque cuando era pequeña. Se balanceó hacia atrás y topó con la plataforma, torpemente, pero logró encontrar asidero. Confiando en que bastara con eso, levantó un poco las manos como hacen los patinadores artísticos para demostrar que han finalizado un ejercicio.

—¿Ya está? —Althacazur se había acomodado sobre el trono de terciopelo—. Tisdale, Cecile…, haced algo antes de que la mate.

Lara no sabía si estaría bromeando o no, pero no dudaba que, si quisiera matarla, podría hacerlo.

El mono suspiró y subió por la escalera con soltura. Le quitó el trapecio y lo zarandeó, después lo volvió a dejar en sus manos. La barra tenía un tacto cálido, como si ahora estuviera hechizada. ¿Qué acababa de hacer? ¿Magia? El mono pegó un gritito y, por extraño que parezca, Lara lo entendió.

No la cagues. Con otro gritito, Tisdale señaló hacia el otro extremo y giró el dedo. Si no, lo pagaremos todos. Desplázate hasta allí.

Lara oteó la pista, pero no vio a Cecile. Una vez más, saltó desde la plataforma y vio que habían lanzado otro trapecio desde el otro extremo. Como si su cuerpo supiera qué hacer, se soltó de la primera barra y pegó una voltereta —sí, una voltereta— hacia las manos expectantes de un hombre ataviado con un maillot rosa. Se balanceó de nuevo hacia la plataforma y vio que ahora había otro acróbata en el otro lado. Pegó otra voltereta hacia sus manos. Aterrizó sobre la plataforma y comprobó que estaba sin aliento.

—Bueno, no ha estado tan mal. —Althacazur se encogió de hombros como si fuera un director teatral o una versión siniestra de Bob Fosse, criticándola desde la primera fila. Ondeó un dedo—. Otra vez. Niccolò, toca las Bachiana brasileira número cinco, de Villa-Lobos. Y me da igual que no te guste o que no la hayas compuesto tú. Tócala.

Desde el foso de la orquesta, se oyó el sonido de unos instrumentos de cuerda.

Lara saltó desde la plataforma, preparándose para repetir su última acrobacia. Vio cómo Tisdale giraba las manos y movía los labios. La estaba ayudando, hechizando sus movimientos. Esta vez resultó más fácil, su cuerpo se hizo más ligero mientras se balanceaba. Se enganchó a la barra con las piernas, soltó las manos y alzó la mirada hacia el hombre que debía agarrarla. Pero lo que encontró fueron las manos de Cecile, extendidas para sujetarla. Se balancearon juntas y Lara se dispuso a agarrarse a la otra barra. Estaba tan preocupada de que Cecile la sujetase que, durante el salto de regreso, falló con la siguiente barra. Cuando miró hacia abajo, comprobó alarmada que la red dorada que antaño se extendía por debajo de ella había desaparecido.

Ni rastro.

Tisdale gritó.

Althacazur se rio.

Niccolò interrumpió la música.

Sonó un platillo.

Mientras caía, Lara pensó que no podría haberse imaginado una muerte más estúpida. Pensó en Gaston teniendo que contarles a sus padres que se había despeñado mientras actuaba para un mono ataviado con un tutú.

—¡No! —gritó—. Joder —añadió después.

Cerró los ojos y desplegó los brazos, preparándose para el impacto, pero no pasó nada. Cuando los abrió, comprobó que estaba flotando como un fotograma congelado en la tele, a unos dos metros del suelo.

—Uf, gracias a Dios —dijo Althacazur, que se incorporó en su asiento—. Me estaba aburriendo como una ostra. Ahora empieza a ponerse interesante.

—Cállate, padre —dijo Cecile, que se sentó en el trapecio, en las alturas.

Lara permaneció quieta en el sitio, sin saber qué hacer. Al recordar los diarios de Cecile, se planteó el movimiento del sacacorchos. Sin tener la menor idea de cómo podría pegar una voltereta desde esa posición inmóvil, se puso a rotar y comprobó que su cuerpo mantenía la altitud mientras giraba. A continuación, se fijó en la plataforma que se encontraba muy por encima de ella, el lugar donde debía aterrizar. En el fondo de su mente, oyó que Althacazur le decía: *Piensa en girar esta flor. No pienses en el carrusel.* Se imaginó una flor girando por el tallo. Mientras lo visualizaba, su cuerpo comenzó a elevarse y a girar al mismo tiempo, imitando el movimiento que veía en su mente. Concentrándose en la plataforma, ganó velocidad, como una patinadora artística, girando en vertical de regreso hacia el posadero.

—Por si no te habías dado cuenta, no necesitas una red. —Althacazur estaba aplaudiendo lentamente.

Mirando hacia el otro lado del trapecio, Lara dejó caer la barra y volvió a saltar, pegando una voltereta en el aire en una trayectoria vertical, como si estuviera perforando una senda hacia el otro extremo. Su cuerpo rotaba a toda velocidad, como una pelota de fútbol americano en el aire. Aterrizó en la plataforma contraria, al lado de Cecile.

—¿Ha sido cosa tuya? —le gritó Lara.

Cecile negó con la cabeza.

—No. Has sido tú.

Lara quiso volver a hacerlo, tenía tantas ganas de repetirlo que de inmediato saltó y giró en espiral hacia el otro lado, pero entonces se ralentizó, se quedó flotando y comenzó a ejecutar unos giros gráciles, como si fuera ballet acuático en el aire. Se sintió poderosa. Nada en su vida había resultado tan perfecto como ejecutar la magia de esa manera. A la mierda las correcciones. Su magia no tenía por qué estar oculta ni reprimida. Mientras fluía, sintió que se hacía más fuerte. Este poder siempre había estado en su interior, pero nunca le habían animado a usarlo, así que se había mermado como un músculo subdesarrollado. Ella se había mermado. Hasta ahora.

Entonces Cecile se lanzó desde el trapecio, como si se estuviera zambullendo en una piscina, y voló como un pájaro hacia el suelo, donde aterrizó con suavidad.

—Ahora prueba tú —le dijo a Lara.

Lara titubeó, pero Cecile extendió una mano.

—No dejaré que te pase nada, pero tienes que aprender a hacerlo. —Sonrió, pero su voz era firme—. Vamos.

De perdidos al río, pensó Lara. Así que se lanzó desde la plataforma, pensando «no» mientras caía. No se estrellaría. Descendió como si fuera una hoja, no con esa zambullida resolutiva que ejecutó Cecile. Aterrizó con cierta torpeza, pero Althacazur se puso muy contento. Aun así, lo que más ansiaba Lara era la aprobación de Cecile. La mujer se acercó y la abrazó.

—Has estado maravillosa. Mi primera vez no salió tan bien.

A Lara le temblaban las piernas, pero pudo sentir la magia que fluía por su cuerpo como una corriente. Se giró para mirar a Althacazur. Tenía razón desde el principio. Este era su destino.

Entonces, en un visto y no visto, los intérpretes desaparecieron. Althacazur suspiró.

—¿Podemos hablar un ratito de negocios? Necesito traer a Esmé al lugar que le corresponde. Lucifer está perdiendo la paciencia.

Cecile soltó un bufido.

—Nunca la perdonaré.

—En ese caso, puede que te parezcas más a mí de lo que quieres admitir —repuso Althacazur—. Pero deberías intentar perdonarla. Esmé ha sufrido muchísimo. Las dos habéis sufrido.

—Yo tampoco puedo perdonarla —dijo Lara—. Pero no lo entiendo. Eres el daimón de las cosas chulas. ¿Por qué no puedes traer de vuelta a tu propia hija al circo? ¿Por qué necesitas la ayuda de alguien?

—Porque no puede. —Fue Cecile la que respondió; Althacazur parecía haberse quedado mudo—. Nunca lo ha admitido, pero al seducir a nuestra madre y tenernos, ya suscitó la ira de los demás daimones. Está prohibido, pero como era el favorito, Lucifer lo dejó pasar. Sin embargo, cuando envió a Esmé al Bosque Blanco, fue Lucifer el que la encontró y la envió de vuelta. —Entonces se giró hacia su padre—. Cuando regresó, tu actitud hacia ella cambió. Deduzco que ahora no puedes tocarla, ¿verdad?

—La muerte te ha hecho sabia, Cecile. —Althacazur suspiró, como si se diera por vencido—. Después de lo que padeció en el Bosque Blanco, Lucifer no me permite tocarla. Me culpa, y con razón, de haberla desterrado en lo que fue un castigo muy severo, pero me está poniendo en una situación incómoda. Los daimones están deseando destruirla porque es un cambión. La consideran engreída y demasiado poderosa. No quiero que destruyan a mi hija, pero no puedo ayudarla directamente.

—Yo no quiero ayudarla —protestó Lara.

—No, solo quieres librarte de ella para seguir con tu vida. Yo quiero volver a tenerla aquí, así que en el fondo queremos lo mismo. Aunque yo pudiera intervenir, existe cierto orgullo en la comunidad daimón. Ella golpeó primero a Cecile cuando mató a Émile. Tiene que ser Cecile, o su prole, la que le devuelta el golpe. He ayudado todo lo posible a crear esa prole. Más de lo que te imaginas.

—A mí esto me suena a un asunto de la mafia —replicó Lara, que se sacudió sobre los muslos unos restos de polvo o de tiza de las manos—. En fin, estoy harta de los hechizos de protección y de esconderme en Kerrigan Falls. Si necesitas que la traiga aquí, lo haré. No tengo nada que perder.

—¡Esa es mi chica! —Althacazur dio una palmada—. El único problema es que no puedes enfrentarte a Esmé tú sola. Sí, es cierto que eres una chica lista que sabe encender y apagar luces. Y ese maravilloso numerito que realizaste con la trapecista en el Rivoli resultó inspirador, sin olvidar lo que acabas de hacer ahora. Te he dado un buen bagaje y apuesto a que ahora te sientes muy poderosa, pero no eres rival para la centenaria hija de un daimón mayor. Así que deja que te proponga un trato. Llévate a tu bisabuela contigo para que tengas una oportunidad de plantar cara.

Al oír esa sugerencia, Lara vio cómo Cecile se rebullía, nerviosa. Althacazur no había consultado con ella esa estrategia.

—Esta no es la razón por la que quería que Lara viniera aquí.

Althacazur se rio.

—¿Y qué esperabas? ¿Que solo tendrías que contarle lo de Esmé y ella volvería a su pueblecito y derrotaría a tu hermana? Tienes que admitir que eso es absurdo, Cecile. Lara no puede hacer eso. Solo tú puedes hacerlo.

—Pero no puedo marcharme de aquí, padre. Estoy muerta.

—Pero ella no. Y tú... —Se giró hacia Lara—. Esmé es como un gato con un juguete. Sabe que los daimones quieren traerla de vuelta y que yo he estado buscando a alguien para que se enfrente a ella. Esa persona eres tú, Lara, y Esmé lo sabe. Es como un felino salvaje, no correrá el riesgo de que la capturen. Cuando regreses a ese lugar horrible en el que vives, te matará sin demora, junto con tu madre y ese atractivo detective de policía con el que tanto te has encariñado.

—No. —Cecile negó con la cabeza—. Es demasiado arriesgado.

—¿Qué implica? —Lara miró a Cecile. Le daba vueltas la cabeza con todo lo que había aprendido aquel día. Se sentía destrozada por la noticia sobre Todd, pero al mismo tiempo se sentía poderosa a causa de la magia que palpitaba por sus venas. El cambión que formaba parte de su ser estaba despertándose. Estaba abierta a escuchar cualquier plan.

—Tendrás que absorberme. —Cecile frunció el ceño.

—¿Y?

—Podrías morir cuando salgamos de aquí. En una ocasión, lo intenté con Doro. Fue un desastre absoluto.

—No —replicó Althacazur—. No es lo mismo. Lara no debería morir. La he alterado en previsión de este preciso momento. Solo tiene un riñón, igual que tú, Cecile. Su cuerpo se parece al tuyo lo suficiente como para que pueda absorberte con éxito. Lara es la más fuerte de todos vosotros. Debería funcionar.

—Me alegra saber que no debería morir. —Lara tragó saliva. Su cuerpo había sido alterado para este momento, como un recipiente. Recordó a Althacazur y a Margot en el prado, aquel día. Margot preguntó si ella era «la elegida». Él no solo esperaba que se convirtiera en la gerente humana. También necesitaba un soldado.

—No —replicó Cecile, recuperando ese tono incisivo—. Ni hablar. —Se mordió una uña, sopesando algo.

Althacazur se giró hacia Lara para razonar con ella.

—Morirás sin remedio si ella no accede.

—Eso ya lo sé —repuso Lara—. No soy tonta.

—No estoy tan seguro —repuso Althacazur desde su asiento de terciopelo—. Es para hoy, Cecile.

Lara se quedó mirando fijamente a Cecile.

—Entiendo que el gran mal proviene de mí. Cuando te absorba, ¿me cambiará?

Cecile asintió.

—No obtendrás mis recuerdos, pero yo veré a través de ti y tú sentirás mi presencia. Te sentirás diferente.

—Ella te poseerá, zopenca. ¿Es que no has visto nunca una película de miedo? —Althacazur estaba limpiando unas pelusas de su chaqueta—. Si tienes éxito, cosa que no está muy clara, traeré a Cecile y a Esmé de vuelta al lugar que les corresponde. Y tú accederás a ejercer como nuestra gerente humana. Necesito librarme de este circo. ¿Me has entendido?

—No pienso matar por este circo.

Lara se giró y le plantó cara. Althacazur puso los ojos en blanco.

—No te estamos pidiendo que mates a nadie. Si tienes éxito, derrotarás a Esmé. Que debería estar muerta de todas formas, así que ya no necesitamos el hechizo. Aunque debo admitir que me cuesta admitir la idea de que seas tú mi gerente humana. Y yo que pensaba que Plutard era insufrible.

—Si te conviertes en la gerente, no podrás abandonar el circo. —Cecile negó con la cabeza—. Jamás. Cuando Madame Plutard aceptó, ya no pudo volver a salir. Se quedó vinculada al circo.

A Lara le daba igual. Debía decidir entre una muerte segura o ese circo. Era la única oportunidad que tenía de vengar a Todd.

—¿Puedo pedirte una cosa?

—Claro —respondió Althacazur, aunque la pregunta iba dirigida a Cecile.

—¿Puedo montar en el carrusel una última vez? —Lara necesitaba aclararse las ideas—. Antes de que lo hagamos.

Cecile entendió de inmediato lo que quería decir.

—Por supuesto.

Lara atravesó la entrada principal hacia la Gran Explanada, seguida de cerca por Tisdale. Se planteó que, si tenía éxito, se convertiría en la gerente humana de ese lugar. Era como un palacete francés sobrenatural mezclado con una versión en miniatura de Las Vegas. Mientras pasaba junto a las salas y atracciones, examinó las paredes con ornamentaciones barrocas. Al otro lado de las ventanas, entre los setos artísticos, vio a unos payasos jugando al cróquet y bebiendo té en unas tazas de porcelana. Cuando llegaron al carrusel, se montó en el mismo caballito de la otra vez y Tisdale accionó la palanca.

—No dejes que haga puf, Tisdale.

El mono asintió.

Mientras el carrusel giraba a la inversa y el caballo meneaba la cabeza, Lara se apoyó sobre su crin y cerró los ojos. Disponía de un último momento a solas con sus pensamientos. Seguramente, era la última vez que sería ella misma.

Los recuerdos se iniciaron de inmediato, empezando por el baile con Ben durante la gala. Lara percibió su calor y la sensación de seguridad que siempre transmitía mientras estrechaban sus cuerpos; luego lo vio riendo en Delilah's, con sus mangas almidonadas en exceso. Frente a ella, Ben se transformó hasta convertirse casi en Todd. Fue ahí cuando Lara se plantó e intentó ralentizar el proceso. Le sostuvo el rostro entre las manos. Aquello era un recuerdo, uno verdadero, pero Lara tenía la capacidad de alterarlo.

Ante ella se encontraba la imagen final de Todd. Lara estaba en su coche. Ese era el momento que la obsesionaba, el momento en el que fue incapaz de echarle un último vistazo. Lo que hizo a continuación, no pasó en la vida real: Lara giró la cabeza hacia la casa para ver a

Todd en el camino de acceso. La certeza sobre la suerte que correrían ambos en el mundo le arrancó unos sonoros sollozos.

—Todd —lo llamó, pero él no llegó a escucharla. En lugar de eso, se giró y se dirigió hacia la casa, con las manos en los bolsillos. Al igual que ella, Todd nunca fue consciente de la importancia de ese momento. Al cabo de doce horas estaría muerto.

Entonces, como un cambio de escena en una película, Todd y ella aparecieron recostados junto al río. El sol les calentaba la piel, haciendo que olieran a sudor y a loción para el bronceado. Todd se deslizó sobre su cuerpo y la besó. Ella se apartó, pese a que no fue lo que hizo en aquel momento. Examinando cada arruguita y cada detalle de su rostro, sintió cómo se le saltaban las lágrimas al saber lo que iba a ser de ellos y lo que nunca llegaría a producirse.

—¿Qué te ocurre? —preguntó él, riendo. Se echó el pelo hacia atrás y le acarició la barbilla.

—Solo quería mirarte —dijo Lara.

—Tienes toda una vida por delante para hacerlo.

La elección de esas palabras fue como un golpe en el estómago. Ese chico tan guapo que tenía enfrente no contaba con una vida entera para hacer nada.

—Siempre te querré.

Lara se preguntó si se enojó con ella en ese momento, como cuando se ponía demasiado sentimental, pero no fue así con esta versión de Todd, que le acarició el rostro con el reverso de la mano.

—Ya lo sé.

Lara lo abrazó con todas sus fuerzas. Claro que lo sabía. En el momento real, no hizo ninguna de esas cosas, pero ahora sintió el roce de su piel, la calidez que irradiaba y el vello que cubría sus brazos. Las lágrimas fluyeron por su rostro y lo besó con fruición. La embargó un sentimiento profundo de tristeza. El caballito ralentizó el paso y Todd comenzó a desdibujarse, como si estuviera iluminado por una bombilla defectuosa.

Cuando la atracción se detuvo, Lara alzó la cabeza y comprobó que tanto Cecile como Margot estaban allí, esperando junto a la cabina de control.

Lara vio reflejadas distintas versiones de su rostro en ambas mujeres. Era como una proyección secuencial donde Margot era el puente entre los rasgos gélidos de Cecile y la complexión más cálida que ella había heredado de Audrey.

—Es una máquina horrible —dijo Margot, observando el carrusel—. No existen de verdad. Cuando vine aquí la primera vez, monté durante horas para ver a mi Dez.

Cecile acarició el brazo de su hija. Lara pudo ver lo frágil que era Margot y la actitud protectora que adoptaba Cecile con ella. Esta era su familia, su legado. Reflexionó acerca de cómo un simple cuadro la había traído hasta allí.

—He intentado darte pistas durante todo el proceso —dijo Margot—. El disco y los tableros de ouija. Quería ayudar.

—¿Tú enviaste el mensaje del disco?

Lara recordó también la descripción de la mujer que dejó caer el tablero de ouija en Feed & Supply. Margot asintió con orgullo.

—También le envié un mensaje a ese detective tuyo a través del tablero. —Margot soltó una risita un poco más estridente de la cuenta; su cuerpo se estremeció como si el sonido proviniera de algún lugar muy hondo—. Menudo susto se pegó.

—¿Lo hiciste? —Lara le estrechó las manos. Pensó en Ben Archer, tan lejos de allí, pero al mismo tiempo conectado a ella por ese misterio.

—Le di una pista —dijo Margot—. Para conducirlo por el camino correcto.

—Todas hemos sufrido mucho. —Cecile apretó los dientes y estrechó a Margot hacia sí. Después tomó a Lara de la mano.

Mientras las tres se abrazaban, Lara pudo sentir la magia poderosa que fluía a través de ellas, alentándola hacia la batalla.

26

Tomaron un taxi a través de la Rue de Rivoli y giraron hacia un callejón estrecho que contenía un patio y un edificio antiguo. Había un letrero de neón que decía:

Le Cirque de Fragonard, función esta noche

Ben, Barrow y Gaston encontraron abierta la entrada de personal, pero la taquilla estaba cerrada a cal y canto. Dentro, un hombre alto con tirantes estaba apoyado en el edificio, fumándose un cigarro. Barrow tomó la iniciativa.

—¿Está dentro el encargado?

—Eso depende —respondió el hombre—. ¿Para qué quieren verlo?

—¿Y a usted qué más le da? —Gaston pareció irritado por el tono que utilizó.

El tipo se encogió de hombros —debió de advertir que lo superaban en número—, y les indicó que enfilaran por un pasillo a través de la puerta abierta. Los tres hombres escucharon los resoplidos de unos caballos y el sonido de un trote. Dos hombres estaban gritando: «Allez».

Había una puerta entreabierta y Barrow llamó con los nudillos.

—Entrez —dijo una voz.

Los tres accedieron a una oficina abarrotada y sin ventanas, con las paredes cubiertas de productos del circo.

—Estamos buscando al encargado.

—Yo soy el dueño —le corrigió un tipo que hablaba un inglés impecable.

Era un hombre mayor con una mata de pelo canoso y unas gafitas de lectura. Una lucecilla iluminaba la oficina, que estaba cubierta por una neblina gris procedente del cigarrillo corto y marrón que se estaba fumando el propietario, sentado.

—Me llamo Edward Barrow y vengo del Institut National d'Histoire de l'Art. Estos son mis colegas de *les États-Unis*. Hace tres días, a una compañera nuestra le enseñaron un cuadro aquí.

—Eso es imposible. —El hombre se recostó en su asiento y cruzó los brazos.

—*Pourquoi?*

El tipo se encogió de hombros.

—Ayer mismo regresé de Roma. El circo solo lleva abierto desde esta mañana. —Hizo una pausa al ver que Barrow no parecía creerlo—. Resulta caro mantener refrigerado un lugar como este en verano. Por aquí no ha pasado nadie.

—¿Está seguro? —Gaston estaba oteando los cuadros—. ¿No había nadie limpiando?

—Y tan seguro —repuso el dueño—. No hay ningún empleado de limpieza cuando no estamos aquí. El circo ha estado cerrado a cal y canto desde abril. —El hombre deslizó una mano sobre la estantería que tenía al lado y luego la sostuvo en alto: una gruesa capa de polvo cubría sus dedos—. ¿Lo ven? Nada de conserjes.

—Ese cuadro que vio nuestra compañera era un retrato de Cecile Cabot —añadió Gaston.

El hombre asintió y señaló hacia la pared con un gesto cansino.

—*Oui.*

Ben era el que se encontraba más cerca de la zona que había señalado. Divisó un pequeño cuadro en la pared y se inclinó para examinarlo. El retrato estaba rodeado de fotos, muchas de ellas eran perturbadores desnudos vintage. El lienzo era del mismo tamaño y estilo que *Sylvie a lomos del corcel*, pero en este aparecía una mujer de cabello plateado vestida con un maillot rosa de rayas, apoyada en el segundo peldaño de una escalera. Estaba mirando al pintor con una sonrisita en los labios y el cuerpo inclinado, impulsada por el movimiento de la soga. Ben comprobó que ese cuadro contenía más detalles que el que había en el despacho de Barrow. Mientras que el otro plasmaba la relación entre el caballo y la amazona acrobática, Sylvie, este cuadro solo tenía una modelo: la chica.

Con un movimiento veloz, Barrow apartó a Ben de en medio.

—Es el segundo cuadro. —El entusiasmo resultó palpable en su voz mientras se inclinaba para examinarlo. Luego volvió a girarse hacia el dueño y dijo—: Este cuadro lo pintó Émile Giroux

El tipo apagó el cigarrillo en el cenicero lleno a rebosar que tenía al lado.

—¿Por qué debería importarme quién lo pintó?

—Porque es un cuadro muy importante. —Barrow parecía exasperado—. Es muy valioso. Debería estar protegido y expuesto en un museo, no colgado en esta pared, sobre todo si no mantiene el edificio refrigerado en verano. Este cuadro es un tesoro nacional.

—Mi padre era un coleccionista de recuerdos del cirque —dijo el dueño—. Encontró ese cuadro en una tiendecita del Barrio Latino. Alguien lo vendió para pagar sus deudas, junto con varios cuadros más y otras piezas de equipamiento. Le contaron que el artista murió de un modo repentino, dejando sus pertenencias en su pequeño apartamento. A mi padre solo le interesaba ese cuadro. Lleva colgado en esa pared, a buen recaudo, desde hace setenta años. Y ahí seguirá.

—Nuestra compañera ha desaparecido —dijo Gaston.

—Eso no es asunto mío. Si su compañera vio este cuadro hace tres días, significa que se coló en el edificio. Es posible que lo volviera a hacer y que esta vez no se fuera de rositas. Si no necesitan nada más, caballeros, tengo trabajo que hacer.

Señaló hacia un libro de contabilidad. Barrow se sacó una tarjeta del bolsillo.

—Si está interesado en desprenderse de este cuadro, el instituto le estará agradecido.

El hombre no hizo amago de agarrar la tarjeta, así que Barrow la depositó sobre la mesa.

Ben se dio cuenta de que Barrow estaba deseando volver a tocar el cuadro, pero los tres tuvieron que conformarse con un último vistazo de reojo a Cecile Cabot mientras salían de la oficina. Se encontraban a pocos pasos de allí cuando la puerta se cerró de golpe a su espalda.

—¿Alguien ha notado algo raro sobre ese cuadro? —preguntó Ben, ya en la calle.

—La oficina entera daba repelús, si es eso a lo que te refieres —dijo Gaston.

—La mujer de esa foto es igualita a Lara. —Ben comenzó a pasearse lentamente, trazando un círculo alrededor de los otros dos.

—Ahora que lo pienso, la mujer me resultó familiar, pero tenía el pelo blanco —dijo Gaston—. No estamos más cerca de encontrarla que hace una hora. Ha sido una pérdida de tiempo.

—Estamos reconstruyendo sus pasos —dijo Barrow, que parecía absorto en sus pensamientos desde que vio el segundo lienzo. Giró sobre sí mismo—. ¿Habéis visto ese cuadro? Era hermoso.

—Ahora mismo me preocupa menos ese cuadro que el paradero de Lara —replicó Ben, molesto.

—Pero ¿quién la dejó entrar? —Gaston puso los brazos en jarras y contempló la calle, como si la respuesta fuera a aparecer de repente ante ellos—. Tal y como nos recordó tan amablemente ese tipo, estaban cerrados.

—Yo diría que fue el que le dio la entrada del circo. —Ben miró a Gaston con mucha seriedad—. Y no tengo un único desaparecido, Gaston. Ahora tengo tres. —Se deslizó las manos por el pelo—. Y nunca vuelven. Temo que Lara tampoco regrese.

Gaston pareció exhausto.

—¿Crees que están relacionados?

—Espero que no. —Ben negó con la cabeza—. El único que tiene vínculos con Lara es Todd.

—Parece un poco circunstancial —repuso Barrow.

—Excepto que desaparecieron sin dejar rastro. —Gaston estaba cambiando el tono, suavizándolo, como si adoptara un deje paternal. Conocía a Lara. Para él no era una más.

—¿Se lo has contado a Audrey? —preguntó Ben.

Gaston asintió.

—Le conté que ibas a venir y que te daría veinticuatro horas. Si no, tomará un vuelo hasta aquí.

—Gaston, detesto decírtelo, pero mis veinticuatro horas están a punto de terminar.

—Soy consciente de la hora —repuso el francés en voz baja. Durante el trayecto en taxi hasta el hotel, permaneció mucho rato callado—. Si le ocurre algo a Lara, nunca me lo perdonaré por haberla arrastrado hasta aquí. Os juro que pensé que le vendría bien. Que sería una distracción agradable para ella.

—La encontraremos —aseguró Ben. Mientras el taxi se aproximaba, tuvo una idea—. ¿Qué sabemos sobre la ubicación del circo a partir de las entradas del diario?

—Nada —respondió Barrow.

—Eso no es cierto. —Gaston se giró—. Normalmente necesitaba un espacio vacío bastante amplio. La explanada enfrente de Les Invalides… El Bois de Boulogne.

—Exacto —dijo Ben—. Así que tenemos que buscar un espacio grande y abierto al que se pueda llegar caminando desde el hotel.

—Pero el circo no está a pie de calle —dijo Barrow—. Aunque encontrásemos un espacio abierto, y aunque fuera el espacio correcto, no nos servirá de nada.

—Pero es lo único que tenemos —dijo Ben—. Si logro acercarme a Lara, la encontraré.

Gaston se giró hacia el taxista. Intercambiaron información durante varias manzanas. El conductor los llevó por la Rue Favart hasta la Place Boieldieu, donde la Opéra-Comique tenía un patio enorme enfrente de la entrada.

—No creo que sea aquí —dijo Ben—. ¿Qué más?

El taxista dobló la esquina y atravesó varias calles estrechas hasta la Rue Vivienne. Aparcaron enfrente de un edificio con columnas.

—El Palais Brongniart —dijo Gaston—. Por la noche, este lugar está vacío.

—¿Cuánto tiempo se tardaría en llegar andando desde el hotel? —preguntó Ben.

—Unos diez minutos.

—Y lo lógico sería venir con cinco minutos de margen, ¿verdad?

—Yo lo habría hecho —repuso Gaston mientras pagaba al taxista. Los tres se dirigieron al café situado al otro lado de la calle y observaron el Palais Brongniart con sus imponentes columnas—. Por la noche es un edificio aterrador. Vamos a cenar algo y esperaremos a que oscurezca.

Ben consultó su reloj. Seguía con la hora de la Costa Este, pero calculó que debían ser casi las ocho. Tenía mucha hambre y estaba hecho polvo.

Pidieron una mesa fuera. Mientras revisaban la carta, escucharon cierto revuelo en el interior, cerca de la cocina. Después se acercó el camarero.

—Disculpen —dijo—. Ha aparecido una mujer sin hogar hará cosa de una hora. Están intentando atenderla mientras llamamos a la policía.

Ben alzó la mirada.

—¿Una mujer?

Se levantó a toda prisa de su asiento.

—*Oui* —respondió el camarero mientras servía el agua.

Gaston señaló a Ben.

—*Il est gendarmerie. Peut-il aider?*

El camarero se encogió de hombros y señaló hacia la zona de la cocina con la botella vacía.

Ben se dirigió hacia la cocina, zigzagueando entre las mesas apiñadas del local. Gaston iba tras él, asegurando que Ben pertenecía a la *gendarmerie*.

—¿Qué es la *gendarmerie*? —preguntó Ben, formando un sendero entre los comensales—. Me vendría bien saberlo.

—Es el cuerpo de policía en los pueblos pequeños a las afueras de París. Te pega.

La mesa del fondo había sido despejada y allí había una chica acurrucada, de espaldas a ellos. La figura iba ataviada con algo que parecía un traje de baño rosa.

—Es un maillot —dijo Gaston—. Como los que usan en el circo.

—No sabe cómo se llama —dijo el *maître* en inglés. Suspiró, disgustado.

—Lara. —Ben se agachó para tocar a la mujer. Tenía el pelo rubio, sucio y enmarañado. La giró con suavidad y reconoció sus facciones.

Lara lo miró con gesto inexpresivo.

—Está ardiendo. —Ben le tocó la cara y luego miró a Gaston—. Haz que llamen a una ambulancia de inmediato, o la llevaremos al hospital en taxi.

Gaston asintió y se marchó con el *maître*.

Mientras esperaba, Ben se sentó en el suelo para poder ver mejor su rostro.

—Soy yo, Lara. Ben. ¿Te acuerdas de mí?

Lara permaneció impávida, sin apenas parpadear.

—He venido en cuanto me enteré. Llevabas desaparecida tres días. ¿Sabes dónde estás? Estás en París.

La mujer catatónica que tenía delante era como un cascarón vacío.

Notó el roce de una mano. Era Gaston, que iba acompañado por dos operarios de la ambulancia. ¿De verdad llevaba allí varios minutos sentado con ella? Ben y Gaston se apartaron para dejar que la atendieran.

—Está conmocionada —dijo Gaston, traduciendo la conversación entre los dos sanitarios.

Le pusieron una vía y la tumbaron en una camilla, que luego levantaron para sacarla rodando. Los tres siguieron la ambulancia en taxi hasta el Hôpital Hôtel-Dieu.

Fue como si se hubiera parado el tiempo. En la sala de espera vacía que tenía a su lado estaban echando un concurso de la tele francés. Las risas enlatadas resultaron estridentes hasta que Ben se decidió a apagarlo finalmente con el mando a distancia. Pero la ausencia del televisor solo sirvió para que advirtiera unos anuncios del hospital que no podía entender. Ya había leído dos veces la traducción que hizo Lara de los diarios de Cecile Cabot y le pesaban los ojos, cabeceó varias veces, pero se espabilaba y se obligaba a mantenerse despierto para averiguar qué pasaba después. Pero no ocurrió nada. Se limitaron a permanecer sentados en silencio. Supuso que eso contaba como una situación de damisela en apuros. Y tuvo que admitir que volar hasta París para rescatar a Lara había hecho que volviera a sentirse vivo. Después de lo que parecieron horas, con los tres sentados en sillas de plástico, por fin salió un médico. Gaston y Barrow conversaron con él, asintiendo con gesto serio. Ben se maldijo por no haber estudiado francés en el instituto. El médico asintió y se marchó.

—Eso no ha tenido buena pinta. —Ben se metió las manos en los bolsillos y se preparó para lo peor.

—No la tiene. —Gaston parecía abatido.

—Tiene una fiebre altísima —explicó Barrow—. No tienen claro si es una infección, pero no está respondiendo a los antibióticos ni a nada de lo que le están administrando. Le han puesto una vía y sufre una deshidratación severa. Además, está en *shock*.

—Quiero verla —dijo Ben.

Barrow negó con la cabeza.

—Están intentando limitar las visitas. Temen que pueda tratarse de una sepsis.

Gaston se fue a buscar un teléfono público.

Seguramente iba a llamar a Audrey, pensó Ben. Pobre diablo. Nadie debería tener que hacer una llamada como esa.

Barrow se sentó en una silla. Habían ocupado una sala de espera al completo, donde el estudioso se dispuso a examinar las libretas, en especial los pasajes relacionados con las entradas y salidas del circo, y aquellos en los que Cecile no se encontraba bien. Ben se dejó caer con todo su peso sobre la silla de enfrente.

Todos habían memorizado la historia que contenían las tres libretas, buscando alguna pista sobre lo que podría haberle pasado a Lara en Le Cirque Secret, aunque nadie en el hospital les habría creído por mucho que la respuesta estuviera recogida en sus páginas.

De hecho, a Ben también le costaba creerlo. Aunque los diarios eran relatos fantásticos de otra dimensión, una parte de él seguía teniendo que considerar que se tratara de una ficción. No obstante, el tablero de ouija que lo condujo hasta Desmond «Dez» Bennett era algo que no podía explicar. Y tampoco tenía una respuesta racional para los asesinatos rituales en Kerrigan Falls. En el fondo, Ben Archer era un hombre racional, así que inclinarse por esa explicación sobrenatural era tentador, pero sin hablar antes con Lara no podía dar ese salto. Cabía la posibilidad de que hubiera sido secuestrada por la misma persona que la persiguió: una persona humana. Solo ella podría resolver esa incógnita, y la única manera de que lo hiciera pasaría por despertarse.

—Aquí dice que viajar de un extremo al otro afectaba al cuerpo. —Barrow señaló la frase concreta en las notas.

Gaston regresó y ocupó el asiento situado a su lado.

—Ya, pero mientras ese circo operaba durante dos años, cientos de personas entraron y salieron sin sufrir ningún daño.

—No, durante tres días no fue así —repuso Ben, interrumpiendo la teoría que estaban construyendo entre ambos.

—¿Creéis que él vendría si lo llamáramos? —dijo Barrow. Se giró hacia los demás y los miró fijamente a los ojos para confirmar que hablaba en serio—. Cuando Giroux se estaba muriendo, Cecile lo mandó llamar. Podríamos intentarlo.

—Pero Giroux murió de todos modos, y lo único que consiguió Cecile fue un puto carrusel. —Gaston inclinó la cabeza hacia atrás y se quedó mirando al techo.

—Odio esperar. —Aunque estaba agotado, Ben no podía relajarse y no paraba de levantarse de la silla para pasearse.

—Eso no servirá de nada —dijo Gaston—. A no ser que quieras pulir el suelo con tus zapatos.

Ben Archer se sintió impotente. Era un hombre que necesitaba tener el control de la situación. Pero ahí estaba, nada menos que en París, esperando a que Lara despertase y sopesando que, a medida que pasaba el tiempo, la posibilidad de que se recuperase se hacía cada vez más remota. Por la megafonía, una mujer convocó a unos médicos y mencionó un *code bleu* en francés. Ben se maldijo por no entender siquiera el puñetero idioma que hablaban en ese país. Se frotó el cuello agarrotado. Sentía un malestar generalizado, como si tuviera gripe. Llevaba más de cuarenta y ocho horas sin pegar ojo.

—Voy a ir al hotel a darme una ducha y quizá a echar una cabezada —dijo Gaston. Tenía unas arrugas muy marcadas en el rostro y círculos oscuros bajo los ojos. Aunque ingería una dieta constante a base de café y Toblerone, la ropa le quedaba holgada—. Deberías plantearte hacer lo mismo. Tienes un aspecto horrible.

Ben aún no había deshecho el equipaje y esperaba contar todavía con una habitación de hotel en la que poder inscribirse.

—Me pediré el próximo turno —dijo—. Ve yendo tú.

Cuando Gaston regresó al hotel, Ben se sentó en la silla a ver una versión doblada al francés de *Deseo de una mañana de verano*. No tardó en quedarse dormido.

El ascensor soltó un pitido y el personal de limpieza recorrió la sala fregando y limpiando las sillas. Ben se despertó. Consultó el reloj. Eran las seis de la mañana. Había dormido cinco horas.

El sonido de unos tacones sobre el suelo pulido terminó de espabilarlo. Levantó la cabeza y vio a Audrey Barnes pasar a su lado. Su rostro parecía tenso, casi irreconocible, y tenía la mirada fija en el pasillo que se desplegaba ante ella.

Fue una imagen curiosa. Atravesó el pasillo con paso firme y seguro, pasó junto al puesto de las enfermeras y se dirigió a la habitación de su hija.

Como si supiera exactamente dónde encontrarla.

27

Durante veinticuatro horas, Lara se debatió entre la vida y la muerte. No había luz, solo la negrura que se extendía detrás de sus párpados cerrados. El dolor hacía que todo resultara borroso.

Se oía una voz a lo lejos, suave pero insistente. *Levántate, Lara. Levántate.*

Pero esa voz no tenía constancia de los escalofríos. Eran tan intensos que le dolía el roce de las sábanas cada vez que se deslizaban sobre sus extremidades. Tenía los brazos empapados de sudor, un sudor frío como la condensación sobre un cristal. Tiritó y rezó para perder la consciencia, de forma temporal o permanente, le daba igual cualquiera de las dos opciones.

Cuando salieron del circo, agarró a Cecile de la mano. Eso fue lo único que requirió para absorberla plenamente. Pero entonces su cuerpo fue moldeado meticulosamente para equipararlo al de su bisabuela.

Sin embargo, Althacazur se equivocaba.

Cuando Lara salió a aquella calle parisina, el sol brillaba con fuerza y ella se sintió indispuesta de inmediato. En cuestión de segundos, una migraña severa la debilitó, lo que provocó que se sintiera mareada. El café del otro lado de la calle estaba concurrido y se dirigió hacia allí, tambaleándose, sin darse cuenta de que ya no llevaba puesto su vestido negro sin mangas ni su cazadora vaquera. En vez de eso, llevaba puesto un maillot roto que dejaba expuesta la carne de su vientre. Cuando se aproximó al café, el camarero le hizo señas para que se marchara. Confusa, no entendió lo que le estaba diciendo. Estaba sedienta y mareada, pero no llevaba el bolso encima. ¿Qué habría sido de su bolso? Por un momento sintió pánico, preguntándose dónde estaría su pasaporte, hasta que recordó que se encontraba a buen recaudo en la caja fuerte del hotel.

Se tambaleó, lo cual solo sirvió para que el camarero intensificara sus aspavientos, saliendo a la acera para interceptarla allí. Pero Lara comprobó que sus piernas se negaban a moverse. También oyó una voz en su interior. *Creen que estás borracha.*

—Pero no estoy borracha —respondió Lara.

No hables conmigo, Lara. Ellos no pueden verme.

—¿Eh? —Esa voz resultaba extraña—. ¿Cecile?

Sí. Escúchame, Lara. Tu cuerpo está sufriendo una reacción por tenerme dentro. Temía que pasara esto. Tardará un tiempo en adaptarse, si es que consigue absorberme. Si no es así, tendremos problemas más serios, pero por ahora, tienes que actuar con normalidad. ¿Lo has entendido?

Mirando hacia el otro lado de la calle, Lara se dio cuenta de que todos los clientes del restaurante se habían dado la vuelta para mirarla. Tenían cucharadas de sopa y porciones de pato en sus cubiertos, con la boca entreabierta. Todos se habían detenido en mitad de un bocado o de una conversación para contemplar el espectáculo que les ofrecía.

—Entendido.

Lara oyó un quejido, seguido de un suspiro de frustración en su cabeza. *Es evidente que no.*

Apareció un hombre vestido de traje, que se situó delante del camarero.

—Tiene que marcharse.

Lara no entendió lo que decía, pero la voz que había en su cabeza sí.

¿Sabes dónde te alojabas antes de venir al circo? No puedo ayudarte, no reconozco estas calles.

—Hotel Vivienne —le dijo Lara a la voz.

El hombre no cedió y señaló hacia la izquierda.

—Rue Vivienne. Hotel Vivienne. Allez.

Lara sabía lo que significaba allez: «largo». Pero notó cómo le flaqueaban las piernas, lo que le hizo pensar en los escalofríos que estaba teniendo. Unos escalofríos violentos.

Lara. Lara.

No tenía claro si llegó a responder, pero sintió el impacto de la acera en las rodillas y supo que debían de estar ensangrentadas.

Todd estaba allí. ¿Todd? Su figura estaba sobrexpuesta a causa del brillo excesivo del sol, como la escena del carrusel que provocó que tuviera que mirarlo con los ojos entornados. Se sintió muy aliviada al verlo. Él la ayudaría. Esta versión de Todd era gloriosa: barbilla cuadrada, pelo castaño recogido en una coleta. Se sentó en el capó de su coche, el querido Mustang. El mismo vehículo del que se vio separado, el mismo que remolcaron por el pueblo. Ahora estaba sentado encima como si el día de su boda nunca se hubiera producido. Esto es lo que tendría que haber pasado, pensó Lara. Llevaba puesta una camiseta negra de manga larga y pantalones vaqueros, con zapatillas Converse negras. Estaba partiendo en dos una brizna de hierba y Lara se dio cuenta de que estaban aparcados en un prado. Se dio la vuelta y subió por la colina, sin saber qué significaba esa escena, intentando interpretarla como un sueño.

—¿Adónde vas, Lara? —exclamó Todd—. Quédate conmigo.

Lara bajó la mirada: llevaba puesto un tutú y tenía las rodillas manchadas de sangre.

—No puedo quedarme contigo —dijo—. Estás muerto.

Algo le dijo que esa visión era una trampa o una elección. Esa escena no se había producido nunca, y aceptarla como real sellaría su perdición. Vio asomar algo detrás de un árbol, haciéndole señas para que se acercara. Era el señor Tisdale. *Nosotros somos tu destino*, dijo sin emplear palabras, por supuesto. Lara corrió hacia él de todas formas, alejándose de Todd, sin mirar atrás ni una sola vez. Entonces alguien le dio unas palmaditas y le giró el cuerpo. Abrió los ojos.

¿Lo conocemos?

—Lara. Soy Ben.

Ben Archer estaba agachado a su lado y su maravilloso rostro estaba contraído por la preocupación, pero eso era imposible. Ben no estaba en París. Ay, cómo lo echaba de menos. Entonces comenzaron los escalofríos y se le nubló la vista.

Lara. Lara. Despierta.

Lara entreabrió los ojos. Tenía algo en el brazo. Oyó unos pitidos. Paredes grises con indicaciones en francés sobre cómo bajar la cama con seguridad. Después nada.

Tienes que dejar de repelerme o moriremos las dos.

—No te estoy repeliendo. —Se rio de esa ocurrencia. Otra vez esa voz. La misma a la que le importaba si vivían o morían—. Puf —añadió.

Sí, puf. Y eso es malo, créeme. Las dos haremos puf.

Entró una enfermera que revisó la bolsita de la vía y limpió algo que pitaba sobre su frente. Los escalofríos habían remitido un rato, pero ahora estaban regresando en oleadas. La enfermera introdujo otra bolsa detrás de la que estaba casi vacía. Un temblor violento sacudió a Lara, que volvió a quedarse amodorrada.

En el punto más oscuro, cuando sintió que se balanceaba en el trapecio para luego soltarse, sin ninguna red visible bajo su cuerpo, Lara se sintió reconfortada con el roce y la voz de su madre. Cuando abrió los ojos, encontró la mano cálida de Audrey sobre su rostro, pero se quedó dormida y cuando despertó más tarde encontró la habitación vacía.

28

En cierto punto, la fiebre de Lara alcanzó los 41,1 grados Celsius. Los médicos estaban buscando un virus, un derrame cerebral, sepsis, pero no encontraron ninguna causa. Las enfermeras le aplicaron vías intravenosas, baños fríos e inyecciones de dantroleno.

Ben fue el primero que vio salir a Audrey de la habitación del hospital donde estaba su hija. Al ver su expresión adusta, se esperó la peor noticia posible.

—Ben —dijo con una sonrisa lánguida. Se notaba que había estado llorando.

—Audrey. —Estaba dispuesto a ofrecerse a echar una mano, a ser útil, a ayudarle con los preparativos del funeral.

Mientras aglutinaba esas tareas en su mente, comenzó a formarse un agujero en lo más hondo de su ser. Lara no podía haber muerto, sin que hubieran tenido ocasión de empezar algo juntos. No estaba preparado para algo así. La falta de sueño, el hambre y los efectos del viaje —todo lo ocurrido durante los últimos tres días— se agravaron y se le escaparon unas lágrimas.

—Se pondrá bien —dijo Audrey, agotada. Le agarró la mano y se la sostuvo con firmeza.

Pasaron horas sentados juntos, en sendas sillas de plástico, en silencio. Entonces la fiebre de Lara remitió y, por primera vez, se mantuvo baja por sí sola. Harían falta ocho horas más para que recobrase la consciencia del todo.

Pero había algo en la actitud de Audrey que desconcertaba a Ben. No podía determinar el qué. Quizá fuera producto de la conmoción, pero no podía quitarse de encima la idea de que Lara solo había mejorado después de la llegada de su madre. Audrey había sido el catalizador.

Ben informó a Audrey sobre las libretas cuando Barrow y Gaston regresaron al hospital. Los tres se turnaron para ponerla al día, corrigiéndose unos a otros con interpretaciones más precisas. Ben y Gaston llegaron a la conclusión de que, en 1926, la verdadera Cecile Cabot, debilitada por el parto, se cayó desde una soga y murió. Tal y como prometió, Sylvie se marchó del circo con Margot, haciéndose pasar por Cecile durante el resto de su vida.

Audrey asimiló todas esas noticias con un estoicismo que sorprendió a Ben. Habían descubierto un secreto oculto sobre la mujer que la crio, pero aun así permaneció sentada en la silla, muda de expresión. En esos rasgos, Ben pudo identificar a Lara dentro de unos años. Intentó pensar en las facciones de Jason y Audrey fundiéndose en las de Lara: el cabello claro, los ojos grandes y verdes y la nariz respingona, pero no vio nada de Jason. A excepción de su voz áspera, Lara lo había heredado todo de su madre. Aun así, Ben no conseguía determinar qué era lo que no encajaba con Audrey. En lugar de sentirse aliviada porque la fiebre de su hija había remitido, Ben no podía evitar pensar que la mujer estaba lamentando la pérdida de algo. Audrey se levantó y se dirigió a la ventana.

—No debí permitir que viniera aquí.

Gaston le apoyó una mano en el hombro.

—No podrías haberlo impedido. Si el circo la quería, habrían encontrado un modo de llegar hasta ella. Y Lara habría acudido, Audrey. Lo sabes de sobra.

Audrey asintió con gesto ausente.

Ben sabía que lo que había dicho Gaston era cierto. Pues claro que habría acudido.

A mediodía, Ben decidió irse al hotel. Antes de marcharse, se detuvo junto a la habitación de Lara, sin preguntarle a nadie, ni a Audrey ni a las enfermeras, si les parecía bien. Necesitaba verla. Para su sorpresa, se la encontró acostada con los ojos abiertos. Lo embargó un mal presentimiento. Había tenido fiebres altas durante demasiado tiempo. Los médicos les habían alertado de que existía la posibilidad de que una convulsión hubiera provocado daños cerebrales.

—No estoy muerta. —Era su voz, más ronca de lo habitual, pero el tono era típico de ella—. Así que deja de mirarme así.

Aquella era la Lara que conocía, la misma de Delilah's. Ben sintió que podría caerse redondo al suelo allí mismo, delante de ella, con una mezcla de alivio y agotamiento.

—Tienes que sacarme de aquí. —Lo miró fijamente. Tenía los ojos brillantes, pero parecía cansada, tenía la piel translúcida. Ben ya la había visto así de mal antes, al poco de lo de Todd. Las vías la habían dejado un poco hinchada, pero Ben se sintió aliviado al verla exigiendo cosas—. ¿Ben? ¿Me has oído?

—Me alegro mucho de que estés bien...

—Tú no lo entiendes —lo interrumpió, examinando su bata de hospital—. Tenemos que salir de aquí. Aquí no estoy a salvo.

—Deja que avise a Audrey —dijo Ben, levantando un dedo.

—¿Mi madre está aquí?

—Llevas horas perdiendo y recuperando la consciencia. Por supuesto que está aquí.

Por un momento, se preguntó si de verdad algo terrible le habría afectado al cerebro. Visualizó fogonazos de centros de rehabilitación y temores de una apoplejía, pero comprobó con asombro cómo Lara tiraba de la colcha con la destreza propia de alguien que por lo menos estaba en buenas condiciones físicas.

—¿Ben? ¿Te pasa algo?

—No. —Se quedó sorprendido por la lucidez y concentración que mostraba ella.

—¿Me has oído? —Lara oteó la habitación—. A juzgar por la explosión de letreros en francés que dicen SALLE D'ATTENTE, deduzco que seguimos en Francia, ¿no? No estoy a salvo. Dile a mi madre que tenemos que irnos a casa ya.

Ben se sentó en la silla que estaba junto a la cama.

—¿Puedes esperar a que te vea el médico antes de darte a la fuga? Has pasado por un suplicio.

Lara soltó un bufido y miró a la pared, como si estuviera sopesando algo. La puerta se abrió.

—He oído ruidos aquí dentro —dijo Audrey, asomando la cabeza.

—Madre —exclamó Lara—. Gracias a Dios.

Audrey se llevó las manos a la cara y empezó a llorar.

—Estás bien.

—Pues claro que estoy bien. —Lara los miró a ambos—. Tenemos que volver a casa —repitió—. Enseguida.

—Nos iremos pronto —dijo Audrey, que se sentó en la cama de su hija y le alisó el pelo—. Necesitas descansar.

—Estoy en peligro.

—No —replicó Audrey—. No lo estás.

—Pero es que tú no lo entiendes —insistió Lara.

—Lo entiendo todo —dijo su madre—. Ahora estás a salvo.

Ben tenía un millón de preguntas para Lara, aunque no consiguió formular ni una sola de ellas.

—Necesitas descansar —repitió Audrey—. Ya estoy aquí. No te pasará nada.

—Pero... —replicó Lara.

Audrey alargó un brazo y le acarició el pelo. Para asombro de Ben, Lara comenzó a cerrar los ojos y pareció resistirse al sueño, pero Audrey siguió acariciándola.

—Descansa.

Antes de quedarse dormida, Lara murmuró:

—Él me envió una entrada.

—Lo sé —dijo Audrey.

29

Ocho horas después, y ante la insistencia de Lara, los médicos le dieron el alta del hospital, todavía perplejos sobre la causa de la fiebre, aunque como sus constantes vitales eran normales, y en vista de su empecinamiento por querer marcharse, no tuvieron motivos de peso para retenerla.

Lara estaba nerviosa, seguía queriendo volver a Kerrigan Falls. Gaston lo dispuso todo para que los cuatro se subieran al primer vuelo que salía por la mañana.

Ben vio cómo Barrow se quedaba chafado al oír la noticia. Esperaba poder hablar con ella sobre lo que había visto en el circo. Arrinconó a Ben junto a la máquina de café, en el vestíbulo del hotel.

—¿Ha dicho algo?

—No —respondió Ben, que estaba tan preocupado como Barrow por el comportamiento de Lara—. Se muestra extremadamente evasiva, pero lo ha pasado muy mal, así que supongo que no es de extrañar.

Mientras Lara descansaba en su habitación, los demás se congregaron en los sofás repartidos por el vestíbulo, como si fueran sus damas de compañía.

—Lara quiere un vuelo más temprano —dijo Audrey.

—No hay más vuelos. —Gaston parecía frustrado.

Al cabo de unas horas, Ben fue a su habitación para ver cómo estaba. Se la encontró sentada en el borde de la cama, como si no supiera qué hacer a continuación.

—¿Podemos ir a Montparnasse?

—Sí —respondió Ben, que se acercó al teléfono del hotel—. Llamaré a Audrey.

—No —repuso ella, negando con la cabeza—. Solo tú y yo.

—Son casi las diez. No sé si es una buena idea.

Lara acababa de salir de una experiencia próxima a la muerte y ya le estaba proponiendo una nueva incursión en Montparnasse.

—Entonces iré sola. —Se dirigió al armario para sacar una chaqueta.

—No, iré contigo, pero tienes que aclararte las ideas. —Ben estaba un poco irritado—. No dejas de decir que no estás segura aquí, pero ahora quieres irte corriendo a Montparnasse, tú sola, para meterte en más líos.

—Yo también te he echado de menos —repuso Lara, sonriendo.

Mientras cruzaban el Sena en un taxi y atajaban por Les Invalides para llegar a Montparnasse, Lara pareció distraída. Rozó ligeramente el cristal con los dedos, como si la escena que tenía delante fuera frágil y transitoria. Droguerías, comerciantes vendiendo televisores, restaurantes con fotos de comida que parecía hecha de plástico y no resultaba nada apetecible… Lara contempló todo aquello con asombro.

—Puede dejarnos aquí —le dijo al taxista cuando llegaron a una glorieta.

Lara se bajó del vehículo mientras Ben pagaba la carrera y luego salía a toda prisa tras ella. Se la encontró plantada delante de Le Dôme Café, mirando hacia arriba.

—No ha cambiado nada.

A Ben le pareció un comentario extraño, pero después de lo que había pasado, se alegró de que Lara estuviera en pie y dijera cosas más o menos coherentes. Así que lo dejó correr, aunque se dio cuenta de que él también estaba enfadado con ella. Aunque Barrow y Gaston estaban convencidos de que Lara había sido secuestrada por un circo sobrenatural, él no estaba tan seguro de ello. Su extraño comportamiento no hacía sino incrementar sus sospechas.

—¿Qué quieres hacer? —Ben no tenía claro el propósito de esa avanzadilla, pero Lara parecía fascinada con esa típica calle parisina.

—Solo quería volver a ver este lugar.

Lara se puso a girar sobre sí misma, contemplando el entorno con asombro. Luego dejó de dar vueltas, porque estaba llamando la atención. Ben se preguntó cuándo habría comido por última vez; tal vez un poco de alimento la ayudara a recobrarse. Tuvo ocasión de dejar una nota en el mostrador de recepción para avisar a Audrey de que se habían ido. Pensó que podrían sentarse en un restaurante y luego escabullirse al baño para llamar a su madre y confirmarle que Lara estaba bien.

—¿Por qué no comemos algo?

Lara se giró hacia él, entusiasmada.

—Oh, sí, me encantaría.

—Bien, vamos —dijo Ben, agarrándola de la mano.

Lara entrelazó sus dedos mientras cruzaban la calle. Encontraron un restaurante italiano en el Boulevard Raspail que tenía una terraza al aire libre. Un ventilador impulsó una brisa fresca hacia ellos en aquella noche sofocante, como el ambiente en una casa de baños.

—Picasso tenía un estudio allí mismo.

Lara señaló hacia la derecha. Ben se giró para ver hacia dónde señalaba; le resultó extraño que Lara supiera ese detalle. Ahora que estaban en Montparnasse, parecía llena de energía y vitalidad, moviendo el salero alrededor de la mesa, como si el hecho de tocar cosas resultara novedoso para ella. Pareció maravillarse con los coches deportivos y la ropa de la gente, y alargó el cuello para seguir con la mirada a un hombre con cresta y piercings que pasó de largo.

Ben pidió una copa de vino, pero se negó a que Lara se tomara otra. Ella frunció el ceño y dio un sorbo de su copa antes incluso de que Ben tuviera ocasión de probarla. Ben se sintió reconfortado cuando aquel líquido intenso impactó con el fondo de su garganta. Buf, cómo necesitaba un trago. Titubeando, hizo girar su copa.

—¿Quieres contarme lo que pasó?

—Ya sabes lo que pasó. Fui al circo. —Lara se recostó en su asiento y se fijó en el tráfico, evitando mirarlo a los ojos. Se dibujó una sonrisa aniñada en su rostro.

—¿Seguro?

—¿Qué quieres decir con eso?

—He pensado que a lo mejor te secuestraron.

Lara puso una mueca para negar esa posibilidad.

—En la gala, después de que creí ver a Todd, apareció un hombre extraño.

—Joder —rezongó Ben, reclinándose en su asiento—. Primero Todd, ahora un hombre extraño. Sí que estaba concurrida esa puñetera gala.

Lara se rio.

—Ya había visto antes a ese hombre, cuando era pequeña. Me dijo que tenía que venir a París, que me daría respuestas sobre lo que le pasó a Todd. Después de oír eso, era imposible que no viniera.

—¿Y no se te ocurrió pensar que ese hombre podría ser un lunático enfermizo?

—Oh, desde luego que lo es —repuso ella—. Pero no. En ningún momento, ni siquiera cuando estuve sentada allí con Gaston y Barrow con ese puñetero ticket en el bolsillo, me planteé no acudir.

Apoyó una pierna en la silla, después se rio como solía hacer en Delilah's, con una carcajada ronca y sonora. Era la primera risa que le escuchaba, y Ben se dio cuenta de lo mucho que había temido que no regresara nunca.

—Dime —prosiguió Lara—, ¿tú no habrías acudido? Hasta el ticket era mágico. Sangró cuando intenté romperlo.

—Es una historia fantástica.

Ben apartó su copa de vino y se preguntó por qué todo el mundo estaba tan convencido de que había algo sobrenatural acechando a su alrededor. Lara arqueó una ceja y volvió a recostarse en su asiento.

—Entonces, ¿qué crees que me pasó?

—La mujer que te persiguió pudo secuestrarte y drogarte.

—¿Y después ¿qué? —Se había producido un cambio en ella, irradiaba una confianza que Ben no había percibido antes—. ¿Me dejó marchar sin más?

Ben tuvo que admitir que eso no tenía sentido. Si alguien hubiera secuestrado a Lara por el cuadro, habría pedido un rescate. Pero no hubo petición alguna. Se cruzó de brazos.

Había algo relacionado con ella que lo tenía preocupado. Era posible que, a causa del duelo por lo de Todd, Lara se hubiera imaginado ese circo, esa entrada. Puede que hubiera deambulado de esa guisa por las calles de París durante días. Ben sabía que su abuela Margot había padecido una enfermedad mental. ¿Le estaría pasando lo mismo a Lara? ¿Por eso Audrey parecía tan afectada?

—Seguro que hay gente a la que no le habría parecido buena idea entrar en el Circo del Diablo —dijo Lara, ajena a la narrativa que se estaba formando en la mente de Ben—, pero entonces recordé que había gente que codició esas entradas durante años en París. Que yo supiera, todos regresaron sanos y salvos. Quería respuestas, por eso acudí. Me planté delante del Palais Brongniart y allí no había nada, hasta que de repente apareció un circo. No una simple carpa, Ben. Un edificio entero de otra dimensión. Me monté en una noria que pasaba junto a la laguna Estigia, acompañada de un mono que quizá fuera una versión maldita de Benito Mussolini. Las estancias eran opulentas. Giroux plasmó su aspecto. Todo tiene un ligero desenfoque y un colorido sobresaturado. —Lara suspiró—. Ya sé que parece una locura. Es una variación del Infierno, pero aun así es el lugar más mágico y majestuoso que he visto en mi vida.

—Estuviste desaparecida durante cuarenta y ocho horas.

—¿Me estás regañando? —replicó ella en broma—. Ya veo que llamaron a la caballería. Dime, ¿en Francia no tienen agentes de policía?

—Por lo visto, ninguno que acepte la idea de un circo diabólico. —Ben miró hacia la calle—. Gaston y Barrow estaban aterrorizados. —La agarró de la mano—. Yo también lo estaba... y enfadado... Estaba muy enfadado contigo y con ellos.

—Aún sigues enfadado conmigo. —Lara le sostuvo la mano con fuerza—. A mí me pareció que estuve fuera dos horas, como mucho. —Dio un trago de agua y miró hacia la calle—. Está tan cambiado.

—¿El qué?

—Montparnasse.

Ben se quedó confuso.

—¿Con respecto a hace dos días?

Lara no respondió, ladeó el cuerpo mientras el camarero alargaba un brazo por encima de su hombro para servirles las ensaladas con burrata fresca, tomates y albahaca.

—Entonces, ¿obtuviste las respuestas que estabas buscando?

Ben se quedó mirando su plato, intentando disimular que la simple mención del nombre de Todd un rato antes le había acelerado el corazón. Lara había hecho todo eso, se había puesto en peligro, para obtener respuestas. Unas respuestas que él no había podido facilitarle. Ben había fracasado, tal y como le pasó a su padre con Peter Beaumont.

Lara agarró su vaso y lo sostuvo con fuerza, como si se le fuera a caer.

—Todd está muerto.

—¿Cómo lo…?

—Me gustaría asimilarlo un poco, si no te importa. —Lara le lanzó una mirada penetrante para indicarle que no se lo preguntase en ese momento. Se dejó llevar por sus pensamientos, como si estuviera flotando hacia el mar a bordo de una corriente rítmica—. Me despedí de él. No tiene sentido seguir buscándolo. Y a Peter Beaumont tampoco.

—¿Qué me dices de Desmond Bennett?

Ben dio un sorbo de vino y volvió a dejar la copa sobre la mesa. No le había contado a Lara que tenía un tercer caso. Ella se inclinó y lo miró a los ojos.

—¿Qué sabes sobre él? —Entonces esbozó una sonrisa cómplice—. ¿Recibiste algo de ayuda por parte de un tablero de ouija?

—¿Cómo lo has…? —preguntó Ben—. Estaba en Feed & Supply cuando el viejo tablero de ouija deletreó la palabra DEZ. Revisé los archivos de 1944 y adivina lo que descubrí.

—Desmond Bennett desapareció en 1944. Estaba enamorado de mi abuela Margot. Ella fue la que te dio esa pista. Y sí, Margot está muerta, pero sigue viviendo en el circo. —Lara cortó un trozo de pan y lo mojó en aceite de oliva—. Ya sé que puedes explicarlo todo, que no hay nada mágico en todo este asunto.

—Admito que últimamente he visto cosas que no puedo explicar —dijo Ben.

Escuchó el ruido de los coches que aceleraban por la calle, las risas de la gente mientras paseaban a sus perros, captó el tintineo de los tenedores y las cucharas sobre la mesa, y pensó en Picasso trabajando apenas a unos portales de distancia. París era un lugar mágico. Eso le hizo darse cuenta de que debería haber viajado con Marla más a menudo.

—Ya sabes que nunca suscribí la versión ocultista de la desaparición de Todd, pero ¿te has preguntas alguna vez por qué en nuestro pueblo no se produce ni un solo delito?

—Me hago esa misma pregunta a diario.

—Empezando por Margot —explicó Lara—, mi familia ha tenido que lanzar un hechizo protector cada año. El nueve de octubre. Funciona siempre, excepto una vez cada treinta años, cuando se desactiva durante una noche. Has leído los diarios, ¿verdad?

—Sí. Todavía me da vueltas la cabeza —dijo Ben—. Menuda historia.

—Ya sé que eres escéptico, pero todo lo que se cuenta en esos diarios es cierto. Es obra de Esmé, así que ahora tenemos que encontrar su retrato. Necesito ver qué aspecto tiene.

—¿Ahora?

—Nuestro vuelo no sale hasta mañana a las once. Tenemos doce horas. Tenemos que encontrarla antes de que ella nos encuentre a nosotros.

—Lara, esa mujer debe tener unos cien años —repuso Ben, desconcertado—. ¿Quieres decir que tenemos que encontrar su tumba?

—No —respondió Lara—. Está vivita y coleando. Fue Esmé la que me persiguió en el cementerio del Père Lachaise.

—Lara, se trata de una mujer centenaria.

—Pues no lo aparenta. Y no veas si corre. —Lara le hizo señas al camarero y señaló hacia el tiramisú—. Tienes que elegir. O bien estoy loca y puedes explicarlo todo, o estoy cuerda y aquí está pasando algo muy extraño. Yo sé la verdad y quiero respuestas. Puedes venir conmigo o no, pero no quiero tu ayuda si te niegas a creerme. Le pediré a Barrow que me acompañe. Depende de ti.

Ben se recostó en su asiento. Se había producido un cambio en ella desde que la vio por última vez en el porche delantero de su casa, después de la gala. Esa chica insegura que enmascaraba su dolor a ojos de los demás había desaparecido. Esta Lara era una mujer segura de sí misma. Nunca la había visto tan convencida de algo, pero durante el año que hacía que la conocía, siempre la consideró una persona sensata. Se merecía que le diera su confianza. De repente, Ben empezó a recelar de la gente que había a su alrededor.

—Cuéntamelo todo desde el principio.

Lara sonrió e hizo girar su tenedor mientras se recostaba en el asiento.

—Más vale que pidas un café bien cargado. Lo vas a necesitar.

30

Por la mañana, Lara y Audrey quedaron con Ben, Barrow y Gaston para desayunar. Cuando bajó al vestíbulo del hotel, todos la estaban esperando con avidez.

—Malas noticias —dijo Gaston—. Nuestro vuelo se ha retrasado. Nos han recolocado para mañana por la mañana.

—Así que ahora tenemos más tiempo para escuchar la historia —dijo Barrow.

Entre cruasanes y *pains au chocolat*, Lara les relató lo ocurrido.

—Tenemos que encontrar el retrato de Esmé —concluyó Lara, dejando a un lado su taza de porcelana.

—Llevo veinte años buscando ese cuadro —repuso Barrow, aturullado.

—Y Lara ha descubierto dos de ellos en unas pocas semanas. —Gaston dio un sorbo de su expreso—. Apuesto a que será ella la que encontrará el que falta.

Barrow asintió.

—Supongo que Émile le dijo a Cecile que se deshizo del retrato de Esmé por vergüenza, pero dudo que llegara a destruirlo —dijo Lara.

Pudo sentir el dolor de Cecile en su interior, el peso de cargar con otro ser. Experimentó punzadas de melancolía al escuchar el nombre de Giroux repetido de labios de los miembros del grupo. Lara se dio cuenta de que esas emociones eran de Cecile, aunque ahora también le pertenecían a ella.

—Estoy de acuerdo —dijo Barrow—. Ningún artista destruye su obra, sobre todo si tiene tanta calidad. Émile tenía que saber que esos tres cuadros eran algo especial.

—Fragonard dijo que su padre encontró el cuadro *Cecile Cabot alza el vuelo* en la basura —dijo Gaston.

—En aquella época, las obras de arte cambiaban mucho de manos en ese barrio —dijo Barrow—. El apartamento de Giroux sería un buen punto de partida, aunque, francamente, no creo que encontremos nada.

—Las probabilidades llevan jugando en nuestra contra desde el principio —repuso Ben—. Lara y yo probaremos suerte en su viejo edificio de apartamentos.

—Yo revisaré los registros de otras obras que fueron compradas y vendidas en Montparnasse durante esa época —anunció Barrow, que se colocó las gafas de sol sobre la cabeza mientras se levantaba de la mesa. Hacía otra jornada húmeda y calurosa en París, aunque él llevaba un atuendo fresco, con vaqueros blancos y camiseta negra—. Es posible que lo vendieran de saldo en aquel momento si creyeron que no tenía demasiado valor.

Lara pensó que su madre parecía cansada.

—Deberías volver y descansar. Los demás llevamos aquí más tiempo y ya hemos superado el desfase horario.

—Solo necesito que tengas cuidado —dijo Audrey, acariciándole el brazo.

—Vamos a hacer un poco de turismo. —Gaston agarró a Audrey de la mano—. Deja que te enseñe mi ciudad.

—Yo cuidaré de ella, Audrey —le aseguró Ben.

—Te dejo que me hagas compañía —replicó Lara, mientras se colgaba su bandolera—. Puedo cuidar de mí misma, muchas gracias.

Ben y Lara se fueron en taxi al viejo apartamento de Émile Giroux en Montparnasse, a pocas manzanas del lugar donde cenaron la noche anterior. Lara no necesitó consultar ningún mapa para localizar la calle. Cecile conocía el camino hasta la Rue Delambre. Cuando abrieron la puerta del portal, Lara sintió el dolor de Cecile en su interior, sobre todo cuando alzó la mirada por las escaleras hacia el segundo piso, donde estaba su puerta. El dolor por estar de vuelta en su casa.

—¿Estás bien? —Lara se sorprendió al oírse hablar, olvidando que no estaba sola.

—¿Eh? —Ben pareció perplejo—. Sí, estoy bien.

—Por supuesto —repuso Lara, recomponiéndose. Cecile no respondió y Lara se apiadó de ella.

El edificio no estaba en muy buen estado y Lara pensó que nadie había reparado la escalera desvencijada desde los tiempos de Giroux. Aunque la madera vetusta seguía resultando hermosa, estaba hecha polvo a causa del abandono. El suelo de cuadros blancos y negros era nuevo, pero barato. Todo en ese edificio parecía tan rudimentario como en la época en la que Giroux vivió allí.

Ben llamó a la puerta del apartamento del primer piso.

Al cabo de un rato, una mujer mayor acudió a abrir. Tenía el pelo rojo, casi morado, pero sus raíces blancas resultaban visibles. Vestía con un chándal negro de Adidas.

—*Bonjour* —dijo Lara. Dejó que Cecile hablara por ella con un francés impecable—. ¿Es usted la propietaria?

—*Oui* —respondió la mujer. Cruzó los brazos para ponerse a la defensiva. Llevaba las uñas pintadas con esmalte rojo.

—¿Sabe quién era el dueño de esta casa antes de usted?

Lara se asomó al apartamento. Estaba abarrotado de cosas y pudo ver que las paredes estaban cubiertas de cuadros pertenecientes a diferentes estilos y periodos. Parecía que los tonos pastel de los impresionistas disponían de su propio espacio por encima de un sofá rosa de terciopelo.

—Mi padre —respondió la mujer, que entornó un poco la puerta para entorpecer la curiosidad de Lara—. Y antes perteneció a mi abuela. Somos los dueños de esta casa desde hace más de ochenta años. ¿Qué quieren? —Alternó la mirada entre ambos con suspicacia.

—Estoy buscando un cuadro muy antiguo de un circo. Era un retrato inusual de una domadora de leones. El artista que lo pintó vivió aquí hace tiempo. Hemos pensado que existe la posibilidad de que el cuadro se quedara aquí.

—¿Está insinuando que lo robamos? —exclamó la mujer mientras apoyaba el brazo en la jamba de la puerta con actitud desafiante.

—No, ni mucho menos —respondió Lara—. El pintor murió. Pensamos que pudo acabar en manos de la propietaria de aquella época o de alguno de los vecinos.

—¿Es valioso? —La mujer vio una oportunidad de negocio.

—*Oui* —dijo Lara—. Mucho. ¿Hay algún sótano o un desván en el edificio?

—Pregúntale si los alemanes se llevaron algo durante la guerra —murmuró Ben, que hundió las manos en los bolsillos y alternó el peso del cuerpo de un pie al otro.

La mujer entendió el término y negó con la cabeza.

—No perdieron el tiempo con nosotros. Yo no he visto nada. —Comenzó a cerrarles la puerta en las narices, pero Lara se apresuró a intervenir.

—Es muy valioso. —Le tendió la tarjeta de Barrow—. Este hombre trabaja en la Sorbona y puede ayudarla. Solo estamos intentando encontrarlo. Le pagarían bien por ello.

La mujer los miró con recelo y cerró la puerta. Cuando volvieron a salir a la calle, Ben se puso las gafas de sol.

—Está mintiendo.

—¿Cómo lo sabes?

—Deformación profesional. —Se acercó al bordillo y examinó la casa—. Esa mujer cree que estamos intentando robarle algo, por eso no nos dice lo que sabe.

—Yo habría pensado lo mismo —dijo Lara—. Si alguien se presentara en mi casa asegurando que está buscando un cuadro, te llamaría inmediatamente.

Ben señaló hacia una cafetería situada al otro lado de la calle.

—Si mi corazonada es correcta, esa mujer moverá ficha. Vamos a esperar un rato allí, sin que nos vea, para ver qué ocurre.

—¿En serio? —Lara miró hacia la puerta cerrada del portal.

—En serio —respondió Ben.

Al cabo de unos minutos, encontraron una mesa en la terraza y pidieron agua y dos *café au laits*. Ben se arrellanó en su asiento y lo giró hacia la casa.

—Creo que podría acostumbrarme a esto —dijo mientras tamborileaba sobre la mesa e inclinaba el rostro hacia el sol. Llevaba puesta una camisa blanca remangada y unos pantalones cortos. Enseguida, les dio una vuelta más a las mangas.

—Me alegra comprobar que te has traído tus camisas almidonadas —dijo Lara, que también se puso las gafas de sol. Clavó la mirada sobre la casa mientras le echaba azúcar al café y lo removía con una cucharita diminuta. Teniendo en cuenta que alguien estaba intentando matarla, no dejó de mirar en derredor en busca de alguna versión de la mujer de la coleta. Acomodada en su silla de mimbre parisina, pensó que era un buen momento para conversar—. ¿Es la primera vez que vienes a París?

—*Oui*. —Ben se rio al pronunciar su primera palabra en francés—. Mis camisas almidonadas y yo no viajamos demasiado. Si acaso a Jamaica y a los Cayos de Florida.

Al otro lado de la calle, la puerta del portal se abrió y la mujer emergió del edificio, renqueando como si tuviera mal una rodilla. Ahora llevaba puestas unas gafas de sol y zapatillas deportivas, y al parecer se había pintado los labios.

—Ostras. Allá va —dijo Lara—. ¿La seguimos?

—Sí —respondió Ben, sonriendo.

—Ve yendo tú —le dijo Lara mientras le hacía señas a la camarera.

Ben se mostró reticente, pero ella le hizo señas para que se pusiera en marcha, así que se levantó de la silla y salió detrás de la mujer. Lara lo vio llegar hasta el final de la manzana. Después de pagar la cuenta, se reunió con él y se agacharon detrás de uno de los árboles del amplio bulevar. La mujer llamó a la puerta de un edificio situado a una manzana de su casa.

—No ha ido lejos —dijo Lara—. ¿Por qué no ha llamado por teléfono y ya está?

—Porque quiere ver el cuadro. —Ben sacó un mapa y fingió examinarlo con atención.

Un hombre vestido con una camiseta de la selección brasileña de fútbol acudió a abrir la puerta. Tras cruzar unas pocas palabras, cerraron la puerta y permanecieron dentro de la casa durante unos veinte minutos. Entonces reapareció la mujer pelirroja, que cruzó los brazos y apretó el paso de regreso a la vieja casa de Émile. Ben y Lara tuvieron que alejarse a toda prisa para que no los viera. Ben anotó la dirección en un trozo de papel.

—Le pediremos a Barrow que averigüe quién vive allí. Apuesto a que el cuadro está en una de esas dos casas. Lo que pasa es que no sabían que era valioso.

—Pero ¿cómo es posible que no lo supieran? —Lara puso los brazos en jarras y se paseó por la calle antes de recogerse la melena y sujetarla con un coletero—. Montparnasse estaba abarrotado de pintores famosos. Cualquier cuadro antiguo debería al menos hacerte sospechar.

Resultaba un poco decepcionante haber acabado con las manos vacías. Lara suspiró, frustrada.

—No pensarías que íbamos a irrumpir ahí por las buenas y a salir con un cuadro, ¿verdad, Nancy Drew? —inquirió Ben con ironía.

—No... —Pero su rostro la delató—. Bueno, sí —admitió y se abanicó con la mano para refrescarse.

—Las pistas no funcionan así. Hay que plantar la semilla. Confía en mí, hemos puesto algo en marcha.

Lara sonrió y se quedó mirándolo.

—Eres bastante listo para ser un policía sin crímenes que resolver.

—Lo sé —respondió Ben con una risita—. ¿Adónde vamos ahora?

No fue Lara la que respondió, sino la voz que había en su cabeza.

¿Podemos ir a la Rue Mouffetard?

—Tal vez podríamos ir a la Rue Mouffetard —dijo Lara, repitiendo lo que oyó en su mente.

—¿Al mercado? —Ben se encogió de hombros—. Vale.

Dedicaron el resto del día a volver sobre los pasos de Cecile. Lara se sintió como una guía turística, experimentando una oleada de alegría mientras Cecile volvía a visitar cada ubicación. Percibió su decepción cuando visitaron Les Halles, el mercado que Cecile recordaba, ya desaparecido. A pesar de que fue una jornada mágica, no dejó de mirar por encima del hombro para otear entre la multitud, en busca de cualquier persona que pudiera ser Esmé.

Más tarde, el grupo se reunió en un pequeño restaurante, Drouant, cerca de la Ópera de París, para una última cena. La noche era cálida, pero amenazaba tormenta, así que se decantaron por una mesa debajo del toldo beige y confiaron en que no lloviera. Gaston pidió una botella de Meursault y un syrah del Ródano para abrir boca.

En el transcurso de una semana, Lara se había encariñado con Gaston y con Barrow. Se sentía muy satisfecha por lo que habían descubierto juntos. Althacazur le prometió respuestas. Había cumplido su palabra, pero había comenzado a asentarse en ella una tristeza innegable. Había obtenido sus respuestas. Todd estaba muerto. Después de tantos años, ahora entendía su magia, y la seriedad de sus orígenes pesaba con fuerza. Su madre y ella tenían sangre de daimón. Cuando regresara a casa, conseguiría llevar a Esmé de vuelta a Le Cirque Secret o moriría en el intento. En el improbable caso de que tuviera éxito, había accedido, aunque a regañadientes, a convertirse en la gerente de Le Cirque Secret, que por lo visto estaba ubicado en el octavo estrato del Infierno por toda la eternidad. Ella era la elegida.

Mientras paseaba la mirada por la mesa, decidió deleitarse con todo lo relativo a esa velada. Se había sentado al lado de Barrow para contarle todos los detalles del circo. Él estaba animado, apenas dejó de hablar para pedir un plato de cordero relleno con guarnición de ensalada con curry francés.

Enfrente de ella estaba sentado Ben Archer. Era él quien le producía los mayores remordimientos. Le gustaría poder pasar más tiempo con él.

Finalmente, Barrow levantó su copa de vino.

—Por las señoritas del circo secreto.

Todos brindaron con sus copas.

Más tarde, Audrey se quedó dormida, roncando ligeramente. Lara estaba desvelada.

—¿Cambiará de idea? —le preguntó en voz baja a Cecile—. ¿Tendré que pasar la eternidad en el circo?

Él nunca cambia de idea, Lara. Lo siento.

—¿Puedes irte a dormir o algo así? Tengo que hacer una cosa.

Por supuesto.

Lara salió de la habitación sin hacer ruido y recorrió el pasillo hasta llegar a la habitación 504. Llamó a la puerta y Ben Archer acudió a abrir. No pareció sorprendido. Lara le mostró dos copas del hotel y una minibotella de champán.

—Esta botella diminuta cuesta cincuenta dólares, así que pienso bebérmela.

—¿Nadie te ha dicho que no hay que beberse el vino del mueble bar?

—Esto es Francia, Ben —replicó con un susurro—. Aquí hay que beberse el vino.

—Para ser alguien que está en peligro, te encanta ir por ahí sola. ¿Sabe tu madre que estás aquí?

Ben abrió la puerta del todo.

—¿De verdad me estás preguntando por mi madre?

Ben no había echado las cortinas y el patio de la Opéra-Comique estaba iluminado. Los patinadores y los amantes hacían uso de los escalones situados cerca de la ventanilla de la taquilla. La vista era magnífica. Lara oyó el *pop* del corcho y el sonido de unas burbujas al impactar con el cristal.

—Soy incapaz de cerrar las cortinas. —Ben se acercó a Lara por detrás, pero no la tocó.

—¿Te he contado alguna vez de dónde me viene el gusto por los hombres de uniforme?

—No sabía que te gustaran.

—Por el jefe Brody, el de *Tiburón*. —Lara soltó una risita.

—Sus mangas no estaban tan bien almidonadas como las mías.

—No. —Lara se giró hacia él—. Tienes razón.

Ben le ofreció una de las copas de champán.

—Creí que estabas muerta. Cuando vi a tu madre caminar por el pasillo, llorando, hubo un rato en el que me imaginé mi vida sin ti.

Lara lo besó con pasión.

Al rato, se apartó. Había algo acuciante que Ben necesitaba saber. Tanto ahora como por el futuro.

—No sé en qué estado me encontraba, pero Todd se apareció ante mí. Estaba sentado en su coche y me pidió que me fuera con él. Yo sabía que era una elección. —Los ojos se le llenaron de lágrimas—. Pero le dije que no podía acompañarlo.

Con el rostro iluminado por las luces de París, Lara alzó la mirada.

—Ahora sé que regresé por ti.

PARTE 3

EL SECRETO
DE ESMÉ

31

De vuelta en su vieja cama en la granja de Kerrigan Falls, Lara había dormido profundamente. La absorción de Cecile seguía pasándole factura a su cuerpo. Sin embargo, la voz que tenía dentro había permanecido callada desde que se fueron de París.

—¿Sigues ahí?

Nada.

Tuvo la tentación de pensar que todo había sido un sueño, aunque el deseo de ir a Montparnasse y al mercado de la Rue Mouffetard aquel último día no surgió de ella. Había pequeños indicios de que no estaba sola en su cuerpo y de que Cecile estaba observando el mundo del que llevaba separada desde hacía más de setenta y cinco años.

Esta vez no hubo discusión posible acerca de que se quedaría en la granja. Desde que regresó la semana anterior, Audrey no la dejó ni a sol ni a sombra. Ahora se había ido a la compra. Lara no tenía ninguna duda de que su madre estaría comprando pepitas de chocolate, *pierogi* y pastrami de pavo: su comida favorita cuando estaba de bajón. Caren se sumaría a ellas y verían juntas películas antiguas de Hitchcock mientras comían palomitas. Lara notó que a Cecile se le aceleró el corazón al verlas a Audrey y a ella juntas. Su nieta y su bisnieta, su legado.

Como si fuera una guía turística, Lara fue a visitar el viejo cementerio de Kerrigan Falls para mostrarle a Cecile la tumba de Margot, así como la que estaba a nombre de CECILE CABOT, aunque en realidad era el lugar de reposo de Sylvie. Lara pensó que le gustaría.

—Ella quería que perdurases —le dijo a la voz que tenía dentro. Sylvie fue la conexión viviente entre ellas. Las dos la conocieron y la quisieron.

—¿Qué le pasó? —preguntó Lara al fin—. Os vi a Margot y a ti en Le Cirque Secret, pero no a Sylvie.

Como era humana, falleció con normalidad. No estaba vinculada al circo como nosotras. Tenemos sangre de daimón, por eso regresamos con él. Tú también regresarás con él, en el circo.

—Así que acabaré en Le Cirque Secret pase lo que pase —le dijo Lara a la voz, reconfortada por no estar sola. Tener a alguien con quien compartir ese secreto, aunque fuera una voz etérea dentro de su cabeza, lo hacía soportable—. ¿No puedes decirme qué aspecto tiene Esmé?

Solo puedo describírtela.

—El cuadro —dijo Lara—. ¿No puedes compartir conmigo tus recuerdos?

No. Desgraciadamente, no puedo. Pero si la veo, te alertaré.

—Entonces, ¿nos limitamos a esperarla? —preguntó Lara. Althacazur no les había propuesto ningún plan; solo estaban fusionadas para la batalla.

Ella nos encontrará, Lara. Ten paciencia y disfruta del tiempo que te quede aquí.

A la mañana siguiente, Lara se despertó de un sueño profundo con el sonido de los postigos de su dormitorio al abrirse de golpe. Cuando levantó la cabeza, vio que la luz de la mañana se proyectaba sobre ella.

—Buf —refunfuñó. A lo lejos oyó el canto de un gallo y el sonido de un tractor al arrancar—. ¿A qué viene esto?

Audrey estaba allí, cruzada de brazos.

—Hoy vamos a preparar mermelada. Las bayas están en su punto.

Lara se cubrió la cabeza con la almohada.

—Hoy no pienso preparar mermelada, madre. Estoy durmiendo, luego vendrá Caren.

Su madre levantó la almohada para que el sol le diera de lleno en los ojos.

—Los arándanos maduraron el pasado fin de semana. Necesito ayuda antes de que haga demasiado calor.

Audrey dio una palmada y, como si fuera una señal, Lara sintió una presión sobre el estómago cuando su terrier galés, Hugo, se encaramó a ella para mirarla y olisquearle una oreja. Hugo compartía ese nombre con el trapecista del diario de Cecile. A este Hugo peludo también se le daba bien agarrar cosas al vuelo: las pelotas de tenis. Aunque ir a recolectar bayas era una de sus actividades favoritas, la recogida de manzanas en otoño le entusiasmaba todavía más. Confundía las manzanas con pelotas y se dedicaba a babear sobre las cestas de madera, repletas de manzanas recién recogidas, algunas de ellas con marcas de dientes. La mayoría de las manzanas de la capa superior que tenían las mordeduras de Hugo había que descartarlas al preparar tartas.

—¿En serio, Hugo? ¿Por qué siempre te pones de su parte? Los canijos siempre sois los más liantes. —El terrier ladeó la cabeza y husmeó entre las mantas—. ¿Dónde están los demás?

—Penny y Oddjob pasan de ir a recoger bayas, ya lo sabes. Pero Hugo sí se viene —añadió su madre, como si hubiera alguna duda sobre su participación. Para ser perros, a Oddjob y Moneypenny no les gustaba hacer gran cosa aparte de custodiarla. No se habían separado de Lara desde que llegó de París, y le sorprendió comprobar que no estuvieran encima de la cama.

Apoyó los pies en el suelo y miró a su madre, que estaba plantada en el umbral, todavía de brazos cruzados. Apartó la colcha y salió de entre la maraña de sábanas.

—¿Te has quedado paralizada en esa posición, madre?

Audrey resopló y salió de la habitación. Lara oyó sus pisadas por los escalones, seguida por los frenéticos correteos de Hugo. Audrey la llamó desde las escaleras:

—Vamos.

Lara se puso los pantalones y una sudadera gris con cremallera, después se hizo una coleta y se puso a buscar sus gafas de sol. Eran las siete de la mañana y haría frío en el bosque. Además, los mosquitos te acribillaban algunos días. Bajó como un zombi por las escaleras y se sirvió una taza de café. Después salió al lugar donde se encontraba el tractor.

Audrey se había recogido el pelo en una coleta y llevaba puestas unas gafas de sol con montura de carey. Olía a repelente de mosquitos y crema solar recién aplicados. Tras arrancar el viejo y polvoriento John Deere, Audrey lo puso en marcha. La cadencia del viejo vehículo competía con otro tractor más nuevo en el campo aledaño. Lo condujo por la sinuosa carretera que pasaba junto a los pozos de gas y se introducía en la arboleda. Lara, que llevaba a Hugo en brazos, iba montada en un remolque con varios cubos vacíos junto a sus pies.

Fue su abuelo, Simon Webster, el primero que llevó a Lara a los arbustos donde crecen los arándanos, ubicados en los últimos acres de su granja. Le enseñó el escondite secreto de los más frondosos, fuera del sendero segado. Al contrario de lo que cabría esperar, Simon era un experto envasador y preparaba unas tartas riquísimas; le enseñó a Lara cómo estirar la masa, reservando siempre los recortes para preparar rollitos de canela. Cuando la carretera discurrió junto a los pozos, la casa desapareció de la vista. El tractor retumbó y traqueteó al atravesar un puente de madera por encima de un pequeño arroyo, a medida que se adentraban en un bosque frondoso. El sol brillaba con fuerza sobre sus cabezas, asomando de vez en cuando entre la marquesina que formaban las ramas y arrancando destellos del cabello dorado de Audrey.

El tractor redujo la marcha lo suficiente para que Lara pudiera saltar al suelo y adelantarse para investigar el grado de madurez de los frutos. Madre e hija agarraron un cubo gigante cada una y se pusieron en marcha, mientras Hugo corría ladrando por delante. El sol proyectaba sus haces alrededor de Lara, que agradeció la paz que se respiraba. En cuanto atravesó unos matorrales frondosos, le llegó el aroma fragante de los frutos de color morado oscuro tostándose al sol antes de ver las hojas verdes y exuberantes de los arbustos. Nunca se sabe en qué estado te vas a encontrar los frutos en cada temporada, y eso conformaba la mitad de la expectación. Si Simon no se lo hubiera enseñado, Lara habría pasado de largo junto a ellos cada temporada. Mientras oteaba la arboleda, comenzó a recoger los frutos, que fueron cayendo dentro de la cesta con una serie de golpes secos.

Audrey estaba tarareando una melodía que Lara sabía que era una canción de Hank Williams: *Your Cheatin' Heart*. Una de sus favoritas. No tardaría en pasar a Patsy Cline, porque no se le daba bien cantar a la tirolesa. A mitad de canción, dejó de tararear.

—Corriste demasiados riesgos en París. Lo sabes de sobra. —Audrey tenía la voz tomada y empleó un tono incisivo. Interrumpió bruscamente su recolección.

—Lo sé. —Lara fue incapaz de mirarla a la cara.

—Estaba muerta de preocupación —añadió Audrey, esta vez con una voz serena y comedida—. Estuviste desaparecida tres días. Dijeron que estabas deshidratada y con una fiebre muy alta cuando te encontraron tirada en un restaurante. —Los arbustos se zarandearon mientras Audrey tiraba de ellos, arrancando el fruto maduro de las hojas—. ¿Vas a contarme lo que pasó?

—Yo no sabía que llevaba fuera tanto tiempo. A mí me parecieron horas. —Lara siguió recolectando sin mucho entusiasmo, sintiendo que necesitaba otro café—. El lugar era indescriptible.

—Bueno, inténtalo.

Lara examinó una hoja que tenía una mariquita encima.

El arbusto se zarandeó cuando Audrey se puso a recolectar por el otro lado. Entonces hubo una pausa. Los arbustos se quedaron quietos mientras su madre pensaba.

—Cuando tenía seis años, lo vi por primera vez en el prado. Estaba con una mujer. Tu madre, Margot. Estaban debatiendo si yo era «la elegida». Sylvie me dijo que no se lo contara a nadie.

—Tendrías que habérmelo dicho —replicó Audrey.

—Ya lo sé, pero Sylvie…, Cecile…, quien fuera, me dijo específicamente que no se lo dijera a nadie. Además, el día que me enseñaste el hechizo, tendría que haberte dicho que él estuvo en la gala de la noche anterior.

—¿En la gala del Rivoli? —exclamó Audrey, que apartó los arbustos para poder verle la cara.

—Dijo que tenía que desplazarme a París. Si lo hacía, me daría respuestas sobre Todd.

Audrey se rio y negó con la cabeza.

—Típico de él. Nunca hace nada sin pedir algo a cambio. Te dije que no quería saber nada de él. Quería que fuéramos normales.

—Dijo de ti que eras una listilla descarada.

—¿Eso dijo?

Lara percibió el desprecio que había en su voz.

—Cumplió su parte del trato —prosiguió mientras arrancaba unos frutos maduros de color añil, cuyo olor se extendió por el aire mientras los separaba de sus tallos. Después de años de práctica, era rápida. Arrojó los arándanos al cubo, después sacó del tractor dos sillas de jardín y las desplegó—. Ahora que estamos solas, ¿puedo preguntarte una cosa? —Lara había decidido mantener en secreto el hecho de que Cecile estuviera oculta en su interior—. ¿Has leído los diarios de Cecile?

—Sí.

—En el circo, descubrí que a Esmé le gusta matar a los hombres que amamos… Es una especie de venganza contra Cecile. Empezó con Émile. Luego vinieron Desmond, Peter y Todd. —Lara se agachó para arrancar una brizna de hierba y dejó que el último nombre flotara en el aire. No quería mirar a su madre cuando le hiciera la pregunta que no le quedaba más remedio que formular—. ¿Quieres contarme algo sobre Peter Beaumont?

Lara apartó los arbustos y vio que su madre estaba contemplando el sol que descendía entre los árboles. El canto de las cigarras, que ponía la banda sonora al verano de Virginia, subía y bajaba de intensidad. Parecía que Audrey estaba absorbiéndolo todo —la historia, el sol—, como si se tratara de algo muy preciado. Era una estampa de lo más bucólica, con las verdes y exuberantes colinas de fondo.

—Jason y él tocaban en el mismo grupo. Eran grandes amigos. Conocí primero a Jason, pero cuando Peter entraba en una habitación… —Hizo una pausa, absorta en sus pensamientos—. Nunca había amado tanto a nadie en toda mi vida, Lara. —Miró de reojo a su hija—. Nunca. —Inspiró hondo, como si necesitara aire para continuar—. Pero Peter era un alma errante, indomable. Como le pasaba a Todd.

Audrey hizo una pausa para que asimilara esas palabras. Como si se estuviera desprendiendo una capa de una cebolla, Lara estaba viendo una faceta de ella que jamás se habría imaginado. Su madre extrajo algo que se le había quedado pegado a los pantalones. Lara estaba segura de que allí no había nada, solo era una forma de mantener las manos ocupadas mientras relataba esa historia que había mantenido oculta a ojos de los demás.

—Desde el principio, sabía que Peter era un espíritu libre. Durante el verano de aquel año formamos una especie de triángulo: Jason, Peter y yo. Pero yo sabía que iban a mudarse a Los Ángeles después de Acción de Gracias. Y yo me quedaría aquí. —Finalmente, Audrey se apoyó las manos en las caderas—. Llevo queriendo contarte esto desde hace mucho tiempo, una eternidad, pero no quería estropear tu relación con Jason. Siempre has estado muy apegada a él. Peter es tu padre biológico, Lara, no Jason. El día antes de su desaparición, le conté a Peter que estaba embarazada. Sinceramente, cuando desapareció, pensé que había huido. Al igual que tú, me sentí confusa. Y hasta que Todd desapareció, creo que una parte de mí siempre pensó que Peter se fue para eludir su responsabilidad. No supimos qué pensar. Jason y yo nos quedamos devastados. La policía investigó el caso, por supuesto, pero siempre pensaron que se largó sin más. Su madre les presionó durante años, hasta que por fin consiguió que lo declarasen muerto a principios de los años ochenta.

—¿No pensaste que fue como lo de Desmond Bennett? ¿Nadie echó las cuentas?

Audrey se rio.

—No tienes ni idea de cómo eran las cosas en esa época. Simon y Cecile eran muy herméticos en lo relativo a mi madre. Ahora, sabiendo lo que me has contado, es probable que fuera la desaparición de Desmond lo que la afectó tanto. Junto con Althacazur. Seguro que él tampoco aportó nada bueno.

—¿Por qué ninguno de los dos me contasteis que Peter era mi padre?

Audrey se quitó las gafas de sol y miró a su hija a los ojos.

—Nunca se lo he dicho a Jason. Me pareció que no tenía sentido hacerlo... y sigo pensando lo mismo.

Lara inspiró hondo. Jason Barnes no era su padre biológico. Peor aún: él ni siquiera lo sabía. Lara se había aferrado a ciertas cosas relativas a su identidad. Que Jason Barnes fuera su padre era una de ellas. Pensaba que heredó de él su talento musical, pero no fue así: lo heredó de Peter Beaumont. Luego recordó cómo la miró Jason mientras tocaba la canción de Peter. Como si hubiera visto un fantasma.

—¿Estás segura de que es mi padre? —Lara también se hundió en su silla de jardín.

—¿Has visto alguna foto suya? Todo el mundo decía que Jason y él parecían hermanos, pero a mí siempre me pareció un poco exagerado. Tú te pareces a Peter.

Sí, había visto una foto. La que le enseñó Jason cuando estaban en la emisora. Algo la atrajo hacia Peter aquel día, pero pensó que se debía a que era el centro de atención de la persona que sacó esa foto. Pero se equivocaba. Fue algo más, un parentesco.

Audrey se levantó y comenzó a tirar con vehemencia de un puñado de arbustos. Los frutos cayeron con brusquedad dentro del cubo.

—No me corresponde a mí decírselo, pero tú deberías hacerlo —dijo Lara. Se sumó a su madre, ninguna de las dos podía parar quieta.

—Creo que tanto Jason como yo intentamos seguir adelante a nuestra manera. Creo que lo sabe hasta cierto punto, pero él también quería a Peter. Con solo mirarte, me cuesta imaginar que no sepa la verdad —añadió Audrey—. Fue como si ninguno de los dos pudiera continuar sin él, así que tú llenaste ese vacío.

—Hasta que ya no pude hacerlo.

Audrey se dio la vuelta.

—Hasta que fue injusto pedirte que lo hicieras. La realidad es que Peter habría sido un padre horrible. Nunca le habría impedido mudarse a Los Ángeles. Era su sueño, pero nunca llegó a ser el de

Jason. Cuando le dije que estaba embarazada, pareció encontrar un propósito alrededor de ti. Si Peter hubiera vivido, las cosas habrían acabado de una forma muy diferente. Yo amaba a Peter, pero, al final, te quedaste con el mejor padre.

—Pero tú sentaste la cabeza. Tú misma lo dijiste.

Audrey se quedó callada, inmóvil.

—La ausencia de Peter estuvo a punto de acabar conmigo. Lo hice lo mejor que pude.

Lara se fijó en su cubo. Estaba lleno. Se acercó a su madre, esa criatura misteriosa que siempre había parecido tan reservada, tan inalcanzable. La ayudó a cargar con los cubos hasta el tractor. Ese día conduciría de regreso a la granja y ayudaría a su madre a preparar mermelada. La serviría en unos tarritos, los sellaría al vacío y luego les pondría una etiqueta con la fecha. Lara se subió al asiento del conductor. Todo el mundo tenía sus secretos y motivos para ocultarlos.

Perdónala, Lara. El secreto que albergaba en su interior tenía razón.

Cuando llegaron a casa, Lara revisó su correo electrónico. Había recibido un email de Edward Binghampton Barrow con este asunto: *¡URGENTE! ¡Tercer cuadro encontrado!*

Gaston et Lara:

Sylvie a lomos del corcel apareció publicado en *Le Figaro* este fin de semana, junto con un artículo sobre Émile Giroux y los tres cuadros. Hemos encontrado el tercer retrato, ¡el de Esmé! Con toda la publicidad que rodea a los cuadros, recibimos una llamada de la mujer que vive en el antiguo edificio de apartamentos de Giroux. Aseguraba tener un cuadro en el desván que coincidía con la descripción de la tercera obra desaparecida: *Esmé, la domadora de leones*. Micheau y yo hemos ido a verlo hoy. Me entusiasma poder deciros que es auténtico. ¡Adjunto una foto!

Lara pinchó en el documento adjunto y se quedó lívida.

32

Cuando regresó a la oficina, Ben comprobó que tenía tres llamadas perdidas de Doyle, pero ningún mensaje por escrito.
Detestaba cuando su ayudante hacía eso. También tenía dos
emails de Kim Landau. Se quedó mirando la pantalla durante un rato,
pero no pudo decidirse a abrirlos.

Había empezado a revisar una pila de correo, en su mayoría era
propaganda; las comisarías de policía reciben una tonelada de folle-
tos. Mientras arrojaba los anuncios de ofertas a la basura, se fijó en el
tablón. Le había pedido a Doyle que volviera a llevarlo al sótano,
pero su ayudante nunca cumplía una orden. Lara le había dicho que
Todd, Peter y Dez estaban muertos, así que ya no tenía sentido bus-
carlos. Se acercó para quitar las chinchetas que sujetaban la notas y
las fotos, pero se dio cuenta de que no podía desmantelar el tablón
aún.

Entonces algo llamó su atención. Era la foto de Peter Beaumont,
que llevaba casi un año colgada en el tablón, pero aquel día percibió
algo. Había estado tan ocupado pensando en el sujeto de la foto que
nunca se había parado a pensar en la instantánea en sí misma. La extrajo del tablón y le dio la vuelta, deslizando el dedo por el borde.

Llamó a su ayudante al móvil.

—Hola, jefe.

Ben oyó de fondo los sonidos de un videojuego. Doyle debía de
estar en casa.

—¿Qué era tan urgente? Me has llamado tres veces. Podrías haberme escrito un mensaje.

—He pensado que debía contártelo en persona.

—Entonces, ¿por qué no estás aquí, en persona? —Ben odiaba emplear ese tono, pero Doyle le sacaba de sus casillas.

—Es que estoy resfriado. Sea como sea, me pediste que investigara a Desmond Bennett.

Un sonido sibilante, sumado al improperio que soltó, indicó que seguramente había perdido otro troll.

—¿Y? —Ben ordenó las cosas que había sobre su mesa. Doyle debió de sentarse allí, porque todo estaba fuera de su sitio. Supuso que su ayudante probaba su silla para ver cómo se sentía cada vez que él estaba fuera de la comisaría.

—No te vas a creer con quién estaba comprometido Desmond Bennett.

Ben aguardó la respuesta, pero oyó un crujido en la línea, seguido por el sonido del pulgar de Doyle al aporrear la barra de espacio.

—Antes de que Margot Cabot se casara con Simon Webster, se fugó con Desmond Bennett, pero solo tenía diecisiete años y Cecile se negó a firmar el permiso parental para que pudieran casarse. De hecho, fue a través de la desaparición de Desmond Bennett como Margot conoció a Simon. Él cubrió la noticia para el periódico.

—Interesante. ¿Algo más?

—Se ha producido un asesinato durante tu ausencia.

—¿Qué? ¿Quién?

—Era broma, jefe. Pero tuve que sacar a un murciélago del apartamento de una persona en la calle Jefferson. No tengo la rabia —dijo, riendo—. Mañana estaré mejor —añadió—. Por cierto, puestos a ser concienzudos, puede que no sea nada, pero Desmond Bennett era famoso en su época, así que le dieron mucha cobertura a su caso. He dejado el recorte de periódico sobre su muerte en mi mesa.

Ben se acercó y recogió el artículo. Desmond Bennett era tan guapo como lo describió Esther Hurston. Colocó la foto de Peter

Beaumont junto a la de Desmond Bennett, en busca de parecidos. Le dio la vuelta a la foto de Peter y la examinó. Y entonces se dio cuenta de que tenía la respuesta delante de sus narices desde el principio.

33

Mientras consultaba el reloj, supo lo que tenía que hacer. Con las manos en los bolsillos, subió por la colina. Divisó el espacio vacío donde el coche de ella estuvo aparcado la noche anterior. Perdía aceite. Era uno de esos días que amenazaban tormenta; una fuerte, además. El ambiente había sido inusualmente húmedo, así que Ben deseó escuchar un trueno en el cielo que mitigara el sofoco.

Hacía mucho tiempo que no se colaba en una casa —no desde que era pequeño—, pero seguía sabiendo cómo desencajar la ventana de un sótano a base de zarandearla. Con unos cuantos golpecitos estratégicos, la ventana cedió con facilidad, como siempre. Ben se arremetió por la abertura y aterrizó sobre la secadora. Desde allí bajó al suelo del sótano.

Sus ojos tardaron unos segundos en acostumbrarse a la oscuridad. No quería encender las luces, así que deambuló por la estancia hasta que llegó a la zona donde debían estar las escaleras. Subió los escalones de uno en uno, despacio. Llegó a lo alto y contuvo el aliento cuando comprendió que ella podría haber echado el cerrojo en la puerta del sótano, dejándolo encerrado allí abajo. Sin embargo, cuando giró el picaporte, la puerta se abrió sin rechistar y le dio acceso a la cocina. Cuando la luz se proyectó hacia el interior, se fijó en varias bolsas grandes de color verde y gris que estaban apiladas sobre el suelo del sótano, a una altura de casi noventa centímetros. Dejó la puerta abierta y volvió a bajar por las escaleras para ver otras cuatro bolsas de la compra llenas de cal apoyadas en la pared del sótano.

Cal.

Subió por las escaleras y salió al pasillo. Era largo y conducía hasta el vestíbulo y la escalera. Para su sorpresa, a los pies de las escaleras había tres maletines a juego, de color negro, dispuestos de mayor a menor. La superficie estaba abultada, como si estuvieran llenos a reventar. Si no hubiera estado seguro antes, ese detalle incriminatorio era prueba suficiente de que ella preparaba una huida.

Pero tenía que asegurarse. Cuando regresó por el pasillo, encontró el marco de la imagen justo donde recordaba que estaría. El protagonista era el río Kerrigan, en el recodo próximo al viejo molino, donde trazaba su curva más cerrada. La foto granulada parecía una cápsula del tiempo salida de los años setenta, con su estética sobreexpuesta y con baja saturación. Sacó la foto del archivo policial de Peter Beaumont y sostuvo las dos, una al lado de la otra. El árbol, la tonalidad de la foto... Todo coincidía. Esas instantáneas se tomaron con apenas unos minutos de diferencia.

Examinó el resto —imágenes en blanco y negro—, todas ellas en marcos de color mate. Una foto antigua de un derbi de demolición provocó que se parase en seco. Al fijarse detenidamente en la foto, pudo ver un coche con el comienzo de un número pintado en la puerta. El diseño del coche lo databa en una fecha próxima a 1943. Las dos escenas coincidían a la perfección. En conjunto, esta distribución estaba concebida como una pared de trofeos.

Mientras examinaba las instantáneas de Desmond Bennett y Peter Beaumont, lo que tenían en común no eran ellos. Era la persona que hizo las fotos.

En 1938, Victoria Chambers, la abuela de Marla, vivía en esa casa. Ben nunca se había parado a pensar hasta ahora que, a pesar de la pasión de Marla por la historia, nunca había visto ninguna foto de los miembros de su familia. La mayoría de las fotos que había repartidas por la casa eran imágenes recientes en blanco y negro que sacó la propia Marla, a excepción de esa recopilación cerca de las escaleras. Pero para ser alguien que adoraba las fotos antiguas —y que aseguraba estar muy unida a su familia—, no había ni una sola instantánea de algún pariente suyo. De hecho, su madre acababa de morir cuando la conoció. Y a pesar de todo, no tenía ni una sola foto ni álbum de sus padres. Se estrujó la sesera recordando las extrañas formas con las que Marla evitó sacarse fotos a lo largo de los años. ¿Fotos de boda? No. Se casaron en secreto. Recordó aquella vez que hizo una foto con una Polaroid; ella giró la cabeza y la imagen no salió.

A partir de los diarios de Cecile Cabot, recordó que era imposible pintar o fotografiar a Cecile y a Esmé. La mejor manera de no ser el protagonista de una foto era ser el fotógrafo. Durante la gala del otro día, ¿Marla se sacó alguna foto? No. En el último minuto, lo metió a él en la imagen para reemplazarla.

Riéndose para sus adentros, se dio cuenta de lo brillante que había sido. Marla siempre estaba detrás de la cámara, nunca delante. Se sintió idiota. Se quedó tan embobado con ella cuando la conoció. Era una mujer tan sofisticada. Y él se moría de ganas de compartir su tiempo con ella. En una ocasión le preguntó por su madre, pero a Marla se le saltaron las lágrimas, así que nunca insistió. *¿Por qué no insistí? Porque era una damisela en apuros.*

Un ruido desconocido lo sobresaltó y se le aceleró el corazón. Estaba a punto de regresar sigilosamente al sótano cuando oyó el chasquido de unas bisagras y luego algo que hizo ruido al caer. Tardó un minuto en comprender que se trataba del cartero. Se asomó al salón y vio una pila de cartas sujeta por una goma elástica apoyada en el suelo, enfrente de la puerta, justo por debajo de la ranura para el correo.

En el vestíbulo, pasó de puntillas junto al montoncito de cartas y subió por las escaleras. Se estaba metiendo en la boca del lobo. Si Marla volviera a casa, quedaría atrapado en el piso de arriba, sin escapatoria. Pasó junto al dormitorio del fondo, el cuarto libre donde se alojó al final de su matrimonio. La estancia había experimentado una transformación. Parecía como si Marla hubiera eliminado cada centímetro de la habitación que él hubiera tocado alguna vez. Incluso había repintado el marco de la cama de blanco. Las cortinas eran azules, la alfombra era de color azul marino, y las paredes estaban empapeladas con un diseño floral tan recargado que le habría provocado muchas noches de insomnio.

—Madre mía —murmuró.

Continuó por el pasillo hasta el dormitorio principal, sin saber muy bien qué estaba buscando. La cama estaba deshecha, lo cual era tremendamente inusual. Se sentó encima y tocó las sábanas enmarañadas. Deslizó las manos desde la cama hacia el cajón de la mesilla de noche. Hurgó entre los contenidos. Gomas para el pelo y marcapáginas. Separó el cabecero de la pared. Nada. Levantó el colchón. Tampoco. Bueno, era improbable que Marla escondiera algo debajo del colchón, teniendo en cuenta que no era una adolescente. Se acercó a la cómoda y abrió los cajones, deslizando la mano hasta el fondo. Ropa interior, camisetas, vaqueros y bufandas. Nada. Contempló su reflejo en el espejo del armario y no pudo soportar verse actuar de ese modo. Esa idea era una locura.

Abrió la otra puerta del armario y metió el brazo hacia los estantes donde Marla guardaba el calzado. Zapatos, zapatos, un par de botas. Rebuscó entre los jerséis y al fondo divisó varios pares de zapatillas de correr. Tuve que ponerse de rodillas y alargar un brazo por detrás del calzado. Topó con algo blando. Se tendió en el suelo y sacó una vieja zapatilla deportiva. Intentó recordar cuándo se puso Marla por última vez ese par en concreto. Detectó algo en la puntera de la zapatilla. Metió una mano dentro y lo tocó. Era un juego de llaves. En el llavero había un logo de Mustang, junto con una llave vieja de un Ford y otra de un Jeep. Había visto muchas veces el duplicado de esas llaves en el llavero de Lara. Las llaves desaparecidas de Todd Sutton.

—Mierda.

Ben se sentó en el suelo y arrojó las llaves lejos de él, como si quemaran. En el fondo, no creyó que fuera a encontrar nada allí. Toda esa excursión había sido un intento por demostrar que estaba equivocado con Marla.

Se incorporó, con cuidado de no tocar nada. El simple hecho de pensar eso sobre Marla le ponía enfermo. Habían vivido juntos diez años. ¡Diez años! Cierto, Marla podía ser fría y gruñona algunas veces, pero no era una asesina. Y, menos aún, la hija centenaria de un daimón. Se interrumpió y se echó a reír. A pesar de todo lo que había averiguado en Francia, la idea de que Marla pudiera ser Esmé era un disparate. Tengo que estar equivocado. Tengo que demostrar mi error.

Se levantó y se asomó por la ventana al pequeño jardín, que se había convertido en una finca palaciega desde el pasado mes de octubre. Marla se había entregado a su creación: bancos y vasijas decorativas, árboles y arbustos exóticos de hoja perenne. Hasta ese día, Ben no se había fijado en las bolsas de cal que había en el sótano. ¿Cuándo estuvo allí por última vez? ¿En octubre o noviembre? No había visto bolsas de ningún tipo. Era un detalle curioso lo de la cal.

Absorto en sus pensamientos, bajó por las escaleras y salió al jardín por la puerta trasera, donde tomó una pala. Puede que el único resultado de todo aquello fuera que terminara pareciendo un idiota, pero Marla tenía bastantes cosas que explicar, ¿no es cierto? Las llaves de Todd Sutton estaban metidas en una zapatilla dentro de su armario. Oteó el jardín, intentando determinar qué habría hecho Marla si quisiera enterrar a alguien. Detectó el lugar donde había colocado el banco de cemento que encargó el otoño anterior. Se acercó y lo empujó, sorprendido con su peso. Tenía más o menos la longitud apropiada y había indicios reveladores de una capa adicional de cal fresca mezclada con la tierra y las plantas colindantes.

No podía imaginarse cómo podría Marla haber cavado un agujero lo bastante profundo, pero es cierto que Ben no prestó atención a esa casa ni al jardín durante las semanas posteriores a la desaparición de Todd Sutton. Estuvo en Granjas Cabot con Lara. Se puso a cavar rápidamente, pero no tardó en quedarse sin aire. Cuando se había adentrado poco más de un metro en el suelo, se metió en el agujero para tener una perspectiva mejor. Después de muchas paladas, la punta topó con algo que sonó como si fuera una piedra, pero no lo era. Ben extrajo con la pala un fragmento de tejido vaquero de lo que parecía ser un cadáver. Apartó un poco más de tierra y encontró una zapatilla Converse gris.

Reconoció esa zapatilla. Era la misma que Lara describió múltiples veces en los informes policiales. Desde entonces, Ben estaba atento cada vez que veía una zapatilla así, alzando la mirada para comprobar si su dueño era un hombre que se pareciera a Todd Sutton.

Madre mía. Ben se apoyó en el hoyo que había cavado. Se frotó la mandíbula. Esto es real.

Mientras se esforzaba por asimilar todo lo que tenía delante —la prueba física, además de esa historia disparatada que leyó acerca de un circo—, salió del agujero y comenzó a pasearse. Cuando estaba a punto de regresar a la casa para llamar a Doyle desde el teléfono de la cocina, oyó que se cerraba la verja de hierro.

—¿Qué estás haciendo aquí? —Marla iba vestida con unos vaqueros, un polo negro de Lacoste y alpargatas.

Ben siguió la trayectoria de su mirada hacia el hoyo que acababa de cavar en su jardín.

—Yo debería hacerte la misma pregunta.

Marla tenía las manos en los bolsillos. Su larga melena castaña colgaba por debajo de sus hombros, sus ojos azules despedían un destello. Tenía el mismo aspecto que el de la mujer que conocía desde hacía tantos años. Se asomó al agujero con gesto inexpresivo. Ben señaló hacia la sepultura.

—Joder, Marla. Ese de ahí es Todd Sutton.

Se desplazó hacia la puerta de la cocina.

—¿Adónde vas? —Marla alzó la voz una pizca, pero nada más.

—Voy a llamar a Doyle.

—Será mejor que no hagas eso. —Sus movimientos eran lentos, casi animatrónicos—. Tienes que escucharme, Ben. Es muy importante. —Dio un paso hacia él y Ben retrocedió por acto reflejo—. Fue un accidente. Tú no sabes cómo podía ser Todd Sutton. Deja que te lo explique.

Ben quería escucharla, de verdad que sí. Marla comenzó a hablar varias veces, pero se interrumpió.

—Vamos a entrar en casa.

—Prefiero quedarme aquí.

Marla comenzó su explicación, tartamudeando:

—Rompí la relación con él. Todd podía ser un tipo violento. El día de su boda, vino a casa sobre la una, quería que volviéramos juntos. No quería casarse con ella.

—Todd vino aquí —dijo Ben, señalando hacia el suelo—. ¿A esta casa?

Marla pareció confusa.

—Por supuesto... A esta casa. Intentó convencerme de que me fugara con él, pero le dije que no. Fue entonces cuando la situación se descontroló. Todd intentó arrastrarme hacia el coche cuando lo empujé y él se cayó y se golpeó la cabeza. Me entró el pánico. No sabía qué hacer, Ben. Fue un accidente terrible. Terrible. —Hundió el rostro entre sus manos—. Por favor, Ben. Escúchame. Podemos ocultar su cuerpo y seguir con nuestras vidas como si no hubiera pasado nada. Ben, mírame. —Los ojos azules de Marla relucían, estaban cubiertos de lágrimas—. Tienes que creerme.

Su rostro era muy hermoso y suplicante. Durante los años que pasaron juntos, Ben había memorizado cada arruga, cada sombra y cada ángulo de su rostro. Había venerado a esa mujer, se casó con ella sin pensárselo dos veces. Qué fácil resultaría creerla y volver a cubrir a Todd Sutton con tierra, como si no hubiera visto nada. Pero esa explicación era pura palabrería. Ben inspiró de un modo audible, casi como un resuello.

—Quiero creerte, Marla, de verdad, pero solo porque no quiero creer que me casé con alguien capaz de hacer eso. —Ya no estaba lidiando con un simple asesinato. Si Marla le había hecho eso a Todd Sutton, tampoco estaba lidiando con una mujer mortal—. Lo que estoy pensando en realidad, Marla, es que han desaparecido varios hombres desde 1944. —Se frotó el rostro con una mano, convencido de que se lo había embadurnado de tierra—. Y resulta que la última ubicación conocida del coche de Desmond Bennett fue en esta misma calle.

—¿Cómo diablos voy a saber yo algo de un asesinato cometido en 1944?

—No solo mataste a Todd Sutton, sino también a Desmond Bennett y Peter Beaumont.

Marla soltó una risotada.

—¿Tú te oyes, Ben? Lo que dices es una locura.

—¿De veras? ¿Con Todd Sutton aquí mismo, enterrado en nuestro jardín? Y seguro que Peter Beaumont está entre esas putas azaleas, ¿verdad? Sacamos el informe de Desmond Bennett de los archivos. Doyle me contó que la última vez que vieron a Dez fue en esta calle, enfrente de esta casa.

—¿Y qué? Yo ni siquiera había nacido aún.

—Ya llegaremos a eso. —Ben levantó un dedo. Su voz fue aumentando de volumen a medida que se enardecía—. Puede que no hubiera advertido ese pequeño detalle sobre Dez Bennett, de no ser por la foto de Peter Beaumont. Al fin y al cabo, es una calle grande. Pero fuiste descuidada, Marla. Hay una foto del río Kerrigan en el pasillo, tomada aproximadamente en 1974. Hay una imagen idéntica en el informe policial de Peter Beaumont. No dejé de pensar que había algo familiar en él, pero no era su cara lo que me sonaba, sino la foto. Durante años, he pasado de largo junto a la siguiente instantánea en la pared de nuestra propia casa.

—Mi madre sacó esa foto, Ben. No tengo ni idea de cuándo la hizo.

—Y a su lado hay otra foto del Derbi. Por el aspecto de los coches, yo diría que es de 1943 o 1944. ¿Qué eran esas fotos? ¿Trofeos? Corta el rollo, Marla. —Ella apretó los dientes y Ben supo que tenía razón. Aquello lo instó a continuar con el dramatismo propio de un predicador evangélico—. Me preguntaba: ¿no resulta extraño que Marla se ponga tan nostálgica con su finca familiar? Y, sin embargo, no he visto en mi vida ni una puta foto de ningún miembro de tu familia. Ni una. Entonces caí en la cuenta. Nunca he visto una foto tuya. Ni siquiera una foto de nuestra boda. —Se rio entre dientes, como si acabara de entender el chiste más retorcido del mundo—. Entonces todo encajó en su sitio. No es el dinero lo que te impide vender nuestra casa, son los malditos cadáveres que se están pudriendo en el jardín. No mataste a Todd Sutton por accidente. No me tomes por tonto. Y ya he visto que tienes planeado irte. Huir, mejor dicho. ¿No es así? Tienes preparado el equipaje. —Miró hacia el hoyo que había en el suelo—. No puedo decir que te culpe.

Marla se quedó en silencio, furiosa, con los brazos cruzados.

—La semana pasada recibí una llamada de Lara Barnes. Alguien la persiguió por el cementerio del Père Lachaise. El lunes, me parece. ¿Dónde estabas tú, Marla? Si no recuerdo mal, había unos cuantos periódicos en el porche principal cuando pasé por delante. Me resultó extraño, pero como ya no estamos casados, pensé que no era asunto mío.

—Y no lo es, pero acompañé a un grupo de niños de la sociedad histórica a una excursión para hacer *rafting*. Ya te lo conté.

—¿Dónde?

—¿Qué? —exclamó ella.

—¿Dónde era la excursión, Marla?

—En Virginia occidental.

—¿Dónde? Me gustaría comprobarlo. —Ben sacó su móvil—. ¿Quién puede verificarlo, Marla? Un nombre. Dime un nombre y admitiré que estoy loco. Pero apuesto a que en realidad estuviste en París. —Ben se incorporó y volvió a meterse en la tumba. Con energías renovadas por la ira y la tristeza, empezó a cavar con todas sus fuerzas—. ¿Cómo lo hiciste durante todos estos años? Quiero ver lo que has hecho. Y cuando acabe aquí, empezaré a cavar allí. —Señaló hacia una maraña de arbustos—. O podrías ahorrarme la molestia y limitarte a señalar el lugar.

Las lágrimas comenzaron a rodar por sus mejillas con cada nueva paletada de tierra. Se limpió el brazo en el abrigo mientras continuaba cavando. Y no paró hasta que el cuerpo de Todd quedó completamente al descubierto. El cadáver estaba retorcido de un modo antinatural, como si lo hubieran arrojado a la fosa sin el menor cuidado. Ben agradeció no poder ver lo que quedaba de su rostro debido a la maraña de pelo oscuro, largo y enmarañado. Esa imagen le produjo arcadas.

—Joder —dijo mientras salía del agujero y vomitaba junto a la pasarela de piedra. Oyó el sonido de una herramienta eléctrica, tal vez una sierra, que se originó a dos o tres casas de la suya. Una casa normal con sonidos normales. Le reportó un extraño consuelo. Y el runrún de esa sierra fue lo último que oyó antes de sentir una punzada de dolor en la parte trasera de la cabeza y que todo se volviera negro.

Ben se despertó con las manos y los pies inmovilizados con cinta aislante. Marla lo estaba acercando a la tumba, alineando su torso y sus pies con el agujero para facilitar la tarea de introducirlo rodando. Comprendió lo que pasaba: Marla iba a enterrarlo vivo en su propio jardín trasero.

Ben empezó a gritar. Marla le tapó la boca con una mano y Ben se la mordió. Marla apartó la mano y luego lo abofeteó con fuerza, incrementando el dolor que ya sentía en la cabeza. Arrancó otro trozo de cinta aislante y se lo colocó en la boca.

—Crees que soy un monstruo. —Marla se agachó, examinando su obra—. Pero no tienes ni idea de monstruos, Ben. Yo sí que podría enseñarte monstruos. —Se levantó y Ben oyó cómo le crujían las rodillas—. ¿Quieres saber si valió la pena matarlos? La respuesta es sí. He vivido durante cien años. Matar es lo que me mantiene con vida. Cada treinta años, sin excepción, encuentro a alguien dispuesto a sacrificarse. —Sonrió—. Bueno, dispuesto quizá no sea la palabra adecuada. Aun así, logro seguir viva y mantener este aspecto.

Se enjugó el rostro y luego le empujó las piernas hacia el hoyo. Ben pataleó y gritó a través de la cinta, pero el sonido quedó amortiguado por el zumbido eléctrico que continuaba a pocas casas de distancia, eclipsando sus súplicas.

—Esmé. —El nombre cobró una sonoridad extraña a través de la cinta, pero captó la atención de Marla.

—Sí, Ben. —Se arrodilló a su lado. Siguió alineando el cuerpo de Ben con la fosa para arrojarlo al lado de Todd Sutton. Señaló hacia el cadáver—. Fue fácil atraer a Todd hasta aquí aquel día. Lo estuve ayudando a encontrar fotos de una camioneta antigua que pensaba entregarle a Lara como regalo de boda. Conmovedor, ¿verdad? —Puso los ojos en blanco—. Cuando iba a marcharse, lo golpeé con el tope de puerta con forma de león que compramos el año pasado en el mercadillo vecinal de Vic. ¿Te acuerdas de eso?

¿Qué pretendía que hiciera? ¿Asentir con la cabeza para confirmar que se acordaba?

—No tengo por qué elegir a alguno de sus amantes, podría ser cualquier hombre, pero así me parece más poético. Sigo viendo la cara de Cecile cuando los mato. Ese rostro estúpido e ingenuo. Luego aparco sus coches en Wickelow Bend, porque me recuerda al Bosque Blanco. Una pequeña ofrenda para *él*, para que sepa que yo tampoco he olvidado.

»La cuestión es que esos hombres, a los que me gusta referirme como víctimas de mi padre, tienen que sangrar. Ese es el requisito. —Marla se había puesto a gatas mientras posicionaba a Ben, sopló para apartarse un mechón de pelo de los ojos—. Aunque tú no cuentas; el hechizo no funciona así. Saldré en busca de otro hombre dentro de otros treinta años. —Pensó en algo—. Lo siento.

¿Cómo podía haberlo pasado por alto? ¿Había sido tan obcecado que no vio los indicios? Esa mujer con la que había convivido durante diez años iba a arrojarlo a una fosa y luego fingiría lamentar su desaparición.

Marla se balanceó un poco y se levantó, después se sentó en el barco de hierro cercano. Finalmente, se fijó en el agujero.

—Tenías razón. Necesito vender esta casa y salir de aquí, volver a Roma o a Los Ángeles y retomar mi vida. Pensé en sentar la cabeza contigo, pero no funcionó. —Sonrió con tristeza, mirándose las uñas como si le preocupara que se le hubiera metido tierra debajo. Luego observó el cadáver de Todd—. Me alegro de que no podamos verle la cara. Le golpeé en la sien, por encima de la oreja. El tope de la puerta se le quedó clavado en la cabeza.

Marla se tocó el pelo ligeramente para demostrar su puntería.

—Pero Peter era diferente. Ah, Peter Beaumont. —Cerró los ojos como si estuviera paladeando un recuerdo—. Él podría haberme hecho olvidar todo lo relativo a Émile si hubiera permanecido el tiempo suficiente a su lado. Yo era amiga de su madre. Se puso muy sentimental cuando Audrey le contó que estaba embarazada y dijo que no podía seguir viéndose conmigo. Fue como repetir lo mismo que pasó en París. Matarlo fue la decisión que más lamenté. Peter siempre tomaba el atajo de Wickelow Bend para ir desde Granjas Cabot hasta su casa, así que aparqué mi coche junto a la carretera. Peter no supo de dónde le vino el golpe. Y Desmond, bueno, era un poco gilipollas. Me lo follé ahí mismo. —Señaló hacia el enrejado que ahora apuntaba hacia la casa de Victor Benson—. Antes de sacarle los ojos. Me hizo mucha gracia cuando dijiste lo de que borraron las huellas. Nadie las borró, Ben, me limité a hechizarlas. Tenías la solución delante de tus narices, pero te negaste a ver la magia.

Marla se levantó e inspiró una bocanada honda, como si se sintiera renovada tras haberse quitado el peso de confesar esos crímenes. Después le pateó con fuerza en el estómago con el tacón de su alpargata, lo que lo hizo rodar. Ben cayó al interior de la tumba, que tenía un metro de profundidad, y aterrizó con fuerza sobre lo que quedaba del cadáver desenterrado de Todd Sutton. A raíz del impacto, el cuerpo liberó unos olores putrefactos que se extendieron por el hoyo. La cabeza de Ben aterrizó a pocos centímetros de la de Sutton y su nariz percibió el olor penetrante de la descomposición. Se le saltaron las lágrimas. Se retorció e intentó incorporarse para alejarse del olor. Cuando Marla se acercó, encontró a Ben intentando incorporarse dentro de la tumba. La tierra desnivelada imposibilitó que pudiera recuperar el equilibrio y se cayó, esta vez justo encima de Sutton. Marla se apresuró a echar tierra en el agujero.

—¿Quieres que te noquee? —Se detuvo a observar cómo se retorcía—. A lo mejor así resultaría más fácil…, por tu bien. No necesito la sangre. En el fondo no disfruto con esto, y menos aún contigo. Eres un buen tipo. Eso no te lo puedo negar.

—Que te jodan —masculló Ben a través de la cinta.

—Está bien. —Marla se encogió de hombros—. No podrás decir que no he sido compasiva.

Continuó arrojando tierra sobre los pies de Ben. Él volvió a incorporarse y se sacudió la tierra de encima. Prefirió no ponerse de rodillas, pues eso volvería a dejar expuesta su cabeza para otro golpe.

Marla rodeó el agujero, sosteniendo en alto la pala. Tomó posición para golpearlo de nuevo. Esta vez, Ben se dio cuenta de que iba a descargar la parte metálica sobre su coronilla. Se desplazó y hundió la cabeza en el agujero para que no pudiera tener un buen ángulo. Al cabo de unos minutos de forcejear como un gusano, Marla le golpeó en la espalda con la pala, con fuerza, y él se desplomó de bruces sobre los vaqueros descoloridos de Todd Sutton, que se habían blanqueado a causa de la cal. Sintió un escozor en la piel y en los ojos. Los cerró y se preparó para el golpe que sabía que estaba a punto de llegarle por detrás. Marla tenía un ángulo perfecto hacia la parte trasera de su cráneo. Solo entonces, Ben comenzó a reírse por los absurdo de la situación. Después de pasar tantos meses buscando a Todd Sutton, estaba a punto de morir —en un hoyo— al lado de ese pobre diablo desaparecido: los dos acabarían unidos para siempre en una fosa cavada en el puto jardín de su casa.

Ese pensamiento le dio un último estallido de energía. Lo más probable es que fuera a morir, pero no pensaba hacerlo sin plantar cara. Gritó a través de la cinta, aunque sobre todo lo hizo para insuflarse ánimos. Después rodó hacia delante y levantó las piernas, que amortiguaron el golpe cuando Marla descargó el palazo, lanzando la herramienta propulsada sobre las piedras. Se apresuró a recuperarla. Con la pala en la mano, volvió a girarse… y Ben estuvo a punto de gritar con una mezcla de alegría y espanto cuando divisó a Lara Barnes atravesando la verja del jardín, justo por detrás de Marla.

34

Lara se situó detrás de Marla, sin saber muy bien qué hacer. La escena estaba sumida en el caos. Por lo visto, Ben tenía la boca tapada con cinta aislante y lo habían arrojado a un hoyo profundo. Lara tuvo un mal presentimiento sobre qué más habría en ese agujero.

—Ben —exclamó—. ¿Estás bien?

Dedujo por su expresión que estaba preocupado por ella.

—¿Has venido a rescatarlo? —Marla se giró, sonriendo—. Si es así, llegas justo a tiempo. —Aferró la pala mientras ladeaba la cabeza para observarla—. Algo ha cambiado en ti, ¿verdad? —Era evidente que Marla estaba al tanto de que había absorbido la esencia de Cecile—. ¿Qué ha hecho ahora nuestro padre? Hola, Cecile.

—No has cambiado nada, Esmé. —Lara empleó un tono incisivo, pero esas palabras no eran suyas.

Cecile había tomado el mando. Se había despertado tras un letargo prolongado. Lara sintió cómo se hacía más fuerte a cada minuto que pasaba, como si estuvieran fusionando su magia y su fortaleza.

—Digamos que, cada ciertos años, me someto a un proceso de rejuvenecimiento. ¿Qué tal está el viejo diablo?

—Ahora no es el momento de mantener una reunión familiar.

Marla se encogió de hombros.

—¿Prefieres que me limite a matarlo rápidamente?

—No —respondieron Lara y Ben al unísono. La negativa de Ben sonó más bien como un balbuceo.

—¿Qué tal el circo? ¿Sigue siendo una prisión?

—Deberías verlo por ti misma.

—Oh, no lo creo. Mira, Lara, te propongo un trato. Me estoy hartando de Kerrigan Falls. Es como nuestro circo: cuando te quedas demasiado tiempo en un mismo sitio, la gente comienza a advertir cosas. Ahora sé que cometí el error de obsesionarme con la venganza. Da media vuelta y vuelve a salir por esa verja por la que has entrado. Te prometo que no volverás a verme. Es un buen trato que solo te ofreceré una vez. Las dos os engañáis si creéis que este truquito de la posesión de cuerpos va a funcionar. Aunque estéis entrelazadas, no sois tan poderosas como yo, sobre todo poco después de haber matado. —Hizo una pausa, pensando en lo que acababa de decir—. Lo siento, Lara.

Fue un comentario hiriente. Lara se estremeció.

—Parece que tienes un historial de matar a hombres que no te aman.

—Admito que al principio me desconcertó que nuestro padre te eligiera a ti. Luego me enteré de que los demás daimones lo estaban presionando mucho para volver a meterme en vereda, así que necesitaba al soldadito perfecto para que me echara el lazo como a un caballo salvaje. He provocado cierto revuelo entre esos viejos diablos. Los demás daimones creen que los cambiones tenemos que permanecer ocultos entre las sombras, pero ese nunca ha sido mi estilo. Y tampoco el de nuestro padre, teniendo en cuenta que creó un gigantesco hipódromo sobrenatural para meternos en él —dijo Marla—. Entonces, ¿qué decides, Lara?

—Tú mataste a Todd —dijo Lara—. Me importan una mierda tus traumas familiares. Todd, Peter, Dez y Émile… Ninguno de ellos merecía morir.

—No menciones a Émile Giroux —replicó Marla—. No sabes nada sobre él. Émile era mi amante. Era mío. Tú lo tenías todo, Cecile. ¿Recuerdas cómo éramos antes de que nuestro padre nos separase? ¿Has recuperado los recuerdos ahora que estás muerta?

Cecile se quedó callada.

—Deja que rellene tus lagunas, hermana. Los cambiones como nosotras no sobreviven. Madame Plutard era una mujer muy buena y quería muchísimo a nuestra madre. Cuando ella murió, Madame Plutard accedió a renunciar a su vida y a cuidar de nosotras como niñera. Tenía una silla de ruedas confeccionada especialmente para nosotras. Cada día, nos sacaba a dar una vuelta por el circo en esa silla, hasta que cumplimos diez años. ¿Te acuerdas de eso?

Cecile —a través del cuerpo de Lara— negó con la cabeza.

—Intentábamos dar pasos, pero teníamos tres piernas y ninguna de las dos controlaba la del medio. Aprendí a cargar el peso sobre esa extremidad para poder movernos dando un paso cada vez con nuestra pierna buena y después apoyándonos en la pierna central como si fuera una muleta. Después de practicar durante semanas, cometí el error de creer que era genial que por fin pudiéramos caminar. Madame Plutard estaba muy orgullosa de nosotras.

»Entonces nuestro padre llegó al circo. En esa época, Doro, Hugo y todos los demás cuidaban de nosotras. Le Cirque Secret era un lugar divertido donde la gente nos quería. La situación siempre se volvía tensa cuando nuestro padre regresaba y nos sacaban para ir a verlo. Empezamos a caminar hacia él. Se suponía que iba a ser una sorpresa que nos viera caminar. Madame Plutard nos había confeccionado un vestido de satén para la ocasión: de color rosa con un cuello de encaje. Nos había rizado el pelo con una plancha y nos había puesto unos lazos a juego en la cabeza. Todos estaban allí: los intérpretes, Madame Plutard, Sylvie. Todavía recuerdo lo contentas que nos pusimos al poder hacer eso, esa minucia de mierda, sin ayuda de nadie.

»En fin... —Marla soltó una risita triste mientras contemplaba el jardín—. Cuando lo miré en busca de aprobación, tropecé y nos caímos delante de todos. Tienes que entender que la situación se complicó con esa caída. No nos movíamos exactamente como una unidad, así que nos revolcamos por el suelo durante lo que pareció mucho, mucho tiempo. Al principio, nadie movió un músculo. Entonces los Doros y Hugo acudieron a ayudarnos, nos levantaron mientras Madame

Plutard corría a buscar nuestra silla. Nunca olvidaré la cara que puso nuestro padre, Cecile. Está grabada a fuego en mi mente y alimenta mis actos. Siento que no puedas recordarlo, pero si lo hicieras, lo aborrecerías tanto como yo. Sintió repulsión hacia sus propias hijas.

Marla rompió a llorar y dejó de hablar hasta que pudo recuperar la compostura.

—Nuestro padre le dijo a Madame Plutard que, a partir de ese momento, tendrían que presentarnos ante él montadas en la silla, cubiertas con una manta, como muñecas en un cochecito.

Todos se quedaron callados. A Lara le pareció una historia tan horrible e impactante que se le cortó el aliento.

—Lo siento mucho, Esmé —dijo con voz quebrada—. No hay palabras para describir lo que os hizo. Lo siento mucho, muchísimo.

—Gracias, Lara. Agradezco tus palabras —repuso Marla—. Poco después del incidente, nuestro padre decidió, en contra del consejo de todo el mundo, dividirnos. Fue un proceso espantoso, Cecile. El dolor fue insoportable. —Marla cerró los ojos mientras se estremecía—. A pesar de la magia, sobrevivimos por poco. Tú te llevaste la peor parte. Tus gritos eran tan estridentes que Madame Plutard le rogó a nuestro padre que suprimiese tu dolor. Y así lo hizo. El problema fue que el encantamiento requería vasallaje, así que una de las dos tenía que recordarlo para mantener activo el hechizo. Desde ese momento, tuve que mantener viva la ilusión de nosotras mismas dentro de Le Cirque Secret. Pero incluso yo cometí el grave error de olvidar que todo era un sortilegio. —Su voz se fue apagando—. ¿Recuerdas cuando me envió al Bosque Blanco, Cecile? Claro que te acuerdas, te chivaste de mí como una mocosa malcriada. ¿Sabes lo que te hacen en el Bosque Blanco? Allí no hay ilusiones. Desterrada en el bosque y separada de ti, me arrastré por el suelo durante tres días. Indefensa, tuve que valerme por mí misma contra toda clase de criaturas. Me alimenté de raíces y sorbí el agua de las hojas. Recuerdo preguntarme qué había hecho para que nuestro padre me odiara tanto.

»Finalmente, llegué hasta la puerta de Le Palace Noir, creyendo que estaría a salvo. No sabía que los demás daimones desprecian a los cambiones como nosotras, así que me torturaron. Padecí suplicios in-descriptibles, hasta que Lucifer se enteró y le puso fin. Da igual lo que la gente diga sobre él, siempre le estaré agradecida. Me envió de vuelta al circo y reprendió severamente a nuestro padre. Hasta que escuché los chismorreos en el palacio, no supe que los demás daimones detes-tan a Althacazur.

—Nunca me he perdonado por lo que te pasó. —Lara percibió los sollozos de Cecile, que provocaron que se le acelerase el corazón.

—Bueno, estamos en paz. Yo tampoco te he perdonado nunca.

La voz de Marla sonaba hueca. La historia había calado hondo en todas ellas, aunque no había hecho que Cecile se mostrase más empá-tica con su hermana. Lara percibió cómo su ira, combinada con un sentimiento de vergüenza, bullía en su interior.

—No fue culpa mía, Esmé —replicó Cecile—. Yo no lo sabía. No fue culpa mía que nuestro padre te impusiera esa carga tan injusta. No puedes culparme por algo que desconocía. Y te equivocas con Émi-le. Nuestro padre hechizó el retrato para que te enamorases de él. Yo renuncié a él por ti.

—Te equivocas —dijo Marla—. Émile me habría elegido a mí, de no ser porque te quedaste embarazada de Margot.

Marla se había situado por detrás de Ben y Lara supo por instinto lo que se estaba preparando para hacer. Estaba a punto de golpearle en la cabeza con la pala. Ben también lo sabía, así que se giró y se retor-ció, pero dentro de esa fosa era un blanco fácil.

—No queríamos separarnos la una de la otra. Le rogamos que no lo hiciera. Madame Plutard acabó en el Bosque Blanco por situarse delante de nosotras para intentar detenerlo. Cada quincena que el cir-co estaba en activo, yo tenía que matar a un hombre para sustentar la ilusión que él quería. Tenía que hacer lo que fuera necesario para con-seguir atraerlos. Cuando empecé a matar, teníamos diez años y me tocaba fingir que me había hecho daño. Me sentía mal, porque siem-pre eran los hombres de buen corazón los que se acercaban. Luego, conforme me hice mayor, ya no se acercaban los buenos. Pero a nues-tro padre le daba igual. No le importábamos ninguna de las dos. En una ocasión, le pregunté si podíamos enviarte a ti en mi lugar. Solo por una noche. ¿Sabes lo que me dijo? «Cecile no podría soportarlo». Y todo fue porque te parecías a nuestra madre.

Marla soltó una risotada. Cecile se dio cuenta de algo.

—Fuiste tú la que me envió el espejo, ¿verdad? Pensé que era un truco, que había una pobre criatura atrapada dentro.

—Esa pobre criatura que estaba en el espejo de la verdad eras tú, querida. Por eso nadie podía retratarnos. No éramos reales. Como cuando te burlabas de mí con mis gatos. Nosotras éramos lo mismo. Eras tú la que no podía verlo. Y aunque los pintores y fotógrafos creían que nos retrataban con nuestras apariencias ilusorias, lo cierto es que nos plasmaban tal y como éramos en realidad. Nuestro padre no podía permitir que nos vieran así, por eso borraba los cuadros y velaba los carretes antes del alba. Tú proclamabas que querías todas las respuestas, pero al final eras incapaz de contemplar tu propia imagen. Tapaste el espejo.

Marla escrutó el rostro de Lara en busca de algún atisbo de Cecile.

—¿Y ya estás satisfecha? —Lara tenía lágrimas en los ojos. Esa emoción pertenecía a Cecile—. Mataste a Émile, a Desmond Bennett, a Peter Beaumont y a Todd Sutton, atormentando a mi familia durante décadas. No te quepa duda de que me he culpado por estar protegida. Pero yo no soy la culpable en este caso. Estás furiosa con nuestro padre, no conmigo. Tienes cien años, pero sigues actuando como una especie de muñeco de cera viviente que busca venganza. ¿O es que acaso el odio te ha cegado tanto que no ves que deberías estar furiosa con nuestro padre? Dime, ¿cuándo será suficiente? ¿De verdad esto te hace sentir mejor? ¿O es que te odias tanto a ti misma que también me odias a mí? Puede que estemos divididas, pero seguimos siendo una sola criatura. ¿Es a ti misma a la que odias en realidad?

Marla se llevó una mano al rostro.

—Estoy rota por dentro, Cecile. Nada hará que me sienta mejor. Y era una niña. ¿Qué podría haber hecho con mi ira hacia nuestro padre? Éramos unas crías. Pero yo he tenido una vida fabulosa: Roma, Londres, Los Ángeles, Buenos Aires, Sídney. Lo he hecho lo mejor posible.

Después de matar a Émile, me pasó algo extraño. Me hice más fuerte, pero era como una sed de sangre que no podía saciar. En Roma, durante la década de 1960, maté a un hombre cada noche durante treinta días. Ahora solo es uno cada treinta años.

Mientras escuchaba la historia de Marla —la historia de Esmé—, Lara no pudo evitar compadecerse de esa pobre niña sin madre a la que recordaba de aquella foto. Esmé había recibido un trato cruel por parte de Althacazur. Era una de las historias más tristes que había escuchado en su vida y se le partió el corazón al pensar en esa chiquilla.

Pero era difícil conciliar esa historia con la mujer que tenía delante. Al igual que muchos asesinos que en el pasado fueron víctimas, en cierto punto Esmé se convirtió en la torturadora. Esa mujer asesinó al prometido de Lara y a su padre biológico, y a pesar de la compasión que le suscitaba ahora, sería capaz de matar a todos los presentes en ese momento a no ser que la detuviera.

Entonces Marla miró hacia algo que estaba situado por detrás de ella. Cuando Lara se dio la vuelta, vio a Audrey entrando por la verja.

—Madre —exclamó, alarmada—. ¿Qué haces aquí?

—He tenido un presentimiento —respondió Audrey.

Marla soltó un largo suspiro.

—La que faltaba. Así que ahora todas le estáis haciendo el trabajo sucio. Os lo advierto: no pienso volver allí. —Se apoyó en la pala—. Lo admito, me sorprende que haya conseguido liarte precisamente a ti, Audrey.

Audrey frunció los labios.

—Yo no quería formar parte de esto.

—Pues ya somos dos —repuso Marla—. Audrey, le he ofrecido a tu hija la oportunidad de dar media vuelta y marcharse. No regresaré a Kerrigan Falls.

Audrey soltó un bufido.

—Nadie sería tan tonto como para creerte.

—Está bien. Puesto que las dos seguís bajo el influjo de tu hechizo protector, no puedo haceros nada. Pero eso no se aplica a *él*. —Marla se giró hacia Ben y se dispuso a golpearle en la cabeza con la pala. Con un movimiento de la mano, Lara lanzó la pala por los aires. Marla se giró hacia ella y sonrió—. Parece que tienes ciertas dotes. Mi padre te ha equipado bien.

Lara no sabía que tuviera más habilidades aparte de la de volar. Estaba actuando por puro instinto. Marla se giró hacia ellas, secándose el sudor con el brazo.

—Anula el hechizo protector y no lo mataré delante de vosotras. —Al ver que ninguna de las dos respondía, Marla se encogió de hombros—. Está bien, vosotras veréis.

No movió ni un solo músculo. Ben se encogió de dolor, como si le ardieran las entrañas.

—Madre. —Lara se giró hacia Audrey—. Anúlalo.

—No. —Audrey se giró hacia Ben—. Lo siento, pero no puedo arriesgarme.

Ben asintió mientras se retorcía de dolor.

—Anula el hechizo, madre. —El cuerpo de Lara se fusionó con la mente de Cecile, las dos compartieron su poder. Tardaron un rato en consolidarse y comprender el poder que tenían juntas—. Madre —ordenó Lara—. Anula el puto hechizo.

—¿Estás segura?

—Esto se acaba hoy. De un modo u otro.

Audrey agachó la cabeza y entonó un cántico en voz baja.

—Eso ya me gusta más —dijo Marla.

Marla se dio la vuelta hacia Audrey, que se encogió de dolor. Lara sintió cómo la furia repuntaba en su interior. Entonces Marla se giró hacia Ben, que estaba apoyado a gatas en el suelo, retorciéndose de dolor.

—¡No! —Lara alargó una mano y Marla salió propulsada hacia atrás.

Lara había visto el rastrillo que estaba apoyado en la pared. Comenzó a visualizarlo rotando sobre sí mismo, segundos antes de que Marla chocara de espaldas con la pared. Los dientes del rastrillo giraron y se introdujeron en su cuerpo, para luego asomar por el pecho de la mujer. Durante unos segundos, pareció como si el proceso no le hubiera afectado en absoluto, porque se quedó mirando las púas, como si inspeccionara una mancha en su camisa. Después su cabello castaño se desplegó sobre su rostro y Marla se desplomó como una muñeca.

Lara soltó el aire que había estado conteniendo.

Segundos después de haberse desplomado, Marla se zarandeó y se incorporó, con los dientes del rastrillo todavía visibles a través de sus costillas.

Lara se quedó sin aire y se afanó por respirar, como si alguien la estuviera agarrando del pescuezo. De hecho, eso era lo que estaba pasando. Esmé la estaba estrangulando, usando la misma magia que había empleado ella. Mientras el mundo comenzaba a difuminarse, Lara oyó los gritos de Audrey. Entonces un traqueteo en la verja desvió la atención de Marla y Lara obtuvo un alivio momentáneo. Tomó aliento, el aire impactó con el fondo de su garganta, después se tiró al suelo resollando y sujetándose el cuello.

—¿Estás bien? —Audrey se acercó a su lado.

Marla retrocedió cuando Oddjob y Moneypenny entraron en el jardín con una gracilidad propia de un felino, oteando a su víctima.

Lara se quedó perpleja por el cambio en su apariencia. Los airedale terriers habían duplicado su tamaño normal. Lara los había visto acechando a alguna presa en otras ocasiones, pero nada parecido a esto. Mientras avanzaban, continuaron creciendo, observando a Marla con avidez. Lara oyó el chirrido de sus uñas mientras se desplazaban.

—¿Sabuesos del infierno, Audrey? ¿Tienes dos putos sabuesos del infierno?

—Siempre he odiado la magia. —Audrey sonrió—. Pero me pirro por los animales. Althacazur me los regaló cuando era pequeña. Se enteró de que quería un poni. —Audrey arqueó las cejas, dando a entender que era un regalo curioso por su parte—. Estos dos son mis ojitos derechos.

De repente, Audrey se desplazó y extendió una mano para impulsar a Marla hacia la tumba de Todd Sutton, irradiando un poder que Lara no sabía que poseyera. Oddjob y Moneypenny sujetaron a Marla por los brazos y Lara pensó que iban a partirla en dos.

Lara se acercó rápidamente a su madre y vio, por primera vez, los restos mortales de Todd Sutton en la fosa que se extendía ante sus pies. Lo habían enterrado como a una mascota. Sintió una oleada de ira y se giró hacia Marla.

—Basta, Esmé. Tus payasadas me aburren. Y detesto aburrirme.

Marla la miró con furia, pues reconoció el origen de la ayuda de Lara. Las palabras que acababa de pronunciar no provenían de Lara ni de Cecile. Lara apoyó las dos manos sobre el rostro de Marla.

—Lo siento, no disfruto con esto.

Esas fueron las últimas palabras que salieron de sus labios a antes de que Althacazur le insuflase el sortilegio que necesitaba.

Incante delibre
Vos femante del tontier

—Hija mía. Me equivoqué, pero ya es hora de que vuelvas a casa.

Lara apoyó la frente sobre la de Marla. Mientras conectaba con ella, notó cómo Cecile salía de su cuerpo y se fusionaba con su hermana.

—No. No. Padre. Noooooo —chilló Marla mientras el eco de un cortacésped resonaba por la calle, eclipsando sus gritos.

Audrey le había soltado las muñecas a Ben, que se estaba quitando la cinta aislante de la boca. Puso cara de espanto al ver a su exmujer con un rastrillo clavado en el pecho. Marla comenzó a desinflarse como una piscina hinchable al final del verano, encogiéndose sobre sí misma. Mientras lo hacía, Lara sintió que su fortaleza se incrementaba y luego empezó a ahogarse, doblándose sobre sí misma, tosiendo y sufriendo arcadas. Cecile se había separado de ella. Las dos hermanas... habían desaparecido.

Se acabó. Lara pronunció esas palabras que sabía que provenían de Althacazur. Aunque no tenía permiso para interferir directamente, había apoyado una mano en la balanza por medio de Lara y la había inclinado a su favor.

Pero aún no había terminado, ni mucho menos.

Situada allí, bajo el gigantesco roble retorcido situado en el punto más alto de Granjas Cabot, Lara observó cómo Ben cubría las tumbas con las últimas paletadas y luego alisaba la tierra. Aquella era una zona de la granja por la que nadie se aventuraba nunca, pero para asegurarse, compraron césped para mezclarlo todo lo posible con la hierba ya existente.

Lara, Audrey y Ben tardaron dos semanas en transportar los restos mortales de Desmond Bennett, Peter Beaumont y Todd Sutton hasta allí para enterrarlos debidamente. Los tres estaban convencidos de que jamás podrían admitir ante nadie la verdadera historia de lo que les ocurrió a esos hombres.

De todas formas, ¿quién se lo iba a creer?

Aunque Lara siempre había creído en la magia, todo lo que creía saber Ben había saltado por los aires. Pese a que se había recuperado del traumatismo en la cabeza y sus heridas se habían curado, una luz se había apagado en su interior. La lógica que según él regía el mundo había resultado ser una ilusión. La idea de que la hija centenaria de un daimón hubiera estado sacrificando hombres jóvenes cada treinta años le habría parecido una locura, hasta que presenció los acontecimientos del último mes. Aun así, jamás sospechó que estuviera casado con ella. Nunca se enteró de nada, tan seguro como estaba de que el mundo era un lugar ordenado. Por supuesto, todo esto se manifestó en forma de largos silencios y copas de Jameson. Lara y él se sentaban en silencio ante la barra de Delilah's, contentos de estar cerca el uno del otro.

Primero trasladaron el cuerpo de Todd, porque era el más reciente y seguía habiendo algunos detalles macabros en él: fragmentos de cabello todavía intactos y prendas podridas que seguían aferradas a su cadáver esquelético. Ben y Audrey lo enterraron sin Lara. Ella se quedó al pie de la colina y escuchó las incursiones de la pala y después un golpe seco que identificó con el regreso de Todd a la tierra.

A continuación, encontraron el cuerpo de Desmond Bennett enterrado debajo de una azalea. Su vieja cartera se había desintegrado casi por completo, pero las chapas identificatorias de su paso por el ejército seguían metidas en la billetera. Una semana más tarde, después de cavar durante una noche entera, encontraron los restos mortales de Peter Beaumont. Aunque Lara y Ben se ofrecieron a enterrarlo, Audrey quiso ayudar, así que los tres depositaron sus huesos junto a los de los otros dos hombres.

—Lara. —Ben fue el primero en advertir algo peculiar en uno de los prados de Granjas Cabot.

Lara levantó la cabeza y vio que el terreno se ondulaba y algo se abría. Fue una imagen reconocible, pero aun así se estremeció de pavor. Sabía que se avecinaba ese momento, la hora de rendir cuentas con el Diablo. Apareció un trío —un hombre flanqueado por dos mujeres—, iban vestidos con elegancia como si fueran a recibir a alguien que venía en tren. Cuando se aproximaron, Lara vio que Margot llevaba puesto un precioso vestido rosa de estilo años cuarenta, con gafas de sol con montura de ojo de gato y un peinado como el de las actrices de la era dorada de Hollywood. Le llamó la atención que llevara en la mano una cartera cuadrada de color rosa. Cecile, con el cabello ondulado y de color platino desplegado sobre la espalda, iba ataviada como una *flapper* con un vestido que dejaba la espalda al aire.

Lara se sacudió la tierra de los pantalones, pero paró de hacerlo cuando los vio. Se encaminó hacia ellos.

—No esperaba veros tan pronto.

—Siempre hay algo que nos hace volver a este precioso pueblo —dijo Althacazur, derrochando sarcasmo—. Veo que Bill está aquí. —Señaló con la cabeza hacia él.

—Me llamo Ben —lo corrigió, situado detrás de Lara.

—Como sea —replicó el daimón, que iba vestido como si fuera a acudir a una convención de *steampunk*: cazadora de cuero marrón de estilo militar, sombrero de copa y gafas espejadas—. Hiciste una labor maravillosa al enfrentarte a Esmé. Vuelve a estar donde le corresponde. En el fondo, creo que se alegra de estar allí, aunque nunca lo admitirá, por supuesto. Te envía recuerdos, Bill. Pero ya es la hora, querida.

Lara sintió cómo se le saltaban las lágrimas.

—No estoy preparada. Necesito más tiempo.

Althacazur la ignoró, ladeó el cuerpo para observar a Audrey. Confusa, Lara miró en derredor.

—Hice lo que me pediste. Solo necesito más tiempo. Me lo he ganado.

Pero Althacazur no estaba mirando a Lara. Esbozó una sonrisita condescendiente.

—Eso lo has dejado clarísimo.

Juntó las manos como si fuera la Parca, esperando pacientemente. Pero fue Audrey la que se giró hacia su hija, secándose las lágrimas con las manos manchadas de tierra.

—Cuando llegué a París, te estabas muriendo. No te quedaba mucho tiempo.

Lara recordaba haber visto a su madre en esas horas aciagas, pero luego también vio a Todd. Ahora sabía que estuvo a las puertas de la muerte, pero consiguió regresar. Alternó la mirada entre su madre y Cecile, confusa.

—A pesar de los esfuerzos de mi padre, no eras lo bastante fuerte como para absorberme tú sola —dijo Cecile, muy seria—. Lo siento mucho, Lara. Si tu madre no hubiera intervenido, añadiendo su magia, habrías muerto.

—¿Intervenido? —Lara miró a Audrey—. ¿Qué significa eso?

—Hice un trato con él —respondió su madre, esbozando una sonrisa triste. Agarró la pala, la arrojó hacia las tumbas y se sacudió la tierra de los pantalones, como si necesitara estar limpia y presentable para lo que iba a ocurrir a continuación.

Althacazur permaneció impávido, contemplando la escena que se desarrollaba ante sus ojos.

—¡No, no, no! —Un grito primigenio emergió de las entrañas de Lara, seguido por un gemido gutural. Se aferró a Audrey—. No, por favor.

—Fue un sacrificio necesario —dijo Audrey, apoyándole las manos encima para sujetarla—. Accedí a ir con ellos después de que derrotásemos a Esmé. Fue un trato justo, Lara. Haría cualquier cosa para salvarte.

—Oh, madre, no. —Lara se encogió sobre sí misma y Ben corrió a sujetarla, pero acabó cayendo de rodillas sobre el prado—. No. No. —Miró a Althacazur—. Llévame a mí. Estoy dispuesta. Por favor.

—Ojalá pudiera, mi maravillosa muchacha. —El daimón se apoyó en su bastón y la miró por encima de sus gafas de sol—. Cecile tenía razón. Estaba tan convencido de que ibas a morir, que hice un trato distinto. Pensaba que Cecile y tú seríais lo bastante fuertes juntas, pero, ay, hacía falta más magia. Pero míralo por el lado bueno: te has librado de tu trato, así que parece que los dos hemos conseguido lo que queríamos.

Cecile lo fulminó con la mirada para que se callara. Lara se dobló sobre sí misma como si se estuviera asfixiando.

—No. Por favor, no.

Lara pensó que eso era lo que se debía sentir al desgarrarse por dentro. Se sentía traicionada por Althacazur, engañada. Pero ¿qué se esperaba?

—Ben. —Audrey alzó la mirada hacia él—. Quiero que me prometas que cuidarás de ella.

Ben asintió.

Audrey se agachó al lado de Lara, que estaba de rodillas, cerca de la linde del prado. Se inclinó hacia un lado, como si fuera incapaz de mantener su cuerpo derecho.

—Jason y tú podréis ocuparos de todo juntos, Lara. Lo único que he querido siempre para ti es una vida normal. Este era el precio, pero estoy en paz con esta decisión.

—Pero yo no —dijo Lara—. Todo es culpa suya. —Le lanzó a Althacazur una mirada cargada de furia.

—No —replicó su madre—. Él me ofreció una elección. Yo conocía las reglas.

Cecile dio un paso al frente.

—Lo siento mucho, pero Esmé y yo no deberíamos haber nacido, Lara. Si estamos aquí es por pura chiripa. Cada día de felicidad del que disfrutamos ha sido más de aquello para lo que fuimos diseñadas.

Cecile alargó una mano hacia ella y la ayudó a levantarse. Luego la miró a los ojos.

—Ya sabes lo mucho que hemos sufrido todas. La tristeza, la magia, el circo… Esas cosas conforman nuestro destino. Lamento que ese sea el legado que te hemos dejado.

Cecile le apartó el pelo de la cara. Lara se giró hacia Audrey.

—Iré yo. Era yo la que se estaba muriendo. Tú no querías saber nada de esta magia.

—Lara —repuso su madre con más firmeza—. No puedo imaginarme un destino mejor para mí que pasar la eternidad montando a caballo en un circo… Mientras espero a que te reúnas conmigo algún día.

Lara abrazó a su madre, las dos estaban llorando. Finalmente, Cecile las separó con suavidad. Ben levantó a Lara, que temblaba, y empezaron a subir por la colina. Ella se resistió durante todo el camino. Como si supieran lo que iba a pasar, Oddjob y Moneypenny comenzaron a aullar desde el granero. Un sonido ronco y lastimero que se prolongó hasta la mañana.

Antes de desaparecer en la noche, Cecile se dio la vuelta.

—Volveremos a verte, querida. Somos tu destino.

Audrey se alejó agarrada del brazo de Cecile, sin mirar atrás ni una sola vez, como si hacerlo fuera a dejarla devastada para siempre.

EPÍLOGO

Kerrigan Falls, Virginia
10 de octubre de 2006

D espués de extraer los huesos de su jardín, después de que la madre de Lara se marchara, Ben construyó un patio de piedra y después puso su casa a la venta. Uno de los «hogares más emblemáticos de Kerrigan Falls», se aseguraba en el anuncio. Recibió una oferta al cabo de un día. Marla llevaba viviendo en esa casa desde 1938, primero como su abuela, Victoria, y después como su madre, Vivian. Largos viajes, enfermedades prolongadas... Nadie había detectado nunca nada extraño mientras Marla se transformaba de madre en hija, y nadie lo detectó tampoco ahora. Lara echó una mano con eso. Aunque no era una ilusionista de tanto talento como Esmé, creó una corrección para que «Marla» se presentase a firmar los papeles de la hipoteca. De hecho, de vez en cuando se producían avistamientos de «Marla», hasta que finalmente se mudó a Los Ángeles de forma permanente para proseguir con su carrera como fotógrafa.

Por desgracia, esa no fue la única historia que Ben y Lara se vieron obligados a confeccionar. También tuvieron que inventarse para Audrey un viaje repentino a España relacionado con un caballo. Al cabo de un mes, cuando Jason y Gaston seguían sin tener noticias suyas, Ben insistió a Lara para que hiciera lo que ambos sabían que era necesario. Por mucho que a Lara le costara asimilarlo, Audrey no iba a volver. Así que, ante la insistencia de Ben, simularon un accidente de tráfico, para el que Lara utilizó un documento hechizado como prueba para Gaston y Jason de que su madre estaba muerta.

En el funeral de Audrey —que se celebró bajo la lluvia, algo que su madre habría detestado—, Jason y ella se sentaron en un banco en el cementerio viejo de Kerrigan Falls.

—También deberías saber dónde está enterrado él.

Jason la agarró de la mano y la condujo hacia el fondo del camposanto, hasta la tumba de Peter Norton Beaumont. Aquel fue el único indicativo que dio de que sabía la verdad desde el principio. Eso... y que le regaló a Lara la Fender Sunburst de Peter.

Gaston Boucher también se había convertido en un buen amigo. Lara era consciente de que se había imaginado otro tipo de vida con Audrey. Lara no le contó que había sido el circo lo que se llevó a su madre, ya que le parecía cruel hacerlo. Ben y ella mantuvieron el contacto con él, invitándolo a cenar en Granjas Cabot. En primavera, Gaston se mudó a Nueva York y otro enmarcador ocupó su lugar en la calle Main.

Lara vendió su casa y se mudó a Granjas Cabot con Ben, donde se asentaron en una existencia plácida. Si es que criar a unos sabuesos del Infierno podía considerarse plácido, aunque a Lara le parecieron muy tranquilos y se contentaban con sentarse junto a la chimenea.

Después de todo lo ocurrido, ¿cómo podía alguien retornar a una vida normal? Ahora que sabía que por sus venas corría sangre de daimón, ¿a qué normalidad podría aspirar? Así que Lara se pasaba los días como un muerto viviente. Aquel primer verano fue el más duro. Se sentaba en el prado a esperarlo. Solo él podría arreglarlo. Mirando al sol con los ojos entornados, deseó que viniera. ¿Acaso no había sido más que un recipiente para Cecile? Al ver que no aparecía, pensó que ya tenía la respuesta.

Sin embargo, se negó a aceptar la situación tal y como era, así que siguió practicando: arrancando coches, cerrando puertas, abriendo cajones, atenuando farolas, rebobinando discos, hasta que su magia se volvió tan fiable como respirar. Aunque su madre había renegado de los hechizos, Lara descubrió que ella no sentía lo mismo. Era una parte de ella tan característica como su pelo rubio. Sintió cómo la magia fluía por sus venas cuando saltó desde el trapecio. Nunca había sentido nada tan liberador. Mientras se afanaba por contárselo a Ben, comprobó que las palabras no servían para describir la Gran Explanada, el carrusel. Cierto, se trataba del Infierno, pero era un lugar extraño e impresionante. ¿Y acaso ella no estaba moldeada a partir de ese mundo?

Todo lo que creía saber Ben también había acabado puesto en tela de juicio. Los dos se cubrieron las espaldas durante un año, como soldados que acaban de regresar de la batalla. Al verlo titubear, Lara supo que a Ben le preocupaban las ausencias dejadas por Todd, Marla y Audrey. Incluso Peter Beaumont, ya que por fin le había contado también lo de Peter. Eran dos personas moldeadas por la ausencia de otros. Aunque Ben nunca lo dijo en voz alta, Lara pensaba que le preocupaba que aquellos que se quedaron, incluido él, no fueran suficiente para ella. En algunas ocasiones, no se equivocaba. Lara era como la montaña que se ha formado a partir de un glaciar. Después de abrirse camino, quedaban valles grabados como cicatrices. Aunque la historia también había tenido pasajes hermosos. Ahora estaban juntos en esto, Ben y ella, con las raíces hincadas bien a fondo. Al principio, hubo momentos en los que Lara temió que el peso de todo acabara sepultándolos, pero no fue así. Ben había sido un regalo durante todo el proceso, pero todo tenía un precio. Así que Lara decidió que ella marcaba el fin de ese linaje. No tendría hijos. Aunque Ben le aseguró que lo entendía, a ella le preocupaba que acabara arrepintiéndose de esa decisión, pero claro, Ben se casó con una semidemonia centenaria, así que la normalidad también había cambiado para él. Recordó las palabras de Cecile: «No deberíamos estar aquí. Cada día de felicidad del que disfrutamos ha sido más de aquello para lo que fuimos diseñadas».

Si Todd se hubiera presentado aquel día de hace dos años, Lara habría sido una persona distinta. Pensó en esa jovencita ingenua, plantada delante de un espejo, hechizando un vestido de boda. Desconocía todo lo relativo a su familia y su magia. Cuando su madre se lo ocultó, en su intento por llevar una vida normal, no les hizo ningún favor a las dos. Audrey se había aferrado con uñas y dientes a la idea de llevar una vida convencional, pero Lara no estaba segura de querer eso. Salió en busca de las respuestas que Audrey no quiso conocer, aunque no justificaban el sacrificio final de su madre. Ay, cómo la echaba de menos. Por encima de Todd, la pérdida de su madre amenazaba con derrumbarla.

La pena debía de ser contagiosa, porque aquella mañana recibió un email de Barrow.

Lara:

Espero que estés bien, amiga mía. Ayer por la tarde fui de visita al Musée d'Orsay. Han trasladado nuestros dos retratos al segundo piso, junto a las esculturas. Siempre te estaré agradecido por exhibir *Sylvie a lomos del corcel* como parte de la exposición especial y por tu generosa donación al museo después de la subasta en Sotheby's.

A veces, durante el almuerzo, me siento al lado de nuestros cuadros. Sé que cuelgan de la pared gracias, en gran medida, a nuestra convicción y a los sacrificios que hemos hecho.

Confieso que me veo obligado a recordar por qué me sentí atraído por el misterio de Jacques Mourier y Émile Giroux, y por esta historia descabellada sobre un circo fantástico. En una ocasión me lo preguntaste y yo te conté que me sentí atraído a raíz de mi trabajo académico. En aquel momento, creía que esa respuesta era cierta. Ahora, en el mundo del arte, yo soy famoso y tú eres rica, pero me temo que el precio a pagar ha sido muy alto. Fue el misterio lo que me enamoró. Pero el misterio y el bagaje de Le Cirque Secret ya han desaparecido para mí. Todo lo que hemos vivido nos ha conducido hasta aquí, hasta una pared beige.

¡Qué ganas tenía de que la gente admirase estos cuadros! Ayer por la tarde, mientras me comía un sándwich, unos adolescentes aburridos pasaron de largo como gansos con auriculares, pastoreados por unos guías con cara agria. Un grupo señaló hacia nuestra dupla de cuadros, luego tuvieron la osadía de preguntar dónde exponían los Monets.

No obstante, la razón por la que te escribo es que ayer, después de mi enfado en el *musée*, regresé en taxi al instituto con el único propósito de volver a ver los diarios. Cuando fui a abrir la caja fuerte, me temblaban tanto las manos que necesité dos intentos para poder introducir el código correcto. Llevaba varios meses sin verlos, así que saqué la caja donde estaban almacenados. Anhelaba sostener esas libretas entre mis manos. La verdadera historia está contenida allí, la cual ha complementado esas obras para mí, ¡ha hecho que los cuadros cobren vida!

Una vez en la cámara acorazada, abrí la tapa de la caja y suspiré. Las tres libretas seguían allí, metidas en sus fundas de plástico. Es ahora cuando no sé por dónde empezar. Las recogí, tenía tantas ganas de tocarlas que no utilicé guantes. Sostuve la primera entre mis manos, la cubierta era tan antigua que parecía un tejido desgastado. La abrí por la primera página y tardé un rato en comprender lo que estaba viendo… O, mejor dicho, lo había dejado de ver. Pasé una página tras otra de papel desgastado, descolorido y en blanco.

Las palabras de Cecile han desaparecido. Su pérdida me ha llevado a preguntarme si alguna vez estuvieron allí. He empezado a dudar de mí mismo. Las páginas están en blanco y tengo el corazón partido.

En todo este tiempo, he empezado a reflexionar. Gran parte de la verdadera historia de amor y pérdida entre Émile y Cecile no se contó del todo en los tres lienzos hechizados. De hecho, los cuadros y los diarios los complementan a ambos, a Émile y a Cecile. Su arte se combina para relatar la historia más fantástica que París haya conocido. El hecho de que ese puto circo fuera creado para que uno de los daimones más poderosos del mundo pudiera encontrar una niñera para sus hijas gemelas es una historia tan absurda que, al final, nadie se la creería.

Giroux ha vuelto a ponerse de moda, así que me han pedido que actualice la biografía que escribí sobre él. Al final, volví a pasarlas canutas con el capítulo dedicado a Las señoritas del circo secreto. Aunque ahora tenía tres cuadros, solo demostraban que Giroux había pintado un circo; no confirmaban la existencia de Le Cirque Secret. Nada podrá demostrar nunca que algo tan fantástico y surrealista llegase a formar parte del entramado de París. ¿Cómo se demuestra la magia? Y al final, ¿de verdad conviene demostrarlo?

Confieso que, en mi caso, he perdido algo por el camino. Hemos hallado la respuesta a cierto misterio relacionado con el mundo, pero la solución ha apagado algo en el fondo de mi ser. Resolver misterios no me ha acercado a nada. En tu caso, sé que se ha debido a la pérdida de tu madre. Pienso en ella a menudo. En cómo vino a París para rescatarte.

Y ahora también se han perdido los diarios. No puedo evitar pensar que todo ha sido en vano. Añoro al hombre que fui antaño.

Te pido disculpas. Ya sé que mis palabras son deprimentes. Quería que lo supieras. Creo que eres la única persona que ha experimentado una pérdida tan profunda como la mía.

Tu amigo,
Teddy Barrow

Aquel día, Lara iba a cubrir el turno de noche en la emisora. Se recostó en el asiento y preparó las canciones *Venus in Furs* y *Escalator*, de Sam Gopal. Después dejó que la oleada de cuerdas discordantes de Lou Reed la transportara hasta ese momento glorioso montada en el trapecio. Sintió el tacto de ese traje con cuentas y el flujo de la magia reprimida corriendo por sus venas. Ese poder embriagador le había dejado huella.

Teddy Barrow tenía razón. Habían perdido muchas cosas por el camino.

Sin embargo, había algo que le molestaba, que la reconcomía. Una teoría que había desarrollado.

Althacazur era el seductor definitivo. La atrajo hasta el circo, y cuando pensó que Lara podría morir tras haber absorbido a Cecile, estaba tan desesperado por conseguir un gerente que la intercambió por su madre. Pero en la seducción, Althacazur la hizo más fuerte que a los demás. Incluso después de sellar el trato y tras el regreso de Esmé, Lara conservó sus poderes. Para probar su argumento, se quedó mirando fijamente el reloj de la pared. Mientras murmuraba las palabras al ritmo de *Escalator*, que giraba en el tocadiscos, comprobó que habían transcurrido diez minutos desde la medianoche. Vio cómo la segunda manecilla tenía dificultades para moverse y cómo su móvil se mantenía fijo en las 00:10 h durante más de dos minutos. *He parado el puto tiempo.*

Lara le envió una respuesta a Teddy.

Teddy:

Ven a Kerrigan Falls. Tengo una idea. Es disparatada, pero podría funcionar.

L

Aunque no era la primera vez que Lara se plantaba en ese prado para intentar invocarlo, es posible que no hubiera captado el sentido de sus instrucciones. Él siempre le repetía que no había entendido nada. Puede que tuviera razón desde el principio.

Mientras limpiaba su vieja habitación en Granjas Cabot, se topó con el libro de *El enano saltarín*. En su interior estaba el trébol prensado.

Al contrario que Audrey, Lara no podía reprimir una parte de sí misma por el deseo de ser normal. Además, su madre jamás la habría dejado atrapada en un circo como gerente humana. Así que había tomado la determinación de sacarla de allí. Llegaría a algún trato con

Althacazur para tomar las riendas del circo. Gracias a Esmé, sabía que Althacazur no despertaba las simpatías de los demás daimones. Si fuera necesario, utilizaría eso en su provecho. Mientras lo planeaba todo, confió en que Teddy se uniera a ella. Los tres compartirían las labores de gerencia humana, como una especie de multipropiedad en el Infierno. Audrey y ella eran criaturas poderosas y no tenían que vivir únicamente en un mundo u otro. Buf, qué tedioso sería eso. Y Lara odiaba las cosas aburridas. Durante el año anterior, pintó la casa entera con un solo movimiento de la mano, como si fuera una mezcla entre Samantha Stephens y Martha Stewart. ¿Era eso lo que iba a hacer con su magia? Y después ¿qué? ¿Azulejar una pared o poner cortinas cuando no tuviera una escalera a mano?

No, ya estaba harta de todo eso. Era hora de admitir quién era: la última señorita del circo secreto.

—No sé si esto va a funcionar, Teddy.

Lara contempló el prado, vacío como de costumbre. Escuchó su respiración cuando se situó a su lado.

—Cuando estuviste desaparecida en París —dijo Barrow—, Ben dijo que lo único que teníamos que hacer era acercarlo a ti y que él te encontraría.

Lara sonrió. Si acababa atrapada en el otro lado, confiaba en que Ben la perdonara. La conocía lo suficiente como para sospechar que actuaría precisamente de este modo. Y sí, se enfadaría mucho con ella, pero Ben la conocía mejor que nadie.

—Bueno, puede que venga a buscarme otra vez. Y Gaston también.

—Eso sí que es amor, Lara. —Barrow miró hacia la granja—. ¿Estás segura?

—Precisamente lo hago por ese amor, Teddy. No quiero seguir siendo una persona a medias. Nadie puede amar a alguien así durante mucho tiempo. Él se merece la mejor versión de mí misma. Y voy a intentar dársela.

Concentrándose en el trébol, sostuvo el tallo reseco entre dos dedos mientras se desplegaba una oleada de emociones en su interior.

—No puedo prometer que volveremos. Ya lo sabes.

—Lo sé —repuso Teddy en voz baja—. Ya me he despedido de quien debía.

—Tampoco puedo asegurar qué nos hará Althacazur cuando lleguemos allí. Puede que acabes vendiendo tu alma.

—Acepto las condiciones —dijo Barrow, contemplando el prado vacío con la cabeza alta—. Le Cirque Secret me ha convocado, Lara. Igual que te llamó a ti.

Lara sonrió. Había anticipado cuál sería su respuesta. Estaba dispuesto a todo por su investigación académica.

—Siempre quisiste tener una entrada —añadió Lara con una risita—. Así que vamos a irrumpir en ese condenado circo.

Oddjob gimió. El animal miró a Lara, junto con su gemela, Moneypenny. Los sabuesos infernales la escrutaron con esos ojos tan expresivos. Teddy sujetaba sus correas con fuerza. Una vez que comenzara el proceso, Lara confiaba en que los perros ejercieran como baterías mágicas. Al fin y al cabo, eran sabuesos del Infierno. Conocían el camino a casa. Y lo más importante: siempre sabían cómo llegar hasta Audrey.

Lara agarró a Barrow de la mano libre y se la estrechó con fuerza. Mientras hacía girar el trébol con la otra mano, tarareó *Escalator*. Los hechizos no eran lo suyo; su fuerte era la música, y parecía que las canciones podían franquearle la entrada hacia el otro lado. Mientras hacía girar la flor, pensó en el carrusel, en las paredes de color turquesa y en las lámparas doradas que estaban repartidas por la Gran Explanada. Cómo anhelaba volver a verla, observar los setos y a los payasos tomando el té. Era el lugar más majestuoso y sobrenatural que había visto en su vida. Las imágenes tiraban de ella como la atracción de una curiosidad insaciable, como un cuento infantil evocador e imposible de olvidar. Ahora sabía que siempre había estado buscando ese circo en otros lugares. ¿Acaso sentía nostalgia de ese lugar? Nostalgia. Pensó en su madre. Estaba harta de sentirse definida por las ausencias. No pienso seguir viviendo más tiempo sin ti. Mientras giraba el trébol, estaba tan absorta en sus pensamientos que estuvo a punto de pasar por alto lo que dijo Teddy.

—Cielo santo, Lara. Mira esto. —Se le quebró la voz, pero siguió agarrándole la mano con fuerza—. Es increíble. Jamás imaginé... Jamás imaginé que tendría este aspecto.

Lara abrió los ojos y contempló lo que ya sabía que estaría allí: el carrusel de Le Cirque Secret. Solo que, en vez de transportarlo hacia su propio reino, tenía otros planes.

Lara tiró de Teddy y de los perros hacia la plataforma del carrusel. Cuando rozó con la pierna al semental, el caballo se movió y meneó la cola. Al otro lado de la plataforma, divisó la majestuosa Gran Explanada con sus muros dorados. El sol la bañaba con su luz, y Lara supo que desde cada ventana divisaría un complejo laberinto de setos. En ese momento, le pareció atisbar el contorno de un pelo pajizo cortado por encima de los hombros, cuya dueña corría hacia ellos. ¿Eso que llevaba puesto era un penacho de plumas de color turquesa? Aquella idea hizo sonreír a Lara.

—Ay, Teddy —dijo, suspirando—. Aún no has visto nada.

Agradecimientos

Todavía me asombra la magia que conlleva escribir una novela y me siento muy afortunada de estar rodeada por un equipo tan maravilloso. Quiero darle las gracias a mi brillante editora, Nivia Evans, por guiarme con este libro en mitad de una pandemia. Al principio, ayudó a darle forma y a ver su potencial. También me siento muy agradecida con todo el equipo de Redhook: Ellen Wright, que es el salvavidas de cualquier escritor mientras estos libros se abren camino hacia el mundo; Lisa Marie Pompilio, que ha diseñado otra cubierta despampanante; y Bryn A. McDonald, que es la vocecilla gramática que hay en mi cabeza y la autora de los lúcidos comentarios en los márgenes. Siempre sé que estoy en buenas manos con las sugerencias de su equipo, sobre todo por la estupenda aportación que hizo Laura Jorstad para reparar mi escabechina literaria de la lengua francesa.

La versión inicial de esta historia contó con el respaldo de mi agente, Roz Foster. Siempre estaré en deuda con ella por haber visto algo especial en mis manuscritos. Es una suerte tenerla a mi lado en este fantástico viaje. Agradezco mucho el apoyo de la agencia literaria Frances Goldin y del extraordinario equipo que conforma la agencia Sandra Dijkstra, incluyendo a Andrea Cavallaro y Jennifer Kim.

Como siempre, mi hermana, Lois Sayers, es mi primera lectora y la más crítica. Confío en su instinto más que en el mío propio, y su influencia me vino muy bien con este libro cuando a menudo me sentía perdida. También quiero mostrarle toda mi gratitud y mi amistad a Amin Ahmad por su sinceridad y sus consejos. Es un genio de la estructura y la composición literaria.

También agradezco mucho el apoyo de Dan Joseph, Laverne Murach, Tim Hartman, Hilery Sirpis, Allie DeNicuolo, Anna Pettyjohn, Doug Chilcott, Karin Tanabe, Alma Katsu, Sarah Guan y Steve Witherspoon. Muchas gracias al equipo de Spark Point Studio de Crystal Patriarche, Hanna Pollock Lindsley y Taylor Brightwell.

Si escribes algún tipo de novela histórica, creo que en parte se debe a que te gusta sumergirte en la documentación. La «generación perdida» de París en la década de 1920 es un periodo histórico particularmente rico, y hay una serie de materiales de consulta que me ayudaron a dar forma a este libro. Entre ellos: *The Circus Book, 1870s–1950s*, de Linda Granfield, Dominique Jando y Fred Dahlinger; *París era una fiesta*, de Ernest Hemingway; *When Paris Sizzled: The 1920s Paris of Hemingway, Chanel, Cocteau, Cole Porter, Josephine Baker, and Their Friends*, de Mary McAuliffe; *The Golden Moments of Paris: A Guide to the Paris of the 1920s*, de John Baxter; *The Found Meals of the Lost Generation: Recipes and Anecdotes from 1920s Paris*, de Suzanne Rodriguez-Hunter; *El París de Man Ray*, de Herbert R. Lottman; *Do Paris Like Hemingway*, de Lena Strand; *Sylvia Beach and the Lost Generation: A History of Literary Paris in the Twenties and Thirties*, de Noël Riley Fitch; *Man Ray: American Artist*, de Neil Baldwin; *Autorretrato*, de Man Ray; *Kiki's Paris: Artists and Lovers 1900–1930*, de Billy Kluver y Julie Martin; y *Kiki de Montparnasse*, de Catel Muller and Jose-Luis Bocquet. Este libro también le debe mucho a la serie de HBO *Carnivàle* (2003–2005) y a las películas *Trapecio* (1956) y *Hombre objeto* (1978).

Por último, quiero darle las gracias a Mark por creer en mí, incluso cuando ni yo misma lo hacía. Me has hecho mejor persona, aunque, por desgracia, no has podido mejorar mi dominio del francés. *(Le distributeur de billets est cassè!)*